Christa Malitz-Picard

Annas Weg

Originalausgabe – Erstdruck

Christa Malitz-Picard

Annas Weg

Roman

Schardt Verlag Oldenburg

Bibliographische Information der Deutschen Bibliothek:

Die Deutsche Bibliothek verzeichnet diese Publikation in *Der Deutschen Nationalbibliografie*; detaillierte bibliographische Daten sind im Internet über *www.d-nb.de* abrufbar.

Titelbild: Björn Picard

1. Auflage 2013

Uhlhornsweg 99 A
26129 Oldenburg
Tel.: 0441-21 77 92 87
Fax: 0441-21 77 92 86
E-Mail: kontakt@schardtverlag.de
www.schardtverlag.de
Herstellung: DPG, Nürnberg

ISBN 978-3-89841-692-4

1. Wegträumen

In ihren Träumen machte sie sich schon lange auf den Weg, so lange, wie sie denken konnte, wollte immer schon weg sein. Weg aus der Familie, von der Schule, selbst von der Freundin, weg aus dem Land, von allem Vertrauten.

Später fragte sie sich, wann das alles begonnen hatte. Wahrscheinlich schon in der Zeit, bevor ihre Eltern sich trennten. Wenn sie sich stritten, klinkte sie sich aus. Meistens träumte sie von schönen Zeiten mit allen in den Ferien, am Strand, als alles noch in Ordnung schien. Als ihr Vater die Familie verlassen hatte, ging sie auch, wenigstens in ihrer Phantasie. Erst einmal als blinder Passagier nach Amerika. Dort lebte sie in einem Indianerclan und wurde eine von ihnen. Später, da war sie etwa vierzehn, fünfzehn Jahre alt, schuf sie ihr eigenes Land und richtete sich dort ein.

In einer Welt in weiter Ferne, mindestens einen Ozean entfernt, lag ihre eigentliche Heimat. Grüne Hügel und hohe, schneebedeckte Berge, klare Seen, ein weiter Himmel, unendliche grüne Wiesen. Ein kleines Holzhaus, mal mit Gras gedeckt, mal mit Schilf.

Viel Zeit verbrachte Anna mit dem Einrichten. Eigentlich brauchte es nur ein Zimmer mit einem kleinen Ofen, der das Zimmer beheizte und auf dessen eiserner Platte sie auch kochen konnte. In ihren Träumen war er immer warm, denn sie legte stets neues Holz nach. Das Holz schichtete sie vor dem Haus auf, geschützt durch einen breiten Dachvorsprung. Viel Zeit verbrachte sie damit sich vorzustellen, wie sie sich das Holz beschaffte, nach heftigen Stürmen abgebrochene Äste aus dem nahen Wald holte. Fühlte sich ganz stark. So gelang es ihr, mit der Axt auch einen Baum zu fällen, sicher keinen allzu großen, ihn zu zerlegen und zum Haus zu schaffen.

Neben dem Ofen befanden sich ein Spülstein und ein Küchenschrank mit Geschirr, Besteck und Töpfen, wie sie es von ihrer Großmutter kannte. Einen kleinen Tisch mit einem Stuhl stellte sie vor das Fenster mit Blick auf den See und die Berge. An ihm konnte sie sitzen, essen, trinken und auch schreiben. Oder auch einfach nur hinausschauen auf die Sonne, die dunkelrot hinter den Bergen versank und die steilen Hänge in ein violettes Licht tauchte. Oder die Enten und Gänse auf dem See betrachten, die mal ruhig, mal schnatternd auf dem leicht plätschernden Wasser schwammen.

Dann noch ein Bett nur für sie, ein schmales, ganz einfaches aus Kiefernholz mit einer warmen, wollenen Überdecke. Sie probierte verschiedene Farben und Muster aus. Mal war sie in einem warmen Rotton, dann wieder gelb gemustert oder blau-grün kariert. Dazu passend die Gardinen vor den vier Fenstern im Haus, je eins an jeder Hausseite.

Manchmal stellte sie auch ein Sofa hinein, in das sie sich kuscheln und lesen konnte, doch das gönnte sie sich nicht immer.

Auf dem Fußboden waren Holzdielen verlegt, darauf ein grob gewebter Teppich.

An einer Ecke des Hauses zweigte sie manchmal noch ein kleines Bad ab, ein winziger Raum mit einer Dusche, einem Waschbecken und einer Toilette. In ihren asketischen Zeiten gönnte sie sich nur ein Plumpsklo neben dem Haus, waschen konnte sie sich am Spülbecken im Wohnraum.

Anna lebte nicht allein in ihren Träumen. Ein Pferd war bei ihr, war immer da, ein Pinto mit vielen bunten Flecken. Ein lebendiges und kluges Pferd mit einem wachen und warmen Blick. Sie nannte es Sturmwind. Viele Namen hatte sie ausprobiert und war bei diesem geblieben, auch wenn er nicht neu war. Er passte einfach zu ihm, denn wenn sie auf ihm ritt, flogen sie beide dahin wie in einem Wirbelsturm.

Anna ritt ohne Sattel und Zaumzeug, sprang einfach auf Sturmwinds Rücken und hielt sich an seiner Mähne fest. Langsam setzte er sich in Bewegung, trabte gemütlich los, doch schon bald wurde er schneller und galoppierte mit ihr durch die weite Landschaft ihres Traumlandes. Anna schlang ihre Arme um Sturmwinds Hals und schmiegte sich eng an seinen Rücken, wurde eins mit ihm, während sie gemeinsam über die Wiesen flogen. Seine Hufe stampften, und der Wind pfiff um beider Ohren.

Viele Wege ritt das Pferd mit Anna, über die grünen Hügel ihrer neuen Heimat, doch immer wieder kehrte es zu dem kleinen Haus am See zurück. Tauchte es in der Ferne auf, fiel Sturmwind in einen ruhigen Trab.

Für Sturmwind baute Anna einen Stall neben ihr Haus. Dort lebte er aber nur in der kalten Zeit. Dann füllte Anna seine Traufe stets mit frischem, würzig riechendem Heu und mistete fast täglich sein Heim aus.

Dort war er nur, wenn er es selber wollte, denn er konnte jederzeit die Türe mit dem Maul öffnen. Wenn er Lust hatte, verließ er auch im Winter den Stall, um einige Runden zu drehen, über die Wiesen zu galoppieren, um dann zufrieden und müde wieder in seinen geschützten Ort zurückzukehren. Mit dem Maul zog er vorsichtig die Türe wieder zu.

In der warmen Zeit lief Sturmwind frei auf der Wiese um Annas Haus. Vor allem liebte er das saftige Gras im Frühjahr. Sein Kopf steckte inmitten der bunten Blumen, die er mit Wonne abrupfte. Ab und zu hob er seinen

Kopf und schaute nach ihr, in seinem Mundwinkel hing noch ein Löwenzahnstängel.

Am Morgen weckte Sturmwind Anna, indem er mit dem Kopf gegen das Fenster stupste und wieherte. Sie sprang aus dem Bett und lief noch im Pyjama hinaus zu ihm, um ihn zu begrüßen. Immer das gleiche Ritual: Anna schlang den Arm um Sturmwinds Hals und drückte ihren Kopf an seinen. Er schnaubte leise und verspeiste genüsslich die Karotte, die Anna hinter ihrem Rücken hervorzauberte. Manchmal schwang sie sich gleich auf seinen Rücken, und sie ritten zu ihrem See.

Dorthin war es nur ein paar Schritte. Anna sprang wieder ab und prüfte das Wasser mit dem Fuß. Im Sommer schwammen sie beide jeden Morgen in dem klaren Wasser, immer einmal zum anderen Ufer und wieder zurück. Auch Sturmwind liebte das morgendliche Bad, schwamm aber meistens vor ihr wieder an Land. Anna ließ sich auf dem Rücken noch eine Weile treiben, die weißen Wolken am Himmel betrachtend. Oder sie schaute auf Sturmwind, der sich heftig schüttelte, dass die Wassertropfen in allen Richtungen stoben.

Langsam reichte es Anna, ihr wurde kalt, auch sie schwamm wieder an Land und trocknete sich mit einem Handtuch ab. Gemeinsam kehrten sie zum Haus zurück. Nebeneinander liefen sie durch das hohe Sommergras.

Anna träumte oft von ihrem Haus und ihrem Pferd an dem einsamen See in dem fernen Land.

Eigentlich immer abends in ihrem Bett, doch damit wurde sie häufig nicht fertig, da sie schon vorher vom Schlaf mitgenommen wurde. Am Nachmittag allein in ihrem Zimmer, wenn sie keiner störte. Doch das geschah selten, und so fand sie ausreichend Zeit, ihr Haus immer wieder neu einzurichten und mit Sturmwind über die Wiesen zu reiten.

Auch in der Schule besuchte sie ihre Welt, vor allem in den langweiligen Stunden, die sie nicht interessierten, und davon gab es viele. Doch hier geschah es dummerweise oft, dass sie unterbrochen wurde und ein Lehrer sie plötzlich zurückholte: „Anna, was habe ich dich gerade gefragt? Wo bist du wieder mit deinen Gedanken? Du musst dem Unterricht folgen, sonst sackst du in deinen Leistungen noch weiter ab!“

Anna schrak auf. Wieder war es Mathelehrer Münzer, der sie unfreundlich zurechtwies.

Die naturwissenschaftlichen Fächer lagen Anna nicht, sie waren ihr zu abstrakt, zu wenig greifbar. Mit Ausnahme von Biologie vielleicht. Frau Brune schaffte es, sie für die Flora und Fauna zu interessieren, denn hier ging es um Lebendiges, Fassbares.

Im Deutschunterricht träumte Anna so gut wie nie. Das war ihr Fach. Literatur, das war ihre Welt, am liebsten schrieb sie selbst Aufsätze zu freien Themen. Auch in den sprachlichen Fächern arbeitete Anna mit. Denn sie wollte in die Welt hinaus. Englisch lag ihr am meisten. In ihrem Traumland wurde Englisch gesprochen.

Und Sturmwind spielte eine große Rolle. Sie waren einander vertraut, sie schwang sich häufig auf seinen Rücken und galoppierte mit ihm durch ihr Land.

In Wirklichkeit konnte sie gar nicht richtig reiten. Vor zwei Jahren hatte sie auf einem Pferdehof Reitstunden genommen. Einmal die Woche fuhr sie mit dem Fahrrad hinaus, führte zusammen mit anderen Mädchen unter der Aufsicht der Reitlehrerin die Pferde aus dem Stall zum Putzplatz, striegelte, kratze Hufe auf, sattelte, befestigte die Trense, all das lernte sie. Dann saß sie auf und ritt mit den anderen immer im Kreis. „Die Beine zusammen, gerade sitzen!" Die Reitlehrerin brüllte die Befehle durch die Halle. Nach einer Dreiviertelstunde stieg Anna mit wackeligen Beinen wieder ab. Jetzt hieß es wieder abzäumen, Hufe auskratzen und striegeln, zu guter Letzt auch noch den Stall ausmisten.

Das waren die Aufgaben der jungen Reitschülerinnen, die miteinander kichernd und tuschelnd ihre Arbeit erledigten, zum Schluss im Reiterstübchen auch noch gemeinsam eine Limo tranken.

Anna fand die Mädchen albern und nahm an deren Gesprächen und Abschlussrunde nicht teil. So wurde sie von den andern gemieden. Außerdem missfiel ihr der Kasernenton des Unterrichts. Nach ein paar Stunden ging sie nicht mehr hin.

An diesem Nachmittag im Vorfrühling, im zweiten Halbjahr des neunten Schuljahres, hatte Anna ihre Hausaufgaben bereits erledigt. Sie hatte für den Deutschunterricht eine kleine Textinterpretation geschrieben und Englischvokabeln gelernt. Die Matheaufgaben hatte sie nur kurz angeschaut, sie fand sie zu schwer und legte sie schnell wieder zur Seite. Sie würde sie am nächsten Morgen von ihrer Freundin Sylvia abschreiben.

Es regnete bereits seit dem frühen Morgen, doch das störte Anna nicht. Sie war allein zu Hause und genoss die Ruhe. Wie an fast jedem Werktag arbeitete die Mutter noch, und auch ihre große Schwester Lena war, wie so oft, unterwegs, wahrscheinlich bei ihrem Freund Sebastian.

Anna schob eine CD ein, legte sich auf ihr Bett und schloss ihre Augen.

Sie war wieder in ihrem Haus am See, besser noch davor, denn Sturmwind begrüßte sie freudig. Sie schwang sich auf seinen Rücken, und auf ging es über die grünen Hügel ihrer inneren Landschaft. Die Sonne schien, am Himmel formten sich immer neue weiße Wolken. Auf den Frühlingswiesen blühte Löwenzahn, und eine Vielzahl anderer Blumen. Sturmwind flog dahin, Anna schmiegte sich eng an den Hals ihres Pferdes und genoss seinen würzigen Geruch. Viele Hügel lagen noch vor ihnen, und es konnte noch ewig so weitergehen.

Bis jetzt nur [unspektakuläre] Erzählung

2. Die Mutter

Früher als sonst öffnete Brigitte die Wohnungstür. Sie legte ihren Schlüssel auf das Schränkchen neben das Telefon und schaute in die Küche. Wie üblich stand noch schmutziges Geschirr in der Spüle, der Mülleimer quoll über, der Tisch war nicht abgewischt. Weder Anna noch Lena waren zu sehen. Sollte sie wieder alles selbst machen? Sie hatte doch Arbeit genug! Dabei hatten sie doch eine klare Regelung getroffen. Wer von den beiden war denn diese Woche dran? Müde setzte sich Brigitte. Sie fühlte sich so mutlos. Show, don't tell!

Das Leben kostete zu viel Kraft. Sie hatte es im Verlag nicht mehr ausgehalten, sich entschuldigt, sie müsse noch etwas erledigen. Frau Wegener von der Anzeigenaufnahme hatte so seltsam geguckt. Egal. Die letzten Monate war sie immer da, keine Krankschreibung. Doch jetzt wieder die wachen Nächte. Und die Müdigkeit am Tag.

Warum lastete alles auf ihr? Seit Thomas weg war, musste sie alles alleine schaffen.

Sie ging zur Spüle, füllte ein Glas mit Leitungswasser und trank es in einem Zug leer. Sie schaute auf die Uhr: In einer halben Stunde würde Frau Becker ihre Nachmittagssprechstunde beginnen.

Wann war sie das letzte Mal bei ihr gewesen? Brigitte versuchte sich zu erinnern. Es musste im letzten Herbst gewesen sein, das lag also schon eine ganze Zeit zurück. Herbst und Winter waren nicht ihre Jahreszeit. Da begannen auch meistens die schlaflosen Nächte, die sie so quälten und ihre Kraft raubten. Mehrere Monate hatte sie es mit Baldrian geschafft, doch jetzt reichte das nicht mehr. Sie brauchte unbedingt etwas Stärkeres zum

Schlafen. Am besten machte sie sich gleich auf den Weg. Brigitte erhob sich.

Wo waren denn die beiden? Lena war sicher bei Sebastian. Aber Anna? Sie müsste doch da sein.

Brigitte rief nach ihrer Tochter, bekam aber keine Antwort. Da hörte sie die leise Musik aus Annas Zimmer. Natürlich war sie zu Hause.

Wenn sie doch ein wenig mehr wie Lena wäre. Immer hockt sie in ihrem Zimmer und träumt vor sich hin, dachte Brigitte. Sie erhob sich mühsam, verließ die Küche, durchquerte den kleinen Flur und öffnete Annas Tür.

Wie üblich lag Anna auf dem Bett, die Augen geschlossen, und schien ihr Kommen nicht zu bemerken. Die Musik klang jetzt lauter.

Wie konnte sie nur dabei schlafen? Und die Hausaufgaben?

Brigitte sprach sie an. Anna schrak auf, öffnete die Augen.

Brigitte spürte, wie der Ärger in ihr aufstieg und sich Luft verschaffen musste: „Wo bist du nur mit deinen Gedanken? Ich habe dich schon mehrere Mal gerufen, und du hast mir nicht geantwortet. Außerdem solltest du den Müll runter bringen und hast es nicht getan. Die Spülmaschine hast du auch nicht angestellt, obwohl sie voll ist. Soll ich denn alles selber machen?“

Anna hatte sich aufgesetzt und sah ihre Mutter erschrocken an. Einen Moment schwiegen beide, dann stand das Mädchen auf.

„Ich wollte das ja auch noch machen“, verteidigte sie sich. „Und ich wusste ja nicht, dass du heute früher kommst.“ Mehr fiel ihr nicht ein.

„Das ist doch kein Grund. Du sollst deine Aufgaben gleich erledigen!“ erwiderte Brigitte streng.

Doch dann nahm sie wahr, wie blass Anna war und sie sorgenvoll musterte. Sie kannte diesen Blick. So sollte eine Tochter ihre Mutter nicht ansehen. Brigitte sagte daher beiläufig: „Ich habe heute eher Schluss gemacht, ich gehe noch zu Frau Becker.“

„Bist du krank?“ fragte Anna besorgt.

„Nein, ich fühle mich nur etwas erschöpft und möchte abklären lassen, was die Ursache ist“, erwiderte Brigitte. „Es wird schon nichts Schlimmes sein.“ Nach einer kleinen Pause verabschiedete sie sich: „Ich gehe dann mal los. Bis später.“ Mahnend fügte sie hinzu: „Denke aber auch an deine Aufgaben!“

Brigitte schloss die Tür.

Der Weg zu Frau Becker war nicht sehr weit. Es war noch recht kühl, doch das Sonnenlicht ließ die Blätter in den Bäumen leuchten, und die Vögel zwitscherten in den Zweigen. Von all dem nahm Brigitte kaum etwas wahr.

Leider war das Wartezimmer schon gut gefüllt; sie hatte keinen Termin und musste über eine Stunde warten. Endlich wurde sie zur Ärztin hereingerufen.

Freundlich empfing sie Frau Becker und hörte sich ruhig den Bericht ihrer Patientin an. Sie kannte Brigitte schon viele Jahre und wusste von ihren immer wiederkehrenden Krisen.

„Ich wünsche mir einfach, dass ich wieder besser schlafe und zu Kräften komme. Baldrian allein hilft mir nicht mehr. Können Sie mir etwas verschreiben?“ Brigitte schaute die Ärztin bittend an.

„Wie wäre es denn mal wieder mit psychotherapeutischen Gesprächen?“ schlug Frau Becker vor. „Ich sehe, die letzte therapeutische Behandlung liegt schon eine ganze Zeit zurück. Und wenn ich recht erinnere, hat Ihnen diese doch recht gutgetan.“

Brigitte schüttelte den Kopf. „Nein, das möchte ich nicht. Dazu fehlt mir die Zeit. Außerdem geht es mir nicht schlecht. Wenn ich wieder besser schlafe, kommt auch die Kraft wieder, und meine Stimmung wird besser, das kenne ich.“

Zweifelnd schaute die Ärztin sie an. „Die Schlafstörungen haben doch auch ihren Grund. Tabletten allein helfen nicht, sie machen eher abhängig. Ich werde ihnen ein neues Antidepressivum aufschreiben, in Deutschland ist es erst seit kurzem auf dem Markt, aber in Amerika wird es aber schon längere Zeit mit gutem Erfolg angewandt. Sie sollten das mal versuchen, damit müsste auch Ihr Schlaf besser werden.“

Ein wenig hoffnungsvoller verließ Brigitte die Praxis und löste in der Apotheke nebenan das Rezept ein. Inzwischen war der Abend angebrochen, Zeit, nach Hause zu gehen. Alles nur Erzählung

3. Anna

Anna stand noch eine Weile im stillen Flur und schaute auf die geschlossene, dunkle Wohnungstür.

Hoffentlich wird Mama nicht wieder krank. dachte sie. Sie kannte die Vorzeichen: Immer, wenn Mama so schlechte Laune hatte, sie so blass und müde wurde, fing eine depressive Phase an. Wenn die Tabletten, die Frau Becker verschrieb, nicht ausreichend halfen, hatte sich die Mutter krankschreiben lassen und sich längere Zeit ins Bett verkrochen. Dann mussten Lena und sie den Haushalt und auch noch die Mutter versorgen.

Anna mochte nicht mehr daran denken. Bedrückt ging sie in die Küche, stellte den Geschirrspüler an und brachte den Müll in die Tonne auf den Hof. Anschließend wischte sie auch noch den Tisch und die Arbeitsflächen ab und kehrte die Krümel vom Boden auf.

Mama wird zufrieden sein. Aber ob sie es überhaupt sieht?

In ihr Zimmer zurückgekehrt, stellte Anna wieder den CD-Player an, dieses Mal nur leiser, und legte sich auf ihr Bett.

In der Ferne konnte sie schon ihr Haus sehen, und Sturmwind fiel in einen ruhigen Trab. Zu Hause angekommen, stieg Anna ab, bedankte sich bei ihrem Pferd, indem sie ihm über den Kopf streichelte, und verabschiedete sich von ihm. Sturmwind schnaubte leise und begann zu grasen. Anna ging ins Haus, warf ein neues Holzscheit in den Ofen und kuschelte sich mit einer Decke auf ihr Sofa. Der Ofen knackte und summte, es roch würzig nach dem Holzfeuer. Der sichere Ort

Anna wurde innerlich ruhiger. Aber so ganz war sie nicht in ihrem Traum, denn sie horchte immer wieder auf das Klacken der Außentür.

Endlich war es so weit, und Anna verließ ihr Zimmer, um nach der Mutter zu schauen.

Diese zog seufzend ihren Mantel aus, hängte ihn auf einen Bügel an den Garderobenständer.

„Was sagt Frau Becker?“ fragte Anna.

„Erst einmal musste ich über eine Stunde warten, Dann hat sie sich für mich kaum Zeit genommen“, erwiderte die Mutter klagend. „Aber sie hat mir etwas verschrieben, und ich hoffe, dass es mir helfen wird“, fügte sie, schon etwas versöhnter zu.

„Was ist das denn für ein Mittel? Kennst du das schon?“

„Nein, es ist ein neues. Frau Becker meint, in Amerika hätten sie gute Erfahrungen damit gemacht“, antwortete die Mutter.

„Das klingt gut“, erwiderte Anna tapfer, aber wenig überzeugt.

„Dann sollten wir jetzt zu Abend essen“, meinte die Mutter, und sie deckten gemeinsam den Tisch. Es gab keinen Kommentar zu den erfüllten Aufgaben, die Mutter sah auch nicht, dass die Küche besonders sauber war.

War ja auch nicht so wichtig. Die Mutter fragte beim Essen immerhin nach der Schule, hörte aber auch nicht wirklich auf das, was Anna berichtete.

Wieder in ihrem Zimmer, stellte ihre Lieblingsmusik an und las. Gerade als sie sich zum Schlafen ausziehen wollte, stürmte Lena in ihr Zimmer. Wie immer war die große Schwester super gestylt angezogen, nur das Make-up war etwas verwischt. Ja, sie kam von ihrem Freund, stellte Anna fest.

„Ist was mit Mama?“ fragte Lena besorgt. „Sie sieht so blass und geschafft aus.“

„Sie kam heute früher nach Hause, sie fühlte sich nicht gut und ist zur Ärztin gegangen. Sie hat ihr wohl was verschrieben, was gut helfen soll. Wohl ein neues Antidepressivum.“

„Geht das wieder los“, stöhnte Lena, „Ich halte das nicht mehr aus.“ Und fügte nach einer kurzen Pause hinzu: „Lange bin ich ja sowieso nicht mehr hier. Wenn ich mein Abi habe, bin ich weg.“

Als sie sah, wie betroffen sie Anna anschaute, setzte sie sich zu ihr aufs Bett und legte den Arm um sie. „Kleine Schwester, ich lass dich doch nicht allein. Ich werde mich weiter um dich kümmern.“

Anna sagte nichts. Schon seit langem war Lena kaum noch zu Hause und verbrachte ihre Zeit mit Sebastian und ihren Freundinnen. Nur manchmal erinnerte sie sich wieder daran, dass sie eine Schwester hatte. Und in den Zeiten, wenn die Mutter krank war, teilten sich beide die Arbeit und kümmerten sich um sie.

Lena drückte Anna noch einmal fest. „Gute Nacht, und mach dir nicht so viel Sorgen. Vielleicht ist das ja wirklich ein Wundermittel, und Mama geht es sehr schnell wieder besser.“

Anna legte noch ein letztes Holzscheit in den Ofen und begab sich ins Bett. Das Feuer knisterte, im Raum war es wohlig warm, und sie kuschelte sich in ihre weiche Decke. Sie wusste, auf der anderen Seite der Wand stand Sturmwind in seinem Stall. Sie hörte sein leises Schnauben und fühlte sich geborgen.

4. Lena

Zur selben Zeit versuchte Lena noch einmal Sebastian zu erreichen, aber vergeblich. Er hatte sein Handy schon abgestellt. Dabei hätte sie ihm gerne eine gute Nacht gewünscht. Wenn er noch wach genug gewesen wäre und aufnahmebereit, hätte sie ihm auch von etwas dem Gespräch mit Anna erzählt. Dann eben nicht. Sie würden sich am nächsten Tag wiedersehen, und da konnte sie ihm alles berichten.

Sie zog sich aus und ging zu Bett, konnte aber auch nicht gleich einschlafen.

Sie wäre doch besser bei ihm geblieben, dann hätte sie von all dem nichts mitbekommen, doch im nächsten Moment meldete sich ihr schlechtes Gewissen und die Wut auf ihre Mutter.

Aber sie mochte Anna doch nicht damit alleinlassen. Warum konnte ihre Mutter nicht endlich Frieden mit der Vergangenheit und mit ihrem Vater schließen, ihr Leben in die eigene Hand nehmen? Lena hatte einfach keine Lust mehr, sich um sie zu kümmern. Sie kreist immer nur um sich selbst und merkt gar nicht, was sie uns antut, dachte sie. Vor allem Anna.

In ihren Gedanken war Lena erneut bei ihrer kleinen Schwester. Sie sah, wie sich Anna vor allem zurückzog und sich ständig um die Mutter sorgte. Lena dachte an die Zeit vor drei Jahren zurück, als sie selbst so alt war wie Anna heute. Damals war sie auch unsicher, zweifelte an ihrem Aussehen. Sie wäre gerne so schlank wie ihre beste Freundin Hanna gewesen, eigentlich heute noch. Lena beneidete sie um ihre leuchtend roten, lockigen Haare. Dennoch war sie oft unterwegs gewesen, eingeladen auf Partys oder in der Disco. Jedes Mal vorher die lange Suche nach dem richtigen Outfit, immer wieder neu an- und ausgezogen und geschminkt, meistens zusammen mit Hanna. Wenig später hatte Lena sich das erste Mal verliebt, in Paul, das war eine aufregende Zeit, jede freie Minute hatten sie gemeinsam verbracht. Es gab zwar auch viele Streitigkeiten mit der Mutter, wenn sie zu spät nach Hause kam, aber das kümmerte sie weniger. Sie war einfach nur weg von zu Hause und der Sorge um die Mutter.

Soweit sie es mitbekam, war Anna fast immer daheim. Wenn sie ihre Schwester danach fragte, ob sie denn keine Lust habe, mal wegzugehen, reagierte diese sehr unwirsch. So fragte Lena besser nicht mehr nach.

Immer noch trug Anna die weiten Sweatshirts und schlabbrigen Hosen, die Haare zu einem festen Pferdeschwanz gebunden. Sie schminkte sich auch nie. Dabei sah sie eigentlich ganz hübsch aus. Sie wollte wohl nicht, dass es jemand sah.

Vielleicht mache ich mir zu viel Gedanken, versuchte Lena sich zu beruhigen. Anna muss sich ja nicht unbedingt genauso entwickeln wie ich, und sie ist ja erst fünfzehn. Wenn ich mein Abi gemacht habe und es mit

Mama nicht besser wird, ziehe ich sowieso in eine andere Stadt zum Studieren, und dann nehme ich sie mit.

Wenig später war Lena eingeschlafen.

5. Zu dritt ans Meer

Wie Lena es prophezeit hatte, ging es der Mutter schon nach kurzer Zeit wieder besser. Sie ließ sich nur eine Woche krankschreiben, kehrte danach aber jeden Tag früher als sonst aus dem Verlag zurück.

Anna beobachtete sie weiter besorgt, ließ sich das aber nicht anmerken. Gewissenhaft erfüllte sie ihre häuslichen Pflichten. manchmal nahm es die Mutter sogar wahr und bedankte sich dafür.

In solchen Momenten wollte sie auch wissen, was ihre jüngere Tochter beschäftigte, und fragte nach der Schule und ihren Freundinnen. Anna erzählte dann bereitwillig vom Unterricht, aber von ihren Nachmittagen konnte und mochte sie nicht berichten, und schon gar nicht von ihrer Traumwelt.

Auch an diesem Abend. Beide aßen gemeinsam zu Abend. Lena war bei Sebastian.

Wieder einmal hatte die Mutter gefragt, was sie denn am Nachmittag gemacht habe. „Was ist denn mit Sylvia? Früher habt ihr euch doch so oft gesehen."

Anna wusste wohl, dass sich die Mutter auch um sie Sorgen machte. Sie wünschte sich eine Tochter, die mehr Freunde hatte, mit ihnen viel unternahm, sich hübscher anzog, so wie Lena eben.

Doch sie war nicht wie Lena.

In Annas Leben gab es außerhalb der Familie und Schule nur Sylvia. Mit ihr war sie nicht mehr oft zusammen, seit diese einen festen Freund hatte. Früher trafen sie sich fast jeden Nachmittag, besuchten sich abwechselnd. Doch jetzt war Sylvia nur noch mit Michael beschäftigt. In der Schule saßen sie noch nebeneinander, doch Sylvia redete ständig von ihm. Anna hörte zu und sagte kaum etwas. Sylvia merkte gar nicht, dass ihre Freundin immer mehr verstummte, freute sich vielmehr, dass sie Anna alles erzählen konnte.

Anna selbst interessierte sich nicht für Jungen. Sie sah, wie sich Lena und Sylvia verändert hatten. Beiden ging es nur noch darum, den Jungen zu gefallen, Klamotten, Frisuren, Schminke. Sie passten sich an die Freunde an und hatten nichts anderes mehr im Kopf. Anna wollte sich selbst nicht so verbiegen.

Eine Weile widmeten die beiden sich still ihrem Essen. Brigitte hatte wohl bemerkt, dass ihre Tochter einsilbig auf ihre Fragen reagierte und in ihren Gedanken ganz woanders war. Sie selbst ließ ihren eigenen Tag noch einmal Revue passieren. Eigentlich war er gut verlaufen, sie hatte sogar ein Lob von ihrem Ressortchef Herrn Grote erhalten.

„Frau Werner, ich bin mit Ihrer Arbeit sehr zufrieden. Auch wenn die Kunden die Daten vorgeben, bemerke ich doch, dass Sie die Annoncen gut und präzise formulieren.".

Brigitte schlief wieder besser und nahm auch wahr, dass der Frühling Einzug gehalten hatte. Schon seit einer Woche schien die Sonne, das schöne Wetter sollte auch am Wochenende anhalten.

Plötzlich kam ihr ein Gedanke. „Wie wäre es, wenn wir am Wochenende mal wieder etwas zusammen unternehmen würden? Einen Ausflug, wie früher?"

Anna schaute ihre Mutter erstaunt an. Sie hatten schon lange nichts mehr gemeinsam gemacht.

„Eine gute Idee. Wohin möchtest du denn?" fragte sie vorsichtig.

Als hätte sie nur auf das Stichwort gewartet, sprudelte die Mutter los: „Wir könnten an die See fahren, einen langen Strandspaziergang machen und danach Fisch essen gehen." Sie machte eine kleine Pause und schaute ihre Tochter erwartungsvoll an. „Zum Baden ist es ja noch zu kalt. Aber am Samstag soll an der See die Sonne scheinen." Und als sie den skeptischen Blick ihrer Tochter sah: „Früher warst du doch auch gerne am Meer."

Früher. Das war vor langer Zeit, als Papa noch da war. Da waren sie am Wochenende öfter zu viert an den Strand gefahren. Doch das war eine andere Zeit. Anna antwortete etwas zögerlich: „In Ordnung. Wird Lena auch mitkommen?"

„Ich habe sie noch nicht gefragt, wollte erst mal hören, was du dazu meinst. Natürlich kann sie mitkommen. Aber wenn sie keine Zeit hat, können wir es uns auch zu zweit schön machen, was meinst du?"

Anna war einverstanden. „Gut, aber wir sollten sie fragen."

Doch Lena kam an diesem Abend erst sehr spät zurück. Anna war schon zu Bett gegangen und wollte nicht mehr auf ihre Schwester warten. Sollte doch Mama mit ihr reden, es war ja auch ihre Idee gewesen.

Im Bett dachte Anna noch einmal über alles nach. Einerseits freute sie sich, dass es ihrer Mutter wieder besser ging und sie sogar etwas mit ihr unternehmen wollte. Aber bitte nicht aus Mitleid. Sie konnte sich schon selbst beschäftigen. Und sie wollte auch nicht von ihrer Mutter ins Gebet genommen werden, ausgefragt, warum sie denn keine Freunde habe und ihre Zeit meistens zu Hause verbringe. Da wäre es schon besser, Lena wäre mit dabei, Mama wäre abgelenkt. Zwar würden vor allem die beiden miteinander sprechen und lachen, aber das kannte Anna schon. So blieb sie lieber im Hintergrund.

Es war bereits Abend und schon fast dunkel. Wie immer wartete Sturmwind schon auf sie und wieherte erfreut. Anna schmiegte sich an seinen Kopf und verweilte einen Moment. Es war so gut, dass er da war. Wieder hatte sie eine besonders saftige Möhre in der Hosentasche, die er sofort geräuschvoll verspeiste. Anna streichelte seinen Kopf und führte ihn in seinen Stall, warf frisches, duftendes Heu in die Raufe. Sturmwind wieherte noch einmal leise und wandte sich seinem Futter zu. Anna schloss die Stalltür. feuerte im Haus den Ofen an, kuschelte sich in ihre warme Decke und begab sich ins Bett. Bevor sie einschlief, legte sie noch einmal ihr Ohr an die Wand und hörte das gleichmäßige Mahlen von Sturmwinds Zähnen, die in Ruhe das Heu zerkleinerten.

Am nächsten Morgen deckte die Mutter bereits den Frühstückstisch, als Anna und Lena kurz nacheinander die Küche betraten. Auch Lena bemerkte, dass die Mutter gut gelaunt schien, und kaum dass sie Platz genommen hatte, unterbreitete Brigitte auch ihr den Vorschlag.

„Was hältst du davon, wenn wir am Wochenende mal wieder zu dritt an die See fahren? Wir waren schon lange nicht mehr dort. Anna hätte auch Lust."

Überrascht schaute Lena ihre Mutter an. Im nächsten Moment blickte sie fragend auf Anna. Diese nickte bestätigend und erwiderte knapp: „Finde ich auch eine gute Idee."

Einen Moment zögerte Lena. Doch dann fiel ihr ein, dass Sebastian bereits am Samstag mit seiner Familie nach Hamburg aufbrechen würde, um dort den siebzigsten Geburtstag seiner Großmutter zu feiern. Und der Gedanke, endlich einmal wieder selbst Auto zu fahren, reizte sie. Seit zwei Monaten hatte sie den Führerschein, war bisher aber kaum dazu gekommen, Fahrpraxis zu erwerben.

„Einverstanden", willigte sie ein. „Aber ich möchte ans Steuer."

Samstag früh saßen sie alle im Golf der Mutter. Noch war es recht kühl, doch die Sonne schien bereits und kündigte einen schönen Frühlingstag an. Lena fuhr, die Mutter saß daneben und Anna auf dem Rücksitz. Sie spürte die Freude und Aufregung der großen Schwester. Die Mutter und Lena redeten unentwegt miteinander, doch Anna hörte überhaupt nicht hin. Sie schaute aus dem Fenster und betrachtete die vorbeiziehende Landschaft, dunkle Wälder, frisch gepflügte Äcker und die schon grünenden Wiesen.

Als sie endlich das Meer erreichten, stand die Sonne schon hoch am Himmel. Lena parkte den Golf auf dem Parkplatz am Hafen, und die Mutter ging mit ihren beiden Töchtern beschwingt zum Strand. Sofort zogen alle Schuhe und Strümpfe aus, krempelten die Hosenbeine hoch und liefen durch den feinen, weichen Sand zum Wasser. Die Wellen umspülten ihre Füße. Jauchzend sprangen sie zurück – denn das Wasser war noch sehr kalt –, um es dann aber wieder erneut zu versuchen.

Nach einer Weile ließen sie sich lachend in den Sand fallen. Eine Weile saßen sie still nebeneinander und schauten in die rauschenden Wellen, die gleichmäßig an den Strand spülten. Jede schien in ihre eigenen Gedanken versunken. Es ist fast so schön wie früher, als Papa noch dabei war, dachte Anna.

Schließlich gab die Mutter den Startschuss: „Es ist noch zu kalt, um hier längere Zeit zu sitzen. Lasst uns ein wenig am Strand entlanglaufen."

Barfuß, die Mutter in der Mitte, machten sie sich auf den Weg. Es war schön, den weichen, kühlen Sand unter den Füßen zu spüren.

Lena sprach zuerst von früheren Zeiten: „Wisst ihr noch, wie wir hier alle am Strand waren und Drachen steigen ließen? Und sich immer wieder die Schnüre verwickelten?"

Sie lachten. Jetzt trug jede etwas aus ihren Erinnerungen bei, auch Anna. Strandburgen bauen, Wettrennen im Sand, plantschen und schwimmen im Wasser, wattwandern. Zwar wurde nicht vom Vater gesprochen, aber er war für alle anwesend.

Die Zeit verging wie in Fluge. In der Ferne tauchte ein Hinweisschild auf ein kleines Fischlokal auf. Durch die frische Luft und den langen Weg hatten die drei Hunger bekommen und kehrten ein. Es schmeckte ihnen, und gestärkt liefen sie wieder zum Hafen zurück.

Inzwischen war es später Nachmittag geworden. Auf der Rückfahrt saß Lena wieder am Steuer, die Mutter daneben und Anna auf dem Rücksitz. Die Stimmung war gelöst, und sie unterhielten sich angeregt über den schönen Ausflug. Schließlich machte sich eine entspannte Müdigkeit im Auto breit. Anna döste vor sich hin. Es war ein schöner Tag gewesen. Erinnerungen an frühere Tage am Meer kamen hoch. Sie sah sich, vom Vater gehalten, die ersten Schwimmversuche machend, mit ihm im Sand buddeln und nach Wattwürmern graben. Er hatte so viel mit ihr und Lena gemacht, warum musste er nur gehen? Sieben Jahre war er nun schon weg, doch sie vermisste ihn noch sehr.

Traurigkeit breitete sich in Anna aus, doch das wollte sie nicht. So schob sie die Erinnerungen an ihn fort.

Ein früher, frischer Frühlingsmorgen. Anna wurde durch das Wiehern von Sturmwind geweckt. Sie richtete sich auf und sah, wie er auffordernd durchs Fenster schaute. Sofort war sie wach, sprang aus dem Bett, lief hinaus und begrüßte Sturmwind. Mit seinem Kopf machte er eine auffordernde Geste, sie verstand ihn und schwang sich auf seinen Rücken, ein schneller Morgenritt über Stock und Stein.

Anna war ein wenig eingenickt und wurde wieder wach, als Lena vor der Haustür anhielt.

Sie streckte sich und stieg mit den anderen aus dem Auto. Müde und zufrieden ging sie in die Wohnung hinauf. Und wünschte sich, noch häufiger solche Tage mit ihrer Mutter und ihrer Schwester zu erleben.

6. Ein Abend mit Lena

Der Frühsommer begann heiß und sonnig, doch schon nach einer Woche kühlte es merklich ab, und der Regen hielt Einzug.

Der Mutter war es überwiegend gut gegangen. Dafür erlebte Lena einen Stimmungseinbruch, als sich Sebastian von ihr trennte. Er hatte sich in ein anderes Mädchen verliebt.

Lena litt, weinte sich häufig bei ihren Freundinnen aus, vor allem bei Hanna. Dabei ging es immer wieder um die Frage, wie das passieren konnte. Die erste Zeit hatten sie sich doch so gut verstanden, Sebastian war immer für sie da und ein wunderbarer Zuhörer. An jedem Wochenende wollte er sie sehen. Sie verlebten schöne Zeiten in seiner kleinen Wohnung mit eigenen Bad und Kochecke, die ihm seine Eltern im Anbau ihres Hauses eingerichtet hatten. Sie hofften wohl, er würde nach dem Abitur zu Hause wohnen bleiben. Häufig hatten Lena und Sebastian gemeinsam gekocht und

Filme angeschaut, auch viel miteinander geredet, über ihre Familien und ihre Freunde, ihre Zukunftspläne. Nach einigen Wochen begannen sie, sich wieder mit Freunden zu treffen, im Kino, auf Festen und Filmabenden, die oft auch bei ihm stattfanden. Fast ein Jahr war es ihnen gut dabei gegangen. Er schien glücklich mit ihr zu sein, schickte viele SMS an den Tagen, an denen sie sich nicht sahen.

Doch wenn sie es recht bedachte, schien er in letzter Zeit verändert, hörte nicht wirklich zu. Wenn sie etwas erzählte, wirkte er abwesend. Ob es da schon mit der anderen angefangen hatte, mit Swantje aus dem Jahrgang unter ihnen? Oder war ihm die Zweisamkeit mit ihr zu viel geworden?

Sie kannte Swantje nur vom Sehen, sie war etwas größer als sie und sehr schlank. Hanna meinte, sie würde auf jeden Fall optisch nicht an Lena heranreichen. Das meinte ihre beste Freundin, doch hatte er sicher auch andere Gründe, die sie nicht kannte. Er wollte nicht mehr darüber reden, so konnte sie es nicht mehr mit ihm klären. Deswegen sprach sie mit Hanna und ihren anderen Freundinnen darüber, bis diese ihr nach einer Weile rieten, nach einem Neuen Ausschau zu halten.

Häufiger als in den Sebastian-Zeiten besuchte Lena am Nachmittag ihre kleine Schwester in ihrem Zimmer oder ging mit ihr Eis essen. Anna war zunächst irritiert von Lenas plötzlichem Interesse an ihr, verspürte auch leichten Ärger, da sie sich als Lückenbüßer fühlte. Sie gestand sich aber auch ein, dass Lena genug Freundinnen hatte, um ihre freie Zeit zu füllen, und freute sich über die gemeinsamen Gespräche und Unternehmungen.

Dabei sprachen sie vor allem über ihre Eltern. So auch an einem Nachmittag im Frühsommer, als ihre Mutter noch bei der Arbeit war. Beide saßen in der Küche und tranken einen Kaffee.

„Papa hat es mit Mama nicht mehr ausgehalten“, versuchte Lena ihrer Schwester zu erklären. „Mama war zu oft schlecht drauf. Gerade als du klein warst, hat sie sich innerlich sehr zurückgezogen, so dass Papa sich neben der Arbeit noch um uns beide kümmern musste.“

Sie machte eine Pause und fuhr dann bekümmert fort: „Ich glaube, für Mama sind wir zu früh gekommen. Sie hatte noch so viel vor, wollte ihre Jugend genießen, reisen, auch beruflich noch weiterkommen. Sie wollte wohl auch noch Journalistik studieren.“

Anna nickte, von ihren früheren Studienplänen hatte die Mutter schon öfter berichtet.

„Und dann wurde sie unerwartet mit mir schwanger. Da kannten sich Papa und sie erst wenige Monate. Sie hätten viel mehr Zeit gebraucht, um sich kennenzulernen und festzustellen, ob sie überhaupt zueinander passten. Sie hatte gerade ihre Lehre als Bürokauffrau bei der Zeitung beendet, da kam ich. Mama wollte nicht abtreiben, und so heirateten die beiden eben. Zum Glück ist Oma in der ersten Zeit viel eingesprungen und hat geholfen, Mama war doch erst neunzehn, Papa war dreiundzwanzig und studierte noch. Da hat Mama wieder gearbeitet, das Geld für die Familie verdient, und Oma hat auf mich aufpasst."

Lena schwieg eine Weile, sah ihre Schwester nachdenklich an und fuhr zögerlich fort: „Nach drei Jahren kamst du dann, wohl auch nicht geplant. Papa hatte gerade seine erste Stelle angetreten. Und Mama hatte sich in der Journalistenschule angemeldet. Oma konnte nicht mehr so viel helfen, sie bekam ja Rheuma und hatte Schmerzen. Da ging es Mama nicht gut. Sie fühlte sich von Oma im Stich gelassen und schaffte es wieder nicht, ihren Berufstraum zu verwirklichen."

Anna hatte still zugehört. Vieles davon wusste sie schon, hatte es aber noch nicht so im Zusammenhang gehört. Schließlich fragte sie ängstlich: „Sind wir denn schuld, dass Mama depressiv geworden ist?"

Lena schaute zunächst erschrocken und erwiderte dann schnell: „Natürlich nicht!" Sie atmete tief ein und setzte ruhiger und nachdenklich fort: „Ich glaube auch, dass Mama nicht erst durch uns Probleme mit sich bekam. So wie ich mitbekommen habe, ging es ihr auch mit Oma und Opa nicht so gut. Sie deutete so was mal an. Was da aber wirklich los war, weiß ich nicht. Mehr wollte Mama nicht erzählen."

Anna schien erst einmal beruhigt. Aber es stellten sich ihr neue Fragen, auf die sie sich eine Antwort wünschte: „Und was war mit Papa? Warum ist er so plötzlich weg? War es nur wegen Mama? Oder waren wir ihm auch zu viel?"

Lena hatte auch schon viel darüber nachgedacht. „Nein, es ging nicht um uns. Er hat sich zu früh an Mama gebunden, weil ich unterwegs war. Er war gerade mit seinem Grundschullehrerstudium fertig geworden und musste noch das Referendariat machen. Da hatte er viel zu tun und war froh, dass Oma noch mithalf. Als du dann kamst und Oma nicht mehr mithelfen konnte, war er dran. Nach der Schule holte er erst mal mich vom Kindergarten ab. Und kaum waren wir zu Hause, hat Mama dich ihm auch noch aufgedrückt und sich in ihr Zimmer oder ins Bett zurückgezogen." Lena machte eine Pause, schaute aus dem Fenster und fuhr fort: „Mama schlief kaum in der Zeit. Nachts hast du oft geschrien, dann wurde sie wach und konnte, nachdem sie dich versorgt hat, nicht mehr einschlafen. Und wenn du nicht geschrien hast, hat sie darauf gewartet, dass du es tun würdest, und kam so auch nicht zur Ruhe."

„Woher weißt du das alles?" fragte Anna erstaunt.

„Das hat mir Papa erzählt. Ich habe ihn danach gefragt, als wir uns das letzte Mal sahen."

„Mir hat er davon nichts gesagt", erwiderte Anna gekränkt.

„Du warst ja auch noch jünger als ich", bemerkte Lena beschwichtigend. „Er wollte dich damit noch nicht belasten. Du weißt ja, er ist nicht nur gegangen, weil er es mit Mama nicht mehr ausgehalten hat. Er hatte ja auch eine Beziehung mit Renate begonnen, seiner Kollegin."

„Ja, und jetzt sind sie beide in Bayern, haben zwei Kinder, und wir sind ihm nicht mehr wichtig", sagte Anna bitter.

„Ich finde es auch nicht in Ordnung, dass er sich nach Rosenheim davongemacht hat. Damit ist er auch vor uns weggelaufen. Und mit Renate zwei neue Kinder in die Welt zu setzen finde ich auch nicht so toll. Renate hat wohl viel Druck gemacht, wollte unbedingt Kinder. Da blieb nicht viel Zeit für uns."

Anna nickte. „Ja, wir sehen ihn so selten. Seine neue Familie steht immer an erster Stelle, und dann wohnt er noch so weit weg." Nach einer kurzen Pause wurde ihre Stimme sehr leise und traurig: „Und irgendwie ist er mir auch fremd geworden. Er ist nicht mehr unser Papa, der mit uns Spaß macht. Er ist so ernst geworden, er knuddelt auch nur noch mit den zwei Kleinen."

Lena mochte sich anscheinend nicht mehr mit ihrem Vater beschäftigen und wechselte das Thema. „Sag mal, hast du eine Idee, warum es Mama jetzt schon eine ganze Weile besser geht? Es kann doch nicht allein an dem neuen Medikament liegen."

Jetzt konnte Anna etwas beitragen, wovon ihre große Schwester noch nichts wusste. Denn Anna verbrachte mehr Zeit mit der Mutter und beobachtete sie genau. „Sie hat im Verlag eine neue Aufgabe bekommen, die ihr sehr liegt. Sie schreibt jetzt auch kleine Artikel zur Verkehrssituation, Unfallberichte und so. Du musst mal öfter in die Zeitung schauen, sie macht das richtig gut. Dabei hatte sie erst große Angst davor und meinte, sie schafft das nicht. Ihr Chef hat ihr wohl auch gesagt, dass sie das super hinbekommt."

Lena schaute die kleine Schwester erstaunt an. „Davon wusste ich noch gar nichts. Warum hat mir das keiner erzählt? Mama war doch bisher für die Anzeigenaufnahme tätig."

„Du hast ja auch nicht danach gefragt. Und bist ja auch nicht so viel zu Hause“, fügte Anna etwas spitz hinzu.

Lena lachte. „Das stimmt ja auch. Finde ich toll, dass Mama die neue Aufgabe hat.“ Sie erhob sich. „Wir haben lange geschwätzt. Jetzt muss ich noch was für die Schule machen.“ Sie umarmte ihre Schwester. „Es war schön, mit dir zu reden. Wir sollten das öfter tun.“

Anna stimmte zu, räumte die Tassen in die Spülmaschine, nahm ihre Tasche und ihre Geldbörse und verließ das Haus. Sie musste noch einen Block und Stifte für die Schule besorgen. Die frische Luft und der Gang zum Schreibwarenladen taten ihr gut, sie konnte das Gespräch noch einmal bedenken. Sie musste sich beeilen, denn das Geschäft würde bald schließen, doch gerade das erlebte sie als wohltuend.

Ja, es war gut, mit Lena über die Eltern zu sprechen, ihr wurde so viel dabei klar. Und vieles sahen sie ähnlich. Papa fehlte ihr trotzdem sehr, auch wenn sie jetzt versuchte, ihn besser zu verstehen. Und sie freute sich über Mamas neue Aufgabe, die ihr so guttat.

An diesem Abend kam sie erst spät in ihrem Haus an, begrüßte Sturmwind kurz, brachte ihm noch Futter und zog sich schnell in ihr Haus zurück. Sie genoss die Ofenwärme und begab sich bald zu Bett.

7. Der Vater

Seit Wochen schon hatte der Hochsommer Einzug gehalten. Die Hitze nahm Besitz von seinem Klassenraum und machte das Lernen und Unterrichten schwer erträglich. Die Schüler hielt es kaum noch aus auf ihren Plätzen, sie wollten hinaus in die Natur und an den Badesee.

Doch noch mussten viele Klassenarbeiten geschrieben werden, so jetzt auch das Diktat in seiner vierten Klasse. Thomas sah auf die abweisenden Mienen seiner Schüler, atmete tief durch und begann zu diktieren.

Nach der Stunde entließ er die Kinder in die große Pause und suchte sich selbst einen schattigen Platz auf dem Schulhof.

In Gedanken war er schon in den Sommerferien. Gleich zu Beginn würde er mit Renate und den Kindern nach Sierksdorf an die Ostsee aufbrechen. Vorher hieß es noch Koffer packen und das Auto beladen. Oder sollten sie lieber schon in der Nacht starten, um größere Staus zu vermeiden?

Renate wäre lieber in den Süden gefahren, sie fand die Ostsee langweilig und bevorzugte die österreichischen Seen und die Strände in Italien. Doch er hatte auf Ferien im Norden bestanden. „Amelie und Johann haben sich am Strand so wohlgefühlt, und außerdem ist es dort nicht so heiß wie im Süden", hatte er argumentiert. Es war nicht so leicht gewesen, sich durchzusetzen, doch es war ihm gelungen.

Denn es ging ihm auch um die Möglichkeit, seine großen Töchter wiederzusehen. Schon letztes Jahr waren sie für eine Woche dazugekommen, und er hatte sie auch dieses Jahr eingeladen. Die Zugfahrt von Bremen nach Travemünde war nicht so weit, nach Österreich oder gar Italien hätte sie Brigitte kaum alleine fahren lassen.

Das hatte auch Renate eingesehen, die wusste, wie sehr er Lena und Anna vermisste. Nach der Trennung von Brigitte verhinderte diese immer wieder gemeinsame Treffen mit den Töchtern, und nach seinem Umzug nach Bayern gab es auch nur noch selten die Gelegenheit, die beiden zu besuchen.

Dabei hatte er noch so schöne Erinnerungen an die ersten Jahre ihrer Kindheit, die auch die vielen heftigen Auseinandersetzungen mit Brigitte nicht trüben konnten

Noch einmal sah er die beiden vor sich, als er sie das letzte Mal vom Zug abgeholt hatte. Zwei Jahre hatte er sie nicht mehr gesehen, und sie wirkten so verändert. Vor allem Lena, in betont enger Kleidung, sorgfältig geschminkt, wirkte schon fast erwachsen. Anna war zwar auch größer geworden, doch sie hielt sich wie immer im Hintergrund und trug ihren langen Pferdeschwanz und die weiten Pullover und Hosen. Beide schienen sich trotz ihrer Gegensätzlichkeit gut zu verstehen und zogen sich häufig in ihr Zimmer unter dem Dach des Ferienhauses zurück.

Gerne hätte er mehr Zeit für sie gehabt, wo er sie doch schon so selten sah. Aber Johann und Amelie waren auch noch da und wollten mit ihrem Papa spielen. Dazu waren die Ferien auch da, und Renate wirkte so müde, sie brauchte die Entlastung. Er konnte sich ja nicht vierteilen und hoffte, seine Kinder würden auch zusammen Spaß haben. Doch Lena zeigte deutlich, dass sie wenig Lust verspürte, sich mit ihren Geschwistern zu beschäftigen, und auch Anna ging nur halbherzig auf die Spielangebote der Kleinen ein. Sie kannten Johann und Amelie ja kaum, und in ihrem Alter hatten sie auch andere Interessen.

Dieses Jahr würde nur Anna mitkommen. Thomas bedauerte zwar, seine älteste Tochter nicht zu sehen, aber vielleicht ergäbe sich somit auch die Möglichkeit, mehr Kontakt zu Anna zu bekommen.

Doch noch hieß es, die letzten vier Wochen des Schuljahres zu überstehen.

Die Pause war zu Ende. Thomas kehrte in seine Klasse zurück.

8. An der Ostsee

Endlich Sommerferien! Wie immer wurden die letzten Wochen zur Qual. Die vielen Arbeiten, das Bangen um die Noten. Annas Zeugnis fiel dieses Jahr sogar besser aus als im letzten Jahr, sie wurde ohne Probleme in die zehnte Klasse versetzt. Nur in Mathematik war sie gerade noch um eine Fünf herumgekommen, doch ihre schlechten Leistungen in diesem Fach störten sie nicht besonders. Sie musste sich nur jedes Jahr wieder die Ermahnungen ihrer Klassenlehrerin Frau Bruns anhören, die so gar nicht verstand, dass eine gute Schülerin in Mathematik so wenig zustande brachte.

Schon seit Wochen war sie mit ihren Gedanken in den Ferien. Leider konnte Lena nicht mitkommen. Sie fuhr für drei Wochen für einen Sprachkurs nach England, um sich auf ihr Abitur im nächsten Jahr vorzubereiten. Die Großmütter hatten zusammengelegt, um die Reise zu finanzieren. Und das war gerade in dieser Zeit. Anna vermutete, dass Lena auch keine große Lust verspürte, längere Zeit mit den Kindern und Renate zusammen zu sein. Im Sommer vorigen Jahres war sie mit dabei und oft sichtlich genervt. Immer wieder hatte sie die Augen verdreht und sich am Abend in ihrem gemeinsamen Ferienzimmer über „die Bagage“, wie sie sie nannte, beklagt.

Auch Anna erinnerte sich an den hohen Lärmpegel, der von dem vierjährigen Johann und der zweijährigen Amelie ausging. Johann war sehr eifersüchtig auf seine kleine Schwester und versuchte andauernd, ihr etwas wegzunehmen oder sie zu schlagen, umzustoßen, wegzuschieben. Dann schrie Amelie wie am Spieß, Renate eilte herbei, schimpfte mit Johann und tröstete Amelie.

Lena war bereits seit zwei Wochen in England. Auch Sylvia war mit ihrem Freund in ein Ferienlager verreist. Brigitte hätte es auch gerne gesehen, wenn Anna mitgefahren wäre, um auch mal unter Gleichaltrigen zu sein, wie sie erklärte, aber Anna hatte keine Lust. Sie wollte nicht das dritte Rad am Wagen sein. Außerdem mochte sie große Ansammlung von jungen Leuten nicht, und ihr grauste davor, mit mehreren Mädchen zusammen im Zelt zu schlafen.

Die Mutter musste viel für ihre Kollegen einspringen, so war Anna zu Hause oft allein. Zuerst genoss sie es, sich in ihr Zimmer zurückzuziehen, Musik zu hören, zu lesen und zu träumen. Doch dann wurde ihr das zu langweilig, und sie begann, öfter raus zu gehen, lange Spaziergänge im Bürgerpark zu unternehmen und mit dem Rad aus der Stadt hinaus durch die Sommerwiesen zu fahren. Einige Male besuchte sie auch ein Schwimmbad, schwamm einige Runden, blieb aber nie länger, vermied es, sich auf die Liegewiese zu legen. Sie kannte niemanden, es waren ihr zu viele Menschen dort, und sie wollte auch nicht angesprochen werden.

Die bayerischen Ferien ihres Vaters starteten viel später als ihre, so dass sie nur eine gemeinsame Woche miteinander verbringen konnten. Anna freute sich auf die Ostsee.

Ihre Mutter brachte sie zum Zug. Anna wusste, dass es für ihre Mutter schwer war, wenn ihre Töchter ihren Vater trafen. Sie schien ihm die Trennung immer noch nicht wirklich verziehen zu haben, so dass beide Mädchen ihren Vater in ihrer Gegenwart selten erwähnten. Anna spürte die Gereiztheit der Mutter, ließ sich aber nichts anmerken.

Als die Mutter Anna an der Zugtür verabschiedete, ermahnte sie ihre Tochter: „Pass auf, dass du den Zug nach Travemünde nicht verpasst! Du hast in Lübeck nur fünfzehn Minuten Aufenthalt, da musst du dich beeilen, von Bahnsteig vier zum Bahnsteig sechs laufen.“ Dann nahm sie Anna in den Arm und drückte sie fest: „Ich wünsche dir eine gute Reise. Du wirst mir fehlen!“

Anna wusste, dass ihre Mutter mit den Tränen kämpfte. Kein Gruß an Papa und Renate.

Anna winkte noch eine Weile aus dem Fenster, bis sie ihre Mutter nicht mehr sehen konnte, und ließ sich erleichtert auf ihrem Sitz sinken. Erst einmal drei Stunden bis Lübeck. Sie liebte das Zugfahren, das gleichmäßige Rattern der Räder, und schaute gerne aus dem Fenster in die vorbeiziehende Landschaft. Dabei war sie in ihren Gedanken schon an der Ostsee und fragte sich, wie der Urlaub mit ihrem Vater, Renate und den Kindern werden würde.

In ihrer Erinnerung durchlebte sie noch einmal, wie er sie und Lena letztes Jahr in Travemünde abgeholt hatte. Anna hatte ihn als Erste erkannt. Er stand am Bahnsteig, unruhig und mit suchendem Blick. Dann sah er seine Töchter, und seine Augen leuchteten. Er lief auf sie zu und nahm beide in die Arme.

„Meine Mädchen!“ sagte er freudig. „Wie schön, dass ihr da seid!“ Er sah sie beide mit ernstem Blick an: „Wie groß ihr geworden seid, schon fast erwachsen. Hübsch seid ihr, meine Töchter!“

Noch einmal drückte er sie, griff ihre Koffer und brachte sie zum Auto.

Auf dem Weg dorthin musterte Anna ihren Vater verstohlen. Auch er hatte sich in den letzten zwei Jahren verändert. Er wirkte erschöpft, das Gesicht hagerer als früher, doch seine Augen strahlten.

Auf der Fahrt zu ihrem Ferienhaus fragte er sie nach der Zugfahrt, ob alles gut geklappt habe. Auch nach ihrem Zuhause, wie es ihnen da ginge, ob es etwas Neues gäbe. Etwas zögerlich fragte er auch nach ihrer Mutter. Er erzählte, wie schön ihre Unterkunft sei, sie würde ihnen gefallen. Johann und Amelie würden sich schon sehr auf sie freuen.

In Gedanken an das letzte Treffen mit ihm sah Anna auf die vorbeiziehenden grünen, bereits gemähten Wiesen und abgeernteten Getreidefelder.

Schon eine ganze Weile ritten Sturmwind und sie durch die grüne Landschaft, die sich unendlich weit vor ihr ausbreitete. Wie das Rattern des Zuges stampften die Hufe des Pferdes gleichmäßig in den Boden. Anna schmiegt sich eng an Sturmwinds Hals und spürte seinen Hufschlag im ganzen Körper. Sie merkte gar nicht, wie die Zeit verging. Erst als er langsamer wurde, vom Galopp in den Trab fiel, wurde sie wieder wach und stellte fest, dass sie in einer für sie fremden Gegend angekommen waren. Erstaunt sah sie sich um. Die großen Berge waren in weite Ferne gerückt, und sie näherten sich dem Meer.

Der Zug wurde langsamer und fuhr in die Stadt Lübeck ein. Schnell ergriff Anna ihre Reisetasche, stieg aus und machte sich auf die Suche nach der Bahn nach Travemünde.

Thomas schaute immer wieder auf die Uhr. In gut einer Stunde würde Anna mit dem Zug ankommen. Es war Zeit, aufzubrechen. Doch Johann musste noch einmal auf die Toilette, und Renate wechselte Amelies Hose, die ihr zu fleckig erschien. Dabei achtete niemand darauf, ob die Kleine sauber angezogen war. Endlich schienen alle bereit, und er drängte zum Aufbruch.

Am liebsten wäre er allein gefahren, aber Renate und die Kinder wollten unbedingt mit und Anna abholen. Dabei waren sie doch erst am Abend zuvor spät angekommen, der frühe Start am Morgen hatte sie nicht von den vielen Staus in Bayern bewahrt. Die drei hätten auch schon ohne ihn an den Strand gehen können, doch Johann wollte mit. Seit er zum Geburtstag eine Eisenbahn geschenkt bekommen hatte, interessierten ihn die Züge und vor allem die unterschiedlichen Lokomotiven. Endlich saßen alle ihm Auto, und es konnte losgehen.

Dieses Mal holte ihr Vater sie nicht alleine ab, Renate und die Kinder waren mitgekommen. Anna war ein wenig enttäuscht, als sie die vier zusammen stehen sah, Amelie im Buggy und Johann auf Vaters Arm. Doch als sie ausstieg, setzte er Johann ab, übergab ihn Renate und ging auf Anna zu. Wieder drückten seine Augen Freude aus, und er nahm sie in den Arm. „Anna, wie schön, dass du da bist!"

Inzwischen war auch Renate mit den Kindern näher gekommen. Auch diese begrüßte Anna mit einer Umarmung, wandte sich aber schnell ihren Kindern zu: „Schaut mal, da ist eure große Schwester!"

Anna ging vor den Kleinen auf die Knie. „Hallo ihr beiden!"

Amelie schien sich zu freuen, sie lachte, Johann aber griff rasch nach der Hand seines Vaters und zog ihn mit sich fort zur Lokomotive des Zuges.

So blieb den anderen nichts übrig, als den beiden zu folgen. Nachdem sie mit Johann auch die zwei anderen im Bahnhof wartenden Züge angeschaut hatten, machten sie sich auf den Weg zum Auto. Im Kombi der Familie musste sich Anna hinten zwischen die beiden Kindersitze quetschen und war froh, als sie endlich im Ferienhaus im Sierksdorf ankamen. Anna bezog wieder das Zimmer unter dem Dach, in dem sie im letzten Jahr mit Lena gewohnt hatte.

Am Abendbrottisch saß Anna neben ihrem Vater, aber sie konnte kaum mit ihm ins Gespräch kommen, da ihn Johann auf der anderen Seite voll für sich beanspruchte.

Das sollte sich die nächsten Tage so fortsetzen. Ob am Strand oder auf der Promenade, immer standen die beiden Kleinen im Vordergrund. Renate schien oft genervt von ihren Kindern und erwartete, dass sich der Vater beteiligte. Am besten auch noch Anna, damit sie sich einmal zurückziehen konnte. Immer wieder klagte Renate, wie anstrengend der Alltag mit den zwei Kleinen wäre und wie sehr sie sich auf den Urlaub gefreut habe, um sich auch mal zu erholen.

Der Vater schien das als selbstverständlich hinzunehmen. Er war stets für die Kinder da. Am Strand baute er Burgen und plantschte mit ihnen im Wasser. Renate saß derweil auf ihrer Decke und las. Oftmals beteiligte sich Anna am Spiel mit den Kleinen, um ihrem Vater ein wenig näher zu sein. Gleichzeitig beobachtete sie ihn und erinnerte sich wehmütig daran, wie er dasselbe vor vielen Jahren mit ihr und Lena gemacht hatte.

An den Abenden, wenn Johann und Amelie endlich im Bett lagen und schliefen, kehrte etwas Ruhe in das kleine Ferienhaus ein. Jetzt wäre die Möglichkeit gewesen, sich mit ihrem Vater zu unterhalten. Doch Renate ließ die beiden nicht allein, so dass nur recht oberflächliche Gespräche zwischen den dreien entstanden. Renate regte außerdem jeden Abend an, sich im Fernsehen zur Entspannung einen netten Film anzusehen.

Anna konnte nicht gleich einschlafen, ihr gingen zu viele Gedanken durch den Kopf. Sie ärgerte sich über Renate, die so selbstverständlich die Hilfe des Vaters einforderte. Und auch verhinderte, dass Anna mit ihm Zeit allein verbringen konnte.

Über ihren Vater ärgerte sich Anna ebenfalls. Mit den Kleinen war er ständig beschäftigt, aber für sie fand er keine Zeit. Dabei sahen sie sich so selten und hätten sich so viel zu erzählen. Gerade jetzt wollte sie ihm viele Fragen stellen.

Ihr fiel auf, dass ihr Vater müde und erschöpft aussah, auch wenn er sich bemühte, das zu überspielen. Sie wusste, dass er viel arbeitete; er nahm seinen Lehrerberuf sehr ernst. Eigentlich müsste auch er auftanken.

Je mehr Anna darüber nachdachte, desto deutlicher wurde ihr, dass sich bei ihm alles wiederholte: Er versuchte, es seinen Frauen recht zu machen und opferte sich auf. Wie lange das wohl dieses Mal gutgehen würde? Wenn ihm alles zu viel würde, gäbe es dann noch eine Trennung? Dann hätte er wieder mehr Zeit für sich und für seine großen Töchter.

Anna schämte sich bei diesen Gedanken. Natürlich wünschte sie ihm, dass er mit seiner neuen Familie glücklich war.

Sturmwind hatte sich diesen Weg bewusst ausgesucht; er wollte sie zum Meer führen. Munter trabte er bis zum Strand. Anna sah fasziniert auf die mächtige Brandung. Die großen Wellen liefen weit am hellen Sandstrand aus. Als Sturmwind das Wasser erreichte, tänzelte er vergnügt durch das anlandende Wasser, drehte sich in Richtung der Uferlinie, legte die Ohren zurück und rannte los, immer am Strand entlang. Das Wasser spritzte unter seinen Hufen. Anna wurde von oben bis unten nass, aber es machte ihr nichts aus. Ganz im Gegenteil, sie genoss den Ritt. Außer den kreischenden Möwen gehörten der Strand und das Meer nur ihr und Sturmwind.

Am Ende der Woche brachte sie ihr Vater wieder zum Zug. Endlich waren sie für einen Moment allein. Sie genoss die Fahrt neben ihm im Auto, war aber auch traurig, dass die Woche mit ihm nun vorbei war und sie sich so bald nicht wiedersehen würden.

Thomas hing seinen eigenen Gedanken nach. Eigentlich schade, dass er so wenig von Anna erfahren hatte. Doch die Zeit war auch zu kurz. Und es gab kaum Möglichkeiten, mit ihr ins Gespräch zu kommen. Es war auch schwer, mit ihr ein Thema zu finden. Sie war so einsilbig, und er wusste gar nicht, wofür sie sich interessierte. Vielleicht hätte er mal etwas allein mit ihr unternehmen sollen. Aber damit wäre Renate nicht einverstanden gewesen. Wenn sie doch noch ein paar Tage bleiben würde, ergäbe sich vielleicht noch eine Möglichkeit. Aber das ging nicht, ihre Schule fing wieder an.

Nach wenigen Minuten musterte er Anna von der Seite und fragte vorsichtig: „Hat dir denn die Zeit mit uns gefallen?“

Anna antwortete zögerlich: „Ja, doch, es war schön.“

Doch Thomas merkte, dass Anna es nicht wirklich so meinte. „Ja, ich weiß, du hättest dir mehr Zeit mit mir gewünscht. Wir sehen uns ja auch so selten. Aber da sind eben auch noch Johann und Amelie. Sie sind ja noch so klein und brauchen mich noch so sehr.“ Als Anna schwieg, fuhr er fort: „Es war schön, wenn du am Strand mitgespielt hast. Das hat mich auch an die Zeiten erinnert, als wir früher zusammen am Meer waren.“

Da lächelte Anna. „Daran musste ich auch denken.“

Zum Abschied versprach ihr Thomas: „Ich werde mir mal Zeit nehmen und mit dir allein oder Lena und dir verreisen. Ganz bestimmt!“

Anna nickte, aber sie wusste, dass es nie passieren würde. Er hatte es schon viele Male versprochen.

9. Das zehnte Schuljahr

Nach den Sommerferien begann für Anna die zehnte Klasse, für Lena das Abiturjahr.

Lena kehrte belebt von den vielen neuen Eindrücken ihrer Sprachreise zurück. Sie hatte schnell Anschluss gefunden und nur noch wenig an Sebastian gedacht. Gleich zu Schulbeginn folgte sie dem Ratschlag ihrer Freundinnen und sah sich nach einem neuen Freund um.

Lars trat in ihr Leben, ein rotblonder Junge aus ihrem Jahrgang. Er wirkte ruhiger und ausgeglichener als Sebastian und bestand auch nicht darauf, sie so oft wie möglich zu sehen. Er hatte einen eigenen Freundeskreis, spielte auch zweimal in der Woche Fußball. Anders als bei Sebastian war Lena nicht ständig in Gedanken mit ihm beschäftigt, sie traf sich weiterhin mit Hanna und anderen Mädchen ihres Jahrgangs.

Dazu widmete sie sich jetzt ernsthafter dem Lernen und war öfter zu Hause. Sie verbrachte wie Anna viel Zeit in ihrem Zimmer und traf ihre kleine Schwester häufiger zu einem Kaffee in der Küche auf einen Plausch.

Lena fühlte sich wohl, die Beziehung zu Lars tat ihr gut, und das Lernen fiel ihr leicht. Mehr als zuvor bedauerte sie Anna, die sich so vor der Welt zurückzog. Wenn sie doch einmal aus ihrem Zimmer herauskäme, mehr mit anderen unternähme, sich verlieben würde, das wünschte Lena ihr sehr. Annas Freundin Sylvia war doch so ganz anders. Sie zog sich modischer an, hatte auch einen Freund. Konnte Sylvia Anna nicht mitziehen, sie zum Beispiel auf Partys mitnehmen?

Doch sprach Lena das Thema nicht an, sie wusste, dass Anna darüber nicht reden wollte. Vor einiger Zeit hatte sie es versucht, doch Anna hatte nur kurz geantwortet, das wäre nichts für sie, und verließ schnell den Raum.

Doch jetzt genoss Anna die gemeinsamen Kaffeegespräche mit ihrer Schwester. Es ging dabei viel um ihre Mutter, die schon über längere Zeit keine depressiven Einbrüche mehr hatte. Beide waren sich einig, dass ihr der neue Arbeitsbereich guttat. Sie lasen auch die kurzen Artikel der Mutter und fanden, dass sie immer besser wurden. Sie sagten ihr das beim gemeinsamen Abendessen.

„Das ist doch keine Kunst, so kleine Verkehrsnachrichten und Unfallberichte zu schreiben“, erwiderte sie, aber ihre Augen strahlten.

Auch ihr Vater war Thema. Anna musste Lena ausführlich von ihrer Reise an die Ostsee berichten, Lena fragte genau nach und war erstaunt, zu welchen Schlussfolgerungen ihre kleine Schwester schon gekommen war. Auch sie sah die Gefahr, dass die neue Ehe des Vaters nicht lange halten würde, wenn er sich weiterhin so sehr an die Erwartungen von Renate anpasste. Aber sie fand eine mögliche Trennung nicht so schlimm. „Er ist doch selbst für sich verantwortlich, wenn er nichts dazulernt, muss sich das Ganze wiederholen.“

Nach den Herbstferien beschäftigte sich Lena bereits intensiv mit der Zeit nach dem Abitur. „Ich weiß nicht so recht, was ich machen soll. Auf jeden Fall nicht gleich mit dem Studium anfangen. Vorher möchte ich noch was von der Welt kennenlernen. Ein freiwilliges soziales Jahr wäre nicht schlecht, das kann ich ja auch im Ausland machen. Dann sehe ich Lars zwar eine ganze Zeit nicht, aber ich weiß ja auch noch nicht, was aus uns wird. Wir kennen uns noch nicht so lange."

Anna schaute ihre Schwester betroffen an und schluckte. Bisher hatte sie den Gedanken an Lenas Abitur und möglichen Auszug weit weggeschoben, doch jetzt wurde ihr bewusst, dass sie sich bald lange Zeit nicht sehen würden. Und das gerade jetzt, da sie sich nähergekommen waren.

Lena fiel auf, dass Anna auffällig lange schwieg. Sie bemerkte, wie blass Anna geworden war. „Aber das ist doch noch nicht sicher, Anna. Vielleicht gehe ich ja auch nicht so weit weg, England oder Schweden wären schön. Da könntest du mich auch in den Ferien besuchen, wie findest du das?"

Anna schaute Lena kurz an, schien dann einen Punkt an der Wand zu fixieren. „Eine gute Idee", erwiderte sie, es klang aber wenig überzeugt. Zum einen war der Gedanke daran, Lena wenigstens in den Ferien im Ausland zu besuchen, nicht so schlecht. Sie war noch nicht so oft in einem fremden Land gewesen, nur in ihren Träumen.

Weihnachten verbrachten sie ganz in Ruhe zu dritt. Seit dem Auszug des Vaters hatte sich ein lockeres Ritual entwickelt, das in jedem Jahr kleine Veränderungen erfuhr. Sie kochten und schmückten gemeinsam den Baum. Auf Anregung von Lena hatten sie vor drei Jahren beschlossen, einander nur ein Geschenk zu kaufen, um sich den Einkaufsstress zu ersparen. Seither hielten sie sich an die Abmachung; so fiel die Bescherung recht kurz aus.

Vom Vater kam wieder ein Päckchen, darin war für jede von ihnen ein Buch wie viele Jahre zuvor. Anna wünschte sich manchmal, er würde etwas mehr Phantasie bei der Auswahl der Geschenke entwickeln. Auch von Oma Klara kam Post. Sie schickte Weihnachtsgrüße und einen Scheck für die Enkeltöchter. Von Oma Helga gab es wieder etwas Selbstgestricktes.

An den Weihnachtsfeiertagen unternahmen sie längere Spaziergänge und aßen am zweiten Abend bei einem nahe gelegenen Italiener.

11. Nico

Zwei Tage nach dem Fest überredete Sylvia Anna, mit ihr zu einer Silvesterparty zu gehen. Sie war wieder solo. Eingeladen hatte sie eine Klassenkameradin. Sie würden sicher auch einige Mitschüler treffen.

Je näher der 31.12. rückte, desto intensiver bereute Anna ihre Zusage. Lena war überrascht und auch erfreut, dass ihre kleine Schwester das erste Mal auf eine Party gehen würde. Auch die Mutter stimmte zu, ermahnte sie aber, mit dem Alkohol vorsichtig zu sein.

Anna war zunächst in Sorge, ihre Mutter würde an diesem besonderen Abend allein zu Hause bleiben, da auch Lena mit Lars auf ein Fest eingeladen war. Aber Brigitte beruhigte sie, sie würde sich mit zwei alten Freundinnen treffen und gemeinsam mit ihnen feiern.

Am Silvesternachmittag kam Lena in das Zimmer ihrer Schwester. „Na, freust du dich auf heute Abend?“ Als sie sah, dass Anna ein Gesicht zog, meinte sie aufmunternd: „Ach komm, das wird schon! Vor meiner ersten Party hatte ich auch erst ein mulmiges Gefühl. Dann wurde es doch ganz lustig.“

Anna schaute sie zweifelnd an. „Eigentlich habe ich keine Lust auf die ganze Feierei. Mit Sylvia ist es ja ganz in Ordnung, aber meine anderen Mitschüler muss ich nicht auch noch außerhalb der Schule sehen.“

„Warte erst mal ab, vielleicht sind einige auf so einem Fest ganz anders als in der Schule. Weißt du denn schon, was du anziehen wirst?“

Als sie Annas ratloses Gesicht sah, ging sie zum Kleiderschrank ihrer Schwester. „Na ja, das ist ja alles ein bisschen trist“, sagte sie. Sie verschwand in ihr Zimmer. Nach kurzer Zeit kehrte sie mit zwei Oberteilen zurück. „Probier die doch mal an. Mir sind sie schon ein bisschen zu klein, dir müssten sie gut passen.“

Anna wollte erst nicht, ließ sich dann doch von Lena überreden, ihre ausgefallenen T-Shirts anzuziehen. Sie selbst bevorzugte weite Hemden in unauffälligen Farben und fühlte sich fremd in den bunten, engen Oberteilen. „Nein, die mag ich nicht.“.

Doch Lena ließ nicht locker. „Mit welchem könntest du dich denn eher anfreunden?“

Anna entschied sich für das etwas weitere der beiden Shirts. „Dann zieh dir doch das an. Darüber kannst du dir doch einen deiner weiten Pullover anziehen.“

Mit diesem Kompromiss war Anna einverstanden. Als sie eine Stunde später von Sylvia abgeholt wurde, sah sie nicht anders aus als sonst. Außerdem hatte sie sich auch strikt geweigert, sich von Lena schminken zu lassen und ihre Frisur zu ändern.

Sylvia sah ganz anders aus, sie trug einen eng anliegenden, weit ausgeschnittenen Pulli, dazu Röhrenjeans und hohe Stiefel. Dazu war sie heftig angemalt, wie Anna fand.

Wenig später trafen sie bei ihrer Mitschülerin Julia ein. Es waren schon einige Gäste da. Anna kannte die meisten von ihnen, sie waren alle aus ihrem Jahrgang. Die Mädchen wurden freudig begrüßt, beiden gleich ein Bier in die Hand gedrückt. Doch Anna lehnte ab und holte sich eine Cola. Während Sylvia im Trubel verschwand, setzte sich Anna auf ein Sofa und beobachtete das Geschehen.

Nach einer Weile setzte sich eine Mitschülerin aus der Parallelklasse zu ihr aufs Sofa. Anna kannte sie nicht näher; mit Erleichterung stellte sie fest, dass diese wie sie in unauffälliger Kleidung gekommen war und sich nicht geschminkt hatte. Yvonne trug eine Brille und wirkte auch nicht gerade wie der Schwarm aller Jungen. Sie unterhielten sich über gemeinsame Lehrer und ihre Hobbys. Dabei musterte Anna verstohlen die Gruppe um Sylvia, die ständig ihre Gläser auffüllten, immer lauter und lustiger wurden und schließlich zu tanzen begannen. Sylvia machte ausgelassen mit und versuchte lachend, auch Anna mit auf die Tanzfläche zu ziehen, aber Anna lehnte entschieden ab. Das blöde Rumgehopse wollte sie nicht mitmachen, lieber das doch etwas langweilige Gespräch mit Yvonne fortsetzen.

Mitten in der tanzenden Gruppe befand sich Julias Bruder Nico. Sie hatte ihn bisher nur wenige Male in der Schule gesehen, denn er war bereits in der zwölften Klasse. Er war ziemlich groß, hatte schwarzes, lockiges Haar, das er halblang trug, und dunkelbraune Augen. Von Sylvia wusste Anna, dass Nicos Vater Italiener und Julia seine Halbschwester war. Wie Anna feststellen konnte, fühlte er sich im Kreis von Julias Mitschülern sehr wohl, obwohl sie doch zwei Jahre jünger waren als er.

Er lachte viel und tanzte ausgelassen mit allen Mädchen. Anna nahm er nicht wahr, so konnte sie ihn verstohlen mustern.

Um zwölf Uhr wurden Sektgläser verteilt, auch Anna und Yvonne verließen ihr Sofa und stießen mit an. Jeder machte seine Runde, und so traf sie auch auf Nico. Er lächelte kurz, wünschte ihr ein frohes neues Jahr und wiederholte dasselbe mit Yvonne und allen anderen.

Gegen ein Uhr verließen Anna und Yvonne das Fest. Sie gingen schweigend eine Weile nebeneinander, bis sich ihre Wege trennten. Zu Hause traf Anna niemanden an, sie war froh darüber und begab sich müde zu Bett.

In den folgenden Wochen dachte sie öfter an Nico. Er wurde auch zum Gesprächsthema zwischen Sylvia und ihr. Von ihrer Freundin erfuhr Anna, dass fast alle Mädchen aus ihrem Jahrgang für ihn schwärmten. Kein Wunder, er sah einfach zu gut aus.

Sylvia seufzte. „Aber er ist nicht mehr zu haben. Von Julia weiß ich, dass er schon seit Jahren eine feste Freundin in Italien hat. Die sieht er nur in den Ferien, wenn er seinen Vater besucht. Es ist doch zu schade, dass er schon vergeben ist.“ Sie fügte verschmitzt lächelnd hinzu: „Aber wer weiß, so eine Fernbeziehung ist doch nichts auf Dauer. Wenn er sich hier in eine andere verliebt ...“

Anna stand vor ihrem Haus und schaute auf ihren See. Die Sonne spiegelte sich in dem ruhigen, klaren Wasser. Neben ihr steckte Sturmwind sein Maul in die Frühlingswiese und fraß genüsslich das frische Gras.

Anna ließ ihn fressen und lief durch die bunte Blumenwiese zum See hinunter. Es roch nach allen möglichen Kräutern, von süß bis herb, und sie hörte das Summen der Insekten. Am See angekommen, sah sie in das klare Wasser. Auf dem Grund lagen viele Steine, und dazwischen schwammen kleine bunte Fische. Anna tauchte ihre Hände ins Wasser, zog sie aber schnell wieder heraus, es war noch zu kalt.

Hinter sich hörte sie Sturmwind auffordernd wiehern. Er schien sich sattgefressen zu haben und lud sie zu einem Ausritt ein. Anna schwang sich auf seinen Rücken. Sie preschten durch die blühenden Wiesen, durchquerten auch einige kleine Bäche, die ihren Weg kreuzten.

Plötzlich stellte Sturmwind die Ohren auf und schnaubte. Überrascht versuchte Anna festzustellen, was ihr Pferd irritiert hatte. Da sah auch sie einen Punkt, der immer näher kam. Langsam nahm er Gestalt an. Jetzt konnte sie es deutlicher erkennen: ein großes braunes Pferd mit einem jungen Reiter. Dieser hatte dunkel gelocktes Haar und lächelte sie an. Sie grüßten einander und setzten ihre Wege getrennt fort.

Zu ihrem sechzehnten Geburtstag am 10. März lud Anna Sylvia ein. Gemeinsam mit Lena und der Mutter tranken sie Kaffee. Von ihrer Mutter bekam sie einen Fotoapparat und von Lena einen Gutschein für einen gemeinsamen

Ausflug. Anna freute sich sehr über die Geschenke. Der Vater schickte wieder ein Buch, rief am Abend an und gratulierte.

12. Lenas Abitur

Inzwischen standen Lenas Prüfungen kurz bevor. Sie lernte fast ohne Unterbrechung und traf Lars kaum noch. Auch er war mit seinen Vorbereitungen beschäftigt, spielte nicht mal mehr Fußball. Lena nahm kaum wahr, dass sich das ganze familiäre Leben auf ihren Abschluss konzentrierte. Sie freute sich, als die Mutter und Anna ihr vor den Abiturarbeiten die Daumen drückten und sie zum guten Ausgang beglückwünschten. Noch einmal bangten die beiden um sie während der zwei mündlichen Prüfungen, die sie aber ebenfalls mit Bravour bestand.

Plötzlich war alles vorbei, die Anspannung wich, Lena schrieb mit Lars an der Abizeitung und verschwand für eine Woche mit einem großen Teil ihres Jahrgangs zur Abifahrt. In einem Hotel am Schwarzen Meer feierte sie ausgelassen, kehrte aber mit einem wehmütigen Gefühl zurück, wohl wissend, dass sie viele bald nicht mehr wiedersehen würde.

Als sie zurückkam, ging es nur noch um den Abiball. Ein Kleid musste gekauft werden, auch Anna zog einige Male mit ihr durch viele Geschäfte, bis Lena das richtige fand.

Zum Ball waren auch die Eltern eingeladen. Lena wünschte sich, dass auch ihr Vater kam. Er freute sich sehr über die bestandene Prüfung seiner ältesten Tochter, musste dann aber doch absagen, da er mitten in den Zeugnisvorbereitungen steckte und einfach keine Zeit hatte. So ging Lena mit ihrer Mutter zum Ball und beobachtete ein wenig neidisch ihre Freunde, die fast alle mit beiden Elternteilen gekommen waren.

Anna hatte die turbulente Zeit mit gemischten Gefühlen begleitet. Zum einen freute sie sich über den Erfolg ihrer Schwester, zum anderen rückte auch der Abschied von ihr mit jedem der Ereignisse immer näher. Bald würde sie gehen.

Lena hatte sich schon eine Stelle in einem anthroposophischen Behindertenheim in England besorgt, dort würde sie ab August ihr soziales Jahr absolvieren. Sie hatte sich auch schon erkundigt, Anna würde sie in den Ferien besuchen können. Anna hatte es noch offen gelassen, ob sie auch kommen würde, wollte erst einmal abwarten, wie es ihrer Schwester in England gefiele und sie selbst sich diese Reise zutraute.

Doch Anna war nicht nur mit Lena beschäftigt. Sie traf sich jetzt wieder häufiger mit Sylvia. Sie machten gemeinsame Spaziergänge, lernten für Klassenarbeiten und gingen schwimmen. Wenn sie mit Sylvia im Bad war, zog die Freundin die Blicke der Jungen auf sich, und Anna konnte in Ruhe ihre Runden im Wasser drehen.

Sylvia redete nach wie vor viel von Nico, der auch in Annas Gedanken häufig auftauchte.

Es war inzwischen Sommer geworden. Wieder ritten Anna und Sturmwind aus. In der Ferne tauchten der dunkelhaarige junge Mann und sein Pferd auf. Es war Nico. Beide kamen näher, Anna und er begrüßten sich inzwischen wie alte Bekannte. Sie blieben länger stehen und fingen ein Gespräch an. Nach einer Weile verabschiedeten sie sich und setzten getrennt ihren Weg fort.

13. In der Bretagne

Inzwischen hatte Anna die zehnte Klasse beendet. Nach den Sommerferien würde sie in die Oberstufe kommen, doch erst einmal freute sie sich auf die Ferien.

Der Zeitpunkt von Lenas Abreise rückte näher. Schließlich brachten die Mutter und Anna sie zum Flugplatz. Beiden wurde schwer ums Herz, als Lena fröhlich winkend in der Sicherheitskontrolle verschwand. Wieder zu Hause angekommen, spürte Anna, wie leer es in der Wohnung ohne Lena war. Auch ihre Mutter seufzte tief, nahm Anna in den Arm und meinte: „Jetzt müssen wir beide zusammenhalten.“ Anna nickte und schluckte. Sie hoffte, dass ihre Mutter weiter stabil blieb, denn sich allein um sie zu kümmern, das würde sie nicht schaffen.

Wieder einmal traf sie Nico auf einem Ausritt. Sie begrüßten sich, stiegen von ihren Pferden und unterhielten sich. Nico erzählte ihr, dass er in einem Haus kurz vor den weißen Bergen wohne, und fragte sie nach ihrem Heim. Sie erklärte ihm, wo ihr Haus stand, unten am See. Er schien den Ort zu kennen. Zum Schluss versprach er ihr, sie in nächster Zeit dort zu besuchen.

Bereits zu Beginn des Frühlings hatte Renate immer wieder von Südfrankreich geschwärmt. Dort wäre es doch viel wärmer als an der Ostsee und das Wetter zuverlässiger. Lange hatte Thomas ihrem Drängen widerstanden. Der Urlaub war die einzige Möglichkeit, Anna und Lena überhaupt noch zu sehen. Doch dann erinnerte er sich daran, dass im letzten Jahr nur Anna gekommen war und wie unzufrieden sie am Ende der Woche wirkte. Dieses Mal könnte auch nur sie mitkommen, da Lena schon Richtung England unterwegs sein würde. Es war so schwer, allen gerecht zu werden, Amelie und Johann, Renate und auch noch Anna. Auf seine Weihnachts- und Geburtstagspäckchen reagierten seine Töchter kaum noch, riefen auch selbst nie an. Wenn er mit ihnen sprach, waren sie einsilbig und wollten das Gespräch schnell wieder beenden.

Bilder vom ersten Urlaub mit Renate kamen Thomas wieder in den Sinn, von der Uferpromenade in Cassis, den Straßencafés und den Boule spielenden Männern, von der Wanderung zu den Calanques, den einzigen Fjorden des Mittelmeers mit ihren steil aufragenden Felsen und dem türkisblau schimmernden Wasser. Renate war damals im vierten Monat mit Johann schwanger gewesen, ihr schönster gemeinsamer Urlaub.

So stimmte Thomas zu. Renate buchte ihnen eine Ferienwohnung in dem kleinen Fischerort in der Nähe von Marseille.

Einerseits war Anna ganz froh, dass die Reise zur Ostsee dieses Mal ausfiel. Auf der anderen Seite würde sie ihren Vater dieses Jahr wohl gar nicht mehr sehen. Daher hatte sie dem Drängen Sylvias nachgegeben, mit ihr in den Urlaub zu fahren.

Sylvia wollte nicht mehr mit der Kirchengruppe verreisen und plante, mit ihrer Mutter, deren Freund und ihrer kleinen Halbschwester Lea in die Bretagne zu fahren. Um nicht allein mit „der nervigen Kleinen“, „dem schrägen Rüdiger“ und „meiner ständig gestressten Mutter“ sein zu müssen, wünschte sie sich sehr, dass ihre Freundin mitkäme.

Brigitte hatte ihrer Tochter versprochen, sich eine Woche freinehmen und mit ihr ans zu Meer fahren. Doch Anna entschied sich für die Reise mit Sylvia.

So fuhr Anna wie der Vater nach Frankreich, allerdings an den Atlantik und nicht ans Mittelmeer. Sie genoss den Urlaub. Sylvias Mutter und deren Freund freuten sich, dass sie mitgekommen war. Auch war Sylvia in Annas Gegenwart deutlich besser gelaunt war als sonst. Sylvias kleine Halbschwester war zwar wirklich anstrengend, aber die beiden Freundinnen gingen meist ihre eigenen Wege und kehrten nur zu den Mahlzeiten ins Ferienhaus zurück. Gemeinsam machten sie lange Strandspaziergänge, badeten, lasen und besuchten das kleine Fischerdorf in der Nähe. Anna fotografierte. Sylvia hielt zwar wie gewohnt Ausschau nach Jungen, aber keiner gefiel ihr so richtig. Nico war wieder öfter Thema, Sylvia schwärmte noch immer für ihn.

Eines Tages hörte Anna Pferdegetrappel vor ihrer Tür. Sturmwind wieherte, und ein fremdes Pferd antwortete. Anna öffnete die Tür. Nico war gerade abgestiegen, tätschelte sein Pferd und begrüßte sie. Anna erwiderte den Gruß etwas verlegen, bat ihn aber nach einem kurzen Zögern hinein. Bevor er eintrat, schaute sich Nico noch einmal nach seinem Pferd um. Doch das hatte längst Kontakt zu Sturmwind aufgenommen, und beide begannen auf der Wiese zu grasen.

Im Haus schaute sich Nico erst einmal alles an. „Schön hast du es hier", staunte er.

Anna lächelte und fragte: „Magst du einen Tee?" Nico stimmte zu, und Anna stellte Wasser auf.

Derweil sah Nico zum Fenster hinaus. „Der Ausblick auf den See ist wunderbar."

„Den liebe ich auch besonders."

Anna goss das Wasser in die Kanne, stellte sie zusammen mit zwei Bechern auf den Tisch ans Fenster und einen zweiten Stuhl hinzu. Beide nahmen Platz, tranken ihren Tee und schauten hinaus auf den See, der von der Nachmittagssonne angestrahlt wurde.

14. Der Beginn der elften Klasse

Das neue Schuljahr läutete gleichzeitig den Wechsel in die Oberstufe ein. Noch befanden sich Anna und Sylvia im alten Klassenverband, aber sie wurden von neuen Lehrern unterrichtet. Einige Schüler waren abgegangen, hatten die Schule gewechselt oder nach der mittleren Reife eine Lehre begonnen, anderen kamen hinzu, da sie die Klasse wiederholten oder in ihrer Schule neu begannen.

Von den neuen Lehrkräften wurden sie jetzt gesiezt, als wären sie mit dem Eintritt in die Oberstufe erwachsen geworden.

Anna fand es befremdlich, plötzlich mit „Sie“ angesprochen zu werden. Außerdem ging es jetzt nur noch um Kurse und Punkte, die für die Abiturnoten relevant würden. Nach einem halben Jahr musste sie sich bereits für die Leistungskurse entscheiden.

So saßen Sylvia und sie viel zusammen und besprachen ihren weiteren Weg.

Zur selben Zeit bekam Anna immer wieder E-Mails von Lena aus England. Bisher hatte Anna wenig Interesse an Computern. Doch jetzt ergab sich mit dem Mailen die Möglichkeit, regelmäßigen Kontakt mit ihrer Schwester zu haben.

Zunächst schien es Lena in der Behinderteneinrichtung nicht so zu gefallen. Es waren weniger die Bewohner, dir ihr Probleme bereiteten, mehr der anthroposophische Hintergrund des Heimes, der für sie neu war und ihr seltsam vorkam.

Nach einer Weile freundete sich aber mit einer der Betreuerinnen an, entwickelte auch eine nahe Beziehung zu den Bewohnern und arrangierte sich mit der Lebensphilosophie der Einrichtung. Dennoch vermisste sie ihre Familie und Lars.

All dies schrieb sie Anna. Und Anna berichtete von zu Hause, der neuen Schulsituation und von dem Zusammenleben mit der Mutter. Dieser Austausch tat ihr gut. Sie freute sich auf die Nachrichten von ihrer Schwester und schaute jeden Mittag in ihre Mailbox. Für die Antworten nahm sie sich Zeit. Wenn sie schrieb, sah sie Lena vor sich, am Küchentisch, mit der Kaffeetasse in der Hand, immer wieder einen Schluck trinkend, sie anschauend und zuhörend; an Lenas Mimik konnte sie sehen, wie ihre eigenen Worte auf sie wirkten.

15. Herbstferien – der erste Albtraum

Die Herbstferien rückten näher. Zuvor einigten sich die beiden Schwestern darauf, dass es für einen Besuch Annas in England noch zu früh wäre. Sie sollte besser in den Winter- oder Osterferien kommen.

Ihre Mutter bot ihr eine gemeinsame Reise an die Nordsee an, doch Anna lehnte ab. Sie mochte nicht eine ganze Woche allein mit ihr verbringen.

Die letzten Monate hatte sich Brigitte überwiegend wohlgefühlt. Ihre Berichte über die Verkehrsunfälle in der Region waren auf ein positives Echo gestoßen, sie schrieb bereits kleine Artikel über andere lokale Ereignisse. Das Lob ihres Ressortchefs und der Kollegen nahm sie dankbar an.

Ihr erschien es, als verginge die Zeit wie im Fluge. Erstaunt stellte Brigitte fest, dass ihr Lena nicht so sehr fehlte, wie sie es erwartet hatte. Waren die ersten Monate des Jahres noch durch die quirlige Abiturzeit ihrer älteren Tochter bestimmt gewesen, wurde es nach Lenas Abfahrt sehr still in der gemeinsamen Wohnung. Anna schien ihre große Schwester zu vermissen, doch kam sie zur Freude Brigittes erholt und froh gestimmt aus ihrem Frankreichurlaub zurück. Im neuen Schuljahr traf sie sich wieder häufiger mit Sylvia.

In den Sommerferien sah Brigittes alte Schulfreundin Ruth ihren Namen in der Zeitung und meldete sich nach Jahren wieder bei ihr. Selbst geschieden und Mutter eines heranwachsenden Sohnes, entdeckte Ruth viele gemeinsame Interessen. Sie besuchten Konzerte, Ausstellungen und Lesungen, gingen zusammen ins Kino und machten an den Wochenenden Radtouren in das Umland.

So war Brigitte viel unterwegs. Sie lebte auf, sorgte sich aber gleichzeitig um Anna, die sie ungern allein in der Wohnung zurückließ. Da erinnerte sie sich an den schönen Ausflug an die See mit ihren beiden Töchtern im Frühjahr letzten Jahres. Wäre es nicht schön, mit Anna für eine Woche auf eine Insel zu fahren?

Ein wenig enttäuscht war sie, dass Anna verhalten auf ihren Vorschlag reagierte. Auf der anderen Seite konnte sie verstehen, dass ein Mädchen im Alter ihrer Tochter wenig Lust verspürte, mit der eigenen Mutter zu verreisen.

Ruth dagegen wollte gerne mit ihr fahren, da ihr Sohn die Ferien bei seinem Vater verbrachte. Doch Brigitte zauderte, ließ ihre Tochter nur ungern allein zu Hause zurück.

Anna suchte ihre Bedenken zu zerstreuen. Sie wäre nun alt genug, um auch für ein paar Tage ohne ihre Mutter zurechtzukommen.

Endlich allein in der Wohnung, atmete Anna tief durch. Für eine Woche gehörten alle Räume ihr. Sie könnte so leben wie sie wollte und musste niemanden gegenüber Rechenschaft abgelegen. Bei schönem Wetter wollte sie hinausgehen und die Herbstlandschaft fotografieren.

Als Erstes kochte sie sich einen Tee und schrieb eine E-Mail an Lena, um sie über die Abreise der Mutter und ihre neue Freiheit zu informieren. Dann kontrollierte sie den Kühlschrank, den die Mutter gut gefüllt hinterlassen hatte. Sie versuchte, Sylvia zu erreichen, aber wie sie von ihrem Stiefvater erfuhr, hatte diese sich mit ihrem neuen Freund verabredet. Anna erinnerte sich, dass Sylvia in letzter Zeit öfter von einem Jungen aus der Parallelklasse berichtete, einem Max. Sie schienen jetzt wohl ein Paar zu sein.

Mit einer weiteren Tasse Tee machte es sich Anna auf dem Wohnzimmersofa gemütlich. Sie begann in einem Buch zu lesen, dem Geburtstagsgeschenk ihres Vaters, konnte sich aber nicht so recht konzentrieren. Ihre Gedanken schweiften ab.

Nico war wieder da. Gemeinsam tranken sie ihren Tee am Tisch vor dem Fenster und schauten auf den See, in dem sich auch dieses Mal das Sonnenlicht spiegelte. Auf einmal sah sie Nico an, und er begann, von seinem Leben in seinem Haus in der Nähe der weißen Berge zu erzählen, wie er selbst für sich und sein Pferd sorgte, Holz für den Winter schlug, seinen Ofen beheizte, sein Essen kochte und immer wieder Ausritte mit seinem Pferd unternahm.

Es klang für Anna wie ein Bericht aus ihrem eigenen Leben. Als er geendet und sie von sich berichtete, wiederholte sie alles in ihren eigenen Worten. Sie lächelten sich an, und er ergriff ihre Hand. Beide saßen still einander gegenüber; es war alles gesagt.

Anna war einen Moment eingenickt. Als sie wieder erwachte, war es dunkel geworden. Sie fror ein bisschen, erhob sich und machte sich etwas zu essen. Entgegen ihren üblichen Gewohnheiten und eigenen Überzeugungen setzte sie sich vor dem Fernseher und sah sich einen Film an, auch noch eine folgende Nachrichtensendung. Müde suchte sie ihr Bett auf und konnte zunächst schwer einschlafen; es war so still in der Wohnung.

Sie befand sich in einer dunklen, unwirtlichen Landschaft, konnte nur wenig erkennen. Plötzlich stand sie vor einem Abhang und verlor das Gleichgewicht und fiel. Immer tiefer; es war kein Ende abzusehen. Eine furchtbare Angst erfüllte sie. Gleich würde sie aufschlagen und sterben.

Anna schreckte auf. Sofort war sie hellwach; der schlimme Albtraum war noch ganz gegenwärtig.

Sie atmete tief durch und versuchte, den Traum abzuschütteln. Es gelang ihr jedoch nicht, so stand sie auf, ging zur Toilette und trank ein Glas Wasser. Noch einmal wickelte sie sich eng in ihre Bettdecke ein und suchte ihr Haus in ihrem Land auf. Doch immer wieder schweiften ihre Gedanken ab, und sie verspürte erneut den Schrecken des Fallens. Erst nach einer ganzen Weile schaffte sie es, bei ihrem Bild zu bleiben.

Gemeinsam saßen sie auf dem Sofa, Nico hielt sie in seinen Armen. Sie fühlte sich geborgen und beschützt. Nichts konnte ihr passieren.

Mit der Rückkehr ihrer Mutter verschwanden Annas Albträume. Fast jede Nacht hatten sie diese geweckt, Anna konnte nur schwer wieder in den Schlaf finden. Sie mochte es sich kaum eingestehen: sie war froh, dass ihre Mutter wieder da war. Die meiste Zeit hatte sie allein verbracht, da Sylvia mit ihrer neuen Liebe beschäftig war. Das Mailen mit Lena war eine erfreuliche Abwechslung, von ihren Träumen konnte sie aber nicht berichten.

Eine leise Beunruhigung blieb. Bis vor den Herbstferien war es ihr nie schwer gefallen, in den Schlaf zu finden, mit Ausnahme vielleicht vor aufregenden Ereignissen, Reisen, den seltenen Besuchen ihres Vaters oder schweren Klassenarbeiten. Doch das war nichts Besonderes; sie wusste, dass es anderen ähnlich erging. Aber jetzt zögerte sie häufig das Zubettgehen hinaus und brauchte länger als früher, bis sie einschlief. Oftmals halfen ihr die Tagträume, doch häufiger als sonst schweiften ihre Gedanken ab.

Zu Weihnachten kam überraschend Lena zu Besuch. Sie hatte für die Festtage frei bekommen und ein günstiges Flugticket erstanden. Anna und die Mutter freuten sich sehr; sie waren wieder zu dritt.

Lena berichtete lebendig aus der Behinderteneinrichtung. Humorvolle, nachdenkliche und auch bedrückende Begebenheiten gab sie zum Besten, so vieles hatte sie schon erlebt. Zwischendurch traf sie sich mit Lars; er war sicher auch ein Grund für Lenas Entschluss, nach Hause zu kommen.

Doch zwei Tage nach den Feiertagen musste Lena wieder zurück nach England.

So sehr Anna sich über den Besuch ihrer Schwester gefreut hatte, ebenso betrübt war sie nach deren Abreise; sie fehlte ihr so sehr.

16. Bernd

Auch Brigitte litt dieses Mal unter dem Abschied von Lena. Die dunkle Jahreszeit schien ihr doch zuzusetzen. Zudem hatte Ruth gerade nur noch wenig Zeit. Ihr Sohn brauchte viel Unterstützung in der Schule und mochte nicht mehr so oft allein sein.

Anna spürte, dass ihre Mutter häufiger als sonst gereizt war und ihre Tochter oftmals sorgenvoll ansah. Diesen Blick konnte Anna kaum ertragen; sie wusste, was er besagte: Warum gehst du nicht aus wie andere junge Menschen?

Letztlich war es dieser Blick, der sie dazu bewog, wieder mit Sylvia auf eine Silvesterparty zu gehen. Dieses Mal wurde sie von Sylvias neuem Freund Max ausgerichtet.

Anna erinnerte sich an Lenas Bemühungen im letzten Jahr, sie für ihre erste Party hübsch zu machen. Jetzt war keiner da, der sie zu etwas überreden wollte; sie konnte anziehen, was sie wollte. Doch fast fehlten ihr die Überredungsversuche ihrer Schwester. Sie ging zu Lenas Kleiderschrank und fand auch das Oberteil wieder, das sie dann doch getragen, aber unter dem grauen Pullover versteckt hatte.

Anna zog es noch einmal an und betrachtete sich vor dem Spiegel. Eigentlich fand sie sich ganz hübsch darin, aber es war eben doch nicht ihr Stil. So trug sie wieder wie üblich Jeans, T-Shirt und einen weiten Pullover, das passte eben besser zu ihr.

Wie auch im letzten Jahr kannte Anna viele der Gäste, viele waren auf ihrer Schule. Sie schaute sich um und stellte gleich fest, dass Nico nicht dabei war. Er müsste jetzt in der Abschlussklasse sein und im Frühjahr Abitur machen; vielleicht verbrachte er die Weihnachtsferien bei seinem Vater in Italien und traf sich dort mit seiner Freundin.

Anna nahm sich eine Cola und suchte wie üblich einen ruhigen Platz, von dem sie alles beobachten konnte. Die Wohnzimmercouch war schon besetzt, ebenso die Sessel. In der Küche war noch ein Platz auf der Eckbank frei. Anna zögerte, dort saßen schon so viele, und auch noch eng beieinander. Doch ein Junge, den sie nicht kannte, hatte sie entdeckt, deutete auf den leeren Platz neben sich und lud sie mit einer Handbewegung ein, sich zu setzen. Sie folgte seiner Einladung, rutschte aber ganz an den Rand der Bank.

Der Junge schien dies nicht zu bemerkten, er sprach sie an; er wäre gerade mit seinen Eltern hergezogen und seit drei Wochen in ihrer Parallelklasse. „Ich habe dich schon gesehen“, fügte er hinzu. Und als er Annas erstaunten Blick sah: „Du mich anscheinend nicht.“

„Nein“, antwortete sie und fügte entschuldigend hinzu: „Du bist ja auch erst sehr kurz da.“

„Dann sollten wir uns einander erst einmal vorstellen: Ich heiße Bernd. Und du?"

„Anna." Sie sah ihn von der Seite an. Eigentlich sah er ganz nett aus, mittelblonde, kurze Haare, blaue Augen, ganz anders als Nico. Soweit sie es aus der sitzenden Position beurteilen konnte, war er fast einen Kopf größer als sie.

„Anna", wiederholte er langsam. „Netter Name. Wie kommst du hierher?"

„Max, der Gastgeber, ist der Freund meiner Freundin Sylvia." Anna deutete auf Sylvia. Diese war gerade mit Max und mehreren anderen Gästen laut lachend und plaudernd in die Küche gekommen, um sich mit Getränkenachschub zu versorgen. Alle schienen bereits recht angeheitert.

Bernd folgte ihrem Blick und stellte fest: „Ihr beide seid aber sehr verschieden."

„Findest du?" Anna sah ihn erstaunt an.

„Ja, das sieht doch jeder. Deine Freundin ist anscheinend gerne im Mittelpunkt. Du scheinst, wenigstens auf den ersten Blick, zurückhaltender zu sein. Und sie ist auch völlig anders angezogen als du. Und auch noch heftig geschminkt." Bernd sah sie an. „Ungeschminkt gefällt mir besser."

Anna schien den letzten Satz überhört zu haben und antwortete etwas spitz: „Das alles siehst du in so kurzer Zeit?"

„Warum nicht?" Bernd lächelte. „Das kann doch jeder feststellen, der euch beide sieht. Aber ich wollte dich nicht kränken", fügte er beschwichtigend hinzu. „Und Sylvia auch nicht. Ihr seid sicher gute Freundinnen."

„Damit hast du recht", antwortete Anna schon etwas versöhnter. „Wie kommst du denn ausgerechnet nach Bremen? Wo hast du vorher gewohnt?"

„Mein Vater ist bei der Bundeswehr und wurde hierher versetzt, so musste die ganze Familie mitziehen. Das haben wir schon öfter gemacht. Vorher wohnten wir für drei Jahre in Hessen. Für mich war der Zeitpunkt nicht so günstig, drei Jahre vor dem Abitur. Aber ich bin schon so oft umgezogen, da macht mit das nicht so viel aus. Besser als zwei oder ein Jahr vor dem Abi, man muss ja positiv denken." Es sollte heiter klingen, aber Anna nahm Bitterkeit in seiner Stimme wahr. „So toll findest du das nicht?" fragte sie ihn vorsichtig.

Jetzt schaute Bernd sie ernst an. „Nein. Immer wieder neu anfangen, neue Freunde suchen, das ist nicht so leicht. Gerade, wenn ich anfange, mich irgendwo wohlzufühlen, heißt es wieder Abschied nehmen. Und die vielen Schulwechsel sind auch nicht so ohne. Eine Klasse habe ich bereits wiederholt."

Beide schwiegen eine Weile. „Ist schon erstaunlich, worüber wir so alles reden. Wir haben uns doch gerade erst kennengelernt“ setzte Bernd die Unterhaltung fort. „Ich denke, das ist ein gutes Zeichen. Jetzt erzähl doch mal was von dir.“

„Ich war eigentlich immer hier, daher kann ich mir das kaum vorstellen, wie das ist, so häufig umzuziehen.“ Anna schaute Bernd nachdenklich an. „Auf der anderen Seite hält eure Familie zusammen. Denn so, wie ich dich verstanden habe, seid ihr immer mitgezogen.“

„Jetzt sind wir ja wieder bei mir. Du machst das ganz geschickt.“ Bernd grinste. „Also dann meinetwegen. Ja, wir sind ein ganz gutes Team. Aber vor dem letzten Umzug habe ich wirklich mit dem Gedanken gespielt, in Gießen zu bleiben, mir dort ein Zimmer zu nehmen und dort die Schule zu beenden. Das ging aber aus finanziellen Gründen nicht.“

„Hättest du es sonst gemacht?“ fragte Anna.

„Ich glaube schon, aber ganz genau weiß ich es nicht, denn meine Eltern erklärten mir gleich, dass das nicht möglich wäre. Mein Vater ist Alleinverdiener, und ich habe noch zwei kleinere Geschwister.“

Anna war erstaunt über seine Offenheit. „In unserer Familie gibt es diesen Zusammenhalt nicht“, hörte sie sich sagen. „Mein Vater hat uns verlassen, als ich acht Jahre alt war. Das war für uns alle nicht leicht. Ich sehe ihn sehr selten, denn er hat eine neue Familie. Meine Schwester ist für ein Jahr in England, und ich bin mit meiner Mutter alleine. Das ist auch nicht so einfach.“ Sie schwieg, selbst überrascht über ihre eigene Offenheit. Noch nie hatte sie einem Fremden so viel von sich erzählt und war froh, dass Bernd nicht weiter fragte.

Sie schwiegen beide eine Weile und beobachteten das Treiben in der Küche. Nach einer Weile fragte Bernd Anna nach ihrem Leben außerhalb der Schule. Auf diese Weise stellten sie fest, dass beide gern lasen und fotografierten, lange Spaziergänge und Radtouren unternahmen.

Als Max sie unterbrach und darauf hinwies, dass es auf zwölf Uhr zuginge, waren beide erstaunt, wie schnell die Zeit vergangen war. Sie holten sich jeder ein Glas Sekt und stießen mit den anderen und miteinander an. „Ein frohes neues Jahr!“ wünschte ihr Bernd, und Anna erwiderte den Neujahrsgruß. Anders als letztes Jahr bei der Begegnung mit Nico stellte sie fest, dass es Bernd auch so meinte.

Drei Stunden später brachte er sie nach Hause. Vor ihrer Haustür verabschiedete er sich von ihr: „Es war ein sehr schöner Abend mit dir. Wir sollten unser Gespräch unbedingt fortsetzen, denn ich glaube, wir haben uns noch viel zu sagen. Vielleicht auf einem gemeinsamen Spaziergang, was meinst du? Gibst du mir deine Telefonnummer?“

Anna zögerte einen Augenblick, holte dann aber doch einen kleinen Notizblock aus ihrer Tasche und suchte nach einem Stift. Bernd zog einen Kugelschreiber aus der Innentasche seiner Jacke. Schnell schrieb sie ihre Telefonnummer auf, riss den Zettel aus dem Block. Nachdem dieser die Nummer kurz gelesen und eingesteckt hatte, umarmte er Anna, ließ sie aber schnell wieder los, als er spürte, wie sie sich versteifte. Er wartete noch, bis sie die Tür aufgeschlossen hatte und im Haus verschwunden war.

Es war bereits halb vier, als Anna unter ihre Bettdecke schlüpfte, aber sie fand lange Zeit keinen Schlaf. Immer wieder ging ihr die Begegnung mit Bernd durch den Kopf. Jedes Wort ihrer Unterhaltung war ihr noch gegenwärtig. Das war das erste Mal, dass sie mit einem Jungen so ein langes und intensives Gespräch geführt hatte. Anna fürchtete, zu viel von sich preisgegeben zu haben; sie kannte ihn doch kaum. Auf der anderen Seite spürte sie, dass er sie ernst nahm und sie verstand. Sie versuchte mithilfe ihres Tagtraums in den Schlaf zu finden.

Sturmwind kündigte wieder einmal den Besuch Nicos an. Da trat er auch schon ein und setzte sich zu ihr auf ihr Sofa. Er legte seinen Arm um sie und drückte sie eng an sich. Doch da war es Bernd, der sie im Arm hielt.

Anna schrak auf. Bernd an Nicos Stelle, das wollte sie nicht. Also fing sie wieder von vorne an.

Sturmwind kündigte den Besuch von Nico an. Sie trat vor die Tür, um ihn zu begrüßen. Gemeinsam liefen sie beide zum See hinunter und setzten sich ans Ufer.

Wieder schlich sich Bernd ein. Anna brach den Tagtraum wieder ab und versuchte es noch einmal, dieses Mal ohne die beiden.

Sturmwind wieherte und lud sie zu einem Ausritt ein. Gemeinsam ritten sie unendlich lange über die Wiesen bis zum Meer.

Endlich konnte Anna einschlafen.

17. Anna und Bernd

Bereits nach zwei Tagen rief Bernd an. Sie hatte schon auf seinen Anruf gewartet, war dann doch erschrocken, als sie seine Stimme am Telefon vernahm. Da beide noch in den Weihnachtsferien waren, lud er sie am folgenden Tag zu einem gemeinsamen Spaziergang ein. Anna zögerte, gleich am nächsten Tag erschien ihr zu früh. Zwei Tage später hätte sie Zeit. Bernd stimmte zu, und so trafen sie sich am fünften Januar am Eingang des frisch verschneiten Bürgerparks.

Zwei Stunden liefen sie durch den Park und setzten ihre Unterhaltung vom Silvesterabend fort. Anschließend wärmten sie sich im Kaffeehaus am Emmasee mit einer heißen Schokolade auf. Zum Abschied nahm Bernd sie wieder kurz in den Arm.

Von nun an trafen sie sich ein- bis zweimal die Woche. Sie gingen spazieren und besuchten sich gegenseitig zum Teetrinken. So lernten sie einander und den Lebensraum des anderen immer besser kennen.

Anna freute sich auf die gemeinsamen Treffen, aber gleichzeitig wuchs mit ihnen auch eine innere Unruhe. Sie begann wieder schlecht zu träumen.

Anna rannte durch einen engen Gang. Überall Türen, aber keine ließ sich öffnen. Schließlich gelangte sie an einen Fahrstuhl. Sie stieg ein und drückte den Knopf für das Erdgeschoss. Der Fahrstuhl schoss hinab und war nicht zu stoppen, so sehr Anna auch auf alle Knöpfe drückte. Bevor er unten zerschellte, wachte sie auf.

Schweißgebadet schreckte Anna aus ihrem Traum auf.

Manchmal nahm er auch die Gegenrichtung und fuhr in rasanter Geschwindigkeit immer höher. Bald würde er das oberste Stockwerk erreichen und hinausfliegen.

Anna war nach diesen Nächten wie gerädert. In der Schule fielen ihr fast die Augen zu; sie konnte sich kaum auf den Unterricht konzentrieren, versagte auch in einigen Klassenarbeiten.

Bald stellte sie selbst einen Zusammenhang mit den Treffen mit Bernd her: Vor und nach ihren Verabredungen träumte sie besonders schlecht. Hatte sie sich zuvor noch auf ihre Begegnungen gefreut, wurde sie jetzt zunehmend unruhiger, entwickelte regelrecht Angst vor ihnen. Körperlichen Berührungen wich sie aus und sagte auch häufiger Treffen ab.

Bernd spürte ihren Rückzug und sprach sie darauf an, doch Anna wich aus, sie habe zu lernen oder andere Aufgaben zu erfüllen.

Doch die Absagen beruhigten sie nicht; im Gegenteil, in der Zeit, die sie eigentlich miteinander verbringen wollten, wusste sie nichts mit sich anzufangen und konnte sich auf keine Arbeit konzentrieren.

Sahen sie sich in größeren Abständen dennoch, freute sie sich, Bernd zu sehen, fühlte sich aber gleichzeitig unwohl; es rauschte in ihren Ohren, sie konnte schlecht hören, ihn kaum verstehen.

Ein anderes Mal sah sie wie durch einen Nebel, alles schien unklar. Sie ärgerte sich über sich selbst, es strengte sie sehr an.

Mit der wachsenden inneren Unruhe nahm auch ihr Appetit ab; sie konnte kaum noch essen und verlor langsam, aber stetig an Gewicht. Zunächst war sie darüber noch erfreut, da sie sich, wie viele andere Mädchen auch, für zu dick hielt. Den anderen fiel es nicht auf; sie trug immer noch weite Kleidung, die ihre Figur verhüllte.

Bernd, der sie erst kurze Zeit kannte, nahm ihre Veränderung wohl wahr. Zu Beginn hatte er sie zurückhaltend, manchmal auch schnippisch, aber lebendig erlebt; jetzt wirkte sie immer gehemmter, unruhiger und kraftloser. Zu Beginn sah er noch das Leuchten in ihren Augen, sie schien sich wirklich zu freuen, ihn zu sehen, doch dann erlosch es; er sah, wie blass und schmal ihr Gesicht geworden war. Gleichzeitig spürte er, dass er sie nicht darauf ansprechen durfte. Bisher hatte sie immer mit Ausflüchten geantwortet. Er fragte sich, inwieweit ihre Veränderungen mit ihm zu tun hätten. Hatte er etwas falsch gemacht, brauchte sie mehr Zeit? Er hatte schon wahrgenommen, wie zurückgezogen Anna bisher gelebt hatte, wie empfindsam sie war. Er wollte sie nicht verlieren und wurde immer vorsichtiger im Kontakt zu ihr.

Anna kehrte mit Sturmwind von einem langen Ausritt zurück. Sturmwind fraß sein Heu, und Anna kochte sich einen Tee. Gerade als sie sich unter ihrer Decke auf dem Sofa verkriechen wollte, kam ein heftiger Sturm auf. Er heulte um das Haus, rüttelte an der Tür und den Fensterläden. Einen Moment später fing es an zu schütten. Noch nie hatte Anna solch einen Unwetter erlebt. Die Stalltür knallte; der Wind schien sie aus den Angeln gerissen zu haben. Sturmwind wieherte, galoppierte aus seinem Unterstand zu Haus-

tür. Schnell rannte Anna zur Tür, zögerte einen Moment und führte dann das verstörte Tier hinein.

Sturmwinds Fell war völlig durchnässt. Mit einem Handtuch rieb sie ihn trocken und streichelte beruhigend seinen Kopf. Langsam kam er zur Ruhe und sah sich vorsichtig in dem für ihn neuen Raum um. Schließlich knickten seine Beine ein, und er ließ sich auf dem Holzfußboden nieder.

Anna strich ihm noch einmal über Kopf und Rücken, machte sich für die Nacht fertig und legte sich schlafen.

Am Silvesterabend hatte Sylvia zwar einiges getrunken und sich mit ihrem Freund und den anderen Gästen amüsiert, doch ihr war nicht entgangen, dass Anna sich den ganzen Abend angeregt mit Bernd unterhalten und beide gemeinsam das Fest verlassen hatten. Eigentlich passen sie gut zusammen, dachte sie, beide schüchtern und nicht die großen Partygänger. In den folgenden Wochen sah sie Anna und Bernd häufig auf dem Schulhof ins Gespräch vertieft und fragte ihre Freundin, ob zwischen ihnen etwas liefe. Anna wich aus, wurde recht verlegen, für Sylvia ein untrügliches Zeichen, dass sie mit ihrer Vermutung richtig lag. Später gab Anna zu, dass sie sich zu Spaziergängen trafen und sich gegenseitig besuchten. Mehr wäre nicht, wiegelte sie ab.

Sylvia lächelte und fragte nicht weiter. Sie freute sich für ihre Freundin. Zunächst schien Anna die Beziehung zu Bernd gutzutun, sie wirkte fröhlicher und offener als früher. Doch dann bemerkte Sylvia, dass Anna stiller und blasser wurde, oft nicht zuhörte, abwesend wirkte. Sie fragte nach. „Ist was mit Bernd?“

Doch Anna beeilte sich, ihre Freundin zu beruhigen. „Nein, nein, wir sind noch zusammen.“

„Aber irgendwas ist doch, das sehe ich doch.“

„Glaub mir, es ist alles gut. Ich bin nur ein bisschen müde, vielleicht bekomme ich eine Erkältung“, wich Anna aus.

Brigitte reagierte ebenfalls besorgt. Hatte sie sich Anfang des Jahres noch über die beginnende Freundschaft zwischen Bernd und ihre Tochter gefreut und als Zeichen einer positiven Entwicklung Annas gesehen, sah sie, dass Anna immer unruhiger, blasser und schmaler wurde und bei den gemeinsamen Mahlzeiten auch kaum noch etwas aß. Wohl wissend, dass Anna auf Nachfragen abwehrend reagierte, hielt auch sie sich lange Zeit zurück.

Anfang März aßen die beiden sonntags zusammen zu Mittag. Brigitte hatte Annas Lieblingsspeise gekocht, Brokkoliauflauf, doch das Mädchen stocherte lustlos im Essen herum.

„Anna, was ist los, schmeckt es dir nicht?“ fragte die Mutter.

„Doch, aber ich habe keinen Appetit“, erwiderte Anna.

„Das geht ja schon eine ganze Weile so, dass du kaum etwas isst. Was ist denn los? Bist du vielleicht krank?“

„Ich glaube nicht, mir geht es nur nicht so gut. Das geht bestimmt wieder vorbei“, beschwichtigte Anna

„Das sehe ich anders, Du siehst blass aus und hast abgenommen. Du solltest dich einmal von Frau Becker untersuchen lassen, vielleicht hast du ja einen Infekt.“

„Ja, könnte sein, ich denke darüber nach.“

„Nein, ich mache einen Termin für dich aus, du solltest sehr bald zu ihr gehen“, bestimmte die Mutter.

„Das kommt nicht infrage, das mache ich selber“, widersprach Anna trotzig.

Da sie dem Drängen der Mutter nicht mehr ausweichen konnte, sich auch selbst Sorgen machte, rief sie am nächsten Tag bei der Hausärztin an und vereinbarte einen Termin für den kommenden Freitag.

18. Die Hausärztin

Frau Becker war die Hausärztin der Familie. Anna hatte sie lange Zeit nicht mehr gesehen; das letzte Mal bei einem grippalen Infekt ein gutes Jahr zuvor.

Die Ärztin kannte Anna schon seit ihrer Kindheit und nahm gleich die Veränderung wahr. Vorsichtig fragte sie nach den körperlichen Beschwerden, die Anna nur widerstrebend offenbarte. Appetitlosigkeit und Gewichtsabnahme mochte sie noch zugeben, später auch die innere Unruhe, das zeitweilige Ohrenrauschen und schlechte Sehen.

„Und wie sieht es mit deinen schulischen Leistungen aus?“ fragte Frau Becker. „Haben die sich verändert?“

„Nicht wesentlich. In den letzten Klassenarbeiten konnte ich mich nicht so richtig konzentrieren.“

„Gab es denn eine Veränderung in deinem Leben?“ wollte die Ärztin wissen.

„Wie meinen Sie das?“ entgegnete Anna irritiert.

„Ist etwas Besonderes passiert in letzter Zeit?“

Anna schaute aus dem Fenster. „Ja, Lena ist für ein Jahr nach England gegangen.“

„Fehlt sie dir?“

„Manchmal schon, aber für sie ist es sicher gut“, antwortete Anna zögerlich.

„So bist du meistens doch mit deiner Mutter allein. Ist sicher auch nicht immer leicht“, erwiderte Frau Becker mitfühlend.

„Nein, das stimmt nicht so richtig. Ich habe ja auch einen Freund“, wehrte Anna ab.

„Oh“, sagte Frau Becker überrascht. „Das ist schön. Wie lange denn schon?“

„Seit Silvester.“

„Aha, seit Silvester. So wie ich dich verstanden habe, hast du die Beschwerden seit Mitte Januar. Kann es da einen Zusammenhang geben?“

Anna schaute sie misstrauisch an. „Wie meinen Sie das?“

Frau Becker sagte langsam und vorsichtig: „Das fällt ja schon auf, dass kurz, nachdem ihr euch kennengelernt habt, bei dir die Beschwerden begonnen haben. Sie waren doch nicht schon vorher da?“

Anna schüttelte den Kopf. Doch dann fiel ihr etwas ein. „Ach ja, in den Herbstferien konnte ich schlecht schlafen, da fühlte ich mich auch nicht gut. Das ging dann aber wieder vorbei.“

„Was war denn in den Herbstferien?“

„Eigentlich nichts Besonderes. Meine Mutter war mit einer Freundin auf Spiekeroog. Und ich habe die Woche alleine zu Hause verbracht. Aber das war schon in Ordnung.“

„Nur nachts konntest du nicht so gut schlafen. Das hörte hinterher wieder auf.“

Anna nickte.

„Und wenn du mit deinem Freund zusammen bist, wie geht es dir da?“

„Er ist nett, wir können uns über alles unterhalten.“

„Und deine Beschwerden, sind sie eher da, wenn ihr zusammen seid oder wenn du allein bist?“

Anna dachte nach. „Ich glaube, nicht, wenn wir zusammen sind. Eher vor oder nach einem Treffen. Das Ohrenrauschen und das schlechte Sehen habe ich, wenn wir uns treffen.“

Einen Moment schwiegen beide. Frau Becker schaute Anna ernst an. „Anna, ich glaube, die Symptome, die du mir schilderst, sind nicht auf eine körperliche Erkrankung zurückzuführen. Meiner Meinung nach haben sie seelische Ursachen und wurden sicher durch die neue Freundschaft ausgelöst. Aber mehr kann ich dazu nicht sagen, denn das ist nicht mein Fachgebiet."

Anna schaute sie zweifelnd an, sagte aber nichts.

„Deine Symptome sind ernst zu nehmen und sollten behandelt werden. Wir machen noch einmal einen Labortermin für eine große Blutuntersuchung. Doch ich bin mir ziemlich sicher, dabei nichts rauskommt." Frau Becker machte eine kurze Pause, atmete tief durch und fuhr fort: „Ich würde dir raten, zu einer Psychotherapeutin zu gehen. Ich arbeite da mit einer sehr netten Psychologin zusammen, Frau Grünheit. Sie wird dir gefallen und kann dir sicher helfen."

Die Ärztin holte eine Visitenkarte aus ihrer Schreibtischschublade und reichte sie Anna.

„Was hältst du davon?"

Anna schien nicht überzeugt „Meine Mutter hat lange Zeit Psychotherapie gemacht. Und ich weiß gar nicht, ob sie ihr wirklich geholfen hat."

„Doch, Anna", widersprach die Ärztin. „Die Therapie hat ihr geholfen, zusammen mit den Medikamenten. Sonst wäre sie heute nicht so stabil. – Zuerst werden ein paar Probegespräche vereinbart. Danach wird entschieden, ob ein Psychotherapieantrag gestellt wird. Da müssen beide zustimmen, Patient und Therapeut. Du hast also viel Zeit zu überprüfen, ob du die Therapie wirklich willst."

„Na ja, ich kann sie mir ja mal anschauen", stimmte Anna vage zu.

„Gut. Doch es wird nicht so einfach sein, bei Frau Grünheit einen Termin zu bekommen, die Psychotherapeuten sind heute alle sehr überlaufen. Ich werde für dich anrufen und dich voranmelden, dann geht es vielleicht schneller. Ist das in Ordnung?"

Anna nickte.

„Du musst aber dennoch selbst dort anrufen. Die Nummer steht auf der Karte, die ich dir gegeben habe." Frau Becker stand auf. „Dann wünsche ich dir viel Glück, dass es bald klappt. Und gute Besserung!"

Zwei Tage später feierte Anna ihren siebzehnten Geburtstag, wieder mit Sylvia und ihrer Mutter. Bernd schaute vorbei und schenkte ihr eine Musik-CD, trank mit den dreien eine Tasse Kaffee und aß ein Stück Kuchen. Eigentlich hatte er sie für den Abend zu einem Kinobesuch und anschließendem Pizzaessen einladen, doch Anna lehnte ab; sie fühle sich nicht gut.

Zunächst schien Anna sich über seinen Besuch zu freuen, wurde dann aber immer stiller und unruhiger. Bernd spürte dies und verabschiedete sich nach kurzer Zeit wieder. Anna brachte ihn zur Tür.

Er schaute sie ernst an. „Anna, wäre es dir lieber, wenn wir uns gar nicht mehr sehen? Immer wieder sagst du Verabredungen ab, auch heute willst du nicht mit mir ins Kino gehen. Wenn wir uns mal treffen, denke ich erst, du freust dich, dann machst du immer mehr zu, und ich habe den Eindruck, du willst mich ganz schnell wieder loswerden."

Erschrocken schüttelte Anna den Kopf. „Nein, so ist das nicht. Ich weiß auch nicht, was mit mir ist. Es geht mir im Moment nicht so gut." Sie machte eine Pause. „Ich war deswegen auch schon zur Ärztin und habe auch ein Blutbild machen lassen, das Ergebnis bekomme ich morgen. Ich möchte dich auf jeden Fall weiter sehen, nur nicht so oft, bis es mir wieder besser geht. Bitte lass mir noch etwas Zeit", bat sie ihn und umarmte ihn zum Abschied.

„Gut, ich kann noch warten. Aber ich möchte nicht der Grund dafür sein, dass du dich nicht wohlfühlst."

„Nein, das bist du nicht, das weiß ich ganz genau."

Bereits zwei Wochen nach ihrem Geburtstag erhielt Anna einen Termin für ein Erstgespräch. Anscheinend hatte der Anruf der Ärztin bei der Therapeutin etwas bewirkt.

In der Nacht vor der ersten Sitzung konnte Anna schwer zur Ruhe finden. Immer wieder ging ihr durch den Kopf, was diese Frau wohl alles von ihr wissen wollte. Und wie viel sie ihr erzählen mochte.

Sturmwind schlief jetzt immer bei Anna in der Hütte, direkt neben ihrem Bett. Er atmete tief und ruhig, schnaubte manchmal im Schlaf.

19. Die erste Therapiestunde

Müde machte Anna sich auf den Weg zu Frau Grünheit. Sie kannte die Straße, eine gutbürgerliche Wohngegend in Schwachhausen. Therapeuten verdienten sicher nicht schlecht. Vor dem frisch renovierten Patrizierhaus blieb sie stehen und suchte nach dem Namensschild. Anna atmete tief durch und klingelte. Wenig später erklang leise der Summer, sie öffnete die Tür, erklomm die frisch gebohnerte Treppe und stand vor der Praxis.

„Erika Grünheit, Kinder- und Jugendlichentherapeutin“, las sie und runzelte die Stirn. Ein Kind war sie nicht mehr und wollte auch nicht als ein solches behandelt werden. Na gut, Jugendliche stimmte. Aber sie wäre lieber zu einer Erwachsenentherapeutin gegangen. Doch von ihrer Hausärztin wusste sie, dass dies erst ab ihrer Volljährigkeit möglich war. Ein Jahr war es noch bis dahin.

Weiter konnte sie ihren Gedanken nicht folgen, da öffnete sich die Tür. Im Rahmen stand Frau Grünheit und begrüßte sie freundlich lächelnd: eine mittelgroße, schlanke Frau mit kurzen grauen Haaren.

„Sie müssen Anna Werner sein. Guten Morgen! Kommen Sie doch herein.“

Etwas irritiert von der Anrede folgte Anna der Therapeutin; das „Sie“ hatte sie nicht erwartet. Gemeinsam durchquerten sie einen langen, in freundlichem Gelb gestrichenen Flur, geschmückt mit Kinderbildern, und erreichten einen hellen Raum mit einer kleinen Sitzecke.

Frau Grünheit wies auf einen Sessel, Anna nahm Platz, mochte sich aber nicht anlehnen. Die übrige Einrichtung hatte sie bereits geprüft, Parkettfußboden mit einem gelben Wollteppich unter der Sitzecke, zwei Regale mit Büchern, Figuren und Postkarten, eine große Palme in der Ecke vor dem Fenster, hellgelbe Vorhänge und bunte Blumenbilder an den Wänden. Kein Kinderspielzeug, stellte Anna erleichtert fest.

Frau Grünheit hatte ihr gegenüber Platz genommen und schaute sie freundlich und aufmerksam an.

„Zuerst möchte ich gerne wissen, wie ich Sie ansprechen soll. Sie sind ja fast volljährig, bereits in der Oberstufe und werden jetzt auch von Ihren Lehrern gesiezt.“

Anna schüttelte den Kopf. „Das möchte ich nicht. Das kommt mir auch in der Schule noch komisch vor.“

Ihr Blick blieb an der Schreibunterlage hängen, der auf dem Schoß der Therapeutin lag. Frau Grünheit hatte bereits etwas notiert.

„Ich mache mir während der Stunden Notizen, damit ich nicht alles wieder vergesse. Ist das für dich in Ordnung?“

Anna nickte. „Frau Becker schreibt auch etwas auf, wenn ich bei ihr in Behandlung bin. Allerdings gleich auf dem PC.“

„Gut, Anna, dann erzähl mir doch bitte, wie du zu mir kommst.“

Anna runzelte die Stirn. Das wusste die Therapeutin doch. Warum diese Frage? „Frau Becker hat mich geschickt. Sie hat Sie doch auch angerufen."

„Ja, stimmt. Sie hat mir aber noch nicht viel erzählt. Ich würde gerne von dir erfahren, wie es dir geht, und warum sie dich wohl angemeldet hat."

Anna dachte kurz nach. Schon wieder diese Fragen. „Meine Mutter meinte, ich sollte mich von Frau Becker untersuchen lassen." Sie stockte. Frau Grünheit sagte nichts, schaute sie nur freundlich an. „Seit kurzem bin ich oft so müde, aber das kann auch mit der Schule zusammenhängen."

„Hm, müde. Du bist ja jetzt in der elften Klasse. Ist die Schule denn sehr stressig?"

„Ja", gab Anna bereitwillig Auskunft. „Jetzt geht es dauernd nur um das bevorstehende Abi und um die Leistungskurse, die wir wählen sollen, um die Punkte. Und wir schreiben auch gerade viele Arbeiten."

„Der Sprung von der Mittel- zur Oberstufe ist schon groß. Wie ging es dir denn vorher mit der Schule?"

„Na ja, das war in Ordnung", meinte Anna. „Mit Mathe hatte ich allerdings schon immer Probleme."

„Das geht vielen so", lächelte die Therapeutin. „Gibt es denn Fächer, die du gerne magst?"

„Deutsch ist mein Lieblingsfach." Anna lehnte sich ein wenig zurück.

„Deutsch, ja, was magst du denn da besonders?"

„Aufsätze schreiben. Am liebsten zu freien Themen."

„Also hast du auch Phantasie. Das ist gut."

Anna schaute die Therapeutin fragend an. „Warum ist das gut?"

„Mit Phantasie lassen sich immer wieder neue Lösungswege finden."

Nachdenklich und ein wenig zweifelnd meinte Anna: „Wenn Sie meinen."

„Ja, sie kann wirklich helfen. Aber noch einmal zurück den Gründen, warum du herkommst. Du bist oft müde. Gibt es denn noch etwas anderes, was sich verändert hat?"

Anna richtete sich auf und rutsche wieder an die Sesselkante. „Ich kann mich manchmal schwer konzentrieren."

„Ist ja kein Wunder, wenn man so müde ist. Schläfst du denn gut?"

„Es geht so. Manchmal kann ich nur schwer einzuschlafen", räumte Anna ein.

„Da geht dir wohl viel durch den Kopf."

„Ja, aber das ist nicht immer so", wich Anna aus.

„Wie sieht es denn mit deinem Appetit aus?“ fragte die Therapeutin weiter.

„So richtig Hunger habe ich keinen. Aber Essen war mir noch nie so wichtig.“

Frau Grünheit wechselte das Thema: „Anna, ich weiß ja noch nicht viel von dir. Erzähl mir doch einmal, wie du so lebst. Wie viele seid ihr denn zu Hause? Wer gehört alles zu deiner Familie?“

Bereitwillig berichtete Anna von ihrer Mutter und deren Arbeit bei der Zeitung, ebenso von der älteren Schwester und ihrem Aufenthalt in England. Die Therapeutin wollte auch wissen, ob sie ihre Schwester vermisse; das bejahte Anna, fügte aber sofort hinzu, Lena käme im Sommer zurück, und sie freue sich auf ihre Rückkehr.

Auf die Frage nach ihrem Vater berichtete Anna knapp von der Trennung der Eltern sowie seiner neuen Familie. Ja, sie sähe ihn regelmäßig, etwa einmal im Jahr, und er schicke auch immer etwas zu Weihnachten und zu ihrem Geburtstag.

Wieder wechselte Frau Grünheit das Thema. „Anna, schildere mir doch mal, wie du so ein ganz normaler Tag bei dir verläuft.“

So erzählte Anna vom Aufstehen um kurz vor sieben, dem Frühstück gemeinsam mit der Mutter, Schulbesuch, dem Mittagessen allein. „Da esse ich meistens ein Müsli oder ein Brot. Meine Mutter und ich essen am Abend warm“, erklärte sie der Therapeutin.

„Und wie verbringst du den Nachmittag?“

„Das ist ganz verschieden“, antwortete Anna vage. „Meistens mache ich meine Hausaufgaben, höre dabei Musik und lese etwas. Im Sommer laufe ich auch gerne im Park oder fahre Fahrrad.“

Frau Grünheit fragte auch nach Freundinnen und Freunden; so berichtete Anna auch von Sylvia und ihren gegenseitigen Besuchen, auch dem gemeinsamen Sommerurlaub vor einem Jahr.

Von Bernd erzählte sie ungern; erst als die Therapeutin wissen wolle, ob es schon Kontakt zu einem Jungen gäbe. Sie schilderte knapp ihr Kennenlernen und die gemeinsamen Treffen, die bisher stattgefunden hatten.

Dann fragte Frau Grünheit nach der Musik, die sie gerne hörte, und dem Buch, das sie gerade las. Jetzt wurde Annas Bericht wieder lebhafter; Frau Grünheit kannte den Autor des Buchs, ihre Lieblingssänger waren ihr aber neu.

„Unsere Stunde ist gleich um“, läutete die Therapeutin das Ende der Sitzung ein.

Überrascht schaute Anna Frau Grünheit ab. Die Zeit war doch schneller vergangen, als sie gedacht hatte.

„Nächste Woche kannst du wieder zur gleichen Zeit kommen. Möchtest du?"

Anna bejahte, und so verabschiedeten sich beide voneinander.

Nachdenklich schloss Erika Grünheit die Tür hinter Anna. Sie kehrte in ihr Sprechzimmer zurück und schaute in ihren Terminkalender. Richtig, die nächste Stunde wurde abgesagt. Gut so, dann konnte sie noch mal in Ruhe ihre Notizen vervollständigen.

In der kleinen Praxisküche kochte sie sich einen Kaffee und setzte sich mit ihrem Becher an den Tisch. Sie entledigte sich ihrer Schuhe und legte ihre Füße auf den zweiten Stuhl neben ihrem. In ihren Gedanken war sie noch einmal in der letzten Stunde.

Ein seltsames Mädchen, so scheu und empfindsam. *Sie hat mich richtig angerührt.*

Erika Grünheit trank einen Schluck. Manchmal auch so abweisend. Sie erinnerte sich, wie sich Annas Augen verengt hatten und sie an die Kante des Sessels gerückt war, als wolle sie gleich aufspringen und weglaufen. Anna hatte sich aber wieder beruhigt, sobald sie das Thema gewechselt hatte. Ihre Augen waren ganz warm geworden, als sie von ihrer Lieblingsmusik und -büchern erzählte. Sie blieb aber immer auf der Hut. Erika Grünheit selbst musste aufpassen, ihr nicht zu nahe zu treten, immer wieder zu unverfänglichen Themen kommen.

Noch einmal las sie in ihren Notizen, die sie in der Stunde aufgeschrieben hatte.

Was wusste sie jetzt von Anna? Sie stammte aus einer Trennungsfamilie, der Vater, ein Lehrer, verließ sie, als Anna sieben Jahre alt war. Die Schwester war drei Jahre älter, machte ein soziales Jahr in England. Die Mutter arbeitete bei der Zeitung. Anna hatte eine vertraue Freundin seit vielen Jahren und einen festen Freund, immerhin. Aber sie verbrachte viel Zeit allein in ihrem Zimmer.

Erika Grünheit trank ihren Becher aus und schrieb ihre Gedanken auf.

Und ihre Symptomatik? Eigentlich hatte sie nur was von ihrer Müdigkeit, Konzentrationsschwierigkeiten und gelegentlichen Schlafstörungen erzählt. Schulische Überforderung allein konnte nicht die Ursache sein. Wann hatte das alles begonnen? Das musste sie noch erfragen. Und der mangelnde Appetit. Wirklich magersüchtig schien sie nicht zu sein, wobei die weite

Kleidung einiges kaschieren konnte. Der weite graue Pulli, die schlabbrigen dunkelblauen Jeans, die blasse Gesichtsfarbe und die strenge Frisur, sie wirkte so, als mochte sie nicht gesehen werden. Dabei war sie eigentlich ein hübsches Mädchen.

Erika Grünheit runzelte die Stirn. Warum musste sie sich so verstecken, und warum wollte sie so wenig von sich preisgeben? Wann im Gespräch wurde sie so abweisend? Sie erinnerte sich: bei der Frage nach ihrem Vater. Die Trennung der Eltern schien ein wunder Punkt zu sein. Und auch von ihrem Freund wollte sie nicht viel erzählen, ebenso wenig von ihren Symptomen.

Meistens erfuhr sie von den jungen Mädchen bereits am Anfang mehr darüber, wie es ihnen ging. Erika Grünheit fühlte sich noch immer sehr von Annas Verletzlichkeit berührt.

In Gedanken und etwas verwirrt verließ Anna die Praxis. So recht wusste sie nicht, was sie von der Stunde und der Therapeutin halten sollte. Frau Grünheit war ja ganz freundlich, aber das musste sie sicher zu jedem ihrer Patienten sein.

So ganz geheuer war Anna allerdings nicht, dass sie immer wieder etwas aufgeschrieben hatte. Was sie da wohl von ihr notierte? Ob sie schon in eine Schublade gepackt würde?

Zu Hause fragte ihre Mutter gleich, wie denn die Therapeutin so gewesen sei, aber Anna antwortete nur einsilbig. Ja, ganz nett, mehr könne sie noch nicht sagen.

In den nächsten Tagen dachte sie aber noch öfter an die Sitzung. Seltsam, wie sich Frau Grünheit selbst für ihre Lieblingsbücher und -musik interessiert hatte. Und sie kannte sogar einige der Autoren. Ob das auch zu ihrem Beruf dazugehörte, um sich anzubiedern? Mama schaute kaum darauf, was sie las, war höchstens genervt, wenn ihr die Musik zu laut war. Dabei war Frau Grünheit sogar noch älter als Mama.

Sie erinnerte sie eher an Oma Helga, Papas Mutter, die sie früher öfter besucht hatten. Das war vor der Trennung, danach fuhren sie kaum noch hin. Oma hatte auch graue Haare; sie waren aber gelockt, und Oma war kleiner und rundlicher als Frau Grünheit.

Die Woche verging sehr schnell. Weder Sylvia noch Bernd erzählte Anna von dem Gespräch mit der Therapeutin. Mit Sylvia traf sie sich zwei Tage später zum Lernen für eine Matheklausur. Für Anna war dies ein schwerer Stoff, und sie hatte bereits in der letzten Arbeit schlecht abgeschnitten.

So ging Sylvia noch einmal alle möglichen Aufgaben mit ihr durch. Es blieb wenig Zeit für Privates, doch das war Anna nur recht.

Bernd sprach sie auf dem Schulhof an und wollte sich für das Wochenende mit ihr verabreden. Doch Anna suchte Ausflüchte, sie habe keine Zeit, da sie noch für zwei Klausuren lernen müsse. Sie fühlte sich nicht wohl dabei, sah an Bernds traurigem Blick, dass sie ihn wieder enttäuscht hatte.

Eigentlich mochte sie ihn ja auch und dachte in der Zeit, in der sie ihn nicht sah, oft an ihn, aber sie wollte nicht wieder die schlechten Gefühle aufkommen lassen, die mit den Treffen verbunden waren.

Am Tag vor der zweiten Stunde bei Frau Grünheit schrieb Anna die Matheklausur. Zum Glück erkannte sie einige der Aufgaben wieder; sie hatte sie gemeinsam mit Sylvia errechnet.

In der folgenden Nacht schlief Anna wieder schlecht ein. Dennoch wachte sie vor ihrem Wecker auf und erinnerte sich an einen Traum:

Sie fuhr mit ihrem Fahrrad durch viele Straßen. Die Umgebung erschien ihr fremd, doch sie wusste, dass sie in ihrer Heimatstadt war. Erst wusste sie nicht mehr, wohin sie wollte, aber dann fiel ihr wieder ein, dass sie die Wohnung von Frau Grünheit suchte, sie aber nicht fand. Endlich kam sie an ein Geschäft, stellte ihr Fahrrad ab, ging hinein und wollte die Verkäuferin nach der Adresse fragen. Da stellte sie fest, dass sie diese vergessen hatte. Eine Therapeutin namens Grünheit kannte die Frau im Laden nicht. Jetzt war auch noch das Fahrrad verschwunden. Verzweifelt suchte Anna nach dem Rad und dem Haus der Therapeutin. Plötzlich stand sie vor einem Haus, das ihr ein wenig bekannt vorkam. An der Hauswand neben dem Eingang entdeckte sie ein Schild mit dem Namen von Frau Grünheit, dasselbe Schild, das sie an der Wohnungstür die Woche zuvor entdeckt hatte. Etwas ruhiger drückte sie auf die Klingel. Das Rad war zwar verschwunden, aber sie hatte immerhin die Wohnung gefunden.

20. Die zweite Stunde

Erleichtert stellte Anna fest, dass dies nur ein Traum war. Am späten Nachmittag machte sie sich wieder auf den Weg. Dieses Mal kannte sie ihn und fand auch, anders als im Traum, Straße und Haus gleich wieder. Pünktlich klingelte sie an der Tür.

Frau Grünheit öffnete und begrüßte sie so freundlich wie beim ersten Mal. Anna folgte ihr in den Behandlungsraum und nahm in ihrem Sessel Platz, wieder an der vorderen Kante.

Frau Grünheit fragte nach der vergangenen Woche, wie es ihr denn ergangen sei. So berichtete Anna von der Klausur. Nein, sie wisse noch nicht, wie sie abgeschnitten habe.

„Und was hast du in dieser Woche sonst noch erlebt?"

Anna dachte kurz nach. „Ich habe am Dienstag mit Sylvia für die Klausur gelernt. Sie ist besser in Mathe als ich. Dafür bin ich in den Sprachen besser, da kann ich ihr etwas beibringen."

Mehr fiel Anna nicht ein, sonst wäre alles wie immer gewesen. Von der Begegnung mit Bernd auf dem Schulhof erzählte sie nichts.

Nach einer kurzen Pause fragte Frau Grünheit: „Anna, ich möchte gerne von dir erfahren, wie du aufgewachsen bist. Wo bist du geboren, und wie war das so in den ersten Jahren? An was kannst du dich erinnern, und was wurde dir davon erzählt?"

Anna runzelte die Stirn. Diese Therapeutin wollte wirklich viel wissen. Zögerlich begann sie: „Ich bin hier geboren und auch aufgewachsen. Einmal sind wir umgezogen, da war ich drei Jahre alt. An die alte Wohnung kann ich mich nicht mehr erinnern." Sie stockte.

„Als du geboren wurdest, war deine Schwester drei Jahre alt. Wie alt war denn da deine Mutter?"

„Zweiundzwanzig."

„Was machte sie zu der Zeit?"

„Sie arbeitete bei der Zeitung, war für die Annoncen zuständig."

„Und dein Vater? Wie alt war er bei deiner Geburt?"

„Sechsundzwanzig."

„Arbeitete dein Vater da bereits als Lehrer?"

„Ja, aber erst kurze Zeit. Er war gerade mit dem Referendariat fertig geworden."

„Wie ging es denn deinen Eltern in dieser Zeit? Was meinst du?"

Annas Gedanken gingen zurück zu dem Gespräch mit Lena.

„Ich kam wohl wie Lena nicht geplant. Meine Mutter wollte gerade anfangen, an der Journalistenschule zu studieren. Doch das ging nicht, weil sie sich um mich kümmern musste."

Jetzt berichtete Anna, was sie von Lena erfahren hatte: von den schlaflosen Nächten der Mutter, der Erkrankung von Oma, die nicht mehr so viel helfen konnte, der Enttäuschung der Mutter, ihrer Erschöpfung und innerem

Rückzug, ihren immer wiederkehrenden Depressionen. Von dem überforderten Vater, der sich neben der Schule noch um beide Kinder kümmern musste.

Frau Grünheit hatte ernst und konzentriert zugehört. „Das war sicher keine leichte Zeit für euch alle.“

Anna nickte.

„Wie ging es dann weiter?“

„Als ich acht Jahre alt war, verliebte sich Papa in eine Lehrerin aus seiner Schule, Renate. Er hat uns dann verlassen.“

„Aber dazwischen liegen ja noch einige Jahre. Da gab es doch sicher auch andere Zeiten. An was kannst du dich denn da erinnern?“

Anna schaute Frau Grünheit kurz an, richtete dann ihren Blick auf das Fenster.

„Wir waren immer mal wieder in Urlaub an der Nordsee, meistens auf Wangerooge.“

„Erzähl doch mal, wie war es denn da?“

Ein Lächeln huschte über Annas Gesicht. „Wir waren da viel am Strand und haben mit Papa Sandburgen gebaut. Er hat mir auch das Schwimmen beigebracht. Und zur Feier des Tages gab es ein Rieseneis.“

Jetzt kam Anna in Fahrt und berichtete von den vielen schönen Erlebnissen mit dem Vater am Meer und in der Ferienwohnung. Auch die Mutter war in diesen Urlauben viel besser gelaunt gewesen, es sei allen gut miteinander gegangen.

Als Anna geendet hatte, meinte Frau Grünheit: „Da hattet ihr wirklich auch schöne Zeiten miteinander. Gab es denn noch andere gute Erinnerungen aus deiner Kindheit?“

Anna dachte nach. „Die Besuche bei Oma Helga in Bayern. Das ist die Mutter von Papa“, fügte sie erklärend hinzu.

„Wie war es denn dort?“

„Früher haben wir sie meistens an Ostern und Weihnachten besucht. Sie hat sich immer so gefreut, wenn wir kamen. Es gab auch immer ganz leckere Kuchen und tolles Essen. Und das Haus war besonders geschmückt. Sie hatte einen großen Garten, in dem wir gerne gespielt haben. An dem Apfelbaum hing eine Schaukel mit einem ganz weiten Schwung. Wir sind abwechselnd ganz hoch geschwungen und dann abgesprungen.“ Wieder lächelte Anna. „Wer am weitesten kam, hatte gewonnen. Manchmal war ich das, obwohl Lena größer ist.“

„Dann warst du besonders mutig und geschickt", stellte Frau Grünheit fest.

Anna nickte und lehnte sich zurück.

„Du hast erzählt, dass deine Oma sich über eure Besuche gefreut hat. Wie war sie denn so?"

„Sie war sehr lieb, hat immer gerne mit uns geknuddelt. Es gab bei ihr so ein altes Märchenbuch, das stammte noch aus der Kinderzeit meines Vaters, aus dem hat sie uns viel vorgelesen. Dann saßen wir mit ihr auf dem Sofa im Wohnzimmer, sie in der Mitte, und wir kuschelten uns an sie."

„Das hört sich schön an. Von deinem Opa hast du nichts erzählt."

„Der ist früh gestorben, noch vor meiner Geburt."

„Was hast du denn über ihn gehört? Wie war er so?"

Anna dachte einen Moment nach. „Er soll recht streng, aber auch gerecht gewesen sein, erzählte Papa. Und er hatte ganz viel Freude an seinem Garten und an der Natur. Er war Lehrer wie Papa. In Omas Wohnzimmer hängt ein Bild von ihm, da sieht er sehr freundlich aus."

„Du hättest ihn sicher gerne kennengelernt."

Anna nickte.

„Jetzt siehst du deine Oma nicht mehr so viel?"

„Nein, seit meine Eltern getrennt sind, habe ich sie nur noch gesehen, wenn Lena und ich zu Papa gefahren sind, und das war sehr selten."

„Das ist schade. Könntest du sie inzwischen nicht mal selbst besuchen?"

Überrascht schaute Anna die Therapeutin an. „Früher wollte das Mama nicht, aber vielleicht hätte sie jetzt nichts mehr dagegen."

„Du kannst ja mal drüber nachdenken." Frau Grünheit machte eine kurze Pause. „Für heute ist die Sitzung zu Ende."

Erstaunt sah Anna auf ihre Uhr; die Stunde war wirklich schnell vergangen.

„In zwei Tagen beginnen ja die Osterferien", fuhr die Therapeutin fort. „Daher können wir uns in den nächsten zwei Wochen nicht sehen. Ist das für dich in Ordnung?"

Anna hatte schon damit gerechnet, dass die Stunden in den Ferien ausfielen. Sie nickte und verabschiedete sich von Frau Grünheit.

Auf dem Rückweg ließ sie noch einmal das Gespräch Revue passieren. Die Erinnerungen an die Ferien mit ihrem Vater kamen ihr ja immer wieder mal in den Sinn, manchmal waren sie auch Thema zwischen Lena und ihr gewesen, doch nicht in Gegenwart ihrer Mutter. Diese mochte nicht an die gemeinsamen Jahre erinnert werden.

An ihre Großmutter hatte sie schon längere Zeit nicht mehr gedacht. Das stimmte nicht ganz, nach der ersten Stunde war ihr Oma Helga in den Sinn gekommen, da die Therapeutin sie an diese erinnerte. Wie waren sie jetzt auf sie gekommen? Frau Grünheit hatte nach guten Zeiten in ihrer Kindheit gefragt, da waren ihr auch die Besuche in Bayern wieder eingefallen.

Erstaunlich, sie hatte gedacht, in einer Therapie ginge es vor allem um Probleme und schlechte Erlebnisse.

Erika Grünheit kehrte in ihr Therapiezimmer zurück, öffnete das Fenster, setzte sich in ihren Sessel und ging noch einmal ihre Aufzeichnungen durch. In knapp zehn Minuten würde die nächste Patientin kommen, es blieb nicht so viel Zeit, die Stunde mit Anna zu überdenken.

Dieses Mal hatte sie Anna offener erlebt, eindrücklich hatte sie von der Trennung der Familie erzählt. Erstaunlich, was sie alles von den Hintergründen wusste. Anscheinend hatten sie und ihre Schwester sich viel darüber ausgetauscht. Die beiden schienen ein gutes Verhältnis zu haben und sich gegenseitig zu stützen. Kein Wunder, dass Anna ihre Schwester vermisse.

Schnell überflog Erika Grünheit den Rest ihrer Aufzeichnungen. Wie anrührend und lebendig Anna von den Urlauben mit den Vater und den Besuchen bei der Großmutter erzählt hatte. Das waren wichtige Kraftquellen, aber sie hatte sie alle verloren. Und die Mutter litt anscheinend schon bei Annas Geburt unter Überforderung und depressiven Verstimmungen. Bestimmt war sie auch heute nicht frei davon. Keine guten Bedingungen für Annas Entwicklung. Und ihr Vater, der wenigstens die ersten Jahre für sie da war, hatte sie auch noch verlassen. Kein Wunder, dass sie so verletzlich war.

21. Osterferien

Endlich schulfrei.

Lena hatte sie bereits einige Wochen zuvor eingeladen, sie in den Ferien in England zu besuchen. Anna reagierte darauf zögerlich. Letztlich entschied sie sich gegen die Reise, schon aus Angst vor dem Flug. Lena schrieb sie aber, sie wolle die freie Zeit lieber zu Hause verbringen.

Lena reagierte verständnisvoll, zwischen den Zeilen konnte Anna aber auch ihre Enttäuschung lesen. Zu gerne hätte Lena ihr etwas von der Landschaft und der Einrichtung gezeigt und ihre neuen Freunde vorgestellt. Außerdem hätte Anna die Abwechslung sicher gutgetan. So würde sie die meiste Zeit wieder allein zu Hause verbringen.

Damit hatte sie nicht unrecht. Anna saß viele Stunden in ihrem Zimmer und verbrachte ihre Zeit mit Träumen. Viele Szenen von den Festen bei der Großmutter kamen ihr in den Sinn: Ostereiersuchen im großen Garten; zwischen den ersten blühenden Narzissen und Primeln, hinter dem Hühnerstall und dem Geräteschuppen fanden Lena und sie die meisten Eier.

Manches Mal hatte es kurz zuvor noch geschneit, die Osterglocken ließen noch auf sich warten, doch dann schauten aus dem Schnee auf der Wiese und in den Blumenbeeten bereits einige Schneeglöckchen heraus. War es zu unwirtlich, wurde das Eiersuchen ins Haus verlegt, dort gab es besonders viele gute Verstecke.

Weihnachten schmückten sie gemeinsam mit der Oma den Baum in der guten Stube. Die silbernen Kugeln stammten noch aus der Kindheit des Vaters, oben thronte die glänzende Christbaumspitze. Zum Schluss verteilten sie noch das Lametta über die Zweige. Oma hatte die einzelnen Fäden jedes Jahr wieder sorgfältig eingesammelt, entwirrt und in Seidenpapier eingewickelt. Sie entnahm einzelne Stränge und reichte sie vorsichtig Lena und Anna. Natürlich gab es auch jedes Jahr die Honigwachskerzen, die besonders gut rochen. Am liebsten saß Anna mit der Oma am Kachelofen, den Rücken gut gewärmt und den Blick auf die leuchtenden Kerzen gerichtet.

Die Erinnerungen fühlten sich gut an, lösten aber euch ein wehmütiges Gefühl aus; das alles lag schon so weit zurück, und sie hatte die Oma schon lange nicht mehr gesehen.

Der Gedanke, sie zu besuchen, gefiel ihr. Sie schrieb Lena eine E-Mail und berichtete ihr, dass sie öfter an Oma Helga denken müsse. Was sie davon hielte, wenn sie gemeinsam nach ihrer Rückkehr zu ihr reisen würden?

Schon am selben Abend erhielt sie eine Antwort von ihrer Schwester. Sie hielt das für eine gute Idee. Bisher hatten beide viel Rücksicht auf ihre Mutter genommen, die den Kontakt zur Familie ihres geschiedenen Mannes abgebrochen hatte. Doch jetzt wäre es Zeit, Oma Helga wiederzusehen.

So schrieb Anna der Großmutter einen Brief, berichtete darin von Lena und sich und fragte, ob sie im Sommer zu einem Besuch vorbeikommen könnten.

Schon nach drei Tagen erhielt sie eine Antwort aus Bayern.

Zum Glück leerte Anna und nicht die Mutter den Briefkasten, denn Anna wusste nicht, wie diese auf ein Schreiben der Oma reagieren würde.

Aufgeregt öffnete Anna den Umschlag und las.

„Liebe Anna,

das war eine Überraschung und eine große Freude für mich, von Euch zu hören! Herzlichen Glückwunsch auch an Lena zum bestandenen Abitur! Und Du bist jetzt auch schon in der Oberstufe. So lange haben wir uns nicht mehr gesehen, und Ihr beide müsst jetzt richtig große Mädchen geworden sein.

Natürlich könnt Ihr mich besuchen, Ihr seid herzlich willkommen! Bitte melde Dich wieder, wenn der Termin feststeht.

Gerne erinnere ich mich an Eure früheren Besuche mit Mama und Papa. Jetzt kommt ja auch Ostern, da seid Ihr vor vielen Jahren auch oft gekommen.

Liebe Grüße

Deine Oma Helga“

Bewegt faltete Anna den Brief zusammen, steckte ihn zurück in den Umschlag und legte ihn auf ihren Schreibtisch. Das musste sie Lena mitteilen. Sofort schrieb sie eine E-Mail an ihre Schwester.

Auch Lena freute sich über die Einladung und kündigte an, ihrer Oma eine Karte aus England zu schicken. In drei Monaten würde Lena zurückkommen. So könnten sie schon bald nach Bayern fahren. Jetzt müssten sie noch ihre Mutter von ihrem Plan berichten. Das würde sicher nicht leicht werden.

Beide fürchteten, die Mutter könne sehr gekränkt reagieren. Auf der anderen Seite waren seit der Trennung der Eltern schon viele Jahre vergangen.

In den letzten Wochen hatte Anna nicht weiter abgenommen. Die Spaziergänge oder Radtouren an den vergangenen Wochenenden reichten aber nicht aus, um ihr wieder etwas Farbe in das Gesicht zu zaubern.

Das fiel auch Brigitte auf. Bei einem Abendessen musterte sie ihre Tochter sorgenvoll und schlug ihr vor, wieder mehr an die frische Luft zu gehen: „Du hast doch jetzt Ferien, da kannst du doch öfter mal hinaus! Du bist immer noch so blass! Was machen denn Sylvia und Bernd in den Ferien? Mit beiden könnest du doch öfter was unternehmen!“

Anna wehrte ab: „Die haben wenig Zeit. Sie müssen viel für die Schule machen.“ Schnell verließ sie den Raum, bevor ihre Mutter mit noch mehr Vorschlägen kommen würde.

So verbrachte sie weiter viel Zeit in ihrem Zimmer, hörte Musik, las und schrieb E-Mails an ihre Schwester. In Gedanken war sie auch noch manches Mal in den zwei vergangenen Therapiesitzungen.

Lange Zeit war sie nicht mehr in ihrem Land gewesen. Sturmwind sah sie schon von Ferne und begrüßte sie mit einem fröhlichen Wiehern. Er lief ihr entgegen und rieb seinen Kopf an ihrer Seite; sie schmiegte sich an ihn. Die Frühlingssonne wärmte bereits und schien auf ihr kleines Haus. Sie hatte das Holz in Herbstgelb, Türen und Fenster blau gestrichen. Auf der Wiese blühten lila Krokusse und wilde, kleine, gelb-weiße Osterglocken bis hinunter zum See.

Sie schaute in den Stall und mistete aus. Sturmwind stellte sich in ihrer Abwesenheit dort nur bei schlechtem Wetter unter. Sonst lebte er in der Nähe des Hauses, hier fand er immer genug frisches Gras.

Anna öffnete die Haustür und betrat die Stube. Sie öffnete die Fenster und ließ frische Luft hinein, fegte aus, machte Feuer im Ofen und kochte sich einen Tee. Mit der Tasse in der Hand setzte sie sich vor das Haus auf die Bank und schaute auf ihren See. Sturmwind graste in der Nähe.

Am Wochenende traf Anna sich mit Bernd, öfter mochte sie ihn auch in den Ferien nicht sehen.

Es war zwar überwiegend bewölkt, doch es regnete nicht, so konnten sie gemeinsam im Park spazieren gehen. Danach verabschiedete sich Anna schnell. Bernd schien dies zu akzeptieren.

Zweimal bekam sie Besuch von Sylvia. Sie tranken gemeinsam Tee. Die Gespräche bestritt vor allem die Freundin, die das Neueste von ihrer Beziehung zu Max sowie von ihrer Familie berichtete. Fragte Sylvia Anna nach Bernd, so erhielt sie immer wieder ähnliche Beschreibungen der gemeinsamen Spaziergänge und Radtouren. Sylvia spürte, dass Anna nicht mehr erzählte wollte, und fragte nicht weiter nach. Anna berichtete auch von ihrem Plan, mit Lena die Großmutter in Bayern besuchen zu wollen, und zeigte ihr auch den Brief von Oma Helga. Sylvia hatte schon früher von der Großmutter gehört und freute sich mit Anna.

Nach einer Woche wurde Anna zunehmend unruhiger. Sie begann sich in ihrem Zimmer zu langweilen, machte allein Radtouren durch die verschiedenen Viertel ihrer Stadt und fotografierte. Mit einem neuen Blick nahm sie Straßen, Häuser und Gärten wahr. Alte Türen und Zäune, Bänke, Bäume und Blumen wurden zu ihren Motiven. Zu Hause übertrug sie die

Bilder auf ihren PC und schaute sie sich noch einmal an. Die schönsten schickte sie an ihre Schwester, die auf diese Weise an Annas Hobby teilnahm.

An den Abenden sah sie häufiger fern. Liebesfilme zogen sie an und ärgerten sie gleichzeitig. In Gedanken war sie wieder öfter bei Nico.

Kopf an Kopf galoppierten die beiden Pferde über das hügelige, weite Land. Anna und Nico lehnten sich weit nach vorne, ihre Haare flogen im Wind. In der Ferne tauchte das Meer auf. Am Strand angekommen, verlangsamten sie das Tempo, um Halt zu machen. Nico und Anna stiegen ab, zogen Schuhe und Strümpfe aus, krempelten die Hosen hoch und liefen nebeneinander durch den warmen Sand. Das kühle Wasser des Ozeans umspülte ihre Füße. Bis zu den Knien gingen sie hinein, Hand in Hand, und sprangen lachend immer wieder zurück, wenn sich ihnen eine Welle näherte. Bald waren die Hosen pitschnass, doch das kümmerte sie nicht. Nach einer Weile liefen sie wieder an Land. Die Schuhe banden sie zusammen, warfen sie vor den Sattel über den Rist, stiegen barfuß wieder auf und galoppierten Seite an Seite durch das Wasser. Die Wellen rauschten, und kreischende Möwen begleiteten sie.

Ostern verbrachte Anna allein mit ihrer Mutter. Von ihr erhielt sie einen Osterhasen und eine CD von ihrer Lieblingsgruppe. Die Zeit der Eiersuche war schon seit Jahren vorbei. Anna schenkte ihrer Mutter eine Schachtel mit Pralinen. Sie schien sich darüber wirklich zu freuen.

Am Ostersonntag fuhren sie gemeinsam ans Meer, machten einen langen Spaziergang und aßen in einem Fischrestaurant zu Abend.

Das Verhältnis zwischen beiden hatte sich sichtlich entspannt, seit Brigitte weniger Fragen stellte und ihrer Tochter auch keine Vorschläge mehr zur Freizeitgestaltung machte.

Die Arbeit im Zeitungsverlag schien Brigitte weiterhin gut zu bekommen, und sie traf mit sich wieder regelmäßig mit Ruth und auch mit ihren Freundinnen aus der Alleinerziehendengruppe, der sie seit der Trennung angehörte. Wie in guten Zeiten verschwand Anna nach dem Abendbrot nicht in ihrem Zimmer, sondern sah sich mit der Mutter im Wohnzimmer einen Fernsehfilm an.

22. Vorfrühling

Gleich nach Schulbeginn stand eine Klausur an, dieses Mal in Englisch. Sylvia und Anna übten an drei Nachmittagen gemeinsam, dieses Mal half Anna ihrer Freundin. Beide waren gut vorbereitet, und Anna hatte ein gutes Gefühl nach der Abgabe.

Erleichtert verließ sie den Klassenraum. Im Hof traf sie Bernd, der sie fragend ansah. Er wusste von der Klausur und freute sich mit ihr. Anna war über sich selbst erstaunt, als sie einen gemeinsamen Spaziergang für das folgende Wochenende vorschlug. Bernd stimmte überrascht und erfreut zu.

Die Tage zuvor hatte es viel geregnet, der Frühling ließ noch auf sich warten. Sie trafen sich am Eingang des Bürgerparks. Anna hatte in den wenigen Begegnungen der letzten Wochen gemerkt, dass sie das gemeinsame Laufen am besten vertrug; Unruhe und die Wahrnehmungsveränderungen hielten sich in Grenzen, nahmen eher zu, wenn sie sich mit Bernd in einem Raum befand. Am schlimmsten war es im Kino; dort saßen sie eng beieinander, und sie hatte das Gefühl, eingesperrt zu sein und keine Luft mehr zu bekommen.

Erst umrundeten beide die vielen Pfützen auf den Wegen, doch nicht immer konnten sie ihnen ausweichen. Bernd begann über die kleinen Wasserlachen zu springen, und Anna folgte seinem Beispiel. Lachend überwanden sie noch einige andere, als er plötzlich ihre Hand nahm und sie mit sich über die nächste zog. Anna reagierte zunächst irritiert und wollte sich aus seinem Griff lösen, überlegte es sich dann aber doch anders und sprang mit ihm noch einige Male. Schließlich zog sie ihre Hand doch zurück. Beide liefen eine Weile schweigend nebeneinander her, jetzt den Pfützen einzeln ausweichend.

Bernd berichtete von Neuigkeiten in seiner Familie. Seine Mutter hatte wieder begonnen zu arbeiten. Sie war gelernte Krankenschwester. Jetzt hatte sie eine Stelle in der ambulanten Altenpflege angenommen. Sie käme mit den alten Menschen gut zurecht, leide aber unter dem vielen Schreibkram, den sie zu erledigen habe, Dokumentationspflicht heiße es, meinte Bernd.

„Eigentlich hat sie feste Arbeitszeiten“, fügte er hinzu. „Sie muss aber andauernd für kranke Mitarbeiter einspringen. So müssen wir uns häufig selbst versorgen, wenn sie mittags nicht da ist. Für mich ist das kein Problem, aber für meine kleineren Geschwister ist das schon eine Umstellung.“

Anna erzählte von ihrem Plan, im Sommer nach Lenas Rückkehr mit ihr die Großmutter in Bayern zu besuchen. Aufmerksam folgte Bernd ihrem lebendigen Bericht über die schönen Begegnungen mit Oma Helga. Von ihren Sitzungen bei Frau Grünheit erzählte sie nichts.

Schließlich tauschten sie sich noch über die möglichen Leistungskurse aus, die sie demnächst wählen müssten. Während beide sich bereits für einen fest entschieden hatten, Anna Deutsch und Bernd Physik, waren sie sich beim zweiten noch nicht sicher. Zusätzlich mussten sie zusätzlich zwei Prüfungskurse wählen, das fiel ihnen auch nicht leicht.

Es begann schon dämmerig zu werden, Bernd schlug vor, noch gemeinsam eine Teestube aufzusuchen, aber Anna wollte lieber wieder nach Hause gehen. So begleitete Bernd Anna zu ihrer Wohnung und umarmte sie zum Abschied. „Es war ein schöner Spaziergang mit dir“, bedankte er sich.

Anna nickte, schloss die Haustür auf, drehte sich noch einmal zu ihm um und winkte ihm kurz zu, bevor sie im Treppenhaus verschwand.

Am Abend ging es ihr erstaunlich gut, sie konnte klar sehen und hören. Doch in der Nacht schlief sie unruhig, träumte viel, konnte sich am nächsten Morgen aber an keinen Traum erinnern.

Vor dem Einschlafen war sie wieder häufig mit Sturmwind unterwegs, doch stets nur mit ihm.

23. Die dritte Stunde

Erstaunt stellte Anna fest, dass sie sich nach der Ferienpause auf die Sitzung gefreut hatte. Zu Beginn berichtete sie kurz von der vergangenen Woche, Englischklausur, Rückgabe der Mathearbeit (7 Punkte), selbst den Spaziergang mit Bernd erwähnte sie. Ausführlicher erzählte sie von dem E-Mailaustausch mit Lena und ihrem Plan, Oma Helga im Sommer zu besuchen.

Frau Grünheit freute sich über den Entschluss der beiden Schwestern. „Weiß es eure Mutter schon?“ fragte sie.

„Nein“, erwiderte Anna. „Wir werden es ihr bald mitteilen. Aber Oma Helga habe ich bereits geschrieben, und sie hat auch geantwortet und freut sich auf unseren Besuch. Wir werden wohl Anfang der Sommerferien fahren, wenn Lena zurückgekommen ist.“

Das hört sich gut an“, bestätigte Frau Grünheit und fragte: „Wie geht es dir denn mit deiner anderen Großmutter?“

„Oma Klara, sie wohnte ja bei uns in der Nähe, ist aber jetzt mit ihrem neuen Freund nach Mallorca gezogen. Das Klima bekommt ihrem Rheuma besser“, erklärte Anna.

„Dann seht ihr euch nicht mehr so oft.“

„Ja, das stimmt. Sie kommt kaum noch nach Deutschland. Wir waren vor zwei Jahren das letzte Mal bei ihr.“

„Und dein Großvater?“

„Oma Klara hat sich von ihm getrennt, als Mama fünfzehn war. Warum, weiß ich nicht. Es gab keinen Kontakt zu ihm. Ich habe ihn nie kennengelernt.“

„Hat deine Mutter denn noch Geschwister?“

„Ja, eine ältere Schwester, Gerda heißt sie. Sie ist nach Australien ausgewandert, als ich zwei Jahre alt war. Ich kann mich nicht mehr an sie erinnern. Sie meldet sich auch nicht oft.“

„Wie hast du dich denn mit deiner Oma Klara verstanden?“

„Sie war nicht so herzlich wie Oma Helga. Lena hatte einen engeren Kontakt zu ihr, da Oma sie in den ersten Jahren überwiegend versorgt hat. Als ich geboren wurde, bekam sie Rheuma. Sie litt sehr unter Schmerzen, da hatte sie auch keinen Nerv mehr, sich um kleine Kinder zu kümmern. Jetzt geht es ihr zwar wieder besser, aber sie ist mehr mit ihrem Freund Horst beschäftigt und nicht mehr so an uns interessiert.“

Anna schwieg, schien dem nichts mehr hinzufügen zu wollen. Anders als die Stunden zuvor hatte sie sich zurückgelehnt und schaute nachdenklich aus dem Fenster.

„In der ersten Stunde erzähltest du mir, dass du im Deutschunterricht gerne Aufsätze zu freien Themen schreibst. Und dass dazu auch viel Phantasie gehört. Kannst du dich erinnern?“

Anna nickte und schaute Frau Grünheit erwartungsvoll an. „Ich versuchte dir dann zu erklären, dass Phantasie wichtig ist, um Lösungswege für Probleme zu finden. Das möchte ich gerne noch etwas ausführen. In Ordnung?“

Wieder nickte Anna.

„Oftmals versuchen wir Lösungswege durch Nachdenken zu finden. Bewusst versuchen wir uns an das zu erinnern, was früher schon mal geholfen hat. Wenn wir zum Beispiel an einem fremden Ort sind, uns verlaufen haben, wissen wir, dass uns die Frage nach dem Weg weiterhelfen kann.“

Anna erschrak. Wie konnte die Therapeutin etwas von ihrem Traum wissen? Doch dann beruhigte sie sich wieder, das war wohl ein Beispiel, das sie öfters gebrauchte. Leicht irritiert folgte sie den weiteren Ausführungen von Frau Grünheit.

„Wenn wir müde sind, wissen wir, dass es uns guttut, einmal wieder richtig auszuschlafen. Wenn wir traurig sind, kann auch ein Gespräch mit einem guten Freund oder einer guten Freundin hilfreich sein.“ Sie machte eine kurze Pause und fuhr fort: „Doch gibt es auch Situationen oder auch Gefühlszustände, die neu für uns sind, die wir bisher nie erlebt haben. Wenn wir etwas zum ersten Mal erleben, zum Beispiel jemand verlieren, der uns nahesteht, können wir auch nicht auf alte Erfahrungen zurückgreifen.“

Anna dachte an den Auszug von ihrem Vater und schluckte.

„Wir können mit anderen Menschen sprechen, die Ähnliches erlebt haben oder anderswie Trost finden. Das kann auch helfen. Aber wir können auch versuchen, mithilfe unserer Phantasie uns selbst zu helfen.“

Jetzt wurde Anna wachsam. Ahnte die Therapeutin von ihren Tagträumen? Sie hoffte nicht, wollte auch auf keinen Fall darüber sprechen.

„Unsere Phantasie ist oftmals viel kreativer als unser Denken. Daher mache ich in meiner Praxis auch gerne so eine Art geleitetes Tagträumen mit meinen Patienten. Wir nennen das auch Imagination.“ Wieder machte sie eine kurze Pause und sah den zweifelnden Blick von Anna. „Hast du schon mal was von der Hirnforschung gehört?“

Anna nickte wieder.

„Mithilfe der Hirnforschung wurde festgestellt, dass innere Vorstellungsbilder für die Lösung von Problemen oder die Veränderung von Verhalten genauso wirksam sind wie reales Handeln. Klingt kaum glaubwürdig, ist aber wahr. – Hättest du Lust, einmal eine kurze Imaginationsübung mit mir zu machen?“

Als von Anna keine Reaktion kam, fuhr Frau Grünheit fort: „Ich möchte dir einmal kurz erklären, wie das abläuft: Nach einer kurzen Entspannungsübung gebe ich ein Thema vor, zu dem du dir etwas vorstellst. Du erzählst dann, was dir in den Sinn kommt, und ich sage auch etwas dazu. Das Ganze ist keine Hypnose, du bist die ganze Zeit wach und musst aber nur das erzählen, was du willst.“

Schließlich stimmte Anna zu, und die Therapeutin forderte sie auf, es sich in ihrem Sessel gemütlich zu machen. Zögerlich lehnte sich Anna zurück.

„Wenn du möchtest, kannst du die Augen schließen, musst das aber nicht. Dann versuche einmal, ruhig ein- und auszuatmen. Und stell dir vor, dass du jedem Atemzug ein wenig mehr in die Entspannung kommst.“

Anna atmete sichtlich ruhiger und schloss die Augen.

„Jetzt stell dir eine Blume vor, eine Blume. Aber auch alles andere, was dir in den Sinn kommt, ist in Ordnung. Lass dir Zeit, und wenn du so weit bist, erzähle bitte, was du wahrnimmst. Und halte dabei ruhig die Augen geschlossen."

Annas Lider flatterten. Aber sie sagte lange Zeit nichts.

„Wo bist du gerade?"

„Da war eine gelbe Blume, vielleicht eine Osterglocke. Sie ist aber wieder weg."

„Dann versuch dich zu erinnern. Wie sah sie denn aus?"

„Sie war gelb, Stiel und Blätter dunkelgrün."

„Wo war sie, wie sah die Umgebung aus?"

„Sie stand an einem Wegesrand."

„Und der Weg, wie schaut der aus?"

„Das ist ein Feldweg, er führt an Feldern und Wiesen vorbei. Man kann da wandern und Rad fahren, manchmal fahren da auch Traktoren entlang."

„Was ist denn hinter dem Weg?"

„Ein Zaun und dahinter eine Wiese. Sie ist grün, und auf ihr blüht der Löwenzahn. Eigentlich komisch, denn Osterglocken und Löwenzahn blühen nicht zu selben Zeit."

„In der Phantasie ist eben alles möglich. Wie ist denn das Wetter?

„Es ist windig, kühl. Die Wolken fliegen schnell über den Himmel."

„Und die Osterglocke steht vor dem Zaun?"

„Ja, zwischen Weg und Zaun."

„Wie geht es ihr denn dort an ihrem Platz?"

„Es geht so. Dort ist es sehr trocken."

„Wie könnte es ihr besser gehen?"

„Sie bräuchte etwas Wasser, ein Regenguss wäre nicht schlecht. Jetzt ist der Boden feuchter. Dann sollte die Sonne scheinen. Der Wind weht aber weiter."

„Hat sie denn dort den richtigen Platz?"

„Ja, der ist nicht schlecht. Allerdings dürfen die Traktoren nicht so breit sein, dann wäre sie gefährdet."

„Sie steht nah am Weg?"

„Ja. Sie müsste etwas weiter weg vom Wegesrand stehen. Aber da ist der Zaun."

„Auf der Wiese könnte sie nicht sein?"

„Nein, da gehört sie nicht hin."

„Hättest du noch eine andere Idee, wo sie sich wohlfühlen würde?“

„Ich weiß nicht so recht. Erst war ja der Zaun direkt am Weg, aber jetzt ist da ein kleiner Wiesenstreifen dazwischen. Sie könnte ein wenig näher an den Zaun gehen, da ist sie geschützter.“

„Ist sie dort schon?“

„Ja.“

„Wie geht es ihr da jetzt?“

„Besser. Sie ist nicht mehr so nah am Weg, und durch den Regen hat sie Wasser bekommen.“

„Wenn du sie einmal vorsichtig anfassen würdest, wie fühlst sie sich an?“

„Die Blüte ist sehr weich und samtig, die Ränder der Glocke sehr empfindlich. Der Stiel fest und pelzig, die Blätter fleischig.“

„Gibt es noch etwas, was du für sie tun möchtest?“

„Nein, es ist gut so.“

„Dann verabschiede dich bitte von ihr und deiner Imagination und komme langsam wieder zurück. Beuge und strecke deine Arme aus und öffne wieder deine Augen.“

Anna folgte den Anweisungen von Frau Grünheit. Der Blick, den sie auf die Therapeutin richtete, war zunächst noch etwas verhangen, klärte sich aber bald; Erstaunen mischte sich mit einem fragenden Ausdruck.

Nach einer kleinen Pause fragte Frau Grünheit: „Wie geht es dir jetzt, Anna?“

„Gut“, antwortete Anna zögernd.

„Und wie hast du die Imagination erlebt?“

„Erst dachte ich, eine Blume, da fällt mir gar nichts ein. Dann war sie aber doch schnell da. Und ich fand es gut, dass sie näher an den Zaun rücken konnte.“

„Ja, das fand ich auch. Anna, ich habe eine Bitte, könntest du für die nächste Stunde ein Bild von deiner Imagination mit der Osterglocke malen?“

Anna runzelte die Stirn. „Malen?“

„Ja, es muss kein Künstlerbild werden, so, wie du es darstellen möchtest.“

„Egal wie? Mit Stiften oder Wasserfarben?“

„Das entscheidest du, was dir am liebsten ist.“

Jetzt nickte Anna zustimmend. Vor ihrem inneren Auge schien sie schon ein Bild zu entwerfen.

Die Stunde war zu Ende. Frau Grünheit gab ihr wieder einen Termin für die folgende Woche.

Erika Grünheit sah auf die Uhr: noch Zeit, ihre Notizen durchzugehen. Es nicht leicht gewesen, Anna zu der Imagination zu motivieren. Deswegen wohl auch ihre lange Abhandlung über den Sinn von Phantasien und der Hirnforschung.

Da habe ich viel zu lange geredet, weniger wäre besser gewesen, stellte sie selbstkritisch fest. Aber es hat gewirkt, Anna konnte sich darauf einlassen.

Die Blume war erstaunlich schnell da, aber auch gleich wieder verschwunden. Immerhin konnte Anna sie zurückholen. Und gefährdet war sie dort am Wegesrand, der von den Traktoren befahren war. Ein Hinweis auf Annas verletzlichen Zustand? Doch es gelang ihr, die Osterglocke an den Rand des Zaunes zu setzen, ein gutes Zeichen für ihre Entwicklungsmöglichkeiten. Die Löwenzahnwiese ging wohl nicht oder noch nicht. Dafür konnte Anna für einen Regenguss sorgen und die Blume auch anfassen. Anrührend, wie sie das beschrieb.

Anscheinend war es schon der richtige Zeitpunkt für die Imagination. Dabei hatte sich Erika Grünheit spontan dafür entschieden. Warum eigentlich? Anna war trotz der Pause gleich in Fluss gekommen und hatte von den Ferien und den schulischen Ereignissen berichtet, sich entspannt zurückgelehnt. Wie schön, dass Anna ihren Vorschlag, die Großmutter zu besuchen, gleich umgesetzt hatte.

In der Woche war Anna wieder viel mit der Schule beschäftigt, es standen gleich zwei Klausuren in Biologie und Französisch an. Sie bereitete sich mit Sylvia vor, vier Nachmittage waren somit verplant.

Dennoch nahm sie sich Zeit, ihr Bild zu malen. Im Regal entdeckte sie die Aquarellkreiden und den Block, ein Geschenk ihrer Mutter zum vorletzten Geburtstag.

Vorsichtig öffnete sie die Packung und entnahm die einzelnen Stifte. Im Kunstunterricht der 10. Klasse hatte sie mit Schulkreiden ein Landschaftsbild gemalt und der Mutter davon berichtet; daher auch das Geschenk. Doch sie hatte bisher keine Lust verspürt, die eigenen Stifte auszuprobieren.

Sie öffnete den Block und begann mit langsamen, leichten Strichen, die Osterglocke vorzuzeichnen. Dahinter entstanden Zaun, Wiese, Wald und Himmel, vor der Blume der Weg. Jetzt füllte sie noch alles mit Farbe: die kräftig gelbe, übergroße Blüte mit gezacktem Rand, der dunkelgrüne Stiel, leicht gebogen, an seinen Seiten zwei fleischige Blätter in derselben Farbe. Der Zaun erhielt dicke Pfosten und einen Stacheldraht, die Wiese hellgrüne Halme, dazwischen als gelbe Tupfer der blühende Löwenzahn. Im Kontrast dazu ein schmaler Streifen mit dunklen Tannenbäumen, Der Himmel darüber blau mit vielen grauen Wolken, die schnell vom Wind getrieben schienen, die Sonne schaute vorsichtig hinter einer hervor. Der Weg im Vordergrund braun und breit, bedeckt mit feinem dunklem Schotter. Traktorspurrillen waren zu erkennen. Zum Schluss füllte Anna noch den grünen Streifen zwischen Zaun und Weg, er fiel breiter aus, als sie es zuerst geplant hatte, doch hier gab es keinen Löwenzahn. Der einzige Farbpunkt blieb die Osterglocke. Anna schloss den Block und ordnete die Kreiden wieder ein.

Langsam veränderte sich das Wetter, der Regen ließ nach, und öfter zeigte sich auch die Sonne am Himmel. Der Frühling kündigte sich an.

Am Wochenende verabredete Anna sich mit Bernd zu einer Radtour. Er holte sie vor der Haustür ab, sie fuhren aus der Stadt hinaus, über Wiesenwege bis in das nächste Dorf. Die Sonne schien, und die ersten Vögel zwitscherten. Doch noch waren die Bäume unbelaubt, die Felder nicht bestellt, das Gras hatte noch nicht begonnen zu sprießen. Anna kannte sich hier aus, sie war hier früher öfter mit ihrer Familie Rad gefahren. In einem kleinen Hofcafé kehrten sie ein, tranken einen Tee und aßen jeder ein großes Stück Torte.

Anna schaffte ihr Stück kaum, und sie war froh, das Café bald verlassen zu können. In ihren Ohren rauschte es wieder, ihr wurde es zu warm, und sie verspürte ein Engegefühl in ihrer Brust. Draußen konnte sie durchatmen und schwang sich auf ihr Rad, um die Rückfahrt anzutreten. Erstaunt über ihren schnellen Aufbruch folgte Bernd ihr, sagte aber nichts.

24. Die vierte Stunde

In die nächste Stunde brachte Anna ihr Bild mit, sie behielt es zunächst aber noch in ihrer Mappe.

Als Frau Grünheit danach fragte, holte sie den Block hervor und zeigte das Bild nur sehr zögerlich.

„Aquarellkreide, wie schön. Wie war es denn, das Bild zu malen?"

„Ich habe lange nichts mehr gemalt, nur früher in der Schule. Als Kind hat mir das viel Spaß gemacht. Es war ganz in Ordnung."

„Womit hast du denn begonnen?"

„Mit der Blume, dann Zaun, Wiese, Himmel und Weg."

„Wie ist denn die Atmosphäre in dem Bild. Und wie geht es der Osterglocke?"

„Es geht ihr nicht schlecht da. Sie ist weit genug entfernt vom Weg."

„Und die Wiese, wie schaut sie aus?"

„Sehr lebendig. Schön durch die vielen Löwenzahnblumen."

„Da kann die Osterglocke nicht sein?"

„Nein, da gehört sie nicht hin."

„Zwischen deiner Blume und der Wiese ist ja auch der Zaun. Wie wirkt er denn auf dich?"

„Die Pfosten sind kräftig und der Stacheldraht ziemlich spitz. Ein guter Schutz für die Wiese."

„Dahinter ist ein Wald."

„Ja, der ist dunkel, lauter Tannen, undurchdringlich."

„Und der Himmel?"

Blau und voller Wolken, der Wind bläst kräftig und treibt sie vor sich hin. Es hat ja gerade geregnet. Die Sonne schaut schon hervor."

„Wie geht es der Osterglocke damit?"

„Gut, sie hat Wasser bekommen. Den Wind kann sie aushalten, den ist sie gewöhnt. Und sie freut sich auf die Sonne."

„Sie steht ja auf dem Grünstreifen vor dem Zaun."

„Ja, da geht es ihr besser als so nah an dem Weg. Da ist es auch schön grün."

„Sie ist dort die einzige Blume."

„Ja, das ist in Ordnung. Die anderen auf der Wiese sind nicht so weit weg."

„Und der Weg, wie ist er denn beschaffen?"

„Ein Sandweg mit Schotter, gut zum Wandern und Radfahren. Traktoren benutzen ihn auch manchmal."

„Wo könnte er denn hinführen?"

Anna dachte nach. „Auf jeden Fall nicht zum Wald. An der Wiese vorbei, an Feldern entlang bis zum nächsten Dorf."

„Wie könnte es denn da aussehen?"

„Am Ende des Dorfes ist ein kleines Haus mit einem großen Garten mit einem Rasen in der Mitte und vielen Beeten, da sind auch Blumen."

„Und deine Osterglocke, wenn wir sie uns noch mal anschauen. Du sagtest, es ist in Ordnung, da wo sie ist. Wenn sie sich selbst einen Platz aussuchen könnte, wo möchte sie denn am liebsten sein?"

Anna zögerte. „Wohl lieber im Garten. Da sind auch andere Osterglocken."

„Wo könnte sie denn dort stehen?"

Wieder ließ sich Anna Zeit. „Am Rande der Wiese."

„Wie geht es ihr da jetzt?"

„Besser. Da ist sie nicht mehr allein, hat aber trotzdem Platz und ihre Ruhe."

Frau Grünheit lächelte. „Das hört sich gut an."

Im Anschluss berichtete Anna von der Woche, ihren Treffen mit Sylvia und Bernd und der Schule.

Noch einmal betrachtete Erika Grünheit das Bild. Anna hatte es ihr überlassen, auch ein Zeichen ihres Vertrauens. So kräftige Farben, die bunte Wiese und die Osterglocke davor, aber noch getrennt von den anderen Blumen. Der Wald hinter der Wiese schon recht dunkel, kein Wunder, dass Anna sich vor ihm fürchtete. Was er wohl verbarg? Das würde sich sicher noch zeigen.

Dafür konnte Anna dem Weg folgen, den Garten mit dem Haus entdecken und ihre Osterglocke dorthin verpflanzen. War es in Ordnung, schon im Nachgespräch nach dem weiteren Weg zu fragen? Der Blume ging es doch ganz gut dort am Wegesrand. Hätte das nicht besser Thema in einer neuen Imagination später werden können? War ich wieder mal zu ungeduldig? dachte sie. Doch Anna schien sehr zufrieden mit dem neuen Standort ihrer Blume zu sein. Das war das Wichtigste.

Nach den Osterferien musste Anna ihre Wahl für die Leistung- und Prüfungsfächer abgeben. Sie hatte bereits viel mit Sylvia und auch mit Bernd über dieses Thema gesprochen, es auch in den Therapiestunden thematisiert. So stand ihre Wahl schließlich fest, Deutsch und Biologie als Leistungskurse, Englisch und Geographie als Prüfungsfächer. Sylvia hatte sich ebenfalls für Biologie und Geographie entschieden, nahm aber als zweiten Leistungskurs Mathematik und als zweites Prüfungsfach Sport. Mit Bernd würde Anna den Geographiekurs teilen, Englisch hatte er als Prüfungsfach, Physik und Sport als Leistungskurs gewählt.

25. Die fünfte Stunde

Diese Stunde sollte die letzte der fünf Vorgespräche sein. Frau Grünheit hatte Anna bereits vor zwei Sitzungen erzählt, dass sie jetzt entscheiden müsse, ob sie wirklich eine Therapie beginnen wolle.

Anna war selbst erstaunt, wie wenig sie über diese Frage nachdachte. Sie hatte sich bereits so an die Stunden gewöhnt, dass sie diese nicht mehr missen mochte.

Anders als sie erwartet hatte, konnte Frau Grünheit sie auch in Ruhe lassen, wenn sie zu einem Thema nichts mehr sagen wollte. Dabei war sie ja davon ausgegangen, dass Therapeuten alles wissen, in die Tiefe ihrer Patienten eindringen wollten.

Von ihrer Mutter kannte sie das, die bohrenden Fragen. Und wenn sie dann doch mal etwas preisgegeben hatte, ging es der Mutter wieder schlechter. Wochenlang der sorgenvolle Blick, immer wieder „Hockst du wieder allein im Zimmer, willst du nicht mal raus?" Nachts hörte sie die Mutter durch das Haus wandern, sie konnte nicht schlafen, der Beginn einer depressiven Phase. Am schlimmsten waren die Erinnerungen an ihre Klagen über den Vater, der an allem schuld sei. „Wäre er bei uns geblieben, ginge es mir und auch dir besser."

Zu Beginn der Stunde berichtete Anna von ihrer Woche: Schule, das Treffen mit Bernd. Inzwischen wusste Frau Grünheit auch, warum sie mit ihm am liebsten zu Fuß oder mit dem Rad unterwegs war und es vermied, längere Zeit mit ihm in einem Raum zu verbringen.

Im Gespräch kamen sie noch einmal auf die Osterglocke, die sich jetzt in dem großen Garten befand.

„Wie geht es dir jetzt damit, dass du sie letztes Mal dorthin versetzt hast?" fragte Frau Grünheit.

„Gut", meinte Anna. „Dort fühlt sie sich wohler. Das ist ein schöner Garten."

„Hättest du Lust, ihn dir einmal genauer anzusehen?"

Anna nickte.

„Dann schließ doch bitte die Augen und versuche dich zu entspannen. Lass vor deinem inneren Auge dieses kleine Haus mit dem Garten entstehen."

Der Aufforderung folgend, hatte sich Anna zurückgelehnt und schloss die Augen.

Wenig später fragte Frau Grünheit: „Bist du bei dem Haus und dem Garten?"

Anna nickte. „Ja, das Haus ist recht klein, ein Holzhaus mit einem roten Dach. Am besten gefällt mir der Garten. Im Gras sind viele Krokusse, und am Rande stehen einzelne Osterglocken. Rundherum ist ein Jägerzaun aus Holz."

„Wo bist du?"

„Ich stehe vor dem Zaun und sehe mir alles an."

„Könntest du mal reinschauen, oder möchtest du lieber draußen bleiben?"

„Nein, da ist eine Gartenpforte, die öffne ich und gehe hinein. Ein Weg führt an den Rasen vorbei zu dem Haus."

„Was möchtest du jetzt am liebsten tun?"

„Nach meiner Osterglocke schauen."

„Wo ist sie denn jetzt?"

„Wie letztes Mal steht sie auf einem Beet, etwas entfernt stehen noch andere. Es kommen noch ein paar Tulpen, die bald auch blühen werden."

„Die anderen Blumen, wie weit sind sie denn entfernt von deiner Osterglocke?"

„Etwa zwanzig bis dreißig Zentimeter. Links neben ihr stehen zwei Tulpen, auf der anderen Seite mehrere Osterglocken."

„Ist das der richtige Abstand für deine Blume?"

„Ich denke ja."

„Schau sie dir doch einmal genauer an. Wie sieht sie jetzt aus?"

„Schön. Die Blüte ist kräftig gelb, und sie steht aufrechter als am Wegesrand. Der Wind bläst auch nicht mehr so heftig."

„Wie ist denn jetzt das Wetter?"

„Die Sonne scheint, aber es ist noch recht kühl, anscheinend früh am Morgen."

„Gibt es noch etwas, was du für deine Osterglocke tun möchtest?"

„Nein, es geht ihr gut dort."

„Hast du noch zu etwas anderem Lust dort in dem Garten?"

„Ich möchte mich noch eine Weile auf die Bank vor dem Haus setzen. Da ist es geschützt und schon recht warm. Von dort kann ich meine Osterglocke und die anderen Blumen ansehen."

„Wie ging es dir dieses Mal mit deinem Tagtraum?" fragte Frau Grünheit nach dem Ende der Imagination.

Versonnen schaute Anna aus dem Fenster. „Der Garten hat mir gefallen. Der Osterglocke ging es dort besser." Nach einer kurzen Pause fuhr sie fort: „Das Ganze hat mich an das Haus und den Garten meiner Großmutter aus Bayern erinnert. Ihr Haus sieht allerdings anders aus. Es ist größer, und das untere Stockwerk besteht aus Stein, das obere aus Holz. Der Garten ist auch anders, es gibt auch Gemüsebeete. Bei unseren Besuchen an Ostern blühten die vielen Osterglocken und Krokusse, manchmal auch schon einige Tulpen."

„Hättest du Lust, das Bild zu malen?"

Anna stimmte zu. Am Ende der Stunde unterschrieb sie den Therapieantrag und verabschiedete sich von ihrer Therapeutin. Sie würden sich nach der Bewilligung wiedersehen.

Erika Grünheit legte ihre Aufzeichnungen in Annas Ordner, die Anträge würde sie am Abend ausfüllen.

Es freute sie, dass Anna keinerlei Zweifel an einen Therapiebeginn geäußert hatte. Dabei schien sie am Anfang so skeptisch und misstrauisch. Inzwischen war ihre Blume auch richtig in dem Garten angekommen. Erika Grünheit hatte es wenig überrascht, dass dieser Annas Großmutter gehörte. Sie lächelte, sie hatte zwar kein eigenes Haus mit Garten drum herum, aber er hätte auch ihr gehören können.

Bereits nach wenigen Tagen traf der Bewilligungsbescheid der Krankenkasse für die psychotherapeutische Behandlung ein. Die Mutter las das Schreiben ebenfalls und freute sich sichtlich für ihre Tochter, enthielt sich zum Glück aber weiterer Kommentare.

Am Wochenende verabredeten sich Anna und Bernd zu einem Spaziergang im Stadtpark. Er wirkte ernster als sonst, in sich gekehrt.

Kurz bevor sie ihre Haustür erreichten, atmete er tief durch. „Anna, seit Silvester sind wir zusammen, das sind jetzt fast vier Monate. Doch wir sehen uns immer nur zu Radtouren und Spaziergängen. Du lehnst es ab, mit zu mir nach Hause zu kommen. Ich darf dich auch nicht mehr besuchen, ins

Kino willst du nicht mit mir. Wenn ich dich berühre, schrickst du zusammen. Es ist so, als wenn du meine Nähe kaum erträgst. Und in der Zeit, in der wir zusammen sind, bist du viel blasser und dünner geworden. Anscheinend tue ich dir nicht gut. Ich habe dich wirklich gerne und lange gewartet und gehofft, wir lernen uns besser kennen und kommen uns näher, aber das klappt anscheinend nicht. Jetzt habe ich das Gefühl – entschuldige den blöden Ausdruck, aber mir fällt nichts Besseres ein –, am ausgestreckten Arm zu verhungern. Daher denke ich, wir sollten uns nicht mehr treffen."

Nach seiner langen Rede schaute Bernd Anna fragend an. Sie hatte still und mit erschrockenem Blick zugehört, schwieg eine Weile, schluckte und sagte mit leiser Stimme: „Ich kann ja verstehen, dass dir das zu wenig war. Aber öfter kann ich dich nicht sehen, und näher geht es auch nicht." Sie machte eine Pause, suchte nach Worten. „Das alles hat nichts mit dir zu tun. Auch ich mag dich, aber ich habe es schwer mit der Nähe. Ich würde das ja gerne, aber ich halte es nicht aus." Anna schwieg.

„Ist das, wenn du so unruhig und fahrig wirst?" fragte Bernd.

„Ja, dann rauscht es auch in meinen Ohren, und ich sehe nur noch verschwommen. Ich will dann nur noch weg." Das wollte sie auch jetzt.

Bernd schaute Anna betroffen an. „Das habe ich alles nicht gewusst, nur deine Unruhe habe ich gespürt. Da wundere ich mich, dass du dich überhaupt mit mir getroffen hast."

Anna zuckte mit den Schultern. „Ich habe dich auch gerne gesehen, mich auf darauf gefreut. Und draußen ging es mir auch besser."

„Dann verstehe ich jetzt, warum du nur mit mir spazieren gehen oder Rad fahren wolltest", erwiderte Bernd nachdenklich. „Warum hast du mir nichts davon erzählt?" fragte er.

„Das konnte ich nicht. Und das fällt mir auch jetzt schwer", antwortete Anna abweisend.

„Dann danke ich dir, dass du es getan hast. Ich hätte noch viele Fragen, aber ich lass das besser." Er machte eine kurze Pause und fuhr fort: „Was hältst du davon, wenn du dich wieder meldest, wenn dir danach ist und du vielleicht auch darüber sprechen möchtest?"

Anna nickte und wandte sich schnell der Eingangstür zu. Bevor sie ins Haus trat, umarmte Bernd sie kurz. „Weißt du, ich habe dich sehr gerne, und eigentlich möchte ich dich nicht verlieren. Doch du musst wissen, ob du mich überhaupt sehen willst und kannst."

In ihrem Zimmer angekommen, setzte sich Anna nah an die Heizung, sie fror. Das Gespräch hatte sie sehr angestrengt und verwirrt, sie hatte Bernd so viel von sich erzählt. Gleichzeitig war ständig der vertraute Wunsch da gewesen, so schnell wie möglich wegzulaufen, und es rauschte in den Ohren, aber sie fühlte sich ruhiger, auch müde und erschöpft.

26. Die sechste Stunde

Inzwischen wurde Anna nicht mehr selbst von ihrer Therapeutin an der Tür begrüßt. Nach dem Klingeln ertönte ein Summer, und sie trat ein. Im Flur standen zwei Stühle und ein Bücherregal. Hier wartete Anna, bis sie von Frau Grünheit abgeholt wurde. Ihr Blick wanderte durch den langen Gang zu den vielen Türen. Was wohl dahinter lag? Lebte Frau Grünheit hier auch? Groß genug war die Wohnung ja. Ob sie einen Mann hatte und Kinder? Sie musste fast so alt sein wie Oma Helga, vielleicht hatte sie sogar Enkelkinder.

Fünf Minuten später öffnete sich das Behandlungszimmer, und die Therapeutin bat sie hinein. Auf dem Weg durch den langen Flur entdeckte Anna, dass eine der Türen offen war, und warf einen Blick in den Raum. Sie sah einen Sandkasten und viele Regale mit Spielsachen und war froh, dass sie nicht hier hinein musste, Frau Grünheit einen eigenen Raum für Gespräche eingerichtet hatte.

Anna holte gleich den Bewilligungsbescheid aus ihrer Tasche und zeigte ihn der Therapeutin. Diese lächelte. Jetzt könne die eigentliche Therapie beginnen.

Jetzt berichtete Anna von den Ereignissen der vergangenen zwei Wochen. Auch von ihrem letzten Treffen mit Bernd sprach sie und von dem abschließenden Gespräch. Hier stockte sie häufiger, ließ aber auch nichts aus, erwähnte auch, wie es ihr nachher ergangen war.

Frau Grünheit hatte ernst und aufmerksam zugehört. „Wie geht es dir jetzt damit?“ fragte sie.

„Ich weiß nicht recht. Auf der einen Seite bin ich froh, dass jetzt eine Pause eingetreten ist. Ich muss mich nicht jedes Wochenende wieder dazu überwinden, Bernd zu sehen. Auf der anderen Seite vermisse ich ihn. So richtig verstehe ich nicht, was da mit mir los ist.“

„Du hast es ja selbst gesagt, du kannst nicht zu viel Nähe aushalten. Du hast sicher schon darüber nachgedacht, womit das zusammenhängt.“

„Ja“, sagte Anna. „Mit Bernd wahrscheinlich weniger, denn er ist sehr nett und lässt mir ja auch Zeit. Hat es mit meinem Vater zu tun?“ fragte sie.

„Könnte doch sein. Was ist dir denn selbst dazu eingefallen?“

„Er war ja so plötzlich weg. Das war schon sehr schwer für mich. Vielleicht habe ich Angst, dass mir das wieder passiert."

„Ja, denn du hattest auch eine vertraute, innige Beziehung zu deinem Vater. Umso schlimmer war es, als er verschwand. Das möchtest du nicht noch einmal erleben. Dann sich besser nicht mehr so einlassen, auch wenn du es dir noch so wünscht."

Anna nickte. „Später hat er ja auch noch oft versprochen, dass wir uns weiter regelmäßig sehen könnten. Das Versprechen hat er nicht eingehalten." Sie runzelte die Stirn. „Nur was mache ich jetzt daraus? Auch wenn ich das verstehe, ändert das nichts an meinem komischen Verhältnis zu Bernd."

„Wirklich nicht?" fragte Frau Grünheit. „Ist da nicht schon eine Veränderung eingetreten? Du hast ihm schon von deinen Gefühlen berichten können. Es sind kleine Schritte, die du gehst. Wenn du dir Zeit lässt und genau hinschaust, wirst du sie wahrnehmen. Und auch lernen, dass Bernd nicht so wie dein Vater ist, du ihm vertrauen kannst."

„Und was soll ich jetzt tun? Er wartet doch auf eine Reaktion von mir."

„Möchtest du ihn denn gerne sehen? Euer Gespräch fortsetzen?"

„Ich glaube, dazu bin ich noch nicht bereit. Sie sagten ja selbst, dass ich Zeit brauche", erwiderte Anna.

Frau Grünheit lächelte. „Das hast du schon gut verstanden. Aber mal angenommen, es wäre einige Zeit vergangen, und du wärst zu einem Gespräch bereit, was würdest du ihm denn gerne sagen?"

Jetzt lächelte auch Anna. „Das ist ein netter Trick. Also gut." Sie überlegte. „Ich würde ihm die Geschichte mit meinem Vater erzählen, auch von unserem Gespräch berichten. Dafür müsste ich ihm auch sagen, dass ich bei Ihnen bin. Und damit auch versuche, etwas zu verändern."

„Du hast also noch nicht ihm über deine Therapie gesprochen."

„Nein, ich finde, das ist meine Privatsache, das geht niemanden was an", erwiderte Anna trotzig.

„Im Moment erlebst du das so. Wenn einige Zeit vergangen ist und du Bernd davon berichten würdest, wie du eben erzählt hast, was würde denn dann passieren?" fragte Frau Grünheit.

Anna entspannte sich wieder. „Bernd würde verstehen, was mit mir los ist, und würde darauf warten, dass ich mich verändere und mich ihm mehr annähere." Sie runzelte die Stirn. „Doch damit gerate ich wieder unter Druck. Das ist mir zu viel." Nach einer Pause fuhr sie fort: „Aber wenn ich mich jetzt gar nicht melde, kann es sein, dass er enttäuscht ist und nichts mehr mit mir zu tun haben will. Er wollte ja schon Schluss machen."

„So wie ich seine Aussage verstanden habe, wollte er dir doch am Ende eures Gesprächs Zeit lassen. Die solltest du dir jetzt auch gönnen", beruhigte Frau Grünheit sie.

Als sie Anna nach der letzten Imagination fragte, holte diese ihr Bild aus der Mappe und legte es auf den Tisch. Frau Grünheit beugte sich vor und betrachtete es.

„Schön. Dann erzähl doch bitte, wie das Malen war und was du vom letzten Tagtraum noch in Erinnerung hast."

„Das Haus habe ich zuerst in die linke Ecke gemalt. Wichtig war mir der Balkon, der auf den Garten hinausgeht. Dann kamen der Garten dazu, der Rasen und die Blumen und der Weg zum Haus. Zum Schluss malte ich noch den Zaun rundherum und den Himmel darüber mit der Sonne."

„Wie wirkt denn das Bild jetzt auf dich?"

„Ich mag es, die Sonne scheint, und die Blumen blühen. Das Haus gefällt mir auch sehr gut."

„Sieht es noch so aus wie im Tagtraum?"

„Nein, es hat sich verändert. Im Tagtraum war es nur aus Holz, jetzt besteht es aus Stein und Holz, und es ist auch ein Balkon hinzugekommen", erklärte Anna. „Jetzt sieht es aus wie das Haus meiner Großmutter", fügte sie hinzu.

„Der Garten, hat er sich auch verändert?" fragte Frau Grünheit.

„Ja, er ist größer geworden und sieht jetzt auch aus wie der Garten meiner Oma aus Bayern. Hinter dem Haus sind die Gemüsebeete, die sieht man von hier aus nicht."

„Wie geht es jetzt deiner Osterglocke in dem Garten deiner Oma?"

„Richtig gut. Hier sind jetzt noch so viele andere Blumen, ihr ist alles so vertraut."

„Schön, und was könnte denn in dem Garten passieren?"

Anna lächelte. „Am Ostermorgen ging die Oma ganz früh hinaus und verteilte die Ostereier im Garten, auch hinter meiner Blume liegt eines. Wenig später kamen wir, Lena und ich, hinaus und suchten die Eier. Immer, wenn wir eins fanden, juchzten wir. Wir sausten durch den Garten, es war ein kleiner Wettkampf, wer mehr findet."

„Und wie ging der Wettkampf aus?"

„Meist unentschieden. Zum Schluss warfen wir sowieso alle zusammen und verteilten sie neu. Wir hatten da auch einen unterschiedlichen Geschmack. Lena mochte besonders Marzipan und ich lieber Nougat."

„Und die Oma und deine Eltern, wo waren die während der Eiersuche?"

„Die folgten uns in den Garten und schauten zu. Papa hat meistens auch noch fotografiert."

„Gibt es denn davon noch Bilder?"

„Ja, so einige, sie sind bei uns im Familienalbum."

„Hast du Lust, das Album mal mitzubringen und mir die Fotos zu zeigen?"

Anna schaute Frau Grünheit erstaunt an und nickte. „Klar, kann ich machen."

„Hast du noch das erste gemalte Bild dabei?"

Wieder nickte Anna.

„Dann hol es doch bitte aus deiner Mappe und lege es zu dem zweiten Bild. Am besten beide auf den Boden, denn auf dem kleinen Tisch ist ja nicht genug Platz für beide."

Anna folgte der Aufforderung, und nun lagen beide Bilder nebeneinander auf dem Teppich.

„Wie schauen die beiden denn zusammen aus?" wollte Frau Grünheit wissen.

Annas Blick wanderte von einem zum anderen Bild. „Die Osterglocke steht da am Zaun nicht schlecht, ist nicht mehr so gefährdet wie am Anfang. Aber sie ist da doch allein. Die anderen Blumen sind hinter dem Zaun. Im Garten geht es ihr besser. Da ist sie geschützter, und es sind auch andere Blumen in der Nähe und doch hat sie Platz für sich."

„Ja, so sieht es aus", meinte Frau Grünheit. „Wie ist es denn mit den Farben?"

„Das zweite Bild ist auf jeden Fall heller und bunter", stellte Anna fest. „Auf der Wiese gab es nur Löwenzahn, also gelbe Blumen, im Garten noch lila Krokusse und rote Tulpen. Außerdem scheint im zweiten Bild die Sonne."

„Wie gut, dass deine Osterglocke den Platz im Garten deiner Oma gefunden hat."

Nachdenklich legte Erika Grünheit ihre Aufzeichnungen in Annas Akte und betrachtete noch einmal das Bild. So ein wunderschöner Ort für die Osterglocke, Haus und Garten noch üppiger als in der Imagination. Doch in der Wirklichkeit hatte es Anna weiterhin schwer mit der Nähe. Kein Wunder, dass Bernd sich zurückgezogen hatte, aber auch bedauerlich. Auch wenn dies Anna momentan entlastete, würde es ihr schwerfallen, sich ihm wieder zu nähern. Immerhin sah sie selbst schon den Zusammenhang mit der Beziehung zu ihrem Vater. Und sie brauchte noch viel Zeit, um Vertrauen aufzubauen. Die Therapie begann ja erst.

In der folgenden Woche sprach Anna mit der Mutter über ihren Plan, zusammen mit Lena ihre Großmutter in Bayern zu besuchen. Beide hatten der Oma schon geantwortet und einen Termin für den Juli vereinbart, aber Anna hatte bisher noch nicht den Mut gefunden, ihrer Mutter davon zu erzählen. Sie saßen gemeinsam beim Abendbrot, die Mutter schien gut gelaunt, und so fasste sich Anna ein Herz und berichtete, ihr Gegenüber die ganze Zeit ängstlich im Blick.

Die Mutter schluckte, wurde blass, sah aber auch die Sorge in den Augen ihrer Tochter. „Na ja“, antwortete sie gedehnt, „ich habe ja gar nicht gewusst, dass ihr eure Oma so gerne sehen wollt. Bisher habt ihr nichts davon erzählt.“

„Wir sind auch jetzt erst darauf gekommen“, erklärte Anna. „Und jetzt können wir ja auch allein reisen.“

„Wenn ihr das unbedingt wollt und auch Oma Helga einverstanden ist, habe ich nichts dagegen“, willigte die Mutter ein.

Anna sprang auf und umarmte die Mutter. „Danke, Mama.“

Überrascht nahm diese den ungewohnten Gefühlsausbruch ihrer Tochter an und lächelte. Wenig später wurde sie wieder ernster. „Weiß denn euer Vater schon davon?“ fragte sie.

„Von uns nicht“, antwortete Anna schnell. „Wir wollten erst dich fragen. Wenn er es weiß, dann von Oma, Wir haben aber noch nichts von ihm gehört.“

Die Mutter schien beruhigt. Nach dem Abendessen verschwand Anna in ihr Zimmer, um Lena von dem Gespräch zu berichten.

Mit gemischten Gefühlen blieb Brigitte in der Küche zurück. Sie wischte noch einmal den Esstisch ab, goss sich ein Glas Milch ein und schaute aus dem Fenster auf die Straße. So ganz gefiel ihr der Gedanken nicht, dass ihre Töchter zu Helga fahren wollten. Es stimmte schon, dass sie als Familie früher schöne Zeiten bei ihr verbracht hatten. Ihre Schwiegermutter schien sie von Anfang an ins Herz geschlossen zu haben, Brigitte fühlte sich in ihrem Haus sehr wohl. Doch in der Trennungszeit hätte sie sich mehr Unterstützung von ihr erwünscht. Schließlich war sie von Thomas verlassen worden und nicht umgekehrt. Helga hatte sich aus allem herausgehalten. Das konnte sie einfach nicht vergessen.

Warum hatten ihr Anna und Lena nicht erzählt, dass sie ihre Großmutter vermissten? So ganz konnte sich Brigitte nicht vorstellen, dass es die beiden erst jetzt festgestellt hatten. Und ohne ihr etwas davon zu erzählen, hatten sie Kontakt zu Helga aufgenommen und den Besuch vereinbart.

Brigitte fühlte sich von ihren Töchtern hintergangen und spürte Ärger in sich aufsteigen. Doch im nächsten Moment fragte sie sich, warum ihre Töchter so heimlich vorgegangen waren. Wohl um sie zu schonen. Der Gedanke löste ebenfalls Unbehagen aus, vor allem Schuldgefühle, sie mochte es nicht, das Anna und Lena von ihren Vorbehalten gegenüber Helga wussten. Und ihr zuliebe sollten die beiden auch nicht auf ihre Großmutter verzichten. So war es doch gut, dass die beiden sie besuchen würden.

Brigitte atmete tief durch und entschied sich für einen Abendspaziergang. Die Sonne war zwar bereits untergegangen, doch die frische Luft könnte ihr guttun.

Unterwegs fiel ihr die eigene Mutter ein. Warum nahmen Anna und Lena nicht den Kontakt zu ihr auf? Vermissten sie ihre andere Oma nicht? Dabei war sie wenigstens für Lena die ersten Jahre so wichtig gewesen. Aber sie lebte jetzt auch schon so viele Jahre auf Mallorca. Seit dieser Zeit hatten sie sich kaum noch gesehen.

Während Brigitte schnellen Schrittes in die nächste Querstraße Richtung Bürgerpark einbog, erinnerte sie sich daran, wie schwer ihr selbst der Abschied von ihrer Mutter gefallen war. Auch wenn sie vorher bereits längere Zeit keine Hilfe mehr von ihr im Haushalt und bei der Kinderbetreuung erwarten konnte, so hatte sie doch immer ein offenes Ohr für die Sorgen ihrer Tochter. Und plötzlich war sie so weit weg. Noch einmal spürte sie die Trauer hochsteigen, dachte aber auch daran, wie gut es ihrer Mutter jetzt auf Mallorca ging.

In der Schule begegnete Anna Bernd fast täglich. Sie grüßten einander, wechselten auch von Zeit zu Zeit ein paar Worte, mehr passierte nicht. Anna fühlte sich nach wie vor zu ihm hingezogen, vermisste auch die gemeinsamen Ausflüge, war aber noch nicht bereit, mehr von sich preisgegeben und ihn näher an sich heranzulassen.

Sylvia beobachtete die beiden und nahm die wachsende Distanz wahr. „Habe ich da was nicht mitbekommen? Ihr sprecht ja kaum noch miteinander. Seid ihr überhaupt noch zusammen?“

Anna schüttelte den Kopf: „Wir haben eine Pause vereinbart." Sie hatte keine Lust, dies ihrer Freundin gleich zu erklären. „Ich erzähle dir später davon, wenn wir mehr Zeit haben."

Am folgenden Tag besuchte Sylvia Anna. Die Mutter war noch in der Redaktion, so saßen die beiden in der Küche und tranken einen Kaffee. Sylvia erzählte zunächst von ihrer Familie und von ihrem Freund Max, dann schaute sie Anna fragend an: „Magst du jetzt darüber reden, warum ihr eine Pause vereinbart habt?"

Annas Miene verschloss sich, sie schaute ihre Freundin an, wandte ihren Blick auf die Küchenzeile hinter Sylvia. „Du weißt ja, wir haben uns ja immer am Wochenende gesehen und was miteinander unternommen, Rad fahren, spazieren gehen. Doch Bernd wollte mich öfter sehen, auch mehr Nähe, das wollte ich aber nicht."

„Na ja, vielleicht ist er nicht der Richtige und du bist nicht wirklich in ihn verliebt", suchte Sylvia nach einer Erklärung.

„Ich weiß nicht, ich mag ihn schon gerne", widersprach Anna. „Aber kann auch sein, dass du recht hast", versuchte sie das Gespräch zu beenden.

Doch Sylvia war damit nicht zufrieden. „Hast du dich denn darauf gefreut ihn zu sehen? Auch öfter an ihn gedacht, wenn ihr euch nicht gesehen habt?"

Anna nickte.

„Und vermisst du ihn jetzt?"

„Teils, teils", erwiderte Anna. „Einerseits vermisse ich unsere Treffen, auf der anderen Seite muss ich nicht mehr den enttäuschten Blick von ihm sehen und fühle mich nicht mehr so unter Druck."

„Soviel ich weiß, war Bernd doch dein erster Freund. Gab oder gibt es denn jemanden, mit dem du lieber zusammen wärst? Kann ja auch jemand sein, in den du heimlich verliebt bist oder warst", forschte die Freundin weiter nach.

Anna schaute sie überrascht an. „Im Moment nicht, aber es gab da schon mal jemanden", gab sie zögerlich zu.

„Na siehst du", Sylvia lächelte. „Mit dem wärst du sicher nicht nur spazieren gegangen."

„In der Phantasie ist es ja auch immer anders als in der Realität", entgegnete Anna.

Sylvia schaute sie nachdenklich an. „Da hast du auch wieder recht. Wie du weißt, war ich in Nico verknallt. Aber der war ja unerreichbar. Wenn ich davon träumte, mit ihm zusammen zu sein, war das ganz einfach. Mit Max dagegen gibt es immer wieder mal Probleme. Mal bin ich richtig verliebt und gerne mit ihm zusammen, dann ist er immer wieder so ein Macho, da will ich nichts mehr mit ihm zu tun haben. Das habe ich dir ja schon öfter erzählt."

Anna nickte. „Aber du bist häufig richtig gerne mit ihm zusammen und hast dann keine Angst vor Nähe. Ihr schlaft ja auch miteinander."

„Ja, das stimmt. Ihr noch nicht?"

Anna schüttelte den Kopf.

„Ich bin mit Max auch schon ein halbes Jahr zusammen, und vorher war da schon Michael. Ein bisschen mehr Erfahrung habe ich da schon mit den Jungs", meinte Sylvia. „Ich denke, Bernd ist nicht der Richtige für dich. Dir war anzumerken, dass etwas mit euer Beziehung nicht stimmte. So blass und dünn wie du geworden bist, seit ihr zusammen seid."

Annas Miene verschloss sich. Sie sagte aber nichts.

„Da ist es sicher besser, wenn ihr euch eine Zeit nicht seht. Da kannst du selbst überprüfen, ob du noch mal mit ihm zusammen sein willst."

Anna nickte. Für einen Moment hatte sie daran gedacht, Sylvia von ihrer grundsätzlichen Angst vor Nähe zu erzählen, auch von ihrer Therapie. Aber sie ließ es lieber, vermutete, Sylvia würde sie sowieso nicht verstehen, und wechselte das Thema.

Regelmäßig schrieb Anna E-Mails an Lena, die ebenso häufig antwortete. Themen waren der jeweilige Alltag zu Hause, vor allem auch das Befinden der Mutter. Sie arbeitete viel, schrieb immer häufiger eigene kleine Artikel. Das alles schien ihr weiterhin Spaß zu machen, und so kam sie am späten Nachmittag erschöpft, aber auch zufrieden von der Arbeit. Sie sprach mit Anna über den bevorstehenden Besuch in Bayern. Erleichtert nahm Anna wahr, dass ihre Mutter nichts mehr dagegen zu haben schien.

Über ihre Therapie berichtete Anna Lena nichts.

27. Die siebte Stunde

Inzwischen war es wärmer geworden, die Frühlingsblumen und Kirschbäume blühten. Anna fuhr das erste Mal ohne Jacke zu Frau Grünheit.

Es gab einiges zu berichten. Zuerst schilderte Anna das Gespräch mit ihrer Mutter.

„Wie gut, dass du den Mut gefunden hast, mit ihr über euren Plan zu sprechen. Was, glaubst du, hat dir die Kraft gegeben, es gerade jetzt zu tun?“

Erstaunt schaute Anna Frau Grünheit an. „Im Moment geht es meiner Mutter wohl ganz gut. Sie ist schon längere Zeit stabil. In diesen Zeiten löchert sie mich auch nicht mit so vielen Fragen und guckt mich auch nicht so sorgenvoll an. Das ertrage ich so gar nicht. Wenn sie schlecht drauf ist, meint sie, es könne mir ja auch nicht gut gehen.“

Frau Grünheit lächelte. „Du beobachtest deine Mutter wirklich genau und verstehst eine Menge von ihren Reaktionen. Und wie, findest du, hat sie die Ankündigung eures Besuchs bei eurer Großmutter aufgenommen?“

„Das war in Ordnung. Natürlich habe ich gemerkt, dass sie nicht begeistert war. Aber sie hat sich beherrscht und unseren Entschluss akzeptiert. Früher wäre sie ausgeflippt und hätte mir Vorwürfe gemacht. Nach dem Motto: wie könnt ihr mir nur so in den Rücken fallen usw.“ Nach einer kurzen Pause fuhr Anna fort: „Ich war froh, dass sie so ruhig reagiert hat. Deswegen habe ich auch nicht früher mit ihr darüber gesprochen, denn sie hätte ja ausflippen können.“

„Wie wäre das gewesen?“

„Ich hätte ein schlechtes Gewissen gehabt, nicht genug Rücksicht auf sie genommen zu haben.“

„Gab es denn bei eurem Gespräch etwas, was deine Mutter entlastet hat, so dass sie ruhiger reagieren konnte?“

„Als sie erfuhr, dass wir noch nicht mit Papa über unseren Plan gesprochen haben, war sie beruhigt. Das haben wir auch nicht, denn wir wissen genau, wie sie darauf reagiert hätte. Außerdem wollen wir unsere Oma besuchen und nicht unseren Vater.“

„Ja, das kann ich verstehen. Aber es zeigt auch, wie genau du die Reaktionen deiner Mutter vorwegnimmst und Rücksicht auf sie nimmst. Habt ihr denn schon einen Termin für euren Besuch?“

„Lena kommt Ende Juni zurück. Anfang Juli werden wir nach Rosenheim fahren.“

Anna sprach auch von Sylvia, schilderte ihre Unterhaltung in der Küche.

„Wie ging es dir mit dem Gespräch?“ fragte Frau Grünheit.

„Ich wusste ja, dass sie irgendwann nachfragen würde. Eigentlich hatte ich keine Lust, mit ihr darüber zu reden. Aber sie ist auch meine Freundin und möchte schon wissen, wie es mir geht. Und dass sie mich nach jemandem gefragt hat, in den ich vielleicht heimlich verliebt sein könnte, fand ich erst peinlich, aber auch amüsant.“

Frau Grünheit schaute Anna fragend an.

Jetzt musste Anna der Therapeutin auch von Nico erzählen. „Wir waren beide in ihn verliebt. Nur wusste ich das von Sylvia, sie nicht von mir“, fügte sie hinzu.

„Was mochtest du an Nico?“

„Er sah einfach sehr gut aus. Am liebsten mochte ich seine dunklen Augen, den freundlichen Blick. Sein Vater ist Italiener, so sieht er eben auch anders aus als die meisten der Jungen hier. Und er ist zwei Jahre älter als meine Klassenkameraden, wirkt reifer als sie.“

Sie stockte, fuhr aber noch fort: „Was wohl auch wichtig ist, ich hatte keine Chance bei ihm. Erst einmal hatte er schon eine Freundin. Dann sah er einfach zu gut aus. Er wurde von so vielen Mädchen angehimmelt, nicht nur von Sylvia und von mir. Und jemand so Unscheinbares wie ich hätte er sowieso nicht genommen.“

„Wie kommst du dazu, dich für unscheinbar zu halten?“ fragte Frau Grünheit ernst.

„Aber das stimmt doch!“ entgegnete Anna erbost. „Die meisten Mädchen aus unserem Jahrgang werden mehr von den Jungen beachtet als ich. Sie legen es aber auch darauf an, so wie sie sich auftakeln, engste Kleidung und dick geschminkt“, fügte sie noch bitter hinzu.

„Das machst du nicht. Dann willst du auch nicht so gesehen werden wie die anderen Klassenkameradinnen.“

„Nein, das will ich nicht.“

„Aber es stimmt nicht, dass dich keiner sieht.“

Anna schaute fragend.

„Zumindest Bernd hat sich in dich verliebt. Ganz so unscheinbar kannst du also doch nicht sein.“

Ein kurzes Lächeln huschte über Annas Gesicht, doch sie wurde gleich wieder ernst.

„Doch noch einmal zurück zu Nico. Da habe ich dich unterbrochen. Du hattest gerade erzählt, was du so an ihm mochtest. Neben seinem guten Aussehen, seinem freundlichen Blick und seiner Reife sprachst du auch, dass er nicht mehr zu haben war. Warum machte ihn seine Unerreichbarkeit denn so attraktiv?“

„Damit kann man sich alles erträumen. Denn es besteht ja sowieso keine Chance, ihn zu bekommen.“

„Da ist in der Phantasie ganz viel Nähe möglich, weil sie nicht Wirklichkeit werden kann.“

Anna nickte.

„Aber sie findet dann schon mal in der Phantasie statt. Das ist doch schon ein Anfang."

Als Frau Grünheit Annas fragenden Blick sah, fügte sie erklärend hinzu: „Du kannst dich vielleicht an das erinnern, was ich dir über die Ergebnisse der Hirnforschung erzählt habe. Damit hat sich bestätigt, wie wichtig die Phantasietätigkeit für die Veränderung von Gefühlen und Verhalten ist."

Anna nickte.

„Und wie ging es dir mit dem Ende des Gesprächs?"

„Sylvia versuchte schon zu verstehen, warum Bernd und ich nicht zusammenkommen konnten. Aber sie ging zu sehr von sich aus. Als wenn alles nur eine Sache der Zeit und der Erfahrung wäre. Sie weiß nicht, dass es mir grundsätzlich schwerfällt, eine Beziehung zu einem Jungen einzugehen."

„Hast du ihr das schon mal erzählt?" fragte Frau Grünheit.

„Nein, natürlich nicht."

„Was wäre denn, wenn sie es wüsste?"

„Sie würde denken, dass ich ganz schön gestört bin. Das will ich nicht."

„So, gestört, weil du Angst vor Nähe hast? Lassen wir das erst mal so stehen, auch wenn ich das für sehr fraglich halte. Was würde denn passieren, wenn Sylvia dich für so gestört ansehen würde?"

„Sie würde nichts mehr mit mir zu tun haben wollen. Dann wäre unsere Freundschaft zu Ende."

„Dann weiß sie sicher auch nichts von deiner Psychotherapie."

„Nein", fügte Anna knapp und trotzig hinzu.

„Wie wäre das denn für dich, wenn dir Sylvia erzählen würde, dass sie Probleme hat, egal welcher Art, und eine psychotherapeutische Behandlung begonnen hat?"

Anna schaute Frau Grünheit überrascht an. „Das fände ich in Ordnung."

„Sie wäre also nicht zu gestört für die Fortsetzung eurer Freundschaft?"

„Nein."

„Warum misst du da mit zweierlei Maß?"

„Weil Sylvia da anders ist als ich. Sie hat nicht solche Probleme, sich zu binden und ist auch oberflächlicher."

„Immerhin hat sie gemerkt, dass es dir nicht so gut in der Beziehung mit Bernd geht, und sie hat mit dem Gespräch versucht, dir zu helfen. Und hat nach der Bedeutung Bernds für dich gefragt. Auch nach einer heimlichen Verliebtheit. Ganz so oberflächlich ist sie anscheinend nicht."

„Ja, das stimmt wohl“, gab Anna zu.

„Das Problem ist anscheinend sicher nicht Sylvia und ihre Oberflächlichkeit. Eher deine Angst, dich zu öffnen, von deiner Angst, zu sprechen und dann abgelehnt und fallengelassen zu werden. Kommt dir das bekannt vor?“

Anna dachte nach. „Meine Mutter hatte ja eine Menge psychischer Probleme, deshalb hat mein Vater sie verlassen.“

„Und du meinst, das war der einzige Grund?“

Überrascht schaute Anna Frau Grünheit an. „So war das doch! Sie hatte so viele Probleme, konnte uns nicht versorgen. Da haben die ganzen Behandlungen auch nicht geholfen. Da musste mein Vater einspringen, das wurde ihm zu viel, und er suchte sich eine andere Frau.“

„So einfach war das sicher nicht. Dein Vater ist auch daran beteiligt. Er hat zu viel Verantwortung übernommen, die beiden haben sich anscheinend auch nicht richtig damit auseinandergesetzt. Das hast du mir so auch erzählt. Und es gibt sicher auch noch viele andere Aspekte, die zur Trennung deiner Eltern führten.“

Anna schaute sie nachdenklich an.

„Bist du dir immer noch so sicher, dass Sylvia nichts mehr mit dir zu tun haben wollte, wenn sie etwas von deiner Angst und deiner Therapie wüsste?“

„Nicht mehr so ganz, aber ich möchte sie auch nicht als Freundin verlieren.“

Rasch öffnete Erika Grünheit das Fenster und atmete tief die frische Frühlingsluft ein.

Ihr fiel auf, wie wenig Anna Sylvia von sich erzählte, dabei waren sie doch so enge Freundinnen. Aber eigentlich auch nicht, bei der Angst Annas, von sich etwas preiszugeben. Denn dann könnte sie wie die Mutter verlassen werden.

Es war eher erstaunlich, was sie alles schon in der Therapiestunde erzählte. Die Geschichte von Nico rührte Erika sehr an. Gleichzeitig bedauerte sie, dass sich Anna für so unscheinbar hielt. Dabei war sie so ein hübsches Mädchen, musste das nur noch sehr verstecken.

Im nächsten Moment fragte sie sich, ob sie Anna in der Stunde nicht zu sehr konfrontiert hatte. Doch bevor sie den unbehaglichen Gedanken weiter verfolgen konnte, klingelte es an der Tür.

Nachdenklich ging Anna nach Hause. Den ganzen Nachmittag war sie mit der vorangegangenen Therapiestunde beschäftigt. Sich so sehr mit dem Schicksal ihrer Mutter verbunden zu fühlen, behagte ihr nicht. Bisher war ihr ganzes Bestreben darauf ausgerichtet gewesen, anders als sie zu werden: nicht so um sich selbst kreisend, wechselnden Stimmungen unterworfen, sich so wenig in andere einfühlend. Deswegen wollte sie doch gerade keine Therapie beginnen. Das machten doch nur so schwache Menschen wie ihre Mutter. Sie wollte mit ihren Problemen alleine fertig werden. Aber das hat ja nun nicht geklappt.

Eigentlich hatte sie sich mehr auf der Seite ihres Vaters gesehen, der Tüchtige, der seine Arbeit machte und sich noch um seine Töchter kümmerte. Als er ging, übernahmen sie und Lena seine Rolle. Anna erinnerte sich an das Gespräch mit Lena vor fast zwei Jahren. Ihr Vater war nicht sehr zuverlässig. Als er sie verließ, hatte er ihnen versprochen, dass er sie in allen Ferien besuchen würde. Das hatte er von Anfang an nicht eingehalten, er fand immer neue Ausreden.

Am nächsten Tag fiel es ihr schwer, sich auf den Unterricht zu konzentrieren. Wie immer saß Sylvia neben ihr, wirkte wie immer, Anna beobachtete sie verstohlen.

Sylvia spürte den Blick Annas und fragte in der großen Pause: „Ist alles ok, Anna? Oder habe ich das letzte Mal bei dir zu viel gequatscht?"

„Nein, nein, das war völlig in Ordnung. Es war gut, dass du mich darauf angesprochen hast."

Erleichtert lud Sylvia sie am Nachmittag zum Eisessen ein. Anschließend planten beide für eine Englischklausur zu üben.

Im Eiscafé wählte Anna wie immer ihr Lieblingseis, Schokolade und Himbeere, Sylvia nahm Tiramisu und Pistazie. Mit der Waffel in der Hand suchten beide eine Bank im nahegelegenen Bürgerpark auf.

Eine Weile waren beide still und aßen ihr Eis. Sylvia war früher fertig, lehnte sich zurück und genoss mit geschlossenen Augen die warme Nachmittagssonne.

Während Anna noch mit ihrer Waffel beschäftigt war, musterte sie Sylvia von der Seite.

Sie räusperte sich. „Ich habe gerade was in einer Zeitschrift gelesen von einem Jungen, der Probleme mit seiner Familie und mit sich hatte und eine Therapie gemacht hat."

Sylvia öffnete die Augen und schaute Anna verwundert an. „In welcher Zeitschrift denn?"

„In der ‚Psychologie heute'. Die kauft meine Mutter manchmal", sagte Anna zögerlich.

„Ah ja. Und wie war der Artikel?"

„Ganz interessant. Anscheinend hat ihm die Therapie gut geholfen."

„Wie schön für ihn. Was hat dich daran so interessiert?"

„Du weißt doch, dass meine Mutter öfter in Therapie war. Ich dachte, dass sie bei ihr nichts verändert hat, und hatte daher was gegen Psychotherapie. Aber anscheinend ist das nicht immer so."

„Das denke ich auch. Kann ja auch sein, dass deine Mutter doch davon profitiert hat, denn es geht ihr doch jetzt schon längere Zeit besser. Die Tabletten allein können das doch nicht bewirkt haben."

Anna schwieg. Schließlich sprang sie auf. „Komm, lass und zu uns gehen, wir haben noch viel zu tun."

Gemeinsam durchquerten sie den Bürgerpark und liefen zu Annas Wohnung. Da sie in Sylvias Zuhause häufig von deren kleiner Schwester Lea gestört wurden, lernten sie am liebsten in Annas Zimmer.

Nach drei Stunden beendeten sie erschöpft ihre Vorbereitungen. Anna kochte beiden noch einen Tee, und sie saßen mit ihren Bechern müde am Küchentisch.

„Danke, dass du mit mir den ganzen Stoff noch mal wiederholt hast. Das war klasse!" ergriff Sylvia das Wort.

„Das ist doch in Ordnung, du hilfst mir dafür in Mathe", wehrte Anna ab. Sie atmete tief durch und fragte: „Sylvia, was würdest du denn davon halten, wenn ich eine Psychotherapie machen würde?"

Überrascht schaut sie die Freundin an. „Hast du das vor? Das finde ich gut. Du hast genug zu bearbeiten, die ganze Geschichte mit deiner Mutter und der Trennung deiner Eltern. Und jetzt noch mit Bernd." Sie machte eine Pause und lächelte. „Das mit dem Artikel über die Therapie des Jungen, den gibt es wohl gar nicht. da ging es wohl um dich."

Verhalten lächelte Anna zurück. „Ja, stimmt, ich wollte nur mal hören, wie du das findest."

„Das ist doch in Ordnung. Hast du denn schon einen Therapeuten oder eine Therapeutin gefunden?"

„Ja, eine Therapeutin. Und wenn ich ehrlich bin, ich habe schon angefangen."

Sylvia zog die Augenbrauen hoch. „Auch das hast du mir verschwiegen. Wie lange denn schon?"

„Noch nicht so lange. Sieben Stunden bin ich jetzt bei ihr."

„Jetzt verstehe ich, warum du dich in der letzten Zeit so verändert hast“, entgegnete Sylvia.

Nun war Anna überrascht. „Wirklich? Das habe ich selbst nicht gemerkt.“

Sylvia lachte. „Tja, man selbst bekommt auch nicht alles mit. Du bist offener geworden. Finde ich gut so.“

In diesem Augenblick trat Annas Mutter ein begrüßte die beiden. Kurze Zeit später verabschiedete sich Sylvia. Am Ausgang umarmte Anna die Freundin. „Danke.“

28. Die achte Stunde

Frau Grünheit freute sich mit Anna über den guten Ausgangs des Gesprächs mit Sylvia.

„So wie es aussieht, ist sie ja nicht auf und davon.“ Sie lächelte.

„Ja, wir sind immer noch befreundet. Eigentlich sind wir uns jetzt näher als vorher“, erwiderte Anna. „Aber das ist noch ungewohnt. Sie weiß jetzt viel mehr von mir als früher. Was wirklich gut ist, sie lässt mich in Ruhe und fragt nicht dauernd nach, wie es mir geht. Und sie ist wirklich nicht oberflächlich, da habe ich ihr Unrecht getan.“

Nach einer Pause schlug Frau Grünheit einen neuen Tagtraum vor. Anna stimmte zu.

Als Thema gab die Therapeutin „Eine Wiese“ vor.

Anna zögerte. „Ich sehe zwei Wiesen. Die eine ist freundlich und bunt, die Sonne scheint, die andere ist dunkler, Wolken sind am Himmel, Sturm zieht auf. Ich weiß nicht, welche ich mir ansehen soll.“

„Schau doch, welche du dir jetzt lieber vorstellen möchtest. Die andere kannst du noch später ansehen.“

Anna nickte. „Dann lieber erst die hellere Wiese.“

„Wie schaut sie denn aus?“

„Die Wiese ist grün und saftig, voller bunter Wiesenblumen, Klee, Butterblumen, Margeriten und Glockenblumen. Dahinter steht wieder ein dunkler Tannenwald.“

„Und wie ist das Wetter in deiner Vorstellung?“

„Die Sonne scheint, es ist recht warm.“

„Gibt es etwas, was du auf deiner Wiese machen möchtest?“

„Ich würde gerne durch diese Wiese laufen. Aber ich möchte die Blumen nicht kaputtmachen. Ich weiß nicht. Ich bleibe wohl lieber draußen am Rande und schaue sie mir an."

„Wo bist du im Augenblick?"

„Auf einem Weg. Er sieht so aus wie der letzte. Dazwischen ist jetzt kein Zaun."

„Und wie ist der Blick von dort auf die Wiese?"

„Sie sieht schön aus. Die Blumen leuchten im Sonnenlicht. Ich höre auch einige Insekten summen."

„Und wie geht es dir da selber auf dem Weg?"

„Gut. Ich stehe da und bewundere das Ganze."

„Du bist ja am Rande der Wiese. Könntest du mal die Gräser und die Blumen vorsichtig anfassen?"

„Ja, das geht. Die Grashalme sind fest und scharf, man muss aufpassen, dass man sich nicht schneidet. Die Blumen dagegen sind weich, vor allem die Blüten. Auch die Stiele sind fein und empfindlich."

„Wie könnte es denn jetzt weitergehen?"

„Ich könnte doch ganz vorsichtig am Rand laufen, dabei aufpassen, dass ich nicht so viel niedertrete."

„Und wie ist das?"

„Toll. Ich habe mir die Schuhe und die Strümpfe ausgezogen, die Hosen hochgekrempelt und spüre das Gras unter den Füßen und an den Beinen. Dabei passe ich schon auf, dass ich möglichst keine Blumen niedertrete."

„Wie ist dir jetzt zumute?"

„Jetzt möchte ich mich hinsetzen und ein wenig ausruhen."

„Ja, dann such dir einen schönen Platz."

„Mitten in dem Gras. Das ist ziemlich hoch, so fühle ich mich richtig beschützt. Es riecht auch gut."

„Dann schau mal, ob du noch eine Weile bleiben und hier den Tagtraum ausklingen lassen möchtest."

„Nein, ich möchte lieber wieder aufstehen und noch weiter über die Wiese laufen."

„Und wie geht es dir dabei?"

„Gut, ich könnte immer so weiterlaufen."

„Dann lass das Ganze noch einen Moment auf dich wirken und komm langsam in deinem eigenen Rhythmus wieder zurück."

Anna reckte und streckte sich, öffnete die Augen. Sie lächelte etwas verlegen.

Einen Augenblick war es still im Raum.

„Wie ist dir jetzt zumute?“ fragte Frau Grünheit.

„Gut. Es war toll auf der Wiese. Doch der Anfang war seltsam. Die zwei verschiedenen Wiesen. Die andere war richtig unheimlich.“

„Und wie ist es, dass du dich für die hellere entschieden hast?“

„Auf jeden Fall besser. Auf der habe ich mich richtig wohlgefühlt.“

„Die zweite kannst du dir ja noch ein anderes Mal anschauen. Wie wäre das?“

Anna nickte zögerlich. „Ja, aber noch nicht so bald.“

„Nur wenn du es wirklich willst. Und wenn ja, bestimmst du den Zeitpunkt“, sagte Frau Grünheit.

Sie kündigte das Ende der Stunde an, nicht ohne Anna darum zu bitten, ihre Imagination wieder aufs Papier zubringen. Anna seufzte, dabei huschte ein leichtes Lächeln über ihr Gesicht.

Das hatte Erika Grünheit wohl wahrgenommen. Anna schien Freude am Malen zu entwickeln, das war ihren Bildern auch anzusehen. Und sie konnte sich gut auf das Imaginieren einlassen, nahm die Umgebung mit allen Sinnen wahr. Wieder einmal der Gegensatz hell und dunkel, hierin spiegelten sich wohl auch ihre unterschiedlichen Stimmungslagen wider. Gut, dass Anna sich erst für die hellere entschieden hatte. Und im Sinne der Selbstfürsorge schob sie den Besuch der dunkleren weiter auf.

So richtig mochte sie noch nicht hinein in die saftige Blumenwiese, das passte auch zu ihrem Leben. Doch zum Schluss gelang es ja doch noch, wenn auch erst mal nur am Rande.

Wie schön, dass Anna den Mut gefunden hat, mit Sylvia über ihre Therapie zu sprechen. Sie traut sich immer mehr, dachte Erika Grünheit und lächelte.

In der folgenden Woche dachte Anna öfter an ihre Wiese. Die Erinnerung löste ein gutes Gefühl aus; der Gedanke an die dunkle Wiese schob sich aber immer wieder dazwischen und irritierte sie. Der Wald hinter der lichten Blumenwiese gefiel ihr auch nicht, so versuchte sie ihn immer wieder auszublenden.

Jeden Morgen in der Schule hielt sie Ausschau nach Sylvia. Sie begrüßten sich herzlich. Komisch, wie Annas Bekenntnis, eine Therapie zu machen, sie einander nähergebracht hatte. Sie hatte genau das Gegenteil erwartet. Sylvia hielt sich mit Fragen zurück. So konnte Anna selbst entscheiden, was sie ihrer Freundin erzählen wollte.

Auch Sylvia wurde offener. Sie hatte Anna immer schon viel von ihrem Alltag mit ihrer Familie und ihrem Freund mitgeteilt. Es waren vor allem Klagen über die Streitigkeiten der Mutter mit ihrem Lebensgefährten Rüdiger oder Max' Machogehabe. Jetzt berichtete sie auch von eigenen Stimmungsschwankungen und Selbstzweifeln. Anna hörte ihr erstaunt zu. Bisher hatte sie ihre Freundin für stark gehalten, offen im Kontakt mit vielen Menschen und ein wenig oberflächlich. Jetzt lernte sie eine andere Seite von ihr kennen. So verbrachten sie viele Nachmittage in Annas Zimmer oder auf Spaziergängen und tauschten sich aus.

Anna berichtete auch von den Imaginationen in der Therapie. Sylvia fand sie sehr interessant und wollte auch gerne wissen, was sie zu bedeuten hatten.

Die Erklärung fiel Anna nicht so leicht. An die Ergebnisse der Hirnforschung konnte sie sich noch gut erinnern und sie für Sylvia referieren. Doch wofür nun die einzelnen Themen und Bilder stehen sollten, wusste sie nicht. Ihr fiel dabei auf, dass sie darüber nicht mit ihrer Therapeutin sprach, sie bisher auch noch nicht viel darüber nachgedacht hatte.

„Ich weiß nur, dass mir die Osterglocke gefiel", stellte Anna fest. „Am Anfang am Weg ging es ihr nicht so gut. Sie war allein, und ein Traktor hätte sie kaputtfahren können. Näher am Zaun war es besser. Richtig wohl fühlte sie sich in dem Garten, der ja zu dem Garten von Oma Helga wurde." Sie machte eine Pause. „Das hat sicher auch mit mir zu tun. Das Alleinsein kenne ich, auch die Angst, dass mir etwas passieren könnte. Doch Frau Grünheit wollte, dass ich etwas finde, damit es der Blume, sprich mir, besser geht. Bei meiner Oma ging es mir immer sehr gut, das gehört auch zu meiner Vergangenheit, nicht nur der Stress mit meinen Eltern. Daher ist es auch super, dass Lena und ich Oma wieder besuchen werden."

Sylvia nickte. „Das kann ich gut verstehen. Und die Wiese?"

„Das hat wohl auch etwas damit zu tun, wie es mir geht. Die dunkle und die helle Wiese, die dunkle und die helle Seite. Doch was die Imagination im Einzelnen bedeutet, kann ich noch nicht sagen. Ich werde Frau Grünheit das nächste Mal danach fragen."

In den Pausen suchte Anna auch Bernd. Sie nahm wahr, dass er sich zurückgezogen hatte, es gab kaum noch Begegnungen, höchstens ein kurzes Nicken zur Begrüßung. Oft schien Bernd sie zu übersehen, wandte sich anderen zu, wenn sie in seine Nähe kam. Anna sah ihn jetzt auch häufiger im Gespräch mit einer seiner Klassenkameradinnen, Ina, sie schienen sich gut zu verstehen. Dies versetzte Anna einen Stich. Hierüber war sie selbst erstaunt. Und berichtete Sylvia davon.

Sylvia lachte. „Kein Wunder, du bist anscheinend noch in ihn verliebt. Oder ist es nur gekränkte Eitelkeit, weil er nicht auf dich wartet? Oder beides?“

Anna fühlte sich ertappt. Beides behagte ihr nicht sonderlich. „Gibt es nicht noch eine dritte Möglichkeit?“ fragte sie schief lächelnd.

„Mir fällt gerade keine ein.“

29. Die neunte Stunde

Frau Grünheit lächelte, als sie von Sylvias Deutungen erfuhr. „Hast du denn noch eine dritte Möglichkeit gefunden?“ fragte sie.

Anna schüttelte den Kopf. „Nein, wahrscheinlich hat Sylvia recht. Bernd ist mir nicht egal, und gekränkt bin ich auch, wenn er sich eine andere sucht. Aber ich kann ihn auch verstehen, so wie ich ihn behandelt habe.“

„Dein schlechtes Gewissen hilft dir nicht weiter. Du hast ihn ja nicht mit Absicht zurückgewiesen“, entgegnete Frau Grünheit. „Möchtest du denn wieder näheren Kontakt zu ihm?“

„Ich weiß nicht. Einerseits möchte ich ihn nicht verlieren, andererseits ist es für mich noch zu früh, wieder etwas mit ihm anzufangen. Dann würde er davon ausgehen, dass ich mehr körperliche Nähe von ihm will. Doch soweit bin ich nicht. Und wenn ich jetzt wieder auf ihn zugehe, dann weiß ich nicht, ob ich es mache, weil ich nicht will, dass er mit Ina was anfängt“, dachte Anna laut nach. „Vielleicht sind sie ja auch schon zusammen. Dann erübrigt sich die Frage“, fügte sie resigniert hinzu. „Nein, es ist nicht der richtige Zeitpunkt.“

Nun holte Anna ihr Bild aus der Mappe. Sie legte es auf den Teppich vor ihren Füßen. Doch sie verspürte keine Lust, wieder die Malweise, die Farben und die Einzelheiten des Bildes zu betrachten, und fragte: „Was hat das Ganze denn nun zu bedeuten?“

„Was denkst du denn selbst?“

„Es hat sicher mit mir zu tun, die helle und die dunkle Seite. Aber eigentlich wollte ich von Ihnen wissen, was Sie davon halten“, erwiderte Anna trotzig.

„Da hast du sicher recht, die Imagination und auch das gemalte Bild haben viel mit dir und deinem Befinden, deinem Leben zu tun. Doch das im Einzelnen zu analysieren würde dir nicht wirklich weiterhelfen. Du wärst wieder mehr im Denken. Intellektuell kannst du viel erfassen und verstehen, aber in den Imaginationen geht es um ein ganzheitliches Erleben, auch um deine Gefühle. Und es gibt auch nie eine genaue Erklärung für das, was du dort erlebst. Alles kann vieles bedeuten, wichtig ist, wie du es selbst siehst. Und dass du selbst die Imagination entwickelst, deine Phantasie entfaltest und damit neue Lösungsmöglichkeiten für deine Konflikte findest", führte Frau Grünheit aus.

Anna war nicht so ganz mit der Erklärung zufrieden, ließ sich dann aber doch auf die Betrachtung des Bildes ein. Doch dabei sah sie jetzt genauer hin. „Ich habe die helle Wiese gemalt, doch dahinter ist noch der dunkle Wald. Die Wiese ist grün, besonders die Blumen sind schön, auf sie mochte ich ja nicht treten. Erst wollte ich ja auf dem Weg bleiben." Sie lächelte. „Aber da haben Sie mich ja nicht gelassen. Dann bin ich doch auf die Wiese gegangen, ganz vorsichtig."

„Hast du dich denn von mir dazu aufgefordert gefühlt?" fragte Frau Grünheit.

„Nein, Sie fragten, glaube ich, wozu ich denn Lust hätte. Das war, nachdem ich die Blumen und die Gräser angefasst hatte. Da mochte ich dann doch auf die Wiese. Das war meine eigene Entscheidung", stellte Anna fest und fügte hinzu: „Ich könnte es auch so verstehen, dass ich vorsichtig Neues probieren möchte, auch vorsichtig mit mir umgehen soll."

Frau Grünheit nickte. „Du hast dich selbst nicht gemalt."

Anna schüttelte den Kopf. „Ich kann Personen schlecht malen, daher habe ich es gelassen."

„Wenn du dich gemalt hättest", fragte Frau Grünheit weiter. „Wo wärst du jetzt auf dem Bild?"

Anna deutete auf die Wiese. „Ich würde dort sitzen, am Rand. Oder besser noch, am Rand der Wiese laufen, barfuß."

Sie sprachen über die dunkle Wiese. Anna erinnerte sich, dass sie in Gedanken öfter bei ihr war, aber sich nicht länger damit beschäftigen wollte. „Doch etwas Dunkles war ja auch hier im Bild, der Wald hinter der Wiese. Eigentlich war die dunkle Wiese ganz ähnlich wie die helle. Nur schien da keine Sonne, es war ziemlich finster. Ich weiß auch nicht mehr, ob da überhaupt Blumen waren. Auf jeden Fall wäre ich nicht auf diese Wiese gegangen."

„Sondern?“

Überrascht schaute Anna Frau Grünheit an. „Ich wäre wohl den Weg lang gegangen. Vielleicht auch wieder im Haus meiner Oma gelandet. Vielleicht ist das aber auch zu einfach“, äußerte sie zweifelnd. „Nicht immer kann ich zu Oma Helga gehen, wenn es dunkel wird und mir nicht gut geht.“

„Aber es war dein erster Gedanke, der dir kam. Wie würde es dir denn da gehen?“

„Gut natürlich. Es wäre dort warm und gemütlich, und es gäbe auch einen warmen Tee.“

Auch an diesem Dienstagnachmittag schien die Sonne, Erika Grünheit ging in ihre Küche und öffnete die Balkontür. Sie stellte den Klappstuhl auf. Die Wärme und die frischen Luft taten ihr gut.

Das war das erste Mal, dass Anna auf einer Antwort insistierte, und das auch noch mit dem leicht aggressiven Unterton. Die Frage nach der Deutung war neu. Ob sie ihr im Gespräch mit Sylvia gekommen war? Wie auch immer, es gefiel ihr, dass Anna die Fähigkeit zum Widerspruch entwickelte. So ganz zufrieden schien sie mit der Antwort nicht zu sein. Dabei konnte sie selbst schon so vieles verstehen, was sich in ihren Imaginationen abbildete. Erika Grünheit schaute auf ihre Uhr und seufzte. Ihre Pause war zu Ende.

30. Frühsommer

Der Juni brachte die ersten richtig warmen Tage. Anna und Sylvia verlegten ihre Lernstunden in den Bürgerpark. Auf einer Wiese breiteten sie ihre Decke aus und verteilten ihre Bücher, Hefte, Stifte und Wasserflaschen um sich.

Wurde es ihnen in der Sonne zu warm, zogen sie die Decke in den Schatten, von dort nach einer Weile zurück in die Sonne. So waren sie häufig in Bewegung.

Nach zwei, drei Stunden hatten sie genug vom Lernen. Erschöpft legten sie sich auf den Rücken und schauten in den Himmel. Sie hörten die Vogelstimmen und das Summen der Bienen, auch die Stimmen der vorbeilaufenden Menschen. Diese Momente waren die schönsten des Tages. Beide schwiegen einige Minuten, bis Anna oder Sylvia zu erzählen begannen. Es ging immer wieder um ihre Familien, Max und Bernd, um Annas Therapie, vor allem auch um eigene Gedanken und Gefühle.

Sylvia litt zunehmend unter Max' Stimmungsschwankungen. An einem Tag war er freundlich und einfühlsam, sehr um sie bemüht, am nächsten Tag abweisend und herrisch. „So wie sein Vater", erklärte Sylvia. Manchmal konnte seine Stimmung innerhalb von Minuten kippen.

Wie mit Anna besprochen, hatte sie schon mehrfach vergeblich versucht, mit ihm darüber zu reden. Unwirsch entgegnete er stets, er wäre nun mal so, dass müsse sie aushalten oder eben gehen.

Auch wenn sie von sich sprach, wie schlecht es ihr damit ginge, nie zu wissen, in welcher Stimmung er gerade sei, wollte er dies nicht hören und verabschiedete sich schnell.

Anna meinte, das käme ihr bekannt vor, auch sie spreche nicht gerne über ihre eigenen Gefühle, ausgenommen mit Sylvia und ihrer Therapeutin.

So dachte Sylvia immer mehr über eine Trennung nach. Auf der anderen Seite wollte sie Max nicht verlieren, weil sie sah, dass er selbst unter seinem Verhalten litt, auch wenn er es nicht zugeben mochte.

Die beiden Freundinnen sahen sich fast jeden Nachmittag. So verbrachte Anna immer weniger Zeit in ihrem Haus am See. Nur manchmal suchte sie es vor dem Einschlafen auf.

Nach einem langen Ausritt kehrten Sturmwind und Anna zu ihrem Haus zurück. Das Pferd fiel in einen leichten Trab und schnaubte. Anna atmete tief durch, schmiegte sich eng an den Hals Sturmwinds und bedankte sich, indem sie sanft über seinen Hals strich. Er drehte seinen Kopf in ihre Richtung, schien sie zu verstehen. Anna stieg ab, tätschelte Sturmwind noch einmal und ließ in grasen. Sie zog Schuhe und Strümpfe aus, legte beides auf die Bank vor das Haus, krempelte die Hose hoch und lief durch die blühende Wiese hinunter zum See.

Ende Juni sah Anna, wie Bernd und Ina Hand in Hand über den Schulhof gingen, von Zeit zu Zeit anhielten, um sich zu umarmen und zu küssen. Es tat weh, aber gleichzeitig verspürte Anna auch Erleichterung; sie musste sich nicht mehr entscheiden. Es war, als wäre ein Druck von ihr genommen worden. Dennoch fühlte sie sich verlassen.

„So ähnlich muss es Mama ergangen sein, als Papa sie wegen Renate verließ", berichtete Anna ihrer Therapeutin. „Sie hatte sich ja auch immer mehr zurückgezogen und war auch für die Trennung verantwortlich. Aber es tut ihr sicher weh."

Wie abgemacht brachte Anna die Familienalben mit in die Therapie. Gemeinsam betrachteten sie die vielen Fotos. Jetzt erst fiel Anna auf, dass es aus den Jahren mit dem Vater viel mehr Bilder gab; viele aus den Urlauben, vor allem Fotos von der Nordsee und ihren Besuchen in Bayern. Aus der Zeit nach der Trennung gab es nicht mehr so viele Bilder, auf den wenigen Fotos wirkte die Mutter oft recht angespannt und blass.

In ihrer nächsten Imagination folgte sie einem Bachlauf bis zur Quelle, die kaum sichtbar aus einem sumpfigen Untergrund hervorkam. Dort war es dunkel, nebelig und kalt. Sie mochte nicht bleiben und lief den Weg schnell zurück. Am Ende setzte sie sich ans Ufer, steckte ihre Hände hinein und trank von dem kühlen, erfrischenden Wasser, lief auch barfuß bis in die Mitte des Bachs. Das Wasser umspülte ihre Füße, kleine Fische schwammen mit der leichten Strömung, immer wieder großem Steinen ausweichend.

In der folgenden Stunde begleitete sie den Bach in die andere Richtung. Die Landschaft öffnete sich, es wurde heller und sonniger. Schließlich floss das Wasser in einen See, ihren See, doch davon erzählte sie nichts. In der Nähe stand auch ihr Haus, Sturmwind graste auf der Wiese.

Das berichtete sie schon, nicht aber, dass sie alles bereits kannte, gab auch Sturmwinds Namen nicht preis.

So malte sie auch zum ersten Mal ihr innere Landschaft; Haus, See, Wiese und Sturmwind.

Nur der Bach war neu.

Vorsichtig legte Erika Grünheit Annas neues Bild zu den anderen in die Mappe. Wie viel da schon zusammengekommen war! Sie freute sich über Annas lebendige Tagträume. Am Ursprung des Bachs war es zwar dunkel und nebelig, kein Wunder bei dem schwierigen Lebensstart Annas, doch der Weg in die andere Richtung führte zu dem See und dem gelben Haus als Rückzugsort. Vor allem das Pferd gefiel ihr, so ein kraftvoller Begleiter, es tat Anna sichtlich gut.

Sturmwind begrüßte Anna freudig und lud sie zu einem Ausritt ein. Anna schwang sich auf seinen Rücken, Sturmwind wählte den Weg zum See. Aber anders als sonst umkreiste er ihn nicht, sondern folgte dem Bachlauf, den sie zuvor noch nie entdeckt hatte. Er lief langsam, blieb von Zeit zu Zeit stehen und trank Wasser aus dem Bach. So hatte Anna Zeit genug, hineinzuschauen. Er floss schneller als im Tagtraum, viele kleine und große Fische schwammen dem See entgegen.

Der Weg führte bergauf und wurde steiler. Anna stieg ab und lief neben ihrem Pferd, Stromschnellen und kleine Wasserfälle wechselten sich ab, das Bachbett wurde enger und tiefer. Schließlich erreichten sie einen Waldrand. Dunkle Tannen umsäumten den Bachlauf. Anna wurde es unheimlich, sie wollte umkehren. Sturmwind war zunächst nicht einverstanden, willigte dann doch ein. Endlich konnte Anna wieder aufsitzen, und beide ritten zum See zurück. Es war warm, die Sonne schien, Anna legte sich erschöpft auf die Wiese und genoss die Wärme der Sonne.

Anna fand sich zunächst schwer wieder in ihrem Zimmer zurecht. Es war bereits Abend, die Dämmerung hatte schon eingesetzt. Ja, sie lag auf ihrem Bett, war ein wenig eingenickt. Wieder einmal hatte sie den Nachmittag mit Sylvia im Park verbracht und war müde in die Wohnung zurückgekommen. Noch war die Mutter nicht zu Hause, sie konnte sich noch ein wenig hinlegen.

Jetzt versuchte sie sich an den Traum zu erinnern. Der Schluss fiel ihr zuerst ein; es war so schön und warm auf der Wiese. Doch vorher war sie geritten, ach ja, den Bach entlang. Er floss in ihren See. Bisher hatte es noch keinen Bach gegeben; sie kannte ihn nur aus der Imagination bei Frau Grünheit. Warum musste sie ihn denn zurückreiten? Schon in der Therapiestunde fand sie ihn im dunklen Wald eng und unheimlich. Sturmwind hatte den Weg den Bach hinauf gewählt. Warum nur?

Zum Glück konnte sie ihn zur Umkehr bewegen. Dennoch blieb ein Gefühl der Irritation zurück. Doch Anna konnte ihren Gedanken nicht weiter folgen; sie hörte, dass sich die Haustür öffnete. Die Mutter war heimgekommen, sie würden gemeinsam zu Abend essen.

31. Lenas Rückkehr

Inzwischen neigte sich das Schuljahr dem Ende zu. Einige abschließende Klausuren bereiteten Sylvia und Anna noch in ihrem Park vor, und sie waren überwiegend mit den Ergebnissen zufrieden. Ebenso mit dem Zeugnis, dem Abschluss der 11. Klasse. Im August würden die Leistungskurse beginnen.

Doch erst einmal gab es Sommerferien!

Und Lena kehrte aus England zurück.

Anfang Juli holte Anna gemeinsam mit der Mutter die große Schwester vom Flughafen an.

Anna versuchte ihre Aufregung zu verbergen, doch immer wieder spähte sie durch die große Tür, die sich immer wieder für die ankommenden Fluggäste öffnete. Ihr Blick fiel auf die Wartenden am Gepäckband. Endlich hatte sie Lena entdeckt. Diese suchte noch ihren Koffer, schaute aber von Zeit zu Zeit in Richtung Ausgang, sah schließlich ihre Schwester und winkte.

Mit dem großen Rucksack auf dem Rücken und dem Koffer an der Hand kam sie durch die sich öffnende Tür.

Anna lief ihr entgegen, Lena ließ ihren Koffer los, und die beiden Schwestern fielen sich in die Arme. „Wie schön, dass du wieder da bist! Ich konnte es schon gar nicht mehr erwarten, dass du zurückkommst", sprudelte Anna los.

Jetzt trat auch die Mutter vor und umarmte ihre große Tochter. „Herzlich willkommen zu Hause!"

Lena strahlte. „Danke für den tollen Empfang! Ich freue mich auch, wieder hier zu sein!"

„Du hast sicher viel zu erzählen, und wir sind auch schon ganz gespannt darauf. Doch zuerst sollten wir nach Hause fahren", sagte die Mutter.

In der Wohnung wartete bereits der gedeckte Kaffeetisch. Während die Mutter den Kuchen auspackte, brühte Anna den Kaffee auf.

Lena saß bereits am Tisch und begann zu erzählen. Viel hatte sie zu berichten von ihrem Jahr in England. Von der Arbeit mit den Behinderten, dem Leben in der anthroposophischen Einrichtung und zuletzt von der Reise durch das Land, die sie mit einer neuen Freundin zum Schluss unternommen hatte.

Vieles kannte Anna bereits von den vielen E-Mails ihrer Schwester. Die Mutter lauschte gebannt ihrer Tochter.

Schnell verging die Zeit, der Kuchen war längst gegessen und der Kaffee ausgetrunken, als Lena aufsprang. „Ach, das hätte ich ja beinahe vergessen!" rief sie und lief in ihr Zimmer.

Kurz darauf kam sie mit drei in buntes Blumenpapier eingewickelten Geschenken wieder und überreichte der Mutter und Anna je eines, das dritte legte sie auf den Kaffeetisch. „Das ist für euch beide", erklärte sie.

Zuerst packte die Mutter aus. Ein karierter Schal kam zum Vorschein. „Der stammt aus Schottland, daher auch das Muster", erklärte Lena und fügte entschuldigend hinzu: „Na ja, ist ja eher für den Winter, aber ich dachte, er passt zu dir."

Die Mutter legte sich ihn um den Hals und schaute ihre Töchter erwartungsvoll an. Beide nickten zustimmend. „Steht dir gut", meinte Anna.

Lächelnd erhob sich die Mutter und umarmte Lena. „Vielen Dank, er gefällt mir sehr gut. Aber du weißt, du hättest mir nichts mitbringen müssen."

Lena winkte ab. „Es hat mir Freude gemacht. Und schön, dass du ihn magst."

Jetzt war Anna dran; sie wickelte ihr Geschenk aus. Ihr hatte Lena eine bunt gewebte Umhängetasche mitgebracht.

„Sie stammt von einem Flohmarkt in Notting Hill. Na, wie findest du sie?"

Anna schaute sich die Tasche von allen Seiten an, öffnete den Reißverschluss und blickte hinein. „Da geht viel rein", war ihr erster Kommentar. „Sie ist aber auch ganz schön auffällig." Und nach einer kurzen Pause: „Warum eigentlich nicht? Doch, sie ist in Ordnung. Danke!"

„Wirst du sie denn auch tragen?" fragte ihre Schwester zweifelnd.

„Doch, doch, ganz bestimmt. Nochmals vielen Dank."

Das dritte Paket lag noch auf dem Tisch. „Das ist für uns alle", erklärte Lena. Die Mutter wickelte eine Teedose und ein Paket mit englischem Gebäck aus.

„Typisch englischer Tee und Kekse, die gibt's zum nächsten Nachmittagstee", schlug Lena vor.

Sie erhob sich. „Ihr entschuldigt, ich bin langsam müde von der langen Fahrt, zuerst mit dem Zug und dann mit dem Flieger. Ich möchte auch noch auspacken."

Anna erklärte sich bereit, den Kaffeetisch abzuräumen und zog sich ebenfalls in ihr Zimmer zurück. Zweifelnd betrachtete sie die neue Tasche. Eigentlich hätte sie besser zu Sylvia gepasst, sie liebte auffällige Sachen. Aber es war ein Geschenk von Lena, so würde sie ihr zuliebe auch tragen.

Nach einer Stunde klopfte es leise an ihrer Tür, Lena trat ein. „Ich wollte doch gerne noch mal mit dir alleine sprechen, mal hören, wie es dir geht. Ist das in Ordnung?"

„Natürlich, es ist schön, dass du noch kommst", begrüßte sie Anna.

Lena machte es sich auf Annas Bett bequem und betrachtete ihre Schwester, die wieder auf ihrem Schreibtischstuhl Platz genommen hatte.

„Ist ja auch schon eine Weile her, dass wir uns gesehen haben“, begann sie. „Wie ich sehe, bist du nicht mehr so blass wie beim letzten Mal. Und rank und schlank.“

Verlegen schaute Anna zu Boden.

„Ich dagegen habe einige Pfunde in England zugelegt“, fügte Lena hinzu. „Wenn ich noch länger geblieben wäre, wäre ich kugelrund zurückgekommen.“

Jetzt schaute Anna die große Schwester an. „Das fällt aber überhaupt nicht auf. Viel kann es nicht sein“, meinte sie. „Was ist denn mit Lars? Hast du dich schon bei ihm gemeldet? Ihr habt euch doch auch so lange nicht gesehen.“

Lena schüttelte den Kopf. „Nein, er ist noch mit seinen Fußballfreunden verreist. Wir hatten in letzter Zeit auch nicht mehr so viel Kontakt.“

„Wie ist das für dich?“ wollte Anna wissen.

„Ein wenig traurig schon. Aber wir hatten uns nicht mehr so viel zu sagen. Er war mit dem Zivildienst und dem Sport beschäftigt, seine E-Mails fielen meistens sehr knapp aus. Zum Schluss kamen sie immer seltener. Ich hatte genug mit meiner Arbeit und den neuen Freunden zu tun, da dachte ich auch weniger an ihn. Jetzt, wo ich wieder hier bin, fehlt er mir schon ein bisschen.“ Anscheinend wollte Lena nicht weiter darüber reden. „Jetzt erzähl mal, wie es dir so ergangen ist“, forderte sie Anna auf. „Du hast zwar schon einiges geschrieben, aber ich würde doch gerne mal im Zusammenhang hören, wie die letzten Monate für dich waren.“

Zögerlich begann Anna zu erzählen, zunächst von ihrer Freundschaft zu Sylvia, mit der sie inzwischen alles besprechen könne. Lena hörte aufmerksam zu und fragte nur manchmal nach. Anna spürte ihre Anteilnahme und berichtete auch von ihrer Beziehung zu Bernd und letztlich auch von ihrer Therapeutin. Von Bernd hatte sie ihrer Schwester ab und zu geschrieben, nicht aber von ihrer Therapie. Anna war selbst überrascht, wie einfach es war, Lena das alles mitzuteilen. Das hätte sie früher nicht geschafft.

Und Lena war erstaunt über die Entwicklung ihrer Schwester, freute sich, dass sie den Weg in die therapeutische Behandlung gefunden hatte. Das sagte sie ihr auch und umarmte Anna.

„Ich bin stolz auf dich. Klasse, dass du das geschafft hast. Und ich finde, dass du dich schon sehr verändert hast, allein wie du mir das alles erzählt hast.“

Verlegen lächelte Anna. Schnell wechselte sie das Thema. „Wir hatten uns ja schon bei Oma für unseren Besuch angekündigt, aber noch keinen genauen Termin ausgemacht. Hast du denn Lust, schon nächste Woche zu fahren?"

Lena überlegte einen Moment. „Ja, ich dachte, wir hätten das schon so beschlossen. Ich möchte Oma gerne bald sehen. Doch sollten wir nachfragen, ob es auch ihr recht ist."

Anna stimmte zu, und so beschlossen die beiden, am nächsten Tag ihre Großmutter anzurufen.

Es war spät geworden. Müde gingen sie zu Bett.

32. Die zwölfte Stunde

Am nächsten Tag machte sich Anna das letzte Mal vor der Sommerpause auf zu Frau Grünheit.

Zunächst berichtete sie von der Rückkehr ihrer Schwester und ihrem gemeinsamen Gespräch am vergangenen Abend.

„Wie ging es dir denn mit ihrer Rückmeldung?" fragte die Therapeutin.

„Das tat schon gut", antwortete Anna und fügte nachdenklich hinzu: „Ich war ja schon erstaunt, dass ich ihr das alles gleich erzählen konnte. Wir sind uns jetzt sehr nahe."

Der bevorstehende Besuch bei der Großmutter war ebenso Thema wie ihre geplante Reise mit Sylvia. Zum ersten Mal wollten sie alleine ans Meer fahren. Freunde von Sylvias Mutter besaßen ein kleines Ferienhaus auf Rømø, das diese ihnen für eine Woche zur Verfügung gestellt hatten.

Auf beides freute sich Anna, wusste aber noch nicht, wie sie den Rest der Ferien gestalten sollte. Aber erst einmal waren Lena und Sylvia da, sie könnten einiges gemeinsam unternehmen.

Ihren Vater würde sie in diesen Ferien nicht sehen, obwohl er nicht weit entfernt von seiner Mutter, ihrer Oma Helga, in Rosenheim wohnte. Er war um diese Zeit mit seiner Klasse auf Klassenfahrt; die Ferien in Bayern fingen deutlich später an als in Norddeutschland.

Noch war viel Zeit übrig. Frau Grünheit schlug Anna vor, ihre gemalten Bilder auszulegen. Anna entnahm sie ihrer Zeichenmappe und ordnete sie auf dem Boden an.

Erstaunt stellte sie fest, wie viele Blätter schon entstanden waren, allein fünf Aquarelle von ihrem See, Haus und Sturmwind. Frau Grünheit fragte, wie die Bilder heute auf sie wirkten.

Anna ließ noch einmal die einzelnen Imaginationen Revue passieren. Die Osterglocke erschien ihr zu Beginn doch sehr gefährdet. So war sie froh, für sie einen geschützteren Platz nahe des Zaunes gefunden zu haben. Noch besser fand sie ihre Versetzung in den Garten der Großmutter. Ihr fiel wieder ein, dass sie zu diesem Zeitpunkt zum ersten Mal von der Besuchen bei der Oma berichtet hatte und daraufhin der Plan für einen Besuch bei ihr entstanden war. Das Bild gefiel ihr.

Die Wiesenimagination weckte ambivalente Gefühle in ihr. An die helle Wiese erinnerte sie sich gerne, die dunkle löste immer noch Unbehagen aus, ebenso der düstere Wald im Hintergrund. Die gemalte Wiese dagegen erschien ihr freundlich, wieder voller bunter Blumen. Nur den Wald dahinter fand sie immer noch recht düster.

Auch der Weg den Bach hinauf hatte sie durch einen dunklen Wald geführt, der furchteinflößend war. In die andere Richtung dem Wasser folgend, war sie an den See gelangt und konnte sich dort auf der Blumenwiese ausruhen.

Gerade das letzte Bild gefiel Anna, sie stellte fest, dass die Farben deutlich kräftiger geworden waren.

Frau Grünheit konnte dies nur bestätigen: „Dein Haus, der See und dein Pferd, sie sind in deinen Tagträumen und in den Bildern so lebendig, sie tun dir sichtlich gut.“

So verabschiedeten sich beide vor der langen Sommerpause. Frau Grünheit wünschte Anna schöne Ferien.

Mit gemischten Gefühlen verließ Anna die Praxis. Einerseits war sie dankbar für all das, was sich bereits in ihrer Therapie ereignet hatte. Das sichtbare Ergebnis lag in der Bildermappe bei Frau Grünheit. Das nicht Sichtbare spürte sie in ihren Gefühlen anderen Menschen gegenüber, vor allem in Gegenwart von Sylvia und Lena. Sie war auch erstaunt, dass sie Frau Grünheit an ihren alten Tagträumen teilnehmen lassen konnte, aber sie sollte nicht wissen, dass diese schon immer da waren. Das war ihre eigene Welt und ging nur sie selbst etwas an.

Seit gut vier Monaten fuhr Anna jeden Dienstagnachmittag mit ihrem Rad zu Frau Grünheit, die Ferien einmal ausgenommen. Die Therapie gehörte bereits zu ihrem alltäglichen Leben. Nun war die lange Sommerpause da. Ein wenig Abstand würde ihr vielleicht auch guttun.

Und die beiden Reisen standen bevor, eine hoffentlich schöne Zeit mit Lena und Sylvia. Auf der anderen Seite hatte sie fast all ihre Erlebnisse Frau

Grünheit mitgeteilt, von ihr ein Echo bekommen. Das würde ihr sicher fehlen.

Für Erika Grünheit war dieser Dienstag der letzte Arbeitstag vor ihren Ferien. Noch zwei Therapiestunden, dann würde sie Praxis für vier Wochen schließen und übermorgen in Richtung Toskana aufbrechen.

Sie ordnete die Aufzeichnungen aus Annas Stunde in die Mappe ein. Die Anzahl der Bilder und ihre Farbigkeit hatten sie beeindruckt. Aber auch, wie Anna sich an jede Imagination erinnern und sie kommentieren konnte. Erstaunlich, wie sie sich in der kurzen Zeit entwickelt hatte. Dabei half ihr auch ihre gute Vorstellungskraft. Jetzt stand die erste längere Pause bevor. Wie es wohl mit ihr nach den Ferien weiterging? So ganz ohne Krisen sicher nicht.

Erika Grünheit schob die Gedanken beiseite, schloss die Mappe und bereitete sich auf die letzten beiden Stunden vor.

33. Oma Helga

Anna blieb keine Zeit mehr, weiter über ihre Therapie nachzudenken. Zu Hause wartete bereits Lena; sie hatte mit der Großmutter telefoniert, die sich auf ihren Besuch am übernächsten Tag freute.

Noch eine Überraschung wartete auf Anna: Die Mutter, die schon seit längerem von den Plänen ihrer Töchter wusste und die Reise auch befürwortete, würde ihnen ihr Auto zur Verfügung stellen!

Zur Arbeit ging Brigitte meistens zu Fuß, und für das Wochenende plante sie eine Radtour mit ihrer Freundin Ruth. Das würde ihr helfen, in ihren Gedanken nicht um ihre Töchter in Bayern zu kreisen. Daher brauchte sie ihren Wagen nicht. Doch Lena musste ihr versprechen, sich Zeit zu lassen und viele Pausen einzulegen; es würde ja ihre erste längere Autofahrt am Steuer werden.

Lena versprach dies hoch und heilig, und Anna versicherte, sie würde auch mit achtgeben.

Am nächsten Morgen begannen die beiden Schwestern zu packen. Zuvor studierten sie noch den Wetterbericht; für die kommende Woche wurden in Bayern sommerliche Temperaturen, aber auch einige Wärmegewitter vorausgesagt. So nahmen sie vor allem leichte Bekleidung und eine Regenjacke mit. Auch Lenas Bikini und Annas Badeanzug, denn in der Nähe von Großmutters Haus gab es einen Badeweiher.

Die Mutter fragte noch nach einem Reisegeschenk, doch beide hatten dies nicht vergessen. Unter Lenas Mitbringsel aus England befand sich ein zweites Päckchen mit Tee und Plätzchen für die Großmutter. Anna hatte, angeregt durch das Fotoschauen mit Frau Grünheit, einige Bilder von den Urlauben bei der Oma abfotografiert, auf ihrem PC gespeichert und online damit ein kleines Fotobuch gestaltet. Gerade noch rechtzeitig, am Tag vor ihrer Abreise, wurde es ihr per Post zugeschickt. Stolz präsentierte sie es ihrer Schwester und am Abend auch der Mutter.

Lena war begeistert, Brigitte reagierte etwas zurückhaltender. Die Bilder erinnerten sie an die guten Zeiten mit ihrer Familie, weckten wieder dunkle Gefühle. Sie spürte, wie die Töchter sie ansahen, und versuchte die Bitterkeit herunterzuschlucken. Ein wunderschönes Buch und eine tolle Idee!

Früh am nächsten Morgen machten sich Lena und Anna auf den Weg. Die Reisetaschen im Kofferraum, ein Beutel mit Butterbroten, Obst und einer Thermoskanne Kaffee auf dem Rücksitz, alles war bereit. Sie verabschiedeten sich von der Mutter, die sie noch einmal zu vorsichtigem Fahren ermahnte, die Reiseroute erklärte und auch Grüße an die Großmutter ausrichten ließ. Noch einmal umarmten sie die Mutter, die ihre Tränen zu verbergen suchte und ihnen nachwinkte, bis sie nicht mehr zu sehen waren.

Auch Anna schluckte, kurz meldete sich in ihr das schlechte Gewissen, die Mutter allein zurückzulassen. Doch gleichzeitig spürte sie auch Erleichterung und freute sich auf die Reise mit ihrer Schwester.

Lena hatte bereits ihre Lieblings-CD eingelegt, sang lauthals mit und stieß ihrer Schwester in die Seite. „Du, wir haben es geschafft, wir sind unterwegs nach Bayern!“

Anna lächelte und lehnte sich zurück.

Bald schon hatten sie die Stadt verlassen und die Autobahn erreicht. Noch war es recht frisch, aber ein warmer Sommertag kündigte sich an. Anna schaute aus dem Fenster in die grüne Landschaft und dachte an den gemeinsamen Ausflug mit der Mutter vor zwei Jahren ans Meer. Auf dem Rückweg hatte sie Sturmwind gesehen, der neben dem Auto galoppierte. Sie sah auf die Wiese, die ihren Weg begleitete. Doch ihr Pferd mochte dort nicht erscheinen.

Nach zwei Stunden verließen sie die norddeutsche Tiefebene, die ersten Hügel tauchten auf.

Lena steuerte einen Parkplatz an. Auf dem Grünstreifen entdeckten sie einen Picknicktisch mit zwei Bänken, Anna holte die Provianttasche aus dem Auto, und sie ließen sich nieder. Zwar rollten die Autos weiter laut an ihnen vorbei, sie hörten aber auch die Vögel im nahen Wald zwitschern. Ein kleiner Spatz näherte sich ihrem Tisch und freute sich über ein paar Brotkrumen, die ihm Anna und Lena zuwarfen. Doch auch die ersten Wespen ließen sich auf dem Tisch nieder und vertrieben die beiden Schwestern. Es wurde auch Zeit für die Weiterfahrt, und sie machten sich gestärkt auf den Weg.

Noch zweimal pausierten sie; inzwischen stand die Sonne hoch am Himmel, und die Hitze flimmerte auf dem Asphalt. Lena erinnerte Anna an die vielen früheren Fahrten zur Großmutter im Sommer, im heißen Familienauto. Anna lachte. Ja, die Fenster wurden hoch- und runtergekurbelt, immer war es den einen zu warm, den anderen zu zugig.

An einer Raststätte tankte Lena und gab Anna ein Eis aus. Die ersten Dörfer mit den Zwiebeltürmen auf den Kirchen tauchten auf, in der Ferne auch die Berge. Jetzt war es nicht mehr weit.

Am Nachmittag erreichten sie das Dorf der Großmutter, das hinter Bad Tölz lag. Viele Jahre waren seit dem letzten Besuch vergangen, und vieles schien verändert. Doch da entdeckte Anna den Bäckerladen, hinter dem die Straße zum Haus der Oma abzweigte.

Am Ende der Straße, direkt vor dem Feld lag es und sah noch immer aus wie früher.

Lena hielt vor der grün gestrichenen Gartenpforte, und beide stiegen aus. Sofort öffnete sich die Haustür; die Großmutter musste dauernd hinausgeschaut haben. Die kleine, grauhaarige Frau lief ihren Enkelinnen entgegen und nahm sie strahlend in die Arme.

„Wie schön, dass ihr da seid! Herzlich willkommen!“ Sie löste die Umarmung, jedes der Mädchen an einer Hand haltend, trat sie einen Schritt zurück und betrachte die beiden.

„Wie groß ihr geworden seid! Schon richtig erwachsen. Zwei so hübsche junge Frauen.“

Erschöpft von der langen Fahrt und doch sichtlich bewegt begrüßten die Schwestern ihre Großmutter. Diese zog die beiden in das Haus hinein. „Jetzt kommt, ihr seid sicher müde und hungrig. Es gibt erst mal eine Kleinigkeit zu essen und zum trinken. Das Gepäck könnt ihr später hereinholen.“

Anna fühlte sich sofort zu Hause; es roch wie früher, und sie kannte den Weg durch den Flur zur Küche. Es hatte sich kaum etwas verändert, nur ein neuer Herd stand neben der Spüle. Auch der Tisch war noch derselbe, an dem sie schon als Kinder gegessen hatten. Ihn hatte die Großmutter mit einer Brotzeit gedeckt. Sie forderte die Mädchen auf, sich zu setzen, holte Wurst und Käse aus dem Kühlschrank und goss beiden Saft ein.

Dabei beobachtete Anna die Oma und stellte fest, dass die vergangenen Jahre auch an ihr nicht spurlos vorübergegangen waren. Inzwischen völlig grau geworden, tiefere Falten im Gesicht, einige Pfunde mehr in der Mitte, doch die Augen funkelten noch immer voller Lebensfreude.

Eigentlich hatten die Schwestern keinen großen Hunger, doch der Großmutter zuliebe aßen sie eine Brezel und tranken den guten Apfelmost. Dabei wurde schon viel erzählt, die Oma fragte, wie die Autofahrt verlaufen war, und berichtete von den Veränderungen im Dorf.

Gemeinsam deckten sie den Tisch ab, die Mädchen holten ihr Gepäck aus dem Auto.

„Ich habe ja jetzt viel Platz, ihr könnt auch getrennt schlafen. Aber ich dachte, ihr möchtet euer altes Zimmer unter dem Dach beziehen."

Sie wollten nichts lieber als das und betraten in den kleinen Raum. Dieselbe Blümchentapete schmückte noch die Wände, die zwei Betten standen wie einst unter den Dachschrägen.

„Sieh mal", stellte Lena fest. „Da hängt ja auch noch das Pony-Bild, das ich damals mitgebracht habe. Es hat sich wirklich nichts verändert."

Nach dem Auspacken nahmen sie ihre Geschenke mit hinunter. Die Großmutter freute sich sehr über das Mitgebrachte, probierte einen Keks und kündigte an, den Tee zum Frühstück zu servieren. Das kleine Fotobuch schauten sie sich gemeinsam an. „Was waren das für schöne Zeiten, das ist eine ganz besondere Erinnerung! Herzlichen Dank, dass ihr so an mich gedacht habt. Aber das Wichtigste seid ihr, dass ihr gekommen seid!"

Anna schaute sich im Wohnzimmer um. Immer noch das gemütliche alte Sofa, der Couchtisch davor, das dunkelbraune Büffet. Darüber hingen wie früher die Familienfotos. Auch von ihr und Lena gab es einige Kinderbilder, auch ein gemeinsames mit Vater und Mutter, aufgenommen auf der Bank im Garten an einem warmen Sommertag. Wie jung die Eltern da noch waren, braungebrannt und entspannt lachend. Daneben entdeckte Anna zwei Fotos von Amelie und Johann. Auf den ersten waren sie noch ganz klein; das letzte schien neueren Datums zu sein. Amelie lachte auf beiden Bildern, Johann schaute wie immer etwas verkniffen.

Auf einem dritten Foto wieder die ganze Familie, zum Glück nicht auf derselben Bank aufgenommen, stellte Anna erleichtert fest. Renate und der

Vater saßen auf dem Sofa im Wohnzimmer, die beiden Kinder auf ihrem Schoß. Der Vater lächelte, aber weniger gelöst als auf dem Bild mit Lena und ihr, fand Anna.

Die Großmutter war dem Blick ihrer Enkelin gefolgt.

„Ja, die junge Familie ist öfter zu Besuch. So sehe ich die beiden Kleinen häufiger." Und nach einer kurzen Pause fügte sie hinzu: „Wie gerne hätte ich euch ebenso oft bei mir gehabt! Oder wenigstens regelmäßig in den Ferien, ihr habt mir schon sehr gefehlt. Umso schöner ist es, dass ihr jetzt da seid!"

Die nächsten Tage entdeckten sie Haus und Garten wieder. Dabei bemerkte Anna, dass ihr gemaltes Bild der Wirklichkeit immer noch sehr nahe kam. Das bayerische Haus, unten aus weiß getünchtem Stein, oben mit Holz verkleidet, mit Blumenkästen vor den Fenster und dem Balkon im ersten Stock, die blühenden Sträucher und auch die Gemüsebeete, das alles war wie früher.

Doch der Ort hatte sich verändert. Er war deutlich gewachsen. Viele Plätze erkannten sie kaum wieder, viele der umliegenden Wiesen mussten neuen Baugebieten weichen. Ihr Badeweiher war noch da, sie besuchten ihn jeden Tag, eine Wohltat in der Sommerhitze. Sie halfen der Großmutter bei der Ernte, saßen unter dem Sonnenschirm am Gartentisch schnitten Bohnen, pulten Erbsen und entsteinten Kirschen. Dabei wurde viel erzählt, Erinnerungen von früher ausgetauscht, so manche Anekdote brachte die kleine Runde zum Lachen.

Die Großmutter fragte auch vorsichtig nach den vergangenen Jahren. Anna und Lena berichteten von der Trennung der Eltern und den Depressionen der Mutter, zuletzt auch, wie es ihnen damit ergangen war. Jetzt ginge es der Mutter besser, eine große Erleichterung für die Mädchen. Selbst von ihrer Therapie erzählte Anna.

Die Großmutter war sehr ernst geworden, zum Schluss nahm sie bewegt beide Mädchen in den Arm. „Ich habe mir schon gedacht, dass es für euch nicht leicht war. Aber dass es so schwer war, wusste ich nicht. So gerne hätte ich euch öfter gesehen und geholfen, aber eure Mutter wollte das nicht." Sie machte eine Pause. „Das ist erstaunlich, wie gut ihr das gemeistert habt. Ich bin froh, dass wir uns nach der langen Zeit wiedersehen und eure Mutter auch nicht mehr gegen unseren Kontakt ist. Jetzt könnt ihr mich auch wieder öfter besuchen." Und an Anna gewandt: „Und ich bin erleichtert, dass du eine Therapie angefangen hast. Das ist eine große Chance, Leidvolles zu verarbeiten. Das weiß ich aus eigener Erfahrung."

Die beiden Schwestern schauten die Großmutter erstaunt an.

„Ja, nach dem Tod eures Großvaters ging es mir ziemlich schlecht. Da habe ich selber eine Therapie gemacht. Letztlich habe ich so den Weg zurück ins Leben geschafft.“

Am Abend in ihrem Zimmer ließen Anna und Lena das Gespräch noch einmal Revue passieren. Noch nie hatten sie gemeinsam mit jemandem über die Trennung der Eltern und die Jahre mit der depressiven Mutter gesprochen. Besonders überrascht waren sie über das Eingeständnis der Oma. So offen hatten sie alle über ihr Empfindungen reden können, das tat sehr gut.

Auch der Vater und seine neue Familie waren in ihren folgenden Gesprächen häufiger Thema. Die Großmutter nahm verärgert zur Kenntnis, wie wenig er sich um seine beiden großen Töchter gekümmert und vor allem Anna immer wieder mit seinen nicht eingehaltenen Versprechen enttäuscht hatte.

„Ich habe mich schon gewundert, wie selten ihr euch gesehen habt. Doch immer schien es gute Gründe zu geben; entweder der Zeitmangel oder die Verweigerung eurer Mutter. So stellte er es dar. Jetzt konnte er ja nicht, er ist auf Abschlussfahrt mit seiner Klasse. Aber ich denke, da muss ich noch mal deutlich mit ihm reden.“

Die Besuchswoche verging wie im Fluge. Am letzten Abend saßen sie noch lange gemeinsam auf der Terrasse. Der Tag war sehr warm gewesen, und es kühlte nur langsam ab. Die Luft war noch erfüllt vom Duft der frisch gemähten Wiese hinter dem Garten der Großmutter. Noch einmal tauschten sie ihre Erlebnisse der vergangenen Tage aus. Und die beiden Mädchen versprachen, bis zum nächsten Besuch nicht so viel Zeit verstreichen zu lassen, sich bald wieder zu melden.

Am nächsten Morgen machten Anna und Lena sich wieder auf den Rückweg, im Kofferraum einige Gläser mit eingemachten Früchten und Bohnen. „Ihr habt mir schließlich dabei geholfen. Und auf diese Weise nehmt ihr eine Erinnerung an die schöne Woche mit!“

Auf dem Rückweg standen sie mehrere Male im Stau und erreichten erst am späten Abend Bremen. Die Mutter hieß sie erleichtert willkommen. Gemeinsam trugen sie das Gepäck in ihre Wohnung. Eine Weile erzählten sie noch von ihrem Besuch bei der Großmutter, und die Mutter hörte interessiert zu. Doch schon bald zogen sie sich müde in ihre Zimmer zurück.

Nach ihrer Rückkehr widmete sich Lena ihrer Bewerbung für das Studium. Bereits in England hatte sie sich entschieden, Medizin zu studieren, und sich über die Aufnahmebedingungen der Hochschulen informiert. Mitte Juli lief die Anmeldefrist für die zentrale Studienvergabestelle ab, noch eine Woche blieb ihr bis zur Versendung ihrer Unterlagen. Diese hatte sie bereits beisammen, die Anträge ausgefüllt, doch noch war sie sich nicht sicher, welchen Ort sie als erste Wahl angeben sollte. Ihr Notenschnitt würde für verschiedene Städte reichen, so schwankte sie zwischen Hamburg, Göttingen und Kiel.

Vor ihrem Englandaufenthalt hatten sie und Lars noch geplant, gemeinsam an einen Studienort zu ziehen. Doch inzwischen war sich Lena nicht mehr so sicher. Wie sie Anna nach ihrer Rückkehr berichtet hatte, meldete sich Lars nur selten und besuchte sie auch nicht, Er wäre einfach zu sehr in seinen Zivildienst eingebunden, doch diese Ausrede nahm sie ihm nicht ab. Er hätte Zeit finden können, wenn er wirklich gewollt hätte.

Bevor sich Lena für eine Stadt entschied, wollte sie sich aber sicher sein und traf sich mit Lars.

Wenn sie sich zuerst auch freute, ihn wiederzusehen, so stellte sie schon bald fest, dass sie sich deutlich entfremdet hatten. Er hörte zwar zu, wie sie von ihrem Englandaufenthalt und dem Besuch bei der Großmutter berichtet, schien sich aber nicht wirklich dafür zu interessieren. In seinen Erzählungen ging es vor allem um seine Zukunftspläne. Er hatte sich entschieden, Ingenieurswissenschaften zu studieren, und sich in Aachen beworben. Der Ort hätte im Ranking für sein Fach am besten abgeschnitten. Lena schluckte, sagte aber nichts. Immerhin wusste sie jetzt, dass es keine gemeinsame Planung mehr geben würde. Beide verabschiedeten sich mit dem Versprechen, sich bald wiederzusehen. Aber letztlich wusste Lena, dass ihre Beziehung hiermit beendet war, und kehrte mit einem wehmütigen Gefühl nach Hause zurück.

Gleich am nächsten Tag brach sie auf, um sich die möglichen Studienorte anzusehen.

Anna blieb mit gemischten Gefühlen zurück. Kaum war Lena zurückgekehrt, die Woche bei der Großmutter zu Ende, war sie schon wieder unterwegs. Letztlich wusste Anna, dass ihre Schwester bald studieren und damit nicht lange zu Hause bleiben würde, doch so schnell hatte sie nicht damit gerechnet, wieder allein zu sein.

Bereits nach drei Tagen kehrte Lena zurück. Jeder Stadt hatte sie einen Kurzbesuch gewidmet und sich für Kiel entschieden. Jetzt hieß es, die Unterlagen loszuschicken und auf die Antwort der ZVS zu warten.

Doch das geduldige Warten gehörte nicht zu Lenas Stärken. Sie fühlte sich in ihrer Heimatstadt nicht mehr wohl, wollte eigentlich nur noch fort.

Um sich abzulenken, besuchte sie alte Schulfreundinnen und reiste mit ihrer besten Freundin Hanna, die bereits mit ihrem Lehramtsstudium in Hamburg begonnen hatte, für eine Woche an die Ostsee.

Kurz nach Thomas' Rückkehr von seiner Klassenfahrt rief seine Mutter an und berichtete von Annas und Lenas Besuch. Auch von ihrer Freude, ihre Enkelinnen wiedergesehen zu haben und von der positiven Entwicklung der beiden. Zum Schluss atmete sie tief durch und fügte noch hinzu: „Anna und Lena haben mir auch erzählt, wie sie die Trennung von dir und Brigitte erlebt haben. Und dass sie enttäuscht waren, dass du dich so wenig um sie gekümmert hast. Nach dem, was ich von ihnen gehört habe, sehe ich das auch so."

Thomas schwieg betroffen. Wieder einmal spürte er sein schlechtes Gewissen. Doch im nächsten Moment stieg Ärger in ihm auf. Da machten es sich die Frauen wieder einmal zu leicht. Und warum mischte sich seine Mutter da ein?

Als schien sie seine Gedanken zu erraten, fuhr sie fort: „Du wirst dir wahrscheinlich denken, das geht mich alles nichts an. Das sehe ich aber nicht so. Es sind schließlich meine Enkelkinder. Und ich finde, Kinder brauchen ihren Vater, auch wenn er sich von der Familie getrennt hat. Oder besser noch: gerade dann."

„Natürlich hätten sie mich mehr gebraucht, aber du weißt ja, das war nicht einfach mit Brigitte. Und später kamen noch Amelie und Johann, dazu die Arbeitsbelastung und die große Entfernung, es fehlte einfach an Zeit, mich mehr zu kümmern", versuchte sich Thomas zu verteidigen.

„Ach, das alles hast du schon so oft erzählt. Zeit hast du doch genug, ihr Lehrer mit euren vielen Ferien", erwiderte seine Mutter ärgerlich, „Du hättest dich besser gegenüber Renate durchsetzen müssen. Ich weiß wohl, wie eifersüchtig sie auf die beiden Mädchen war und wohl auch noch ist."

Ruhiger, mit traurigem Unterton fügte sie hinzu: „Weißt du, mir ist nach dem Besuch der beiden klargeworden, wie sehr ich sie all die Jahre vermisst habe. Vielleicht war es auch ein Fehler von mir, dass ich mich so zurückgenommen habe. Ich dachte, Brigitte und du, ihr müsstet das selbst regeln, und ich sollte mich nicht einmischen."

In diesem Augenblick fand auch Thomas seine Sprache wieder. „Du hast ja recht, ich habe mich zu wenig um die beiden gekümmert. Natürlich habe ich sie auch vermisst, und ich weiß, dass ich so viel von ihrer Entwicklung verpasst habe. Heute würde ich vieles anders machen. Aber auch du hättest unabhängig von mir den Kontakt halten können, die beiden zum Beispiel öfter besuchen können."

An diesem Abend zog sich Thomas in sein Arbeitszimmer zurück. Er müsse noch eine Klassenarbeit korrigieren, erklärte er Renate, doch in Wirklichkeit saß er an seinem Schreibtisch und konnte sich nicht auf die vor ihm liegenden Hefte zu konzentrieren. Das Gespräch mit seiner Mutter hatte widersprüchliche Gefühle in ihm ausgelöst. Neben der vertrauten Scham, dem Gefühl, es nie richtig machen zu können, auch der Ärger, jetzt auch auf seine Mutter, die sich in sein Leben einmischte. Mit der Bemerkung über ihn und Renate war sie zu weit gegangen. Immerhin hatte sie selbst zugegeben, sie hätte sich als Großmutter selbst mehr um Anna und Lena kümmern können.

Bei dem Gedanken an die beiden erinnerte er sich an den E-Mailaustausch mit Anna und Lena im Juni. Kurz davor hatte ihm seine Mutter von dem bevorstehenden Besuch der beiden berichtet. Auch wenn er sich darüber freute, dass Lena und Anna von sich aus Kontakt zu ihrer Großmutter aufgenommen hatten, so ärgerte es ihn doch, dass sie nicht ebenso ihn und seine Familie sehen wollten. Doch das wollte er ihnen nicht zum Vorwurf machen. Stattdessen schickte er eine E-Mail an Anna und lud sie und Lena zu einem anschließenden Besuch in Rosenheim ein.

Doch Anna hatte sich anscheinend mit Lena abgesprochen und zurückhaltend geantwortet. Sie wisse nicht, ob Zeit genug bliebe, da Lena sich noch ihre Unterlagen für die Bewerbung für ihr Medizinstudium zusammensuchen und einen passenden Studienort finde wolle. Und auch sie würde noch mit Sylvia nach Dänemark fahren. Eigentlich bliebe für den Besuch nur die erste Woche nach Lenas Rückkehr aus England Anfang Juli übrig.

Doch genau in diese Zeit fiel seine Klassenfahrt, das war lang beschlossen und nicht mehr zu verändern. Und mit beiden Mädchen war kein anderer Termin zu finden. Es schien ihm, als wären sie selbst nicht mehr an einem Kontakt mit ihm interessiert.

Immer wieder der Vorwurf, er kümmere sich zu wenig, aber wenn er sich darum bemühte, sie zu sehen, zogen sie sich zurück.

Thomas schaute auf das Foto, das neben seinem Monitor stand. Anna und Lena lächelten etwas verhalten in die Kamera. Sie saßen am Strand, vor sich Amelie und Johann. Amelie strahlte ihr Kleinkindlächeln, Johann schaute ernst, er mochte den beiden nicht so nahe sein, er kannte sie doch kaum. Aber Thomas wünschte sich ein gemeinsames Bild seiner vier Kinder und hatte seine großen Töchter gebeten, die Kleinen auf den Schoß zu nehmen und die Szene mehrfach aufgenommen.

Wie gerne hätte er sie zusammen aufwachsen sehen. Aber das war nicht möglich gewesen. Und jetzt war es zu spät. Traurig wandte er sich den Heften zu und begann zu korrigieren.

34. Finn

Dieses Mal vermisste Anna die große Schwester weniger; sie bereitete sich gemeinsam mit Sylvia auf ihre Reise vor. In wenigen Tagen sollte es losgehen.

Anna kannte bereits einige Ferienorte an der dänischen Ost- und Nordseeküste von früheren Reisen mit den Eltern oder später mit der Mutter, aber noch nie war sie mit einer Freundin allein ins Ausland gefahren. Die Fahrt nach England hatte sie sich nicht zugetraut, doch jetzt würde sie mit Sylvia reisen. Und immerhin war sie ja auch mit Lena nach Bayern unterwegs gewesen, nach Dänemark war es da weniger weit.

Am frühen Samstagmorgen brachte Sylvias Mutter die beiden Mädchen zur Bahn. Versehen mit den besten Wünschen für die dänischen Nachbarn und einem Gastgeschenk, das sie im Haus zurücklassen sollten, bestiegen sie ihren Zug. Mehrere Male hieß es umsteigen, zum Schluss fuhren sie noch mit dem Bus über die Landbrücke zur Insel.

Auf der Fahrt hatten sie viel Zeit, sich über die vergangene Zeit auszutauschen und ihre Ferientage vorzubereiten. Zu Beginn der Ferien hatte sich Sylvia von Max getrennt. Zwar war sie noch einige Tage recht traurig gewesen, verspürte aber immer mehr Erleichterung, sie war wieder frei.

Jetzt wandten sie sich der bevorstehenden Woche zu. Sylvia kannte Rømø und das Haus von vielen Besuchen zuvor, sie schwärmte von dem Strand und den vielen jungen Leuten, die auf dem nahen Zeltplatz kampierten.

„Wir werden viel Spaß haben“, prophezeite sie begeistert. Angesichts Annas skeptischem Blick fügte sie beschwichtigend hinzu: „Wir können uns aber auch am Strand einen ruhigen Platz suchen, wenn uns danach ist.“

Anna schaute aus dem Fenster ihres Abteils. Die Landschaft schien ihr vertraut, viele grüne Wiesen, schwarz-weiße Kühe, vereinzelte Bauernhöfe und endlich das Meer.

Für einen kurzen Moment sah sie Sturmwind neben dem Zug galoppieren. Er wieherte und schüttelte seine Mähne, als wollte er sie grüßen. Dann drehte er ab und nahm den Weg zurück. Anna schaute ihm noch eine Weile nach, bis er in der Ferne verschwunden war.

In ihr spannendes Buch vertieft, bemerkte Sylvia nicht, wie Anna ihrem imaginären Pferd nachsah.

Am Meer endete die Bahnfahrt; sie mussten in den Bus umsteigen. Der Damm, der die Insel mit dem Festland verband, öffnete den Blick von zwei Seiten auf das Wasser. Lange konnte Anna diesen Blick nicht folgen, denn allzu bald waren sie an ihrem Zielort angekommen. Mit ihren Koffern im Schlapptau machten sie sich auf den Weg zu ihrer Unterkunft.

Ein kleines braunes Holzhaus war ihr Ziel. Den Schlüssel fand Sylvia unter der Fußmatte. Sie traten gleich in den Wohnraum. An der rechten Seite befand sich eine Küchenzeile, davor ein Esstisch mit vier Stühlen, an der linken Seite ein Sofa mit zwei Sesseln und einem Fernseher. Vom Wohnraum gingen noch drei Türen ab. Sylvia zeigte ihr die Räume: zwei kleine Schlafzimmer und ein Bad.

„Wir haben das Haus diese Woche für uns. Wenn du willst, kannst du auch alleine schlafen, sonst teilen wir uns ein Zimmer."

Anna zögerte. „Was ist dir denn lieber?" fragte sie.

Sylvia dachte kurz nach. „Ich fände es ganz nett, wenn wir zusammen schlafen, dann können wir wie letztes Jahr in Frankreich noch am Abend klönen. Aber mir macht es auch nichts aus, wenn du für dich sein willst."

Anna stimmte zu. So bezogen beide den größeren der Schlafräume und kauften noch gemeinsam in dem nahe gelegenen Supermarkt ein. Es war bereits spät geworden; nach dem Abendbrot gingen sie zu Bett.

Am nächsten Morgen schien die Sonne. Die beiden Mädchen packten ihre Rucksäcke und machten sich auf den Weg zum Strand. Erstaunt betrachtete Anna ihn, er erschien ihr endlos. Ein Auto fuhr an ihnen vorbei; der feste Sand machte dies möglich. Barfuß liefen sie zum Wasser und prüften die Temperatur. Es war noch kühl, noch mochten sie nicht baden und liefen stattdessen am Ufer entlang.

Einige Familien waren bereits am Strand, Kinder buddelten im Sand.

Die Mädchen suchten sich eine geschützte Stelle und breiteten ihre Handtücher aus. Die nächsten Stunden verbrachten sie lesend und dösend. Anna genoss die Wärme der Sonne, hörte das Rauschen des Meeres, die Möwenschreie und die Stimmen der spielenden Kinder.

Aufgeheizt liefen sie beide ins Wasser, das Anna nun nicht mehr so kalt erschien. Sie schwammen weit hinaus und ließen sich von den Wellen tragen.

Müde und hungrig kehrten sie am frühen Nachmittag in ihr Ferienhaus zurück. Die Dusche tat gut und befreite sie vom Sand. Am Vorabend hatten sie zwei Pizzen gekauft, die sie nun in den Ofen schoben. Gesättigt und müde legten sie sich auf ihre Betten. Besser kann es mir gar nicht gehen, befand Anna und war sofort eingeschlafen.

Am späten Nachmittag gingen die beiden wieder zum Strand.

Die meisten der jungen Familien waren bereits aufgebrochen oder packten ihre Sachen. Wenige Paare liefen noch am Ufer entlang, eine drahtige, braun gebrannte Frau joggte an ihnen vorbei.

Die Mädchen näherten sich einer Gruppe von jungen Leuten, die gerade ihre Decken ausbreiteten und sich niederließen, drei Jungen und ein Mädchen. Sie packten ihre Badetaschen aus, eine Gitarre war auch dabei. Anna wollte schnell vorbeigehen, doch Sylvia hielt sie zurück.

„Den einen kenne ich vom letzten Jahr, der Blonde dort, Jan heißt er. Ich möchte ihn kurz begrüßen."

Sie lief zu der Gruppe, Anna blieb zurück. Sie sah, wie Sylvia den blonden Jungen ansprach, der sie anscheinend auch wiedererkannte. Sie redeten eine Weile angeregt miteinander, dann winkte Sylvia Anna heran. Nur zögerlich näherte sie sich der Gruppe.

„Das ist meine Freundin Anna. Wir sind gemeinsam hier." Auch Anna wurde willkommen geheißen und aufgefordert, mit den anderen Platz zu nehmen.

Sylvia spürte Annas Widerstand, mochte aber nicht gleich wieder aufbrechen. „Einen Moment können wir doch bleiben", bat sie ihre Freundin.

So willigte Anna ein und breitete wie Sylvia ihr Handtuch neben den Decken der jungen Leute aus.

So erfuhr sie, dass alle aus Kolding in Süddänemark stammten, vom Festland, und häufig auf Rømø ihren Urlaub verbrachten. Sie sprachen gut Deutsch, ab und zu wechselten sie ins Englische. Jan, der Älteste, hatte bereits den Führerschein, besaß ein eigenes Auto und fuhr die Gruppe auf die Insel. Er schien überhaupt der Wortführer zu sein und unterhielt sich mit Sylvia über ihr Treffen vom letzten Jahr und die schönen ausgelassenen Strandfeste. Ihre Zelte standen wieder auf demselben Campingplatz wie im Jahr zuvor. Sie könnten sie gerne mal besuchen.

Finn, der jüngere Bruder von Jan, packte seine Gitarre aus und begann ein wenig zu zupfen, Swantje, das Mädchen im Bunde, summte dazu. Die Melodie beruhigte Anna, sie lehnte sich zurück und schloss die Augen.

Henrik, Freund und Mitschüler von Finn, holte aus einer Kühltasche ein Sixpack heraus, öffnete die Biere und verteilte sie.

Auch Anna nahm, entgegen ihrer Gewohnheit, eines an. Alle tranken und schauten der untergehenden Sonne zu.

Langsam wurde es kühler. Wieder war es Henrik, der das mitgebrachte Holz aufschichtete und das Feuer anzündete. Er schien dies schon oft gemacht zu haben, denn bald brannte es kräftig und wärmte. Swantje holte eine Packung Bockwürste und kleine Brötchen aus der Kühltasche. Sie spießten sie auf angespitzte Stöcke und hielten sie über das Feuer.

Anna schmeckte beides. Sie lehnte jedoch ein zweites Bier ab.

Finn spielte wieder und sang jetzt dazu, alte Folksongs, und Swantje stimmte ein. Die beiden wirkten auf Anna wie ein eingespieltes Paar. Sie bedauerte dies für einen Moment, wandte ihre Aufmerksamkeit dann lieber den anderen zu. Sylvia und Jan sprachen leise miteinander, Henrik bewachte das Feuer.

Inzwischen hatte er das letzte Scheit aufgelegt. Auch dieses verbrannte, und die Glut wärmte nicht mehr genug. Anna fröstelte, und auch Sylvia begann zu frieren. Sie schauten einander an und nickten. Gemeinsam verabschiedeten sie sich von den anderen, die selbst begannen, ihre Sachen zusammenzupacken, nicht ohne die beiden Mädchen für den nächsten Abend wieder einzuladen.

Schweigend kehrten Anna und Sylvia zum Ferienhaus zurück. Wenig später krochen sie in ihre Betten. Wieder war Stille, dann fragte Sylvia vorsichtig: „Wie fandest du denn unseren zweiten Tag?“

„Schön“, antwortete Anna kurz.

„Und den Abend mit den vieren? Du warst so still.“

„Das fand ich gerade gut. Ich musste nicht so viel sagen, ich wurde in Ruhe gelassen.“ Sie dachte nach. „Aber nicht nur das. Die vier Dänen sind nett. Das war auch das erste Mal, dass ich ein Lagerfeuer erlebt habe, es war eine schöne Stimmung. Und wie fandest du es? Dir scheint ja Jan sehr zu gefallen.“

Sylvia lächelte. „Ich finde ihn schon sympathisch. Aber warten wir es mal ab. Es ist auf jeden Fall eine nette Gruppe. Wir können uns ja morgen Abend wieder mit ihnen treffen.“

Am nächsten Tag erkundeten die beiden Mädchen den Ort und verbrachten einige Stunden am Strand. Bevor sie zum vereinbarten Treffen aufbrachen, kauften sie Bier und zwei Tüten Chips.

Sie wurden von den jungen Dänen freudig willkommen geheißen und ließen sich mit auf der Decke nieder. Nachdem sie ihre Tageserlebnisse ausgetauscht hatten, verteilten Sylvia und Anna die Bierflaschen und öffneten die Chipstüten. Alle griffen zu und schauten zur untergehenden Sonne. Wieder entzündete Henrik wenig später das Feuer, und Finn spielte Gitarre. Doch anders als am Abend zuvor setzte sich Swantje zu Henrik, der seinen Arm um sie legte und gemeinsam mit ihr ins Feuer schaute. Überrascht schaute Anna Finn an, doch ihn schien dies nicht zu bekümmern, er spielte und sang weiter.

Nach einiger Zeit legte er die Gitarre beiseite und begann ein Gespräch mit Anna. So erfuhr sie, dass er gerade sein Abitur gemacht hatte und im nächsten Monat eine Zimmermannslehre beginnen wollte. Jan, sein älterer Bruder, hatte bereits vor einem Jahr die Schule beendet und in Kopenhagen mit einem Medizinstudium begonnen.

Auch Anna erzählte von sich und ihrem Leben in ihrer Stadt, ihrer Schule, ihrer Freude am Fotografieren und von Lena.

Im weiteren Gespräch erfuhr sie, dass Swantje und Henrik bereits seit langem miteinander befreundet waren. Gestern Abend hatte es wohl eine kleine Meinungsverschiedenheit zwischen den beiden gegeben, so richtig wusste Finn auch nicht, worum es ging. Heute hätten sich die beiden wohl ausgesprochen und wären wieder ein Herz und eine Seele. Finn lachte, das käme wohl häufiger vor. Mit Swantje spielte er gemeinsam in der Schulband, sie singe sehr schön und begleite ihn öfter. Er wandte sich an Anna: „Singst du auch gerne?“

Erschrocken winkte Anna ab. „Nein, das war noch nie so meine Sache.“

Schneller als am Abend zuvor schien das Feuer herunterzubrennen. Wieder war die Zeit des Abschieds gekommen. Dieses Mal verabredeten sich alle bereits für den frühen Nachmittag des nächsten Tages zum Baden.

Auch wenn es Anna zunächst schwerfiel, zeigte sie sich in ihrem Badeanzug und ging mit den anderen ins Wasser. Schließlich machte es ihr nichts mehr aus, mit den anderen auf der Decke zu sitzen. Jetzt fragte Finn nach den Erfahrungen von Annas Schwester mit ihrem Aufenthalt in England. Er hatte gut zugehört, befand Anna, und berichtete, wie es Lena in der anthroposophischen Einrichtung ergangen war und von ihrer abschließenden Reise durch das Land. Verwundert bemerkte Anna, wie leicht es ihr fiel, vor allen zu sprechen und wie aufmerksam alle zuhörten.

Als sie geendet hatte, erzählten Swantje und Henrik, gemeinsam für ein halbes Jahr in einen Kibbuz nach Israel gehen und anschließend noch für dieselbe Zeit ehrenamtlich in Palästina arbeiten zu wollen. „So können wir beide Länder kennenlernen und uns nützlich machen“, erklärte Swantje.

Nur Sylvia und Anna hatten noch keine Idee, wohin ihr Weg später gehen sollte. Ihnen standen noch zwei Schuljahre bevor, so konnten sie sich Zeit lassen mit ihrer Entscheidung.

So verging die Zeit wie im Fluge, alle bekamen Hunger und beschlossen, gemeinsam ins Dorf zu gehen und sich einen Döner zu kaufen. Im Supermarkt wurden Bier, Chips und ein Netz voll Holz besorgt, dann ging es zurück an den Strand.

Als sich alle auf den Decken niederließen, setzte sich Finn zu Anna. Wenig später brannte das Feuer, und wie selbstverständlich legte er den Arm um ihre Schulter. Einen kurzen Moment erstarrte Anna, als er den Arm zurückzog, um zu seiner Gitarre zu greifen und zu spielen, atmete sie durch, bedauerte es aber fast. Finn und Swantje sangen. Inzwischen kannte Anna die Lieder, und sie summte leise mit. Finn bemerkte dies und nickte ihr aufmunternd zu. Anna lächelte etwas verschämt. Wenn auch ein wenig ungewohnt, traf sie immer sicher die Töne, es machte ihr sogar Spaß.

Schließlich legte Finn die Gitarre wieder beiseite und rückte näher an Anna heran. Sie war nun deutlich entspannter und empfand seine Nähe sogar als angenehm.

Die nächsten Tage trafen sich die sechs wie selbstverständlich am Strand und verbrachten ihre Zeit miteinander. Finn und Anna näherten sich einander an. Erstaunlicherweise gefiel es ihr, wohl auch wissend, dass ihre Ferienwoche bald beendet sein und sie sich wahrscheinlich nicht wiedersehen würden.

Jan und Sylvia legten ein anderes Tempo vor. Bereits am nächsten Abend schliefen sie miteinander im Ferienhaus. Zuvor hatte Sylvia Anna gefragt, ob sie etwas dagegen hätte, wenn sie und Jan im zweiten Schlafzimmer übernachteten. Etwas zögernd stimmte Anna zu.

Eigentlich war es ihr nicht recht. Die gemeinsame Zeit mit Sylvia war schon sehr knapp geworden, so erlebte sie die Gespräche abends im Bett, bei denen sie die Ereignisse des Tages noch einmal besprachen, als kostbar. Sie hatten die Woche zusammen geplant; jetzt fühlte sie sich abgeschoben.

Auf der anderen Seite mochte sie sich nicht beklagen, Sylvia hatte sie eingeladen, alles vorbereitet. Das Ferienhaus gehörte den Freunden ihrer Familie. Und sie wollte ihrer Freundin nicht den Spaß nehmen.

Bevor sie zu dritt aufbrachen, verabschiedete sich Anna von Finn. Er nahm sie beiseite: „Wenn dir das zu viel wird mit den beiden in einem Haus, kannst du auch bei mir im Zelt übernachten.“ Als er Annas erschrockenen Blick sah, fügte er noch hinzu: „Du musst keine Angst haben, es geht nur darum, dass du in Ruhe schlafen kannst.“

Aber Anna winkte ab. „Danke, lieb gemeint, aber ich schlafe lieber in meinem Bett.“

Im Ferienhaus angekommen, zogen sich Sylvia und Jan gleich in das zweite Zimmer zurück.

Auch Anna begab sich zu Bett, aber sie konnte nicht gleich einschlafen.

Die Holzwände waren sehr dünn. Zuerst hörte sie die beiden tuscheln und kichern, sie bemühten sich wohl, leise zu sein. Dann wurde es für einen Moment still, andere, für Anna unbekannte Geräusche, die sie dennoch zuordnen konnte, wurden hörbar, das Knarren des Bettes und verhaltenes Stöhnen.

Anna wurde immer wacher, sie verspürte Ärger über die Rücksichtslosigkeit der beiden. Warum muteten sie ihr das zu? Und was war jetzt mit Finn? Erwartete er auch, dass sie mit ihm schlief?

Das war es doch, was letztlich alle Jungen wollten. Und wenn sie sich nicht darauf einließ, galt sie als nicht normal, rückständig. Das wollte sie auch nicht sein, aber sie konnte es sich nicht vorstellen, das da mit Finn zu erleben.

Nach einiger Zeit wurde es im Nebenraum ruhiger, aber Anna schlief erst im Morgengrauen ein.

Es ging bereits auf Mittag zu, als Sylvia an die Tür klopfte. „Frühstück ist fertig!“ rief sie. Müde verließ Anna das Schlafzimmer. Am Esstisch traf sie nur ihre Freundin an.

„Jan ist ganz früh gegangen. Ich will nicht, dass die Nachbarn etwas merken. Nur wir zwei sind hier angemeldet, und sie würden es sofort den Besitzern weitererzählen.“

Ein wenig erleichtert setzte sich Anna auf ihren Platz. Sie war froh, nicht auch noch mit Jan frühstücken zu müssen.

Sylvia hatte Brötchen geholt und Kaffee gekocht. Sie schenkte Anna eine Tasse ein. Ihr entging nicht, wie blass und müde Anna aussah.

„Ich hoffe, wir haben dich nicht am Schlafen gehindert“, meinte sie schuldbewusst.

Anna winkte ab. „Nein, nein, ihr ward nicht so laut“, aber es klang nicht überzeugend. Sie bemerkte, dass Sylvia ihr nicht glaubte. „Die Wände sind aber sehr dünn, so habe ich doch einiges mitbekommen.“

Sylvia seufzte. „Das tut mir leid, das wollte ich nicht.“ Da Anna nicht reagierte, fügte sie hinzu: „Ich wollte unbedingt mit Jan schlafen, da habe ich wenig nachgedacht. Kannst du mir noch mal verzeihen?“

Annas Lächeln wirkte ein wenig gequält. „Ja, sicher. Aber es wäre schön, wenn sich das so nicht wiederholt.“

Erleichtert sprang Sylvia auf und umarmte ihre Freundin. „Nein, auf keinen Fall, das verspreche ich dir.“ Sie setzte sich wieder und fragte: „Was ist eigentlich mit dir und Finn? Ich habe so den Eindruck, ihr mögt euch beide.“

Anna antwortete etwas patzig: „Ja, ich bin gerne mit ihm zusammen. Aber deswegen muss ich nicht gleich mit ihm schlafen, wenn es das ist, was du wissen willst.“

„So habe ich das nicht gemeint“, entgegnete Sylvia beschwichtigend. „Ich wollte nur wissen, wie es dir mit ihm geht.“

„Aber das ist es doch, was die Jungen wollen und alle von eine erwarten, dass man nach kurzer Zeit ins Bett geht. Ich kann das nicht, ich brauche dafür mehr Zeit.“

„Das sehe ich anders“, widersprach Sylvia. „Du allein entscheidest, wann für dich der richtige Zeitpunkt ist. Lass dich da nicht unter Druck setzen.“

Nach einer Weile beendeten die beiden Mädchen ihr Frühstück, wuschen gemeinsam ab und machten einen langen Strandspaziergang, dieses Mal bewusst in eine Richtung, in er sie ihre dänischen Freunde nicht treffen würden.

Am Abend fanden sie sich wieder am gewohnten Ort ein. Anna wäre am liebsten im Haus geblieben, aber sie wollte Sylvia und Finn nicht enttäuschen.

Wie zuvor saß sie neben Finn, der sie in den Arm nahm. Sie lehnte sich an, war aber mehr als zuvor auf der Hut. Er spürte ihre Anspannung und fragte: „Ist etwas?“

Sie winkte ab. „ich bin nur müde.“

„Dann lehne dich doch einfach an und versuche dich zu entspannen.“

Nach dem Abbrennen des Feuers brach die Gruppe wieder auf. Sylvia wandte sich an Anna.

„Wenn es dir recht ist, bringen Jan und ich dich noch nach Hause, dann werde ich bei ihm im Zelt übernachten. Es macht dir doch nichts aus, allein im Haus zu schlafen?"

Irritiert schaute Anna Jan und Sylvia an. „Wie soll das denn gehen? Dann schlaft ihr zu dritt in dem Zelt?"

„Nein, wir haben noch ein kleines Zelt dabei, das werden wir für Finn aufschlagen", erwiderte Jan.

„Und wie findest du das?" wandte sich Anna an Finn.

Dieser zuckte mit den Schultern und drückte Anna an sich. „Ich kann überall schlafen. Und ich habe auch endlich mal Ruhe vor dem Schnarchen meines Bruders."

Jan knuffte ihn in die Seite. „Ich schnarche nicht!"

„Woher willst du das wissen? Finn lächelte. Und flüsterte Anna ins Ohr „Du wirst mich ja wohl auch nicht einladen."

„Das siehst du richtig", entgegnete sie.

Finn ließ es sich aber nicht nehmen, sie gemeinsam mit Sylvia und Jan zum Haus zu bringen.

Nachdem Sylvia ihren Rucksack für die Nacht gepackt hatte, verabschiedete sie sich von Anna. „Ich hoffe, du fühlst dich nicht zu allein hier im Haus. Ich komme morgen früh zum Frühstück wieder."

„Ist schon in Ordnung", entgegnete Anna. „Mir wird die Ruhe guttun."

Nachdem Finn sie zum Abschied umarmt und ihr eine gute Nacht gewünscht hatte, schloss sie die Tür hinter den dreien. Sie drehte den Schlüssel zweimal um und überprüfte alle Fenster, ob sie auch richtig geschlossen waren. Todmüde legte sie sich in ihr Bett, konnte aber nicht einschlafen. Ängstlich lauschte sie den Geräuschen in der Nacht. Es knackte im nahen Holz, ein Käuzchen schrie. Jetzt ärgerte Anna sich über sich selbst. Sie hätte es wissen müssen, dass sie alleine schlecht schlafen konnte. So war es ihr doch schon im letzten Herbst ergangen. Warum war ihr das entfallen? Oder wollte sie vor den anderen nur die Starke spielen, damit keiner merkte, was für ein Angsthase sie war?

Sie ärgerte sich auch über Sylvia, von der sie sich im Stich gelassen fühlte. Unruhig drehte sie sich von einer Seite zur anderen. Was hatte ihr im Herbst geholfen, doch noch einzuschlafen?

Endlich fiel ihr Sturmwind wieder ein.

Draußen war bereits dunkle Nacht. Der Wind stürmte um das Haus und rüttelte an ihren Fensterläden. Doch diese waren fest verschlossen, ebenso die Eingangstür. Sturmwind hatte sich neben ihrem Bett niedergelassen, sie kuschelte sich in ihre Kissen und genoss seine Nähe.

Langsam beruhigte sich Anna.

Doch plötzlich öffnete sich die Tür, und Finn kam herein. Er lächelte und näherte sich ihrem Bett. Anna erschrak. Wie war er hereingekommen? Sie hatte doch fest abgeschlossen.

Jetzt war Anna wieder hellwach. Was sollte das? Was hatte Finn in ihrem Haus zu suchen?

Noch einmal schloss sie die Augen.

Immer noch stand er neben ihrem Bett. Sie brüllte ihn an, er solle verschwinden, doch er rührte sich nicht. Endlich bat sie Sturmwind, ihn hinauszuschicken. Dieser erhob sich, wieherte und stieß Finn zur Tür heraus. Noch einmal schloss Anna ab. Sturmwind legte sich zum Schutz vor die Haustür, damit fühlte sie sich sicherer.

Endlich konnte Anna einschlafen.

Am nächsten Morgen klopfte es laut. Anna erwachte langsam. Es vergingen einige Sekunden, bis sie sich im Raum zurechtfand und feststellte, dass das Geräusch von der Haustür kam. Da erinnerte sie sich an Sylvias Versprechen, und sie schloss auf.

„Du hast aber fest geschlafen. Ich klopfe schon seit einigen Minuten." Sylvia schwenkte eine Brötchentüte. „Jetzt wird Kaffee gekocht."

Am Strand streckte sich Anna neben Finn im warmen Sand aus und schloss die Augen. Noch einmal dachte sie über die letzte Nacht nach. Es beunruhigte sie, dass die Angst des letzten Herbstes wiedergekommen war. Hatte sich denn gar nichts verändert? Und warum war Finn in ihrem Haus erschienen? Dort hatte er nichts zu suchen. Doch jetzt, in der Realität, mochte sie ihn nicht wegschicken, genoss sogar seine Nähe. Wenn er nicht zu viel von ihr wollte.

Doch was würde die nächste Nacht bringen? Noch einmal mochte sie nicht allein sein.

Sylvia hatte ihr bereits zu verstehen gegeben, dass sie wieder bei Jan schlafen wollte. „Unsere Woche ist doch bald zu Ende. Wir haben nur noch so wenig Zeit miteinander. Wer weiß, wann wir uns wiedersehen können.“

Daher mochte Anna Sylvia nicht darum bitten, die letzten drei Nächte Jan nicht mehr zu sehen und bei ihr zu schlafen. Und die beiden im Nebenraum zu hören, das wollte sie sich auch nicht antun.

Sie wandte sich an Finn: „Wie wäre es, wenn du doch mit im Haus schläfst?“ Überrascht schaute er sie an. „Ich fühle mich doch etwas einsam in dem Haus allein“, fügte sie hinzu. Bevor er zu einer Antwort ansetzen konnte, ergänzte sie schnell. „Nicht dass du mich falsch verstehst. Es gibt zwei Schlafräume in dem Haus. Ich möchte, dass wir in getrennten Zimmern übernachten. Wärst du dazu bereit?“

Finn nickte. „Ist auch schön, mal wieder in einem richtigen Bett zu schlafen. Und wenn du es möchtest, gehe ich in den zweiten Raum.“

Am späten Abend holte Finn seine Schlafsachen aus dem Zelt und begleitete Anna zum Ferienhaus.

Zunächst schaute er sich in allen Räumen um. „Ein schönes Haus“, meinte er anerkennend. „Und du bist ganz sicher, dass wir nicht zusammen in einem Zimmer schlafen sollten? Ich lasse dich auch ganz bestimmt in Ruhe.“

„Ja, das möchte ich“, entgegnete Anna bestimmt. Und etwas sanfter: „Danke, dass du dazu bereit bist. Ich bin auch sehr müde und möchte gleich schlafen. Ist das für dich in Ordnung?“

„Ja, natürlich. Es ist auch schon sehr spät. Möchtest du zuerst ins Bad?“

Anna nickte. Sie umarmten sich zum Abschied, dann zogen sie sich zurück.

Mit gemischten Gefühlen begab sich Anna zu Bett. Einerseits war sie froh, nicht allein im Haus schlafen zu müssen. Auf der anderen Seite war Finn gleich nebenan, nur eine dünne Holzwand befand sich zwischen ihnen.

Und wenn er nun doch versuchen würde, zu ihr ins Zimmer zu kommen, um sie davon zu überzeugen, mit ihm zu schlafen? Vielleicht hatte er das Ganze ja doch als Einladung verstanden. Wenn er schon mit ihr in einem Haus übernachten durfte, müsste er nur ein bisschen warten und später zu ihr herüberkommen.

Angespannt lauschte sie, aber es blieb still im Nebenraum. Selbst draußen knackte es nicht mehr, auch das Käuzchen blieb still.

Andere Gedanken beschäftigten sie jetzt: Sylvia war jetzt mit Jan zusammen. Schon vorher fiel es ihr leichter, sich auf körperliche Nähe einzulassen, mit den Jungen zu schlafen. Anna konnte das nicht. War sie deshalb nicht normal?

Bernd kam ihr in den Sinn. Seine körperlichen Annäherungsversuche hatte sie gar nicht ertragen. Jetzt war das schon anders, sie mochte es, wenn Finn sie in den Arm nahm und vorsichtig küsste. Aber mehr durfte nicht sein. Sicher war er jetzt genauso enttäuscht wie Bernd.

So lag sie wieder lange wach, bis es ihr gelang, die Gedankenkette abzubrechen.

Heute stürmte es nicht mehr. Es war ruhig im Haus, dennoch hatte Anna die Fensterläden geschlossen. Sturmwind wachte vor ihrem Bett. Alles schien sicher, aber plötzlich rüttelte es an der Klinke. Sturmwind wieherte laut und trat mit dem Huf gegen die Tür, um den Störenfried zu vertreiben. Jetzt wurde es wieder still. Anna atmete tief durch und bedankte sich bei ihrem Pferd. Sturmwind schnaubte und bewachte weiterhin das Haus.

Am nächsten Morgen erwachte Anna früh. Sie war zwar noch müde, aber der Gedanke, dass Finn im Zimmer nebenan schlief, ließ sie nicht mehr schlafen. Sie horchte. Es war still im Haus. Sie stand auf, duschte und bereitete das Frühstück vor. Wenig später öffnete sich auch die Tür des zweiten Schlafzimmers, und Finn erschien im Wohnraum.

„Guten Morgen. Es riecht so gut. Wie schön, du hast ja schon Kaffee gekocht! Ich hoffe, du hast genauso gut geschlafen wie ich." Er küsste Anna auf die Wange.

Anna lächelte. „Es gab zwar keine frischen Brötchen, aber Milch und Cornflakes konnte ich noch auftreiben. Ich hoffe, das reicht dir."

„Das ist doch super. Ich springe noch schnell unter die Dusche."

Gemeinsam frühstückten sie und machten einen langen Strandspaziergang. Eine Weile schwiegen sie, ließen den Blick schweifen und tauschten sich aus über das, was sie von dem Leben um sich herum wahrnahmen: kreischende Möwen segelten in der Luft, später ließen sie sich auf dem Wasser nieder und von den Wellen schaukeln. Ein kleines Mädchen rannte juchzend ins flache Wasser, sprang aber sofort zurück, als eine größere Welle kam. Ihre jüngere Schwester wollte ihr folgen, wackelte auf den kleinen Beinen unsicher hinterher und setzte sich, bevor sie die Größere erreichte, auf ihren Windelpopo. Das Wasser kam näher, doch sie wurde von ihrem Vater gleich wieder auf die Beine gestellt, und schon lief sie weiter.

Ein Hund lief kläffend am Strand entlang, gefolgt von einem joggenden Herrchen. Wer führte hier wen an?

Die beiden entdeckten immer wieder Neues. Häufig mussten sie lachen, Anna fühlte sich leicht und unbeschwert.

Doch nach einer Weile war ihr dies nicht mehr geheuer; plötzlich merkte sie, dass sie ihre Ohren rauschten, sie nur noch undeutlich sah. Das kam ihr bekannt vor. Ihr wurde schwindelig, sie bat um eine Pause: „Ich möchte mich mal ausruhen. Ist das in Ordnung?“ Sie legte sich in den Sand und schloss die Augen.

Erstaunt und besorgt hatte Finn die Veränderung an Anna wahrgenommen, sagte aber nichts dazu. „Ruh dich ruhig aus“, meinte er und ging schwimmen.

Froh, für einen Moment allein zu sein, versuchte Anna zu verstehen, warum ihre Stimmung gekippt war. Zum ersten Mal hatte sie sich mit einem Jungen so wohlgefühlt. Vielleicht war alles zu schnell gegangen. Sie sollte vorsichtig mit sich umgehen und sich mehr Zeit lassen.

Das hätte jetzt vielleicht auch Frau Grünheit gesagt. Komisch, dass ihr diese jetzt in den Sinn kam. Anna musste zwar häufig an die vergangenen Therapiestunden denken, aber als Ratgebende war ihr die Therapeutin bisher noch nicht erschienen.

Dennoch blieb Anna in den letzten Tagen wenig Zeit für sich. Die Tage verbrachte sie mit Sylvia und den drei Dänen, in den Nächten schlief Finn im Zimmer neben Anna. So ganz verließ sie ihr Misstrauen nicht, aber sie fand nach einer Weile doch noch mit Sturmwinds Hilfe in den Schlaf.

Die Zeit des Abschieds war gekommen. Die beiden Brüder brachten Anna und Sylvia zum Bus.

Während Sylvia und Jan sich noch einmal intensiv küssten und kaum trennen mochten, nahm Finn Anna noch einmal in den Arm und drückte sie fest an sich. „Wir bleiben in Kontakt“, versprach er, „Ich habe ja deine E-Mailadresse.“

Anna nickte. „Ja, ich deine auch.“

35. Die dreizehnte Stunde

Drei Tage vor Beginn des neuen Schuljahres machte sich Anna auf zur Praxis von Frau Grünheit. Mit gemischten Gefühlen, denn die Pause war lang gewesen und viel passiert, und eigentlich war sie auch ganz gut allein zurechtgekommen. Und wie sollte sie der Therapeutin das alles in einer Stunde erzählen?

Auch wenn Frau Grünheit sich zu freuen schien, sie wiederzusehen, begrüßte Anna sie recht reserviert. Zögerlich begann sie mit ihrem Bericht vom Besuch bei der Großmutter. Er lag für Anna schon so lange zurück und wurde von den noch frischen Eindrücken von Rømø überlagert.

Frau Grünheit ließ ihr Zeit, fragte nur einige Mal nach.

Langsam kamen die Erinnerungen an die Zeit in Bayern zurück. Anna berichtete vor allem von den Gesprächen mit der Großmutter, über die Trennung der Eltern, dem Ärger der Oma über den Vater. Ach ja, sie habe auch erfahren, dass es der Großmutter nach dem Tod des Großvaters selbst sehr schlecht gegangen wäre und sie eine Therapie gemacht habe.

„Und wie fandest du das?" fragte Frau Grünheit.

„Gut. Es hat ihr wohl auch sehr geholfen", meinte Anna nachdenklich.

Lenas Suche nach einem Studienplatz und -ort war das nächste Thema.

„Die Zeit mit ihr bei Oma war so schön. Es fiel mir nicht leicht, dass sie danach gleich wieder verschwand. Sie hat den Besuch so schnell abgehakt und war wieder mit sich beschäftigt", beklagte sich Anna, fügte aber gleich darauf hinzu: „Ich kann sie aber auch verstehen, sie will ja jetzt auch mit ihrem Studium beginnen und weg von zu Hause. Und Kiel ist ja auch nicht so weit von Bremen entfernt."

Anna schaute heimlich auf die Uhr. Ja, es war noch Zeit, über Dänemark zu berichten.

Als sie geendet hatte, schwieg sie eine Weile.

„Wie geht es dir denn jetzt, nachdem du mir von dem Urlaub erzählt hast?" fragte Frau Grünheit.

„Besser. Bisher habe ich mit niemanden richtig darüber gesprochen. Lena ist dauernd in Kiel auf Zimmersuche, und Sylvia ist sehr mit Jan beschäftigt." Nach einer kurzen Pause fuhr sie fort: „Dabei denke ich dauernd über die Tage auf Rømø nach. Vor allem auch, wie es mir mit Finn ergangen ist."

„Und was kommen dir da für Gedanken? Magst du das erzählen?"

„Ja. In der einen Woche ist so viel passiert. Erst habe ich mich auf die Woche mit Sylvia gefreut, dachte, wir hätten mal Zeit, uns in Ruhe zu unterhalten. Doch dann kam es ganz anders. Sie suchte ja gleich den Kontakt zu Jan und den anderen Dänen. Typisch Sylvia. Das war mir erst gar nicht recht. Doch dann fand ich es mit der Gruppe auch ganz nett am Strand. Nur als sie mich nachts alleine ließ, ging es mir richtig schlecht. Das war wie in den letzten Herbstferien, als Lena in England war und Mama auch noch wegfuhr."

Annas Blick wurde dunkel. Sie zog die Beine auf ihren Sessel, schien fast in ihm zu versinken.

„Was war da in der Nacht?" fragte Frau Grünheit nach.

„Ich fühlte mich so allein, und ich hatte Angst. Überall hörte ich Geräusche. Ich konnte nicht schlafen."

„Das hört sich schrecklich an. Warst du die ganze Nacht wach?"

„Nein, irgendwann bin ich doch eingeschlafen", erinnerte sich Anna.

„Hat dir da etwas geholfen, doch noch zur Ruhe zu finden?"

Anna zögerte, sagte es aber doch: „Ich habe an das Haus gedacht und an mein Pferd. Es hat mich geschützt."

„Das ist ja super, dass es dir da einfiel!" erwiderte Frau Grünheit begeistert.

Erstaunt schaute Anna sie an. „Ja, finde ich auch. Dann hatte ich aber doch Angst vor der nächsten Nacht."

„Du hast Sylvia nichts von deiner Angst erzählt", bemerkte die Therapeutin.

„Nein, ich wusste, wie gerne sie mit Jan im Zelt geschlafen hat. Und sie sollte auch nicht merken, was für ein Angsthase ich bin", versuchte Anna zu erklären.

„Stattdessen hast du Finn gebeten, bei dir zu übernachten. Wie ging es dir damit?"

„Das war auch nicht einfach. Ich habe noch nie mit einem Jungen allein in einem Haus übernachtet. Er hätte ja denken können, ich wolle mit ihm schlafen, das wollte ich auf keinen Fall! Aber er hat mich ja nicht so angemacht, deshalb habe ich mich das getraut."

„Und wie ging es dir in der folgenden Nacht?"

„Ich konnte zwar erst auch nicht einschlafen, aber es ging mir besser", stellte Anna fest. „Und die Nächte danach waren gut. Ich konnte ihm dann vertrauen."

„Und am Tage?"

„Es war schön, mit ihm zusammen zu sein. Wir haben viel gemeinsam gesehen, mussten nicht viel miteinander reden. So was habe ich zum ersten Mal erlebt." Anna lächelte ein wenig, wurde aber gleich wieder ernst. „Doch dann gab es auch Momente, da ging es mir so ähnlich wie mit Bernd. Mir wurde schwindelig, die Ohren rauschten. Dann habe ich mich an den

Strand gelegt und für einen Augenblick die Augen geschlossen. Ich habe Finn auch gesagt, dass ich Ruhe brauche. Das hat er verstanden, und das war gut so."

Jetzt sah sie die Therapeutin an. „In dem Moment habe ich an Sie gedacht."

„Ach ja, inwiefern?" fragte Frau Grünheit.

„Sie hätten mir sicher gesagt, dass ich mir Zeit lassen und mich auch mal ausruhen sollte", erwiderte Anna.

„Na, dann kennst du mich ja schon ganz gut. Das hätte ich in dem Augenblick wohl auch gesagt", bestätigte Frau Grünheit lächelnd. „Und wie ist es jetzt mit Finn?"

„Wir schreiben uns E-Mails. Keine langen, und auch nicht so oft. Das ist gut so."

Die Stunde war sehr schnell vergangen. Annas Kopf rauschte von dem vielen Gesagten. Dennoch fingen die Ereignisse der vergangenen Wochen an, eine innere Ordnung zu bekommen.

Und das erste Mal hatte sie erzählt, dass Sturmwind und das Haus auch außerhalb der Therapie auftauchten. Frau Grünheit hatte es gut aufgenommen.

Und auch in ihrem Stundenprotokoll besonders vermerkt. Erika Grünheit legte den Stift beiseite und schloss Annas Akte. Vieles hatte Anna in den Ferien erlebt. Erst der Besuch bei der Großmutter, die selbst so offen über ihre Therapie sprechen konnte, die weiterhin einen guten, stabilisierenden Einfluss auf Anna hatte. Dann die Zeit in Dänemark und die Begegnung mit Finn. Wieder war sie in den alten Konflikt zwischen dem Wunsch nach Geborgenheit und Zärtlichkeit und der Angst vor zu viel Nähe gekommen, aber sie hatte schon ganz anders als in der Beziehung zu Bernd reagiert, sich sogar an die positiven, stärkenden Elemente ihrer Tagträume erinnert. Hilfreich war wohl auch, dass die Zeit mit Finn so begrenzt war und er auch so weit weg wohnte. Insgesamt eine gute Entwicklung.

In gelöster Stimmung kehrte Anna nach Hause zurück und begrüßte beschwingt ihre Mutter, als diese wenig später von der Arbeit zurückkehrte. Erfreut nahm Brigitte sie in den Arm, und sie aßen gemeinsam zu Abend. Noch lange saßen sie am Küchentisch. Anna berichtete ausführlich von ihrer Zeit auf Rømø, auch von der Begegnung mit den jungen Dänen und kurz auch von Finn.

Doch am nächsten Morgen wachte Anna wie gerädert auf. Sie erinnerte sich an einen Albtraum.

Wieder war sie auf dem Weg zur ihrer Therapeutin. Sie hatte das Haus fast erreicht, da öffnete sich die Straße und wurde zu einem reißenden Bach. Anna verlor ihr Rad und wurde mitgerissen. Verzweifelt versuchte sie, etwas am Ufer zu greifen, um sich festzuhalten, aber das gelang ihr nicht.

Schließlich gab sie auf und ließ sich treiben. Jetzt floss der Bach ruhiger. Er hatte die Stadt längst verlassen und floss durch abgeerntete Felder. Anna konnte jetzt an Land schwimmen. Erschöpft setzte sie sich auf die Böschung. Sie fror. Es begann auch noch zu regnen. Anna rannte los, zurück in Richtung Stadt. Die ersten Häuser erschienen, endlich erreichte sie die Straße, in der Frau Grünheit wohnte. Sie klingelte an der Haustür. Da öffnete sich ein Fenster über ihr, und die Therapeutin schaute heraus. „Du bist viel zu spät!“ rief sie mit schneidender Stimme. „Ich habe jetzt keine Zeit mehr. Es ist schon die nächste Patientin da!“

Nur langsam kehrte Anna in die Wirklichkeit zurück. Froh, dem Traum entkommen zu sein, konnte sie sich aber auch keinen Reim auf ihn machen. Zwar erinnerte er sie an den Traum vor der ersten Therapiestunde, doch da hatte sie ja auch noch Angst vor der Behandlung. Das war schon lange Vergangenheit, und gerade die letzte Stunde bedeutete ihr so viel.

36. Das zwölfte Schuljahr

Gemeinsam mit Sylvia machte sich Anna auf den Weg zu ihrer Schule. Die beiden hatten sich seit Dänemark selten gesehen. Seit zwei Wochen waren sie wieder zu Hause, aber Anna spürte, dass sie beide eine Pause brauchten.

Doch jetzt führte sie der Schulstart wieder zusammen. Anders als die Jahre zuvor würden sie nicht mehr im in allen Fächern nebeneinander sitzen, sich nur noch im Biologieunterricht sehen.

Sie studierten ihre Unterrichtspläne und verglichen ihre Zeiten; fünf Stunden an drei verschiedenen Tagen blieben als Gemeinsamkeit.

Vieles war neu für Anna, nur einen Lehrer, Dr. Löwer, kannte sie vom Geographieunterricht in der Mittelstufe. In jedem Kurs andere Mitschüler;

sie begegnete nur wenigen aus ihrer alten Klasse wieder. Vom Sehen kannte sie die meisten. Da Anna die Schulfeste nicht besuchte, sie auch sonst kein Partygänger war, bewegte sie sich eher am Rande ihres Jahrgangs. Im Unterricht und den Pausen war sie seit mehreren Jahren stets mit Sylvia zusammen gewesen und verspürte nicht das Bedürfnis, mit anderen Kontakt aufzunehmen. Doch jetzt würde sie, bis auf den Biologiekurs, allein auf sich angewiesen sein.

Kurz nach ihnen trafen Bernd und Ina im Sekretariat ein, um ihre Pläne abzuholen. Hand in Hand liefen sie ihnen entgegen. Wie noch vor den Ferien versetzte es Anna einen Stich, die beiden so vertraut miteinander zu sehen. Sie erinnerte sich daran, dass sie noch mit Bernd die Wahl der Leistungs- und Prüfungskurse abgesprochen hatte. Damals waren sie noch ein Paar.

Anna grüßte beide mit einem Nicken und wandte sich schnell ab, verabschiedete sich von Sylvia und machte sich auf den Weg zu ihren ersten Unterrichtsstunden.

Mit einem mulmigen Gefühl suchte sie den Raum, in dem sich der Deutsch-Leistungskurs treffen würde. Das war zwar ihr Fach, aber eine neue Lehrkraft und fremde Mitschüler, wie würde das werden?

Sie trat als eine der Ersten in den kleinen Raum. Zwei Mädchen aus ihrer ehemaligen Parallelklasse waren bereits im Gespräch vertieft und beachteten sie kaum. Wenig später trafen auch die restlichen Kursteilnehmer ein.

Herr Winter, ihr Lehrer, schloss die Tür und begrüßte die Gruppe. Anhand einer Liste fragte er die Namen der Anwesenden ab. Neun Schüler, sechs Mädchen und drei Jungen, alle waren da. Eine kleine Gruppe, stellte Anna erleichtert fest.

Als Yvonne aufgerufen wurde, schaute Anna sie erstaunt an; erst auf den zweiten Blick erkannte sie diese wieder. Seit dem Silvesterfest vor zweieinhalb Jahren hatte sie sich sehr verändert. Sie trug keine Brille mehr, die Haar länger, nicht mehr so strähnig, war auch modischer gekleidet.

Doch sie schien Anna gleich erkannt zu haben und lächelte sie an.

Jetzt stellte Herr Winter der Gruppe die Lehrinhalte und die Literatur für das zwölfte Schuljahr vor.

„Wir werden bis zum Abitur zusammenbleiben, und es gibt viel zu tun!“

Gemeinsam mit Yvonne verließ Anna den Raum. „Schön, dich hier wiederzutreffen!“ freute sich Yvonne.

Anna nickte. „Das finde ich auch.“

Mittags saßen Anna und Sylvia gemeinsam in der Cafeteria. Beide würden anschließend noch einen Kurs besuchen, dann war Schluss für den ersten Tag. Sie tauschten sich über ihre Erlebnisse am Vormittag aus. Sylvia sprach von den vielen Ansagen ihres Lehrers des Matheleistungskurses. „Er hängt die Latte so hoch, als wären wir schon an der Uni. Anscheinend will er uns zeigen, wie anspruchsvoll und kompetent er ist, ihm kann keiner das Wasser reichen!"

Die Gruppe bestand überwiegend aus Jungen, „einige sind so richtige Streber, der Rest in Ordnung." Diese hätten anschließend auch gestöhnt. „Die Streber natürlich ausgenommen."

Am nächsten Tag trafen sich die beiden in ihrem gemeinsamen Kurs. Auch in zwei anderen Fächern begegnete Anna immer wieder Mitschülern aus ihrer alten Klasse.

Im Geographieunterricht sah sie auch Bernd wieder. Etwas verlegen begrüßen sie einander und suchten sich Plätze, die weit entfernt voneinander waren. Erleichtert stellte Anna fest, dass Ina nicht am Kurs teilnahm.

37. Die vierzehnte Stunde

So hatte Anna viel zu berichten.

Als Anna geendet hatte, fragte Frau Grünheit: „Wie erlebst du denn den Start des neuen Schuljahrs?"

Anna schwieg einen Moment. „Ich hatte schon Angst vor der Veränderung. Aber eigentlich geht es mir besser damit, als ich erwartet habe", stellte sie fest, fügte aber gleich einschränkend hinzu: „Noch haben nicht alle Kurse stattgefunden, da weiß ich noch nicht, was mich auf mich zukommt. Und das Schuljahr fängt erst an, da kann noch viel passieren."

„Und wie wäre es, wenn sich deine anfänglich guten Erfahrungen fortsetzen würden?" fragte Frau Grünheit.

Anna lächelte. „Das wäre natürlich klasse. Sie meinen wohl, ich soll nicht gleich wieder so negativ denken."

„Du kannst wohl Gedanken lesen." Frau Grünheit schmunzelte. „Und doch waren es deine Worte."

Nach einer Pause fragte die Therapeutin: „Kannst du dich noch an die Imaginationen vor den Sommerferien erinnern?"

„Ja, ich musste häufig an sie denken", erwiderte Anna. „Vor allem an die letzten, als ich den Bach zum See folgte und dort das Pferd und das Haus auftauchten."

„Und das Pferd hat dir ja anscheinend schon in der Nacht geholfen, in der du in Dänemark allein in dem Ferienhaus warst.“

Anna nickte.

„Hättest du Lust, noch einmal den See zu besuchen?“ fragte Frau Grünheit.

Wieder nickte Anna und schloss die Augen.

Sofort erschien vor Annas innerem Auge die ihr bekannte Szene; sie bewegte sich auf vertrautem Terrain. Ruhig lag der See vor ihr. Die Sonne spiegelte sich im Wasser. Anna hörte Sturmwind, bevor er am Ufer auftauchte. Sie begrüßte ihn, schwang sich auf seinen Rücken, ritt mit ihm um den See. Dieses Mal mied sie den Bach und führte ihn zu ihrem Haus.

Frau Grünheit bat sie, es zu beschreiben. Das erste Mal zeigte Anna einem anderen Menschen ihr Haus, wenn auch nur von außen. Gelb gestrichen, mit Gras gedeckt, kleine, grün gestrichene Fenster, der Anbau für Sturmwind. Glocken- und Mohnblumen im Beet davor, neben der Haustür eine Holzbank.

Frau Grünheit stellte nur wenige Fragen, wollte nur wissen, wonach Anna zumute wäre. Sie ließ Sturmwind grasen, setzte sich auf die Bank vor ihrem Haus und genoss die Abendsonne.

Im gemalten Bild strahlte ihr Haus im warmen Gelb. Sturmwind graste auf der Wiese, im Hintergrund spiegelte sich die Sonne im See. Auch die Bank hatte Anna nicht vergessen, doch sie blieb leer.

38. Spätsommer und Herbst

In den nächsten Stunden besuchte Anna immer wieder ihren See. Zunächst gewährte sie ihrer Therapeutin einen Blick durch die Fenster, schließlich ließ sie sie auch hinein in ihr Haus und in ihre geheime Welt.

Sie zeigte ihr den Platz am Fenster. Wie so häufig saß sie an ihrem Tisch und trank ihren Tee, blickte hinaus auf die Wiese, ihren See, sah Sturmwind grasen.

Frau Grünheit hielt sich zurück, drängte nicht. Wie sah der Tisch aus? Wie schmeckte der Tee? Wie roch es im Raum?

Wie fast immer in ihren Tagträumen war Anna allein in ihrem Haus, doch stimmte es nicht so recht. Frau Grünheit war dabei. Wenn sie diese auch nicht eingeladen hatte, mit am Tisch zu sitzen, war sie doch neben ihr und schaute zu, nahm Anteil.

So wechselte Anna in der Dämmerung zu ihrem Sofa, kuschelte sich in die Decke, feuerte ihren Ofen an und genoss die Wärme, die sich auch im Therapiezimmer ausbreitete.

Anders als in ihren einsamen Tagträumen malte sie auch nach jeder Stunde ihr Bild. Der Innenraum nahm auch auf dem Papier Gestalt an. Und zum ersten Mal kam auch Anna darin vor, zunächst auf dem Stuhl am Tisch mit dem Rücken zum Betrachter, dann von vorne, eingewickelt in ihre bunte Decke.

Inzwischen hatte sich Anna mit den verschiedenen Kursen vertraut gemacht. Wie erwartet fühlte sie sich in der Deutsch-Gruppe am wohlsten. Herrn Winters Unterricht war spannend, Anna traute sich nach einigen Stunden, auch eigene Beiträge einzubringen, die wiederum vom Lehrer und den Mitschülern gut aufgenommen wurden. Mit Yvonne saß nach dem Kursende häufiger in der Cafeteria. Zunächst sprachen sie über die Inhalte des Unterrichts, doch bald erfuhren sie mehr voneinander. Auch Yvonnes Eltern waren geschieden, sie lebte allein mit ihrer Mutter in einem Haus am Stadtrand. Zu ihrem Vater, einem Pastor, bestand aber noch regelmäßig Kontakt.

Einerseits fühlt sie sich in seiner neuen Familie mit den vier Halbgeschwistern ganz wohl, aber auch nicht richtig zu Hause. „Ich gehöre nicht wirklich dazu", stellte sie resigniert fest.

Anna konnte sie gut verstehen, verspürte jedoch nicht den Wunsch, zur zweiten Familie ihres Vaters dazuzugehören.

Aufgewachsen in der Pfarrersfamilie, war Yvonne in der evangelischen Kirche aktiv. Die Sommerferien verbrachte sie regelmäßig mit der Kinder- und Jugendgruppe in einem Zeltlager, in den letzten Jahren als Begleiterin und Aufsicht. Dieses Jahr in der Bretagne. Sie erzählte gerne von der Zeit dort, sie schien sich auch in einen der anderen Teamer, wie sie sich nannten, verliebt zu haben. Daher wohl auch die äußere Veränderung, dachte Anna.

Mit Sylvia traf sich Anna jetzt nicht mehr so häufig. Im Geographieunterricht saßen sie weiterhin nebeneinander und tauschten die Hausaufgaben aus. Ab und zu besuchte Sylvia Anna zu Hause. Wie früher tranken sie gemeinsam einen Tee oder Kaffee, und vor allem Sylvia erzählte, Thema war vor allem Jan, dem sie noch nachtrauerte. Er habe sich kurz nach den Ferien noch ein paarmal gemeldet, aber seit drei Wochen war Funkstille.

Doch es gab auch Nachmittage, an denen Anna niemanden sehen wollte und sich in ihr Zimmer zurückzog. Unruhig suchte sie nach einer Beschäftigung, konnte nichts mit sich anfangen. In diesen Momenten mochte sie sich selbst nicht leiden. Ihre Gedanken kreisten um ihr bisheriges Leben und ihre Einsamkeit. Die anderen in ihrem Jahrgang hatten viel mehr Freunde, waren viel kontaktfreudiger. Sie hatte bisher noch keine wirkliche Beziehung zu einem Jungen gehabt, sie verabscheute engere Berührungen. Das war sicher nicht normal. Ob sich das jemals ändern würde?

Doch von diesen Selbstzweifeln schrieb sie Finn nichts. Stattdessen berichtete sie von der Schule und ihren zwei Freundinnen, er vom Beginn seiner Lehre als Zimmermann und seiner Familie. So blieben ihre Schreiben oberflächlich. Das reichte Anna. Sie freute sich auf die wöchentliche E-Mail von Finn, antwortete ihm im selben Rhythmus.

Ein wenig erinnerte dies Anna an den Austausch der E-Mails, die sich Lena und sie in deren Englandzeit schickten, doch ihrer Schwester hatte sie mehr von sich offenbart, und Thema war auch immer wieder die gemeinsame Sorge um die Mutter gewesen.

Als Frau Grünheit Anna zu Beginn einer Stunde einmal wieder danach fragte, wie es ihr in der vergangenen Woche ergangen war, konnte Anna auch von ihren Stimmungseinbrüchen sprechen. Die Therapeutin fragte genauer nach, wie sie sich in dem Augenblick fühle und was ihr alles durch den Kopf ging.

Anna versuchte so alles genau wiederzugeben. „In den Momenten denke ich, es hat sowieso keinen Sinn mit der Therapie, ich werde mich nicht mehr ändern."

„Denkst du das jetzt auch?"

„Nein, natürlich nicht. Aber in den Momenten sehe ich alles negativ."

„Versuch dich doch mal zu erinnern, was dem vorausging. Was löst deinen Stimmungsabfall aus?"

Anna dachte nach. „Das ist ganz verschieden. Manchmal fühle ich mich so, als wenn ich in der Schule nur verliebte Paare sehe, die sich küssen oder eng umschlungen herumlaufen. Oder eine Gruppe in der Cafeteria, die sich angeregt unterhält und ich mitbekomme, dass sie sich auch noch für den Abend oder das Wochenende miteinander verabreden. Dann merke ich, wie allein ich bin. Es können aber auch nur Gedanken sein, die das auslösen. Dann kommt mir Bernd in den Sinn, den ich nicht an mich heranlassen konnte. Oder ich sehe meine Mutter vor mir, die schon seit Jahren mit ihren

Depressionen kämpft, und denke, kein Wunder, dass du oft so schlecht drauf bist, das hast du alles von ihr."

„Vermutlich kannst du das jetzt anders sehen."

„Ja, aber irgendwie ist das wie eine negative Spirale, die mich dann runterzieht."

„Ist das etwas Bekanntes oder erlebst du das erst in letzter Zeit?"

Anna schaute auf. „Nein, das kommt immer wieder. Das kenne ich schon seit langer Zeit."

„Kannst du dich erinnern, wie lange?"

„Das weiß ich nicht genau. Ich war ja immer schon oft allein in meinem Zimmer. Aber dass ich mich dabei so schlecht fühle, das ist seit ein, zwei Jahren so. Besonders da ich merke, dass fast alle anderen bereits Beziehungen haben und ich das nicht hinbekomme."

„Und hilft dir etwas, da wieder herauszukommen?"

Wieder dache Anna nach. „Das ist unterschiedlich. Manchmal werde ich abgelenkt, weil etwas ansteht und ich das Zimmer verlassen muss, einkaufen, Abendbrotmachen, Hausaufgaben erledigen. Das hilft aber nicht immer, es kann auch sein, dass die schlechte Stimmung bleibt. Ein Besuch von Sylvia konnte mich früher auch da rausholen. Heute versuche ich auch an etwas anderes zu denken. Zum Beispiel an einen der Tagträume. Das hilft auch manchmal."

„Das hört sich gut an. Gibt es einen bestimmten, der dir da hilft?"

Anna zögerte. „Ja, die letzten, der See, das Haus und das Pferd kommen mir in den Sinn."

„Schön, da hast du ja bereits etwas gefunden, das dir immer zur Verfügung steht und dir auch weiterhin helfen kann, aus diesen Stimmungstiefs herauszukommen."

Jetzt fragte Frau Grünheit Anna nach Sylvia.

„Wenn ich mich recht erinnere, ward ihr beide doch eng miteinander befreundet. Du hast doch sicher auch schon darüber nachgedacht, warum ihr euch jetzt voneinander entfernt habt."

Anna schaute nachdenklich aus dem Fenster, ihr Blick war aber mehr nach innen gerichtet.

„Wir haben kaum noch Unterricht gemeinsam und lernen daher auch nur noch selten zusammen. Aber das ist nicht der eigentliche Grund. Ich war wohl in Dänemark von ihr enttäuscht. Das sollte doch eine schöne, gemeinsame Woche werden, und dann hatte sie nur noch Augen und Zeit für Jan und seine Freunde. Ich kam kaum noch vor." Annas Stimme klang verbittert.

„Aber das ist typisch für Sylvia, Jungen waren ihr immer wichtiger", fügte sie noch hinzu.

„Vor den Ferien klang das noch anders", widersprach Frau Grünheit. „Da ward ihr euch sehr nah, sie hat dir zwar viel von ihrem Freund erzählt, sich aber auch für dich und deine Entwicklung interessiert. Könnte es sein, dass du noch gekränkt bist?"

Anna fühlte sich ertappt. „Könnte schon sein." Nach einer Pause: „Vielleicht sollte ich doch noch mal mit ihr reden, auch wenn ich darin wenig Sinn sehe."

Eine Freistunde und die Sonne schien einladend in das Therapiezimmer. Erika Grünheit setzte sich mit ihrem Becher Kaffee auf den Balkon und schaute in das Grün der Gärten, die zwischen der Rückseite der eigenen wie gegenüberliegenden Häuserreihe einen verwunschenen Park bildeten.

Nur vereinzelt waren Bewohner zu sehen, die auf ihren Balkonen saßen oder in den Blumenbeeten Unkraut jäteten. Ein Hund kläffte, Insekten summten, ein Kind rief nach seiner Mutter. Mehr war nicht zu hören. In ihren Gedanken war Erika Grünheit noch einmal bei Anna. Schade, dass sie sich immer noch so unter Stimmungsschwankungen litt und sich vor den anderen zurückziehen musste. Und jetzt auch noch die Entfremdung von Sylvia. Vor den Ferien waren sie sich so nahe gewesen. Gerade deshalb erlebte Anna es als so kränkend, dass Jan für ihre Freundin in Dänemark so viel wichtiger wurde als sie selbst. Dazu die Selbstzweifel, nicht wie die anderen eine Beziehung eingehen zu können. Da war der Rückzug in ihre eigene Welt verständlich, doch anders als früher konnte sie jetzt darüber in der Therapiestunde sprechen.

Drei Tage später saßen Sylvia und Anna zusammen in der Cafeteria. Es war still im Raum, weit entfernt in einer andern Ecke saß noch ein anderes Pärchen. Anna räusperte sich, atmete tief durch und begann: „Du, Sylvia, ich muss mit dir noch mal über Rømø sprechen."

Überrascht schaute Sylvia sie an.

Jetzt erzählte Anna, wie sehr sich eine ruhige, gemeinsame Woche mit viel Zeit zum Reden gewünscht habe und wie enttäuscht sie gewesen sei, dass Jan so viel wichtiger war.

„Ich dachte, du hättest dich auch ganz wohl mit den Dänen gefühlt. Und mit Finn warst du doch auch zusammen", versuchte sich Sylvia zu verteidigen.

Doch mit dieser Antwort hatte Anna gerechnet und fuhr unbeirrt fort. Jetzt erzählte sie, wie es ihr in den Nächten ergangen war, sie letztlich Finn zum Übernachten eingeladen habe, um nicht allein schlafen zu müssen.

Auf die Weise seien sie und Finn sich zwar nähergekommen. „Aber nicht so, wie du meinst."

Betroffen blickte Sylvia Anna an. „Das tut mir sehr leid, das wusste ich nicht. Ich hatte wohl wirklich nur Jan im Kopf. Aber hättest du nur was gesagt!"

Anna zuckte mit den Achseln. „Ich wollte dir deinen Spaß auch nicht verderben. Und du solltest auch nicht mitbekommen, dass es mir in der Nacht so schlecht gegangen ist."

Sylvia schüttelte den Kopf. „So was Blödes. Wenn ich das gewusst hätte, wäre vielleicht alles anders gewesen. Jetzt verstehe ich auch, warum du dich so zurückgezogen hast. Ich dachte, es läge daran, dass du dich jetzt viel mit Finn und den neuen Kursen beschäftigst. – Es tut mir wirklich leid, dass das so passiert ist. Und ich finde es toll, dass du mir das jetzt erzählt hast."

Zum Abschied umarmten sich die Freundinnen.

Jetzt saß Sylvia wieder häufiger in Annas Küche. Auch Yvonne tauchte ab und zu mit Keksen oder Kuchen auf. Dann gab es eine Teestunde zu dritt.

Brigitte nahm dies erfreut zur Kenntnis. Auch wenn sie ihre jüngere Tochter noch sorgenvoll beobachtete, schien sie sich doch im Positiven zu verändern. Zwar gab es weiterhin Auseinandersetzungen um die Haushaltspflichten, die Anna ihrer Meinung nach immer wieder vernachlässigte, etwa den Müll nicht herunterbrachte oder den Geschirrspüler nicht ausräumte. Aber insgesamt wirkte Anna weniger in sich gekehrt. Doch an manchen Tagen zog sie sich wie früher sofort in ihr Zimmer zurück, wenn Brigitte die Wohnung betrat.

Inzwischen schaffte es diese häufiger, ihre Tochter in Ruhe lassen. Sie war selbst ausgeglichener, sie fühlte sich in Verlag wohl. Das lag auch an ihrem Ressortchef Herrn Grote, der sie häufiger an ihrem Arbeitsplatz besuchte, um sich mit ihr über die Arbeit zu unterhalten.

39. Der Albtraum

Nach den letzten warmen Spätsommertagen begannen sich die Blätter zu verfärben. An einigen Nachmittagen fand Anna Zeit, mit dem Rad in den

Bürgerpark zu fahren und die Bäume mit dem bunten Herbstlaub zu fotografieren, die sich in den vielen Wassergräben des Stadtparks spiegelten.

Mit geröteten Wangen und vielen neuen Bildern traf sie zu Hause ein. Sie hörte, wie das Telefon klingelte. Ihre Mutter nahm das Gespräch an. Anscheinend hatte sie ihre Arbeit heute früher beendet. Am Tonfall der Mutter hörte Anna, dass sie mit jemand Vertrautem sprach, anscheinend mit ihrer Großmutter aus Mallorca.

Anna zog sich in ihr Zimmer zurück und übertrug die Fotos auf ihren PC. Wenig später klopfte es an der Tür, und ihre Mutter trat ein.

„Störe ich? Nicht? Stell dir vor, Oma Klara hat angerufen. Sie war richtig gut gelaunt und hat viel erzählt. Ihre Rheumaschmerzen scheinen nachgelassen zu haben. Ernst und sie sind auch oft unterwegs. Ich habe den Eindruck, er tut ihr richtig gut."

Anna speicherte die Bilder ab und fuhr ihren Computer herunter. „Wie lange sind die beiden eigentlich schon zusammen?"

„Gute Frage", die Mutter dachte nach. „Zehn Jahre bestimmt."

„Wie viele Jahre war Oma Klara denn nach der Trennung von Opa Karl allein?" wollte Anna noch wissen.

Doch jetzt schien es die Mutter sehr eilig zu haben. „Ich denke etwa zehn Jahre. Aber wir sollten jetzt Abendbrot essen. Ich decke schon mal den Tisch." Sie verließ das Zimmer.

Und Anna wusste, dass sie nicht weiter fragen sollte.

Am Abend vor dem Einschlafen erinnerte sich Anna an den Tagtraum der letzten Therapiesitzung.

Noch einmal besuchte sie ihre eigene Welt.

Sturmwind hatte schon lange Ausschau nach ihr gehalten und begrüßte sie freudig. Ein wenig schuldbewusst umarmte Anna ihr Pferd. Seit sie ihn häufiger bei der Therapeutin traf, besuchte sie ihn kaum noch alleine. Er schien es ihr aber nicht übelzunehmen und lud sie zu einem Ausritt ein.

Erleichtert schwang sich Anna auf Sturmwinds Rücken. Er preschte los, galoppierte über Wiesen, einmal im großen Bogen um den See und schließlich dem Bach hinauf in Richtung Wald. Anna, die Sturmwind bereitwillig die Führung überlassen hatte, wurde unruhig. Dorthin wollte sie nicht und bat ihn, umzukehren. Er verlangsamte sein Tempo, spitzte die Ohren, schüttelte die Mähne, schaute noch einmal in Richtung der Bäume. Schließlich wendete er und trabte den Weg zum Haus zurück. Anna strich ihm dankbar über die Mähne und stieg ab. Auf ihrer Bank genoss sie die Abendsonne und schaute Sturmwind beim Grasen zu.

Beruhigt schlief Anna ein, schreckte aber am Morgen aus einem Albtraum auf.

Anna stand mitten in dem dunklen Wald und fand den Weg nicht mehr heraus. Unheimliche Geräusche kamen von allen Seiten, furchterregende Augenpaare tauchten im Geäst auf und verschwanden. Wie gelähmt blieb sie stehen, ihre Beine wurden immer schwerer. Da sah sie eine Gestalt auf sich zukommen, im dunklen Anzug, den Hut tief ins Gesicht gezogen. Anna wollte weglaufen, doch es ging nicht. Der Mann kam immer näher, Anna konnte das zerfurchte Gesicht und die stechenden Augen sehen. Sie schrie auf.

Am ganzen Körper zitternd wachte Anna auf. Sie brauchte lange, bis sie sich wieder in ihrem Zimmer zurechtfand.

Der Traum begleitete sie den ganzen Tag, auch noch in die Therapiestunde.

Frau Grünheit spürte, dass etwas mit Anna nicht stimmte.

„Du bist so blass Anna. Ist etwas passiert?"

Anna zögerte. Bisher hatte sie ihre Nachtträume für sich behalten. An viele konnte sie sich auch nicht erinnern, und bisher hatte sie keinen Anlass gehabt, davon zu berichten.

Doch dieser letzte Traum belastete sie, und so schilderte sie ihn.

Für einen Moment schwiegen beide.

„Das war ein sehr erschreckender Traum", bestätigte Frau Grünheit. „Da kann ich mir gut vorstellen, dass er dich belastet hat. Der dunkle Wald war ja auch schon öfters Thema in deinen Bildern."

Anna nickte. „Er war mir unheimlich. Daher wollte ich auch nie hinein. Und jetzt bin ich im Traum drin gewesen, und es war schrecklich."

„Dieser Mann im Traum, hat er dich an jemand erinnert?"

Anna schüttelte den Kopf. „Ich habe auch schon darüber nachgedacht, aber mir fällt niemand ein."

„Ein Mann im Anzug und mit Hut, zerfurchtes Gesicht und stechende Augen", fasste Frau Grünheit zusammen. „Anscheinend ein älterer Mann."

„Mir ist nie jemand begegnet, der so aussieht. Niemand aus der Familie, kein Lehrer oder Bekannter. Auch niemand aus einem Film."

Wieder trat Stille ein. Anna schien innere Bilder abzufragen.

„Meine beiden Opas habe ich nicht kennengelernt. Opa Franz, der Mann von Oma Helga, starb ja noch vor meiner Geburt. Es gibt zwei Bilder von ihm im Haus meiner Oma. Auf dem ersten sind beide zu sehen. Es wurde wohl kurz nach der Hochzeit aufgenommen, da sind beide noch sehr jung und strahlen. Auf dem zweiten, ein Foto von ihm allein, da ist er schon wesentlich älter und schaut sehr ernst, aber dennoch hatte er ein sympathisches Gesicht. Das kann der Mann aus dem Traum auf keinen Fall sein. Von Opa Karl, dem Mann von Oma Klara, gibt es überhaupt kein Bild. Komisch, ich weiß nur ganz wenig von ihm. Nur dass sich Oma Klara und Opa Karl getrennt haben, als Mama fünfzehn war. Die beiden haben sich wohl nicht mehr verstanden. Warum, weiß ich nicht, Mama erzählt nichts von ihm. Lena hat mal nach ihm gefragt, da gab es nur eine kurze Antwort, er wäre nach der Trennung einfach verschwunden. Wir hatten beide den Eindruck, Mama möchte nichts von ihm erzählen."

„Und eure Großmutter?"

„Wie sehen sie ja nur selten, wenn sie mal von Mallorca zu Besuch kommt. Zweimal waren wir auch dort, aber dann nicht mehr. Mama hat Angst vor dem Fliegen. Oma Klara lebt jetzt ihr eigenes Leben mit ihrem Freund Ernst. Und von früher hat sie uns schon gar nichts erzählt."

„Und die Schwester eurer Mutter lebt ja in Australien", erinnerte sich Frau Grünheit.

„Ja, Tante Gerda haben wir vor acht Jahren das letzte Mal gesehen, als sie uns auf einer Deutschlandreise besuchte. Aber sie war nur kurz bei uns. Von ihr haben wir auch nichts über unseren Opa erfahren."

Jetzt schaute Anna Frau Grünheit direkt an. „Gestern rief Oma Klara bei uns an und sprach mit Mama. Danach unterhielten Mama und ich uns noch über Oma Klara und Ernst, auch wie lange sie denn schon zusammen sind. Aber als ich nur kurz Opa Karl erwähnte, hat sie das Gespräch ganz schnell beendet." Anna runzelte die Stirn. „Es muss einen Grund haben, warum keiner in der Familie über ihn spricht. Und komisch, dass mir bei dem Traum gerade Opa Karl einfällt."

„Wenn jemand so totgeschwiegen wird, kann er zu einer dunklen, bedrohlichen Gestalt werden", erwiderte Frau Grünheit. „Wie wäre es, wenn du einmal mit Lena darüber sprichst und einige aus der Familie nach ihm befragst?"

Zweifelnd schaute Anna die Therapeutin an. „Ich weiß nicht, ob ich da was erfahren werde. Ich kann es ja mal versuchen."

„Wie wäre es, wenn du noch einmal dein Haus besuchst?" fragte Frau Grünheit.

Anna nickte und schloss die Augen.

Sie saß auf ihrer Bank und trank einen warmen Tee. Sturmwind graste an ihrer Seite; Anna hörte, wie seine Zähne das Gras abrissen und zermahlten, einige Bienen summten in der blühenden Wiese. Langsam ging die Sonne unter und tauchte Himmel und See in ein rötliches Licht. Annas Blick verfolgte den Bach hinter dem See; ganz weit hinten sah sie den dunklen Wald. Aus der Ferne wirkte er nicht mehr ganz so bedrohlich. Langsam trat die Dämmerung ein.

Frau Grünheit fragte Anna, ob es noch etwas zu entdecken gäbe. Da tauchte etwas am Himmel auf, aus der Richtung des Waldes. Im Näherkommen wurde daraus ein Vogel, eine Eule. Sie flog mit ruhigen, rhythmischen Bewegungen über dem See auf Annas Haus zu und ließ sich schließlich auf dem Dachfirst nieder. Hier legte sie ihre Flügel zusammen, der Platz schien ihr zu behagen, ihre Augen klappten auf und zu. Anna hatte das Gefühl, dass sie die Eule anschaute, ein ruhiger, weiser Blick. Er tat ihr gut, sie wünschte sich, der Nachtvogel würde bleiben oder wenigstens häufiger zu Besuch kommen.

Bevor sie den Therapieraum verließ, las Frau Grünheit noch einmal aufmerksam in ihren Notizen. Bisher hatte Anna selten von Nachtträumen berichtet. Und jetzt dieser Albtraum, was hatte er zu bedeuten? Er hatte sie gleichzeitig erschreckt und neugierig gemacht. Und warum tauchte er gerade jetzt auf? In den letzten Wochen schien Anna sich wieder besser zu fühlen. Sie hatte es sogar geschafft, mit Sylvia zu reden, und traf sich jetzt häufiger mit den beiden Freundinnen. Auch mit der Mutter gab es weniger Konflikte. Und jetzt nach dem Anruf der Großmutter und dem kurzen Gespräch über den Großvater dieser Traum. Von dem Opa Karl hatte Anna bisher kaum erzählt, die Mutter mochte anscheinend auch nicht über ihn sprechen. War er vielleicht die furchteinflößende Gestalt? Gab es ein Familiengeheimnis?

40. Die Befragung

Inzwischen war Lena nach Kiel in ihre neue WG gezogen; das Semester würde bald beginnen.

Am Wochenende besuchte sie noch einmal ihre Mutter und Schwester, auch um die letzten Bücher abzuholen.

Kurz nach der Therapiestunde hatte ihr Anna eine E-Mail geschrieben und angekündigt, sie müsse unbedingt mit ihr sprechen. So suchte Lena kurz nach ihrer Ankunft am Freitagnachmittag Anna in ihrem Zimmer auf.

Diese berichtete von ihrer Suche nach Informationen über den Großvater, nach einem kurzen Zögern auch von ihrem Nachttraum und ihren Einfällen dazu.

Nachdenklich erwiderte Lena: „Du hast recht, es ist schon seltsam, dass wir gar nichts von Opa Karl wissen. Es scheint wirklich ein Tabu in der Familie sein. Auch Oma Käthe, zu der ich doch früher so einen guten Draht hatte, erzählte nichts von ihm. Ich möchte auch allzu gerne wissen, was denn da los war."

„Sollten wir denn Mama fragen?" meinte Anna zögerlich.

„Wen denn sonst? Außerdem haben wir auch ein Recht, etwas von unserem Opa zu wissen. Und wir sollten sie gleich befragen."

Die beiden Mädchen bereiteten das Abendbrot vor. Als die Mutter eine Stunde später eintraf, freute sie sich über Lenas Besuch und den gedeckten Tisch.

Während des Essens fragte die Mutter nach Lenas Erlebnissen in Kiel, und Lena erzählte.

Als alle satt waren, trat einen Moment Stille ein. Anna und Lena schauten einander an.

Die Mutter bemerkte den Blick. „Ist was?"

Anna atmete tief durch und begann. „Ja. In meiner Therapie war auch unsre Familie Thema. Dabei ist mir aufgefallen, dass ich nichts über Opa Karl weiß."

Lena fügte noch hinzu: „Wir beide haben vorhin darüber gesprochen. Auch ich würde gerne wissen, was für ein Mensch er war und was aus ihm geworden ist."

Gespannt sahen die beiden ihre Mutter an. Diese war blass geworden, die Lippen eng zusammengepresst. Eine bedrückende Stille breitete sich im Raum aus. Schließlich begann die Mutter mit brüchiger Stimme: „Ich habe ihn in keiner guten Erinnerung, möchte am liebsten gar nicht mehr an ihn denken."

Sie sah ihre Töchter kurz an, wandte ihren Blick zur Wand. „Er war ein schrecklicher Tyrann, völlig unberechenbar. Meistens war er schlechter Laune, brüllte uns bei dem geringsten Anlass an. Dann zog er sich stundenlang in seinen Hobbykeller zurück und bastelte irgendwas. In dem Moment ging es uns besser, aber wir blieben angespannt, weil wir nicht wussten, wann er wiederkommen würde und es weiterging."

Die Mutter machte eine Pause und trank einen Schluck Tee. „Unten im Keller trank er auch. Wenn wir Glück hatten, war er danach müde und ging gleich zu Bett. Aber oftmals kam er mit einer noch schlechteren Stimmung wieder hoch und putzte uns alle herunter. Er fand immer etwas zum Meckern: die Küche war nicht sauber genug, unsere Zimmer nicht aufgeräumt, manchmal kontrollierte er noch spät am Abend unsere Hausaufgaben. Da konnte es passieren, dass ihm etwas nicht gefiel und er die Seiten rausriss, und wir mussten noch mal alles neu schreiben. Da war ich meistens das Opfer."

Schweigend hörten Lena und Anna zu.

„Aber am meisten hatte Oma Klara zu leiden. Sie wurde auch öfters von ihm geschlagen. Das passierte im Schlafzimmer, und sie versuchte es vor uns zu verbergen."

„Euch hat er nicht geschlagen?" fragte Lena vorsichtig.

„Nein, die Prügel steckte Oma Klara ein. Aber für uns war das schrecklich. Wir schliefen im Zimmer nebenan und bekamen alles mit. Wir hatten Angst und hassten ihn."

Die Mutter atmete tief durch. „Ihr müsst wissen, er war Vertreter für Damenoberbekleidung und oft tagelang unterwegs. Wenn er weg war, ging es uns dreien besser, aber wir wussten nie genau, wann er wieder vor der Tür stand. An manchen Tagen war er wie ausgewechselt und er kam gut gelaunt nach Hause. Anscheinend waren die Geschäfte besser gelaufen, ich weiß es nicht. Dann lud er uns alle zu einem Ausflug ein, wir machten lange Spaziergänge im Wald. Es gab manchmal auch eine Limo oder ein Eis, er pfiff ein Lied, einmal nahm er unsere Mutter, eure Oma, in den Arm und tanzte mit ihr. In diesen Momenten strahlte sie, schien wie verwandelt. Manchmal nahm er auch uns beide mit in den Zirkus, den liebte er besonders, oder machte auch eine Fahrradtour mit uns. Uns war das Ganze nicht geheuer, denn seine Stimmung konnte schnell wieder wechseln."

„Das hört sich schrecklich an. Da verstehe ich, dass du nichts mehr von ihm wissen willst“, erwiderte Lena erschüttert. Anna nickte ebenso betroffen. „Aber anscheinend hat es Oma Klara doch noch geschafft, sich von ihm zu trennen“, fügte sie hinzu.

„Ja, da war ich fünfzehn. Inzwischen waren seine Geschäfte immer schlechter gegangen, das lag sicher auch am Alkohol. Oma Klara fing an zu arbeiten, da das Geld einfach nicht mehr reichte. Das war ihm nicht recht, aber er hatte keine andere Wahl.“

Anna fiel auf, dass ihre Mutter den Opa nie beim Namen nannte, aber sie sagte nichts dazu.

„Sie half in einem benachbarten Kurzwarengeschäft mit, war erst Aushilfe, dann in fester Anstellung, später übernahm sie sogar die Leitung der kleinen Filiale. Sie liebte ihre Arbeit und bekam sehr viel Bestätigung durch ihre Kunden. Während er immer mehr verfiel, wurde sie kräftiger und ließ sich immer weniger von ihm gefallen. Als er noch einmal versuchte, sie im betrunkenen Zustand zu schlagen, hat sie sich gewehrt und ihn rausgeworfen. Da hatte er kaum noch Kraft. Noch mehrere Male versuchte er zurückzukommen, doch sie ließ ihn nicht mehr rein.“

„Was wurde dann aus ihm?“ fragte Lena.

„Ich weiß es nicht. Er ist einfach verschwunden. Ich denke, er ist auf der Straße gelandet und irgendwann am Suff gestorben.“

„Wie war das für euch, als Oma Klara ihn rauswarf?“ wollte Anna wissen.

„Erleichternd. Endlich war er weg!“ erwiderte die Mutter zornig.

„Ein schrecklicher Kerl. Das war schlimm für euch. Wie gut, dass Oma Klara das geschafft hat“, meinte Anna.

„Besser sie hätte es früher hinbekommen“, schränkte Lena ein.

Hier nahm die Mutter die Großmutter in den Schutz: „Sie konnte es nicht vorher, er war so beherrschend. Erst musste sie mit ihrer Arbeit beginnen und selbstbewusster werden und er an Kraft verlieren. Das brauchte seine Zeit.“

Endlich schwiegen die Mädchen, ihre Fragen schienen beantwortet. Die Mutter zog sich in ihr Zimmer zurück. Die Erinnerung an ihren Vater hatte sie sehr aufgewühlt. Selbst in ihren eigenen Therapien mochte sie nur ungern über ihn sprechen. Die alten Bilder waren wieder da, seine verzerrten Gesichtszüge, der weit aufgerissene Mund, der sie anschrie, das ängstliche Warten auf seine Schritte auf der Treppe, in der Nacht die Schreie der Mutter, wenn sie von ihm geschlagen wurde.

41. Die zweiundzwanzigste Stunde

In der nächsten Stunde berichtete Anna vom Gespräch mit der Mutter.

„Sehr gut, dass ihr gleich mit ihr gesprochen habt. Wie geht es dir jetzt mit den Informationen über deinen Großvater?"

„Ich finde es furchtbar, wie dieser Mann mit meiner Oma, meiner Mutter und der Tante umgegangen ist. Da verstehe ich auch, dass sie nichts mehr mit ihm zu tun haben wollten." Nach einer kurzen Pause fuhr Anna fort: „Lena und ich haben an dem Wochenende noch öfter darüber gesprochen. Wir können jetzt auch besser verstehen, warum so Mama viele seelische Probleme hat und es ihr oft nicht so gut ging und sie auch mit Papa so schlecht zurechtkam, denn zu ihrem Vater hatte sie ja eine ganz miese Beziehung."

„Da habt ihr sicher recht", bestätigte Frau Grünheit. „ Großmutter, Mutter und Tante haben sehr unter ihm gelitten. – Aber habt ihr auch darüber nachgedacht, warum euer Großvater so schwierig war? Eure Großmutter muss ihn ja anders kennengelernt haben, sonst hätte sie ihn sicher nicht geheiratet. Und ab und zu schien er ja nach dem Bericht deiner Mutter wie ausgewechselt. Vielleicht war er da wie früher, zur der Zeit, als sich eure Oma und er kennenlernten."

Anna schaute Frau Grünheit fragend an.

„Nicht dass ich damit sein Verhalten beschönigen möchte, doch es hat sicher einen Grund, warum er zum Alkoholiker wurde und seine Familie so schlecht behandelte. Vielleicht könnte es euch helfen, wenn ihr das auch noch wüsstet."

Das leuchtete Anna ein. „Ich werde meine Mutter auch danach fragen."

Zum Schluss der Stunde holte sie ihren Block mit dem Bild von der letzten Imagination heraus. In der Mitte stand ihr gelbes Haus, sie saß davor auf ihrer Bank, neben ihr graste Sturmwind. Neu war die Eule, die auf dem Dachfirst thronte. Anna hatte sie besonders sorgfältig gemalt.

„Sie wirkte so weise und gütig auf mich. Danach hatte ich weniger Angst vor dem Wald."

„Die Eule ist ja ein kluges Tier, das sich im Wald gut auskennt. Sie begleitet dich ja bereits auf deinen Nachforschungen", meinte Frau Grünheit lächelnd.

Nach der Stunde fand Erika Grünheit keine Zeit, sich mit Annas Sitzung zu beschäftigen. Doch war sie beeindruckt von Annas und Lenas Mut, die Mutter gleich zu befragen. Kein Wunder, dass diese nicht an ihren alkoholkranken und gewalttätigen Vater erinnert werden wollte. Ob Anna noch mehr über die Entwicklung des Großvaters erfahren würde?

42. Herbstferien

Zwei Tage nach der letzten Stunde begannen die Ferien.

Anna war mit ihren Gedanken noch sehr mit der letzten Therapiestunde beschäftigt. Sie wollte unbedingt mit ihrer Mutter über Opa Karl reden. Aber wie würde diese darauf reagieren?

Seit ihrem Gespräch in der Küche hatte sich die Mutter erst einmal zurückgezogen; sie wirkte bedrückter. Anna beobachtete dies mit Schuldgefühlen, sah sie sich doch als Auslöser für die schlechtere Stimmung der Mutter. Sie fürchtete auch, dass diese eine neue Krise erleiden könne, die dunkle Zeit war ja die Jahre zuvor schwer für sie gewesen.

So Anna ließ sie es erst einmal in Ruhe, bis sie wieder von einem Albtraum geweckt wurde.

Sie befand sich in einem dunklen Gang mit vielen Türen. Anna versuchte sie zu öffnen, doch alle waren verschlossen. Der Gang wurde immer länger und enger. Hände kamen aus den Wänden und griffen nach ihr.

Schweißgebadet schreckte Anna hoch. Draußen war es noch dunkel, ihr Wecker zeigte vier Uhr an. Sie knipste ihre Nachttischlampe an und setzte sich auf. Warum schon wieder so ein furchtbarer Traum? Sie erinnerte sich daran, früher häufiger Ähnliches geträumt zu haben, sie hatte es ganz vergessen. Auch die langen Gänge mit den verschlossen Türen, immer wieder diese Hände.

Sie wollte nicht, dass das wieder begann, auf keinen Fall.

Da fiel ihr ein, dass sie damals begonnen hatte, tagzuträumen. Das musste in der Trennungszeit der Eltern gewesen sein oder kurz danach.

Am Anfang war sie ein Indianermädchen, das mit einem Pferd über die Prairie ritt. Frei fühlte sie sich und kraftvoll.

Ja, ein Pferd war damals schon da, es hieß nur noch nicht Sturmwind. In der Zeit hatte sie viele Jungendbücher über Indianer gelesen, war ganz fasziniert von deren Leben.

Später malte sie sich aus, wie sie dorthin kam.

Mitten in der Nacht, als alle schliefen, packte sie ihren Rucksack mit Kleidung und Lebensmitteln, suchte alles Geld zusammen, das sie besaß, und machte sich auf den Weg zum Bahnhof. Die Fahrkarte für den Zug hatte sie bereits am Tag zuvor gekauft. Sie fuhr nach Bremerhaven. Dort nahm sie den Weg zum Hafen und suchte nach einem Schiff, das in die USA fuhr. Endlich fand sie eines, es wurde gerade beladen. Als die Hafenarbeiter fertig waren und alle das Schiff verlassen hatten, schlich sie sich an Bord, öffnete einer der Luken und versteckte sich im Laderaum.

Sie hatte Glück, darin befanden sich viele Lebensmittel, die ihr halfen, die Zeit der Überfahrt zu überleben.

Anna fiel auf, dass sie sich keine Gedanken über das Trinken gemacht hatte. Das Essen schien ihr damals wichtiger.

Nach vielen Tagen erreichte das Schiff endlich den Hafen von New York. Anna versteckte sich in einem der Kisten, die mithilfe eines Krans an Land gehievt wurde. Als es still um sie wurde, verließ sie die Kiste und machte sich auf den Weg aus der Stadt. Sie lief zu Fuß und fragte sich durch nach dem Weg in die Appalachen. Dort traf sie endlich auf ihren Stamm.

Auch hier war es ihr nicht wichtig gewesen, wie sie das schaffen würde, diesen langen Weg alleine zurückzulegen. Wichtig war es, nur anzukommen.

Sie wurde in einer Familie aufgenommen und zu einem Indianermädchen. Sie musste viele Pflichten übernehmen, sich auch um die jüngeren Geschwister kümmern. Zum Ausgleich durfte sie immer wieder auf ihrem Pony ausreiten. Nachts schlief sie mit den anderen Familienmitgliedern geborgen in ihrem Langhaus.

Anna erinnerte sich, dass eines der Bücher, das sie mehrmals gelesen hatte, von einem Stamm in den Appalachen handelte.

Hatten diese Albträume etwas mit der Trennung von Mutter und Vater zu tun? Doch warum traten sie jetzt wieder auf?

Der dunkle Mann im Wald, hatte er vielleicht doch mehr mit Opa Karl zu tun?

Ich werde mit Mama reden müssen, beschloss Anna, wie auch immer sie es aufnimmt.

Müde versuchte sie noch einmal in den Schlaf zu finden, mit einem Besuch bei Sturmwind gelang es ihr endlich.

43. Das zweite Gespräch mit der Mutter

Als Anna am nächsten Morgen aufwachte, war ihre Mutter bereits gegangen. Anna bereite sich ihr Frühstück zu und versuchte mehrmals, Lena anzurufen, doch sie erreichte sie nicht. Sie schrieb ihr auch eine E-Mail, erhielt aber keine Antwort. Anna wusste, dass Lena bereits die ersten Vorlesungen besuchte. Sie hatte wohl ihr Handy ausgestellt. Dann war es eben so; sie würde es auch alleine schaffen.

Ungeduldig wartete sie auf die Heimkehr ihrer Mutter. Endlich hörte sie, wie sich die Haustür öffnete. Wie eine Woche zuvor hatte sie das Abendbrot vorbereitet und lud ihre Mutter ein, Platz zu nehmen. Doch diese runzelte die Stirn. „Hast du etwas vor? Möchtest du wieder etwas von mir wissen?“

Anna nickte. Lange hatte sie darüber nachgedacht, wie sie beginnen sollte, denn sie wusste ja, dass ihre Mutter ungern über ihren eigenen Vater sprach. Dabei erinnerte sie sich an die Worte von Frau Grünheit.

„Ich wollte gerne noch etwas von Opa Karl wissen. Er war doch sicher nicht immer so schrecklich, wie du ihn erlebt hast. Sonst hätte ihn Oma Klara doch nicht geheiratet. Und es muss doch einen Grund haben, warum er so geworden ist.“

Unwirsch antwortete die Mutter: „Warum willst du das alles wissen?“

Anna hatte diese Frage befürchtet. So berichtete sie von ihren Träumen und den Gespräch mit ihrer Therapeutin.

Die Mutter hörte schweigend zu, in ihrem Blick wechselten Betroffenheit und Zweifel.

„Und du meinst, der Mann in deinem Traum könnte dein Opa sein? Aber du kennst ihn doch gar nicht!“

„Er fiel mir aber ein, als ich mit Frau Grünheit über den Traum sprach. Und dabei stellte ich auch fest, dass ich so gut wie nichts über ihn wusste und du auch nie von ihm erzählen wolltest. Da meinte Frau Grünheit, dass es einen Grund haben muss, wenn jemand totgeschwiegen wird. Damit kann er auch zu einer dunklen, bedrohlichen Gestalt werden."

„So, das meint deine Therapeutin", erwiderte die Mutter widerwillig. „Gut, dann will ich dir erzählen, was ich weiß. Viel ist es nicht. Oma Klara hat wenig erzählt und er selbst schon gar nicht. Die beiden lernten sich 1965 kennen und heirateten ein Jahr später. Da war Oma Klara schon schwanger, denn Gerda kam fünf Monate später zur Welt. Ja, das scheint sich in unserer Familie zu wiederholen." Sie lächelte dünn und fuhr fort: „Wo und wie sie sich das erste Mal gesehen haben, weiß ich nicht. Er stammte aus einer überzeugten Nazifamilie, die in Berlin lebte. Der Vater war Soldat in Russland. Er wurde gegen Kriegsende verwundet und entging so der Gefangenschaft. Für seine Familie war der Zusammenbruch des Regimes eine Katastrophe. Sie hatten fest an den Endsieg geglaubt und fanden sich in einer Welt wieder, in der plötzlich ganz andere Werte galten. Seine Eltern blieben weiter überzeugte Nazis, und Opa Karl wurde in dieser Haltung erzogen."

Die Mutter machte eine Pause und atmete tief durch. Anna war ganz still und hoffte, ihre Mutter würde nicht aufhören zu erzählen. Schließlich fuhr diese fort: „Er hat wohl das Gymnasium besucht, das Abitur aber nicht geschafft. So wurde er von seinem Vater in eine kaufmännische Lehre gesteckt. Bei der Firma blieb er nur kurze Zeit, wechselte wohl häufiger die Stelle. Warum, weiß ich nicht. Als er Oma Klara kennenlernte, war er bereits Vertreter. Am Anfang ging das Geschäft gut, das lag wohl auch an dem neuen Glück. Aber nach einer Weile häuften sich die Misserfolge; er verkaufte nichts und geriet immer mehr unter Druck. Zu dem Zeitpunkt fing er an zu trinken und ließ seine schlechte Laune an uns aus. Den Rest kennst du ja."

Jetzt verstummte die Mutter, auch Anna schwieg. Nur das leise Ticken der Küchenuhr war noch zu hören.

„Danke, dass du mir das erzählt hast."

Anna räusperte sich. „Ich hoffe, es war nicht zu viel für dich."

„Ist schon in Ordnung. Ich hoffe, es hilft dir weiter, und du wirst deine Albträume los", erwiderte die Mutter.

Gemeinsam räumten sie die Küche auf und zogen sich in ihre Zimmer zurück.

Erschöpft setzte sich Brigitte in ihren Sessel und schloss die Augen. Warum musste Anna schon wieder nach ihrem Großvater fragen, sie wurde so ungern an ihn erinnert. Doch dieses Mal war es ihr nicht ganz so schwergefallen, von ihm zu sprechen. Auch wenn sie sich ihn ungern als kleinen Jungen vorstellen wollte, der unter seinen Nazieltern litt und auch später kaum Glück im Leben hatte. Das entschuldigte nicht sein schreckliches Verhalten.

Doch noch mehr beschäftigten sie Annas Albträume. Konnte es sein, dass ihre Tochter wirklich von ihm geträumt hatte, wo sie ihren Opa doch gar nicht kannte, so gut wie nichts von ihm wusste? Das kam ihr unwahrscheinlich vor. Doch wie hatte das Annas Therapeutin ausgedrückt: Wenn jemand totgeschwiegen wird, kann diese Person zu einer bedrohlichen, dunklen Gestalt werden. Auch für Anna? Brigitte spürte, wie Wut in ihr aufstieg. Er sollte auf keinen Fall die Macht haben, auch noch ihrer Tochter zu schaden.

Noch am selben Abend schrieb Anna ihrer Schwester eine E-Mail mit der Zusammenfassung des Gesprächs. Auf diese Weise konnte sie sich selbst die neuen Erkenntnisse über ihren Großvater einprägen, sie versuchte sich ein Bild von ihm zu machen.

Doch das fiel ihr schwer. Es gab ja nicht einmal ein Foto von ihm. Sie versuchte, sich ihn als kleinen Jungen in Berlin vorzustellen. Wie mochte es ihm nach Kriegsende ergangen sein, in der Schule und in der Ausbildung? Wie lernte er die Großmutter kennen?

Das erste Mal tauchte die Zeit des Nationalsozialismus im Zusammenhang mit ihrer Familie auf.

Im Geschichtsunterricht war sie dieser Zeit begegnet, aber sie hatte sich nicht weiter mit dem Thema beschäftigt. Der Krieg und das Dritte Reich lagen schon so weit zurück, hatten so wenig mit ihr zu tun. Jetzt rückte alles näher.

Gleichzeitig löste das Wissen, dass der eigene Großvater aus einer Nazifamilie stammte, Unbehagen in Anna aus. Doch sie mochte sich nicht länger damit beschäftigen und ging zu Bett.

In dieser Nacht schlief sie unruhig, wurde aber von keinem Albtraum heimgesucht.

Am nächsten Tag erhielt Anna eine Antwort von Lena.

„Liebe Anna, ich war doch sehr überrascht über Deine Initiative und finde es toll, dass Du noch mal mit Mama über Opa Karl gesprochen hast. Ich finde auch, dass wir jetzt viel mehr über ihn wissen.

Doch immer noch bleiben Fragen offen: Wie erlebten er und seine Mutter die Flucht aus Pommern? Wie war für ihn selbst der Systemwechsel, blieb er wie die Eltern so ein extremer Nazi? Warum wechselte er dauernd seine Arbeitsstellen?

Mama kann uns da sicher nicht weiterhelfen. Aber Tante Gerda könnte noch mehr über ihn erfahren haben Ich habe ihre E-Mail-Adresse und werde ihr einmal schreiben und bei ihr anklopfen.

Liebe Grüße

Lena“

Aufgeregt las Anna die E-Mail und antwortete wenig später.

„Liebe Lena, finde ich eine tolle Idee, Tante Gerda zu interviewen! Danke, dass Du das machen willst! Ich hoffe, sie ist bereit, uns mehr von Opa Karl zu erzählen.

Liebe Grüße

Anna“

Anna freute sich, dass Lena selbst mehr über den Großvater wissen wollte und jetzt sogar selbst die Initiative ergriff.

Der Morgennebel hatte sich gelichtet; die bunt gefärbten Blätter der Bäume leuchteten in der Sonne. Anna nahm ihren Fotoapparat und fuhr erneut mit ihrem Rad in den Bürgerpark. Sie fotografierte; in Gedanken tauchten die winterlichen Spaziergänge mit Bernd auf, wieder lief sie neben ihm durch den knirschenden Schnee und sprang mit ihm über die Pfützen. Wehmütig wünschte sie seine Nähe zurück, doch wenig später erinnerte sie sich daran, wie schlecht es ihr auch dabei gegangen war, an den Schwindel, das Ohrenrauschen. Ob es heute auch noch so sein würde? Hatte sie sich nicht auch weiterentwickelt?

Nein, es war vorbei, sie versuchte den Gedanken an Bernd abzuschütteln. Stattdessen kamen ihr die sommerlichen Lernnachmittage mit Sylvia in den Sinn. Wie anders sah es hier aus in der herbstlichen Stimmung. Sie machte einige Fotos und beschloss, das schönste für Sylvia auszudrucken.

Am folgenden Tag bekam Anna Besuch von Sylvia. Anna freute sich, kochte Tee, und beide saßen einander gegenüber am Küchentisch. Es gab viel zu erzählen, von der Schule und der Familie. Sylvia war jetzt wieder mit Max zusammen. Im Moment ging es ihr gut mit ihm; er schien sich wirklich geändert zu haben, sie hoffte, dass es anhielt.

Anna erzählte auch von ihrem Traum und ihrer Recherche zum Leben des Großvaters.

Gespannt hörte Sylvia zu. „Das ist eine erstaunliche Geschichte“, bemerkte sie. „Und dass die NS-Zeit da reinspielt, ist auch für mich etwas Neues. Das bringt mich auf den Gedanken, selbst mal danach zu fragen, wie das in unserer Familie war.“

„Wie findest du es, dass die Eltern meines Opas so richtige Nazis waren?“ fragte Anna vorsichtig.

„Das waren doch damals viele, sonst wäre Hitler nicht an die Macht gekommen“, erwiderte Sylvia entschieden.

„Du hast schon recht, aber irgendwie ein komisches Gefühl, wenn das in der eigenen Familie so war.“

„Ja, sie haben sich anscheinend klar dazu bekannt. Denk doch mal an den Geschichtsunterricht. Da haben wir doch mitbekommen, wie viele hinterher eigentlich immer schon gegen das Regime waren, auch wenn das gar nicht stimmte“, fügte Sylvia noch hinzu.

In der letzten Ferienwoche bekam Anna noch einige Male Besuch von Sylvia. Die Beziehung zu Max war wieder problemtisch, so dass sie in erster Linie darüber sprachen.

Anna war auch viel mit dem Fotoapparat unterwegs und suchte nach Herbstmotiven. An Regentagen las sie in ihrem alten Geschichtsbuch und im Internet vieles zum Dritten Reich; die Beschäftigung mit dem Großvater hatte ihr Interesse geweckt.

Drei Tage nach der letzten E-Mail schickte Lena eine neue Nachricht:

„Liebe Anna, stell Dir vor, Tante Gerda hat geantwortet! Und sie kommt bald nach Deutschland! Aber lies am besten selber, ich hänge ihre Mail an.

LG

Lena“

Gespannt öffnete Anna die Nachricht ihrer Tante.

„Liebe Lena,

das war eine Überraschung und Freude, von Dir zu hören!

Und wie es der Zufall oder die Vorsehung will, war ich gerade mit dem Gedanken beschäftigt, nach langer Zeit mal wieder meine alte Heimat und auch Euch zu besuchen. Heute oder morgen werde ich deswegen auch Deine Mutter anrufen, ob ihr das gelegen kommt. Es gibt im Moment auch ganz günstige Flüge; ich habe mir schon welche reservieren lassen.

Zu Eurem Opa und unserem Vater: Finde ich spannend, dass Ihr Euch mit ihm beschäftigt. Ihr habt recht, er wurde in unserer Familie regelrecht ausgeblendet. Das war auch im Interesse von unserer Mutter, sie hat nach seinem Auszug auch alle seine Fotos zerstört.

Was sie aber nicht wusste: Ich hatte noch eine Weile Kontakt zu ihm. Er ist wieder zu seiner Mutter gezogen. Auch nach Australien hat er mir ab und zu noch geschrieben. Dabei erwähnte er auch, dass er nach dem Tod seiner Mutter Unterlagen gefunden hat, aus denen hervorging, dass er von seinen Eltern noch in Kriegszeiten adoptiert wurde und ein Lebensbornkind war.

Genaueres kann ich Euch bei unserem Besuch erzählen, das führt jetzt zu weit.

Ich freue mich auf ein baldiges Wiedersehen!

Liebe Grüße, auch an Anna

Deine Tante Gerda“

Anna las die Nachricht mehrere Male. Mehrfach versuchte sie, Lena auf ihrem Handy zu erreichen, bis diese endlich das Gespräch annahm. Sie hatte nicht viel Zeit, musste gleich in die nächste Vorlesung, aber sie war ebenfalls noch überwältigt von der Aussicht, ihre Tante so bald wiederzusehen. Hoffentlich klappte es mit dem Besuch. Und dann die neuen Informationen zur Adoption. Lebensborn? Davon hatte auch Lena noch nichts gehört.

Sie beendeten das Gespräch, und Anna suchte sofort im Internet nach dem Begriff. Erstaunt stellte sie fest, dass es eine riesige Anzahl von Artikeln zu dem Thema gab.

Bei Wikipedia las sie:

„Der Lebensborn e. V. war im nationalsozialistischen Deutschen Reich ein von der SS getragener, staatlich geförderter Verein, dessen Ziel es war, auf der Grundlage der nationalsozialistischen Rassenhygiene und Gesundheitsideologie die Erhöhung der Geburtenrate „arischer“ Kinder auch aus außerehelichen Beziehungen herbeizuführen. Dies sollte durch anonyme Entbindungen und Vermittlung der Kinder zur Adoption – bevorzugt an Familien von SS-Angehörigen – erreicht werden.

Der Lebensborn war daneben mitverantwortlich für die Verschleppung von Kindern in den von Deutschland besetzten Gebieten. Falls diese im Sinne der NS-Rassenideologie als „arisch“ galten, wurden sie unter Verschleierung ihrer Identität in Lebensborn-Heimen im Deutschen Reich untergebracht. Das letztendliche Ziel war die Adoption durch parteitreue deutsche Familien. So wurden von den 98 Vollwaisen infolge des Lidice-Massakers 13 für den Lebensborn selektiert, während die anderen ins Vernichtungslager Kulmhof deportiert und dort vergast wurden.“

Es folgten noch viele Informationen zur Ideologie, der Geschichte und zum Leben in den Lebensborn-Heimen wie auch Hinweise auf das Schicksal der Kinder nach dem Krieg.

Anna erinnerte sich, etwas von den Heimen in der Schule gehört zu haben, aber der Name war ihr wieder entfallen. Unglaublich, wozu die NS-Ideologie neben all den anderen Schrecklichkeiten noch geführt hatte; zur Erhöhung der arischen Geburtenrate solche Heime zu gründen.

Und ihr Großvater sollte aus einem dieser Heime stammen. Also war er gar nicht das Kind der Nazi-Urgroßeltern! Wurde er von einer deutschen Mutter unehelich geboren oder sogar aus einem der besetzten Gebiete verschleppt, stammte vielleicht aus Frankreich, Belgien, Luxemburg, den Niederlanden, Norwegen oder Polen? Und wie war es für ihn, als er davon erfuhr?

Am Abend kam die Mutter müde von der Arbeit zurück. Anna hätte ihr am liebsten gleich von der E-Mail der Tante und ihren Nachforschungen erzählt, aber sie hielt sich zurück. Stattdessen aß sie mit ihr gemeinsam zu Abend und fragte sie nach ihrem Tag.

„Der war in Ordnung, es gab nur sehr viel zu tun."

Die Mutter berichtete von den Artikeln, die sie geschrieben hatte. Anna sah neben der Erschöpfung auch Zufriedenheit in ihrem Blick.

Vorsichtig fragte sie: „Wie war das denn für dich, dass ich noch mal was von Opa Karl wissen wollte?"

Die Mutter lächelte. „Mach dir keine Gedanken, das war in Ordnung. Ich gebe ja zu, zuerst war es mir unangenehm, weil wieder die alten Erinnerungen in mir wach wurden. Mich hat eher erschreckt, dass er es sein könnte, der in deinen Träumen auftaucht, obwohl du ihn gar nicht kennst. Aber du hast recht, es ist nicht gut, etwas totzuschweigen."

Bewegt stellte Anna fest, welchen Eindruck die Worte von Frau Grünheit bei ihrer Mutter hinterlassen hatten.

Ihr Gespräch wurde durch das Telefonklingeln unterbrochen. Anna ahnte, wer der Anrufer war.

Die Mutter nahm das Gespräch entgegen. An ihrer Reaktion merkte Anna, dass ihre Annahme stimmte.

„Gerda, das ist ja eine Überraschung!" hörte sie. Und dann schwieg die Mutter, horchte in den Hörer, Freude und Aufregung mischten sich in ihrem Gesicht.

Nach einer Weile verabschiedete sie sich von ihrer Schwester und wandte sich an Anna: „Das ist doch schön, dass Gerda kommen wird! Und Lena hat ihr wegen Opa Karl geschrieben, und ihr beide habt es schon gewusst, dass sie kommen wird!“

Es war kein Vorwurf in ihrer Stimme zu hören, so konnte Anna lächelnd erwidern: „Sie wollte doch heute oder morgen anrufen, sie wollte es dir selber sagen.“

Anna berichtete ihrer Mutter auch vom Inhalt der E-Mail der Tante, von der Adoption und der Lebensbornherkunft des Großvaters. Beides hörte die Mutter auch zum ersten Mal und ließ sich von ihrer Tochter über den nationalsozialistischen Verein und seine Heime informieren. Anna nahm wahr, wie bewegt ihre Mutter ihren Ausführungen folgte.

An diesem Abend konnte Brigitte erst sehr spät in den Schlaf finden. Mehrmals las sie den Ausdruck zum Lebensborn, den Anna ihr überlassen hatte. Ihr Vater ein adoptiertes Kind, was sollte sie damit anfangen? Dann stammte er nicht wirklich aus dieser Familie, die sie so gar nicht mochte. Und seine Adoptiveltern waren damit gar nicht ihre Großeltern. Der Gedanke erleichterte sie. An ihren Großvater konnte sie sich nicht mehr erinnern, er starb, als sie zwei Jahre alt war. Wie sie später erfahren hatte, war er enttäuscht, dass sein Sohn noch mal Vater einer Tochter geworden war, er nicht für einen Stammhalter gesorgt hatte. Die Großmutter kam sehr selten zu Besuch, sie verstand sich nicht mit ihrer Schwiegertochter. Zum Glück, denn Brigitte erinnerte sich mit Schaudern an die herrische, hagere Frau, die mit abschätzendem Blick sie, Gerda, ihre Mutter und anschließend die Wohnungseinrichtung musterte. Beim Kaffee klagte sie über die geringe Rente, ihr als Witwe eines hochrangigen Offiziers hätte doch weit mehr zustehen müssen, schimpfte auch über die derzeitigen politischen Verhältnisse, die laxen Sozis hätten keine Ahnung vom Regieren, überall nur Drückeberger und Protestler, Hitler wäre damit ganz anders umgegangen. Eingeschüchtert saßen Gerda und Brigitte mit am Tisch, auch ihre Eltern trauten sich wenig zu sagen. Selbst der Vater, der sonst so selbstbewusst auftrat und die Gespräche beherrschte, verstummte. Brigitte erinnerte sich, wie ihr einmal in der Anspannung die Kuchengabel heruntergefallen und klirrend auf dem Teller gelandet war. Keiner sagte etwas, aber unter dem eisigen Blick der Großmutter wäre sie am liebsten im Erdboden verschwunden. So waren alle erleichtert, wenn sie sich wieder verabschiedet hatte.

Und zu ihr war ihr Vater später wieder gezogen? Brigitte konnte es sich kaum vorstellen.

Da wusste er anscheinend noch nicht, dass sie nicht seine leibliche Mutter war.

Wer waren denn nun seine Eltern und damit auch ihre Großeltern? Ob Anna und Lena das herausfinden könnten?

In ihren Gedanken war sie jetzt bei ihren Töchtern. Sie wunderte sich, mit welchem Einsatz die beiden nach ihrem Großvater forschten. Vor allem Anna schien unbedingt die ganze Geschichte von ihrem Opa erfahren zu wollen, sie recherchierte sogar im Internet. Freude und Stolz über den Einsatz der Töchter mischten sich mit der eigenen Scham, so lange ihren Vater ausgeblendet zu haben. Nach ihm hatte auch schon ein Psychologe gefragt, bei dem sie vor einigen Jahren in Therapie war. Er wollte bereits wissen, warum ihr Vater zum gewalttätigen Alkoholiker geworden wäre. Nur widerwillig hatte sie ihm das erzählt, was sie über ihn und seine Herkunft wusste. Sie wollte sich nicht mit ihm beschäftigen, vielleicht mit ein Grund, warum sie die Therapie kurz darauf abbrach.

Doch jetzt war der Gedanke an ihren Vater schon nicht mehr so schrecklich. Zu erfahren, dass er ein Lebensbornkind war, veränderte so vieles, was auch immer das zu bedeuten hatte.

Und dann der bevorstehende Besuch ihrer Schwester. Wie viele Jahre hatten sie sich nicht gesehen? Acht Jahre mindestens. Als Gerda nach Australien auswanderte, war ihr der Abschied schwergefallen. Sie hatte sich einfach davongemacht und sie und die Mutter alleingelassen. Wie gut wäre es gewesen, sie in der Trennungszeit von Thomas in der Nähe zu wissen und mit ihr reden zu können. Am Anfang schrieben sie einander noch häufig, zweimal war Gerda zu Besuch gekommen. Das erste Mal nach drei Jahren und das letzte Jahr vor acht oder neun Jahren. Auch wenn Gerda Verständnis für ihre Flugangst hatte, schien sie doch enttäuscht zu sein, dass sie nie mit den Kindern zu ihr kam. Doch diese lange Flugzeit hätte Brigitte nicht geschafft. In der letzten Zeit gab es immer seltener Briefe, eigentlich nur noch zu den Geburtstagen und an Weihnachten.

44. Die dreiundzwanzigste Stunde

Frau Grünheit sah Anna an, dass sie viel zu berichteten hatte. Gleich nach der Begrüßung erzählte sie von ihrem Traum, dem weiteren Gespräch mit der Mutter, dem Austausch mit der Tante, ihren Nachforschungen zum Thema Lebensborn und dem bevorstehenden Besuch der Tante.

Es sprudelte alles aus ihr heraus, selten hatte die Therapeutin Anna so lebendig gesehen, was sie ihr auch mitteilte.

Anna errötete. „Es ist ja auch so viel passiert. Und das war ja auch alles unglaublich spannend.“ Einschränkend fügte sie hinzu: „Der Albtraum natürlich nicht, der war schrecklich.“

„Aber ohne ihn hättest du deine Mutter auch nicht so schnell wieder gefragt.“

Anna nickte. „Stimmt. Aber ich hätte gut auf ihn verzichten können.“

„Das kann ich verstehen. Fällt dir denn etwas dazu ein? Zu den dunklen Gängen, den verschlossenen Türen und den Händen, die nach dir greifen?“

„Nein, aber ich weiß, dass ich schon früher häufiger solche Albträume gehabt habe. In der Zeit, als Mama und Papa sich trennten. Vielleicht auch noch danach.“

„Das war ja auch eine schwere Zeit für dich.“

„Ja, die beiden haben sich so viel gestritten, es war eine ganz miese Stimmung bei uns. Und dann war Papa plötzlich weg und Mama so unglücklich, wir auch.“

„Lena und du, ihr habt da viel erleiden müssen. Konntet ihr euch gegenseitig stützen?“

„Doch, wenn wir in unserem Zimmer die schreienden und schimpfenden Stimmen hörten, bin ich oft in Lenas Bett gekrochen. Ich glaube, ihr war es auch recht.“

„Gab es denn etwas, was dir damals noch zusätzlich geholfen hat, diese schwere Zeit zu überstehen?“

Anna zögerte, erzählte dann aber doch von ihren Tagträumen. Vom Indianermädchen bis hin zu ihrer Flucht als blinder Passagier nach Amerika. Dabei schaute sie genau auf die Reaktion der Therapeutin.

„Deine Phantasie war damals eine große Hilfe. Wie gut, dass du dich in diese andere Welt begeben konntest, sie hatte etwas Tröstendes und Heilsames für dich.“

Anna nickte. Es tat ihr gut, für ihre Tagträume nicht verurteilt zu werden. Frau Grünheit hätte ja denken können, das wären alles Hirngespinste und Zeichen für ihr krankes Hirn.

„Ein Pferd, mit dem du gerne frei durch die Landschaft geritten bist, kam ja auch schon vor“, fügte Frau Grünheit lächelnd hinzu.

Für einen Augenblick dachte Anna daran, auch von ihren jüngeren Tagträumen zu erzählen, dass Sturmwind, das Haus und der See alte Bekannte für sie waren, aber sie entschied sich dann dagegen; davon konnte sie noch später berichten.

Stattdessen erörterte sie mit Frau Grünheit noch einmal die neuen Erkenntnisse über ihren Großvater.

Die Therapeutin hatte schon von den Lebensborn-Heimen und seiner Zielsetzung, der Förderung der „arischen Rasse", gehört.

„Ich kann mir gut vorstellen, dass du wissen möchtest, woher dein Großvater stammt. Denn es ist ein großer Unterschied, ob er als außereheliches Kinder einer deutschen Mutter geboren oder aus einem anderen besetzten Land stammte. Wie auch immer, jetzt lässt sich erahnen, welch einen schwierigen Start ins Leben er hatte."

Frau Grünheit ermutigte Anna, weiter nach der Herkunft des Großvaters zu forschen, und bat sie, ihr Kopien der Ausdrucke der Lebensborn-Informationen aus dem Internet mitzubringen.

Zum Schluss fragte sie: „Wenn du diese Herbstferien mit denen vor einem Jahr vergleichst, gab es da einen Unterschied in deinem Befinden?"

Hier musste Anna nicht lange nachdenken. „Auf jeden Fall! In diesem Jahr fühle ich mich viel besser. Nun bin ich auch nicht allein, mehr mit meinen Freundinnen zusammen und habe mich viel mit der Geschichte meines Großvaters beschäftigt."

Erika Grünheit schaute noch eine Weile auf die Tür, die Anna gerade geschlossen hatte, als schien sie ihr in Gedanken folgen zu wollen. Wie schön, dass sie heute von ihren früheren Tagträumen erzählen konnte, ein Zeichen, dass Annas Vertrauen gewachsen war. Ihre Phantasie war ihr immer schon eine große Hilfe, kein Wunder, dass sie jetzt in der Therapie darauf zurückgreifen konnte. Ein bewundernswertes Mädchen, mit welcher Kraft und Ausdauer sie sich an die Erforschung der Familiengeschichte machte, ungewöhnlich für so eine junge Patientin. Und erstaunlich, wie ihre Albträume sie auf den Weg brachten. Ihr Unbewusstes schien zu wissen, dass die Lösung ihrer seelischen Probleme wie der ihrer Mutter in der Vergangenheit lag, sogar ein, zwei Generationen zurück. Was würde da noch alles herauskommen?

45. November

Neben der Schule wurde Anna ganz von ihren Recherchen zum Lebensborn in Anspruch genommen. Im Internet erfuhr sie von Büchern zu diesem Thema. Einige beschäftigten sich wissenschaftlich mit den verschiedenen Aspekten des nationalsozialistischen Vereins, andere wurden von betroffenen ehemaligen Lebensborn-Kindern verfasst, die ihre persönliche Geschichte aufgeschrieben hatten. Anna bestellte mehrere in der städtischen Bücherei und las sie mit großem Interesse.

In ihren Therapiesitzungen berichtete sie über den jeweiligen Stand ihrer Nachforschungen.

Frau Grünheit folgte ihren Ausführungen mit großem Interesse. Gleichzeitig waren auch die Schule sowie die Beziehung zu ihrer Mutter, Sylvia sowie der E-Mail-Austausch mit Finn Thema der Stunden.

In einer Imagination tauchte noch einmal die Eule auf, setzte sich auf einen gegenüberliegenden Baum und schaute in der Dämmerung durch das Fenster. Sie blieb auch über Nacht und schien das Haus zu bewachen.

Am Ende der nächsten Sitzung sprach Frau Grünheit mit Anna über eine mögliche Therapieverlängerung. „Anna, heute ist die zwanzigste von den fünfundzwanzig genehmigten Therapiestunden. Wenn wir die fünf Probesitzungen dazurechnen, ist die heutige die fünfundzwanzigste von dreißig Sitzungen. Wie auch immer, es bleiben noch fünf übrig, so langsam gehen die Stunden dem Ende entgegen. Wie ist das für dich?“

Erschrocken schaute Anna ihre Therapeutin an. „Das wusste ich nicht, dass wir schon so viele Stunden hatten. Ich kann mir auch nicht vorstellen, jetzt so schnell aufzuhören.“

Frau Grünheit nickte. „Ich denke auch, dass es sinnvoll ist, deine Therapie fortzusetzen. Dazu muss ich aber einen Bericht für einen Gutachter schreiben. Dieser ist anonym, niemand erfährt davon, dass es sich in dem Gutachten um dich handelt. Dafür brauche ich deine Unterstützung. Bitte schreibe bis zur nächsten Stunde auf, wie du die Therapiesitzungen bisher erlebt hast, was sich für dich verändert hat und was du noch verändern möchtest. Das können auch nur Stichpunkte sein.“

In der folgenden Woche schrieb Anna immer wieder an ihrem eigenen Bericht über ihre Therapie. Was hatte sich verändert? Der Beginn der Behandlung schien schon so weit entfernt, aber sie konnte sich noch gut daran erinnern, wie sie sich zu Beginn überhaupt dagegen gesträubt hatte. Und mit welchen Ängsten und Vorbehalten sie in die erste Stunde kam. Gehirnwäsche, Wühlen in der Vergangenheit, so dass es ihr noch schlechter gehen würde, so hatte sie sich das vorgestellt. Jetzt wunderte sie sich, wie schnell sie doch Vertrauen gefasst hatte und die Therapie ein wichtiger Teil ihres Lebens geworden war. Das schrieb sie nicht auf, notierte aber unter der Rubrik „Was sich für mich geändert hat“:

- Ich gehe mehr auf Menschen zu, bin kontaktfreudiger geworden.
- Meine Stimmung ist besser geworden.
- Ich bekomme nur noch selten Wahrnehmungsstörungen.
- Ich habe ein besseres Verhältnis zu meiner Mutter.
- Ich habe wieder Kontakt zu meiner Großmutter.

Unter der Überschrift „Was ich noch verändern möchte“:

- Ich möchte, dass ich eine richtige Beziehung zu einem Jungen eingehen kann.
- Ich möchte, dass ich überhaupt keine Wahrnehmungsprobleme mehr habe.
- Ich möchte noch viel mehr über meine Familiengeschichte erfahren.

Diesen Zettel brachte sie in die nächste Sitzung mit. Gemeinsam ging sie ihn mit Frau Grünheit durch.

Anschließend legte sie noch einmal die gemalten Bilder aus. Die Bilder von Haus, See und Sturmwind waren hinzugekommen, zuletzt auch noch die Eule. Anna war beeindruckt, wie viel bunter und kräftiger ihre Bilder geworden waren.

Frau Grünheit konnte dem nur zustimmen. Sie freute sich über Annas Entwicklung.

46. Vorweihnachtszeit

Anfang Dezember wurden die abendlichen Straßen durch die Leuchtsterne erhellt, doch Anna nahm sie nicht wirklich wahr. Die vielen Klausuren, die noch vor Jahreswechsel geschrieben werden sollten, sowie die Suche nach einem Deutsch-Facharbeitsthema nahmen sie ganz in Anspruch, ebenso ihre Nachforschungen zum Lebensborn. Sie freute sich auch auf den Besuch ihrer Tante, erhielt jedoch kurz nach Nikolaus eine Nachricht von ihrer Schwester:

„Hallo Anna, heute schrieb mir Tante Gerda, dass sie jetzt doch nicht kommen kann, will den Besuch aber zu Ostern nachholen. Ich hänge ihre Mail an.
Grüße
Lena“

Enttäuscht öffnete Anna den Anhang und las:

„Liebe Lena,

leider muss ich Euch mitteilen, dass ich Euch an Weihnachten doch nicht besuchen kann. Meine Vertretung in der Firma ist schwer erkrankt, so werde ich bis auf die Feiertage arbeiten müssen. Und allein zum Fest zu kommen, lohnt sich nicht. Zum Glück konnte ich die Flugtickets noch verkaufen.

Ich werde den Besuch auf jeden Fall im neuen Jahr nachholen, wahrscheinlich in der Osterzeit. Mein Arbeitgeber hat anscheinend ein schlechtes Gewissen, er genehmigte für diese Zeit gleich einen Urlaub von fünf Wochen. Er wird damit Zeit genug haben, für einen Ersatz für mich zu sorgen. Dann haben wir auch mehr Zeit füreinander.

Eurer Mutter habe ich heute schon an ihre Adresse im Verlag geschrieben, sie weiß Bescheid. Bitte informiere auch Anna.

Ich hoffe, Ihr seid nicht zu enttäuscht. Mir fällt der Aufschub auch schwer, aber ich werde auf jeden Fall kommen!

Liebe Grüße
Eure Tante Gerda“

Es fiel Anna nicht leicht, diese Nachricht zu akzeptieren. Auch als ihre Mutter wenig später eintraf, äußerte sie ihren Unmut: „Ich habe mich schon so auf ihren Besuch gefreut!“ Außerdem wollte sie unbedingt mehr über ihren Großvater wissen, doch das behielt sie für sich.

Die Mutter versuchte sie trösten: „Sie kommt doch im März, das ist auch nicht mehr so lange hin. Acht Jahre war sie nicht mehr hier, da sind vier Monate auch keine so lange Zeit. Und dann bleibt sie gleich für fünf Wochen.“

Noch gefangen in ihrer Enttäuschung, nahm Anna doch wahr, dass ihre Mutter weniger getroffen von der Absage schien. Wie war eigentlich das

Verhältnis der beiden Schwestern? Bisher hatte sie sich darüber noch keine Gedanken gemacht; sie würde Lena danach fragen.

Doch Brigitte hatte sich ebenfalls auf Gerdas Besuch gefreut. In ihrer Vorstellung war sie schon im Gespräch mit ihrer Schwester, so vieles wollte sie mit ihr bereden. Hatte auch schon die Feiertage geplant, das Essen und gemeinsame Ausflüge. Auf der anderen Seite meldete sich ihr schlechtes Gewissen, sich den Flug nach Australien nicht zugetraut zu haben. Eigentlich hätte sie die neue Heimat ihrer Schwester gerne kennengelernt, Gerdas Postkarten waren so einladend. Und da war auch noch die Einladung Peter Grotes zu einer Silvesterfeier in seinem Lieblingsrestaurant. Sie hatte ihm bereits mit dem Hinweis auf den Besuch ihrer Schwester abgesagt und seine Enttäuschung wahrgenommen. Jetzt konnte sie ihn doch auf das Fest begleiten.

Nur wenige Tage später erhielt Anna eine überraschende Mail von Finn, in der dieser darum bat, sie zwischen Weihnachten und Neujahr besuchen zu können. Sein Lehrbetrieb würde in dieser Zeit schließen, und da könnte er doch einmal vorbeikommen, aber auch nur, wenn es ihr recht wäre. Anna las Finns kurze Nachricht mit gemischten Gefühlen. Der E-Mail-Austausch mit ihm war ein wohltuender Bestandteil ihres Lebens geworden, sie konnte wohldosiert mit ihm in Kontakt bleiben, bei jeder Nachricht, die sie ihm schrieb, genau überlegen, wie viel sie von sich preisgeben wollte. So erfuhr Finn zwar einiges aus ihrem Leben, aber wenig über ihre Gefühle. Immerhin hatte sie ihm von ihrem Großvater geschrieben, aber erst nachdem klargeworden war, dass er aus einem Lebensborn-Heim stammte. Vorher mochte sie Finn als Dänen keinen Verwandten mit einer Naziherkunft präsentieren.

Und jetzt wollte er zu Besuch kommen. Einerseits freute sie sich, dass er sie sehen wollte. Doch warum? Interessierte er sich wirklich für sie? Oder hatte er nichts anderes vor und langweilte sich in seiner Familie? Anna konnte sich noch gut daran erinnern, wie er über die Atmosphäre in seinem Elternhaus berichtet hatte, welchen Raum sein Bruder Jan einnahm und wie er sich selbst oft zurückzog.

Bei dem Gedanken, fast eine Woche mit ihm zu verbringen, wuchs ihre innere Unruhe. Wo sollte er schlafen? Ihre Wohnung war klein, es gab kein Gästezimmer. Falls Lena nach Weihnachten blieb, müsste er auf der Wohnzimmercouch übernachten.

47. Die siebenundzwanzigste Stunde

Zum Glück konnte sie dieses Thema gleich am nächsten Tag mit ihrer Therapeutin besprechen.

Frau Grünheit hörte die Bedenken Annas; von einer Vorfreude auf seinen Besuch war wenig zu spüren.

„Was wünscht du dir denn selber, Anna?“

Fragend schaute diese ihre Therapeutin an. „Wie meinen Sie das?“

„Möchtest du denn, dass er dich besucht?“

„Ich weiß nicht, von mir aus hätte ich ihn nicht eingeladen. Mir hat das Schreiben ausgereicht.“

„Was für ein Gefühl oder Gedanke kam als Erstes, als du seine E-Mail gelesen hast?“

Anna dachte nach. „Ich war überrascht. Habe mich kurz auch gefreut. Doch dann wurde ich unsicher, wusste nicht, ob er wirklich mir zuliebe kommt, und ob es mir nicht zu viel wird. Aber das habe ich ja schon gesagt.“

„Und wie ist das jetzt in der Reihenfolge?“

„Anders. Vielleicht kann ich ja die Zeit doch ganz schön mit ihm werden, wenn ich klar sage, was ich möchte. Das hat ja schon in Dänemark geklappt. Und er bleibt ja auch nicht ewig.“

Hiermit schien für Anna das Thema Finn erst einmal beendet zu sein.

Es war noch Zeit für eine Imagination.

In einer dritten Begegnung mit der Eule flog diese aus dem Wald über den See zum gelben Haus und setzte sich auf den Dachfirst. Nachdem sie Anna eine Weile gemustert hatte, breitete sie ihre Schwingen aus, segelte im großen Bogen hinunter und setzte sich neben Anna auf die Bank. Sie ordnete die Flügel neu, trippelte ein wenig von einem Fuß auf den anderen und stand dann still, das Mädchen mit ihren klugen Augen weiter beobachtend. Anna strich ihr vorsichtig über den Kopf, das schien ihr zu gefallen. Nach einer Weile hob sie erneut ab und flog ein einem großen Kreis über das Haus. Es schien Anna, als wollte sie die Eule auffordern, ihr zu folgen. Auch Sturmwind, der zuvor noch neben ihr gegrast hatte, verstand den Vogel. Anna saß auf und folgte der Eule, die über den See in Richtung Wald flog. Dieses Mal stoppte Anna ihr Pferd nicht, der näher kommende dunkle

Baumgürtel löste aber ein mulmiges Gefühl in ihr aus. Die Eule setzte sich auf eine hohe Tanne am Waldrand. So blieb auch Sturmwind vor dem Wald stehen, Anna stieg ab und schaute in den Wald. Langsam gewöhnten sich ihre Augen an die Dunkelheit, sie konnte einzelne Bäume unterscheiden, Fichten und Birken, dazwischen kleineres Gehölz und laubbedeckter Waldboden. Inzwischen nahm sie auch Geräusche wahr, ein Vogel sang, ein Specht klopfte. Anna entspannte sich.

Doch plötzlich hörte sie ein Knacken, das immer lauter wurde. Ein riesiger Keiler stürmte aus dem Wald an Anna vorbei. Anna sah die großen Hauer und die wilden Augen aus nächster Nähe, hörte seinen heftigen Atem und roch seinen derben Wildgeruch. Erschrocken sprang sie hinter Sturmwind, der laut wieherte. Es ging alles sehr schnell, da war der Keiler auch schon fort.

Die Eule breitete erneut ihre Schwingen aus und flog dem Wildschwein nach, das wieder im Wald verschwunden war. Kurz darauf trat es an dieser Stelle wieder aus dem Wald hervor, gefolgt von dem Vogel. Es blieb stehen und schien zu Anna hinüberzuschauen. Die Eule schien Anna zu bedeuten, etwas näher zu kommen. Zögerlich lief Anna an Sturmwinds Seite dem Keiler entgegen, jederzeit bereit, vor dem wilden Tier zu fliehen. Einige Meter entfernt hielten beiden an, der Keiler rührte sich nicht. Seine Augen schauen jetzt weniger wild, eher fragend und lösten in Anna weniger Angst aus.

Hier beendete Frau Grünheit die Imagination. Beeindruckt von der intensiven Begegnung mit dem Keiler, beschrieb Anna die vielfältigen Gefühle, die er in ihr ausgelöst hatte: zunächst Erschrecken und Angst, mit der vorsichtigen Annäherung auch Interesse an dem Wildschwein. Was sollte es bedeuten, warum tauchte es so plötzlich auf?

Auch Erika Grünheit war nach der Stunde in ihren Gedanken noch bei Annas Imagination. Die Eule hatte Anna zu dem Wald und dem Keiler geführt. Die Therapeutin war selbst beeindruckt von dem wilden, kraftvollen Tier. Es hatte sicher etwas mit ihrem Großvater zu tun, dazu passte auch Annas Schrecken bei seinem plötzlichen Auftauchen. Seine Kraft und Wildheit konnten auch etwas mit Anna selbst zu tun haben, Seiten ihrer Persönlichkeit, die sich bisher noch wenig zeigten. Immerhin hatte sie es auch geschafft, nicht vor ihm wegzulaufen, sich ihn sogar trotz ihrer Angst länger anzuschauen. Dazu passte, mit welcher Beharrlichkeit Anna dem Schicksal des Großvaters und der Lebensborn-Kinder auf der Spur blieb.

Könnte der Keiler auch in Zusammenhang mit dem geplanten Besuch Finns stehen? Er schien wenig von der Aggressivität und Kraft des wilden Tieres zu haben, so wie Anna ihn beschrieben hatte. Aber sie konnte dennoch befürchten, dass er ihr bei seinem Besuch doch männlich-fordernder auftreten könnte. Immerhin hatte sie Finn nicht abgesagt, also stellte sie sich auch ihm wie im Tagtraum dem Keiler.

Erika Grünheit machte sich noch ein paar Notizen und schloss die Akte.

Zu Hause war Anna erst einmal mit Finn beschäftigt. Bevor sie ihm antwortete, schrieb sie Lena von seinem Besuchswunsch, fragte ihre Schwester auch, ob diese die Zeit zwischen Weihnachten und Neujahr zu Hause verbringen wollte.

Noch am selben Tag antwortete ihre Schwester. Wenn Anna ihn gern sehen wollte, stünde dem nichts entgegen. Sie selbst wollte die Zeit zwischen den Jahren und Silvester mit ihren neuen WG-Freunden an der Ostsee verbringen. Ihr Zimmer würde sie Finn zur Verfügung stellen.

Auch Brigitte war einverstanden. Bisher hatte Anna wenig von Finn erzählt. Letztlich wusste sie gar nicht, dass beide noch in Verbindung standen. Es trafen keine Briefe aus Dänemark ein, und von den E-Mailkontakten ihrer Tochter erfuhr sie nichts. Daher überraschte sie Annas Frage, ob Finn zu Besuch kommen könne. Bisher hatte noch nie ein junger Mann bei ihnen übernachtet, auch nicht die Freunde Lenas. Und dann wollte er gleich für eine Woche bleiben. Wie auch immer, Brigitte freute sich für Anna, die sich jetzt mehr zu öffnen schien. Wenn ihre Tochter bei ihrer Frage nicht so zweifelnd geschaut hätte. Wollte sie ihn überhaupt sehen? Wie sah denn ihre Beziehung aus?

Aber danach fragte Brigitte lieber nicht.

So lud Anna Finn ein, schickte die E-Mail aber mit gemischten Gefühlen ab.

In der folgenden Stunde sprach sie wenig über die alltäglichen Vorkommnisse der vergangenen Woche. Nur kurz erwähnte sie, dass sie Finn eingeladen habe und er nach den Feiertagen kommen würde. Sie sei sich zwar immer noch unsicher, freue sich aber auch auf seinen Besuch.

Wichtiger schien ihr das gemalte Bild zu sein. Sie öffnete ihre Mappe und legte es vor sich auf den Boden. Im Mittelpunkt stand das Wildschwein, das aus dem dunklen Wald stürmte.

„Ich konnte es nicht so gut malen“, entschuldigte sich Anna. „Aber so habe ich es gesehen, als es so plötzlich auf mich zukam. In der Woche ist mir das Bild immer wieder in den Sinn gekommen. Und ich habe mich gefragt, was es zu bedeuten hat.“

„Was fiel dir denn dazu ein?“

„Ich dachte, es hat vielleicht was mit meinem Opa zu tun. In meinem Albtraum war da ja ein älterer Mann im Wald. Da fiel er mir ja schon ein.“

„Was fällt dir zum Wildschwein ein?“

Anna krauste die Stirn. „Wie gesagt, ein wildes Tier, das viel Kraft hat. Das kann einem mit seinem Hauern ganz schön verletzten, wenn nicht sogar töten.“ Nach einer kurzen Pause fuhr sie fort: „Soviel ich weiß, greift es aber nur an, wenn es sich und seine Familie verteidigen muss. Sonst ist es eher friedlich.“

„Diese wilde Kraft hast du erst einmal mit deinem Großvater in Verbindung gebracht. Könnte sie auch was mit dir zu tun haben?“ fragte Frau Grünheit.

Irritiert schaute Anna die Therapeutin an. „Mit mir?“

„Wir haben doch schon mal darüber gesprochen, dass in einem Traum auch verschiedene Aspekte der eigenen Person auftauchen können, kannst du dich erinnern?“

Anna nickte.

„Das könnte auch bei dem Wildschwein so sein, wenn dir der Gedanke auch erst mal fremd erscheint.“

„Ich weiß nicht“, entgegnete Anna skeptisch. „Ich bin eher das Gegenteil, zurückgezogen und ängstlich.“

„Hättest du denn gerne etwas von dieser Kraft?“

„Schlecht wäre das nicht.“ Anna lächelte. „Da könnte ich mich besser durchsetzen.“

„Es muss ja nicht gleich in Handlung umgesetzt werden. Aber in der Phantasie, mal richtig wütend sein, am liebsten wie ein Wildschwein vorpreschen und angreifen.“

Jetzt verstand Anna. „Wenn meine Mutter mal wieder so viel klagte, bin ich schon richtig wütend geworden. Da hätte ich ihr am liebsten mal Bescheid gesagt, sie solle nicht immer so jammern.“

„Nur Bescheid gesagt?“

„Ich glaube, ich hätte sie am liebsten richtig angeschrien. Habe ich natürlich nicht, denn das hätte sie nicht verkraftet.“

„Und in der Phantasie, wie fühlt sich das an?“

„Gut, richtig gut.“ Anna atmete tief durch.

Wie jedes Jahr zog der Weihnachtsmarkt auf dem Marktplatz viele Menschen an. Die kleinen Holzbuden boten Kerzen, Baumschmuck, Holzspielzeug, Schmuck und vieles mehr an, Kitschiges und Geschmackvolles. Es roch nach Glühwein und Bratwurst, das kleine nostalgische Kinderkarussell drehte sich im Kreise. Sylvia und Anna schlenderten durch die Reihen, blieben ab und zu stehen, um sich die Auslagen anzuschauen. Beide suchten noch nach Weihnachtsgeschenken, fanden aber außer Bienenwachskerzen nichts Passendes. Zum Abschluss stärkten sie sich noch mit einer Bratwurst am Kiosk des Bratwurstglöckls. Erschöpft saßen sie auf der Heimfahrt in der Straßenbahn einander gegenüber.

Dabei sprachen sie über das bevorstehende Weihnachtsfest. Sylvia würde wie jedes Jahr den Heiligabend und den ersten Weihnachtsfeiertag mit ihrer Mutter, deren Lebensgefährten und ihrer Halbschwester verbringen. „Wie immer dreht sich alles nur die nervige Kleine.“ Am zweiten Feiertag wäre sie bei ihrem Vater. „Der ist im Moment mal wieder allein. Ich hoffe, er ist besser drauf als letztes Jahr. Wir gehen meistens essen, machen einen Spaziergang durch den Bürgerpark, das reicht.“

Anna sprach wenig, schien in sich gekehrt. Schließlich fragte Sylvia: „Was ist mit dir Anna, du bist so still. Auch keine Lust auf Weihnachten?“

„Nein, das werden wir wie immer zu dritt verbringen. Das ist es nicht“, wehrte Anna ab. „Aber in der Woche danach kommt Finn zu Besuch. Und ich weiß noch nicht, was ich davon halten soll.“

Erstaunt schaute Sylvia ihre Freundin an. „Das ist ja eine Überraschung! Hast du ihn eingeladen?“

„Nein, er kam selbst auf die Idee. Und ich habe zugestimmt, bin mir jetzt aber unsicher, ob es mir guttut.“

„Wenn du möchtest, können wir ja auch was zusammen unternehmen, zu viert, meine ich. Auch an Silvester.“

„Das ist vielleicht keine schlechte Idee.“

Eine Woche vor dem Fest erhielt Anna Post von der Krankenkasse; es waren nochmals fünfundzwanzig Therapiesitzungen genehmigt worden.

Sie freute sich, es blieb ihr aber wenig Zeit, sich mit der Fortsetzung ihrer Therapie zu beschäftigen.

Noch vor den Weihnachtsferien musste sie ihr Facharbeitsthema abgeben.

Lange hatte sie danach gesucht, war die Liste von Herrn Winter durchgegangen. Beim Lesen stockte sie bei „Sansibar oder letzte Grund. Flucht in die Utopie der Freiheit im Roman von Alfred Andersch auf dem Hintergrund des Nationalsozialismus“ – das war ihr Thema. Sie hatte das Buch bereits im Unterricht der zehnten Klasse gelesen. Jetzt war der Inhalt wieder da. Er passte zu ihrer Beschäftigung mit dem Lebensborn, das sie in diese Zeit geführt hatte. Beim Lesen der Texte stellte sich ihr immer wieder die Frage, wie sie sich entschieden hätte, wenn sie in dieser Zeit gelebt hätte. Wäre sie klug genug gewesen, diese Ideologie zu durchschauen? Hätte sie Mut genug gehabt, sich zu widersetzen? Sie erinnerte sich an die fünf, eigentlich sechs Charaktere des Buchs, sie alle fochten ihren sehr menschlichen Kampf aus, hatten ihren Grund zur Flucht.

48. Finns Besuch

Weihnachten verbrachten Anna, Lena und ihre Mutter zu dritt. Eigentlich unterschieden sich die Feiertage kaum von denen der letzten Jahre. Nur gab es dieses Mal mehr Post und Anrufe. Auf dem Gabentisch lagen neben dem üblichen Bücherpaket vom Vater selbstgestrickte Schals und Mützen von ihrer Großmutter aus Bayern.

Anna bekam noch einen Umschlag, den sie als Letztes öffnete. Er enthielt einen auf Büttenpapier geschriebenen Gutschein. „2.000,- Euro für Deinen Führerschein“, las Anna. Überrascht schaute sie ihre Mutter und Lena an.

„Das ist ein Geschenk von deinen Großmüttern, Gerda und mir“, erklärte die Mutter lächelnd. „Wir haben zusammengelegt. Du hast zwar selbst noch nicht den Wunsch geäußert, deinen Führerschein zu machen, aber du wirst bald achtzehn. So kannst du jederzeit mit dem Unterricht beginnen.“

Lena legte den Arm um ihre Schwester. „Wenn du dich erinnerst, ich habe auch an Weihnachten vor meinem Geburtstag das Geld für den Führerschein bekommen. Jetzt bist du dran.“

Bewegt nahm Anna das Geschenk an. Auch wenn Sylvia und Yvonne längst mit ihren Fahrstunden begonnen hatten, war der Führerschein bisher noch kein Thema für sie gewesen. Alle Wege legte sie mit dem Fahrrad oder der Straßenbahn zurück, es hatte sie wohl noch nicht so in die Welt des Autofahrens gezogen.

Gleich nach den Feiertagen fuhr Lena wieder nach Kiel. Am selben Nachmittag machte sich Anna auf zum Bahnhof, um Finn abzuholen.

Es nieselte; die Hoffnung auf eine weiße Weihnacht hatte sich wieder einmal nicht erfüllt. Dennoch lief sie zu Fuß. Die frische Luft tat ihr gut, und von ihrer Wohnung im alten Teil Findorffs zum Bahnhof brauchte sie gut zwanzig Minuten. Mit gemischten Gefühlen suchte Anna nach dem Bahnsteig 6, auf dem der Zug aus Hamburg eintreffen würde. Wenige Minuten später rollte er ein, viele Fahrgäste stiegen aus.

Anna erkannte Finn sofort, er war ein wenig blasser zwar als im Sommer, aber die blonden Locken und das zurückhaltende Lächeln waren wie immer. Mit dem großen Rucksack auf dem Rücken und der Gitarre in der Tragetasche kam er ihr entgegen.

Anna verspürte Wiedersehensfreude und war gleichzeitig erstaunt über dieses Gefühl. Auch Finn schien sich zu freuen. Er umarmte sie. „Schön, dich wiederzusehen! Ich hoffe, es ist in Ordnung, dass ich zu Besuch komme."

Anna nickte. „Ja, natürlich."

Mit der Straßenbahn fuhren sie zurück. Finn schaute sich um. „Es sieht bei euch ja recht weihnachtlich aus. Wie bei uns, da ist auch alles voller Lichter."

In der Wohnung wurden sie von Annas Mutter begrüßt. Sie freute sich über den Besuch ihrer Tochter, Finn schien ihr zu gefallen. Anna zeigte ihm Lenas Zimmer, in dem er diese Woche wohnen würde. Gemeinsam aßen sie zu Abend. Für Anna ein seltsames Gefühl. Finn würde jetzt eine Woche bleiben und ständig alle Mahlzeiten mit ihnen einnehmen.

Ihm schien es zu schmecken, denn er griff ordentlich zu. Anna dagegen hatte wenig Appetit.

Sie war sich unsicher, wie sie die Zeit anschließend mit ihm gestalten sollte. Gewohnt, sich gleich nach dem Abendbrot in ihr Zimmer zurückzuziehen, fiel es ihr nicht leicht, sich auf jemand anderes einzustellen. Und hier waren sie auch nicht mit ihrer Gruppe am Strand am Lagerfeuer.

Schließlich beschloss sie, ihm die Entscheidung zu überlassen. „Wozu hast du denn heute Abend noch Lust?"

Finn schaute Anna unschlüssig an. „Ich weiß auch nicht, es ist schon recht spät, und die Fahrt war auch lang. Zu viel bin ich nicht mehr zu gebrauchen. Vielleicht ein kleiner Spaziergang? Oder gemeinsam einen Film gucken? Ach ja, ich habe dir und deiner Mutter ja auch noch was mitgebracht."

Er holte aus seinem Rucksack zwei Päckchen, die er an die beiden verteilte. Jedes enthielt eine Kerze mit Kerzenständer, für Anna zusätzlich noch eine DVD.

„Das ist mein Lieblingsfilm. Er ist auf Englisch, aber ich denke, du wirst ihn verstehen."

Die Mutter bedankte sich für das Geschenk und zog sich in ihr Zimmer zurück. In einiger Entfernung auf dem Sofa sitzend, sahen sich Finn und Anna den Film gemeinsam an.

Anna entspannte sich zusehends, da Finn den von ihr gewählten Abstand akzeptierte und sie von der spannenden Handlung gefesselt wurde.

Anschließend verabschiedeten sich beide mit einer kurzen Umarmung und zogen sich für die Nacht zurück.

Anna schlief unruhig, wachte sehr früh auf. Eine Stunde später stellte ihre Mutter erstaunt fest, dass ihre Tochter bereits auf war und das Frühstück vorbereitet hatte.

Beide hatten gerade zu essen begonnen, als auch Finn in der Küche erschien. Wenig später verließ die Mutter die Wohnung, um zur Arbeit zu fahren.

Finn streckte sich. „Danke für das gute Frühstück! Ich werde selten so verwöhnt. Das muss aber nicht immer so sein, ich kann auch mithelfen"

So räumten die beiden gemeinsam das Geschirr in die Spülmaschine und die Lebensmittel in Kühlschrank und Brotkorb.

Wie am Abend zuvor frage Anna: „Wozu hast du heute Lust?"

„Ich möchte deinen normalen Tagesablauf so wenig wie möglich stören. Wenn du selbst etwas vorhast oder tun musst, so würde ich mich auch allein auf den Weg machen und die Stadt entdecken."

Das hatte Anna nicht erwartet. Sie schüttelte den Kopf. „Nein ich habe nichts vor, ich werde dir die Stadt zeigen. Oder willst du lieber allein los?"

„Nein, nein, ich würde mich natürlich freuen, wenn du mitkommst, aber wollte dir nur nicht die Zeit stehlen, wo ich mich doch schon selbst eingeladen habe."

Beide zogen sich warm an, denn es war merklich kühler geworden. Die Wolken hingen tief, es konnte Schnee geben.

Sie liefen durch den Park am Bahnhof vorbei in die Stadt. Anna zeigte Finn den alten Marktplatz. Sie aßen eine Bratwurst und sahen sich das Viertel an, einen lebendigen Stadtteil mit vielen bunten Läden und Restaurants. Hier stärkten sie sich noch mit einer Suppe und ruhten ihre müden Füße aus, bevor sie sich am späten Nachmittag wieder auf den Weg nach Hause machten.

Anna fühlte sich erstaunlich wohl an diesem Tag. Draußen und in Bewegung, dazu in vertrauter Umgebung konnte sie Finn ihre Welt zeigen, der alles mit großem Interesse wahrnahm und ihr nicht zu nahe kam.

Zurück in der Wohnung, spürte sie die Erschöpfung, gleichzeitig tauchte auch die Unruhe des vorigen Abends wieder auf. Nach dem Essen saßen sie noch gemeinsam im Wohnzimmer, ihre Mutter hatte ihnen eine Flasche Wein hingestellt, Anna schenkte Finn ein Glas ein, trank aber selbst nur Wasser. Sie spürte, dass der Schwindel und das Ohrenrauschen begannen, alte Bekannte, die sie nicht erleben wollte. Finn spürte, dass etwas nicht stimmte, frage aber nicht nach. Stattdessen holte er seine Gitarre und begann zu spielen. Es waren die Lieder, die Anna aus Dänemark kannte. Sie beruhigte sich wieder und hörte zu. Finn hatte auch ein Liederbuch mitgebracht, er zeigte ihr die jeweiligen Texte, doch sie mochte nicht mitsingen, summte aber leise die Melodie.

In der folgenden Nacht blieb sie lange wach.

Mit Sturmwind ritt sie eine lange Strecke durch die hügelige Landschaft, bis beide völlig erschöpft am Haus wieder ankamen. Müde legte sie sich auf ihr Sofa, eingewickelt in die warme Decke. Sturmwind ruhte neben ihr.

Und sie schlief ein.

Die nächsten zwei Tage waren Finn und Anna viel unterwegs, besuchten die Bremer Museen und auf besonderen Wunsch von Finn Annas Lebensplätze, ihre Schule und den Bürgerpark. Wie immer fühlte Anna sich draußen wohl, zu Hause trat ihre innere Unruhe wieder auf. Die Mutter überließ den beiden das Wohnzimmer, so verbrachten sie die Abende dort auf dem Sofa. Zum Gitarrenspielen benötigte Finn Bewegungsfreiheit. So saßen sie weiter in gleichem Abstand, der ihr besser bekam. Doch mit der Zeit wünschte Anna sich mehr Nähe, das steigerte ihr Unbehagen.

Finn erzählte von seiner Lehre in der Zimmerei. Die Arbeit mit dem Holz tat ihm gut, seinen Chef mochte er gut leiden, schwerer hatte er es mit den anderen Gesellen, die ihm als Abiturienten mit Vorbehalt begegneten und häufig triezten.

Schließlich berichtete Anna ausführlicher von ihren Nachforschungen über ihren Großvater. Das Thema interessierte Finn sehr. Das Thema der

NS-Zeit sei lange in Dänemark nur einseitig behandelt worden, erzählte er, die Dänen hätten sich allein als Opfer der deutschen Besetzer gesehen und eigenes Mitläufertum nicht wahrnehmen wollen. Dabei habe es auch viele nationalsozialistisch gesinnte Dänen gegeben, die den Einmarsch der Deutschen begrüßt hätten.

Anna tat das Gespräch über ihren Großvater gut, sie fühlte sich dabei lebendig und klar in ihrer Wahrnehmung.

Am folgenden Nachmittag verabredeten sie sich mit Sylvia und Max. Sie trafen sich in einer Pizzeria in der Innenstadt. Anna beobachtete, wie Sylvia und Finn sich wie alte Freunde herzlich begrüßten. Einen kurzen Moment spürte sie Eifersucht in sich hochsteigen. Max hielt sich mehr im Hintergrund. Anna merkte, dass erneut Spannungen zwischen den beiden herrschten.

Nach dem Pizzaessen sahen sie gemeinsam einen Film im Cinemaxx und tranken anschließend noch ein Bier zusammen. Beim Abschied lud Sylvia sie zu ihrer Silvesterfete ein. Ihre Mutter und deren Lebensgefährte würden auswärts feiern, die kleine Schwester schlief bei einer Freundin, so konnte sie die Wohnung frei nutzen. Es sollten noch mehrere Mitschüler aus Sylvias neuen Kursen kommen, maximal zehn Gäste hatte ihre Mutter erlaubt.

Mit gemischten Gefühlen kehrte Anna zusammen mit Finn nach Hause zurück. Einerseits war der Abend mit den beiden eine Abwechslung gewesen, Anna hatte sich nicht so verantwortlich für die Stimmung gefühlt. Andererseits stand Sylvia wieder im Vordergrund, bestimmte das Gespräch und zog auch die Aufmerksamkeit der anderen auf sich. Sie selbst war immer mehr verstummt.

Silvester machten sich Anna und Finn gegen acht Uhr auf den Weg. Vorher hatte sie noch gemeinsam einen Nudelsalat zubereitet, das Kochen, Schnippeln und Rühren machte beiden Spaß.

Es blieb noch die Frage der Kleidung, Anna war sich nicht sicher, ob sie sich überhaupt umziehen sollte. Aber sie wusste, dass Sylvia sich wieder besonders zurechtmachen würde, und so ganz wollte sie auch nicht wie Aschenbrödel aussehen. Als Finn Lenas Zimmer für einen Augenblick verlassen hatte, suchte sie im Kleiderschrank ihrer Schwester nach etwas Passendem. Lena hatte zwar viele Sachen mitgenommen, aber nicht alles in ihrem neuen Zimmer untergebracht. Unschlüssig ging Anna das Zurückgelassene durch, als Finn wieder in das Zimmer trat. Verlegen erklärte sie ihm ihren Plan und wollte gleich die Suche abbrechen. Doch Finn hielt sie davon ab, suchte mit ihr einen Rock und ein Oberteil aus, beides passte und gefiel vor allem Finn. Für Anna war der kurze Rock ungewohnt, doch mit der Leggins und einer ihrer weiteren Jacken konnte sie sich mit ihm anfreunden.

Das war das erste Silvesterfest, das Anna gemeinsam mit einem Freund besuchte. Wie in den Jahren zuvor war sie zu Beginn noch sehr unruhig, hinzu kam der Schlafmangel der vergangenen Tage. Doch sie fühlte sich in Finns Begleitung wohl. Und sie freute sich, als auch Yvonne mit ihrem Freund Oliver auftauchte, einem großen, etwas rundlichen, jungen Mann mit Wuschelhaaren und freundlichen Augen, der Yvonne liebevoll im Arm hielt.

Finn hatte auf Sylvias Wunsch seine Gitarre mitgebracht, so saßen alle in einer Runde im Wohnzimmer und sangen alte Lieder. Wie am Strand, dachte Anna, und entspannte sich. Das erste Mal trank sie auch mehrere Gläser Wein, stieß um Mitternacht noch mit Sekt an. Deutlich beschwipst küsste sie Finn, so saßen sie schließlich eng umschlungen in der Sofaecke, Anna lehnte ihren Kopf an seine Schulter, unterbrochen von weiteren, sehr intensiven Küssen.

Gegen Morgengrauen verließen sie Sylvias Wohnung; Finn musste Anna auf dem Nachhauseweg stützen, die frische Luft tat ihr Übriges und ließ Anna spüren, dass sie erheblich zu viel getrunken hatte. Finn schloss auch die Haustür auf und brachte Anna zu Bett. Ihr war schlecht, die Welt drehte sich um sie. Fürsorglich stellte Finn einen Eimer neben ihr Bett, küsste sie ein letztes Mal und ließ sie allein.

Nach wenigen Stunden unruhigen Schlafs wurde Anna von ihrem Wecker geweckt. Ihr Kopf dröhnte, und sie war todmüde. Ach ja, Finn musste heute zurückfahren.

Noch nie hatte Anna solche Mühe, ihr Bett zu verlassen. Blass erschien sie am Frühstückstisch.

Finn hatte bereits Kaffee gekocht und gab ihr auch zwei Aspirin aus seinem Gepäck. Annas Mutter schlief noch, und so frühstückten die beiden alleine. Finn schien die Nacht besser bekommen zu haben, er war deutlich wacher. Anscheinend hatte er weniger getrunken als sie oder vertrug den Alkohol besser.

Nach einer halben Stunde begannen die Tabletten zu wirken, Anna wurde etwas wacher. Sie erinnerte sich kaum noch an den letzten Abend, doch war ihr noch peinlich bewusst, dass sie sich beide viel näher gekommen waren. Unsicher schaute sie Finn an. Was würde er jetzt von ihr halten?

Doch er schien unverändert, freute sich, als er bemerkte, dass es ihr besser ging. Er umarmte sie: „Anna, das war ein sehr schöner Abend gestern. Nur schade, dass es dir danach so schlecht ging.“

„Ich fand ihn auch schön, aber ich habe wohl zu viel getrunken“, erwiderte Anna und ließ sich noch einmal küssen. Jetzt bei Tage war dies ungewohnt und löste eine neue Übelkeitswelle aus.

Wenig später stand die Mutter auf, sie schien noch später als sie nach Hause gekommen zu sein. Sie wirkte noch müde und trank erst einmal einen Kaffee. Sie fragte nach dem Fest der beiden und berichtete von der Feier, die sie mit Herrn Grote besucht hatte, dem guten Essen und den anregenden Gesprächen mit ihrem Ressortchef.

Zum Glück war es jetzt Zeit zu gehen. Die Mutter wünschte Finn eine gute Reise, und er bedankte sich noch einmal für die Einladung. Gemeinsam machten sich Anna und Finn auf den Weg zum Bahnhof.

Brigitte winkte ihnen vom Fenster aus nach. Anna sah so müde und blass aus, ob das auch am Abschied von Finn lag? Der junge Mann gefiel Brigitte, er war so freundlich und fürsorglich, er schien sehr verliebt in Anna zu sein. Bei ihrer Tochter war sie sich da nicht so sicher. Manchmal wirkte sie ebenso zugewandt, dann wieder zurückgezogen und abgegrenzt.

In ihren Gedanken kehrte Brigitte noch einmal zum gestrigen Abend zurück. Sie hatte sich mit Peter sehr wohlgefühlt, er konnte so anregend und humorvoll aus seinem Leben berichten. Nach langer Zeit hatte sie das erste Mal so offen über sich sprechen können. Peter hörte aufmerksam zu und fragte vorsichtig nach. Zuletzt hatte er sie auch zum Tanzen aufgefordert. Sie war nur sehr zaudernd darauf eingegangen, doch er hatte ihr einige einfache Schritte gezeigt und sie wunderbar geführt. Die Zeit war wie im Fluge vergangen.

Anna erlebte die frische Luft als wohltuend, ihr Kopf wurde wieder etwas klarer. Am Bahnsteig verabschiedeten sich beide sehr innig, dann winkte Anna hinter dem ausfahrenden Zug her. Nachdenklich und müde kehrte sie nach Hause und in ihr Bett zurück. Doch sie konnte erst nicht wieder einschlafen, Finns Besuch und das Silvesterfest beschäftigten sie noch eine lange Zeit.

Einerseits war sie erleichtert wieder für sich zu sein, auf der anderen Seite vermisste sie ihn bereits. Finn hatte sie beim Abschied zu sich nach Dänemark eingeladen. Anna freute sich darüber, hatte jedoch zunächst ausweichend darauf reagiert.

49. Das neue Jahr

Finn wurde Annas Hauptthema der nächsten Therapiestunde. Anna berichtete von seinem Besuch, auch von ihren Wahrnehmungsproblemen in seiner Gegenwart.

„Wie bei Bernd, mir war schwindelig, ich konnte schlecht hören und auch nur unklar sehen. Das war vor allem so, wenn ich mit ihm in einem Raum war. Draußen war es besser“, stellte sie fest.

„War das genauso intensiv wie im Frühjahr letzten Jahres?“ fragte Frau Grünheit.

„Nein, es war zwar auch heftig, aber es dauerte nicht so lange. Dabei konnte ich ja nicht einfach weggehen, Finn war ja bei uns.“

„Hast du eine Idee, warum du dich schneller wieder besser fühltest?“

Anna überlegte „Es tat immer wieder gut, hinauszugehen. Aber Finn war auch einfühlsamer als Bernd. Er bekam mit, dass es mir nicht gut ging, und ließ mich in Ruhe.“ Zögerlich fügte sie hinzu: „Vielleicht bin ich selbst auch stabiler geworden.“

„Das könnte durchaus sein.“ Frau Grünheit lächelte.

„Ich schlief auch schlecht, das war wie in Dänemark.“

„Und lagst die ganze Nacht wach?“

„Das nun nicht, aber ich konnte schlecht einschlafen.“ Jetzt lächelte Anna. „Das wird Ihnen gefallen. Sturmwind half mir beim Wiedereinschlafen.“

Die Ereignisse des Silvesterfests schilderte Anna nur ungern. Doch Frau Grünheit schien ihr die vielen Gläser Wein und Sekt nicht übelzunehmen, bedauerte nur, dass sich Anna danach so schlecht gefühlt hatte.

„Wie geht es dir jetzt mit Finn?“ fragte sie.

„Gut“, meinte Anna. „Gleich nach seiner Ankunft hat er mir eine E-Mail geschickt. Ihm haben die Tage bei mir gut gefallen, vor allem die Silvesternacht. Seitdem schreiben wir uns öfter. Er hat mich auch eingeladen, ihn zu besuchen.“

„Und wirst du das tun?“

„So schnell nicht. In den Osterferien kommt ja meine Tante. Vielleicht an Pfingsten. Aber bis dahin ist noch eine lange Zeit.“

Zum Schluss berichtete Anna noch von dem Führerscheingeld.

„Wie geht es dir damit?“ fragte Frau Grünheit.

„So langsam freunde ich mich damit an. Auch wenn ich auch ziemlich Angst vor den Fahrstunden habe“, erwiderte Anna nachdenklich.

Erika Grünheit öffnete das Fenster. Die kalte Januarluft füllte den Raum. Sie fröstelte, schloss es nach kurzer Zeit wieder und setzte sich in ihren Sessel, um ihre Notizen zu vervollständigen.

Auch wenn Anna in Finns Gegenwart unter Schwindel und Wahrnehmungsstörungen litt, so ging es ihr doch mit ihm deutlich besser als letztes Jahr mit Bernd. Dabei konnte Anna nicht ausweichen und sich längere Ruhepausen verschaffen wie auf Rømø. Die Tagträume halfen ihr auch, wieder in den Schlaf zu finden.

Erika Grünheit erinnerte sich an Annas Bericht über ihr Weihnachtsgeschenk, das Geld für den Führerschein. Wer wohl zuerst auf den Gedanken gekommen ist, die Mutter oder die Schwester, fragte sie sich. Auf jeden Fall eine gute Idee. Auch wenn Anna noch sehr zwiespältig reagiert hat, der Führerschein wird ihre Autonomieentwicklung fördern.

Zwei Tage nach der ersten Therapiestunde des neuen Jahres brachte der Briefträger Post aus Australien. Überrascht öffneten Anna und ihre Mutter das Päckchen. Es enthielt eine Karte mit den Weihnachtsgrüßen und ein Bumerang, dazu noch einen Umschlag, adressiert an Anna und Lena. Anna schaute gleich hinein, er enthielt Kopien der Geburts- und Sterbeurkunde des Großvaters sowie ein Schreiben an die beiden.

„Liebe Anna, liebe Lena,

da Ihr Euch so für die Geschichte Eures Großvaters interessiert, schicke ich Euch schon mal diese Kopien. Eigentlich wollte ich sie mitbringen, aber wir sehen uns ja erst im März. Vielleicht könnt Ihr etwas damit anfangen. Es gab zwei Geburtsurkunden für ihn, nach der ersten wurde er als leibliches Kind seiner Eltern geboren. Diese wurde ihm von seinen Eltern für offizielle Anlässe zur Verfügung gestellt, so auch zur Eheschließung. Vor dem Tod seiner Mutter gab sie ihm die zweite, die ihn als Findelkind auswies, ohne Eltern, Geburtsort und Geburtsdatum. Sie gestand ihm ein, dass sie und ihr Mann ihn 1943 aus dem Lebensborn-Heim Bad Polzin geholt und 1944 adoptiert hatten. Vielleicht könnt Ihr ja mithilfe der beiden Urkunden noch etwas über seine Herkunft in Erfahrung bringen.

Ich freue mich auf den Besuch im März!

Liebe Grüße

Eure Tante Gerda“

Anna legte den Brief zur Seite und studierte die Geburtsurkunden des Großvaters.

Beiden Urkunden lag ein ähnlicher Vordruck zugrunde. In der ersten wurde die Geburt eines Karl Müller, angegeben, der am 12.05.1940 in Berlin das Licht der Welt erblickt habe. Als Eltern wurden der SS-Hauptsturmführer Werner Müller, geb. am 12.10.1910 in Dresden, und seine Ehefrau Luise, geborene Schmidt, geboren am 05.04.1911 in Radebeul, genannt.

In der zweiten wurde weit weniger ausgefüllt. Nur der Vorname Karl war eingetragen, die Felder für das Geburtsdatum und den Geburtsort wurde Bad Polzin angegeben, in der Rubrik Vater und Mutter stand „Findelkind“. Ausgestellt wurde das Dokument aber im Münchner Standesamt L.

Anna las den Brief ihrer Tante noch einmal und stellte fest, dass Bad Polzin auch der Name des Lebensborn-Heimes war, aus dem ihr Großvater stammte. Nur wer waren seine richtigen Eltern?

Wie konnte sie das herausbekommen?

Sie grübelte eine Weile, suchte dann Rat im Internet.

Erst einmal googelte sie, wo dieses Bad Polzin lag. Im damaligen Pommern, heute zu Polen gehörend. Die Adoptiveltern des Großvaters stammten doch aus Berlin, da hatten sie einen weiten Weg zurückgelegt, um sich ihr Kind abzuholen.

Nun suchte sie weiter und fand heraus, dass im Lebensborn-Heim Bad Polzin auch viele polnische Kinder untergebracht wurden, die nach den Vorstellungen der NS-Ideologie blond und blauäugig als arisch eingestuft wurden.

Dann war ihr Großvater ursprünglich ein Pole?

Entweder waren die Kinder Waisen oder wurden ihren Eltern geraubt. Sie las, dass Heinrich Himmler als Reichsführer der SS schon 1938 angekündigt hatte, „germanisches Blut in der ganzen Welt zu holen, zu rauben und zu stehlen, wo ich kann“. Die Kinder wurden begutachtet und in vier Kategorien eingeteilt, von „rassisch wertvoll“ bis „judenverdächtig“.

Für die ausgesuchten Kinder begann eine Odyssee durch viele Heime, zunächst in Polen, in denen sie Deutsch lernen mussten. Wer Polnisch sprach, wurde schwer bestraft, mit Schlägen oder Essensentzug. Wer geeignet erschien, kam in ein Heim in Deutschland, hier erfolgte die Umerziehung auf deutsche Werte, das Einschwören auf den Führerkult.

Anna dachte an ihren Großvater. Er hatte diese ganze Tortur mitgemacht, wurde wahrscheinlich den Eltern weggenommen, wenn er kein Waisenkind war, Begutachtungen, immer wieder neue Heime, das Erlernen der fremden Sprache unter diesem Zwang. Bei der Adoption war er gerade mal drei Jahre alt, er musste wohl schon mit zwei Jahren geraubt worden sein. Wie er das als so kleines Kind verkraftet hatte? Immerhin konnte er in dem Alter noch keine ideologische Umerziehung erhalten haben.

In einem anderen Text las Anna, dass die Kinder schon in Polen vom Lebensborn einen deutschen Namen erhielten, der ihrem polnischen ähnlich sein sollte. Geburtstage und Geburtsorte wurden willkürlich festgelegt und in geheimen Standesämtern beurkundet, vor allem im Standesamt L, das während der Nazizeit nur für die Angelegenheiten vom Lebensborn zuständig war.

Eine weitere Namensänderung erfolgte, wenn sie von deutschen Familien adoptiert wurden.

Jetzt verstand Anna auch, warum die Urkunden in München ausgestellt worden waren. Sie dienten dazu, die wahre Herkunft ihres Großvaters zu verschleiern.

Weiter las sie, nach Kriegsende wären die meisten der aus Polen geraubten Kinder wieder in ihre Heimat zurückgebracht worden. Das bedeutete für viele, die bereits in Familien untergekommen waren, eine erneute Traumatisierung: Trennung von den neuen Eltern, Umsiedlung in ein für sie fremdes Land, dessen Sprache sie auch nicht mehr sprachen. Oftmals waren die Eltern verstorben, die Kinder waren nicht willkommen und wurden von einem Verwandten zum anderen weitergereicht oder wieder in Heimen untergebracht.

Bei ihrem Großvater war es anders; er blieb in Deutschland. Weil er noch zu jung war, um sich an seine frühe Kindheit in Polen zu erinnern? Und seine Herkunft mit der zweiten Geburtsurkunde nicht mehr zurück zu verfolgen war?

Immer neue Fragen. Auch woher er stammte, wie er früher hieß, das blieb offen.

Anna rauchte der Kopf. Es waren viele Neuigkeiten, die sie zu verdauen hatten.

Erst einmal ging sie in die Küche und machte sich einen Kaffee. Immer wieder einen Schluck trinkend, schrieb sie eine E-Mail an ihre Schwester und fasste die Neuigkeiten zusammen.

Noch am selben Abend erhielt sie eine Antwort von Lena. Sie war beeindruckt von den neuen Erkenntnissen und Annas Nachforschungen. Und wollte, wenn es ihre Zeit zuließe, selbst einmal im Internet nach den geraubten polnischen Kindern suchen.

Auch Brigitte studierte die Geburtsurkunden und las die Texte aus dem Internet. Ihr Vater ein geraubtes Kind aus Polen, das war unglaublich. Mit zwei Jahren seinen Eltern weggenommen, und dann die Odyssee durch die vielen Heimen bis zur Adoption. Sie empfand sie tiefes Mitleid mit dem kleinen Kind, konnte dieses Gefühl aber schwer mit ihrem Hass und ihrer Wut auf ihren erwachsenen Vater in Einklang bringen. Auch wenn er viel mitgemacht hatte, hatte er ihr, Gerda und der Mutter später viel Leid zugefügt. Das machte auch die neuen Erkenntnisse über seine Herkunft nicht ungeschehen. Doch was wäre gewesen, wenn er und sie alle früher von seiner Herkunft erfahren hätten? Wäre er anders geworden? Hätte er nicht getrunken, seine Familie nicht so schikaniert? Sie konnte sich das kaum vorstellen. Und warum hatte ihr Gerda nicht früher davon erzählt? Sie spürte Ärger in sich aufsteigen, musste sich aber auch eingestehen, dass sie nicht wusste, ob sie früher etwas von ihrem Vater hatte erfahren wollen. Auf jeden Fall wollte sie ihre Schwester bei ihrem Besuch danach fragen.

Die neuen Informationen zur Herkunft des Großvaters waren auch Thema der nächsten Therapiestunde. Frau Grünheit hörte aufmerksam zu; vieles war auch für sie neu.

Anschließend regte sie Anna an, sich vorzustellen, wie es dem kleinen Karl wohl ergangen war. Auch wenn er zu dem Zeitpunkt noch wenig sprechen konnte, so war ihm die deutsche Sprache doch fremd, die Menschen dort allemal. Seinen alten Namen trug er auch nicht mehr, wurde jetzt auch anders gerufen. Und immer wieder ein Heimwechsel, bis er im Pommerschen Bad-Polzin landete. Hier wurde er von seinen Adoptiveltern abgeholt. Da hatte er schon eine einjährige Odyssee hinter sich, für so ein kleines Kind schwer zu verkraften.

Wie erging es ihm wohl in dem neuen Elternhaus? Entsprach er den Erwartungen der beiden? Spätestens auf dem Gymnasium enttäuschte er die Eltern, als er das Abitur nicht erreichte. Sie hatten für ihren Sohn anscheinend eine akademische Ausbildung vorgesehen. Doch schaffte er nicht mal die kaufmännische Ausbildung.

Vielleicht hatte er ja seiner Frau, Großmutter Klara, etwas von seiner Kindheit erzählt. Oder später auch Tante Gerda. Anna nahm sich vor, sie bei ihrem Besuch danach zu fragen.

Beeindruckt schloss Erika Grünheit Annas Akte. Was dieses Mädchen alles in Erfahrung brachte! Noch nie hatte sie eine so Patientin erlebt, die so intensiv in der Familiengeschichte nachforschte, so eine junge noch dazu. Sie übte ihren Beruf schon so lange aus, aber immer wieder erfuhr sie Neues, ihre Arbeit war voller Überraschungen. Das Schicksal der geraubten Kinder ging ihr nahe, und vor allem auch das des kleinen Karl. Sie sah den zweijährigen unglücklichen Jungen vor ihren Augen, der sich einsam in den kalten, fremden Räumen der Heime fühlte. Allein das war schon Traumatisierung genug. Wenn dazu noch die strenge Erziehung der vom Nationalsozialismus überzeugten Eltern folgte, war es kein Wunder, dass er in der Schule versagte und später auch keine Ausbildung beenden konnte. Sein geringes Selbstwertgefühl versuchte er anscheinend durch seinen hohen Alkoholkonsum und besonders herrisches Auftreten gegenüber seiner Ehefrau und den Töchtern zu kompensieren. Erika Grünheit atmete tief durch, nahm die Akte, brachte sie in ihr Büro und verstaute sie im Hängeregister neben ihrem Schreibtisch. In Gedanken war sie aber noch bei Annas Familie. Die Mutter hatte am meisten unter dem Vater gelitten, ihre Ängste und Depressionen waren die Folge. Und das alles wirkte sich auch auf Anna aus, die selbst in seelische Not geriet. So litt eine Familie über mehrere Generationen unter den Folgen der Verbrechen der Nationalsozialisten.

Die Schule hatte wieder begonnen. In den folgenden Wochen erhielt Anna ihre Klausuren aus der Vorweihnachtszeit zurück. Sie war zufrieden, nur ihre Geographiearbeit war schlechter ausgefallen, als sie erwartet hatte. In den nächsten Wochen musste sie die Gliederung für ihre Hausarbeit abgeben.

Sylvia schaute vorbei, das erste Mal im neuen Jahr. Nach Silvester war sie gemeinsam mit Max und das erste Mal mit einem Skiclub zum Snowboard fahren in den Alpen gewesen. So hatte sie viel zu berichten. Begeistert erzählte sie von ihren Erlebnissen auf der Piste und den Abenden mit der Gruppe, von ihren ersten Fahrversuchen und der schönen verschneiten Landschaft. Dann waren aber auch wieder die Konflikte mit Max Thema, der sie mit seiner Eifersucht die ganze Zeit verfolgt hätte. Wieder einmal dachte sie über eine Trennung nach.

Sie tauschten sich über ihre geplanten Facharbeiten aus und besprachen Finns Besuch und die Silvesterfete.

Sylvia lächelte. „Du hattest ganz schön getankt. So habe ich dich noch nie erlebt. Auch nicht so heftig knutschend. Anscheinend hat dir der Besuch von Finn ganz gutgetan."

Doch Annas schaute etwas gequält. „Na, ganz so toll war es nicht." Sie berichtete, wie schwierig die ständige Gegenwart von Finn teilweise für sie gewesen war.

„Das tut mir leid Anna, das habe ich nicht gewusst. Du sahst an dem Abend so entspannt und glücklich aus", erwiderte Sylvia.

„Das war ich auch. Ich mag ihn ja auch gerne, aber für mich ist es immer noch schwer, jemand auf längere Zeit so nah bei mir zu haben." Anna schluckte. „Aber ich hoffe, das wird besser." Und sie hatte noch etwas Neues zu berichten: „Stell dir vor, gestern habe ich mich bei der Fahrschule angemeldet."

Am Anfang der folgenden Woche nahm Anna das erste Mal am Theorieunterricht teil. Zum Glück kannte sie niemanden von den anderen Schülern und musste auch mit keinem reden. Der Fahrlehrer Herr Weiß, älter als ihr eigener Vater, versuchte trotz der schütteren Haare jugendlich zu wirken. Lederhose und ein dünnes Zöpfchen am Hinterkopf, kommentierte er flapsig die dargestellten Verkehrssituationen. Anna erhielt ein Lehrbuch und erste Übungsbögen.

Nach der Stunde wollte sie schnell wieder verschwinden, doch Herr Weiß hielt sie zurück und verabredete für die folgende Woche bereits zwei Fahrstunden mit ihr. Anna fühlte sich überrumpelt, so schnell war ihr keine Ausrede eingefallen. Mit mulmigen Gefühlen verließ sie den Übungsraum.

50. Die zweiunddreißigste Stunde

Gleich zu Beginn berichtete Anna von ihren ersten Erfahrungen mit Herrn Weiß.

„Dass das jetzt alles so schnell geht, damit habe ich nicht gerechnet", meinte sie. „Aber vielleicht ist das auch gut so. Sonst hätte ich das noch lange aufgeschoben."

„Das hat dein Fahrlehrer wohl auch so gesehen", meinte Frau Grünheit lächelnd. „Und du bist sicher nicht die Einzige, die Angst vor der ersten Fahrstunde hat."

„Das könnte sein. Ich dachte, allen anderen würde das leichter fallen", erwiderte Anna nachdenklich.

Es blieb Zeit für eine Imagination. Frau Grünheit schlug vor, sich noch einmal mit Sturmwind und der Eule auf den Weg zu machen.

Erneut führte sie der Nachtvogel zum Waldrand. Doch dieses Mal flog sie an der ersten Baumreihe entlang, bis ein Weg in den Wald auftauchte. Jetzt bog sie ab in den Wald. Anna verstand, die Eule wollte, dass sie dem Weg folgten. Auch Sturmwind schien dies zu begreifen und ritt mit Anna den mit alten Blättern übersäten Pfad entlang. Immer tiefer gelangten sie in den Wald, es wurde dunkler, Annas Unbehagen wuchs. Endlich erreichten sie eine kleine Lichtung. An deren Rande lag eine Wildsau mit kleinen Frischlingen. Auf einem Baum darüber ließ sich die Eule nieder, dies schien ihr Ziel zu sein. Unsicher schaute Anna die Wildsau an. Fühlte sie sich von ihrer Gegenwart gestört, würde sie gleich angreifen? Aber diese schaute sie nur gelassen an, legte sich auf die Seite und ließ die Kleinen saugen. Jetzt traute sich Anna abzusteigen und sich der Gruppe ein wenig zu nähern. Auch das schien die Wildsau hinzunehmen. Eines von den Frischlingen lief neugierig zu Anna und beschnupperte sie. Anna streichelte es vorsichtig, sein Maul fühlte sich weich an, die feinen Borsten waren schon ein wenig rau. Auch das ließ die Mutter zu. Auf Anregung von Frau Grünheit entdeckte Anna ein paar Eicheln in ihrer Tasche, an einer knabberte das Kleine, die restlichen warf Anna der Wildsau zu. Diese richtete sich ein wenig auf und begann, nach den Eicheln zu suchen und zu fressen.

Anna blieb noch eine Weile und betrachtete die Mutter mit den Kindern. Dann erhob sich die Eule wieder und führte Sturmwind und Anna aus dem Wald heraus.

Bewegt von der Begegnung, kehrte Anna wieder in die Wirklichkeit zurück. Sie spürte noch weiches Maul des Frischlings in ihrer Hand, sah den ruhigen Blick der Wildsau und die Kleinen, die an den vielen Zitzen der Mutter tranken. Ihr war klar, dass diese zu dem Eber der letzten Imagination gehörten.

Im gemalten Bild, das sie in die nächste Stunde mitbrachte, lag die Wildsau mit ihren Frischlingen in einer Mulde. Anna hockte in einiger Entfernung am Boden, ein Kleines schnupperte an ihrer Hand. „Das war nicht leicht zu malen, vor allem mich von der Seite. Wie so ein weibliches Wildschwein mit ihren Jungen aussieht, habe ich mir im Internet angeschaut."

Anna war immer noch berührt von der Begegnung mit der Tierfamilie. In der Woche hatte sie sich bereits Gedanken gemacht, warum die Eule sie wohl zu ihr geführt hatte.

„Sie gehörten sicher zu dem Wildschwein, das da aus dem Wald stürmte. Es wollte seine Familie schützen. Dann hat es gemerkt, dass ich nichts Böses von ihnen will.“ Nach einer kurzen Gedankenpause fuhr Anna fort: „Die ganze Zeit fürchtete ich, es könnte wieder irgendwo hervorbrechen, aber gleichzeitig wusste ich, das würde nicht passieren. Sonst hätte uns die Eule nicht in den Wald geführt.“

„Dann hat der Eber gewusst, dass ihr seiner Familie gut gesonnen ward“, meinte Frau Grünheit. „Und seine Wildheit, seine Aggressivität dienten dem Schutz seiner Familie.“

Anna nickte. „Das wollte die Eule uns auch zeigen. Aber noch was anderes ist mir dazu eingefallen: Wenn der Eber was mit meinem Großvater zu tun hat, dann sicher die Wildsau mit den Frischlingen etwas mit seiner Familie. Wobei ich nicht mitbekommen habe, dass er sich so gut um diese gekümmert hat. Eigentlich war er immer unterwegs und nicht gerade der fürsorgliche Familienvater.“

„Vielleicht hatte er diese Qualitäten auch zeitweise, konnte sie aber nicht durchgängig halten“, erwiderte die Therapeutin.

Wieder nickte Anna nachdenklich. „Da könnte was dran sein, dazu werde ich auch Tante Gerda befragen, die lehnt ihn anscheinend nicht so ab wie meine Mama. Mir fällt auch mein Vater dazu ein. Er hat sich ja auch gut um uns gekümmert, solange er da war, um uns Kinder und unsere Mutter, das war sicher ganz schön viel.“ Anna schaute Frau Grünheit direkt an. „Vielleicht geht das zu weit. Aber ich musste auch an die polnische Familie meines Großvaters denken. Wenn er kein Waisenkind war und einfach seinen Eltern weggenommen wurde, muss es denen auch sehr schlecht gegangen sein. Da würde ich auch wie eine wütende Wildsau reagieren.“

„Der Gedanke ist gar nicht so abwegig“, bestätigte Frau Grünheit. „Da siehst du, Wut kann viele Hintergründe haben, auch deine eigene.“

Als sie Annas fragenden Blick sah, fuhr sie fort: „Du bist manchmal wütend auf deine Mutter, auch auf deinen Vater, soweit ich mich erinnere. Und die Wut könnte ja auch dafür stehen, dass sie sich getrennt haben.“ Soweit konnte Anna folgen. „Dahinter steht doch der Wunsch nach einer guten, fürsorglichen Familie. So wie du sie im Tagtraum erlebt hast.“

Annas Augen füllten sich mit Tränen. „Ja, als ich noch kleiner war, habe ich mir das so oft gewünscht, dass Papa wiederkommt und alles ist wie früher. Wie im doppelten Lottchen. Später war mir klar, das klappt nicht, aber irgendwie habe ich den Wunsch nie so ganz aufgegeben."

Erika Grünheit suchte in ihrem Arbeitszimmer nach Annas Mappe. Das neue Bild hatte sie aus dem Therapiezimmer mitgenommen. Bevor sie es hineinlegte, schaute sie es sich noch einmal von Nahem an. Die Wildsau lag auf der Seite, vier Frischlinge saugten an ihren Zitzen. Nur eines hatte sich selbstständig gemacht. Anna kauerte am Boden, die Hand mit der Eichel darin ausgestreckt. Der Frischling schnupperte daran. Ein anrührendes Bild. Soviel Nährendes, soviel Nähe.

Die Therapeutin holte das letzte Bild aus der Mappe, das Anna im Dezember zur letzten Imagination gemalt hatte. Der Keiler stürmte aus dem dunklen Wald, ein gewaltiges Tier mit riesigen Hauern, abstehenden Borsten großen, dunklen Augen. Er hinterließ einen anderen Eindruck als die Wildsau, hier das aggressive, hervorpreschende, dort das nährende, ruhige Tier. Doch gehörten beide zusammen. Anna hatte sie im selben dunklen Braun gemalt, als Mittelpunkt des Bildes, ähnlich kraftvoll. Was war Anna dazu eingefallen? Sie war selbst auf die Verbindung der beiden Wildschweine gekommen, die eine Familie bildeten, eine ideale Familie. Die Aggressivität des Ebers diente als Schutz seiner Familie. So hätte sich Anna sicher ihren Vater gewünscht, der die Familie verteidigt und zu ihr steht, was auch immer geschieht. So hatte sie ihn wohl auch in ihren ersten Lebensjahren erlebt, als ihre Mutter psychisch erkrankte. In dieser Zeit übte gleichzeitig die mütterliche und väterliche Rolle aus. Und die nährende, in sich ruhende Wildsau, die dennoch bereit war, ihre Jungen zu verteidigen, so hatte Anna ihre Mutter selten erlebt. Wie schön, dass sich Anna selbst dem Frischling nähern konnte. Das hatte auch etwas Selbstfürsorgliches und -nährendes.

In der Nacht vor der ersten Fahrstunde schlief Anna sehr unruhig. Die Vormittagsstunden in der Schule überstand sie nur mit Mühe, sie konnte sich kaum auf den Unterricht konzentrieren.

Pünktlich um fünfzehn Uhr holte sie Herr Weiß von zu Hause ab. Am Steuer saß eine andere Fahrschülerin, die zunächst zu ihrer eigenen Wohnung fuhr. So setzte sich Anna nach hinten und beobachtete die junge Fahrerin vor ihr. Diese schien ebenfalls angespannt zu sein. Aber als diese ausstieg und Anna selbst ihren Platz einnahm, half ihr diese Feststellung auch nicht mehr. Mit ruhiger Stimme erklärte Herr Weiß die ersten Schritte des

Autofahrens. Nach dem zweiten Versuch gelang es Anna auch, den Wagen zu starten und langsam, wenn auch holperig, anfahren zu lassen. Jetzt kam auch noch das Schalten dazu, Anna begann zu schwitzen. Zum Glück befanden sie sich in einer verkehrsarmen Nebenstraße, Herr Weiß ließ sie auf den großen Parkplatz eines Supermarktes fahren, dort übte sie weiterhin, fuhr Kurven und lernte auch mithilfe der Spiegel Fußgänger und andere Autos im Blick zu behalten. Endlich neigte sich die erste Stunde dem Ende zu, sie fuhr zurück zu ihrer eigenen Wohnung. Herr Weiß verabschiedete sie mit aufmunternden Worten: „Das hat doch schon gut geklappt! Weiter so! Dann bis übermorgen!“

Völlig verkrampft und verschwitzt verließ Anna den Wagen. Wie sollte sie das Autofahren je lernen?

Zwei Tage später wurde sie erneut von zu Hause abgeholt. Wieder hatte sie wenig geschlafen und große Angst vor der Stunde. Herr Weiß, der dies zu spüren schien, ließ sie noch einmal auf dem Parkplatz üben. Als sie mehr Sicherheit gewonnen hatte, musste sie durch die ihr bekannten Straßen ihres Viertels fahren. Viele Male würgte sie den Motor ab, vergaß, in den Spiegel zu schauen oder in einen höheren Gang zu schalten, aber Herr Weiß korrigierte sie mit leiser, ruhiger Stimme.

Auch nach dieser Stunde fühlte sich Anna wie gerädert und war froh, dass sie erst die nächste Woche wieder dran war.

Sie schrieb Lena von ihren ersten schrecklichen Erfahrungen mit dem Autofahren. Noch am selben Abend erhielt sie eine aufmunternde Antwort: „So ging es mir am Anfang auch. Ich dachte, ich lerne das nie! Aber Du wirst sehen, das gibt sich nach ein paar Stunden.“

So ganz mochte Anna dies ihrer Schwester nicht glauben, sie wirkte immer so sicher und mutig. Dennoch beruhigten sie ihre Zeilen ein wenig.

Ende Januar begann es zu schneien, die Bäume auf ihrem Schulweg wurden von einer feinen weißen Pulverschicht überzogen. Auch bei diesem Wetter fanden die Fahrstunden statt, Herr Weiß freute sich, ihr auch das Fahren unter winterlichen Bedingungen beibringen zu können. Vorsichtig fuhr Anna an, der Untergrund war tatsächlich etwas rutschig, aber auf den Hauptstraßen war der Schnee bereits geschmolzen. So langsam bekam sie mehr Sicherheit, wenn sie auch noch immer sehr langsam fuhr und kaum beschleunigen mochte. Wieder war sie froh, als die Stunde zu Ende war.

Zu Hause angekommen, suchte sie nach Materialien für ihre Facharbeit. Doch sie verlor schnell die Lust, ihr Blick fiel immer wieder auf die verschneite Landschaft aus ihrem Fenster, und so machte sich lieber mit ihrer Kamera auf den Weg in den Bürgerpark. Die Sonne kam heraus, die weißen Bäume, Wiesen und Wege glitzerten im Licht. Anna fotografierte unentwegt, immer neue Motive taten sich ihr auf. Der Bach, der sich durch den Park schlängelte, bildete mit seinem dunklen Wasser und dem alten, mit einer feinen Pulverschicht überzogenen schmiedeeisernen Geländern einen besonderen Kontrast zu der hellen Landschaft.

Nach einer Stunde schoben sich Wolken vor die Sonne, Anna kehrte nach Hause zurück.

Der Schnee und die frische Luft hatten ihr gutgetan, sie fühlte sich erfrischt und beschwingt. Erst einmal kochte sie sich zum Aufwärmen einen Tee. Neugierig übertrug sie die Bilder gleich auf ihren PC. Wunderschöne Bilder waren entstanden, sie löschte weniger gelungene, speicherte den Rest ab und beschloss, gleich einige davon an Lena und Finn zu schicken. Im Bildprogramm wählte sie einige Fotos aus und bereitete sie zum Senden vor.

Als Anna ihre E-Mailbox öffnete, sah sie, dass eine Nachricht von Lena eingetroffen war.

„Liebe Anna,

gestern hatte ich einen freien Abend, deshalb bin ich im Internet selbst auf die Suche nach Informationen zum Lebensborn und den geraubten Kindern aus den besetzten Gebieten bekommen.

Es ist unglaublich, wie viele es gewesen sind und unter welch schrecklichen Bedingungen!

Ich habe ein paar Seiten herauskopiert und schicke sie Dir einfach mal.

Liebe Grüße

Lena“

Im Anhang fand Anna eine Reihe von Textausschnitten: Erschüttert las sie die Exzerpte:

„Vor allem aber wurde der ‚Lebensborn‘ für die Verschleppung und ‚Eindeutschung‘ mittel- und osteuropäischer Kinder gebraucht. Am 25. Juli 1942 beispielsweise hatte Himmler befohlen, Kinder aus der Oberkrain (Slowenien) und der Untersteiermark ins ‚Altreich‘ zu überführen. Ihre Väter waren im Rahmen der ‚Aktion Enzian‘ erschossen, die Mütter in Konzentrationslager gebracht worden, weil sie angeblich Partisanen unterstützt hatten. 600 Kinder der ‚Wertungsgruppe I und II im Alter von 6 bis 12 Jahren‘ wurden dem ‚Lebensborn‘ übergeben, ‚der seinerseits die Betreuung dieser hochwertigen Kinder‘ durchführen sollte.

Ähnlich schlimm erging es den sogenannten ‚Lidice-Kindern‘ ... Das Dorf Lidice hatten die Nationalsozialisten dem Erdboden gleichgemacht, 192 Männer und 71 Frauen standrechtlich erschossen, 19 Männer wenige Tage später in Prag getötet und 198 Frauen ins Konzentrationslager Ravensbrück gebracht. 98 Kinder, nunmehr Vollwaisen, sollten auf ihre ‚Eindeutschungsfähigkeit‘ überprüft werden: ein typischer Fall für den Lebensborn.

Die ‚schlechten‘ Kinder sollten in Kinderlager kommen, die ‚gutrassigen‘ über Heime des Lebensborn in deutsche Familien als Pflege- und Adoptivkinder vermittelt werden.“

Es folgte ein Einschub von Lena: „Die hier betrifft auch polnische Kinder. Ob unser Großvater hierher stammte? Lies das bitte auch:

„Zamosc, das sogenannte Sonderlaboratorium der SS. Hier sollte die Bevölkerung komplett ausgetauscht werden. Juden wurden ermordet, Polen je nach ihrer Arbeitsfähigkeit zur Zwangsarbeit ins Deutsche Reich oder in ein NS-Konzentrationslager verschickt. ‚Rassisch wertvolle Kinder‘ wurden den polnischen Eltern geraubt und zur Adoption an verdiente SS-Männer und ihre Frauen freigegeben.“

Anna fror. Sie hatte schon von vielen Gräueltaten der Nazis erfahren, aber von diesen Verbrechen hatte sie noch nie etwas gehört. Und vielleicht hatte Lena recht, ihr Großvater könnte auch aus diesem Zamosc stammen.

51. Die dreiunddreißigste Stunde

Stille füllte den Raum, als Anna ihren Bericht über Lenas Recherche beendet hatte.

Frau Grünheit schien auch bewegt und ihre Worte abzuwägen. „Anna, das ist schrecklich, was da alles vor nicht zu langer Zeit in unserem Land passiert ist. Dabei ist das, was Lena herausgefunden hat, nur ein kleiner Ausschnitt des unvorstellbaren Unglücks, das der Nationalsozialismus über unser Land gebracht hat, denk nur an die Judenverfolgung und den Krieg. Und im Zusammenhang mit deinem Großvater rückt es für dich näher. Ich kann mir gut vorstellen, wie sehr dich diese Bilder belasten, die angesichts Beschäftigung mit diesem Thema in dir entstehen. Allerdings wissen wir noch nicht, ob dein Großvater wirklich aus einem dieser Gebiete stammt, das bleibt Spekulation. Vielleicht sollten wir das vertiefen, wenn deine Tante Ostern zu Besuch kommt. Es sei denn, du möchtest noch ausführlicher über die Einzelheiten der Berichte sprechen, wie sie auf dich gewirkt haben."

Anna schüttelte langsam den Kopf. „Nein, ich denke, das ist erst mal genug. Ich muss auch aufpassen, dass ich mich nicht zu sehr da rein begebe, das wird mir sonst zu viel."

So wechselte Anna das Thema, berichtete von ihren ersten Fahrstunden.

„Das war sicher schwer für dich, aber du hast es ja doch geschafft", meinte Frau Grünheit.

Anna nickte. „Es ist auch gut, dass Herr Weiß gleich so viele Termine mit mir ausgemacht hat. Ich hätte das noch ewig aufgeschoben!"

Anna sprach auch über ihre Mutter, die schon seit einiger Zeit viel besser gestimmt wäre. „Ich glaube, da entwickelt sich was mit ihrem Ressortchef, Herrn Grote", vermutete sie. „Sie verbringt morgens mehr Zeit vor dem Spiegel, kommt auch abends häufiger später nach Hause, aber weniger geschafft und schlecht gelaunt als früher. Außerdem hat sie nicht mehr so viel an mir auszusetzen, meckert kaum noch, wenn ich mal die Spülmaschine nicht ausgeräumt oder den Müll nicht runtergetragen habe." Anna lächelte. „Es ist so, als nimmt sie das oft gar nicht wahr, oder es ist ihr nicht mehr so wichtig."

„Und wie findest du den Gedanken, dass deine Mutter sich verliebt haben könnte?"

„Eigentlich ganz gut. Denn wenn es ihr besser geht, dann ist auch die Stimmung zu Hause einfach entspannter. Und ich mache mir nicht so viel Sorgen um sie."

„Hast du dir denn in letzter Zeit noch öfter Sorgen um sie gemacht?"

„Nein, eigentlich nicht", stellte Anna erstaunt fest. „Das ist mir noch gar nicht aufgefallen. Vielleicht weil sie schon länger gut drauf ist oder weil ich mich nicht mehr so kümmern muss."

Sie dachte weiter nach. „Früher hätte ich das nicht so gut gefunden, wenn sie einen neuen Freund gehabt hätte. Ich wollte die beiden doch immer noch zusammenbringen. Eigentlich Unsinn, wo doch Papa längst eine neue Familie hatte. Aber in meiner Phantasie fand er Renate zu nervig und kam reumütig zu uns zurück."

„Würdest du dir das heute auch noch wünschen?" fragte Frau Grünheit.

„Nein, der Zug ist abgefahren. Die beiden sind schon zu lange getrennt. Und dann würden die beiden Kleinen ja auch leiden. – Ich wünsche Mama, dass es gutgeht mit Herrn Grote. Sonst würde sie wieder zu sehr leiden."

Anna kannte ihn kaum, hatte ihn nur einmal bei einem Besuch im Verlag gesehen. Sie wusste nur, dass er ebenfalls geschieden und etwa zehn Jahre älter als ihre Mutter war. Soweit sie sich erinnern konnte, sah man ihm das auch an. Ein bisschen untersetzt, mit Glatze und Brille, wirkte dabei kompetent und freundlich.

Frau Grünheit fragte nach ihrem Vater. Von ihm hörte Anna selten etwas, das letzte Mal zu Weihnachten. Wie jedes Jahr das Bücherpäckchen und der Anruf an Heiligabend. Er hatte jeweils kurz mit Lena und ihr gesprochen, beiden ein frohes Fest gewünscht und von der Bescherung von Amelie und Johann berichtet, die bereits stattgefunden hatte. Ach ja, an Neujahr meldete er sich noch einmal und wünschte allen ein gutes neues Jahr. Er bedauerte auch, dass sie sich im vergangenen Jahr nicht sehen konnten, und wünschte, dass dies in folgenden anders würde. Wie es denn wäre, wenn Anna in den Ferien mal zu Besuch käme?

„Möchtest du ihn besuchen?" fragte Frau Grünheit.

Anna zuckte mit den Schultern. „Ich weiß nicht, ob ich wirklich Lust dazu habe. Es geht doch immer nur um die beiden Kleinen. Außerdem kommt in den Osterferien Tante Gerda, und Pfingsten könnte ich nach Dänemark fahren. Da blieben nur die Sommerferien."

„Wie findest du es, dass du deinen Vater so selten siehst?"

„Das macht mir nicht mehr so viel aus. Früher habe ich ihn mehr vermisst. Jetzt bin ich dran gewöhnt, ihn nicht mehr zu sehen." Dennoch sah Anna traurig aus.

Daher fragte Frau Grünheit: „Wie wäre es denn, wenn du ihn öfter treffen würdest?"

„Wenn ich mit ihm alleine wäre oder auch zusammen mit Lena, das wäre schön, aber nicht mit seiner neuen Familie."

„Weiß er, dass du dir das wünscht?"

Anna schaute Frau Grünheit erstaunt an. „Ich denke schon."

„Hast du ihn auch gefragt?"

Ein leichtes Lächeln huschte über Annas Gesicht. „Das hätte ich mir denken können, dass Sie das fragen. Das weiß ich nicht mehr so genau. Wahrscheinlich nicht. Und jetzt sagen Sie, das sollte ich doch mal machen." Doch gleich wurde sie wieder ernst. „Aber das ist sicher sinnlos, denn wie ich ihn kenne, hat er keine Zeit. In den Ferien ist er immer mit seiner Familie zusammen."

„Einen Versuch wäre es vielleicht wert", fügte die Therapeutin hinzu.

Nach der Stunde fragte sich Erika Grünheit, ob ihr letzter Hinweis so sinnvoll gewesen war. Anna war schon so oft von ihrem Vater enttäuscht worden. So wie er in seiner neuen Familie eingebunden war, würde er sicher kaum Zeit finden, sich mit seiner Tochter allein zu treffen. Und Anna würde sich erneut zurückgestoßen fühlen.

Die sich anbahnende Beziehung ihrer Mutter zu ihrem Ressortchef nahm Anna ja recht gelassen auf, schien sie eher zu entlasten. Und auch die ersten Fahrversuche Annas bewertete sie positiv, auch wenn sie diese noch als sehr mühevoll beschrieb. Sie war auf einem guten Weg.

Doch mehr noch beschäftigten Erika Grünheit Lenas neue Erkenntnisse zum Lebensborn. Die Eltern zu ermorden, die Kinder auszusortieren und die „arisch wertvollen" zur Adoption freizugeben. Von diesen Verbrechen der Nationalsozialisten hatte auch sie noch nichts gehört, und sie erschütterten sie zutiefst. Und wie wirkten sie auf Anna? Welcher innere Film lief jetzt in ihr ab? Wenn sie ihren Großvater als ein Lidice-Kind sah, dessen Eltern zuvor getötet wurden, konnte sie diese Vorstellung gleichzeitig be-und entlasten.

War sich Anna zuvor bereits sicher, dass ihr Großvater ein geraubtes Kind war, war die mögliche Ermordung seiner Eltern noch grauenhafter. Erika Grünheit schloss die Akte und suchte sich von den Bildern zu befreien. Sie fragte sich, ob dies mehr ihr Grauen war und Anna sich auch entlastet fühlen könnte, da sie ihren Großvater auf diese Weise noch mehr als Opfer denn als Täter sehen würde.

Mitte Februar war der Schnee bereits wieder weggetaut. Alles schien grau in grau, der feine Nieselregen trieb Anna nach der Schule schnell nach Hause. Sylvia kam häufiger auf einen Tee vorbei, wie immer klagte sie über Max. Seit dem letzten Sommer trennten sie sich in regelmäßigen Abständen und versöhnten sich nach ein, zwei Wochen wieder. Jetzt schien eine neue Trennungsphase bevorzustehen.

In solchen Momenten war Anna froh, Finn so weit weg zu wissen. Auch wenn sie ihn oft vermisste, freute sie sich über Post von ihm und antwortete gerne. Würde sie ihn ständig sehen, gäbe es sicher auch mehr Konflikte und Reibungspunkte.

Außerdem musste sie sich ihrer Facharbeit widmen. Bei der Beschäftigung mit dem Thema begegnete ihr ein bekannter Name aus dem Lebensborn wieder. Andersch war am Münchner Wittelsbach-Gymnasium von Joseph Gebhard Himmler, dem Vater Heinrich Himmlers, unterrichtet worden. Die Zeit des Nationalsozialismus bildete den Hintergrund der Erzählung von Andersch. Auch in ihrer Arbeit ging es um Bedrohung und Verfolgung, Flucht, die Lebensgestaltung fünf verschiedener Menschen in einem totalitären System.

Am meisten beeindruckte Anna der Schiffsjunge, ihrem Alter am nächsten stehend. Auch er verlor seinen Vater, wenn auch unter anderen Umständen. Wie sie hatte der Junge ihn zunächst idealisiert und die eigene Mutter abgelehnt. Seine Tagträume über Sansibar erinnerten sie auf eigentümliche Weise an ihr Haus am See. Dorthin wollte er, um dem langweiligen, spießbürgerlichen Alltag seines Heimatortes zu entkommen, auch deren Bewohner verlassen, die in seiner Phantasie seinen Vater in den Tod getrieben hatten. Von der Bedrohung und Unterdrückung im totalitären System, von den Ereignissen der Geschichte bekam er zunächst nichts mit, er lebte in seiner eigenen Welt. Im Laufe der Erzählung reifte er vom träumenden Jungen zu einem verantwortungsbewussten jungen Erwachsenen heran. Die Gelegenheit zur Flucht nach Schweden ließ er vorübergehen, er erkannte die Schwächen seines Vaters und akzeptierte das Leben in seiner Heimatgemeinde.

In der Beschäftigung mit dem Jungen sah Anna ihre eigenen Tagträume im neuen Licht. War sie mit ihnen nicht auch aus der Realität geflohen? Doch hatten sie ihr auch geholfen, mit der Sorge um die Mutter zurechtzukommen und ihr Alleinsein auszuhalten. Jetzt hatte sich schon einiges verändert. Sie träumte sich seltener in ihre eigene Welt, nahm mehr am Leben teil und erlebte auch ihre Eltern anders.

So vertiefte sich Anna in die Geschichte, recherchierte, schrieb jeden Nachmittag mehrere Stunden und konnte ihre Arbeit Ende Februar zum Abgabetermin beenden.

Sah Anna Bernd im Geographiekurs, musste sie öfter an die Zeit vor einem Jahr denken.

Mit gemischten Gefühlen erinnerte sie sich an ihre winterlichen Treffen. Sie hatte diese erst herbeigesehnt, später gefürchtet, da es ihr immer schlechter damit erging.

Ihr Leben erschien ihr jetzt ruhiger, sie fühlte sich ausgeglichener, dennoch vermisste sie auch die Nähe zu Finn, wohl wissend, dass sie diese auch schlecht aushalten könnte.

So formulierte sie dies auch in einer der folgenden Therapiesitzungen, fügte aber hinzu. „Doch so schlimm wie letztes Jahr würde es mir wohl nicht mehr gehen. Einiges hat sich schon verändert."

In dieser Stunde besuchte sie noch einmal ihren See und ihr Haus. Dieses Mal ritt sie nicht zum Waldrand, das Wetter war wenig einladend, die Eule schien auch keine Lust zu verspüren. Sie suchte Schutz in einem gegenüberliegenden Baum und schien zu schlafen. So betrat Anna wieder einmal ihr Haus, machte es sich ein Feuer im Ofen, kochte einen Tee und ruhte sich, eingewickelt in ihrer Wolldecke, auf dem Sofa aus. Langsam trank sie den Tee, wohlige Wärme breitete sich in ihrem Körper aus, und sie dämmerte weg.

Plötzlich veränderte sich der Raum. Er war kleiner und dunkler, ein Esstisch bedeckt mit Tellern, Besteck und Gläser stand im Mittelpunkt, alles andere schien unklar. Personen saßen um den Tisch, eine Familie. Jetzt nahm sie sich selbst war, neben sich Lena, auf der anderen Seite ihre Mutter und ihren Vater. Doch die Verteilung änderte sich andauernd, auch die Form des Tisches. Anna versuchte sich zu konzentrieren und alle gemeinsam wahrzunehmen, aber jetzt brach ein Teil des Tisches weg, und mit ihm verschwand der Vater, dann auch die Mutter. Für einen kurzen Moment schien alles wieder da zu sein, der Tisch, vollständig, und mit ihm die an ihm Sitzenden, in neuer Verteilung, doch dann wiederholte sich das Spiel, und ein oder zwei Familienmitglieder waren erneut mit einem Teil des Tisches verschwunden. Darunter erschien ein Loch, gähnende Leere.

Erschrocken brach Anna die Imagination ab. Noch gefangen in den chaotischen Bildern, fror sie.

Frau Grünheit reichte ihr eine Wolldecke vom Fußende der Couch des Therapieraums, Anna wickelte sich darin ein und suchte sich zu sammeln.

Nach einer Weile fragte Frau Grünheit ernst: „Anna, wie geht es dir jetzt?"

„Ich weiß nicht, das hat Ganze war schon ziemlich schrecklich. Aber so langsam geht's wieder."

„Magst du was dazu sagen?"

„Ja, erst war alles noch wie immer, so gemütlich in dem Raum, dann änderte sich plötzlich das Bild, und da war der Tisch, von dem immer was wegbrach, Papa verschwand, dann auch Mama, dann waren alle wieder da, wie im Karussell wechselten alle die Plätze, und schon ging es wieder los." Anna atmete tief durch. Sie versuchte, das Erlebte einzuordnen. „Eigentlich war es doch auch so bei uns. Die Familie ist auseinandergebrochen, wenn auch nicht so heftig wie in dem Bild. Papa war weg, Mama durch ihre Krankheit auch immer wieder. Nur wechselte das nicht dauernd."

Das war das erste Mal, dass Anna eine Imagination abbrach. Kein Wunder bei dem plötzlichen Wechsel in die Familienszene. Beunruhigt ging Erika Grünheit noch einmal ihre Aufzeichnungen durch. Das wechselnde Verschwinden der Familienmitglieder war sehr erschreckend. Wie Anna sagte: wie im Karussell. Aber Anna hatte sich erstaunlich schnell wieder gefasst, sogar einen Bezug zu ihrer Familiensituation hergestellt. Diese Einschätzung verhalf ihr auch, sich wieder zu sammeln. Aber war das alles? Ging es in der Imagination auch um ihre Angst vor dem eigenen Abtauchen, dem eigenen Auseinanderbrechen? Erika Grünheit schloss die Akte und öffnete das Fenster, um frische Luft hereinzulassen.

Anna brachte in der nächsten Stunde gleich zwei Bilder mit. Auf beiden war nur ein Teil des Tisches mit ein paar Stühlen zu sehen. Er endete jeweils auf einer Seite, darunter hatte Anna mit dunklen, verwischten Strichen die Öffnung im Boden darstellen wollen, in die der andere Teil des Tisches verschwunden war. Die Bilder unterschieden sich nur in der Seite des Abbruchs. Niemand saß am Tisch. „Das wechselte so schnell, daher konnte ich uns nicht malen."

Die Imagination hatte Annas Stimmung die ersten Tage getrübt. Immer wieder kamen Bilder aus der Trennungszeit der Eltern, die sie schon längst vergessen glaubte. Von diesem berichtete sie. „Am Anfang war Papa ja immer mal wieder da, und wir hofften, er würde bleiben. Aber nach ein, zwei Wochen war er wieder verschwunden. Das war einfach schrecklich."

In der Stunde kam Anna noch ein anderer Gedanke: „So ähnlich muss es meinem Opa gegangen sein, als er so plötzlich aus seiner Familie gerissen wurde."

„Trennung ist bei euch ein Familienthema", bestätigte Frau Grünheit. „Auch in der Familie deiner Mutter fand sie statt, wenn auch von deiner Großmutter, Mutter und Tante anscheinend erwünscht."

Die Therapeutin lenkte Annas Aufmerksamkeit noch einmal zu ihrer Imagination: „Der Tagtraum hat dich erschreckt, daher hast du ihn verständlicherweise abgebrochen. Wie hätte er denn weitergehen können? Ich meine mit einem besseren Ende?"

Anna schaute Frau Grünheit einen Moment überrascht an, dann wechselte ihr Blick zum Fenster, sie schien nach einer Lösung zu suchen. „An der Situation hätte ich nichts ändern können. Ich habe ja versucht, den Tisch wieder ganz werden zu lassen, aber das klappte nicht. Am liebsten wäre ich wieder auf mein Sofa zurückgekehrt. Mit der Wolldecke und der Tasse Tee. Sturmwind und die Eule hätte durchs Fenster sehen können – oder noch besser: sie wäre beide mit reingekommen. Auch wenn das eigentlich nicht geht. Aber ich weiß schon", Anna lächelte, „im Tagtraum ist alles möglich."

„Du sagst es. Das ist ein guter Abschluss. Und wie geht es dir bei dem Gedanken?"

„Auf jeden Fall besser", antwortete Anna bestimmt.

Erika Grünheit freute sich über den Ausgang der Stunde. Es reichte schon der kurze Tagtraum mit offenen Augen, um ihn zu einem guten Ende zu führen, Annas eigene Integrität wiederherzustellen. Und wie hilfreich da ihre Kraftquellen waren, das Haus mit der guten, schützenden Atmosphäre, dazu das Sofa, der Tee und die beiden Tiere, Pferd und Eule. Anna hatte auch selbst die Verbindung zu ihrem Großvater gesehen, sich in ihn als kleinen Jungen hineinversetzt, der so plötzlich seine Eltern verlor. Wie anders sie ihn jetzt erleben konnte als nach dem ersten Bericht der Mutter. Und wie sich das Verlustthema durch die gesamte Familiengeschichte zog. Anna schaffte es als Erste, dies wahrzunehmen und auf diese Weise auch ihre eigene Angst zu verstehen.

Der März begann kalt und unfreundlich. Es schneite nicht mehr, aber für einige Tage froren die Bäche des Bürgerparks zu. Anna, Sylvia und Yvonne verabredeten sich zum Schlittschuhlaufen. Am Ufer des Emmasees zogen die Mädchen ihre Schlittschuhe an und betraten vorsichtig das Eis. Zum Glück drehten schon andere ihre Kreise auf dem Eis, es schien zu halten, auch wenn es ab und zu gefährlich knackte. Nach einer Weile verloren die drei ihre Angst und fuhren um den See. Anna stellte zufrieden fest, dass sie das Eislaufen nicht verlernt hatte, und gewann an Sicherheit, ebenso die beiden anderen.

Sylvia schlug vor, den See zu verlassen und dem Weg in Richtung Tiergehege zu folgen. Die Spuren auf dem Eis zeigten, dass dies auch schon anderen Läufern gelungen war. So nahmen die drei allen Mut zusammen und sausten unter der ersten Brücke hindurch. Es knackte dumpf und heftig, Annas Herz klopfte, doch das Eis hielt. Beschwingt passierten sie, jetzt mutiger geworden, noch einige andere Brücken und folgten dem Graben durch den nördlichen Park. Immer wieder tat sich ein kleiner Teich mit neuen Ausblicken auf, den sie umkreisten, bis sie den Rückweg antraten. Noch rechtzeitig vor der Dämmerung erreichten sie wieder den Emmasee. Müde und zufrieden ließen sie sich am Ufer nieder und wechselten die Schuhe.

Beim Abschied verabredeten sich gleich wieder für den nächsten Nachmittag, doch daraus sollte nichts werden. Bereits am Abend setzte Tauwetter ein, so blieb es bei dem einem Mal Schlittschuhlaufen in diesem Winter.

Doch Anna hatte Finn etwas zu berichten, begeistert schilderte sie ihm die Tour durch den Park, und die drei sprachen in der Schulmensa und in Annas Küche noch über ihre Fahrt auf den Gräben.

Die Beschäftigung mit der Schule nahm immer mehr Raum ein. Die Facharbeit hatte Anna zwar abgegeben, aber jetzt mussten Referate verfasst und Klausuren geschrieben werden.

Auch die Fahrstunden waren Teil ihres Lebens geworden. Für Ende des Monats hatte sie sich bereits für die theoretische Prüfung angemeldet.

Es blieb aber noch Zeit für regelmäßigen E-Mail-Austausch mit Finn und Lena. In größeren Abständen meldete sich auch ihr Vater, berichtete von seiner Familie und wollte hören, wie es Anna erging.

Mit der Großmutter aus Bayern telefonierte sie einmal im Monat. Ihre freundliche Stimme mit dem bayrischen Akzent hörte Anna besonders gerne.

In der folgenden Therapiesitzung ritt Anna, begleitet von der Eule, erneut in ihren Wald und besuchte die Wildschweinmutter mit ihren Frischlingen. Eines der Jungen lief gleich zu ihr, holte sich eine Eichel ab und ließ sich von ihr streicheln, darauf folgten die anderen. Die Mutter nahm dies gelassen hin, genoss auch das übrig gebliebene Futter. Beim Ausgang des Waldes traf Anna auf den Eber, der sie ruhig ansah und ebenfalls einige der zugeworfenen Eicheln verspeiste. Anna spürte noch seinen aufmerksamen Blick in ihrem Rücken, als sie auf Sturmwind zu ihrem Haus zurückritt.

52. Besuch aus Australien

Mit Beginn der zweiten Märzwoche wurde es langsam wärmer. Die Krokusse blühten, die Narzissen beeilten sich mit dem Wachstum, um pünktlich an Ostern aufzublühen.

Lenas erstes Semester war Anfang Februar zu Ende gegangen. Im Anschluss hatte sie gleich ein dreiwöchiges Praktikum in einer Kieler Klinik absolviert. Am 8. März traf sie in Bremen ein. Kam sie nach Hause oder zu Besuch, fragte sich Anna kurz, freute sich aber doch sehr über die Ankunft ihrer Schwester.

Beides, hätte Lena geantwortet. Inzwischen fühlte sie sich in Kiel heimisch. Sie verbrachte zwar viel Zeit an der Universität und zuletzt auch in der Klinik, aber ihre WG war ihr Lebensmittelpunkt. Dort lebte sie mit zwei jungen Frauen, beide in ihrem Alter. Sie hatten jedoch gleich nach dem Abitur mit dem Studium begonnen und waren ihr daher um ein Jahr voraus. Jana studierte wie sie Medizin, Nele Ernährungswissenschaften. In ihrer Freizeit unternahmen sie viel miteinander, kochten, sahen Filme und besuchten studentische Feste. In der freien Zeit nach Weihnachten waren sie gemeinsam in die Ferienwohnung von Janas Eltern an die Ostsee gefahren.

Doch sobald Lena in ihre Heimatstadt zurückkehrte, fühlte sie sich wieder zu Hause. Kaum betrat sie die Wohnung, schien es so, als wäre sie nie weggewesen, nichts hatte sich verändert. Nur in ihrem Zimmer fehlte einiges, die Bücher und ein großer Teil der Kleidung. Und ihre kleine Schwester war da.

Sie hatten sich an Weihnachten das letzte Mal gesehen. Zwar waren sie häufig über E-Mail in Kontakt, doch war es etwas anderes, mit ihr gemeinsam am Küchentisch oder im Zimmer zu sitzen und sich über alles auszutauschen, was sich in den letzten drei Monaten ereignet hatte.

Lange hatte Anna auf ihre Tante Gerda gewartet. Endlich war es so weit. Einen Tag vor Annas Geburtstag würde sie am Bremer Flughafen landen. Da die Mutter noch arbeiten musste, holten Lena und Anna sie mit dem Auto vom Flughafen ab.

Unterwegs dachte Anna laut nach. „Warum haben wir eigentlich nie Tante Gerda in Australien besucht? Weil der Flug zu teuer war?“

„Stimmt, das war nie Thema. Aber ich glaube nicht, dass es nur am Geld lag. Mama hat doch eine heftige Flugphobie.“

Erstaunt schaute Anna ihre Schwester an. „Davon wusste ich nichts.“

„Kannst du dich nicht an unseren Besuch bei Oma Klara erinnern in Mallorca? Nein? Das ist ja auch schon sehr lange her, das war noch mit Papa. Mama wollte erst gar nicht in das Flugzeug einsteigen. Sie war die ganze Zeit sehr blass, klammerte sich an Papa. Auf dem Rückflug war es nicht anders. Dabei war das ja nur eine kurze Strecke. Nach Australien wären wir viel länger unterwegs, das hätte sie nicht geschafft."

Die Frankfurter Maschine landete pünktlich. Lena und Anna wussten, dass ihre Tante schon fast zwei Tage unterwegs war, von Brisbane gestartet, über Singapur nach Frankfurt und Bremen geflogen war. Zwanzig Minuten nach Ankunft der Maschine trat Gerda mit ihrem Koffer durch die automatische Glasschiebetür. Fröhlich lächelnd nahm sie ihre Nichten in die Arme. „Ich freue mich so, euch wiederzusehen! Es ist ja eine Ewigkeit her, dass ich das letzte Mal hier war, neun Jahre bestimmt. Mein Gott, wie ihr euch verändert habt! Richtig erwachsen seid ihr!"

Anna erkannte ihre Tante kaum wieder, bei ihrem letzten Besuch war sie ja erst acht Jahre alt gewesen. Sie versuchte sich zu erinnern, verglich sie mit den Fotos, die sie zu Hause noch mit Lena studiert hatte. Braun gebrannt, die kurzen blonden Haare durch die australische Sonne gebleicht, wirkte sie auf den ersten Blick kaum älter. Doch als sie ins Freie traten, die Mädchen ihr Gepäck im Kofferraum verstaut und Gerda neben Lena Platz genommen hatte, wurde sie ruhiger und wirkte müde von der Reise. Jetzt sah Anna in ihrem Gesicht, dass einige Jahre vergangen waren.

Zu Hause angekommen, schaute sich erst einmal in der Wohnung um und zog sich dann für einen Nachmittagsschlaf in Lenas Zimmer zurück.

Zum Abendbrot traf auch die Mutter ein. Wenig später wachte Gerda auf, und die beiden Schwestern fielen sich in die Arme.

Anna beobachtete die Szene mit stillem Erstaunen, hatte sie doch ihre Mutter selten so ausgelassen erlebt. Zur Feier des Tages holte sie eine Flasche Wein aus dem Vorratsschrank, gemeinsam stießen sie auf Gerdas Besuch an.

Auch Gerda freute sich sichtlich über die Begegnung mit ihrer Schwester, der Schlaf schien ihr gutgetan zu haben. Sie erzählte viel von ihrem Leben in Brisbane, wollte aber auch wissen, wie es der Mutter und den beiden Mädchen in den letzten Jahren ergangen war.

So verging die Zeit wie im Fluge; und müde vom langen Tag beschlossen die vier, nach Mitternacht zu Bett zu gehen. „Jetzt sind wir noch nicht dazu gekommen, über unseren Vater, euren Großvater zu reden. Aber das hat ja noch Zeit. Ich bleibe ja noch ein paar Tage", sagte Tante Gerda.

Am nächsten Tag wurde Anna von ihrer Schwester geweckt. Sie stand mit einer Tasse Kaffee vor ihrem Bett „Herzlichen Glückwunsch, kleine Schwester! Trink erst einmal, damit du wach wirst, und dann komm zum Frühstück!“

Überrascht nahm Anna die Tasse entgegen. Sie trank sie schnell aus, eilte ins Bad und tauchte wenige Minuten später in der Küche auch.

„Happy birthday to you!“ schallte es ihr entgegen, etwas schräg und laut. Die Mutter, Lena und Gerda umarmten sie. „Herzlichen Glückwunsch zum Achtzehnten!“ Anna wurde zur Anrichte geführt, dort hatten die drei einen Geburtstagstisch für sie aufgebaut. Sie sollte gleich auspacken.

Das größte Paket enthielt eine neue Digitalkamera. „Wir haben zusammengelegt“, erklärte die Mutter. „Du fotografierst doch so gerne. Da dachten wir, jetzt wird es Zeit für einen besseren Apparat.“ Aufgeregt betrachtete Anna die Kamera von allen Seiten.

„Du kannst sie später noch genauer studieren. Wir haben ja nicht viel Zeit, Mama muss zur Arbeit. Pack doch bitte noch die anderen Sachen aus“, unterbrach sie ihre Schwester.

Anna folgte ihrer Aufforderung. Der Vater hatte wieder zwei Bücher geschickt, Oma Helga einen sehr schönen selbst gestrickten Pullover, Oma Klara einen Brief mit den besten Wünschen und der Einladung, sie auf Mallorca zu besuchen.

Ein Päckchen war in Dänemark abgestempelt worden. Aufgeregt öffnete Anna die Verpackung. Zwei gelb-orange Kerzen und ein Tee waren der Inhalt. „Damit es Dir an kalten, regnerischen Tagen warm wird“, las sie in Finns Geburtstagskarte.

Leider blieb wenig Zeit für das gemeinsame Frühstück. Am Nachmittag versammelten sich alle wieder zum Kaffeetrinken. Sylvia und Yvonne kamen auch noch hinzu. Lena hatte einen Kuchen gebacken und den Tisch festlich gedeckt. Am Abend gingen sie gemeinsam essen, Gerda hatte sie eingeladen.

Anna fühlte sich fast die ganze Zeit sehr wohl, nur manchmal überfiel sie ihre alte Schüchternheit. Es war ihr peinlich, so im Mittelpunkt zu stehen. In ihren Gedanken war sie kurz bei ihrem Geburtstag im vergangenen Jahr, den sie mit der Mutter, Sylvia und Bernd gefeiert hatte.

Mit Annas Geburtstag begannen die Osterferien. Mit Herrn Weiß hatte Anna vereinbart, dass die Fahrstunden weiterlaufen sollten, damit sie nicht aus der Übung käme. Die Mutter musste noch bis zu den Feiertagen arbeiten, danach hatte auch sie sich für eine Woche freigenommen. So unternahm Gerda mit den Mädchen Ausflüge in das Umland, fuhr auch mit ihnen zum Einkaufen in die Stadt. Dabei erkundigte sie sich, wie es ihnen mit in den letzten Jahren mit der Mutter ergangen war. Erschüttert reagierte sie auf den Bericht der beiden, erfuhr sie erstmals von dem Ausmaß der Depression ihrer Schwester. Anna berichtete auch von ihrer Therapie, das begrüßte die Tante.

Schließlich kam die Sprache auch auf die Männer. Der Vater wurde ebenso Thema wie die Freunde der Mädchen, eigentlich mehr die ehemaligen, einmal von Finn abgesehen. Lena war schon seit einiger Zeit solo; sie bedauerte es nicht. „Ich habe so viel mit dem Studium zu tun, da bleibt keine Zeit für eine Beziehung. Außerdem habe ich meine WG, das reicht."

Jetzt fragte Anna, ob es einen Mann im Leben ihrer Tante gäbe. Diese schüttelte den Kopf.

„Nein, auch schon seit einigen Jahren nicht mehr. Vielleicht wisst ihr, dass ich einige Zeit mit John, einem Australier, zusammenlebte. Wir hatten eine ganz schöne Zeit miteinander, versuchten sogar, ein Kind zu bekommen. Das klappte aber nicht. Ich habe das sehr bedauert, denn ich hätte gerne Kinder gehabt." Gerda schaute sehr ernst, kämpfte mit den Tränen.

„Dann war er eines Tages verschwunden. Er hatte auf seiner Arbeit eine andere Frau kennengelernt. Sie wurde ganz schnell schwanger, und sie gründeten eine Familie. So ist das gewesen."

Gerda holte tief Luft. „Dann folgten noch einige kurze Beziehungen, es war nicht das Richtige dabei, besser gesagt: der Richtige. Doch ich habe andere Wege gefunden, mein Leben sinnvoll zu gestalten. Ich habe einen großen Freundeskreis, treibe viel Sport, singe im Chor und gehe gerne ins Theater oder Konzert." Sie lächelte. „Da sind wir ja in einer ähnlichen Situation. Auf Dauer klappt es mit den Männern nicht so richtig. Mal abgesehen von dir Anna, aber dein Freund wohnt ja auch weit entfernt. Doch Spaß beiseite, ihr seid noch jung, das kann noch ganz anders werden."

Am Karfreitagmorgen schien die Sonne. Nach dem Frühstück machten sich die vier auf zu einem gemeinsamen Spaziergang durch den Bürgerpark. War der Weg breit genug, liefen sie nebeneinander. Sonst gingen die älteren Schwestern voran, gefolgt von Anna und Lena.

Anna verglich die beiden. Sie waren von ähnlicher Statur, die Mutter ein wenig schmaler und größer, auch blasser, kein Wunder bei der mangelnden Sonne im Norden, dachte Anna.

Gerda schritt weiter aus, hielt sich aufrechter. Sie sprach auch mehr, gestikulierte dabei mit ausladenden Armbewegungen. Sie erfreute sich am Park und bewunderte die Krokusse, entdecke auch erste blühende Osterglocken auf einer der Wiesen.

Im Kaffeehaus am Emmasee stärkten sie sich mit einer Suppe. Jetzt tauschten die Mutter und Gerda alte Erinnerungen aus ihrer Kindheit aus, Parkbesuche mit den Eltern an den Sonntagen, an denen ihr Vater einmal zu Hause war. Manchmal hatte er sie alle ins Café ausgeführt, zu Kaffee und Kuchen, sie konnten sich noch gut an den Geschmack des Kakaos erinnern, der für sie bestellt wurde, richtig gekocht, dunkel und dickflüssig, mit einer Sahnehaube obendrauf.

Später waren die Schwestern manchmal zu zweit losgezogen, mit dem Zeugnisgeld ins Eiscafé in die Innenstadt. An einem der kleinen Tischchen wurde ihnen ihn einer silbernen Schale zwei Kugeln Eis serviert. Es schmeckte wunderbar. Dabei schauten sie auch verstohlen zu den Nachbartischen, an denen öfters Jungen aus ihrer Schule saßen.

Die beiden kicherten, Lena und Anna hörten zu, wechselten ab und zu einen kurzen Blick.

Gerda bemerkte dies. „Ihr findet uns bestimmt albern. Aber es ist für uns so schön, uns an die alten Zeiten zu erinnern."

„Ja, vieles kommt uns jetzt wieder, wo wir zusammen sind. Das tut sehr gut!" fügte die Mutter hinzu.

Lena und Anna konnten dies gut verstehen. „Uns geht es doch auch schon so", bestätigte Lena. Anna nickte.

Nach dem Abendessen frage Gerda die Mädchen, ob sie die Geburtsurkunden des Großvaters gelesen hätten. Anna holte diese mit allen gesammelten Unterlagen über den Lebensborn aus ihrem Zimmer. Gemeinsam studierten sie die Kopien der Urkunden. Anna und Lena berichteten Gerda von ihren Nachforschungen. Diese waren sehr beeindruckt.

„Da habt ihr aber schon viel herausbekommen. Ich wusste gar nicht, wie viele Kinder die Nazis aus Polen geraubt haben. Und der Gedanke, dass euer Großvater dieses Schicksal wohl auch erlitten hat, wirft ein ganz anderes Licht auf ihn."

Gerda schaute ihre Schwester an. Diese schwieg, nickte aber unmerklich.

„Wie ihr ja wisst, hatte ich in seinen letzten Lebensjahren noch Kontakt zu ihm. Da berichtete er mir auch vom Tod seiner Mutter, auch, wie es für ihn war, in ihrem Nachlass die zweite Urkunde zu finden. Das war für ihn ein richtiger Schock. Nach und nach verstand er auch, warum er so ein schwieriges Verhältnis zu seinem Vater, besser: Stiefvater hatte. Dieser war nie zufrieden mit ihm, weil er nicht der mutige, durchsetzungsfähige deutsche Junge wurde, den er sich gewünscht hatte. Unser Vater war ein ängstliches Kind, lange ein Bettnässer, wie er mir eingestand, dafür wurde er oft verprügelt. Auch in der Schule erfüllte er nicht die Erwartungen seines Vaters. So oft er konnte, versteckte er sich auf dem Dachboden oder lief in die Felder und in den Wald. So ist es kein Wunder, dass er später Vertreter wurde, mit dem ständigem Reisen war er wohl wie früher auf der Flucht."

Gerda machte eine Pause und trank einen Schluck Wein. „Eigentlich war er froh, dass seine vermeintlichen Eltern nicht seine richtigen waren. So musste er sich nicht mehr schämen, aus einer Nazifamilie zu stammen! Er fing selber an nachzuforschen, wer seine wirklichen Eltern waren, wo aus Polen er denn herkam. Er reiste auch nach Polen und besuchte die Orte, in denen sich die Kinderheime des Lebensborn befanden, aber er erkannte nichts wieder. Er war eben noch zu klein gewesen, als er nach Deutschland gebracht wurde. Es kann sein, dass er aus der Nähe von Bad Polzin stammte, aber das ist nicht sicher."

Gespannt folgte Anna dem Bericht ihrer Tante, schaute aber auch immer wieder zu ihrer Mutter, die blass und schweigsam zuhörte. Diese atmete tief durch und ergriff selbst das Wort: „Wenn wir das von ihm gewusst hätten, wäre manches vielleicht anders gelaufen. Aber er wusste es ja selbst noch nicht, dass er eigentlich aus Polen stammte. Doch allein die Geschichten aus seiner Kindheit, das schwierige Verhältnis zu seinen Eltern. Wenn er uns das erzählt hätte, hätten wir ihn in einem andern Licht gesehen. Aber das konnte er wohl nicht, er wollte keine Schwäche zeigen."

„Habt ihr denn seine Adoptiveltern kennengelernt?" fragte Anna.

„Sein Vater, nein Stiefvater starb, als wir noch sehr klein waren", antwortete Gerda, „ich kann mich nicht mehr richtig an ihm erinnern. Er kam wohl nur ein- oder zweimal zu Besuch, erzählte mir unser Vater später. Denn er war enttäuscht, dass wir beide Mädchen waren. Wieder einmal hatte es sein Sohn nicht richtig gemacht."

„Wir sahen seine Stiefmutter auch nur ganz selten", fügte die Mutter hinzu. „Sie war eine verhärmte, verbitterte Frau, wenig herzlich. Wir haben uns vor ihr gefürchtet."

„Und wie war das Verhältnis zwischen Opa und ihr?" wollte Lena wissen.

„Nicht so gut. Distanziert, würde ich sagen", antwortete die Mutter.

„Er schien sich nicht zu freuen, wenn sie kam. Verschwand auch meistens schnell wieder, hatte angeblich noch was zu tun. Unsere Mutter war auch nicht so erbaut, wenn er uns mit ihr allein ließ. Kein Wunder, dass sie so selten kam. Nachdem er weg war, gar nicht mehr", fügte Gerda hinzu.

„Wieso zog er dann zu ihr, als Oma Klara ihn rausgeworfen hatte? Wenn sie doch so ein schlechtes Verhältnis hatten", überlegte Lena.

„Das habe ich ihn auch gefragt", antwortete Gerda nachdenklich. „Er erklärte das damit, dass er sonst niemanden kannte, der ihn aufgenommen hätte. Und sie war ja immerhin seine Mutter. So dachte er wenigstens. Und sie war inzwischen alt und war froh, jemanden zu haben, der ihre Besorgungen erledigte und sie später auch versorgen würde." Nach einer Pause fügte sie noch hinzu: „Nachdem ich das von der Adoption wusste, habe ich mir häufig gewünscht, seinen wirklichen Namen zu erfahren. Müller hieß er nach seinen Stiefeltern, und auch wir erhielten damit diesen Nachnamen, den eines SS-Hauptsturmführers. Du ja nicht, durch deine Heirat ist aus dir Brigitte Werner geworden", wandte sie sich an ihre Schwester. „Aber ich bin immer noch Gerda Müller. Wie würde ich sonst heißen: Gerda Nowak oder Kowalska oder Wiśniewska? Das sind nach Google die häufigsten polnischen Namen."

Am Sonntagmorgen bereiteten Anna und Lena das Frühstück vor und verteilten auf allen Tellern bunte Ostereier. Frischer Kaffeeduft verbreitete sich in der Küche. Die Mutter und Gerda freuten sich sehr, hatten selbst noch einige Schokoladeneier dabei, die sie den Mädchen schenkten. Lange saßen sie am Esstisch, mehrfach klingelte auch das Telefon. Zuerst rief die Großmutter aus Bayern an, dann der Vater, schließlich noch Oma Klara aus Mallorca.

Lena nahm das Gespräch an und stellte es laut. So konnten sie alle die Großmutter hören.

„Ihr Lieben! Ich wünsche euch allen ein frohes Osterfest! Und dir Anna, noch einmal herzliche Glückwünsche zum achtzehnten Geburtstag! Das ist doch wunderbar, dass ihr alle zusammen feiert. Eigentlich wollte ich euch überraschen und auch kommen. Wer weiß, wann sich die Gelegenheit ergibt, euch alle noch einmal zu sehen. Aber daraus wird leider nichts, mir geht es gesundheitlich nicht so gut. Mein Asthma hat sich wieder gemeldet, und so traue ich mir den Flug nicht zu, weiß auch nicht, wie mir das feucht-kalte Klima bei euch bekommt. Mein Arzt hat mir jedenfalls dringend davon abgeraten. Ich bedaure es sehr, denn ich wäre so gerne gekommen." Ihr rasselnder Atem war deutlich zu hören. „Wie wäre es denn, wenn ihr mich besucht? Ihr werdet sicher nicht alle zusammen kommen können, aber ich würde euch gerne wieder einmal sehen."

Das fanden ihre Töchter und Enkelinnen auch. Anna bemerkte allerdings, dass ihre Mutter sehr verhalten klang.

Am Abend des Ostermontags saßen sie zusammen in Wohnzimmer.

Sie ließen die vergangenen Tage noch einmal Revue passieren, sprachen auch über das Telefonat mit der Großmutter. „Schade, dass sie nicht kommen kann", meinte Lena. „Ich hätte sie gerne mal wiedergesehen."

Gerda nickte bestätigend. „Ich bin ja noch drei Wochen hier. Vielleicht finde ich im Internet einen günstigen Flug, dann würde ich sie für ein paar Tage besuchen. Wie fändet ihr das? Und hätte jemand Lust, mitzukommen?" Sie schaute in die Runde.

Als Erstes reagierte Lena. „Ich würde gerne, aber ihr wisst ja, ich habe keine Zeit. In einer Woche beginnt das neue Semester, und ich muss vorher noch einiges erledigen."

Auch die Mutter schüttelte den Kopf. „Bei mir ginge es nur diese Woche. Und so schnell bekämen wir keinen bezahlbaren Flug. Außerdem habe ich es schwer mit dem Fliegen, das wisst ihr ja. Der letzte Flug war für mich eine Tortur. Da müsste ich mich schon länger vorbereiten."

„Bei mir fängt übermorgen die Schule wieder an. Vielleicht fliege ich in den Sommer- oder Herbstferien zu ihr", sagte Anna.

Nach einer Pause schnitt sie ein anderes Thema an: „Was mich interessiert: Wie war es denn für euch, als Oma Klara nach Mallorca zog? War das nicht vor fünfzehn Jahren? Ich war da noch zu klein und kann mich nicht mehr daran erinnern."

Lena schaute nachdenklich in das dunkle Fenster. „Ich fand das ganz schlimm, denn ich hatte ja die ersten Jahre ganz viel Zeit mit ihr verbracht. Und plötzlich war sie nicht mehr da."

Die Mutter bestätigte dies. „Ich konnte ja gut verstehen, dass sie noch einmal neu anfangen wollte, aber es war auch schrecklich für mich. Zwar litt sie da schon unter dem Rheuma und konnte nicht mehr so viel helfen, aber sie war immer für mich da gewesen."

Nur Gerda reagierte anders. „Meine Beziehung zu unserer Mutter war nicht so eng. Außerdem war ich schon mit meiner Auswanderung nach Australien beschäftigt und gedanklich gar nicht mehr richtig hier."

„Warum hattest du mehr Distanz zu ihr?" fragte Anna ihre Tante.

„Natürlich fand ich es nicht richtig, wie sich unser Vater benahm. Aber ich konnte ihn nicht so verteufeln wie unsere Mutter. Denn er war ja auch manchmal anders, so viel liebenswerter, die Seite hatte er auch. Als ich älter wurde, sah ich auch, wie angespannt und unglücklich er oft war. Und als er immer schwächer wurde, hat sie ihn richtig fies abserviert. Und verbot uns, weiter Kontakt mit ihm zu halten."

Die Mutter entgegnete: „Ich habe das nicht so gesehen, für mich war er einfach nur unberechenbar und ungerecht. Und ich war froh, als unsere Mama stärker wurde und ihn schließlich rauswarf." Nachdenklich fügte sie hinzu: „Das lag vielleicht auch daran, dass sie mich enger an sich band und ich ihre Partei einnehmen musste. Es wäre sicher anders gewesen, wenn ich von seinem Schicksal gewusst hätte." Und an ihre Schwester gewandt: „Gerda, warum hast du mir denn nie erzählt oder geschrieben, dass du mit ihm in Verbindung warst?"

Gerda zuckte mit den Schultern. „Ich dachte, du wolltest das nicht. Du hast ihn ja so abgelehnt und wollest nichts mehr von ihm hören."

Anna brachte das Thema wieder auf die Großmutter zurück. „Über Opa Karl wissen wir jetzt schon einiges. Aber wie ist denn Oma Klara aufgewachsen? Stammt sie nicht aus Ostpreußen und ist von dort geflohen?"

Jetzt antwortete die Mutter: „Ja, aus der Nähe von Goldap, davon erzählte sie früher öfters. Sie stammte von einem Bauernhof, hat daran aber kaum Erinnerungen, denn sie war gerade drei Jahre alt geworden, als ihre Familie vertrieben wurde. Ihre Mutter musste mit ihr und ihrem Bruder fliehen, mitten im Winter, mit einem Handwagen, den ganzen Weg zu Fuß, auch über das Eis des zugefrorenen Haffs. Ihr Bruder starb auf der Flucht, er bekam unterwegs Fieber, ihre Mutter konnte ihn nicht einmal beerdigen, musste ihn im Schnee verscharren. Später landeten sie in Schleswig-Holstein, waren dort als Vertriebene nicht gerne gesehen. Ihre Mutter litt sehr unter dem Tod des Kleinen und dem Verlust der Heimat, wartete vergebens auf ihren Mann, der als Soldat in Russland gekämpft hatte und nicht wiederkam, dort wohl gefallen war."

„Unsere Mutter hatte es auch nicht leicht mit Oma Luise, die ständig traurig war, sich dennoch bemühte, sich und ihre Tochter durchzubringen", ergänzte Gerda. „In den ersten Jahren schaffte sie Tag und Nacht, half auf dem Feld mit und nähte für die Bauersfrauen. Später bekam sie eine kleine Entschädigung. Sie konnte sich in Neumünster damit eine kleine Wohnung einrichten, kaufte eine Nähmaschine und verdiente ihr Geld als Schneiderin. Später lernte Oma Luise Franz kennen, einen Landsmann aus Königsberg, der ein kleines Fuhrunternehmen betrieb. Als unsere Mutter sechs Jahre alt war, heirateten die beiden und bekamen noch drei Kinder. Mit ihrem Stiefvater kam unsere Mutter nicht so gut zurecht, er zog seine eigenen Kinder vor. Ihre Mutter war viel zu beschäftigt, um sich um die Sorgen ihrer ältesten Tochter zu kümmern. Kommt euch das bekannt vor? Ja, da hatte ihr Stiefvater eine gewisse Ähnlichkeit mit unserem Vater, daher hat unsere Mutter ihn auch wohl so abgelehnt."

Am nächsten Morgen brach Lena früh nach Kiel auf. Der Abschied fiel Anna dieses Mal nicht so schwer, war doch ihre Tante noch zu Besuch, und sie wollten gemeinsam mit der Mutter ans Meer fahren.

Zu dritt starteten sie am Mittwoch Richtung Nordsee. Sie fuhren die bekannte Strecke und machten einen langen Spaziergang. Der Wind blies heftig, alle hatten sich dick eingepackt und stemmten sich gegen die starke Briese. Mittags kehrten sie in ein Fischrestaurant ein und stärkten sich. Auf der Rückfahrt machten sie noch Station in Bremerhaven, bummelten durch die Innenstadt und tranken noch einen Kaffee.

Wieder im Auto, ruhte sich Anna auf dem Rücksitz aus. Wie von Ferne hörte sie die Stimmen ihrer Mutter und Tante, schaute aus dem Fenster und dachte an Sturmwind, der das letzte Mal noch neben dem Auto galoppiert war. Sie versuchte sich ihn wieder vorzustellen, aber es gelang ihr nicht so richtig. Stattdessen schlief sie ein und erwachte erst, als das Auto vor ihrer Haustür hielt.

Doch am späten Abend, in ihrem Bett, begegnete sie Sturmwind wieder. Er stand vor ihrem Haus und begrüßte sie. Anna schwang sich auf einen Rücken, und sie ritten über die Wiesen bis zum Meer, eine ganze Weile am Wasser entlang, bis es dämmerte, Sturmwind kehrt machte und sie nach Hause brachte. Auf dem Baum vor ihrem Haus wartete schon die Eule. Anna zündete im Ofen ein Feuer an, kochte sich einen Tee und machte es sich auf dem Sofa gemütlich.

Am nächsten Morgen ging Anna wieder zur Schule. Herr Winter, der Leiter ihres Deutsch-Leistungskurses, gab die Noten der Facharbeiten bekannt: Anna freute sich sehr über die erreichten vierzehn Punkte, die auch in die Abiturnote eingehen würden.

Am Freitag nach Ostern ging sie mit wackeligen Knien zur theoretischen Führerscheinprüfung. Wenn sie sich auch vorher gut vorbereitet hatte, so fürchtete sie dennoch durchzufallen. Umso erleichterter war sie, als sie den Test mit null Fehlern bestand.

Noch am selben Abend lud Gerda sie und die Mutter zur Feier des Tages zum Essen ein.

„Der erste Schritt ist schon geschafft", meinte Gerda, „Die praktische Prüfung bekommst du auch bald hin."

Doch Anna war sich da nicht so sicher. „Die Theorie ist für mich viel leichter. Vor dem Fahren habe ich viel mehr Bammel", meinte sie.

Dieses Mal beruhigte sie die Mutter: „So erging es mir auch. Ich hatte auch große Angst vor der praktischen Prüfung und habe sie doch geschafft."

Gerda hatte im Internet einen günstigen Flug nach Mallorca erstanden und flog am Sonntag nach Ostern zu Annas Großmutter. An diesem Tag endete auch der Urlaub der Mutter, und sie ging am Montag früh wieder in den Verlag.

Einen Tag später würde die erste Therapiestunde nach den Osterferien stattfinden. Anna freute sich auf die Stunde, hatte sie doch viel zu berichten. Doch in der Nacht vor der Stunde hatte sie einen seltsamen Traum:

Wieder einmal war Anna unterwegs zur Wohnung von Frau Grünheit. Sie erreichte das Haus pünktlich, klingelte, der Summer ertönte. Anna stieg die Treppen hinauf, die Tür zur Praxis stand offen. Anna ging hinein und schloss die Tür. Sie setzte sich auf den Stuhl im Flur und wartete. Nach einer Weile hörte sie Stimmen aus dem Therapiezimmer. Sie wusste erst nicht, was sie machen sollte, stand dann aber auf und klopfte vorsichtig an die Tür. Frau Grünheit öffnete und fragte erstaunt: „Anna, was machst du denn hier? Du hast doch keine Sitzungen mehr bei mir!" Erschrocken blickte Anna die Therapeutin an. „Das wusste ich doch gar nicht. Heute ist doch meine Stunde."

„Jetzt nicht mehr", erwiderte Frau Grünheit streng. „Außerdem ist jetzt jemand anderes da. Ich habe keine Zeit. Es ist besser, du gehst wieder."

Verwirrt und unglücklich verließ Anna die Praxis.

Dieses Gefühl hielt noch eine Weile an, als Anna erwachte. Sie fragte sich, was dieser Traum wohl zu bedeuten hatte, fand aber keine Erklärung.

Mit gemischten Gefühlen betrat Anna die Praxis. Doch anders als ihrem Traum wurde sie wie immer von Frau Grünheit freundlich begrüßt.

Anna erzählte gleich ihren Traum. „Mir fällt absolut nichts dazu ein, warum ich so was träume", schloss sie ihren Bericht.

„Wie ging es dir mit dem Traum?" fragte Frau Grünheit.

„Schrecklich. Ich konnte das gar nicht verstehen, warum Sie die Therapie einfach beendet hatten, ohne dass ich davon etwas wusste."

„Denkst du denn manchmal selbst daran, wie es wäre, wenn du nicht mehr kämst?"

„Nein, auf keinen Fall. Ich möchte auf jeden Fall weitermachen."

Doch Anna hielt einen Moment inne. „Auf der anderen Seite bin ich ja schon ein Jahr bei Ihnen. Es geht mir doch schon so viel besser, und ich frage mich manchmal, ob ich denn noch ein Recht habe, weiter in der Therapie zu bleiben. Es gibt bestimmt andere, die es nötiger hätten."

„Hast du denn das Gefühl, dass es dir bereits so gut geht, dass du die Therapie nicht mehr brauchst?"

„Nein, eigentlich nicht. Ich möchte schon noch, dass ich sicherer werde. Beim Besuch von Finn habe ich ja gemerkt, dass es mir noch schwerfällt, jemanden so nah auszuhalten. Das sollte auf jedem Fall noch anders werden."

„Dann wirst du eben noch weiter kommen, bis du diese Sicherheit hast", erwiderte Frau Grünheit bestimmt und fügte hinzu: „Noch etwas anderes: Du hast mir ja vor kurzem bereits mehrere Träume erzählt, die davon handeln, dass du entweder die Praxis nicht findest oder daran gehindert wirst herzukommen oder ebenjener Traum, in dem ich deine Therapie für beendet erkläre. Es geht also immer um Verhinderung der Therapie. Den ersten Traum hattest du am Anfang, die anderen jeweils nach den Ferien, das heißt nach längeren Pausen. Fällt dir was dazu ein?"

Anna dachte nach. „Das ist mir auch schon aufgefallen. Könnte es etwas damit zu tun haben, dass es immer wieder ein Neuanfang ist, der mir vielleicht schwerfällt?"

Frau Grünheit nickte. „Das könnte so sein."

Jetzt berichtete Anna von ihren Fortschritten in Sachen Führerschein, Frau Grünheit beglückwünschte sie zur bestandenen Theorieprüfung.

Anna wechselte zum Besuch ihrer Tante und zu den gemeinsamen Gesprächen über ihre Großeltern.

„Zu meinem Opa gab es ja nicht viel Neues, aber von der Herkunft meiner Oma wusste ich bisher nicht viel", fügte sie noch hinzu.

Nachdenklich ergänzte Frau Grünheit: „Beide stammen sie aus dem Osten, sie als gebürtige Deutsche und er als Pole, vielleicht aus Orten, die gar nicht so weit entfernt lagen. Beide wurden als Kinder Opfer des Nationalsozialismus und der Vertreibung. Und das Tragische: sie wussten nichts von dem Schicksal deines Großvaters."

„Opa erfuhr ja erst viel später davon, als seine Adoptivmutter starb. Aber er konnte anscheinend nicht mal mit Oma über seine schlimmen Erfahrungen reden. Davon zählte er auch erst Tante Gerda, als er von seiner polnischen Herkunft wusste."

„Leider konnten oder durften die Erwachsenen und die Kinder, die im Krieg viel erlitten, oft nicht darüber sprechen. Das wollte keiner wirklich hören. Das trifft vor allem auf Jungen und Männer zu. Und ihr habt es jetzt gemacht und habt so ein Tabu durchbrochen."

Anna schaute Frau Grünheit fragend an.

„Erst durfte ja gar nicht über euren Großvater gesprochen werden. Ausgelöst durch deinen Traum hast du es geschafft, nach ihm zu fragen, mit Lena nach ihm geforscht. Und jetzt sprecht ihr miteinander über die Großeltern und deren Schicksal. Du hast das letztlich ausgelöst."

Lächelnd erwiderte Anna: „Ja, da haben Sie recht. Und es war ein tolles Gefühl, so miteinander reden zu können, das hat es bei uns noch nicht gegeben."

Nach der Stunde dachte Erika Grünheit noch einmal an Annas Traum. In den Therapiepausen kehrte Annas Angst vor dem Sich-Öffnen und Einlassen noch immer zurück. Kein Wunder, denn Annas frühe Erfahrungen mit ihrer Mutter, die in ihren depressiven Phasen nicht erreichbar war, saßen tief. Dann noch der Vater, der auch so wenig verlässlich war. Wie sollte sie da ihr als Therapeutin trauen? Erika Grünheit wunderte sich trotz ihrer langjährigen therapeutischen Erfahrung immer wieder, wie intensiv diese Kindheitserlebnisse nachwirkten. Doch Anna konnte inzwischen von ihren Träumen berichten, das war in der Anfangsphase nicht möglich gewesen.

Am Samstag kehrte Gerda aus Mallorca zurück. Lena reiste für das Wochenende aus Kiel an; sie wollte ihre Tante noch einmal sehen und war sehr gespannt auf deren Bericht vom Besuch der Großmutter.

So saßen sie wieder zu viert um den Küchentisch und tranken Kaffee.

„Erst einmal soll ich euch alle von unserer Mutter und eurer Oma herzlich grüßen. Und sie würde sich sehr freuen, wenn ihr auch bald mal kommt. Sie hat sich auch sehr gefreut, mich zu sehen. Ernst und sie wohnen immer noch in Cala San Vincente. Dort haben sie sich vor zehn Jahren eine schöne Ferienwohnung mit Blick aufs Meer gekauft. Zwei Zimmer, Küche, Bad, nett eingerichtet. Das Wetter war klasse, ich konnte sogar im Meer baden. Wir machten auch ein paar Spaziergänge, aber viel ging nicht, denn

Klara ist nicht mehr so fit. Sie leidet neben dem Asthma auch noch unter Gelenkschmerzen, dazu kamen noch die Nachwirkungen der schweren Erkältung, die sie sich im Winter zugezogen hat. Auch auf Mallorca ist das Wetter nicht immer gut, und sie hat sich wohl verkühlt."

„Hat ihr auch über früher gesprochen?" fragte Anna.

„Ja, dazu habe ich einen Abend genützt, an dem wir schön essen waren und hinterher auf dem Balkon noch ein Glas Wein tranken. Da war sie gut drauf, und ich erzählte ihr von der Lebensborn-Vergangenheit ihres Exmannes. Erst wollte sie gar nichts von ihm hören, doch je weiter ich kam, desto überraschter schaute sie, eher wie vom Donner gerührt. Das war alles neu für sie, und sie fing auch an, einiges von seinem Verhalten in einem anderen Licht zu sehen. Am meisten faszinierte sie der Gedanke, dass sie eventuell aus der gleichen Gegend stammen könnten.

Dann kam sie wieder auf sich zu sprechen: ihre Flucht, die schrecklichen Erinnerungen an die Bombenabwürfe und die toten Menschen, ihr Stiefvater ... Ich versuchte ihr begreiflich zu machen, dass sie beide Kinder waren, die unter den Kriegsfolgen gelitten haben, Opa Karl in seinem wechselhaften Verhalten unglücklicherweise ihrem Stiefvater ähnlich war und sie ihn daher besonders ablehnen musste. Sie hat sich das angehört, aber wenig dazu gesagt. Es wurde ihr dann zu viel, und sie sprach wieder von ihren gesundheitlichen Problemen und den vielen Arztbesuchen."

„Und wie reagierte Ernst?" wollte die Mutter wissen.

„Er sagte erst auch nicht viel, es ging ja nicht um seine Familie. Dann sprach er aber doch von seinem Vater, der im Krieg gefallen ist und ihm sehr gefehlt hat."

„Wieder ein vaterloses Kind", meinte Lena. „Besser gesagt: vaterlos oder beim falschen Vater aufgewachsen."

„Bevor ich es vergesse", fuhr Gerda fort. „Am letzten Abend sprachen wir noch über ihre Zeit vor Mallorca. Klara meinte, dass sie die Zeit mit dir, Lena, sehr genossen habe. Sie hätte sich auch gerne Anna gewidmet, doch da wäre sie gesundheitlich zu angeschlagen gewesen, das hätte sie nicht mehr geschafft. Es machte sie auch sehr traurig, dass die Ehe von dir, Brigitte, gescheitert ist, sie hätte es sich so anders gewünscht. Mit Ernst fand sie noch mal ein besonderes Glück, und der Umzug nach Mallorca tat ihr sehr gut. Auf der anderen Seite litt sie auch lange unter Schuldgefühlen, euch allein gelassen zu haben, auch wenn sie euch nicht mehr wirklich helfen konnte."

Anna sah, dass die Augen der Mutter feucht wurden, auch sie war sehr gerührt.

Davon berichtete Anna in ihrer nächsten Therapiestunde.

„Ich war wohl auch eifersüchtig auf die Beziehung von Lena zu Oma Klara", gestand sie sich ein. „Die beiden hatten immer den engeren Kontakt, das fand ich ungerecht. Doch zu hören, dass sie sich auch gerne um mich, um uns gekümmert hätte, tat doch gut. Auch Mama war sehr gerührt."

Frau Grünheit lächelte: „Das hattest du ja auch gleich festgestellt."

„Ja, denn sie fühlte sich von ihrer Mutter allein gelassen, als Oma so plötzlich nach Mallorca zog. Vorher war die Oma doch immer für sie da gewesen."

„Die beiden hatten ja auch eine besonders enge Beziehung", erwiderte Frau Grünheit. „Das hatte sicher auch damit zu tun, dass dein Großvater in seinem Verhalten so widersprüchlich war und sie ihn so ablehnten. – Das Thema der Väter, wie sagte Lena das noch? Die fehlenden oder die falschen. Oder eben auch die vom Krieg traumatisierten, die keine guten Ehemänner oder Väter sein konnten. Das ist ja ein Familienthema auch bei euch."

Anna nickte.

„Wie ist das denn in der Familie deines Vaters? Dessen Vater ist doch vor seiner Geburt gestorben, aber er war als Vater in der Kindheit und Jugend deines Vaters anwesend. Ein strenger, aber gerechter Vater, so hattest du ihn beschrieben. Wie dein Vater aufgewachsen ist, davon war bisher noch wenig die Rede. Und weil wir schon bei dem Thema sind: Wie haben denn seine Eltern den Krieg erlebt?"

Anna runzelte die Stirn. „Davon weiß ich nicht viel. Nur dass Oma Helga und Opa Franz aus Oberbayern stammten und auch ihre Eltern von dort kamen. Sie mussten anscheinend nicht fliehen. Aber ich werde Oma Helga mal fragen, wenn sie wieder anruft."

Es war noch Zeit für einen Tagtraum.

Anna ritt mit Sturmwind, begleitet von der Eule, dieses Mal am Waldrand vorbei in Richtung Gebirge. Hier war sie noch nie gewesen. Immer näher kamen sie zu den hohen Bergen. Anna sah jetzt, wie unterschiedlich die einzelnen geformt waren, im Vordergrund einige sanft gerundete, dahinter türmten sich höhere, spitze Gipfel auf, einige mit Schnee bedeckt. Am Fuß des mächtigsten der Vorgruppe verlangsamte Sturmwind sein Tempo. Die Eule flog voran. Jetzt entdeckte auch Anna den Weg, der durch den Wald in leichter Steigung den Weg hinaufführte. Sie tauchten in den Wald ein, der Anna jetzt keine Angst mehr einflößte. Einzelne Sonnenstrahlen erhellten den schmalen Pfad, langsam kamen sie immer höher. Nach einer Weile lichteten sich die Bäume, Anna konnte die Aussicht genießen. Sie war erstaunt, wie hoch sie schon gekommen waren. An einem kleinen Bach hielt Sturmwind an und trank. Anna tat es ihm nach und genoss das frische, klare Wasser. Die Eule ließ sich auf einem der Baumwipfel nieder. Nach der Pause setzten sie ihren Weg fort. Da der Weg jetzt steiler wurde, lief Anna neben ihrem Pferd her. An einer Wiese hielten sie erneut an und schauten ins Tal. Anna konnte jetzt in der Ferne ihren See und auch ganz klein ihr Haus wahrnehmen. Frau Grünheit fragte, wie sie denn gekleidet und ausgerüstet wäre. *Anna trug eine Jeans, einen Anorak und Bergstiefel, auf dem Rücken einen Rucksack. In ihm fand sie zwei Äpfel, einen gab sie Sturmwind. Da der Pfad immer unwegsamer wurde, blieb Sturmwind zurück, und nur die Eule flog noch voran. Der Wald war jetzt zu Ende, das felsige Gelände war noch von einigen kleinen Wacholderbüschen und Zwergkiefern übersät, bis auch diese immer seltener wurden. Anna kam nur langsam hinterher, so hielt der Vogel immer wieder auf einem Felsvorsprung an und wartete. Sie legte schwer atmend öfter eine Pause ein. Endlich erreichte sie den Gipfel und ließ sich neben einem kleinen Holzkreuz nieder. Hier eröffnete sich Anna ein grandioser Rundumblick in viele Täler und auf die dahinterliegenden noch höheren Berge. Von hier war der See nur noch als kleiner Punkt, ihr Haus gar nicht mehr zu entdecken. Die Luft war klar und frisch, einzelne Wolken zogen über den weiten Himmel. Jetzt spürte Anna ihren Hunger und Durst. Aus ihrem Rucksack holte sie eine Wasserflasche und eingepackte Brote. Sie warf der Eule einige Brocken zu. Diese hockte nicht weit von ihr entfernt auf einem Felsen und pickte an den Brotstückchen.*

Nach einer Weile packte Anna ihre Flasche wieder ein und machte sich mit ihrer Eule an den Abstieg. Jetzt ging es schneller hinunter, Sturmwind wartete bereits auf sie. Gemeinsam setzten sie den Rückweg fort. Unten angekommen, schaute sie noch einmal zu ihrem Berg hinauf, stolz, den Gipfel erreicht zu haben. In der Dämmerung erreichten sie ihr Haus. Die Eule erhielt von ihr noch ein Stück Fleisch, Sturmwind einige Möhren, bevor sie sich selbst einen Tee kochte und ihr Abendessen bereitete.

In die nächste Stunde brachte Anna zwei Bilder von ihrer Bergtour mit. Auf dem ersten war der Berg in seiner gesamten Größe zu sehen. Ganz klein an seinem Fuß saß sie auf Sturmwind, die Eule flog vor ihnen, Im zweiten hatte sie sich oben sitzend auf dem Gipfel gemalt, neben sich die Eule, über beiden der weite Himmel mit den Wolken, der Blick ins Tal und auf die umliegenden Berge.

„Wie hast du die Wanderung erlebt?“ fragte Frau Grünheit.

„Sie war ganz toll. Anstrengend, aber es war auch ein gutes Gefühl, den Gipfel erreicht zu haben. Und dann dieser Ausblick! Dabei habe ich so was noch gar nicht gemacht. Nur einmal sind wir bei einem Besuch bei unserer Großmutter in die Berge gefahren, da aber mit einer Gondel auf den Wallberg am Tegernsee“, erinnerte sich Anna. „Doch dass die Eule und Sturmwind in die Berge wollten, hat sicher mit den Großeltern zu tun“, fiel Anna noch ein. „Sie wohnen ja in deren Nähe.“

Erika Grünheit kehrte noch einmal in das Therapiezimmer zurück und betrachtete die beiden Bilder. Anna hatte sich zielstrebig und von sich aus auf den Weg in das Gebirge aufgemacht und den Berg bestiegen. Mit welcher Entschlusskraft und Ausdauer sie den zuletzt doch steilen Anstieg bewältigt und dabei mit allen Sinnen die Landschaft wahrgenommen hatte. Sicher war sie auf dieses Thema gekommen, da sie gerade von den Großeltern aus Bayern gesprochen hatten. Doch zeigte sich in Annas Weg auf den Berg auch ihre Bereitschaft, sich ihren Themen zu stellen. Wie sie selbst ihr Ziel verfolgte, sich mehr zu trauen, Nähe zuzulassen, sich auch von Rückschlägen nicht entmutigen ließ. Selbst versuchte zu verstehen, woher ihre Ängste und Albträume kamen, und stellte dafür unermüdlich Nachforschungen in der Familie an. Ein gutes Zeichen, wie sie sich über den gelungenen Aufstieg freuen und den Rundblick vom Berg genießen konnte. Das erinnerte Frau Grünheit an die letzte Stunde, in der Anna davon berichtete, dass ihre Familienmitglieder inzwischen viel offener miteinander über ihre Gefühle sprachen und Anna auch sah, dass sie selbst dies dazu beigetragen hatte. In Annas Berichten vom Besuch der Tante war auch immer mehr von ihrer Lebensfreude zu spüren.

Die letzten Aprilwochen überraschten mit sommerlichen Temperaturen. Anna und Sylvia verabredeten sich an mehreren Nachmittagen im Park, um zu lernen und miteinander zu reden. Manchmal kam auch Yvonne hinzu. Sylvia war mal wieder solo, Yvonne dagegen immer noch mit Oliver zusammen und anscheinend sehr zufrieden.

Die Freundinnen fragten sie nach Finn. Anna berichtete, dass er sie für das Pfingstwochenende zu sich nach Kolding eingeladen habe. Ihr sei die

Zeit angesichts der langen Bahnfahrt aber zu kurz gewesen. In den Sommerferien wollte sie ihn besuchen, war sich aber noch unsicher, ob sie das schaffen würde. Die Begegnung mit seiner Familie, darauf hatte sie wenig Lust. Aber auf der anderen Seite wollte sie ihn gerne sehen.

„Und wenn ihr euch auf Rømø trefft?“ schlug Sylvia vor.

Anna zuckte mit den Achseln. „Da haben wir auch schon dran gedacht. Aber es ist noch nicht klar, ob er in dieser Zeit Urlaub bekommt. Doch es wäre mir lieber, als die Tage im Haus seiner Eltern zu wohnen.“

Als Anna am Abend die Wohnungstür aufschloss, klingelte gerade das Telefon. Die Mutter nahm den Hörer ab. Anna hörte gerade noch, wie sie sagte: „Ich glaube, sie ist eben nach Hause gekommen. Ich reiche mal weiter. Alles Gute, Helga.“

Anna nahm das Telefon in Empfang. „Oma, das ist ja schön von dir zu hören! Ich komme gerade aus Park, habe dort mit meinen Freundinnen gelernt.“

Die Großmutter aus Bayern fragte nach der Schule, Anna berichtete, erkundigte sich auch nach dem Befinden ihrer Oma. Jetzt hörte sie von der guten Ernte, den Treffen mit den Freundinnen, den Besuchen der kleinen Enkelkinder, auch von dem Wunsch, Lena und Anna möchten sie doch mal wieder besuchen. Anna versprach, dies mit Lena zu besprechen.

Als die Großmutter sich gerade verabschieden wollte, unterbrach sie Anna: „Oma Helga, da gibt es noch etwas, was ich dich mal fragen möchte. Ich weiß so wenig davon, die ihr beide, du und Opa Franz, aufgewachsen seid, wie habt ihr denn den Krieg erlebt? Und wie eure Eltern?“

„Diese Fragen höre ich von dir das erste Mal. Wie kommst du denn darauf? Ist das Thema in der Schule oder in deiner Therapie?“

„In der Therapie.“ sagte Anna. „Da versuche ich gerade zu verstehen, wie unsere Familie gelebt hat, Mama und Papa und auch ihr und eure Eltern. Denn all das wirkt sich ja auch auf mich aus.“

„Da hast du recht“, stimmte die Großmutter zu. „Das wird aber ein bisschen dauern. Hast du denn die Zeit?“

Ihre Großmutter berichtete zunächst von ihrer eigenen Kindheit in Rosenheim. Ihr Vater, ein Schuhmacher, besaß ein Geschäft in der Innenstadt, ihre Mutter führte den Haushalt und half im Laden mit. Als der Krieg begann, änderte sich für die Familie zunächst nicht viel. Schuhe wurden immer gebraucht, in Kriegszeiten von den Soldaten auch eher verschlissen als in Friedenszeiten. 1942 – Helga war zwei Jahre alt, ihr Bruder Heinz gerade geboren – wurde ihr Vater eingezogen. Jetzt musste die Mutter das Geschäft alleine weiterführen, für die Ernährung der Familie sorgen. Zum Glück fand sie einen alten Schuhmacher, der die Reparaturarbeiten übernahm. Sie selbst verbrachte fast den ganzen Tag im Laden, die Kinder immer dabei. Die Großmutter konnte sich noch gut an den Geruch des Leders erinnern, der alte Schuhmacher gab ihr öfter ein Stück zum Spielen, die Mutter sang viel, war eigentlich eine ganz Lebensfrohe. Soweit sie sich erinnern konnte, fühlte sich die Großmutter im Laden wohl. Es war immer etwas los und ihre Mutter ständig dabei. Von der Sorge um den Mann, der in Russland kämpfte, bekam sie als Kind wenig mit. Im Oktober 1944 begannen die Luftangriffe auf Rosenheim, getroffen wurde vor allem der Bahnhof, ein wichtiger Verkehrsknotenpunkt in Richtung München, aber auch die umliegenden Straßen.

Jetzt musste auch die kleine Familie wiederholt in den Luftschutzkeller. Mitten in der Nacht ging es an der Hand ihrer Mutter in das Nachbarhaus. Sie hatte Angst vor dem Lärm der Sirenen und der Flugzeuge, erschrak, wenn eine Bombe laut einschlug, sah das Feuer. Im Keller saß sie neben ihrer Mutter, und ihr war unheimlich zumute.

Doch im Mai 1945 war der Krieg auch in Rosenheim zu Ende. Die Großmutter erinnerte sich an den Einmarsch der Amerikaner. Auch sie habe eine Tafel Schokolade erhalten, eine Kostbarkeit, die sie mit ihrer Mutter und dem Bruder geteilt hatte.

Ein halbes Jahr nach Kriegsende kehrte auch ihr Vater zurück, für die Großmutter ein Fremder, da sie ihn in den vergangenen Jahren kaum gesehen hatte. Durch eine Verwundung war sein rechtes Bein steif, er zog es beim Laufen nach. Streng war er und verschlossen, sprach nie über das Erlebte, aber Helga vermutete, dass er Schlimmes in Russland erlebt hatte. Er übernahm wieder den Laden, die Mutter die Haushaltsführung, und Helga gewöhnte sich an die Gegenwart ihres Vaters, die Beziehung wurde aber nie sehr herzlich. Sie begann nach der Volksschule im Geschäft zu helfen. Dort lernte sie auch ihren späteren Mann, Franz, kennen, als er Schuhe zur Reparatur brachte.

Dieser wuchs als Ältester von vier Geschwistern in Traunstein auf. Sein Vater arbeitete als Braumeister in einer großen örtlichen Brauerei, soll ein humorvoller Mann gewesen sein, der gerne feierte. Die Mutter führte den großen Haushalt, zu dem auch noch die Eltern des Vaters und ein unverheirateter Onkel gehörten. Der Vater von Franz wurde erst 1944 eingezogen, er fiel noch in den letzten Kriegstagen in Frankreich, da war Franz gerade sieben Jahre alt geworden. So musste seine Mutter die Familie mit der kleinen

Pension durchbringen, begann früh, Zimmer zu vermieten. Franz war ein guter Schüler und bekam ein Stipendium für das Gymnasium und später für die Pädagogische Hochschule. Eigentlich hätte er früh von der Schule abgehen und einen Beruf ergreifen sollen, um zum Familieneinkommen beizutragen, aber die Mutter folgte der Empfehlung der Schule und arbeitete weiter schwer, um die ihre Kinder ernähren zu können.

So nahm Franz seine Ausbildung sehr ernst und trug in den frühen Morgenstunden die Zeitung aus, um etwas Geld dazuzuverdienen. Als Junglehrer konnte er endlich seine Mutter und Geschwister unterstützen.

„So war er sehr streng zu sich selbst und anderen, dabei aber gerecht. Und er liebte die Natur, das hatten wir gemeinsam. Du siehst“, fasste die Großmutter zusammen, „der Krieg hat er unser Leben sehr beeinträchtigt, allein durch das Fehlen der Väter. Entweder kamen sie körperlich und seelisch verwundet zurück wie meiner oder starben in der Fremde wie mein Schwiegervater.“

Jetzt schwieg die Großmutter, und Anna bedankte sich bewegt bei ihr. Sie versprach, mit Lena zu reden, ob sie nicht im Sommer noch Zeit finden würden, sie zu besuchen.

Es war schon dunkel, als Anna auflegte. Sie setzte sich an ihren PC, schrieb eine Zusammenfassung des Gesprächs auf und schickte es an Lena.

53. Das Genogramm

Anna brachte den Bericht in die nächste Therapiestunde mit.

„Anders als Oma Klara und Opa Karl mussten meine bayerischen Großeltern ihre Heimat nicht verlassen, aber sie haben auch unter dem Krieg gelitten“, stellte Anna abschließend fest. „Aber es sind jetzt so viele Informationen, und es ist mir noch nicht klar, wie sich das Ganze auf die Familie, also auf Mama und Papa, ausgewirkt hat.“

„Wie wäre es, wenn du ein Genogramm deiner Familie erstellst? Das könnte helfen zu verstehen, wie sich eure Familiengeschichte auf jeden einzelnen ausgewirkt hat.“

„Ein Genogramm?“ fragte Anna. „Was ist das?“

„Im Genogramm wird ein Familienstammbaum erstellt, über mehrere Generationen. Für jedes der Familienmitglieder, auch für dich selbst, suchst du ein Symbol aus und ordnest sie alle auf dem Fußboden an. Du hast ja sicher schon die vielen Bilder und Figuren im Raum bemerkt.“ Frau Grünheit zeigte auf die Regale an den Wänden und auf die Fensterbank. „Vieles befindet sich auch noch in den Kästen hier im Zimmer. Du kannst dir alles anschauen und dir für jeden etwas aussuchen. Hättest du Lust dazu?"

„Ja, das wäre eine Idee. Also für jeden ein Symbol?"

„Ja, es können auch zwei sein, aber mehr nicht. Dann schau dich doch einfach um und lass die Bilder und Figuren auf dich wirken. Du solltest nicht lange überlegen und dich spontan für etwas entscheiden, das zu einem Familienmitglied passt."

„Ist es gleich, mit wem ich beginne?"

„Das entscheidest du. Du kannst mit dir selbst anfangen oder mit deiner Mutter und deinem Vater oder auch mit den Groß- oder Urgroßeltern. Nur wirst du in dieser Stunde nicht für alle etwas suchen können, dafür reicht die Zeit nicht. Du wirst mehrere Stunden brauchen, um das ganze gesamte Genogramm zu erstellen."

Anna erhob sich und ging zum ersten Regal. Aufmerksam betrachtete sie jedes Symbol, nahm ab und zu eines in die Hand, studierte es von Nahem und legte es wieder zurück. Das setzte sie auch bei den anderen Regalen und der Fensterbank fort. Schließlich nahm sie sich drei Fotos und eine Figur heraus und nahm wieder Platz.

„Und die soll ich jetzt auf dem Boden legen?"

„Ja, so dass sie dich anschauen. Du kannst sie so anordnen, wie du es möchtest."

Zunächst suchte Anna Symbole für Groß- und Urgroßeltern. Zwei Reihen mit Bildern und Figuren breitete sie auf dem Teppichboden aus. Auf der linken Seite, der Familie des Vaters, blühten in den Blumenkästen eines Bauernhauses viele Blumen für die Oma Helga. blickte ein Mann mit Anzug, Stehkragen und Nickelbrille streng wie ihr Opa Franz. Eine fröhliche Frau, die einen Karren mit vielen Möbeln hinter sich herzog, diente als Symbol für die lebenstüchtige und positiv gestimmte Mutter der Oma Helga, ein einsamer Wolf für deren Vater, der aus dem Krieg mürrisch und verschlossen zurückkehrte. Ein Schwan, der viele Jungen auf dem Rücken trug sollte die Mutter von Opa Franz symbolisieren, die nach dem Krieg ihre Kinder allein aufzog. Ein Wildschein im Schnee seinen lebenslustigen Brauer-Vater, der im Krieg starb.

Auf der rechten Seite, der Seite der Familie der Mutter, stand ein mürrisch blickender kleiner Junge in viel zu großen Schuhen für den unglücklichen Opa Karl, der früh den eigenen Eltern geraubt, die hohen Erwartungen seiner Stiefeltern nicht erfüllen konnte. Dazu die Figur eines brüllenden kleinen Bären für seine Wut, die er später an seiner Frau und den Töchtern ausließ.

Das Gemälde einer in sich gekehrten Frau mit einem kleinen Kind auf dem Schoß für die fürsorgliche, aber auch unglückliche Oma Klara.

Zwei Steine repräsentierten die polnischen leiblichen Eltern des Großvaters, die unbekannt blieben.

Das Selbstbildnis einer ernst blickenden Malerin wählte Anna für seine unzufriedene, verhärmte Stiefmutter, das Foto eines Mannes im Anzug mit einem Baby auf dem Schoß für den Stiefvater, der sich einen Stammhalter wünschte, mit ihm aber nicht zufrieden war. Ein aus der Kriegszeit stammendes Foto mit einer am Boden kauernden und weinenden Frau, ein Kind an sich drückend, für die Mutter von Oma Klara, die auf der Flucht ihren kleinen Sohn verlor, und einen missmutig schauenden großen Affen für Klaras Stiefvater, der seine eigenen Kinder vorzog.

Auch Anna schaute noch einmal auf die vor ihr liegenden Symbole. „Das ist ganz schön viel. Viel Geschichte, und das gehört alles zu unserer Familie. Und irgendwie ist es auf der rechten Seite, bei den Symbolen von Oma Klara und Opa Karl, heftiger als bei der linken Seite, die zu Oma Helga und Opa Franz gehört."

„Hast du eine Idee, warum?"

„Die Väter von Oma Helga und Opa Franz waren auch im Krieg, wurden verwundet oder sogar getötet, die Mütter mussten ganz viel leisten, aber sie wurden nicht aus ihrer Heimat vertrieben oder wurden ihren Eltern weggenommen."

Frau Grünheit schaute auf die Uhr. „Wir müssen für heute leider zum Ende kommen. Wie geht es dir jetzt mit der Symbolarbeit?"

Anna atmete tief durch. „Ich hätte nicht gedacht, dass das so viel ist, wie spannend das ist und gleichzeitig, wie viel Spaß es macht."

„Schön, dann möchtest du nächste Stunde weitermachen?"

„Auf jeden Fall!" betonte Anna. „Und ich bin auch ganz gespannt, wie es weitergeht."

„Gut, ich werde nachher noch ein Foto von deinen Symbolen machen. Wenn du Lust hast, bring doch deine Kamera die nächste Stunde mit, dann kannst du selbst fotografieren."

Frau Grünheit schaute in ihren Terminplan. „Es wäre nicht schlecht, wenn wir für die nächste Symbolarbeit zwei Stunden hintereinander hätten. Nächste Woche fällt die Sitzung nach dir aus. Hättest du Zeit und Lust, für zwei Stunden zu kommen?"

Anna nickte.

„Dann alles Gute. Und achte bitte auch darauf, ob du diese Woche etwas träumst. Das kann auch im Zusammenhang mit der Symbolarbeit stehen."

Nach der Stunde fotografierte Erika Grünheit Annas Symbole. Am selben Abend übertrug sie die Fotos von der Digitalkamera auf ihren PC und schaute die vergrößerten Bilder auf dem Bildschirm noch einmal an. Erstaunlich, wie Anna in den Symbolen die für sie wichtigsten Eigenschaften und auch die Beziehungen ihrer Ur- und Großeltern erfasst hatte. Dabei kannte sie die meisten nur vom Bericht ihrer Verwandten. Die Symbole der Großeltern und Eltern von Annas Mutter wirkten auf sie auch eindrücklicher als die auf der Seite des Vaters. Im Ausdruck der Gesichter lag mehr Trauer und Unglück, das Brüllen des Bären schien noch nachzuhallen.

In der folgenden Woche reiste Gerda wieder ab. Fünf Wochen hatte ihr Europaaufenthalt gedauert, eine Woche davon hatte sie auf Mallorca bei ihrer Mutter verbracht. Nun war es Zeit für den Abschied.

Anna und ihre Mutter brachten sie zum Flughafen. Bevor sie zur Sicherheitskontrolle ging, umarmte sie noch einmal ihre Schwester und ihre Nichte. „Brigitte und Anna, es war so eine schöne Zeit bei euch, herzlichen Dank! Die Ausflüge, die vielen Gespräche, all das hat so gutgetan! Es sollte dieses Mal nicht mehr so viel Zeit vergehen, bis wir uns wiedersehen! Wir sind doch eine Familie. Ich würde mich ja so freuen, wenn ihr mich bald besucht. Brigitte, vielleicht schaffst du doch mal den Flug, das wäre toll! Sonst kannst du, Anna, allein oder mit Lena kommen."

Mutter und Tochter schauten Gerda solange nach, sie hinter der Sicherheitskontrolle verschwunden war. Wehmut begleitete ihre Heimfahrt. Erst kurz vor der Haustür unterbrach die Mutter das Schweigen. „Ich fand es wirklich schön, dass Gerda da war. Das habe ich auch euch zu verdanken, weil ihr den Kontakt zu ihr aufgenommen habt."

„Und was hältst du von ihrer Einladung?" fragte Anna vorsichtig.

„Wenn ihr oder du allein sie besuchen möchtest, hätte ich nichts dagegen. Ich werde es wohl noch nicht schaffen, der Flug ist doch zu lang für mich."

Als sie die Enttäuschung im Gesicht ihrer Tochter sah, meinte sie lächelnd: „Aber ich kann ja mal üben, indem ich zu Oma Klara nach Mallorca fliege. Das wäre doch schon mal ein Anfang. Das könnten wir doch auch gemeinsam machen."

Anna nickte, doch die Antwort klang wenig überzeugend. „Gut, das sollten wir mal tun.“

54. Genogramm 2

Am nächsten Dienstagnachmittag sprach Anna zunächst vom Abflug ihrer Tante.

„Habe ich es richtig verstanden, du möchtest deine Tante gerne in Australien besuchen? Das ist doch eine gute Idee!“

Anna lächelte. „Ja, auch wenn ich vor dem langen Flug und dem fernen Land Angst habe. Es muss ja auch noch nicht gleich sein. Vielleicht nach dem Abitur.“

Da Anna sich an keinen Traum erinnerte, schlug Frau Grünheit vor, gleich das Genogramm fortzusetzen. „Schau mal, in der Kiste da vorne liegen die Symbole, die du letztes Mal ausgesucht hast. Bitte lege sie noch einmal aus.“

Anna folgte der Aufforderung, musste nur einmal kurz nachdenken, in welcher Reihenfolge sie diese gelegt hatte.

„Wie wirken sie heute auf dich?“

Aufmerksam studierte Anna noch die vor ihre liegenden Karten und die Steine. „Die vielen unglücklich schauenden Menschen auf der Seite von den Großeltern meiner Mutter fallen mit schon sehr auf und machen mich traurig. Aber sie hatten es auch schwer, jeder auf seine Weise. Das Bild von dem kleinen Jungen mit den großen Schuhen beeindruckt mich dabei am meisten. Und auch der brüllende Bär. Die beiden Symbole passen sehr gut zu meinem Opa Karl.“

„Möchtest du jetzt weitermachen?“

Anna nickte und begab sich auf den Weg zu den Regalen und Kästen.

Nach wenigen Minuten nahm sie wieder auf dem Boden Platz und legte zwei Reihen weiterer Bilder und Figuren unter die Symbole für die Groß- und Urgroßeltern.

„Ich fange mal mit Papa an. Das Bild, das unter den Karten für Oma Helga und Opa Franz liegt, ist für ihn.“ Lächelnd nahm sie ein kleines Foto in die Hand. „Das Bild fand ich so lustig, wie der kleine Dackel, der an der Stoßstange des großen Autos festgebunden ist, es anscheinend ziehen will. Und dazu auch noch der Spruch, der da drüber steht.“ Anna las ihn vor: „Ich werde gewiss immer tun, was in meinen Kräften steht.“ Das passt so richtig zu Papa, der immer allen Ansprüchen seiner Frauen genügen wollte. Was hat er sich nur angestrengt. Und wenn es zu viel wurde, machte er sich vom Acker."

„Jetzt zu dem Bild für Mama." Anna deutete auf eine Fotomontage, die unter den Symbolen für ihren Großvater Franz lag. „Das hat mich gleich angeschaut, und ich wusste, das ist das Richtige für sie. Die Frau, die da so entspannt liegt und schläft. Über ihrem Gesicht schwebt eine weiße Maske mit den offenen Augen. Es ist bei Mama nie so ganz klar, wie es ihr geht. Ist sie gut drauf, oder macht sie uns nur was vor? Ist sie in Wirklichkeit schon wieder depressiv? Die Maske ist wach, das passt zu ihren schlaflosen Zeiten. Dann ging es meistens bergab. Das könnte auch umgekehrt sein, dass die Maske schläft und die Frau ist wach. Eine Weile konnte Mama uns ganz gut was vormachen, so tun, als wäre alles in Ordnung."

Fasziniert betrachtete Anna die Karte, atmete tief durch und wandte sich dem nächsten Bild zu, das rechts neben der halb wachen, halb schlafenden Frau lag.

„Gerda fehlte noch, die Schwester meiner Mutter. Für sie habe ich das Foto von Miss Marple ausgesucht. Sie schaut so listig und humorvoll, das passt wunderbar zu ihr, auch wenn Gerda noch nicht so alt ist. Auf die Weise hat sie auch schwierige Zeiten in ihrem Leben überstanden."

Jetzt deutete sie auf ein Foto auf der linken Seite: „Da neben Papas Symbol habe ich den Eisbären gelegt, der sich im Wasser spiegelt. Der steht für Renate, Papas neue Frau, die sehr mit sich beschäftigt ist, die viel klagt, wie schwer sie es hat, und aufpasst, dass Papa ihr ja oft die Kinder abnimmt. – Dazu passt wieder Papas Dackel, der es allen recht machen will."

In Annas Stimme war ihr Ärger deutlich hörbar.

„Dazu jetzt ihre Kinder da drunter." Sie deutete auf die Figur des Frosches in einer Höhle. „Das steht für Johann, der so viel quakt und sich auch wieder zurückzieht. Dabei erwartet er, dass sich alle um ihn kümmern. Er fordert viel Aufmerksamkeit. Wenn die nicht gleich da ist, kommt er aus seiner Höhle und quakt laut." Anna holte den Frosch aus der Höhle, schob ihn aber sofort wieder zurück.

„Das Foto von dem kleinen Mädchen passt gut zu Amelie, seiner kleinen Schwester. Sie ist auch so niedlich und unkompliziert."

„Fällt dir an dem Bild etwas auf?" fragte Frau Grünheit.

Anna schaute etwas ratlos. „Nein, was meinen Sie denn?"

„Schau dir das Foto einmal genauer an."

Jetzt sah Anna es: „Da ist eine Hand, die hält das Mädchen hinten am Kleid fest. Das habe ich erst gar nicht gesehen."

„Wer könnte sie festhalten?"

„Sicher Renate, ihre Mutter. Der Eisbär guckt ja runter ins Wasser und auf Amelie, der hat sie voll im Blick. Mama Kontroletta." Anna grinste für einen Moment. „In Amelies Haut möchte ich nicht stecken." Erstaunt schaute sie Frau Grünheit an. „Ist schon toll, was mit den Symbolen alles herauskommt."

Frau Grünheit lächelte. „Ja, das finde ich auch. Was ist nun mit den übrigen Symbolen?"

Anna zeigte auf die Karte am unteren rechten Rand. „Die ist für Lena. Das Bild der lebendigen, frechen, für sich selbst sorgenden Pippi Langstrumpf, das passt zu ihr."

Nach einer kurzen Pause fuhr sie fort: „Die beiden Bilder in der Mitte sind für mich. Der Schäferhund ist freundlich und wach. So bin ich, wenn es mir gutgeht. Doch es gibt auch andere Zeiten, wie zu Beginn der Therapie oder beim Besuch von Finn, wenn mir etwas zu viel wird, dann sehe und höre ich eben nicht mehr so gut wie der Schäferhund. Das zweite Bild, die kleine Ente, wie sie da auf der Stange hockt und in den Wassertopf unter sich schaut, die hat mir so gefallen. Sie traut sich nicht zu springen. Irgendwie passt sie zu mir, so richtig traue ich mich auch oft nicht." Anna lächelte unsicher.

Eine Weile schwang ihre Traurigkeit noch nach, bis Frau Grünheit fragte: „Was denkt denn die kleine Ente?"

Kurz blickte Anna Frau Grünheit an, als wolle sie sich vergewissern, ob sie die Frage ernst meine, dann vertiefte sie sich wieder in die Karte. „Soll ich das wagen? Das Wasser ist so tief, und ich weiß gar nicht, ob ich schwimmen kann."

„Und wenn sie spränge, ginge sie dann unter?"

„Natürlich nicht, Enten können ja schwimmen. Und in dem kleinen Bottich kann sie erst recht nicht untergehen."

„Was würde denn der Schäferhund dazu sagen?"

Anna lächelte. „Er würde sagen: Du schaffst das schon. Ich passe auf."

„Und die kleine Ente?"

„Ich habe Angst. Ich weiß doch gar nicht, ob ich schwimmen kann."

„Was antwortet der Schäferhund?"

„Ich kenne große Enten, die können schwimmen, dann kannst du das auch. Und wenn du dennoch untergehen solltest, hole ich dich raus."

„Wie reagiert da die kleine Ente?“

„Sie ist noch skeptisch, weiß nicht, ob sie dem Schäferhund trauen kann.“ Anna lächelte. „Ich weiß schon, warum Sie die Fragen stellen. Wenn ich mich traue, dann klappt vieles. So mit den Fahrstunden ja auch. Aber der Anfang ist so schwer.“

„Ja, jetzt ist die Stunde auch zu Ende. Wie geht es dir zum Schluss?“

„Gut, aber es ist jetzt auch genug.“

„Das denke ich auch. Hast du an den Fotoapparat gedacht?“

Anna nickte, holte ihre Kamera aus der Tasche und machte zum Schluss Aufnahmen von allen vor ihr liegenden Symbolen.

Auch dieses Mal hatte Anna die Symbole auf dem Boden liegengelassen. Erika Grünheit nahm sie auf und übertrug sie auf ihren PC. Jetzt waren alle Familienmitglieder repräsentiert, vier Generationen waren zusammengekommen.

Noch einmal betrachtete Frau Grünheit alle Bilder und Figuren. Zuerst fiel ihr Blick auf die Frau mit der Maske als Symbol für die wechselnden Stimmungen und Zustände der Mutter. Wie gut Anna das ausgedrückt hatte. Und wie genau sie ihre Mutter beobachtete und gebunden blieb in der Fürsorge für sie.

Der kleine Hund, der das große Auto ziehen wollte, ein wunderbares Bild für den Vater, der sich abmühte, es seinen Frauen recht zu machen. Wie anders und auch humorvoll Anna ihn jetzt sehen konnte, erschien er doch zuerst als der besonders große und starke Vater, den sie so vermisste.

Ihr fiel auf, dass Annas Tante und Schwester am wenigsten von der Familiengeschichte belastet schienen. Miss Marple und Pipi Langstrumpf passten gut zusammen. Für beide hatte Anna nur positiv bewertete Symbole gewählt. Kein Wunder, beide konnten sich als ältere Töchter freier entwickeln, während sich die jüngeren mehr für ihre eigene Mutter verantwortlich fühlten. Annas Großmutter band Annas Mutter eng an sich, und Anna übernahm den Auftrag, auf ihre Mutter aufzupassen.

Zu Hause angekommen, druckte Anna die Bilder gleich aus, zunächst die gesamte Anordnung auf einem großen Blatt, dann die einzelnen Symbole in kleinerem Format. Das große Bild hängte sie an ihre Pinnwand; ihr Blick fiel die Woche immer wieder darauf, doch es blieb ihr nicht viel Zeit, sich damit zu beschäftigen, da die Schule wieder ihre Aufmerksamkeit beanspruchte.

Anna war froh, dass sie nicht wie die nachfolgenden Jahrgänge nach zwölf Schuljahren Abitur machen musste. Auch so hatte sie genug zu tun, die Vorstellung, den Unterrichtsstoff in noch weniger Zeit zu beherrschen, erschien ihr unvorstellbar.

Eine neue E-Mail von Finn traf ein. Am kommenden Pfingstwochenende plane er, mit seinen Freunden nach Rømø zu fahren. Sie würde ihm sicher dabei fehlen.

Mit zwiespältigen Gefühlen las Anna diese Nachricht. Vor ihren Augen tauchten die sommerlichen Bilder vom Strand der Insel auf. Eigentlich hätte sie auch mitkommen können. Bei dem schönen Wetter wäre es sicher schön auf Rømø. Warum war sie immer nur so ängstlich? Doch wenig später erinnerte sie sich auch an die Kraft, die sie das Zusammensein mit Finn kostete. Jetzt hatte sie noch Zeit bis zu den Sommerferien.

Das schöne sommerliche Wetter wurde von einigen Regentagen unterbrochen. So wurde die Autobahnfahrt für Anna doppelt schwer. Die Sicht nur ein wenig durch die auf höchste Stufe gestellten Scheibenwischer verbessert, musste sie allen Mut zusammenzunehmen, um zu beschleunigen, die Auffahrtsspur zu verlassen und sich in den schnell fließenden Verkehr einzuordnen. Ihr Herz klopfte zum Zerspringen, doch sie schaffte es und fuhr eine Weile zwischen zwei Lastwagen. Sie begann sich gerade auf die neue Geschwindigkeit einzustellen, als Herr Weiß sie aufforderte, den vor ihr fahrenden Lkw zu überholen. Auch das noch!

„Du schaffst das schon, beobachte den Verkehr auf der Überholspur. Wenn du eine größere Lücke findest, trittst du aufs Gas, und dann geht es los!“ ermutigte er sie.

Angestrengt schaute Anna in den Rückspiegel. Nach einer Weile fragte Herr Weiß: „Na was ist? Wartest du darauf, dass gar kein Auto mehr kommt? Gleich nach dem nächsten Wagen ist eine gute Gelegenheit.“

Anna folgte seiner Aufforderung und fuhr auf die linke Spur. Vor dem Lkw scherte sie schnell wieder ein. Noch mehrfach musste sie langsamere Autos überholen. Zum Schluss gelang es ihr leichter, doch insgeheim schwor sie sich, später so selten wie möglich Autobahn zu fahren und am liebsten auf der rechten Spur hinter den Lkws zu bleiben.

Zwei Tage später erging es ihr ähnlich bei der Nachtfahrt. Die entgegenkommenden Autos blendeten, Anna konnte sich nur schwer an die dunklen Lichtverhältnisse gewöhnen. Dennoch beglückwünschte sie Herr Weiß zum Abschluss: „Siehst du, du hast jetzt alles geschafft, was du für deinen

Führerschein brauchst. Meiner Meinung nach sollten wir dich jetzt zur Prüfung anmelden, was meinst du?"

Erschrocken blickte Anna ihren Fahrlehrer an. „Meinen Sie wirklich?" fragte sie zaghaft. „Ich finde, ich bin noch nicht so weit. Ich brauche sicher noch ein paar Stunden! Sonst falle ich durch."

Herr Winter zuckte mit den Achseln. „Wie du meinst, es ist dein Geld. Außerdem bekommst du ja nicht gleich einen Termin, das dauert oft noch zwei, drei Wochen. Denk einfach einmal darüber nach."

55. Genogramm 3

Vor der nächsten Therapiestunde erwachte Anna mit der Erinnerung an einen Traum:

Auf einem nassen Gehweg humpelte ihr ein Schäferhund entgegen. Anna sah, dass er seine linke Vorderpfote nicht aufsetzen konnte. Sie rief ihn zu sich, doch er blieb in einiger Entfernung stehen. Vorsichtig näherte sich Anna dem Hund, der sie skeptisch zu beobachten schien. Doch er wartete ab. Anna hockte sie vor ihm nieder und streichelte ihn. Schließlich setzte sich der Hund, die linke Vorderpfote behielt er angewinkelt. Behutsam nahm Anna sie in die Hand. Der Hund winselte. „Ich will dir doch nur helfen", versuchte sie ihn zu beruhigen und betrachtete die Pfote eingehend, konnte aber nicht feststellen, was ihr fehlte.

Noch im Erwachen empfand sie tiefes Mitgefühl mit dem Schäferhund, aber auch die eigene Hilflosigkeit, da sie ihm nicht helfen konnte.

„Ich hätte ihm doch so gerne geholfen, aber ich wusste nicht wie", fügte sie ihrem Bericht hinzu.

„Das ist sehr verständlich", bestätigte Frau Grünheit. „Wenn du deinen Traum jetzt weiter träumen würdest, wie sollte er dann ausgehen?"

Anna schaute einen Moment fragend, doch dann verstand sie. „Das soll ich mir jetzt vorstellen?"

Frau Grünheit nickte. So schloss Anna die Augen.

Ich hocke erneut vor dem Schäferhund und untersuche seine Pfote. Wieder finde ich nicht heraus, was ihm fehlt. In der Nähe könnte ein Tierarzt seine

Praxis haben, da gehe ich mit dem Hund hin. Erstaunlicherweise folgt er mir ohne Probleme in die Praxis. Dabei weiß ich doch, dass viele Tiere da nicht hinwollen. Der Arzt, ein ganz Netter, öffnet die Tür. Er untersucht die Pfote. Er vermutet, dass sie gebrochen ist. Doch erst wird sie geröntgt. Dabei bestätigt sich der Verdacht des Arztes. Er gipst die Pfote ein und gibt dem Hund eine Spritze gegen die Schmerzen. Der Hund hat das alles klaglos ausgehalten, als schiene er zu wissen, dass es der Arzt gut mit ihm meint. Jetzt verabschiede ich mich von dem Arzt, ich bedanke mich, und wir verlassen die Praxis. Es geht nur langsam, denn der Hund kann weiterhin nur auf drei Beinen laufen, muss ja jetzt auch noch die geschiente Pfote tragen."

„Wie könnte es denn weitergehen?"

„Ich nehme ihn mit nach Hause. Meine Mutter hat sicher nichts dagegen. Im Wohnzimmer mache ich ihm ein Lager, dort legt er sich hin."

„Und wenn jetzt eine Zeit vergangen ist, wie geht es ihm da?"

„Auf jeden Fall besser. Wir gehen wieder zum Tierarzt, der Gips kann ab, und der Bruch ist geheilt. Der Hund kann wieder auf vier Beinen laufen."

„Wie geht es dir mit dem Ende?" fragte Frau Grünheit.

„Viel besser." Erleichtert atmete Anna auf.

Einen Moment war sie still, dann deutete sie auf den vor ihr liegenden Schäferhund.

„Das ist sicher kein Zufall, dass ich von ihm geträumt habe."

„Bestimmt nicht. Wie wirkt er heute auf dich?"

„Er schaut immer noch freundlich und sehr wachsam."

„Wachsam? "

„Ja, er passt auf, auf die kleine Ente, aber auch auf die halb schlafende, halb wachende Frau über ihm."

„Warum passt er auf die beiden auf?"

„Die Ente muss er unterstützen, dass sie sich zu springen traut. Das hatten wir ja schon letztes Mal." Anna lächelte, wurde aber gleich wieder ernst. „Und bei der Frau muss er schauen, dass es ihr gut geht."

„Inwiefern?"

„Na ja, das Bild steht für meine Mutter. Da ist ja oft nicht sicher, geht es ihr gut, oder tut sie nur so, das wäre dann die Maske. Kann sie wirklich schlafen oder ist sie wieder schlaflos wie in ihren depressiven Zeiten?"

„Und das ist die Aufgabe des Schäferhunds, darauf aufzupassen?"

„Ja, er sieht das so. Ich habe mich ja auch immer wieder für meine Mutter verantwortlich gefühlt."

„Und wie geht es dem Schäferhund mit dieser Aufgabe?"

Anna schaute ihn mitfühlend an. „Das ist ganz schön viel, eigentlich zu viel für ihn."

Sie hob ihren Blick und schaute Frau Grünheit an. „Kein Wunder, wenn er sich dabei die Pfote bricht. Jetzt verstehe ich auch den Traum. "

„Da hast du sicher recht. Da trägt er zu viel Verantwortung. Vorhin hast du ihn ja in deinem Tagtraum schon unterstützt, damit die Pfote wieder heilen konnte. Gibt es denn noch etwas, was er von der Seite der Symbole brauchen könnte?"

Fragend schaute Anna die Therapeutin an.

„Schau doch noch mal zu den Symbolen, ob er von diesen noch Unterstützung bekommen kann."

Anna verstand und ging zu den Regalen und schaute sich eine Weile um, nahm eine Karte in die Hand und kehrte mit ihr zurück und legte ihn zu ihrem Schäferhundbild.

„Das ist wieder ein Schäferhund. Doch er muss nicht so aufpassen. Er kann es sich schon mal gemütlich machen, liegt auf dem Boden in der Sonne. Und er wirkt auch jünger als der alte."

„Wie sieht denn der neue Schäferhund die junge Ente und die schlafende Frau mit der Maske?"

Zunächst legte Anna ihn zu der kleinen Ente. „Die findet er witzig. Die kann er ruhig da hocken lassen, irgendwann wird sie schon springen und merken, dass sie schwimmen kann."

„Und wie erlebt die Ente den jungen Schäferhund?"

„Sie mag ihn. Der alte hat ihr zwar mal einen Schubs gegeben, aber der hier lasst ihr mehr Zeit." Anna lächelte. „Herr Weiß hat eher was von dem alten Schäferhund. Durch ihn bin ich schneller zum Autofahren gekommen. Aber manchmal ist es auch gut, Zeit zu haben, um allen Mut zu sammeln. So wie mit meinem Besuch in Dänemark. In den Sommerferien fühle ich mich dem eher gewachsen."

„Und wie geht es dem jungen Schäferhund mit der schlafenden Frau?"

„Er sieht sie zwar, aber sie soll mal selbst für sich sorgen. Das ist nicht mehr seine Aufgabe."

„Und was meint die Frau dazu?"

„Sie ist mit sich beschäftigt. Sie will selbst dafür sorgen, dass sie die Maske nicht mehr braucht. Ich glaube, sie hat gar nicht mitbekommen, dass der Schäferhund auf sie aufpasste." Anna schaute auf. „Dann hat sich ja der alte Schäferhund umsonst abgerackert. Schön blöd."

„Warum hat er denn überhaupt auf sie aufgepasst, hast du eine Idee?"

Anna schaute ihn ratlos an und zuckte mit den Schultern.

„Schau doch mal zu den anderen Symbolen in seiner Nähe."

Annas Blick fiel auf den Dackel, der das Auto zu ziehen versuchte. „Wieder ein Hund", meinte sie. „Dazu noch so ein kleiner, der sich vergeblich anstrengt. Ach ja, den habe ich für Papa ausgesucht."

Anna legte das Bild des jungen Schäferhunds daneben. „Auf den kleinen Dackel soll er nicht aufpassen, denn der hat sich sozusagen vom Auto losgemacht und ist weggelaufen." Anna grinste. „Jetzt hängt er aber an einer neuen Autostange, der Arme, aber das ist nicht mehr Aufgabe des Schäferhunds." Wieder ernst, betrachtete sie noch einmal die Karte mit dem kleinen Hund. „Ist vielleicht ein komischer Gedanke, aber es ist so, als habe der Dackel, bevor er sich davonmachte, dem alten Schäferhund den Auftrag erteilt, auf die schlafende Frau aufzupassen, damit sie sich nichts antut, weil der Dackel das ja jetzt nicht mehr kann. Als wenn ich von meinem Vater die Aufgabe übernommen habe, für meine Mutter zu sorgen."

„Und hat der Dackel beziehungsweise dein Vater das vorher geschafft? Ging es deiner Mutter denn da besser?"

Anna schüttelte den Kopf. „Nein, da hat sich Papa auch vergeblich abgerackert. Es ging ihr schon damals schlecht, und er konnte es nicht ändern."

„Und du müsstest das jetzt hinbekommen?"

Kurz schaute Anna Frau Grünheit in die Augen, dann senkte sie wieder den Blick. „Nein, das kann ich auch nicht." Sie schaute trotzig auf. „Das will ich auch gar nicht mehr."

„Dafür hast du ja jetzt den neuen Schäferhund", bestätigte Frau Grünheit. „Wie geht es dir jetzt?"

Anna atmete tief durch. „Besser. Es ist gut, dass ich den ruhenden Schäferhund gefunden habe. Und auch verstanden habe, warum ich so auf meine Mutter aufpassen musste. Eigentlich hatten Lena und ich immer Angst, sie könne sich etwas antun. Aber ich fühlte mich verantwortlich, Lena ging ihren Weg."

„Den Auftrag, für deine Mutter zu sorgen, hat dein Vater dir sicher nicht bewusst erteilt", versuchte Frau Grünheit zu erklären. „Es kann auch sein, dass du die Lücke gespürt hast, die durch den Weggang deines Vaters entstanden ist, und die Aufgabe übernommen hast."

Anna nickte. „Am liebsten würde ich jetzt den alten Schäferhund weglegen."

„Dann mach das ruhig."

Nachdem Anna ihn ins Regal gebracht hatte, schaute sie ihre Symbole erneut an.

„Wie ist es jetzt?"

„Richtig gut."

Erika Grünheit gefiel der junge Schäferhund, der es sich in der Sonne gut ausruhen konnte.

Sie dachte noch einmal an den alten Schäferhund, der im Auftrag des Vaters auf die Mutter aufpasste. Als Wachhund musste er gut hören und sehen. Ihr kam noch ein neuer Gedanke: Dann könnten Annas Wahrnehmungsstörungen, das Nicht-gut-hören und -sehen, auch als Versuch verstanden werden, eben den Auftrag nicht zu erfüllen.

Doch Ohrenrauschen und verschwommenes Sehen ängstigten Anna sehr und führten dazu, dass sie sich vor den jungen Männern zurückzog. Die Symptome hatten wohl eher den Sinn, Beziehungen zu vermeiden, um nicht die leidvollen Erfahrungen der Eltern zu wiederholen.

Zu Hause angekommen, fiel Anna ein, dass sie in der Therapiestunde nichts von dem Vorschlag von Herrn Weiß erzählt hatte, bald ihre praktische Führerscheinprüfung zu machen. Warum war ihr das entfallen?

Sie dachte noch einmal an ihr Entchen und an die beiden Schäferhunde. Ihren Fahrlehrer hatte sie mit dem alten verglichen, anscheinend brauchte sie ihn doch noch, wenigstens für sich selbst.

Sie spürte, wie Wut in ihr aufstieg, Wut auf ihre eigene Angst. Warum fiel es ihr so schwer, sich etwas Neues zuzutrauen?

Sie wollte das auf jeden Fall in der nächsten Stunde ansprechen.

56. Genogramm 4

Frau Grünheit folgte aufmerksam Annas Bericht über den „vergessenen" Beitrag der letzten Sitzung. „Dann sollten wir uns noch einmal der kleinen Ente annehmen", meinte sie.

Nachdem Anna ihre Symbole erneut ausgelegt hatte, fragte Frau Grünheit: „Wie geht es der Ente heute?"

„Sie ist ein bisschen ratlos. Jetzt hängt sie da schon so lange und traut sich nicht zu springen."

„Ist das wirklich wahr? Sie ist noch nie gesprungen?"

Erstaunt schaute Anna die Therapeutin an. „Wie meinen Sie das?"

Diese lächelte, „Du hast doch erzählt, dass der alte Schäferhund in Gestalt deines Fahrlehrers die kleine Ente schon mal zum Springen animiert hat, du fährst ja schon Auto."

Anna verstand und lächelte ebenfalls. „Ja, das stimmt."

„Die kleine Ente scheint das aber vergessen zu haben, denn sie hockt wieder auf der Stange, als wäre sie noch nie gesprungen. Wie wäre es denn, wenn sie sich daran erinnerte?"

„Dann wäre es sicher leichter für sie. Aber es ist ja jedes Mal ein neues Becken, das da unten auf sie wartet. Die Führerscheinprüfung ist etwas anderes als das Autofahren in Begleitung des Fahrlehrers, der mich darauf hinweist, wenn ich Fehler mache. Da kann ich durch keine Prüfung fallen", wandte Anna ein.

„Dafür ist doch das Üben mit dem Fahrlehrer da, dass du mehr Sicherheit gewinnst, dir das Autofahren so vertraut wird wie der Ente das Schwimmen."

„Aber so sicher bin ich noch nicht. Ich mache noch immer viele Fehler und werde sicher durchfallen!"

„Das mag ja sein. Dann brauchst du eben noch ein paar Stunden. Doch bist du dann bereit für die Prüfung?"

Zweifelnd schaute Anna Frau Grünheit an, sagte aber nichts.

„Daher ist es vielleicht gut, bei den Symbolen zu bleiben. Die kleine Ente scheint in ihrer Angst vor dem Springen stets zu vergessen, dass sie schon schwimmen kann. Schau doch mal zu den Symbolen, ob du etwas findest, das ihr hilft, sich daran zu erinnern."

Etwas zögerlich machte sich Anna auf den Weg zu den Regalen und schaute sie lustlos durch.

Schließlich kehrte sie mit einer Karte zurück und legte sie zu ihren Symbolen.

„Auf dem Bild schwimmt die Ente auf einem See."

„Wie geht es ihr?" fragte Frau Grünheit.

„Wie soll es ihr schon gehen, gut, sie kann schwimmen, das ist für sie normal."

„Und die kleine Ente, wie ist das für sie, wenn sie diese sieht?"

„Die sieht sie gar nicht, sie schaut ja in die Tiefe. Außerdem hat sie nicht viel mit ihr zu tun, sie ist eine andere.“

Frau Grünheit lächelte. „Die kleine Ente könnte ja an der anderen sehen, dass das mit dem Schwimmen für Enten möglich ist. Wo sie es doch schon selbst ausprobiert hat. Aber anscheinend hat sie es schwer damit. So wie es dir nicht leicht fällt, dich zum Beispiel daran zu erinnern, dass du schon gute Fortschritte beim Autofahren gemacht hast. Könnte es etwas im Genogramm geben, dass es dir so schwer macht, dir das zu merken?“

Jetzt änderte sich Annas Gesichtsausdruck, sie schaute weniger trotzig, mehr fragend Frau Grünheit an.

„Schau doch mal zu den anderen Symbolen in deinem Genogramm.“

Annas suchender Blick blieb erneut an der Karte mit der schlafenden Frau hängen.

„Die Ente passt zu meiner Mutter. Sie traut sich ja auch vieles nicht. Schon so viele Jahre getrennt und keine richtige neue Beziehung, die Angst vor dem Fliegen. Damit bleibt sie immer schön im Lande und kommt nicht nach Australien oder Mallorca zu Tante Gerda oder Oma Klara. Irgendwie verschläft sie die Zeit.“

„Was könnte der schlafenden Frau helfen?“

„Sie meinen von den Symbolen?“

„Ja.“

Anna deutete auf Miss Marple. „Tante Gerda hat ja Ähnliches erlebt wie Mama, aber sie ist von zu Hause weggegangen, sogar bis Australien und hat Neues versucht. Auch durch schlechte Erfahrungen hat sie sich nicht entmutigen lassen.“

„Gibt es noch Mutiges und Kraftvolles in deinem Genogramm?“

Anna schaute sich um. „Eine ganze Menge. Die Frau, die die vielen Koffer nach sich zieht. Das Wildschwein, das Haus mit den vielen Blumen, die Schwanenmutter mit den Jungen, auch ein schwimmendes Tier.“ Anna lächelte. „Die sind alle auf der Seite meines Vaters. – Auf der anderen Seite ist das nicht so einfach. Mamas Eltern hatten es ja schwerer.“

„Vielleicht findest du auch dort etwas, wenn auch nicht so eindeutig.“

„Ja, die trauernde Frau, die dort mit dem kleinen Kind hockt, sie hat ja auch nicht aufgegeben. Und die stillende Frau für Oma Käthe hat gut für ihre Töchter gesorgt. Und manchmal ist die Maske weg, dann schläft Mama tief und fest, und es geht ihr besser.“

„Erlebst du das auch bei ihr?“

„Ja, in letzter Zeit häufiger. Besonders bei dem Besuch von Tante Gerda. Die beiden sind noch öfter allein unterwegs gewesen. Da kam Mama immer ganz ausgelassen zurück."

„Dann könnte es doch auch sein, dass sich bei ihr etwas verändert. So, wie geht es jetzt der kleinen Ente?" wechselte Frau Grünheit das Thema.

Anna vertiefte sich in das Bild. „Ganz so ängstlich ist sie nicht mehr. Sie schaut auch schon mal zu der anderen hinüber."

„Dann schließe doch für einen Moment die Augen und stelle dir die Ente einmal vor."

Anna lehnte sich zurück und begann zu sprechen.

„Sie steht oben auf dem Brett und schaut hinunter."

„Was könnte denn jetzt passieren?"

„So langsam wird ihr schwindelig vom dauernden Runterschauen. Entweder springt sie jetzt, oder sie geht wieder zurück."

„Wofür entscheidet sie sich denn?"

„Zurück ist schwierig von den schmalen Steg, also sie springt nicht, sie plumpst eher in den Bottich."

„Wie geht es ihr jetzt?"

„Sie ist selber überrascht und paddelt mit ihren kleinen Schwimmfüßen im Kreis herum. Und sie freut sich, dass sie es geschafft hat."

„Und wenn sie eine Weile so geschwommen ist?"

„Sie stößt dauernd an den Rand der Schüssel. Die ist doch ziemlich klein."

„Wonach ist ihr zumute?"

„Jetzt schwimmt die Ente in einem größeren Bassin, so einem flachen Kinderplanschbecken. Das macht ihr viel Spaß."

„Und wenn jetzt noch einige Zeit vergangen ist?"

„Sie ist gewachsen und hat das Planschbecken verlassen. Zu Fuß ist sie zu einem See in der Nähe gewatschelt und hineingelaufen. Dort dreht sie jetzt ihre Runden. Und trifft auch noch die andere Ente."

Lächelnd öffnete Anna die Augen, wurde aber gleich wieder ernst. „Wenn es mit dem Springen nur immer so einfach wäre."

Dieser Satz beschäftigte Erika Grünheit noch, nachdem Anna gegangen war. Anders als in vergangenen Stunden hatte sie den Widerstand des Mädchens gespürt, die Lustlosigkeit bei der Auswahl der Symbole, der genervte oder trotzige Blick. Dazu passte die Ente, die immer wieder vergisst, dass sie schwimmen kann. Es fiel Anna noch schwer, ihre Entwicklungsschritte in Richtung Ablösung anzuerkennen. Sie stand im Moment auch sehr unter dem Druck der bevorstehenden Fahrprüfung. Immerhin hatte sie bemerkt, dass sie vergessen hatte, davon zu berichten. Und konnte die Verbindung zu ihrer Mutter sehen, die, selbst an ihre Depression gebunden, sich über lange Zeit nichts zutraute. Doch da blendete sie zugleich die Fortschritte aus, die ihre Mutter bereits gemacht hatte. Der Auftrag ihres Vaters, für die Mutter zu sorgen, wirkte anscheinend noch immer. Wie gut, dass sie die kraftvollen Symbole der Familie wiederentdeckt hatte, die ihre Entwicklung unterstützen könnten. Und auch den jungen Schäferhund, der auf die Mutter und sie nicht mehr aufpassen musste.

Mit gemischten Gefühlen kehrte Anna nach Hause zurück. Es war so viel in der Stunde passiert, auch ihre Stimmungen hatten häufiger gewechselt. Wieder zog sie sich an ihren PC zurück, speicherte die Fotos der vergangenen Sitzung und druckte sie aus. Eigentlich war nur die schwimmende Ente neu, zuerst hatte sie diese nicht gemocht, doch im Laufe der Stunde war sie ihr nähergekommen. Im Tagtraum schwamm die kleine Ente zum Schluss sogar mit ihr auf dem See. Dabei fiel Anna ein, dass die schwimmende Ente eigentlich für die kleine Ente stand, die das Schwimmen schon ausprobiert hatte, es aber immer wieder vergaß. Ja, so viel hatte sie bereits verstanden, ein Symbol konnte vieles bedeuten.

Anna hörte, dass die Wohnungstür geöffnet wurde; die Mutter war heimgekommen. Kurz darauf klopfte es an ihrer Tür. „Anna, bist du da?"

„Ja, ich komme." Anna fuhr den PC herunter und verließ ihr Zimmer. Die Mutter hatte bereits Teewasser aufgesetzt und lud Anna ein, mit ihr zu Abend zu essen. Wenig später saßen beide am Küchentisch; die Mutter räusperte sich und begann: „Anna, du kennst doch Herrn Grote, meinen Ressortchef in der Zeitung." Als Anna nickte, räusperte sie sich erneut und fuhr fort: „Herr Grote und ich haben uns in letzter Zeit auf der Arbeit besser kennengelernt und mögen uns recht gerne. Jetzt hat er vorgeschlagen, mit mir ein Wochenende zu verreisen, das nächste oder das übernächste. Was hältst du davon?"

Lächelnd erwiderte Anna: „Ist doch in Ordnung, wenn du auch Lust hast, macht das doch! Wo soll es denn hingehen?"

„Ans Zwischenahner Meer. Dort ist Peter, äh, Herr Grote, schon häufiger gewesen und kennt da ein nettes Hotel. Und du hast auch wirklich nichts dagegen?“

„Nein, natürlich nicht! Du kannst mich ruhig ein Wochenende allein lassen. Ich habe genug für die Schule zu tun und kann mich auch mit Sylvia und Yvonne treffen.“

„Dann ist ja gut. – Er würde dich gerne mal kennenlernen, aber ich denke, das hat ja noch Zeit.“

„Finde ich auch. Gesehen habe ich ihn ja schon im Verlag, Genießt erst mal euer Wochenende.“

Brigitte atmete erleichtert auf. Schon der Entschluss, Peters Einladung anzunehmen, war ihr schwergefallen. Sie waren zwar schon einige Mal zusammen zum Essen ausgegangen und hatten einander viel aus ihrem Leben erzählt. Doch jetzt gemeinsam mit einem Mann zu verreisen und im Hotel zu übernachten, das hätte sie sich vor einem Jahr nicht träumen lassen. Eigentlich erlebte sie das zum ersten Mal. Mit Thomas gab es vor den Kindern nur einen Urlaub an der Ostsee auf dem Zeltplatz, zu mehr reichte das Geld damals nicht. Dann war sie schon schwanger.

Und auch noch Anna davon zu erzählen. Brigitte fühlte immer noch, wie schwer es ihr gefallen war, der eigenen Tochter von der beginnenden Beziehung zu Peter zu berichten. Doch Anna hatte es erstaunlich gut aufgenommen, schien auch nicht besonders überrascht zu sein.

Sie hatte sich wirklich verändert, war viel offener und ausgeglichener geworden, manchmal sprach sie am Abendbrottisch von ihren Freundinnen, der Schule und den Fahrstunden. Finn war allerdings kein Thema mehr. Ob sie überhaupt noch Kontakt hatten?

Am nächsten Tag wurde Anna erneut von Herrn Weiß mit dem Fahrschulauto abgeholt. Zwei Tage später würde die nächste Stunde stattfinden. Sie nahm sich vor, deren Verlauf abzuwarten. Wenn sie sich sicher genug fühlte, würde sie ihren Fahrlehrer auf die Prüfung ansprechen.

So fuhr Anna etwas verkrampfter als die Stunde zuvor, aber dennoch nahm sie am Schluss ihren Mut zusammen und bat Herrn Weiß, sie zur Prüfung anzumelden.

Überrascht stimmte er zu.

„Das freut mich, Anna. Ich denke, du hast jetzt genug Übung und schaffst es! Nächste Woche sage ich dir Bescheid, wann dein Termin sein wird.“

Zu Hause kamen Anna Zweifel, ob sie nicht doch voreilig gehandelt hätte. Doch im nächsten Moment dachte sie daran, dass es ihr in ein, zwei Monaten nicht anders gehen würde. Außerdem hatte sie nachgerechnet; das Weihnachtsfahrschulgeld war bereits aufgebraucht, und sie musste schon einen Teil ihrer Ersparnisse für die noch ausstehenden Stunden einsetzen.

So hatte sie Lena und Finn viel zu berichten. Lena freute sich vor allem über die neue Beziehung der Mutter und drückte ihr die Daumen für die Fahrschulprüfung. Ähnlich reagierte Finn, der auch vorsichtig nach ihren Besuchsplänen in den Sommerferien fragte. Anna antwortete wieder ausweichend, sie wolle erst einmal abwarten, ob sie die Fahrprüfung bestehe, denn sonst müsste sie diese noch zu Beginn der Ferien wiederholen.

Nach vielen gemischten und kühlen Tagen schien am Wochenende die Sonne. Am frühen Samstagmorgen erschien Herr Grote, um die Mutter abzuholen. Etwas förmlich begrüßte er Anna und umarmte verhalten die Mutter. Diese strahlte; aufgeregt und gleichzeitig erleichtert, da sie wusste, dass Anna selbst am Wochenende nicht allein sein würde, verabschiedete sie sich von ihrer Tochter, übergab Herrn Grote ihre Reistasche und verließ mit ihm die Wohnung.

Anna schaute aus dem Fenster und winkte beiden nach, räumte den Frühstückstisch ab und machte sich wenig später auf den Weg zu Sylvia. Gemeinsam fuhren sie mit dem Rad aufs Land und ließen sich an der Wümme nieder. Auf der mitgebrachten Decke breiteten sie ihr Picknick aus und ließen es sich schmecken. Gegen Mittag wurde es immer wärmer; als Erste entledigte sich Sylvia ihrer Kleidung und lag schließlich im Bikini in der Sonne. Wenig später machte es Anna ebenso.

Sylvia staunte. „Anna, ich habe dich noch nie im Bikini gesehen, er steht dir!“

„Ich weiß nicht, bisher habe ich mich das auch nicht getraut“, entgegnete Anna verlegen. „Hier sind wir ja auch unter uns und keiner anderer in der Nähe.“

„Aber wieso denn? Du kannst dich doch so sehen lassen.“

„Meinst du? Ich fand mich meine Figur nie gut genug für so knappes Badezeug. Der Bikini gehört Lena, den fand ich heute in ihrem Kleiderschrank.“

„Und er steht dir. Finde ich toll, dass du ihn angezogen hast!“

Am Abend fuhren sie gemeinsam in Annas Wohnung, aßen Pizza, tranken Wein und sahen sich Filme an. Später holten sie die Matratze aus Lenas

Bett in Annas Zimmer, und es wurde bereits hell, bis endlich alles besprochen war und sie einschlafen konnten.

So standen sie erst nach Mittag wieder auf, frühstückten lange und fuhren ins nächste Schwimmbad. Sylvia bestand auch darauf, dass Anna wieder den Bikini anzog. Zu Beginn fühlte sich Anna noch unwohl. Zum Glück entdeckte sie in der Nähe niemanden aus ihrer Schule. Zunächst versuchte sie noch, Bauch und Po einzuziehen, doch nach dem ersten abkühlenden Bad ließ sie sich bereits weniger verkrampft auf der Decke nieder und genoss mit Sylvia die wärmende Sonne.

In der nächsten Therapiestunde berichtete Anna von der anstehenden Fahrprüfung und der Verabredung der Mutter. „Ich weiß schon“, meinte sie lächelnd, „was Sie jetzt sagen würden. Die kleine Ente springt, und der Frau mit der Maske geht es auch besser.“

„Ich glaube, du kannst meine Gedanken lesen“, erwiderte Frau Grünheit ebenfalls heiter.

Anna holte zwei Bilder aus ihrer Mappe. Auf dem ersten lag der Schäferhund auf einer Decke in ihrem Wohnzimmer, mit geschienter Pfote. „Ich hätte ihn auch malen können, wie er zum Schluss aussah, aber ich wollte schon auch noch zeigen, dass er verletzt war“, erläuterte Anna.

Auf dem zweiten Bild schwamm die kleine Ente in ihrem Bottich, das Sprungbrett noch über ihr. „Da hatte sie den wichtigsten Schritt geschafft, der Weg zum Planschbecken und später zum See war leichter für sie.“

Auf Frau Grünheits Anregung hin ordnete Anna die beiden gemalten Bilder in ihr Genogramm ein. Zum Hund mit der geschienten Pfote, zu dem liegenden Schäferhund, „da ist ja der Bruch schon geheilt“, und zur schwimmenden die beiden anderen Enten. „Das ist wie eine Reihe: erst schaut sie herunter und traut sich nicht, im zweiten ist sie gesprungen und im dritten schon in ihrem See.“

Zwei Wochen später musste Anna ihre Sitzung absagen, da zu diesem Termin die Fahrprüfung anberaumt war. Mit zitternden Knien stieg Anna ins Auto. Herr Weiß versuchte sie zu beruhigen: „Jetzt fährst du selber noch eine Runde, bis wir den Prüfer abholen.“

Eine halbe Stunde später stieg dieser in das Fahrschulauto ein, ein ernster, glatzköpfiger Mann mittleren Alters. Später konnte sich Anna kaum an die nächste halbe Stunde erinnern. Wie in Trance fuhr sie nach seinen Anweisungen, bis sie von ihm zum Halten aufgefordert wurde. Einen Moment war Stille, der Prüfer notierte etwas, beglückwünschte sie kurz und überreichte ihr den Zettel für die Führerscheinstelle.

Anna konnte es kaum glauben, sie hatte es geschafft!

Am Abend lud die Mutter sie zum Essen ein, Glückwünsche erreichten sie von Lena und Finn, am nächsten Tag von Sylvia und Yvonne und in der folgenden Therapiestunde von Frau Grünheit.

Die Therapeutin lud sie noch einmal zu einer Imagination ein.

Auf ihrem See schwammen mehrere Enten und ein Schwan. Anna setzte sich an das Ufer und sah ihnen zu. Sturmwind graste auf der Wiese hinter ihr und schaute ab und zu herüber.

Die Enten schwammen heran, Anna fütterte sie mit altem Brot. Eine von ihnen kam näher, watschelte aus dem Wasser und setzte sich zu Anna. Diese streichelte ihr vorsichtig über den Kopf. Der Ente schien es zu gefallen, sie schnatterte leise und steckte dann den Kopf unter den Flügel.

Der Schwan betrachtete alles aus der Ferne, näherte sich aber schließlich doch der Gruppe. Anna hatte noch etwas Brot für ihn aufbewahrt und warf es ihm zu. Ruhig pickte er die Krumen auf und schaute Anna erwartungsvoll an. Schließlich schien sie zu verstehen. Sie zog ihre Kleidung aus und schwamm zum Schwan, der sie bereits erwartet hatte. Gemeinsam durchquerten sie den See und landeten am gegenüberliegenden Ufer im Schilf. Hier entdeckte Anna ein Nest mit größeren Eiern, auf die sich der Schwan niederließ.

Anna freute sich, dass sie das Nest sehen durfte. „In Wirklichkeit hätte ich mich nie zu einem Schwan ins Wasser getraut, aber egal. – Irgendwie erinnert er mich an die Schwanenmutter in meinem Genogramm. Das war doch für die Mutter von Opa Franz. Und die Ente, die so nah bei mir saß, könnte meine sein.“ Anna lächelte. „Sie sind alle zu mir und meinem See gekommen.“

Dem konnte Erika Grünheit nur zustimmen. Die kleine Ente hatte sich bereits in den Stunden freigeschwommen und ihren Platz in einem See mit anderen Artgenossen gefunden. Annas bestandene Führerscheinprüfung passte dazu. Sie zog sich deutlich weniger in ihr Zimmer zurück und traf sich regelmäßig mit ihren beiden Freundinnen. Und die Begegnung mit dem brütenden Schwan? In ihren Aufzeichnungen las Erika Grünheit nach, was sie zu dem Schwan mit den Jungen auf dem Rücken notiert hatte. Anna hatte es für die Urgroßmutter ausgesucht, die nach dem Krieg ihre Kinder allein aufzog. Im Bild hatte sie so angerührt, wie die Schwanenmutter ihre Kleinen mit den Flügeln schützte. Sie wirkte auch weniger angestrengt als die Urgroßmutter selbst. Im Tagtraum zeigte sie Anna ihr Gelege. In Anna entstand auch etwas Neues, Lebendiges. Hatte sich Anna zuvor in Sorge um die Mutter kaum aus dem Haus getraut, schien sie jetzt Zugang zu ihren lebenstüchtigen, selbstfürsorglichen Anteilen zu finden.

Zwei Tage vor der nächsten Stunde träumte Anna:

Sie befand sich in ihrem Wohnzimmer. Es war aber anders eingerichtet. Hinter einem Sofa stand ein großer Eichen-Wandschrank mit geschlossenen Türen an den Seiten und offenen Fächern in der Mitte. Hier entdeckte sie einige Bücher und eine Dose, die Annas Aufmerksamkeit auf sich zog. Sie schien ebenfalls älter zu sein, wies auch einige Beulen auf und war ziemlich verkratzt. Anna nahm sie in die Hand und erkannte eine vergilbte Aufschrift auf dem Deckel. Sie entzifferte: Karl ..., geb. 1940, gest. 1989. Erschrocken stellte sie die Dose zurück ins Regal.

Anna brachte den Traum mit in die nächste Stunde.

„In der Dose war wohl die Asche von meinem Opa Karl. Die Punkte standen wohl dafür, dass nicht klar ist, wie er richtig hieß. Müller war ja der Name der Adoptiveltern. Geburts- und Todesjahr stimmen. Aber was machte er in dem alten Schrank? Und der wiederum in unserem Wohnzimmer?"

„Vielleicht fällt dir was dazu ein. Dein Großvater war ja einige Zeit Thema und auch der Auslöser für deine Nachforschungen und für das Genogramm."

Anna runzelte die Stirn. Nach einer kurzen Pause begann sie: „Es könnte sein, dass der Schrank in der Wohnung von Oma Klara und Opa Kars stand. Da würde er hinpassen. Ich muss mal Mama fragen, wie er aussah. Und die Dose mit der Asche im Schrank: als wäre Opa Karl noch gar nicht richtig beerdigt, jedenfalls nicht für unsere Familie."

„Er wurde auch lange Zeit totgeschwiegen", ergänzte Frau Grünheit. „Und bis auf deine Tante Gerda wusste ja keiner von euch etwas von seiner wirklichen Herkunft und seinem Tod."

Anna nickte.

„Hast du eine Idee, wie ihr ihn richtig beerdigen könntet?"

„Sie meinen, wo die Dose hin soll?“

„Das könntest du dir doch mal vorstellen.“

Anna blickte aus dem Fenster; ihr Blick fiel auf den Baum auf der anderen Straßenseite.

„Eigentlich müssten wir ihn in seiner Heimat in Polen begraben, aber wir wissen ja nicht genau, wo er da herkommt. – Wir könnten ihn zusammen in einen Wald bringen und unter einem Baum begraben. Von Tante Gerda und Mama weiß ich, dass er gerne mit seiner Familie im Park oder im Wald war.“

„Eine gute Idee. Wie könnte das denn aussehen?“

Anna schloss die Augen.

Gemeinsam mit ihrer Mutter, Lena, Tante Gerda und Oma Klara wanderte sie durch den Wald. Tante Gerda lief voran, sie trug auch die Tasche mit der Dose. Alle hielten Ausschau nach einem geeigneten Baum. Es war Anna, die vor einer mächtigen Eiche stehen blieb. „Wie wäre es mit dieser?“ fragte sie. Die anderen betrachten den Baum von allen Seiten und stimmten zu. Die Mutter trug den Spaten und begann ein Loch zu graben. Das dauerte einige Zeit, denn immer wieder traf sie auf Wurzeln und Steine. Lena und Anna lösten sie ab, bis das Loch tief genug war.

Jetzt stellte Gerda die Dose hinein. Nach einem Moment der Stille warfen alle abwechselnd Erde hinein, bis das Loch wieder gefüllt war.

„Das ist ein guter Platz für ihn“, befand Anna.

Erstaunlich, wie das Genogramm in Anna weiterarbeite, stellte Erika Grünheit fest. Jetzt übernahm Anna auch noch die Aufgabe, ihren Großvater zu beerdigen. Doch nicht sie allein, sie tat es mit ihrer Mutter, ihrer Großmutter, ihrer Tante und ihrer Schwester. Und sie tat es für diese und auch für sich selbst, um den dunklen Schatten des Großvaters loszuwerden.

Selbst überrascht über ihren spontanen Einfall, sprach Anna noch am selben Abend mit ihrer Mutter über den Traum und die Imagination.

Die Mutter hörte still und ernst zu, schwieg noch einen Moment, bis sie leise erwiderte: „Das ist erstaunlich, was du so träumst. Und die Idee, ihn im Wald unter einem Baum zu beerdigen, finde ich richtig gut.“ Und nach einer Pause: „Auch dass du mir das erzählt hast.“

Am folgenden Wochenende lud Herr Grote Brigitte und Anna zum Essen ein. Er führte sie in ein italienisches Restaurant, das Anna noch nie betreten hatte. Zu Beginn waren alle noch etwas beklommen, doch Herr Grote erwies sich als guter Erzähler, er berichtete von seinen ersten Erfahrungen in der noch jungen Zeitung. Als er auf seine erste Begegnung mit Brigitte vor fast zwanzig Jahren kam, bemerkte Anna amüsiert, wie die Mutter errötete. Bald bat Herr Grote Anna auch, ihn zu duzen, und zum Schluss erfuhr sie, dass die beiden in vier Wochen gemeinsam an den Gardasee fahren würden.

„Ich hätte auch nicht gedacht, dass ich noch mal so weit fahren würde", erklärte Brigitte, wieder leicht errötend, „aber Jürgen hat mir so davon vorgeschwärmt, dass ich jetzt auch Lust dazu habe. Und wir fahren ja mit dem Auto und lassen uns Zeit."

Der Juli begann wieder mit gemischtem Wetter. Kühlen Regentagen folgten kurze sonnige Perioden.

Doch Anna störte der stete Wechsel nicht. Die letzten Arbeiten des Schuljahres waren zwar geschrieben, doch war sie jetzt mit der Ferienplanung beschäftigt.

Die Zeit drängte, denn in zwei Wochen würden die Ferien beginnen.

Mit Finn hatte sie vereinbart, dass sie ihn gleich zu Beginn für zwei Wochen besuchen würde.

Die ersten Tage wollte er mit ihr in Kolding, seiner Heimatstadt, verbringen und anschließend zu einer gemeinsamen Radtour nach Møn aufbrechen. Finn liebte die Insel und wollte sie Anna zeigen.

Eine Woche nach ihrer Rückkehr plante Anna, als Begleiterin mit der Kirchengemeinde nach Frankreich zu fahren. Das war Yvonnes Idee, die selbst jedes Jahr mitfuhr und Anna überredet hatte mitzukommen. Sie müsse dafür auch nicht besonders religiös sein, ihre Aufgabe bestünde vor allem darin, die Kinder zu betreuen. Anna äußerte Bedenken, ihr könnte das Leben mit so vielen Menschen auf engem Raum schwerfallen, doch auch da beruhigte sie Yvonne. Es wären genügend Teamer dabei, so könne sie sich immer wieder zurückziehen.

Letztlich überzeugte Anna der Gedanke, noch einmal die bretonische Küste zu erleben, die sie zwei Jahre zuvor mit Sylvia kennengelernt hatte. Zudem musste sie für die Fahrt nichts zahlen, so konnte sie sich diese Reise auch noch leisten.

In der letzten Stunde vor den Ferien berichtete Anna von ihren Reiseplänen.

Die Entscheidung, Finn zu besuchen, war ihr nicht leichtgefallen, doch sie konnte ihn nicht noch einmal vertrösten.

„Ich habe so gar keine Lust, seine Eltern kennenzulernen."

Als Anna Frau Grünheits fragenden Blick sah, ergänzte sie: „Die Mutter ist Anwältin und der Vater Internist. Mit solchen Leuten hatte ich noch nie etwas zu tun."

Anna bedauerte, dass keine Zeit für den Besuch ihrer Großmutter Helga blieb. Aber sie hatte fest vor, in den Herbstferien zu ihr zu fahren. Da könnte sie auch bei ihrem Vater vorbeischauen, der um diese Zeit zu Hause wäre, sie hatte ihn bereits gefragt und sich bei beiden angemeldet.

Thema war zum Schluss noch die mögliche Therapieverlängerung. Es blieben noch fünf von den fünfzig genehmigten Sitzungen übrig, so musste Frau Grünheit erneut einen Bericht schreiben. Dieses Mal würden wohl letztmalig dreißig Stunden genehmigt werden.

Zwar stellte Anna fest, dass sich in den letzten Monaten ihre Stimmung noch einmal deutlich verbessert hatte, aber sie wünschte sich noch mehr Sicherheit. „Wenn ich daran denke, welche Angst ich vor der Reise zu Finn habe, brauche ich doch noch einige Zeit."

57. Ferien mit Finn

Zwei Tage später, um neun Uhr in der Frühe, saß Anna im Zug nach Hamburg. Mit ihrem prall gefüllten Rucksack hatte sie sich allein auf den Weg gemacht, da ihre Mutter bereits um acht Uhr in der Redaktion sein musste. Mit Glück war es ihr gelungen, einen der wenigen freien Plätze zu ergattern. Noch müde von dem kurzen, unruhigen Schlaf in der Nacht schloss sie die Augen. Der Gedanke, zwei Wochen mit Finn in der fremden Umgebung zu verbringen, löste nach wie vor Unbehagen aus. Und jetzt stand die Begegnung mit ihm und seiner Familie unmittelbar bevor.

Anna schaute aus dem Fenster, aber Sturmwind mochte nicht erscheinen. So holte Anna einen Reiseführer aus dem Rucksack, ein Geschenk ihrer Mutter für die Ferien, und begann zu lesen. Sie vertiefte sich in die dänische Geschichte, setzte die Lektüre auch nach dem Umsteigen in den Zug nach Flensburg fort. Auf der letzten Etappe versuchte sie, einige Redewendungen zu wiederholen, die sie bereits einige Wochen zuvor geübt hatte.

Am frühen Nachmittag erreichte sie Kolding. Sie atmete tief durch, schulterte den Rucksack und stieg als Letzte aus dem Zug. Beim Umschauen entdeckte sie gleich Finn an seinen lockigen Haaren und seinem aufgeregtem Winken. Strahlend nahm er sie in Empfang.

„Anna, ich freue mich so, dass du gekommen bist!“

Er nahm ihr den Rucksack ab, gemeinsam gingen sie zum Platz vor dem rotgeklinkerten Bahnhof.

„Ich hatte Glück und gleich einen Parkplatz gefunden.“

Mit dem Auto seiner Mutter fuhren sie aus Kolding hinaus. Der Blick öffnete sich auf das Wasser.

„Meine Eltern haben am Fjord gebaut. Sie segeln sehr gerne“, erklärte Finn.

Vor einem gelben Holzhaus hielt Finn an. Mit gemischten Gefühlen musterte Anna das gepflegte Anwesen direkt am Wasser. Doch viel Zeit blieb ihr nicht. Finn schulterte ihren Rucksack, öffnete die Haustür und bat sie herein.

Erleichtert stellte Anna fest, dass sie noch allein waren. Finn führte sie durch das Haus. Vor allem das Wohnzimmer beeindruckte Anna; die großen Fenster und Türen ließen viel Licht hinein, der Blick öffnete sich auf den Fjord. Eingerichtet war der Raum mit hellen Holzmöbeln und eine beigen Ledergarnitur, alles sehr edel, stellte Anna fest. Auch aus Finns Zimmer konnte sie auf das Wasser schauen. Er hatte sich für einfache, wenige Kiefernmöbel entschieden, ein Holzregal, ein Bett, ein Wandschrank und ein kleines Sofa füllten den kleinen Raum. Zwei Gitarren hingen an der Wand.

Zum Schluss zeigte Finn Anna das Gästezimmer, in dem sie die nächsten Tage wohnen würde. Es war ähnlich eingerichtet wie Finns Raum, ebenfalls mit Aussicht auf das Wasser.

Für einen Moment ließ Finn sie allein. Anna packte ihren Rucksack aus und legte sich auf das Bett. Für einen Augenblick nickte sie weg und schrak auf, als Finn an die Tür klopfte und sie zum Kaffeetrinken einlud.

Er hatte auf der Terrasse gedeckt. Anna nahm neben Finn auf der Holzbank Platz, beide tranken ihren Kaffee und aßen Apfelkuchen. Erst jetzt stellte Anna fest, wie hungrig sie war. Der Kaffee belebte sie, die Nachmittagssonne wärmte, und sie schaute gemeinsam mit Finn auf die Segelboote, die auf dem Fjord kreuzten. Langsam entspannte sich Anna, fuhr aber zusammen, als sich die Terrassentür öffnete und eine rotblonde Frau erschien.

Lächelnd trat sie den beiden entgegen, Anna erkannte die Haarfarbe und Locken Finns wieder, ebenso die schlanke, große Gestalt. Sie trug ein elegantes blaues Kostüm, die Schuhe hatte sie aber bereits ausgezogen, lief ihnen barfuß entgegen.

Anna erhob sich, und Finn stellte sie seiner Mutter vor. Diese reichte ihr die Hand und begrüßte sie freundlich auf Deutsch: „Schön, dass du gekommen bist. Finn war ja schon bei euch zu Gast. Bitte duze mich auch, das ist bei uns so üblich. Ich heiße Grete."

Für einen Moment verschwand die Mutter, um sich umzuziehen, und kam in Jeans und T-Shirt zurück. Finn hatte in der Zwischenzeit ein drittes Gedeck geholt, und die Mutter setze sich zu ihnen. Sie fragte Anna nach ihrer Reise, ließ sie danach zum Glück wieder in Ruhe.

Eine Stunde später traf Finns Vater ein. Auch er hieß Anna willkommen, bat sie, ihn Jus zu nennen, und nahm am Tisch Platz. Müde sah er aus, fand Anna. Wie zur Bestätigung lehnte er sich zurück und schloss die Augen. Er wirkte älter als seine Frau, bestimmt über fünfzig, schätzte Anna, die kurz geschnittenen Haare bereits ergraut. Es sei in der Praxis sehr voll gewesen wäre, berichtete er, wandte dann seine Aufmerksamkeit Anna zu. Ob sie denn schon öfter in Dänemark gewesen wäre, wollte er wissen. Anna bejahte dies, und erzählte von den vielen Reisen in der Kindheit, vor allem an die Nordseeküste. Alle Ortsnamen wusste sie nicht mehr, doch immer lagen die Campingplätze oder Ferienhäuser in Strandnähe. Sie konnte sich noch gut an die Wege durch die Dünen zum Wasser erinnern, an die lauten Schreie der Möwen und das Rauschen der Wellen.

Finns Eltern hörten zu und nickten. Die nächsten Tage würde sie ja genug Wasser erleben, meinte Jus, in Kolding wie auch auf ihrer Fahrradtour.

„Zeit für das Abendessen", meinte Grete und erhob sich. Anna bot ihre Hilfe an, so deckte sie zusammen mit Finn das Kaffeegeschirr ab und neue Teller, Gläser und Bestecke auf. Brot, Fischsalate, Wurst, Käse, eingelegte Gurken und Brot bedeckten fast vollständig den großen Holztisch. Jus sorgte für Getränke, er öffnete eine Flasche Rotwein und goss ein.

Anna trank nur ein halbes Glas, aß mit wenig Appetit. Angespannt versuchte sie der Unterhaltung zu folgen und wurde immer müder.

Als gegen zehn Uhr die Dämmerung einsetzte, konnte sie kaum noch die Augen offenhalten.

Finns Mutter bekam mit, wie sie immer blasser wurde und gänzlich verstummte.

„Das war ein langer Tag für uns alle, ich glaube, es wird Zeit, dass wir schlafen gehen."

Gemeinsam deckten sie den Tisch ab, und Anna verabschiedete sich von Grete und Jus.

Finn brachte sie zu ihrem Zimmer, umarmte sie und wünschte ihr eine gute Nacht.

Erleichtert, den ersten Abend in Finns Familie trotz ihrer Müdigkeit und Anspannung gut überstanden zu haben, verkroch sich Anna in ihr Bett.

Sturmwind schaute durch das Fenster der kleinen gelben Hütte und wieherte leise.

Und schon war sie eingeschlafen.

Am nächsten Morgen wachte Anna verwirrt auf; sie wusste zunächst nicht, wo sie war. Doch nach einem Blick aus dem Fenster auf das Wasser erkannte sie den Fjord wieder und erinnerte sich. Sie entdeckte auch eine Möwe, die sich auf der Terrasse niedergelassen hatte und vom Abendessen übrig gebliebene Brotkrumen pickte. In der Ferne kreuzte bereits ein Segelboot.

Anna streckte sich und sog den Meeresgeruch ein. Doch wenig später dachte sie an Finn und seine Eltern. Was würde heute auf sie zukommen? Gestern hatte sie sich trotz der Fremdheit recht wohlgefühlt, Jus und Grete waren nett gewesen, doch das könnte ja noch anders werden. Anna fürchtete, nach der eigenen Familie ausgefragt zu werden, selbst auf dem Prüfstand zu stehen.

Sie schaute auf ihren Wecker: bereits neun Uhr. Schnell sprang sie aus dem Bett und machte sich in ihrem eigenen Bad fertig.

In der Küche traf sie nur noch Finn an, auch er war gerade aufgestanden und kochte Kaffee.

Erleichtert stellte Anna fest, dass seine Eltern das Haus bereits verlassen hatten.

Nach dem Frühstück holte Finn zwei Räder aus der Garage, und sie brachen zu einer Fahrt nach Kolding auf.

Zunächst fuhren sie noch den Fjordvej entlang. Immer wieder erhaschte Anna einen Blick auf das Wasser. Nach wenigen Minuten wurde die Bebauung dichter, sie erreichten die Innenstadt.

Doch kurz darauf führte ihr Weg wieder an einem Ufer eines kleinen Binnensees entlang.

Finn sah Annas überraschten Blick und lächelte. „Wie mein Vater schon sagte: Du wirst hier immer wieder auf Wasser treffen, auch in Kolding.“

Das Schloss Koldinghus, ihr erstes Ziel, grenzte an diesem See. Anna und Finn verbrachten den Vormittag im Schloss und dem Park. Anschließend besuchten sie die Innenstadt. Finn zeigte Anna den Marktplatz und einige Bürgerhäuser aus dem siebzehnten Jahrhundert, doch er stellte fest: „In Kolding gibt es kein gut erhaltenes altes Stadtzentrum, auch keinen so schönen Marktplatz oder euren Schnoor in Bremen."

Am Nachmittag kehrten sie zu Finns Elternhaus zurück. Finn lud Anna noch zu einem Bad am eigenen Steg ein. In ihrem Zimmer nahm sie kurz den Bikini in die Hand, zog dann aber doch ihren Badeanzug an. Gemeinsam schwammen sie eine Weile im klaren Wasser des Fjordes und ließen sie sich auf den Liegestühlen nieder. Anna schloss die Augen und nickte ein. Der Tag hatte ihr gut gefallen.

In den nächsten zwei Tagen zeigte Finn Anna auf ihren Wunsch seine ehemalige Schule, seine Lehrfirma und die Häuser, an denen er zuletzt als Zimmermannslehrling mitgearbeitet hatte. Es waren vor allem Holzhäuser am Rande von Kolding, so lernte sie immer mehr von der Stadt und der Umgebung kennen.

Am Samstagabend zündete Finns Vater den Grill an. „Das ist eine der Lieblingsbeschäftigungen von uns Dänen", erklärte er Anna schmunzelnd.

Seine Frau und er hatten bereits einen Segelausflug hinter sich und wirkten sehr entspannt.

Bald roch es würzig nach den gebratenen Würsten und dem Fleisch, Anna schmeckte es. Sie fühlte sich erstaunlich wohl in Finns Familie, war aber immer noch auf der Hut. Schließlich traute sie sich, Grete nach ihrer Arbeit zu fragen. Bereitwillig gab diese Auskunft: „Ich arbeite vor allem als Familienanwältin, unterstütze Frauen bei der Scheidung und bei Sorgerechtsentscheidungen. Es kommen aber auch Männer zu mir, doch das sind nicht so viele. Wie bei euch nehmen die Scheidungszahlen stetig zu, und es geht häufig auch um die Kinder, die leider Gottes die Leidtragenden sind. Die Eltern nehmen bei ihren Auseinandersetzungen häufig wenig Rücksicht auf die Kinder. Da sehe ich es als meine Aufgabe, dass die Eltern zu einvernehmlichen Entscheidungen kommen und sich das Sorgerecht teilen. Doch das geht nicht immer."

Anna nickte, sie musste an ihre eigene Familie denken. Ob Finns Mutter wusste, dass ihre Eltern geschieden waren?

Seine Frau umarmend, erwiderte Jus scherzhaft: „Da wir durch die Arbeit von Grete wissen, wie anstrengend und teuer eine Scheidung ist, sind wir immer noch zusammen."

„Das dachte ich mir schon, dass das der einzige Grund ist, warum ihr noch nicht getrennt seid", fügte Finn lächelnd hinzu.

Grete lachte, wurde aber gleich wieder ernst. „Ich sehe vor allem das Wohl der Kinder und arbeite deshalb eng mit Psychologen und Sozialarbeitern des Jungendamts zusammen, die in die Familie gehen und die dort sehen, wie es den Kleinen dort geht, und begutachten, bei wem die Kinder leben sollen und Hilfestellungen bei Problemen geben."

Anna konnte sich nicht erinnern, ob es bei der Scheidung ihrer Eltern Kontakte mit dem Jugendamt gab. Anscheinend hatte es keine Streitigkeiten über das Sorgerecht gegeben, wohl aber über finanzielle Fragen.

„Wie ist das denn mit dem Unterhalt?" fragte sie. „Gibt es da auch viele Auseinandersetzungen in Dänemark?"

Grete schüttelte den Kopf. „Nein, das spielt bei uns keine so wichtige Rolle. Die meisten Mütter bekommen ihre Kinder erst, wenn sie ihre Karriere gesichert haben, achtzig Prozent sind berufstätig. Sie verdienen zwar im Durchschnitt weniger als die Männer, aber der Unterschied ist nicht so groß wie in anderen Ländern."

„Das hört sich gut an", erwiderte Anna nachdenklich.

„Anna, du fragst so interessiert nach meiner Arbeit. Hättest du denn Lust, Jura zu studieren und selbst Familienanwältin zu werden?"

Unmerklich zuckte Anna zusammen, entspannte sich aber wieder. Immerhin hatte Grete nicht danach gefragt, ob sie und ihre Familie persönlich von dem Thema betroffen waren. „Ich weiß nicht", erwiderte sie ausweichend. „So richtig habe ich mich noch nicht damit beschäftigt, was ich mal werden will. Aber schlecht wäre ein Jurastudium nicht."

„Und wie wäre es mit Medizin? Ich bin gerne Arzt und kann den Beruf auch sehr empfehlen", sagte Jus.

„Das hört sich aber nicht immer so an, wenn du müde nach Hause kommst und über die viele Arbeit und die Dokumentationspflicht stöhnst", wandte Finn ein.

„Das stimmt, die lange Arbeitszeit ist anstrengend, und die Bürokratisierung nimmt einen immer größeren Raum ein", räumte Jus ein. „Aber die Arbeit mit dem Patienten möchte ich nicht missen."

„Meine Schwester Lena studiert Medizin. Ich finde, das ist ein guter und wichtiger Beruf. Aber ob er der richtige für mich wäre, weiß ich noch nicht. Ich lasse mir noch etwas Zeit mit der Entscheidung, welchen Beruf ich einmal ergreifen möchte. Mich interessiert auch Journalismus oder Psychologie. Ich mache im nächsten Frühjahr Abitur, und da sollte ich schon wissen, was ich werden möchte.“

Am Sonntagmorgen nach dem Frühstück brachen Anna und Finn zu ihrer Fahrradtour nach Møn auf. Grete und Jus wünschten ihnen eine gute Fahrt, sie selbst würden zu einem Segeltörn aufbrechen.

Finn hatte die Radtour gut vorbereitet. Er kannte die Strecke, war sie schon mehrfach mit Freunden gefahren. So führte er Anna über ruhige Nebenstraßen und -wege, durch schöne Landschaften und kleine Ortschaften über die Inseln. Siebzig bis achtzig Kilometer würden sie jeden Tag zurücklegen und in drei Tagen Møn erreichen. Der Gedanke an die geplanten Übernachtungen im Zelt erfüllte Anna mit Unbehagen, doch sie versuchte nicht daran zu denken und trat stattdessen kräftig in die Pedalen.

Die Sonne schien, nur ein leichter Gegenwind hinderte ein wenig das Vorwärtskommen.

Nach knapp zwei Stunden erreichten sie Fredericia, die alte Festungsstadt an der Ostsee. Sie liefen auf dem hohen Wehrwall und schauten über die gerade angelegten Straßen weit hinaus auf das Meer.

Weiter ging ihre Fahrt zur Insel Fünen, an deren Küste entlang durch breite Strandwiesen und um eingedämmte Fjorde. Der Blick öffnete sich über den Belt mit seinen vielen Buchten und Nehrungen. Die Sonne schien, und der Wind trieb die Wolken über den Himmel und machte es den beiden schwerer vorwärtszukommen.

Am Abend erreichten sie das kleine Hafenstädtchen Assens. Auf einem Campingplatz am Meer schlug Finn das Zelt für sie beide auf. Im nahen Imbiss aßen sie zu Abend. Zwar war Anna auch in Bremen und der Umgebung schon häufiger mit dem Rad unterwegs gewesen, doch noch nie auf einer so langen Strecke und dazu mit dem heftigen Gegenwind. Sie war viel zu müde, um sich Sorgen über die erste gemeinsame Nacht im engen Zelt zu machen. So kroch sie neben Finn in ihren Schlafsack. Nach wenigen Minuten hörte sie seinen ruhigen Atem und konnte ebenfalls einschlafen.

Am nächsten Tag nahm der Wind ab, doch die Landschaft wurde hügeliger, so dass beide bergauf immer wieder kräftig in die Pedale treten mussten. Außer Atem erreichte Anna die Kuppe, bergab konnte sie ein wenig verschnaufen. Finn schien die Steigungen leichter zu nehmen, doch für Anna waren sie ungewohnt, kannte sie doch nur die Radtouren im flachen Land.

Als sie mittags Svendborg im Süden Fünens erreichten, war ihnen die Pause sehr willkommen. Sie schoben die Räder durch das lebendige Städtchen.

Am Nachmittag fuhren sie weiter über zwei Brücken nach Langeland. Sie durchquerten die Insel und übernachteten auf einem Zeltplatz an der Ostsee. Wieder kroch Anna todmüde zu Finn ins Zelt und schlief bis zum nächsten Morgen.

Früh setzten sie mit der Fähre zur Insel Lolland über. Der Wind hatte gedreht und schien sie anzuschieben; das Fahren fiel Anna jetzt deutlich leichter.

Wie Finn es geplant hatte, erreichten sie am dritten Abend Møn.

Er strahlte: „Anna, hier wird dir gefallen. Morgen zeige ich dir die Kreidefelsen. Und es gibt noch viel mehr zu sehen."

Doch erst einmal suchten sie den kleinen Campingplatz an der Südwestküste von Møn. Ganz nahe am Strand bauten sie das Zelt auf.

Drei Tage verbrachten sie auf der Insel. Anders als vorher ließen sie sich viel Zeit, die einzelnen Orte, die vielen Hünengräber und Kirchen kennenzulernen. Besonders die Kreidefelsen gefielen Anna, die weite Aussicht von oben über die klare, blaue Ostsee, von unten der Blick auf die weiße, hohe Steilwand. Am Ufer suchten sie nach Kreidesteinen und badeten im Meer.

Am Abend saßen sie noch lange am Strand. Finn erzählte Anna von seiner Arbeit, erstmals gestand er ein, dass er unter Höhenangst gelitten hatte.

„Deshalb habe ich auch das Zimmerhandwerk lernen wollen. Da muss ich nach oben, um den Dachstuhl mit aufzubauen. Ich wollte diese Angst unbedingt loswerden."

Die ersten Monate war es ihm in der Höhe schlecht gegangen, jedes Mal kostete es ihn viel Überwindung, hinaufzusteigen. Er bemühte sich, nicht hinunterzuschauen, dennoch wurde ihm schwindelig und übel. Und die anderen sollten ja auch nichts merken. Doch mit der Zeit ließ die Angst nach.

„Heute auf dem Kreidefelsen konnte ich für einen kurzen Moment sogar runterschauen. Das ging bei den letzten Besuchen gar nicht."

Still hörte Anna zu, berührt von Finns Offenheit.

Jetzt konnte auch sie erzählen, dass sie Schwindel und Übelkeit kannte, wenn auch in anderen Situationen. Sie sprach von Bernd, ihrer Angst vor Nähe und von ihrer Therapie. Endlich verstand Finn, warum Anna Berührungen so wenig aushalten konnte.

Er erfuhr von der Trennung ihrer Eltern, den wiederkehrenden Depressionen der Mutter und Annas Gefühl, für diese verantwortlich zu sein. Auch von der Sorge ihrer Mutter um sie, da Anna so zurückgezogen lebte.

„Lena war da immer anders, hatte viele Freunde und war oft unterwegs. Meine Mutter wollte, dass ich genauso sein sollte."

Das kam Finn wiederum bekannt vor. Sein großer Bruder Jan stand häufig im Mittelpunkt; in der Schule und in der Familie. Er selbst war von Anfang an zurückhaltender; es ärgerte ihn, wenn Jan wieder einmal alle Aufmerksamkeit am Mittagstisch für sich einnahm und dauernd Thema der Gespräche seiner Eltern war.

Die beiden saßen noch eine Weile schweigend am Strand, Anna an Finns Schulter gelehnt, Finn seinen Arm um sie gelegt. Als die Dunkelheit das Meer verschluckte, war es Zeit zum Aufbrechen. Im Zelt schlüpften sie in ihre Schlafsäcke. Finn umarmte Anna, sie wünschten sich eine gute Nacht.

Wieder wartete Anna, bis sie Finns ruhigen Atem vernahm, in Gedanken noch mit dem abendlichen Gespräch beschäftigt. Endlich konnte auch sie einschlafen.

Am nächsten Morgen machten sie sich auf den Rückweg, für den Finn eine andere Route gewählt hatte. Nach drei Tagen erreichten sie Kolding. Da Finns Eltern noch mit ihrem Segelboot unterwegs waren, verbrachten sie ihren letzten gemeinsamen Abend allein auf der Terrasse, eng aneinander geschmiegt auf der Gartenbank und schauten auf den stillen Fjord.

Der Abschied am Bahnsteig fiel beiden schwer. Sie versprachen, einander in den Herbstferien wiederzusehen.

58. Das Ende der Ferien

Die Woche zu Hause verging wie Fluge. Brigitte kehrte zwei Tage später vom Gardasee zurück. So entspannt und glücklich hatte Anna sie noch nie erlebt. Am ersten Abend saßen sie in der Küche und erzählten einander von ihren Erlebnissen im Urlaub. Anna hörte sich selbst über die dänische Landschaft und vor allem über Møn schwärmen, und sah den lächelnden Blick der Mutter.

Einen Tag vor der Abfahrt in die Bretagne erkrankte Anna an einer Grippe. Mit hohem Fieber und Halsschmerzen lag sie im Bett und musste ihre Teilnahme an der Reise absagen. Mit heiserer Stimme telefonierte sie mit Yvonne, die am Abend noch einmal vorbeischaute und ihr gute Besserung wünschte. Anna hörte die Enttäuschung in Yvonnes Stimme, sie fühlte sich nach dem Telefonat noch schlechter.

Nach zwei fiebrigen Tagen schaute Frau Becker vorbei und verordnete ein Antibiotikum gegen die Angina. Mithilfe der Medizin klagen Annas Beschwerden schnell ab, doch sie fühlte sich auch in der folgenden Woche noch schwach und wenig belastbar.

In Gedanken war sie oft in der Bretagne, fragte sich, wie es ihr dort wohl ergangen wäre. Sie sah sich mit den Kindern und Jugendlichen am Strand und in den Zelten. Wäre ihr das alles nicht zu viel geworden?

Doch jetzt war sie allein zurückgeblieben. Sylvia war mit Max verreist, Lena mit ihren Freunden an der Ostsee. Wie so oft unternahm Anna lange Spaziergänge mit ihrem Fotoapparat durch den Stadtpark, fuhr auch mit dem Rad ins Umland und fotografierte.

Doch schaffte sie es nicht, ihre dunklen Gedanken zu verscheuchen. Sie sehnte sich nach Finns Nähe und dem Austausch mit ihren Freundinnen.

Brigitte, immer noch belebt vom Gardasee und ihrer neuen Liebe, bemerkte wohl, dass sich die Stimmung ihrer Tochter eintrübte. Sie sorgte sich zwar um Anna, suchte aber auch nach einer Idee, sie aus ihrer schlechten Laune herauszuholen. Schließlich schlug sie vor, Anna könne doch noch einmal ihre Großmutter in Bayern besuchen.

„Im letzten Sommer habt ihr euch so wohl bei ihr gefühlt. Du kannst doch auch allein hinfahren. Zeit genug bleibt ja noch. Frag Oma Helga doch mal, ob du kommen kannst.“

Anna dachte nach. Im Augenblick erschien ihr der Gedanke an eine erneute Reise wenig verlockend; sie konnte sich in ihrer Stimmung nur schwer wieder auf den Weg machen. Doch sie wusste auch, dass sie Gefahr lief, sich in ihrer Schwermut zu verlieren. So rief sie ihre Großmutter an.

Diese war begeistert. „Welch eine Überraschung! Natürlich kannst du kommen! Das Wetter ist wunderbar, der See warm, und ich könnte deine Hilfe bei der Ernte gut gebrauchen.“

So saß Anna einen Tag später erneut in einem Zug. Dieses Mal fuhr er in den Süden. In München würde sie umsteigen und am frühen Abend Bad Tölz erreichen.

Anna dachte an die Autofahrt mit Lena im letzten Jahr, die vorbeiziehende Landschaft schien ihr vertraut, doch es fehlte ihre Schwester und die gemeinsame Vorfreude auf den Besuch der Großmutter. In Gedanken war Anna noch einmal auf ihrer Fahrt nach Dänemark drei Wochen zuvor. Auch da hatte sie sich anders gefühlt, sie erinnerte sich daran, wie aufgeregt sie war. Einerseits hatte sie sich auf Finn gefreut, fürchtete aber seine Nähe und die Begegnung mit seinen Eltern. Jetzt spürte sie vor allem Trauer und Müdigkeit.

Doch als die ersten Zwiebeltürme der kleinen bayrischen Dörfer auftauchten, wurde Anna wieder wacher, ein warmes, heimatliches Gefühl breitete sich in ihr aus.

Als sie das strahlende Gesicht ihrer Großmutter am Bahnsteig sah, waren die trüben Gedanken verschwunden.

Sie hatte so viel zu erzählen, vom ganzen letzten Jahr wollte die Großmutter hören, von der Reise nach Møn, der Beziehung zu Finn, ihrer Therapie, den Nachforschungen zum Thema Lebensborn und dem Großvater Karl und den anderen Großeltern, ihrem Genogramm, der Radtour mit Finn und zuletzt auch die verpasste Reise in die Bretagne.

Im eigenen Sprechen und dem Erstaunen der Großmutter erlebte Anna, wie viel in dieser Zeit passiert war, wie sie sich selbst weiterentwickelt hatte.

„Kein Wunder, dass du vor der Bretagnereise krank wurdest", stellte die Großmutter fest. „Das wäre doch zu viel für dich gewesen. Du brauchst doch erst mal Zeit, um das alles zu verdauen."

Anna nickte. Letztlich war ihr der Gedanke auch schon gekommen, doch sie hatte ihn nicht wirklich annehmen wollen. Die anderen schienen ja so viel Erleben gut verkraften zu können.

Das bayerische Wetter zeigte sich wie im letzten Jahr wieder von seiner besten Seite. Jeden Tag ging Anna im nahen See schwimmen, manchmal begleitet von der Großmutter, die im Wasser langsam ihre Runden drehte oder am Ufer sitzend ihrer Enkeltochter zusah. Gemeinsam machten sie Ausflüge in die Umgebung und lange Spaziergänge, an den Nachmittagen ernteten sie Obst und Gemüse und kochten beides ein.

Nach einer Woche kam überraschend Annas Vater vorbei. Er war gerade mit seiner Familie aus dem Urlaub am Mittelmeer zurückgekehrt und war erstaunt, seine Tochter bei seiner Mutter anzutreffen.

Auch Anna freute sich, ihren Vater nach so langer Zeit wiederzusehen. Vor allem auch ohne Renate und die Kinder. Die Großmutter empfahl ihnen, sich nach draußen zu setzen, gab ihnen einen Saft und zwei Gläser mit und zog sich für eine Weile zurück. Die beiden nahmen auf den Gartenstühlen im schattigen Teil des Gartens Platz. Einen Moment schwiegen sie, keiner mochte so recht beginnen. Anna sah, dass ihr Vater vom Urlaub zwar braun gebrannt, aber wenig erholt aussah. Auch sein Haar war schütterer geworden und grauer als beim letzten Treffen. Schließlich fragte er, wie es ihr in der letzten Zeit ergangen wäre. Anna berichtete vom letzten Schuljahr und ihrer Reise nach Dänemark. Interessiert erkundigte sich der Vater nach den Einzelheiten ihrer Radtour, schien sich auch über ihre Freundschaft zu Finn zu freuen. Jetzt geriet ihr Gespräch in Fluss, Anna erzählte begeistert von der dänischen Landschaft, vor allem von den Kreidefelsen auf Møn und dem klaren Wasser der Ostsee.

Als sie geendet hatte, sprach ihr Vater von seiner Familie. Die beiden Kleinen würden sich gut entwickeln, Johann käme schon in die dritte Klasse und sei viel offener geworden. Amelies erster Schultag stünde bevor, und sie freue sich schon sehr.

Da fiel Anna auf, wie lange sie die beiden schon nicht mehr gesehen hatten. Drei Jahre waren seit dem Ostseeurlaub vergangen. Mit schlechtem Gewissen dachte sie an die Symbole, die sie für die beiden nach ihren Eindrücken aus dieser Zeit ausgesucht hatte. Vor allem Johann schien sich weiter entwickelt zu haben, vielleicht war er gar nicht mehr der Frosch in der Höhle.

Jetzt sprach der Vater auch von Renate; seit einem Jahr unterrichtete sie an einer neuen Schule. Zuerst habe sie sich dort wohler gefühlt, doch jetzt gäbe es Probleme mit der Leitung, und sie fühle sich auch von einigen schwierigen Kindern überfordert. Da hat sich nicht viel verändert, dachte Anna, der sich im Wasser spiegelnde Eisbär passt wohl doch noch.

Der Vater fragte nach Lena und schien sich zu freuen, dass es der Mutter besser ging und sie jetzt einen Freund hatte.

Nach einer Weile schaute der Vater auf die Uhr, beide waren erstaunt, wie schnell die Zeit vergangen war. Er bedauerte, das Gespräch beenden zu müssen, er würde zu Hause erwartet.

„Komm uns doch in den Herbstferien besuchen! Da hätten wir mehr Zeit füreinander", lud er sie ein.

Doch Anna reagierte ausweichend, „Ich habe mich für die Zeit schon mit Finn verabredet."

„Das ist doch in Ordnung, dann kommt ihr eben beide!" erwiderte der Vater begeistert. „Wir könnten zusammen in den Bergen wandern. Wie fändest du das?"

Anna dachte nach. „Ich werde das mit Finn besprechen", versprach sie.

Am nächsten Morgen trat Anna ihre Rückreise an. Die Großmutter brachte sie zum Zug, beide verabschiedeten sich herzlich. „Es war so schön, dass du da warst. Und dazu noch so überraschend. Du weißt, dass du immer bei mir willkommen bist, jederzeit!“

Auch Anna drückte ihre Großmutter noch einmal an sich. „Danke, die Tage bei dir haben mir so gutgetan! Ich komme gerne wieder!“

Zu Hause erwartete Anna ein Päckchen von Finn. Überrascht packte sie es aus. Eine kleine Kamera war darin enthalten mit einem kurzen Schreiben von Finn.

„Liebe Anna, ich hoffe, die Tage in Bayern haben Dir gutgetan, und Du konntest Dich von deiner Grippe erholen. Oft denke ich an unsere Fahrradtour zurück, ich vermisse Dich!

Es ist schade, dass wir so weit entfernt voneinander wohnen. Das E-Mail-Schreiben ist wohl auch in Ordnung, aber ich würde Dich gerne häufiger sehen. Daher schicke ich Dir die kleine Kamera mit der Anleitung, sie an Deinem PC zu installieren. Ich hoffe, Du bekommst es hin, sonst ruf mich an, und ich helfe Dir dabei. Wenn es geklappt hat, können wir miteinander skypen.

Liebe Grüße,

Finn“

Obwohl technisch wenig geübt, schaffte es Anna mithilfe der Gebrauchsanweisung, die Kamera zu installieren. Sie schickte Finn eine E-Mail, bedankte sich für das Geschenk und teilte ihm mit, dass sie erreichbar wäre.

Für den Abend verabredeten sie sich für den ersten Skype-Kontakt. Die Verbindung wurde gleich hergestellt, Finn erschien auf Annas Bildschirm, und sie sah auch sich selbst in dem kleinen Fenster, so wie Finn sie wahrnehmen würde. Aufgeregt und gleichzeitig befremdet sprach Anna mit Finn. Er war so nah und saß doch am Schreibtisch seines Zimmers in Kolding, das ihr ja vertraut war. Doch Finn schien mit dem Medium vertraut und freute sich, sie zu sehen, so wich auch nach wenigen Minuten Annas Beklommenheit. Zunächst berichtet Finn, wie es ihm seit ihrem Besuch ergangen wäre.

Nach der Rückkehr von ihrer Reise hatten seine Eltern sich nach ihrer Radtour erkundigt, sich auch positiv über Anna geäußert, sie wäre ein nettes, kluges Mädchen, wenn auch ein wenig schüchtern. Doch dann kam Jan zu Besuch und stand wie immer im Mittelpunkt. Inzwischen arbeitete Finn wieder, sein zweites und letztes Lehrjahr hatte begonnen.

Anna war überrascht über den Eindruck, den sie bei seinen Eltern hinterlassen hatte, fühlte auch mit, wie sich Finn durch seinen Bruder in den Hintergrund gedrängt fühlte.

Anschließend erzählte sie von ihrem Besuch bei der Großmutter und auch von der überraschenden Begegnung mit ihrem Vater und seiner Einladung an beide.

Finn freute sich darüber, vielleicht bekäme er im Herbst ein paar Tage frei und würde dann gerne mit ihr in die Berge fahren. Nach einer halben Stunde verabschiedeten sich Anna und Finn und verabredeten sich für den nächsten Abend erneut vor dem PC.

Anna saß noch eine Weile vor dem dunklen Bildschirm, noch ganz unter dem Eindruck des gerade Erlebten. So plötzlich, wie Finn aufgetaucht war, war er auch wieder verschwunden.

Die Stille füllte den Raum, Anna ging noch einmal das Gespräch durch. Was hatte er erzählt, konnte sie sich noch an alles erinnern? Wie hatte sie auf Finn gewirkt, hatte sie das Richtige gesagt? Der E-Mail-Austausch war so ganz anders, sie wechselten mit ihren Schreiben ab, sie konnte sich Zeit lassen beim Lesen und dem eigenen Formulieren.

Doch bereits nach wenigen Tagen wurden ihr die Internettreffen vertrauter. Sie freute sich auf die abendlichen Unterhaltungen mit Finn, fragte sich immer seltener, welchen Eindruck sie bei ihm hinterlassen hatte. Da sie sich so oft sprachen, wurde auch Alltäglicheres mitgeteilt, beide gewannen einen tieferen Einblick in das Leben des anderen.

59. Das dreizehnte Schuljahr

So berichtete Anna Finn auch von dem Beginn des Abiturjahres. Für sie waren die ersten Wochen weniger aufregend als die der zwölften Klasse; die Kurse und Lehrer waren dieselben geblieben, ebenso die meisten Mitschüler. Nur wurde immer wieder darauf hingewiesen, dass es jetzt um den Endspurt ging, sie müssten sich besonders anstrengen, vor allem in den Leistungskursen, um zu einem guten Schnitt zu kommen.

Doch das wusste Anna bereits; sie kannte ihre Stärken und Schwächen. Sie war sich immer noch nicht sicher, wohin sie sich beruflich orientieren sollte. So vieles kam ihr in den Sinn, doch so richtig konnte sie sich für kein Studienfach erwärmen.

Journalismus wäre so ein Thema, die Beschäftigung mit dem Lebensborn hatte ihr Interesse an Recherchen geweckt. Aber würde sie damit nicht zu sehr in die Fußstapfen der Mutter treten, ihren Berufswunsch erfüllen? Psychologie, ein interessantes Studium, sie konnte sich selbst gut als Therapeutin vorstellen und hatte dabei Frau Grünheit im Sinn. Doch würde sie auf Dauer den seelischen Nöten der anderen Menschen gewachsen sein? Würde deren Krisen sie nicht selbst herunterziehen?

Anwältin für Familienrecht, um die Kinder zu stärken, die unter der Trennung der Eltern leiden. Dabei musste sie an das Gespräch mit Finns Mutter denken. Doch würde ihr Einfluss begrenzt sein. Wie die betroffenen Kinder die Scheidung ihrer Eltern verkrafteten, konnte kein Anwalt regeln, höchstens ein wenig die äußeren Bedingungen dafür schaffen, dass die Eltern mit eine gemeinsamen Sorgerecht mehr im Sinne ihrer Kinder handelten, doch weitere Konflikte und Kämpfe konnte sie damit nicht vermeiden.

Oder sollte sie eine Fotografin-Lehre absolvieren, sie könnte so ihr Hobby zu ihrem Beruf machen. Sie wusste aber auch, wie schwer es sein würde, sich in diesem Beruf durchzusetzen und davon zu leben.

All das teilte sie Finn mit, auch ihre Gedanken, vielleicht wie ihre Schwester für ein soziales Jahr ins Ausland zu gehen.

Finn erwies sich hierbei als guter Gesprächspartner, er konnte zuhören, fragte nach, stimmte zu. Er brachte auch eigene Gedanken ein, versuchte sie aber nicht zu beeinflussen und von einem Beruf zu überzeugen.

Auch Finn beschäftigte das Thema, wie es für ihn am Ende seiner Lehrzeit weitergehen sollte. Er könnte ein Architekturstudium beginnen, Häuser entwerfen und bauen hatte ihn schon in seiner Kinderzeit fasziniert. Mit dem Erlernen des Zimmerhandwerks hatte er sich auch bewusst gegen die Familientradition entschieden, für die nach dem Abitur nur ein Studium infrage kam.

Sehr zum Entsetzen der Eltern hatte er sich nicht an einer der guten dänischen Hochschulen beworben, sie stattdessen mit einem Lehrvertrag eines Zimmermannsbetriebs seiner Heimatstadt überrascht. Am Anfang hatten ihm die Gesellen sehr mitgespielt, ihm den Akademikersohn vorgehalten, aber mit der Zeit hatten sie erkannt, dass er sich vor keiner Arbeit drückte und ihn in ihrem Kreis aufgenommen. Er konnte sich auch vorstellen, nach der Prüfung noch einige Zeit als Geselle zu arbeiten.

Dabei vermieden beide es darüber zu reden, wie es für sie beide weitergehen könnte. Erst einmal planten sie die Herbstferien. Finn erhielt für die Zeit eine Woche Urlaub; Anna teilte ihrem Vater mit, dass sie seine Einladung annehmen und gemeinsam kommen würden. Doch erst einmal wollten sie die Großmutter besuchen und die letzten drei Tage beim Vater und dessen Familie verbringen. Anna hatte sich hierfür entschieden, denn sie ahnte, dass die Tage mit Renate und den Kindern auch anstrengend werden könnten.

Der Vater schrieb Anna, seine Familie und er freuten sich auf ihren Besuch und wären auch mit der zeitlichen Regelung einverstanden. Vielleicht könnten sie sich ja auch vorher schon mal bei der Großmutter sehen.

Am ersten Schultag begegnete Anna Yvonne wieder, die begeistert von dem Ferienlager in der Bretagne berichtete und bedauerte, dass Anna nicht dabei sein konnte. Yvonne wollte wissen, ob Anna noch lange krank gewesen sei, und freute sich zu hören, dass diese schon bald wieder zu Kräften gekommen war.

Anna hatte sich zunächst vor der ersten Begegnung mit Yvonne gefürchtet aus Angst, sie würde vor ihr als Drückebergerin erscheinen, die ihre Krankheit nur vorgeschoben habe, um nicht mitfahren zu müssen. Doch erleichtert erfuhr sie, dass Yvonne nichts dergleichen annahm. Insgeheim war Anna froh, nicht mitgefahren zu sein, da waren die Tage bei ihrer Großmutter deutlich erholsamer.

Auch hiervon berichtete sie Finn, der ihr lächelnd zustimmte. „Das hast du dir nicht auch noch zumuten müssen."

Seltener berichtete Anna von ihren Therapiestunden.

In der ersten Schulwoche begannen auch ihre Sitzungen bei Frau Grünheit wieder.

Sie freute sich auf das Wiedersehen, wenn auch wie im letzten Jahr ein anfängliches Fremdheitsgefühl den Kontakt erschwerte. Die Pause war wieder sehr lang gewesen. Und da Anna mit Finn jetzt fast täglich im Gespräch viele ihrer Gedanken mitteilte, verspürte sie weniger Verlangen, dies noch einmal mit Frau Grünheit zu wiederholen.

Dennoch fasste Anna die Ereignisse zusammen, die Reise mit Finn, ihre Krankheit, die ausgefallene Bretagnereise, der Besuch bei der Großmutter, die Begegnung mit dem Vater, das Skypen mit Finn und der Beginn der dreizehnten Klasse. Dabei stellte sie fest, dass sich die Vertrautheit doch wieder einstellte, sie über einige Themen auch anders mit Frau Grünheit sprechen konnte.

So auch über ihre Beziehung zu Finn. Als Frau Grünheit sie danach fragte, wie diese sich entwickelt habe, dachte Anna für einen Moment nach.

„Da hat sich einiges verändert. Wenn ich daran denke, wie groß meine Angst am Anfang vor der Radtour war, ich hätte ja am liebsten alles abgesagt. Die Angst davor, seinen Eltern zu begegnen, dass mir in ihrer Gegenwart gar nichts einfiele und sie mich für blöd halten könnten. Das alles passierte nicht, sie waren sogar ganz nett. Zum Glück sind wir auch bald losgefahren, damit war die Zeit mit ihnen doch recht kurz, sonst hätte doch noch was Peinliches passieren können.“

„Und wenn nicht?“

Anna schaute irritiert Frau Grünheit an.

„Sie hätten feststellen können, dass ich aus einer verkorksten Familie komme, mich für ziemlich gehemmt und neurotisch halten können.“

„So wie du berichtet hast, arbeitet doch Finns Mutter als Anwältin mit den, wie du sagst, verkorksten Familien und hat viel Verständnis für diese. Hat das Ganze nicht eher was mit deinem Bild von dir selbst zu tun?“

Einen Moment schwieg Anna und nickte. „Da könnten Sie recht haben. Aber was mache ich jetzt mit der Erkenntnis?“

„Hältst du dich denn immer noch für so gehemmt und neurotisch?“

Anna schüttelte langsam den Kopf. „Nicht mehr so sehr, aber es ist schon noch was da.“

„Woran merkst du das?“

„In Beziehung zu Finn zum Beispiel. Wir haben ja in einem Zelt übernachtet. Am Anfang dachte ich, das würde ich gar nicht aushalten, dann war ich aber von dem vielen Fahren so müde, dass ich gleich weg war. Und später hatten wir so gute Gespräche, da erfuhr ich viel von ihm, auch wie ähnlich wir in vielem sind. Da bekam ich mehr Vertrauen, und es fiel mir nicht mehr schwer.“

„Kein Schwindel, kein Ohrensausen?“

„Eigentlich nicht“, stellte Anna erstaunt fest.

„Und wo ist jetzt das Gehemmte, Neurotische?“

„Na ja, das mit der körperlichen Nähe geht noch nicht. Küssen und umarmen ja, aber alles andere kann ich nicht. Also miteinander schlafen schon gar nicht.“

„Und du meinst, das wäre jetzt dran gewesen?“

„Normal wäre das doch gewesen. Und Finn hat das auch sicher erwartet.“

„Was ist denn normal? Was die anderen machen? Gleich oder nach wenigen Begegnungen miteinander ins Bett hüpfen? Das kann auch zu einem Druck werden, den sich junge Leute auferlegen und sich damit überfordern. Aber das ist noch mal ein ganz anderes Thema. Und wenn du an deine Entwicklung denkst, wäre es dann normal, in der ersten Woche allein mit Finn mit ihm zu schlafen? Hättest du dich da nicht überfordert?"

Anna nickte, im Blick aber noch einiger Zweifel.

„Und Finn hat dir mitgeteilt, dass er deswegen enttäuscht ist? Habt ihr darüber gesprochen?"

„Nein, gar nicht, als ich von meiner Angst vor Nähe sprach, da konnte er das gut verstehen."

„Er hat dir auch viel von sich erzählt, seiner Höhenangst, seinem Gefühl, in der Aufmerksamkeit der Eltern hinter seinem Bruder zurückzustehen, seinen eigenen Rückzugstendenzen. Wie wäre es denn, wenn ihm deine langsame Gangart, ich nenne das jetzt mal so, ganz recht ist?"

Erstaunt schaute Anna auf. „Das ist ein ganz neuer Gedanke."

„Und wie geht es dir damit?"

Anna schwieg einen Moment. „Eigentlich ganz gut. Dann muss ich kein schlechtes Gewissen haben. Und fühle mich auch nicht so unter Druck."

Zum Schluss der Stunde berichtete Frau Grünheit, dass sie die Mitteilung des Gutachters über die nochmalige Therapieverlängerung von dreißig Sitzungen erhalten habe. Anna war damit zufrieden, gerade heute hatte sie wieder erlebt, wie gut ihr die Stunden taten.

60. Noch mehr Skypen

Die Schule nahm erneut viel Raum in Annas Leben ein. Klausuren wurden geschrieben, Referate vorbereitet und gehalten. Doch wenn Anna an die Grenze ihrer Aufnahmefähigkeit gekommen war, fuhr sie mit dem Fahrrad in den Park und fotografierte. Inzwischen nicht mehr nur Landschaften, sondern auch Menschen. Mütter mit Kindern, alte Paare, Jogger mit Kinderwagen, auf den Spielplätzen des Parks die Kinder auf den Rutschen und Schaukeln. Viele der Aufnahmen löschte sie später wieder, sie waren unscharf oder gefielen ihr nicht. Einige wenige speicherte sie ab, schickte auch welche an Finn.

Er äußerte sich in den Skypesitzungen sehr positiv über ihre Fotos, vor allem die Kinderbilder hatten es ihm angetan, und er ermutigte sie, mit dem Fotografieren fortzufahren.

Sylvia kam nur noch selten vorbei, auch sie arbeitete intensiv für die Schule. Ihre Beziehung zu Max steckte wieder einmal in einer Krise, doch schien sie dies weniger zu bekümmern. Sie hatte eine klare Perspektive für die Zeit nach dem Abitur gefunden, ein Wirtschaftsstudium.

Da spätestens würden sich Max und ihre Wege trennen, erklärte sie Anna, denn sie gehe kaum davon aus, dass beide in derselben Stadt studieren würden.

Stattdessen sah Anna Lena häufiger, wenn auch am PC, denn beide skypten jetzt regelmäßig. Lernte eine von ihnen am Computer, schaute sie, ob die andere online war, so gab es viele spontane Begegnungen, in denen sie sich kurz austauschten.

Auch ihre Tante Gerda kannte sich gut mit den neuen Medien aus. So verabredeten sich Anna, Lena und Gerda einmal mit Monat mit ihr, meistens am Sonntag früh. Für Gerda klang das Wochenende zu diesem Zeitpunkt gerade aus. Zur Zeitverschiebung kamen noch die gegensätzliche Jahreszeit und das unterschiedliche Klima. Hatte sich in Deutschlands Norden der Sommer längst verabschiedet und die Laubfärbung eingesetzt, berichtete Gerda von steigenden Temperaturen um fünfundzwanzig Grad. Die Schwestern sahen sie in leichter sommerlicher Bekleidung und hörten von langen Strandspaziergängen und Bädern um Meer, von denen beide nur träumen konnten. Doch Gerda erzählte auch, dass in den nächsten Monaten bis zu vierzig Grad gemessen würden und der Aufenthalt im Freien vor allem in der Mittagszeit kaum auszuhalten wäre. In diesen Momenten sehnte sie sich nach den kühlen winterlichen Temperaturen Deutschlands, vor allem nach dem verschneiten Wald.

Mehr noch wollte sie von ihren Nichten wissen, wie es ihnen in den vergangenen Wochen ergangen war, nahm sehr genau veränderte Stimmungen wahr, kommentierte neue Frisuren und Kleidung. Auch die Frage, wie es ihrer Schwester ginge, kam regelmäßig, so war sie gut über die Entwicklung ihrer Beziehung zu Peter Grote informiert.

Inzwischen verbrachte Brigitte jeden Samstag bei ihm, kehrte am späten Sonntagmorgen zurück, nicht ohne sich immer wieder zu vergewissern, dass Anna das Alleinsein nichts ausmache.

Doch Anna genoss meistens die Ruhe im Haus, sie musste auf niemanden Rücksicht nehmen. Nur manchmal, vor allem in den Abendstunden, wurde es ihr zu still. Dann nahm sie Kontakt zu Finn auf oder telefonierte mit Sylvia oder Yvonne.

Kam Brigitte am Sonntag früher zurück, nahm sie noch an der Skypesitzung teil; so konnte Gerda selbst sehen, wie viel lebendiger ihre jüngere Schwester geworden war, sie hielt mit dieser Wahrnehmung nicht hinter dem Berg. Lena und Anna nahmen amüsiert wahr, wie verlegen ihre Mutter auf diese Bemerkungen reagierte.

In den folgenden Therapiestunden berichtete Anna von ihren Begegnungen im Internet.

„Wir machen das ja schon eine ganze Zeit, aber eigentlich ist es immer noch unfassbar, dass ich Finn, Lena und sogar Gerda in Australien so nah bin, als wäre ich plötzlich zu ihnen hingeflogen“, meinte Anna nachdenklich.

„Als wärst du zu ihnen geflogen“, wiederholte Frau Grünheit. „Fliegen, das wäre doch auch mal ein schönes Motiv.“

„Wie?“ Anna verstand nicht, was ihre Therapeutin damit meinte.

„Ja, fliegen, du könnest dir in einem Tagtraum doch einmal vorstellen zu fliegen.“

„Ja wie denn?“

„Lass das doch einfach auf dich zukommen. Hättest du Lust?“

Anna nickte, lehnte sich zurück und schloss ihre Augen.

„Stell dir vor, du würdest fliegen, du allein, auf einer Wolke, einem fliegenden Teppich, einem Vogel, einem Flugzeug, alles ist möglich.“

Eine Weile schwieg an, dann begann sie: „Ich sitze auf einem großen Vogel, ich glaube, es ist ein Adler. Er hat mich gerade abgeholt, mich mit seinem Schnabel ganz vorsichtig auf seinem Rücken gesetzt. Ich bin anscheinend ganz klein, so wie Nils Holgersson.“

„Wie ist es dort auf dem Rücken des Adlers?“

„Gut. Erst war mir etwas mulmig, ob ich da nicht runterfallen kann. Ich habe mir aber einen guten Platz ausgesucht, sitze in den Federn, halte mich an zweien fest. Es ist auch warm dazwischen, den Fahrtwind spüre ich kaum. Er fliegt hoch am Himmel.“

„Wie ist denn die Landschaft unter euch?“

„Felder, Wiesen, Flüsse, kleine Orte, alles ganz klein. Es ist, als ziehe alles ganz langsam an uns vorbei, dabei bewegt sich ja der Adler.“

„Und der Adler, wie wirkt er auf dich?“

„Seine Schwingen sind weit ausgebreitet und bewegen sich gleichmäßig hoch und runter. Sein Kopf ist leicht nach unten geneigt, seine Augen spähen in die Landschaft, er scheint alles mitzubekommen, was da passiert."

„Verändert sich die Landschaft oder bleibt sie, wie sie ist?"

Jetzt tat sich ein Meer unter Anna und dem Adler auf. Sie überflogen es, Schiffe und kleine Inseln tauchten auf, bis sie Land erreichten, ähnlich wie das vorige mit vielen Wiesen, Feldern und kleinen Dörfern. Anna erkannte Dänemark, sie folgten der Küstenlinie und erreichten Kolding und auch den Koldingfjord. Über dem Haus von Finns Familie setzte der Adler zum Sinkflug umkreiste das Anwesen, so dass Anna alles genau betrachten konnte, die Holzterrasse mit den Sommermöbeln, die noch immer dort standen, aber schon länger nicht mehr benutzt schienen. Vereinzelte verwelkte Herbstblätter aus den umliegenden Gärten lagen auf den Bänken, dem Tisch und den Holzbohlen. Niemand war zu sehen. So stieg der Adler erneut auf und folgte den Weg ihrer Radtour. Noch einmal sah sie die Orte ihrer Reise mit Finn, überflog mit dem Adler die Inseln und die Ostsee bis Møn, dort entdeckte Anna auch ihren Zeltplatz wieder, der nun verwaist schien. An den Kreidefelsen machte der Adler kehrt und trat mit Anna den Rückweg an. Auf einer Wiese im Stadtpark setzte er Anna ab.

Erfüllt von den Erlebnissen des gemeinsamen Fluges, kehrte Anna wieder in die Gegenwart zurück. Wehmut schwang auch noch mit, die Reise mit Finn lag schon eine Weile zurück, und er lebte so weit entfernt.

Anna sehnte sich jetzt häufiger danach, Finn näher zu sein, ihn öfter zu sehen. Doch noch musste sie einige Wochen bis zum nächsten Treffen warten. Wie schon in ihrem Tagtraum angekündigt, verfärbten sich die Blätter, der Herbst zog ein. Die Schule nahm Anna ganz in Anspruch, allein die Internetbegegnungen und ihre Therapiesitzungen brachten Abwechslung in ihr Leben.

In der Nacht vor einer der nächsten Stunden träumte sie schlecht.

Sie schwamm in einem See. Zuerst fühlte sie sich wohl, doch dann kam Sturm auf, das Wasser wurde aufgewühlt, ein Wirbel bildete sich und zog sie in die Tiefe. Verzweifelt versucht sie, gegen den Sog anzukämpfen, aber vergeblich. Es wurde immer dunkler um sie.

Erschreckt wachte Anna auf. Sie spürte einen heftigen Druck auf der Brust und atmete tief ein und aus. Noch lange schwang das Angstgefühl nach; sie hatte es schwer, wieder einzuschlafen.

Die Angst war ihr erneut gegenwärtig, als sie den Traum ihrer Therapeutin am nächsten Tag erzählte. Anna fiel zunächst nichts zu ihm ein, doch dann erinnerte sie sich, schon einmal in einem Traum von Wassermassen weggerissen wurde, aber sie hatte es geschafft, wieder herauszukommen.

„Weißt du noch, wie der Traum weiterging?"

„Ja, ich war auf dem Weg zu Ihnen und kam zu spät. Sie hatten schon jemand anderen in die Stunde genommen."

„Und weißt du noch, wann du das geträumt hast?"

Anna dachte nach. „Das muss so etwa vor einem Jahr gewesen sein."

„Was war denn da in deinem Leben passiert?"

Wieder ging Anna in Gedanken in die frühere Zeit zurück. „Das war kurz nach den Ferien", erinnerte sie sich. „Da hatte ich ja Finn kennengelernt und war noch sehr mit ihm und dem Ärger auf Sylvia beschäftigt und meinen Ängsten in der Nacht, als ich allein in dem Ferienhaus schlief."

„Ja, und soweit ich mich erinnere, hast du mir damals erzählt, dass dir in dieser Nacht der Gedanke an Sturmwind geholfen hat."

Anna nickte, krauste dann aber ihre Stirn. „Doch heute geht es mir anders. Finn und ich sind uns nähergekommen, und ich habe schon lange nicht mehr diese Ängste in der Nacht gehabt. Warum kommt dann solch ein Traum?"

„Ja, du bist sehr viel stabiler geworden. Doch gibt es vielleicht noch ein Gefühl oder ein Gedanke, etwas, was dich an letztes Jahr erinnert? Vielleicht in Beziehung zu Finn?"

Überrascht schaute Anna Frau Grünheit an. „Ich weiß nicht. Damals hatte ich Finn gerade erst kennengelernt, und es war mir ganz recht, dass wir nicht so viel Kontakt miteinander hatten. Jetzt möchte ich ihn wirklich häufiger sehen."

„Na ja, im Tagtraum ist das aber nicht passiert, wo da doch alles möglich ist. Selbst ein Flug auf einem Adler." Frau Grünheit lächelte.

Jetzt hellte sich auch Annas Miene auf. „So habe ich das noch gar nicht gesehen. Eigentlich hätte ich ihn dort treffen können, ist aber nicht passiert. Dann scheint das mit der Nähe doch noch nicht ganz so leicht für mich zu sein."

„Wie hätte denn dein Tagtraum weitergehen können, wenn er da gewesen wäre?“

Annas Blick richtete sich nach innen. „Wir hätten uns freudig begrüßt und wären dann gemeinsam mit dem Adler geflogen, noch mal die ganze Radstrecke entlang.“

„Und wie wäre das gewesen?“

„Noch schöner. – Aber hätte ich dann diesen Albtraum nicht gehabt?“

„Wer weiß, das lässt sich so nicht sagen. Aber auch ihn kannst du dir in Gedanken noch einmal vorstellen und zu einem anderen Ende führen.“

Auch diesem Vorschlag folgte Anna. Sie kannte die Traumfortsetzung bereits aus früheren Sitzungen und entspannte sich.

Anders als in ihrem Nachttraum begab sie sich zu einem bekannten Gewässer, zu ihrem See. Dort setzte sie sich ans Ufer. Sturmwind und die Eule waren bei ihr. Eine Ente schwamm auf dem Wasser, wenig später tauchte ein Delfin auf. Etwas irritiert fragte sich Anna, was er in ihrem See zu suchen hatte, er gehörte doch ins Meer, doch dann schob sie den Gedanken wieder beiseite. Gemeinsam mit ihm und der Ente schwamm sie im See. Jetzt kam Sturm auf, und ein Wirbel zog sie hinunter. Der Delfin tauchte mir ihr, und anders als im Nachttraum blieb es hell, sie konnte unter Wasser atmen. Immer tiefer zog es sie hinab. Viele kleine Fischschwärme zogen an ihnen vorbei. Das Wasser wurde wärmer, das Licht diffuser und milchiger. Schließlich landeten sie am Boden des Sees. Der Sturm hatte aufgehört, das Wasser war ganz ruhig. Auf dem sandigen Untergrund ließ Anna sich nieder und ruhte sich aus. Der Delfin umschwamm sie, nach einer Weile folgte sie ihm auf den Meeresboden durch eine bunte Unterwasserwelt, bis sie nach einer Weile gemeinsam wieder auftauchten.

Entspannt kehrte Anna wieder zurück. „Das war so ganz anders als der Albtraum“, stellte sie erleichtert fest.

Zu Hause malte sie den Delfin und sich selbst im rötlich schimmernden Wasser, um sie herum viele kleine Fische.

Als sie das Bild in die nächste Stunde mitbrachte, erinnerte sich noch einmal an das wohlige Gefühl im Tagtraum.

„Ist vielleicht ein komischer Vergleich, irgendwie war es wie im Mutterleib. So muss sich ein Embryo im warmen Fruchtwasser fühlen, dazu passt auch das rötliche Licht. – Aber natürlich ohne Delfin, Fische und Pflanzen", stellte Anna lächelnd fest.

Erika Grünheit freute sich, dass Anna selbst auf diesen Gedanken gekommen war. Welch ein Weg von dem Albtraum, dem heftigen Sog, der sie in die dunkle Tiefe riss, zu dem Hinabtauchen in die lebendige Unterwasserwelt ihres Tagtraums. Intuitiv hatte sie sich an ihren See begeben und einen Delfin als klugen und erfahrenen Begleiter gewählt. Die Ruhe und das wohlige Gefühl auf dem Meeresgrund hatten auch etwas Heilsames. Die Therapeutin holte noch einmal die gemalten Bilder der letzten beiden Tagträume aus der Mappe. Inzwischen traute sich Anna in ihrer Phantasie immer mehr zu, mit dem Flug auf dem Adler in die Höhe und dem Schwimmen mit dem Delfin in die Tiefe. Auf der anderen Seite war sie in der ersten Imagination Finn nicht begegnet und träumte in der folgenden Woche, vom Wasser davon gerissen zu werden. Bereits vor einem Jahr, fast zur gleichen Zeit, kurz nach dem Ferienende, hatte Anna einen ähnlichen Traum, doch befand sie sich in diesem auf den Weg in die Therapiestunde. Die Angst vor dem sich Einlassen auf Beziehungen, ob zu Finn oder zu ihr, war immer noch Thema, gerade jetzt, wo ihre Sehnsucht nach Nähe zunahm und sie sich immer mehr zutraute.

In der folgenden Woche musste Anna noch drei Klausuren schreiben, doch in Gedanken war sie schon oft mit Finn in Süddeutschland. Am nächsten Sonnabend würde er mit dem Zug in Bremen ankommen und beide am Sonntag mit dem Auto Richtung Süden aufbrechen. Annas Mutter hatte ihnen ihr Auto zur Verfügung gestellt.

Ein leichter Nieselregen setzte ein, als Anna Finn vom Bahnhof abholte. Beide nahmen ihn kaum wahr, sie freuten sich zu sehr über ihr Wiedersehen. Einen kurzen Moment dachte Anna dran, wie viel verhaltender sie ihn in der Woche nach dem letzten Weihnachtsfest begrüßt hatte, viel hatte sich in der Zwischenzeit verändert.

Am nächsten Tag machten sie sich auf den Weg. Zu Beginn fuhr Anna. Sie kannte sich in der Stadt am besten aus, war dennoch sehr aufgeregt, das erste Mal legte sie eine so lange Strecke mit dem Auto zurück.

Als ihr Finn kurz hinter Hannover anbot, sie abzulösen, willigte sie erleichtert ein. Auf einem Parkplatz wechselten sie die Plätze. Jetzt entspannte sie sich, wohl wahrnehmend, dass Finn ruhig und sicher fuhr. Ihm wurde häufig die Aufgabe übertragen, einen der Transporter zu fahren, oft weit hinaus in das Hinterland auf eine der Baustellen seiner Firma, so hatte er sich bereits viel Fahrpraxis angeeignet.

Noch einmal übernahm Anna das Steuer, doch wieder nur für eine gute Stunde. Auf dem Beifahrersitz sah sie sich auf ihrer Tour zur Großmutter vor gut einem Jahr, sie saß wieder auf demselben Platz, nur Finn statt Lena neben ihr. Damals hatte sie sich auch auf den Besuch gefreut und sich lebhaft mit Lena unterhalten. Sie hatten Erinnerungen an frühere Besuche ausgetauscht und viele Orte auf dem Weg in den Süden wiedererkannt, an denen sie mit den Eltern Rast gemacht hatten.

Für Finn war alles neu. Und so erzählte Anna ihm auf dem Weg viel von ihr und den Oster- und Weihnachtserlebnissen, auch vom letzten Jahr. Sie kamen gut voran; am frühen Nachmittag passierten sie München, eine Stunde später erreichten sie Bad Tölz und kurz darauf das Dorf ihrer Großmutter.

Finn hatte den Motor gerade ausgestellt, als sich die Haustür öffnete und sie ihnen entgegenlief. Sie begrüßte die beiden sehr herzlich, so dass sich Finn gleich willkommen fühlte.

Drei Tage blieben sie und wurden von der Großmutter umsorgt. Finn gefiel die bayerische Küche außerordentlich, und er langte gut zu. Als Dank hackte er Holz, und sie stapelten es im Schuppen. Erfreut nahm die Großmutter die Hilfe an, war auf diese Weise der Holzvorrat für den Winter wieder aufgefüllt. An den Abenden saßen sie in der Stube am bollernden Ofen und tranken Tee, es gab viel zu erzählen. Finn sprach gut Deutsch, so dass die Verständigung einfach war. Fiel ihm ein Wort oder eine Redewendung nicht ein, wechselte er ins Englische. Erstaunt nahm Anna wahr, dass ihre Großmutter ihn dann auch verstand.

„Wieso wundert dich das? Auch wenn ich nie im England oder Amerika war, habe ich in der Schule auch Englisch gelernt und später noch an Volkshochschulkurse Kurse besucht“, erklärte sie den beiden.

Sie fragte Finn nach seinem Leben in Dänemark, seiner Arbeit und seiner Familie. Und Finn interessierte sich für ihre Vergangenheit und hörte gerne ihren Erzählungen über ihre Zeit als junge Frau und ihren ersten Ehejahren zu, aber auch über die Besuche von Annas Familie. So hörte er, wie lebendig Anna als kleines Mädchen gewesen war, in ständigen Wettstreit mit der größeren Schwester.

Gut beladen mit vielen Vorräten, eingemachtem Obst, Gemüse und Marmelade und frisch gebackenem Kuchen, machten sich die beiden auf den Weg nach Rosenheim. Der Weg war nicht weit, nach einer Stunde erreichten sie das Haus des Vaters am Ortsrand der kleinen Stadt. Auf dem ersten Blick gefiel es Anna, im bayerischen Stil erbaut, das obere Stockwerk aus hellem Holz, nur am Holzbalkon hingen keine Blumenkästen wie bei der Großmutter. Auch hier war der Empfang herzlich, vor allem von Annas Vater. Er nahm beide freudig in die Arme und hieß Finn willkommen, Renate reichte ihnen die Hand und lächelte: „Kommt doch herein!" Anna fand, dass ein strengerer Zug um ihren Mund hinzugekommen war, sie wirkte müde und abgearbeitet, aber ihre Augen blickten freundlich.

Hinter ihr stürmte Amelie hervor: „Hallo Anna, hallo Finn!" Gefolgt vom zögerlicheren Johann. Viel Zeit war vergangen, seit sie ihre Halbgeschwister das letzte Mal gesehen hatte, beide waren deutlich gewachsen und mittlerweile Schulkinder.

Erst einmal übergaben sie ihre Gastgeschenke, das Eingemachte und den Kuchen der Großmutter, alles schien willkommen. Jetzt wurde das Haus präsentiert, das einen gemütlichen, aber auch einen sehr gefüllten Eindruck machte, die kleinen Räume schienen aus allen Nähten zu platzen. Die Kinder zeigten stolz ihre Räume und ihre Spielsachen. Nach dem Essen erklärten Anna und Finn ihnen die mitgebrachten Spiele, die beide schnell verstanden. Nach einer Weile verloren Amelie und Johann aber ihr Interesse und wollten lieber fernsehen, doch Renate schickte sie hinaus in den Garten.

Auch die Erwachsenen sehnten sich nach frischer Luft, ein gemeinsamer Spaziergang führte alle in den nahen Wald. Auf dem breiten Weg konnten Amelie und Johann gut mit dem Rad fahren. Sie preschten voraus, gefolgt von ihren Eltern, Anna und Finn.

Ein Gespräch war kaum möglich, da vor allem Renate immer wieder sorgenvoll nach Amelie Ausschau hielt, die ihrer Ansicht nach auf dem Schotterweg sturzgefährdet erschien.

„Amelie, nicht so schnell, fahr vorsichtig!"

Anna musste an die Symbolkarte denken, die sie für Amelie ausgesucht hatte, das am Rockzipfel festgehaltene kleine Mädchen, und lächelte vor sich hin. Als Finn sie fragend anschaute, raunte sie ihm zu: „Das erkläre ich dir später."

Aber Amelie schien sich aus der mütterlichen Sorge wenig zu machen, sie fuhr unbeirrt weiter. Selbst Johann mit seinem größeren Rad und den längeren Beinen konnte kaum mithalten. Aber auch er gab nicht auf und so sausten sie voraus.

Aus der Ferne waren Autogeräusche zu hören, eine befahrene Straße schien den Wald zu durchschneiden. Renate schrie auf und wedelte mit den

Armen, doch ihre Kinder nahmen sie nicht mehr wahr. Sie verlangsamten selbst ihr Tempo, hielten an und warteten auf den Rest der Familie.

Als die vier Erwachsenen die Kinder erreichten, wollte Renate zu schimpfen beginnen, doch der Vater stoppte sie. „Es ist doch nichts passiert! Außerdem haben Johann und Amelie gut reagiert und vor der Straße angehalten. Es gibt keinen Grund, sich aufzuregen."

Zufrieden mit der Reaktion ihres Vaters, der die übliche Standpauke der Mutter unterbunden hatte, drehten die Kinder um und fuhren wieder voran. Nicht mehr ganz so schnell wie auf dem Hinweg, denn sie hatten sich schon ziemlich verausgabt.

Am Abend saßen Renate, Thomas, Anna und Finn noch eine Weile im Wohnzimmer. Annas Vater sprach auch die Wanderung an, die er für sie geplant hatte: „Wie wäre es, wenn wir uns schon morgen auf den Weg machten? Die Wettervoraussage ist gut, das sollten wir ausnützen."

Als Finn und Anna erfreut zustimmten, zeigte ihnen Thomas die geplante Route auf der Wanderkarte. Er schien sich schon zuvor mit Renate abgesprochen zu haben, denn sie erklärte, an diesem Tag mit den Kindern ihre Eltern besuchen zu wollen; diese wohnten nicht weit von ihnen entfernt.

Die Nacht verbrachten Anna und Finn im Arbeitszimmer. Die Schreibtische wurden zusammengeschoben und zwei Luftmatratzen auf den Boden gelegt. Sie breiteten ihre Schlafsäcke aus und fühlten sich an ihre Nächte im Zelt erinnert.

Vor dem Einschlafen fragte Finn Anna nach ihrem Schmunzeln auf dem Spaziergang. Anna erzählte ihm von den Symbolen, die sie für die Kinder, ihren Vater und Renate ausgesucht hatte. Den Versuch Renates, ihre Kinder festzuhalten, würde sie noch wahrnehmen, aber Amelie schien sich das ja nicht mehr gefallen zu lassen. Von Johann habe sie noch nicht so viel mitbekommen, aber der kleine Zwerg schaute wohl schon öfter aus seiner Höhle hervor. Der Dackel hing auch nicht an der Leine des Autos und müsse es nicht mehr allen recht machen.

Interessiert hörte Finn zu. Für ihn war dies alles neu, gerne hätte er mehr darüber erfahren, auch über die Symbole für die anderen Familienmitglieder und auch über ihre eigenen. Aber sie waren müde.

Am nächsten Morgen standen sie früh auf. Sie waren noch vor den Kindern und Renate wach, frühstückten und bereiteten sich eine Vesper für den Berg zu. Jeder packte einen kleinen Rucksack mit Regenjacke, Trinkflasche und Broten, sie zogen ihre Wanderstiefel an und machten sich auf den Weg.

In einer guten halben Stunde erreichten sie Aschau. Unterwegs bewunderte Finn die vielen prächtigen Bauernhöfe. Doch noch mehr fesselte sie das Bergpanorama, die immer näher kommenden Gipfel der Chiemgauer Alpen.

Auf dem Parkplatz der Kampenwandbahn stellte Annas Vater das Auto ab. Die Bahn war bereits in Betrieb, aber noch waren wenige Wanderer unterwegs. Es war kühl, doch der Sonnenschein kündigte einen milden Tag an. Die drei schulterten ihre Rucksäcke und wanderten an den letzten Häusern vorbei durch einen Wald den Berg hinauf. Hohe Tannen säumten ihren Weg, einige bunt gefärbte Laubbäume und Lärchen leuchteten in der Sonne. Anna sog die würzige Waldluft ein. Nach einer Weile öffnete sich der Blick, der Pfad führte durch Wiesen an drei Almen vorbei. Die Tische waren bereits aufgestellt, und es roch verführerisch, aber es war zu früh zum Einkehren. Nach gut zwei Stunden erreichten sie die mächtige Felswand und kletterten zum Gipfelkreuz.

Sie waren an ihrem Ziel angekommen. Außer Atem blickten sie sich um. Noch nie hatten Anna und Finn eine so grandiose Aussicht erlebt, auf der einen Seite die umliegenden Berggipfel, auf der anderen der weite Blick in das Tal auf den Chiemsee. Finn nahm Anna in den Arm und drückte sie an sich: „Das ist wunderbar, da lohnt sich die Mühe des Aufstiegs!“

Anna lächelte und nickte. Aus ihrem Rucksack holte sie ihre Kamera und fotografierte in alle Richtungen. Auf einer größeren Felsplatte ließen sie sich nieder und machten sich hungrig über ihre Brote her.

Lange blieben sie nicht, zu viele Wanderer, die gerade mit der Seilbahn angekommen waren, bevölkerten jetzt den Gipfelplatz. Die drei begannen den Abstieg. Auf einer Alm lud Annas Vater sie zu einem Radler ein. Auf der Bank vor der Holzhütte genossen sie die Aussicht und die Mittagssonne.

Erfrischt brachen sie wieder auf und erreichten zwei Stunden später das Auto. Jetzt spürte Anna ihre Beine vom ungewohnten Wandern, und sie war froh, nicht mehr laufen zu müssen.

Am Nachmittag kehrten sie noch vor Renate und den Kindern zurück. Annas Vater kochte Kaffee, und am Küchentisch sprachen sie noch einmal über ihre Tour. Als alles gesagt schien und eine Pause eintrat, schaute Thomas die beiden an.

„In den letzten Jahren bin ich so selten zum Wandern gekommen, und mit euch bei war das einfach wunderbar. Wie wäre es, wenn wir morgen noch einmal eine Tour unternehmen?“

Finn und Anna tauschten mit ihrem Blick das Einverständnis aus und nickten.

Nach ihrer Rückkehr war Renate nicht sonderlich erbaut von dem Gedanken, noch einen Ferientag allein mit den Kindern zu verbringen. „Da hätte ich auch gleich bei meinen Eltern bleiben können“, klagte sie. Doch sie nahm auch wahr, wie viel ihrem Mann diese zusätzliche Wanderung bedeutete, und schwieg.

Als Anna am nächsten Morgen mit heftigem Muskelkater erwachte, bedauerte sie ihre Zustimmung zur weiteren Tour. Auch Finn stöhnte, als er sich aus seinem Schlafsack schälte.

Die Dusche linderte die Schmerzen, und auf der frühen Fahrt in Richtung der Berge schauten beide schon wieder fasziniert auf das sich ihnen nähernde Bergpanorama.

Dieses Mal fuhr der Vater sie gut zehn Kilometer weiter nach Marquartstein. Es sollte auf den Hochgern gehen, eine Wanderung, die Annas Vater in jungen Jahren öfter unternommen hatte.

Oberhalb der Burg begannen sie ihren Aufstieg. Noch immer schmerzten die Beine, doch nach einer Weile hatten sich Anna und Finn wieder eingelaufen. Nach einer guten Stunde trafen sie auf eine kleine weiße Kirche, die aus dem dunklen Wald herausschaute. Hier öffnete sich der Blick bereits auf den Chiemsee. Über eine Alm führte der Weg weiter zum einem Hochplateau.

„Im Mai“ schwärmte Annas Vater, „sind diese Wiesen voller schöner Blumen.“ Doch jetzt waren sie abgegrast, die Kühe bereits ins Tal getrieben.

Der Pfad wurde nun schmaler und steiler. Erschöpft erreichen die Wanderer den Gipfel. Über tausend Meter waren sie aufgestiegen, gut vier Stunden hatten sie gebraucht. Auch dieses Mal lohnte sich die Mühe. Annas Vater zeigte ihnen die Berge: Im Osten reichte der Blick über den Watzmann, zum Dachstein, im Süden die Loferer Steinberge. Auch das Kaisergebirge breitete sich mit seinen Zacken und Gipfeln aus. Anna nahm das ganze Panorama auf, ein anderer Wanderer fotografierte die drei vor dem Gipfelkreuz. Da keine Seilbahn hinaufführte, war es viel ruhiger als auf der Kampenwand.

Sie ließen sich zu einer Rast nieder. In bester Stimmung erzählte Annas Vater von den Wanderungen seiner Kindheit. Im Sommer und Herbst war er bei schönem Wetter häufig mit dem Vater in den Bergen gewesen. Sein sonst so strenger Vater lebte in der Natur auf, zeigte Thomas die Blumen und erklärte die umliegenden Gipfel.

„Daher kennst du sie alle“, meinte Anna.

Ihr Vater nickte. „Das habe ich nicht vergessen. Auch an die Namen aller Bergblumen kann ich mich noch erinnern.“ Jetzt wurde er ernster. „Im Alter von dreizehn, vierzehn Jahren war ich nicht mehr so viel mit ihm unterwegs. Ich war in der Pubertät, und wir hatten öfter Meinungsverschiedenheiten. Da hatte ich nicht mehr so oft Lust mit ihm zu wandern. Und kurz nach meinem sechzehnten Geburtstag ist er plötzlich gestorben. Herzinfarkt. Damit hatte keiner gerechnet.“

Er machte eine Pause und schluckte. „Ich machte mir danach Vorwürfe, die Jahre zuvor nicht öfter mit ihm in den Bergen gewesen zu sein. Immer wieder lud er mich dazu ein, meistens lehnte ich ab. Aber es konnte ja auch keiner wissen, dass er so früh sterben würde.“

Alle schwiegen, den Blick in die Ferne gerichtet. Schließlich unterbrach Anna die Stille: „Wie war das denn bei uns? Soweit ich mich erinnern kann, waren wir doch einmal auf dem Wallberg.“

Nachdenklich schaute ihr Vater Anna an. „Ja, wir sind mit der Seilbahn hochgefahren. Da warst du knapp sechs Jahre alt, und wir konnten noch keine großen Touren machen. Obwohl du gerne gelaufen bist, das weiß ich noch. Auf der Holzer Alm waren wir auch. Weißt du das noch?“

Anna schüttelte den Kopf. „Das habe ich vergessen. Wie alt war ich da?“

„Ich schätze vier, fünf Jahre. – Später wollte ich mit euch noch viele Wanderungen machen, aber es kam dann doch anders.“

„Du hast die Beziehung zu Renate angefangen und dich von Mama getrennt. Das war kein Schicksal, sondern deine Entscheidung“, brach es aus Anna heraus.

Ihr Vater schaute sie ernst an. „Es ging nicht mehr mit eurer Mutter und mir, das ist eine lange Geschichte.“

„Ich weiß“, erwiderte Anna, deutlich ruhiger. „Aber warum hast du dich hinterher so wenig um uns gekümmert? Wir hätten dich doch öfter besuchen können und gemeinsam in die Berge gehen. Stattdessen hast du schnell eine neue Familie gegründet und keine Zeit mehr für uns gehabt.“

„Hat euch das eure Mutter so erzählt? Das ist typisch, damit bin ich wieder der Schuldige und sie aus dem Schneider. In Wirklichkeit wollte ich euch viel öfter sehen und in den Ferien zu uns einladen. Eure Mutter war aber dagegen. Ihr wärt noch zu jung für die Reise, meinte sie. Ich hätte euch auch abgeholt. Aber auch das war nicht richtig. Ihr wolltet mich nicht sehen, hieß es manchmal, oder ihr würdet die Trennung von ihr nicht verkraften. Ich glaube, es war eher umgekehrt, sie konnte nicht ohne euch sein. Und sie wollte euch für sich haben und mich damit bestrafen, indem sie den Kontakt zwischen uns verhinderte."

Betroffen hörte Anna zu. „Das wusste ich nicht und Lena anscheinend auch nicht. – Später haben wir uns dann ja doch ab und zu in den Ferien gesehen."

„Ja, immer konnte eure Mutter den Kontakt nicht verhindern und wollte es vielleicht auch nicht mehr."

Finn hatte bisher schweigend zugehört. Jetzt wandte er sich an Annas Vater. „Wäre es nicht möglich gewesen, gerichtlich eine häufigere Besuchsregelung zu erreichen? Meine Mutter arbeitet als Familienanwältin, daher kenne ich mich da ein bisschen aus. Es gibt auch in Dänemark viele Sorgerechts- und Besuchsrechtsstreitigkeiten."

„Ich habe auch daran gedacht, aber ich wollte nicht, dass ihr darunter leidet. Eure Mutter war ja psychisch nicht stabil, die gerichtlichen Auseinandersetzungen hätten sie zusätzlich belastet, und ihr hättet es zu spüren bekommen."

Graue Wolken zogen vor die Sonne, Wind kam auf, die drei Wanderer fröstelten. Es war Zeit aufzubrechen. Sie packten die Trinkflaschen und Brotbeutel in den Rucksack und machten sich auf den Rückweg. Nach zweieinhalb Stunden erreichten sie wieder den Parkplatz oberhalb der Burg.

Am Abend ließen Anna und Finn das Gespräch auf dem Berg noch einmal Revue passieren. Inzwischen kannte Finn die Geschichte der Familie Annas aus ihren Erzählungen, daher musste sie ihm nicht mehr viel erklären. Sie fügte nur hinzu: „Finde ich gut, dass du ihn darauf angesprochen hast, er hätte auch darum kämpfen können, uns öfter zu sehen. Doch so ganz nehme ich es ihm nicht ab, dass er es nur uns zuliebe nicht gemacht hat. Da waren ja auch schon Renate und die Kinder, um die er sich kümmern musste. Und so toll waren die Urlaube mit ihm dann auch nicht. Er war kaum für uns da."

„Du magst recht haben, aber jetzt bemüht er sich doch", erwiderte Finn.

Hier musste ihm Anna recht geben. „Ja, er hat sich doch ein wenig verändert. Das Dackel-Symbol-Bild stimmt anscheinend nicht mehr so ganz für ihn."

Ihre Ferienwoche neigte sich dem Ende zu. Am letzten Tag erkundeten sie mit dem Auto den Chiemgau. Vor allem der Chiemsee gefiel ihnen. Sie entdeckten einen Spazierweg am Ufer, dem sie eine Weile folgten. Das Wasser plätscherte gegen die Böschung, Enten ließen sich auf sanften Wellen treiben, und der Blick öffnete sich ihnen immer wieder über den See hin zu den Bergen.

Am nächsten Morgen verabschiedeten sie sich von Annas Vater und seiner Familie. Selbst Johann ließ sich von ihnen umarmen, Amelie wollte sie gar nicht loslassen. Mit den beiden hatten sie an den Abenden viel gespielt. Sie mussten ihnen versprechen, bald wiederzukommen.

Auf dem Rückweg wechselten sich Anna und Finn mehrmals ab, Anna fiel jetzt das Fahren deutlich leichter. Sie gerieten kurz vor Hannover in einen Stau, der sich jedoch bald wieder auflöste.

Als sie am Abend in Bremen ankamen, waren sie doch froh, die lange Reise hinter sich zu haben. Annas Mutter erwartete sie mit einem guten Abendessen und fragte nach ihrem Besuch bei der Großmutter und dem Vater. Finn erzählte begeistert von den Wanderungen, Anna, wie sie ihre Oma und die junge Familie erlebt hatten.

Später in Annas Zimmer fragte Finn Anna noch einmal nach ihrem Genogramm. Anna zeigte ihm die Aufnahmen und erklärte, für wen sie die einzelnen Symbole ausgesucht und welche Bedeutung sie damit verbunden hatte. Beeindruckt folgte Finn ihren Ausführungen. Ihn interessierten vor allem die Bilder für Anna und ihre nächsten Angehörigen, die er auch kannte, die Symbole für Lena, Mutter und Vater, Renate und den Kindern.

Das erste Mal ließ Anna jemand anderen etwas von ihrer Therapie sehen. Etwas zögerlich hatte sie die Aufnahmen herausgeholt und auf ihren Schreibtisch gelegt und genau geschaut, wie Finn reagierte. Seine Anteilnahme und sein vorsichtiges Nachfragen beruhigten sie, und sie konnte freier berichten.

Zum Schluss nahm er sie in den Arm: „Das ist etwas ganz Besonderes, was du da in deiner Therapie entwickelt hast. Deine ganze Familie in einem Bild, mit ihrer ganzen Geschichte und ihren Beziehungen, so wie du sie siehst, und du als Teil davon. So etwas sollte eigentlich jeder für sich machen. Während du erzählt hast, habe ich dir zugehört, aber auch daran gedacht, welche Symbole ich wohl für meine Familie und für mich ausgesucht hätte. Und ich habe auch Lust bekommen, mehr über meine Vorfahren zu erfahren. Ich werde anfangen nachzuforschen."

61. Herbst- und Winterzeit

In der nächsten Therapiesitzung berichtete Anna auch von Finns Reaktion auf ihr Genogramm.

Die gemeinsame Reise nach Bayern hatte sie einander noch nähergebracht. Jetzt kannte Finn ihre Eltern, die Großmutter, Halbgeschwister und Renate. Mit ihm teilte Anna immer mehr gemeinsame Erlebnisse, so jetzt auch die Bergwanderungen. In seiner Gegenwart fühlte sie sich frei, und sie konnte ohne Ängste mit ihm in einem Zimmer übernachten. Doch mit ihm schlafen, und auch darüber sprechen, das war noch nicht möglich.

„Belastet dich das noch sehr?"

Anna überlegte. „Nein. Es scheint ihm ja auch nichts auszumachen, sonst hätte er was gesagt oder ausprobiert. Trotzdem finde ich uns nicht ganz normal. Alle denken sicherlich, dass wir ein Liebespaar sind."

„Seid ihr das nicht?"

„Hm, ja und nein. Das Wort ist mir zu viel. Ein Paar sind wir, auch mehr als befreundet. Ich habe Finn schon sehr gern. Aber gehört zum Liebespaar nicht auch das miteinander Schlafen?"

„Nein, für mich gilt nur, wie ihr das seht und empfindet, da gibt es keine allgemeinen Regeln."

Beruhigt nahm Anna die Aussage ihrer Therapeutin an.

Ein anderes Thema war ihr noch wichtig: sie berichtete, wie ihre Mutter den Kontakt zum Vater über lange Zeit verhindert habe. „Das wusste ich nicht und finde das auch schrecklich. Dabei sind Lena und ich die ganze Zeit davon ausgegangen, dass unser Vater wenig Interesse an uns hatte. Aber auf der anderen Seite hätte er auch mehr um uns kämpfen können, das hat er auch nicht getan."

Wie geht es dir jetzt damit?"

„Ich bin immer noch ganz schön wütend, vor allem auf meine Mutter. Erst mal, dass sie das getan hat und uns so verkauft hat, als wäre unser Vater schuld. Aber auch auf meinen Vater, dem seine neue Familie doch wichtiger war."

„Und was machst du mit deiner Wut?"

„Gar nichts, das ist es ja." Anna schaute grimmig aus dem Fenster. „Ich habe ja noch nicht mal mit meiner Mutter darüber gesprochen, mich nicht getraut. Das könnte sie ja wieder zu sehr belasten."

„Bist du dir da so sicher? So wie du sie schilderst, ist sie doch in letzter Zeit recht stabil."

„Hm, vielleicht ist das auch eine Ausrede. Bei meinem Vater habe ich auch nicht nachgefragt, warum er nicht versucht hat, gerichtlich sein Besuchsrecht einzufordern, das musste Finn machen. Und seine Antwort, er habe nichts gemacht, um uns zu schützen, habe ich ihm nicht abgenommen. Er war zu feige oder bequem und wollte es auch Renate recht machen. Das habe ich ihm auch nicht gesagt."

„Was hätte passieren können, wenn du das gesagt hättest?"

„Er hätte weiter versucht, sich rauszureden. Auf jeden Fall wäre die Stimmung verdorben gewesen, und er hätte sich über mich geärgert, dass ich ihm so was unterstelle. – Genauso bei meiner Mutter: wenn ich es bei ihr anspreche, wird auch sie anfangen drum rum zu reden, wie schlimm Papa damals war, die schlecht es ihr ergangen wäre und dass wir ihn nicht sehen wollten. Dann wäre die Stimmung auch schlecht und ich dran schuld."

Stille lastete im Raum, bis Frau Grünheit begann: „Da ist es kein Wunder, dass du deine Eltern nicht auf dieses Thema ansprechen willst, wenn du ihre schlechte Laune vorwegnimmst und dich dafür verantwortlich fühlst. Wenn sie denn so reagierten, könnte das was mit ihren Schuldgefühlen zu tun haben, hast du schon mal daran gedacht?"

Irritiert schaute Anna ihre Therapeutin an. „Nein, habe ich nicht. Aber gleich denke ich, ich wäre schuld, weil ich sie an ihre Schuldgefühle erinnere. Das ist doch krank."

„Auf jeden Fall verzwickt. Da ist es besser, ein braves Mädchen zu sein und alles runterzuschlucken."

Anna nickte.

„Doch bevor wir da weitermachen, möchte ich dich noch etwa fragen, was mir die ganze Zeit durch den Kopf geht: Wie kam es denn dazu, dass dein Vater euch davon erzählte, dass eure Mutter seine Besuche verhinderte? Hat er von sich aus davon berichtet?"

„Nein, dem ging etwas voraus – Jetzt weiß ich es wieder. Das war nach der zweiten Wanderung. Er erzählte von den Touren mit seinem Vater, wie gern er mit ihm unterwegs war. Dann kamen wir auf uns. Ich fragte ihn, was wir unternommen hatten. Wir wären noch zu klein gewesen für größere Wanderungen, die hätte er später mit uns machen wollen. Aber dazu wäre es ja nicht mehr gekommen. Das klang so scheinheilig, als könne er gar nichts dafür. Da wurde ich sauer. Das sei nicht schicksalhaft passiert, er habe sich von unserer Mutter getrennt. Und warum er sich danach so wenig um uns gekümmert hat."

„Das hast du ihn gefragt? Mit diesen Worten? Das war doch mutig von dir. Also stimmt es doch nicht, dass du dich nicht traust, Fragen zu stellen."

„Ja, ich war da so wütend, das brach so aus mir heraus. Mehr habe ich aber nicht gefragt."

„Na immerhin, alles hast du nicht heruntergeschluckt! Er hat sich von euer Mutter getrennt und sich nicht um euch gekümmert, das sind zwei ganz wichtige Tatsachen, mit denen du ihn konfrontiert hast."

„Ja, aber mehr habe ich mich nicht getraut, das musste dann Finn machen."

„Wie wäre es, das Aber mal wegzulassen und das Ja zu würdigen? Als einen Anfang, den Ärger zu äußern? Von so viel Mut hast du mir vorher noch nicht erzählt. Das andere wird sich noch entwickeln. Und noch etwas anderes: Ich finde es schön, dass dich Finn unterstützt hat und weiterfragte."

„Das finde ich auch. Er ist ja mutiger als ich."

„Da er nicht zur Familie gehört und er das Thema von seiner Mutter kennt, fiel es ihm leichter, das anzusprechen. Wer weiß, wie das in seiner Familie wäre, ob er sich das auch trauen würde."

Als wäre Finn in der Stunde dabei gewesen, berichtete er Anna in ihrer nächsten Skype-Sitzung, dass er sich die letzten Tage, angeregt durch Annas Genogramm, intensiver mit der jüngeren Geschichte Dänemarks und mit der eigenen Familie beschäftigt habe.

„Erst einmal fand ich einiges zu Dänemark in der Nazizeit im Internet. Ich weiß nicht, ob du weißt, dass Dänemark im April 1940 von den Deutschen besetzt wurde, zur gleichen Zeit wie Norwegen. Unsere Regierung und König Christian der Zehnte verhielten sich neutral, da sie für ihr kleines Land keine Chance zum bewaffneten Widerstand sahen. Deswegen wurden wir Dänen im BBC als Hitlers Kanarienvogel verspottet. Doch nahm in der Bevölkerung der Widerstand immer mehr zu. Besonders unter den Jugendlichen bildeten sich Gruppen, die Sabotageakte gegen die deutschen Besatzer ausführten. Es kam auch zu Unruhen und Streiks im Lande. Die noch bestehende dänische Regierung sollte den Ausnahmezustand erklären und die Todesstrafe wieder einführen. Sie weigerte sich und wurde daraufhin abgelöst, die Armee ebenfalls. Die Judenverfolgung verlief auch anders als in anderen besetzten Ländern. Bei uns ließ sich das Tragen des Judensterns nicht durchsetzen. Angeblich soll König Christian mit dem Judenstern am Arm durch Kopenhagen geritten sein, gefolgt von vielen unserer Landsleute, die den Stern ebenfalls trugen. Aber das ist nur wohl nur eine Legende.

Dennoch wurden fast alle dänischen Juden gerettet. Die meisten Dänen waren gegen die Deutschen, nur wenige unterstützten die eigene Nationalsozialistische Partei.

Vieles davon wusste ich bereits, in der Schule hatten wir ein Buch zu dem Thema gelesen. Es hieß ‚Kim' und handelte von einem jungen Matrosen, der im Widerstand kämpfte und kurz vor Kriegsende hingerichtet wurde. – Ich hoffe, ich habe jetzt nicht zu viel geredet und dich gelangweilt."

Gespannt zuhörend, hatte Anna während Finns Bericht geschwiegen. Doch jetzt erwiderte sie schnell: „Nein, ganz und gar nicht! Für mich ist das alles neu. Ich wusste gar nicht, dass die Besatzungszeit in deinem Land so anders verlief als in Norwegen. Darüber hatte ich ja schon einiges gelesen, als ich über den Lebensborn nachforschte. Finde ich klasse, wie sich deine Landsleute verhielten. Sie waren sehr mutig."

„Auf viele trifft das zu. Doch im Widerstand waren nur wenige. Es gab mehr eine passive Verweigerung. Und immerhin gab es auch die 7.000 dänischen SS-Angehörigen", wandte Finn ein. „Die Geschichte kannte ich recht gut. Doch jetzt sehe ich das alles in einem neuen Licht: Wie hatten meine Großeltern und Urgroßeltern das alles erlebt, und auf welcher Seite standen sie? Ich werde meine Eltern in den nächsten Tage danach fragen."

Trübes Herbstwetter trieb die Menschen von den Straßen. Wenn es nicht nieselte oder regnete, drückte Hochnebel auf die Stimmung. Doch Annas Blick ging selten nach draußen, die Vorabi-Klausuren sollten in den nächsten Wochen geschrieben werden. Sylvia tauchte wieder häufiger in Annas Wohnung auf, gemeinsam wiederholten und vertieften sie Biologiethemen der letzten Zeit. An manchen Tagen bat Sylvia, auch zum Lernen für andere Fächer kommen zu dürfen, da es bei Anna so viel ruhiger war als in ihrer Wohnung. Konzentriert und still saßen sie am Küchentisch oder im Wohnzimmer, über ihre Hefte, Mappen, Bücher und Laptops gebeugt, nur manchmal hob eine von ihnen den Kopf und sah zur anderen hinüber. Trafen sich ihre Blicke, stellte mal Sylvia, mal Anna die Frage: „Wie wär's mit einer kleinen Pause?" Und sie kochten gemeinsam einen Tee.

Am Schluss lehnten sie sich erschöpft zurück, mehr ging nicht in den Kopf hinein. Jetzt sprachen sie noch über Privates, so erfuhr Anna, dass sich Sylvia und Max besser verstanden, es gab weniger Auseinandersetzungen als früher. Sylvia meinte selbst, sie brauchten anscheinend ihre Kräfte für die Abiturvorbereitungen.

Ein Albtraum weckte Anna wieder einmal kurz vor ihrer Therapiestunde:

In einer unwirtlichen Gegend, die Anna nicht kannte, standen viele zerstörte Häuser. Mauerreste ragten in den Himmel. Soldaten in grauen Uniformen und mit Gewehren im Anschlag hasteten durch die Gassen. Sie schienen Feinde zu verfolgen, Anna sah einige Menschen, die sie nur schemenhaft wahrnahm. Sie schienen auf der Flucht zu sein. Jetzt gehörte sie mit dazu. Voller Angst rannte sie zwischen den Häuserruinen hindurch und suchte ein Versteck. In eines der Häuser, das noch intakt schien, lief sie hinein, hastete durch viele leere Räume. Erst hoffte sie, sicher zu sein, doch dann hörte sie Stiefelgetrampel hinter sich. Es gelang ihr, durch eine Hintertür zu entkommen und in ein anderes Haus zu fliehen. Doch hier wiederholte sich alles, bis sie von den Soldaten gestellt wurde und aufschreckte.

„Ich glaube, der Traum hat was mit Finns Nachforschungen zu tun."

„Wie meinst du das?"

„Es geht ja um die Nazizeit. Komisch, genau vor einem Jahr war ich mit dem Lebensborn beschäftigt, also auch mit dem Thema. Aber bei Finn geht es um die Besatzungszeit seines Landes. Und wie es seinen Landsleuten damit ergangen ist. – Die Soldaten in den grünen Uniformen könnten Nazis sein, die mich verfolgen. Das war schrecklich, ich hatte solche Angst."

„Wie hätte denn der Traum anders zu Ende gehen können?"

„Soll ich mir das vorstellen?"

„Wenn du möchtest."

Anna schloss die Augen.

Sie hastete durch die leeren Räume des Hauses. Hinter sich hörte sie das Getrampel der Soldatenstiefel. Zum Glück fand sie wieder den Weg hinaus. Auf der Suche nach einem neuen Versteck rannte sie durch die Gassen. Plötzlich hörte sie ein Geräusch, das ihr bekannt vorkam, den Ruf ihrer Eule. Sie flog über ihr und zeigte ihr an, dass sie ihr folgen sollte. Auf diese Weise landete Anna in einer Ruine am Ortsrand. Die Eule überflog den offenen Innenraum und ließ sich auf dem Rest einer Treppe nieder. Anna schaute hinunter. Ein Gang führte in die Erde, und als Anna sah, wie die Eule nickte, traute sie sich hinein. Zunächst schien alles dunkel, und Anna tastete sich vorwärts, doch mit der Zeit konnte sie mehr wahrnehmen. Von irgendwo schien etwas Licht in den Tunnel, und sie nahm die felsigen Wände und den festgetretenen Boden wahr, auf dem viele Spuren zu sehen wa-

ren. Langsam verbreiterte sich der Gang und öffnete sich in eine Höhle. In dieser hatten sich bereits viele Menschen versammelt, die Anna willkommen hießen. Es schienen Flüchtlinge wie zu sein wie sie, aber auch Widerstandskämpfer, die sich hier sammelten und neue Aktionen planten. Ihr wurde ein Platz in der Runde angeboten, sie erhielt eine Tasse Tee. Erschöpft ließ sie sich nieder und wärmte sich auf.

Nachdenklich schaute Anna auf die Pflanze neben dem Fenster.

„In der Höhle mit den vielen Leuten ging es mir natürlich besser als auf der Flucht. Aber eine Lösung ist es auch nicht."

„Wie hätte es denn weitergehen können?"

„Die Widerstandskämpfer kennen sich aus, wissen, wann die Soldaten wieder verschwinden, und können für die Flüchtlinge, also auch für mich und sich, ein anderes Versteck suchen. Und im Untergrund gegen die Nazis angehen."

„Und dann?"

„Wie damals in Dänemark organisieren die Leute aus dem Widerstand die Flucht und bringen die anderen und mich in ein sicheres Land. Vielleicht würde ich auch im Untergrund mitkämpfen. Ich weiß allerdings nicht, ob ich den Mut dazu hätte."

„Und im Tagtraum?"

„Da vielleicht schon." Nach kurzem Nachdenken fuhr Anna fort: „So oder ähnlich muss es den Leuten gegangen sein, die damals gegen das Regime kämpften oder auf der Flucht waren, vor allem die Juden. Immer wieder die Angst um das eigene Leben und das der Familie zu haben und auch die Überzeugung, dass diese Diktatur verschwinden musste."

„Zum Glück ist das Dritte Reich gescheitert, aber es hat, bevor es besiegt wurde, unendlich viel Leid über die Menschen gebracht. – Doch noch etwas anderes: Du sagtest am Anfang, Dein Traum habe auch etwas mit Finns Nachforschungen zu tun. Ihm geht es darum zu erfahren, wie seine Vorfahren die Besetzung ihres Landes erlebt hat. Bei dir handelte es sich doch auch um dieses Thema, als du über deinen Großvater zum Lebensborn kamst und weiter nachfragtest, wie es deinen Groß- und Urgroßeltern in dieser Zeit ergangen ist."

„Stimmt. Da habe ich schon eine Menge erfahren, vor allem von dem Leid, das viele von ihnen dadurch erleben mussten. Weder Oma Klara noch Oma Helga haben etwas davon erzählt, wie ihre Familien zum Nationalsozialismus standen. Haben sie das Regime unterstützt, standen sie ihm kritisch gegenüber oder waren sie sogar im Widerstand? Erst jetzt, wo Finn das für seine Familie herausfinden möchte, komme ich auf diese Fragen."

„So wie in deinem Traum: auch dort ging es um Opfer, Täter oder Menschen, die sich gegen die Täter wehren."

Anna nickte. „Ich werde auf jeden Fall noch einmal nachfragen. Vielleicht weiß Tante Gerda etwas, sie ist ja in vielem gut informiert."

„Finde ich eine gute Idee. – Es gibt noch einen Aspekt, unter dem wir deinen Traum nicht angeschaut haben: Was könnte er mit dir selbst zu tun haben?"

Fragend schaute Anna ihre Therapeutin an. „Sie meinen, wie beim Wildschwein?"

„Ja, im Nachttraum warst du auf der Flucht vor den Soldaten, in der Imagination kamen noch die anderen Flüchtlinge und die Widerstandskämpfer dazu."

„Und jetzt soll ich herausfinden, was die alle mit mir zu tun haben?"

„Ja, so habe ich das gemeint."

„Im Traum gehörte ich zu den Flüchtlingen. Wie die laufe ich vor den Angreifern weg. Traue mich nicht, mich zu wehren. Das kommt mir bekannt vor. Die Widerstandskämpfer wehren sich gegen das Unrechtsregime. Sie sind gegen die Nazis, haben Mut und kämpfen im Untergrund. Und laufen immer Gefahr, entdeckt und getötet zu werden. Deswegen habe ich vorhin auch gesagt, ich weiß nicht, ob ich mir das zugetraut hätte."

„Findest du trotzdem etwas von ihnen in dir wieder?"

„Ich weiß nicht, vielleicht wünsche ich mir mehr, so mutig zu sein und mich gegen Unrecht zu wehren."

„Und tust du das nie?"

Anna dachte nach. „Ein bisschen vielleicht doch. Im Gespräch mit meinem Vater zum Beispiel. Da haben Sie mich doch vor kurzem darauf aufmerksam gemacht, da wehrte ich mich dagegen, dass die Trennung meiner Eltern allein Schicksal wäre."

„Genau. Und noch etwas: Wie du schon sagtest; die Widerstandskämpfer fanden heraus, dass das Regime Unrecht tat, und ließen sich nicht von der Propaganda beeindrucken. Dazu gehört es, genau hinzuhören und nachzuforschen. Das ist es doch, was du auch machst in Bezug auf deine Familie und dich selbst."

„Mit der Familie, das verstehe ich, aber wie bei mir selbst?"

„Du hinterfragst immer mehr, was du machst, so auch alte Glaubenssätze wie: Ich trau mich doch überhaupt nicht, habe mich noch nicht geändert, bin doch nicht normal und so weiter."

„Wenn Sie das so sagen. Aber ohne Sie würde ich das nicht schaffen, Sie weisen mich darauf hin."

„Das stimmt schon, doch auch die Regimegegner oder Widerstandskämpfer haben von anderen gelernt."

„Und die Soldaten?"

„Was fällt dir zu ihnen ein?"

„Sie kämpfen für ihr Land, sind regimetreu, verfolgen die Gegner und töten sie. Irgendwie erinnern sie mich an das Wildschwein, auch wenn sie ganz anders sind."

„Was ist denn das Gemeinsame?"

„Das Aggressive, Angst auslösende. Nur das Wildschwein folgt seinem Instinkt, keinem Befehl. Und das Wildschwein im Traum wollte wahrscheinlich seine Familie schützen."

„Das ist auch der staatliche Auftrag der Soldaten, Familie und Vaterland zu schützen, ob es stimmt oder nicht. Bleiben wir doch erst einmal bei dem Aggressiven, Angst Auslösenden."

„Damals beim Wildschwein ging es darum, dass ich gerne mehr davon hätte, mich mehr wehren möchte. Aber auch um meine Wut, die ich manchmal gegen meine Mutter verspüre", erinnerte sich Anna. „Das ist immer noch Thema. Jetzt auch gegen meinen Vater."

„Und das Regimetreue?"

Anna dachte nach. „Dazu fällt mir der Schäferhund im Genogramm ein: etwas im Auftrag der anderen tun. Wie im Genogramm der Schäferhund: auf meine Mutter aufpassen. Das mache ich inzwischen kaum noch."

Auch wenn Annas Vorabiklausuren in der nächsten Woche beginnen sollten, beschäftigte sie die Therapiestunde weiter. Am nächsten Abend skypte sie mit Lena und berichtete ihr von ihrem Wunsch, mehr über die Vergangenheit ihrer Urgroßeltern zu erfahren.

Erstaunt über Annas nicht nachlassendes Engagement, ließ sich Lena davon überzeugen, gemeinsam mit ihr weiterzufragen, und willigte ein, bei ihrer Tante zu beginnen.

Auf die Fragen wurde Gerda sehr nachdenklich: „Interessante Frage. Von unserer Mutter, eurer Oma Klara, hörte ich immer nur, wie schlimm für sie und ihre Mutter Flucht und Vertreibung gewesen waren. Aber wartet, irgendwann erzählte sie, dass ihre Eltern Parteimitglieder waren, ihr Vater aber nicht gerne in den Krieg gezogen war, da er seine Familie nicht alleine lassen wollte. Bei meinem Vater haben wir ja nachgeforscht, von seinen polnischen Eltern wissen wir nichts. Auf jeden Fall werden sich keine Nazis gewesen sein. Zur Seite Oma Helgas müsst ihr sie selber fragen, da weiß ich nichts."

In der zweiten Dezemberwoche schrieb Anna vier Klausuren. Erschöpft nutzte sie das folgende Wochenende, um sich zu erholen. Endlich schien mal wieder die Sonne, die sich die letzte Zeit sehr rar gemacht hatte, Anna fuhr mit Sylvia im Auto ihrer Mutter hinaus aufs Land und machte einen langen Spaziergang über die Felder. Beide tauschten sich über ihre Klausuren aus, waren sich unsicher, wie die Ergebnisse wohl aussehen würden. Erst einmal war der Lernstress vorbei, in der letzten Woche vor den Weihnachtsferien würde nicht mehr viel passieren. Sylvia lud Anna in ein Café ein, und beide gönnten sich ein großes Stück Torte und einen Cappuccino.

Am Abend telefonierte Anna mit ihrer bayerischen Großmutter. Diese freute sich über den Anruf, erkundigte sich auch nach Finn und den Abiturvorbereitungen. Anna erzählte von den Klausuren und ihrem bevorstehenden Besuch nach dem Weihnachtsfest.

„Das freut mich Anna, Finn hat mir sehr gefallen, ein feiner junger Mann. Ich habe auch den Eindruck, dass er dir guttut."

Anna bejahte dies, schluckte und wechselte das Thema: „Oma, du hast mir schon viel von deinen und Opa Franz' Eltern erzählt. Und von dem vielen Leid, dass der Krieg über euch brachte. Aber was ich gerne noch wissen möchte: Wie standen deren Familien denn zum Nationalsozialismus?"

Einen Moment schwieg ihre Großmutter, um dann langsam, ihre Worte vorsichtig suchend, zu beginnen: „Das ist eine gute Frage. Wir wurden zwar noch in der Kriegszeit geboren, waren aber zu jung, um uns daran zu erinnern. Mit Franz habe ich später öfter darüber gesprochen. Wenn wir unsere Eltern danach fragten, bekamen wir nur spärliche Antworten. Am ehesten von meiner Mutter. Sie war im Heliand. Weißt du, was das ist? Nicht? Das war eine Vereinigung katholischer Mädchen, die meistens höhere Schulen besuchten. Sie war ja auf der Mittelschule. Es ging bei ihnen erst einmal darum, Jesus Christus in das eigene Leben zu integrieren, aber auch Verantwortung für Kirche und Gesellschaft zu übernehmen. In ihren Zusammenkünften wurde viel gesungen, und ihre Naturverbundenheit zeigte sich in gemeinsamen Ausflügen und Wanderungen. Die Nationalsozialisten versuchten, alle Kinder und Jugendlichen in die Hitler-Jugend zu pressen, aber die Mädchen des Heliand widersetzten sich, sie trafen sich weiterhin. Nicht dass du mich falsch verstehst: der Heliand war keine Widerstandsbewegung, stand aber dem Nationalsozialismus kritisch gegenüber. So eben auch meine Mutter.

Bei meinem Vater denke ich, dass es ähnlich war. Meine Mutter erzählte, er habe oft über Hitler geschimpft, er wäre ein Verbrecher und würde nur Unglück über das Volk bringen. Sie hätte oft versucht, ihn zur Vorsicht zu mahnen, damit er nicht im Gefängnis oder KZ lande, Als Versehrter kam er aus dem Krieg und wollte nichts davon erzählen, war völlig verstummt.

Anders sah es bei dem Vater von Franz aus, dem Brauer, du erinnerst dich? Er war Parteimitglied, wohl auch vom Sinn des Krieges überzeugt. Das soll sich aber während seiner Soldatenzeit verändert haben, als er erlebte, was da in Russland alles passierte. Er hoffte so, den Krieg zu überleben, hat es aber nicht geschafft. Das erfuhr Franz von seinem Onkel, dem jüngeren Bruder seines Vaters. Dem hatte er das alles während seines letzten Fronturlaubs erzählt.

Die Mutter von Franz war ebenfalls in der Partei, als Mädchen wohl auch im BDM. Sie schwärmte später von den Feiern und Lagern, es wäre die schönste Zeit ihrer Jugend gewesen. Später wollte sie nicht mehr darüber sprechen. Der Russe hat ihr den Mann genommen, so redete sie, und jetzt ging es darum, ihre Kinder allein und zu anständigen Menschen zu erziehen. Sie wollte einfach alles vergessen und nur noch an die Zukunft denken."

Die Großmutter schwieg für einen Moment. „Mehr kann ich dazu nicht sagen. Und wie hört sich das für dich an?"

„Das war eine ganze Menge, ich danke dir, dass du mir das alles erzählt hast!"

Nach dem Gespräch versuchte Anna, die Informationen ihrer Großmutter auf ihrem Laptop festzuhalten. Sie druckte sie aus und brachte sie in die letzte Therapiesitzung vor den Weihnachtsferien mit.

Frau Grünheit hörte aufmerksam zu. Anschließend bat sie Anna, das Foto ihres gesamten Genogramms aus der Mappe hervorzuholen.

„Wie wirken die Symbole jetzt auf dich?"

Annas Blick glitt langsam über die große Aufnahme. „Das Wildschwein mit dem Schneefleck auf der vorgestreckten Nase schaut jetzt weniger lustig aus und trägt ein Hakenkreuz um den Hals, denn jetzt weiß ich, dass der Vater von Opa Franz ein Parteimitglied war und auch noch den Krieg gut fand. Aber er hat sich gewandelt und gesehen, dass der Krieg mörderisch, die Soldaten Täter waren. Die Schwanenfrau mit den vielen Küken, die Mutter von Opa Franz, hat ebenfalls das Parteizeichen im Gefieder. Der einsame Wolf, der Vater von Oma Helga, bleibt einsam, auch wenn er vor dem Krieg geheult hatte, aber hinterher wollte und konnte er nicht über das Erlebte sprechen. Nur die Frau mit den vielen Koffern, die Mutter von Oma Helga, ist noch lebendiger und kräftiger geworden, denn sie zeigte von allen den größten Mut zur eigenen Position, auch wenn sie sich dem Regime nicht wirklich widersetzte. Doch dann hätte sie wahrscheinlich nicht überlebt."

Anna schaute noch zu den Symbolen der anderen Urgroßeltern: „Der Stein für den Vater von Oma Klara, von dem ich so wenig weiß, hat auch ein Parteiabzeichen bekommen, doch ein kleines, da er so ungern in den Krieg zog und seine Familie schützen wollte. Und die weinende Frau, die so unter der Vertreibung gelitten hat, die Mutter von Oma Klara, hat ebenfalls ein Vorleben mit Parteibuch bekommen, von dem sie später wohl nichts mehr wissen wollte."

„Wie geht es jetzt den Symbolen von dir mit den Veränderungen?"

Annas Blick ging hinunter zur unteren Reihe.

„Der Ente ist das nicht so wichtig. Sie kann schwimmen, egal, was da oben passiert. Aber der Schäferhund hat sich noch mal aufgerichtet, als die vier Hakenkreuze dazukamen, und geknurrt."

Einen Moment stutzte Anna, dann lächelte sie: „Dabei heißt es doch ‚deutscher Schäferhund'. Irgendwo habe ich gelesen, dass er der Lieblingshund Hitlers war." Doch gleich wurde sie wieder ernst. „Aber mein Schäferhund ist ein anderer, er ist auch nicht mehr so wachsam, er liegt jetzt wieder und kann das alles ziemlich gelassen anschauen."

„Wie geht es dir selbst jetzt mit den Veränderungen in deinem Genogramm?"

In Annas Stimme schwang der Zweifel mit. „Insgesamt vier Hakenkreuze, das ist ein schreckliches Bild. Irgendwie ist mir das auch zu einseitig."

„Wie meinst du das?"

„Waren sie denn alle Täter, nur weil sie an den Nationalsozialismus glaubten? Sie sind doch auch zu Opfern geworden. Meine Urgroßväter waren beides. Und die Frauen, die haben niemanden umgebracht, haben allerdings mit das Regime unterstützt und es möglich gemacht, dass so viel Unrecht geschah, auch wenn die meisten angeblich nichts davon wussten."

„Es gab auch Menschen zu dieser Zeit, die erst von überzeugt waren, dann aber viel von dem Unrecht wahrnahmen und ihre Einstellung änderten."

„Stimmt, das war so bei dem Vater von Opa Franz, der so viel Schreckliches im Krieg erlebte. Nicht aber bei seiner Frau, sie wollte später nicht mal mehr darüber reden."

Nach einer kurzen Pause fuhr Anna fort: „Auf der anderen Seite hat sie im Krieg ihren Mann verloren, und sie musste ihre Kinder allein großziehen. Irgendwie kann ich sie auch verstehen, auch wenn ich ihre Haltung nicht gut finde."

Inzwischen hatte auch Finn mit seinen noch lebenden Großeltern über die deutsche Besatzungszeit gesprochen. Er berichtete Anna davon bei ihrem letzten Internettreffen vor Weihnachten.

Zunächst waren sie erstaunt über seine Fragen. „Am meisten erfuhr ich von Niklas, dem Vater von Jus. Du weißt, das ist mein Lieblingsopa. Er wuchs in Kopenhagen auf. Sein Vater führte eine Arztpraxis und stand den Deutschen ablehnend gegenüber, versuchte sich aber, wie so viele, sich anzupassen, wohl auch zum Schutz seiner Familie. Der Onkel von Niklas, ein Richter, sympathisierte wohl erst mit dem Naziregime, wurde aber mit den wachsenden Repressionen kritischer und zum Schluss zum überzeugten Gegner der Deutschen. Niklas berichtete, dass auch Wehrmachtssoldaten in die Praxis seines Vaters kamen, und glaubt auch, sich an die Uniformen und die gewienerten Stiefel zu erinnern. Das ist vielleicht möglich, denn bei Kriegsende war er sechs Jahre alt. Die Praxis befand sich in der Wohnung seiner Familie. Wenn die Deutschen kamen, sei die Stimmung sehr angespannt gewesen. Und wenn sie gegangen waren, hätten sein Vater und die Sprechstundenhilfe kräftig gelüftet. – Mit meiner Oma Inge habe ich auch gesprochen. Das war die Frau von Niklas, sie leben schon länger getrennt voneinander. Ihre Eltern waren ebenfalls gegen die Besatzung, haben sich aber wie Niklas Eltern versucht zu arrangieren. Sie selbst hat keine Erinnerungen an diese Zeit.

Martin, der Vater von Grete, starb bereits vor fünf Jahren an Krebs. Aber Hanne, seine Frau konnte ich noch befragen. Ihr Vater war Lehrer, und anscheinend traute er sich auch, im Unterricht gegen die Deutschen Stellung zu beziehen. Ihre Mutter hatte Angst, dass die Deutschen Wind davon bekämen. Sie wusste noch von Martins Eltern, die eine Apotheke betrieben, dass sie Arzneimittel an versteckte Juden und Widerstandskämpfer abgaben."

Als Finn schwieg, fragte Anna: „Wie findest du denn das, was du über deine Familie herausgefunden hast?"

„Ganz gut. Auf jeden Fall bin ich erleichtert, dass keiner der SS angehörte, wenn auch mein Großonkel zuerst mit den Nazis sympathisierte. Die Geschichten von der Seite meiner Familie Gretes gefallen mir gut, vor allem der Mut meiner beiden Urgroßväter.

Einen richtigen Widerstandskämpfer habe ich leider nicht als Vorfahren, das hätte mir natürlich noch besser gefallen."

„Irgendwie beneide ich dich ein wenig darum, dass du nicht in Deutschland aufgewachsen bist", stellte Anna nachdenklich fest. „Ich stamme aus dem Land des Nationalsozialismus, meine Vorfahren waren somit Mitunterstützer des Hitlerregimes."

Finn, der inzwischen auch die Nachforschungen Annas zur politischen Überzeugung ihrer Urgroßeltern kannte, widersprach: „Wir beide haben doch mit dem Ganzen nichts mehr zu tun, selbst unsere Großeltern waren in der Zeit noch Kinder."

Doch Anna war nicht überzeugt: „Und dennoch wollen wir wissen, wie sich unsere Vorfahren in der Zeit verhalten haben."

Weihnachten verbrachten Anna, Lena und ihre Mutter fast wie jedes Jahr. Wie immer schmückten sie zusammen den Baum, kochten gemeinsam und machten eine kleine Bescherung. Das erste Mal skypten sie anschließend mit Gerda, die ihnen im Sommerkleid auf der Veranda sitzend, ein frohes Fest wünschte.

Die beiden Schwestern saßen am Abend noch lange zusammen, es gab viel zu bereden. Zwar waren sie über das Mailen und Skypen gut über die Ereignisse im Leben der andern im Bilde, doch konnten sie jetzt noch besser nachfragen und einiges vertiefen. Lenas neuer Freund David, ein Student aus ihrem Semester, war mit in ihre WG gezogen, eine für sie neue Situation, mit einem Mann zusammenzuleben. Er hatte das Zimmer von Jana übernommen, die nach Göttingen gezogen war. Nele war geblieben, und sie unternahmen viel zu dritt, so wurde es nach Lenas Empfinden nicht zu eng mit David.

Der obligatorische Spaziergang führte am ersten Weihnachtsfeiertag in den Bürgerpark. Zwar hing wie in der vorangegangenen Woche eine Nebelglocke über der Stadt und hinterließ Bäume, Sträucher und Rasenflächen in grauem Licht, doch genossen die drei die frische Luft und schritten kräftig aus. Zu Hause tranken sie gemeinsam Kaffee.

Der Kuchen war gegessen und die zweite Tasse Kaffee geleert, als Lena Anna kurz anschaute und mit Blick auf die Mutter begann: „Mama, wie war das eigentlich nach eurer Trennung, da hatten wir lange kaum Kontakt zu Papa. Woran lag das?“

Irritiert schaute die Mutter Lena an. „Wieso fragst du das?“

Einen Moment war Stille in der kleinen Küche, bis Lena fortfuhr: „Bisher waren wir immer der Meinung, Papa wollte uns gar nicht häufiger sehen.“

An dieser Stelle griff Anna ein. „Papa hat Finn und mir erzählt, dass du nicht wolltest, dass wir ihn in den Ferien besuchten. Er hätte uns sogar abgeholt, doch das war dir auch nicht recht.“

Brigittes Blick flackerte unruhig, Anna entdeckte rote Flecken auf ihren Wangen. „Das hat er also gesagt.“ Sie machte eine Pause und atmete tief durch. „Ist natürlich klar, dass er das so sieht. Aber ich hatte damals so kurz nach der Trennung wirklich das Gefühl, dass euch die Besuche bei ihm nicht gutgetan hätten. Er ist so plötzlich gegangen und dann war da auch schon bald Renate.“

„Es ging ja nicht nur um die Zeit direkt nach der Trennung“, widersprach Lena. „Kann es sein, dass du es nicht wolltest, dass wir ihn besuchten?“

Die Mutter schwieg und schaute betreten auf die leergegessenen Kuchenteller. „Das kann schon auch sein“, gestand sie ein. „Ich war sehr wütend auf euren Vater, und es ging mir in der Zeit nicht gut, das wisst ihr ja. Da wollte ich nicht, dass er euch einwickelt und für sich einnimmt. Ich habe aber auch an euch gedacht, das müsst ihr mir glauben.“ Jetzt sah sie ihre Töchter abwechselnd an. „Damit ihr nicht zwischen uns hin- und hergerissen wurdet.“

„Hattest du Angst, wir hätten ganz bei Papa bleiben wollen?“ fragte Anna.

„Ja und nein. Ihr habt ihn immer angehimmelt, das stimmt schon. Aber ich wusste auch, dass er arbeiten musste, und dann war Renate schwanger. Das wäre von seiner Seite nicht gegangen. – Später hatte ich nichts dagegen, dass ihr mit ihm gemeinsam in den Urlaub fuhrt, daran erinnert ihr euch doch auch. Und in den letzten Jahren hat er sich nicht sonderlich darum bemüht, euch öfter zu sehen, da war er selbst mit seiner Familie beschäftigt.“

Mit ihrer Gabel schob Brigitte die noch die übrigen Krümel zusammen. Noch einmal hob sie den Blick und schaute etwas ängstlich auf ihre Töchter. „Es tut mir leid, wenn ich euch damit die Möglichkeit genommen habe, ihn öfter zu sehen. Wenn ich es getan hätte, wärt ihr dann lieber zu ihm gezogen?“

Lena und Anna schauten einander kurz an. Lena begann: „Das kann ich jetzt nicht so einfach beantworten. Dann wäre alles anders verlaufen. Aber ich glaube eher nicht. Im Hause von Papa und Renate wäre kein Platz für uns gewesen. Renate war mir nie so sonderlich sympathisch, und die Kinder sind eher anstrengend.“

Anna nickte. „So sehe ich das auch. Doch erst durch die gemeinsamen Urlaube mit den vieren an der Ostsee haben wir das feststellen können. Aber ich hätte gerne mehr Kontakt zu Oma Helga gehabt, sie hat mir gefehlt.“

Lena stimmte zu. „Die Besuche bei Oma Helga waren auch für mich so wichtig in den ersten Jahren, ich habe sie sehr vermisst.“

Den Blick gesenkt, fragte Brigitte mit belegter Stimme: „Und ihr wärt sicher bei mir geblieben? Ihr hattet es ja nicht einfach mit mir, denn es ging mir oft nicht gut.“

Lena umarmte die Mutter. „Das ist wahr. Das hat Anna mehr zu spüren bekommen als ich. Ich war mehr unterwegs. Aber es gab auch andere Zeiten, da warst du gut drauf. Und in den letzten Jahren ging es dir immer besser.“

Brigitte versuchte, ihre Tränen zu unterdrücken, aber es klappte nicht. „Ist das so Anna? Hat dich das sehr belastet?“

„Ja, ich hatte oft das Gefühl, ich muss nach dir schauen und aufpassen, dass er dir gut geht.“

Jetzt wurden auch Annas Augen feucht, und sie schluckte.

„Ich dachte mir schon so was, als es dir selbst schlechter ging, dass es auch mit mir zu tun hat. Da habe ich mich ganz schön mies gefühlt. Hättest du nur was gesagt.“

„Wie denn?“ jetzt war der Ärger in Annas Stimme zu hören. „Dann wärst du wieder am Boden zerstört gewesen, und ich hätte mich schuldig gefühlt. Das ging gar nicht.“

In diesem Moment griff Lena ein. „Jetzt können wir drüber reden, das ist doch gut. Mir ist dadurch noch vieles klarer geworden.“

Die Mutter erhob sich. „Ja, es ist gut, dass ihr das angesprochen habt. Aber ich brauche jetzt eine Pause, um das zu verdauen. Ich hoffe, ihr versteht das.“ Sie verließ den Raum, die Türe leise hinter sich schließend.

Mit ihren Blicken folgten ihr Anna und Lena, dann schauten sie einander etwas betreten an.

„Meinst du, das war zu viel?“ fragte Anna ängstlich. „Sie wirkt ganz schön fertig.“

„Ach, da muss sie jetzt durch, es wurde auch mal Zeit. Sie hat zum Schluss ja gesagt, dass es gut war, dass wir darüber gesprochen haben.“ Doch Lena klang wenig überzeugt.

Den Abend verbrachten die beiden in Lenas Zimmer und schauten sich einen Film an. Die Ablenkung tat ihnen gut, denn ihre Stimmung war deutlich getrübt.

In der Nacht konnte Anna zunächst nicht einschlafen. Immer wieder ging ihr das Gespräch mit der Mutter durch den Kopf, und sie sah deren betretenen Blick, die hektischen Flecken auf den Wangen und die unterdrückten Tränen. Sie fühlte sich schuldig und fürchtete, ihre Mutter in eine neue Krise gebracht zu haben.

Wie oft, wenn der Schlaf nicht kommen wollte, besuchte Anna ihr Haus am See.

Nachdem sie ordentlich eingeheizt und sich auf dem Sofa in eine Decke gehüllt hatte, wurde ihr langsam warm. Sturmwind schaute durch das Fenster, sie hörte auch den Ruf ihrer Eule auf dem Dach.

In der Nacht wurde sie von einem Albtraum geweckt.

Gemeinsam mit ihrer Mutter machte sie einen Spaziergang am Meer. Plötzlich kam Sturm auf, und eine Böe riss ihre Mutter ins Wasser. Sie schrie und streckte den Arm aus den Wogen. Anna lief ins Wasser und versuchte ihre Mutter zu retten, aber vergebens. Sie tauchte nicht mehr auf.

Der Schrei ihrer Mutter hallte noch lange in ihrem Kopf nach. Anna musste nicht lange nachdenken, um den Traum zu verstehen. Lange blieb sie wach und fand erst gegen Morgen wieder in den Schlaf.

Von Ferne rief eine Stimme ihren Namen. Als Anna die Augen öffnete, stand Lena neben ihr. „Frühstück ist fertig. Es wird Zeit zum Aufstehen, du Schlafmütze.“ Dann bemerkte sie mitleidig: „Wohl nicht gut geschlafen, was?

Na ja, nach dem, was gestern passiert ist, kann ich das verstehen. Ich hatte keine Probleme, obwohl, stimmt nicht so ganz, ich habe noch ziemlich lange gelesen, um mich abzulenken."

Aus der Küche kam ihnen Kaffeeduft entgegen. Die Mutter hatte den Tisch reichhaltig gedeckt, auch Eier gekocht. Anna sah ihr an, dass auch ihre Nacht nicht so besonders gewesen war.

Als beide eingetreten waren, trat die Mutter ihnen entgegen, nahm sie in die Arme und drückte sie fest an sich. Dann ließ sie beide los und nahm Platz. Etwas verlegen folgten ihr die Mädchen.

Die Mutter schenkte Kaffee ein, reichte den Brötchenkorb herum und räusperte sich.

„Ich habe gestern noch lange nachgedacht. Und die Nacht auch nicht so besonders geschlafen. Alle Gefühle von früher kamen noch mal hoch, ich habe mich ziemlich mies gefühlt. Dabei ist mir noch mal bewusst geworden, was ich euch alles zugemutet habe. Das hat es auch nicht gerade besser gemacht. Aber dann wurde mir klar, wie wichtig es war, dass ihr das ausgesprochen habt, wie es euch damit ging. Ihr seid einfach tolle Mädchen. Ich weiß nicht, womit ich euch verdient habe." Jetzt liefen ihr die Tränen.

„Ach Mama!" Lena war aufgesprungen und nahm die Mutter in den Arm. „Da hast du auch was dazu beigetragen, denn wir sind deine Töchter."

Auch Anna trat hinzu. „Ich bin so froh, dass es dir besser geht und du das verstanden hast."

Eine Weile standen sie still zu dritt und hielten einander. Schließlich kehrten sie zu ihren Sitzen zurück und beendeten ihr Frühstück.

Am Nachmittag kehrte Peter Grote vom Besuch bei seinem Sohn und dessen Familie aus Göttingen zurück. Für den Abend hatte er Brigitte und ihre Töchter zum Essen bei seinem Stammitaliener eingeladen. Peter spürte, dass etwas vorgefallen war, da war eine besondere Nähe zwischen Brigitte und ihren Töchtern, sagte aber nichts.

Vor dem Fest hatten sich Anna und Lena zur gemeinsamen Bahnfahrt für den Tag nach Weihnachten verabredet. Die Mutter brachte beide gegen Mittag zum Zug und wünschte ihnen eine gute Reise. Die Umarmung fiel dieses Mal besonders innig aus. Der Abschied von ihren Töchtern fiel der Mutter nicht leicht. Auf der anderen Seite würde sie in wenigen Stunden mit Peter zu einer Reise in dem Harz aufbrechen. Dort wollten sie bis zum neuen Jahr bleiben.

Nur eine Stunde fuhren die Schwestern zusammen, in Hamburg mussten sie beide aussteigen. Noch einmal sprachen sie über das Fest und das Gespräch mit ihrer Mutter.

„Wie gut, dass du dich getraut hast, Mama zu fragen", meinte Anna.

„Das war nur möglich, weil du mir von dem Gespräch mit Papa erzählt hast und wir schon vorher darüber geredet haben. Und du hast ja mit deiner Meinung auch nicht hinter dem Berg gehalten", wandte Lena ein.

In Hamburg blieb ihnen wenig Zeit, die Regionalbahn nach Kiel würde in wenigen Minuten abfahren. Sie umarmten einander und versprachen, sich nach ihrer Ankunft per SMS zu melden.

62. Silvester in Dänemark

Anna machte sich auf zu ihrem Gleis. Ihr Zug fuhr nach Kolding durch, so konnte sie sich entspannen. Sie schloss die Augen und erinnerte sich noch einmal an die letzten Tage. Weihnachten hatte ihr gefallen, es war auch schön, Zeit mit Lena zu verbringen. Nur hatte sie ihre Ankunft nicht so sehnlich herbeigewünscht wie die letzten Jahre, auch der Abschied fiel leichter. Ihr Blick richtete sich aus dem Fenster. Die Landschaft sah sie nun zum wiederholten Male, der Weg nach Dänemark war ihr bekannt, aber sie fuhr ihn zum ersten Mal in der Winterzeit. Es lag kein Schnee, doch die Wiesen wirkten farbloser als im Frühling und Sommer und die Laubbäume trugen keine Blätter. Innerlich musste sie lächeln: das letzte Mal war sie per Adler nach Kolding gereist, da hatte sie die Landschaft von oben gesehen.

Dabei fiel ihr Sturmwind ein.

Das Pferd lief neben der Bahn her und schaute zu ihr ins Fenster hinein. Im nächsten Moment sah sie sich auf seinem Rücken, den Zug entlang galoppieren. Sturmwind wieherte und warf den Kopf zurück. Er konnte es immer noch mit dem Gefährt auf den Schienen aufnehmen. Der Wind pfiff beiden um die Ohren, Anna schmiegte sich eng an den Pferdehals. Es sollte endlos so weitergehen.

Als sich die Abteiltür öffnete, schreckte Anna auf, sie war eingeschlafen. Der dänische Schaffner trat ein und kontrollierte die Fahrkarten. Ihr gegenüber saß eine alte Dame und las in einer Illustrierten, sie schien Anna kaum wahrzunehmen. So konnte Anna weiter ihren Gedanken nachhängen. Sie wunderte sich, dass Sturmwind wieder einmal aufgetaucht war. Da fiel ihr ein, dass er sie früher oft auf längeren Bahnfahrten begleitet hatte.

Noch zwei Stunden dauerte die Fahrt, bis der Zug in Kolding einfuhr. Finn stand bereits auf dem Bahnsteig. Er umarmte sie herzlich.

Die Dunkelheit war bereits eingebrochen, als die beiden in Finns Elternhaus eintraten. Seine Eltern saßen zusammen im Wohnzimmer, wenig später trat auch Jan ein. Eineinhalb Jahre hatte Anna ihn nicht mehr gesehen, die Sommer-Urlaubsbräune war verschwunden, aber sonst schien er kaum verändert.

„Anna, wie schön, dich wiederzusehen! Klasse siehst du aus, ich hätte dich kaum wiedererkannt!"

Er umarmte Anna und plauderte weiter: „Nie hätte ich damit gerechnet, dass ihr beiden weiter Kontakt habt und immer noch zusammen seid! Finde ich super! Wie geht es eigentlich Sylvia?"

Annas Blick fiel auf Finn, dessen Miene sich verdunkelt hatte. Verhalten antwortete sie: „Sylvia geht es gut. Sie lässt dich grüßen."

„Danke, grüß sie mal zurück. Sie war ja sehr nett, aber mit uns beiden hat es nicht so geklappt. Da wohnen wir wohl zu weit auseinander. Aber ihr beiden habt es hinbekommen, alle Achtung", fügte er noch hinzu.

Auch Finns Eltern begrüßten Anna herzlich und erkundigten sich nach ihrer Fahrt. Beim gemeinsamen Abendessen sprachen sie über das gerade vergangene Weihnachtsfest. Das Wohnzimmer war noch festlich geschmückt, die Kerzen am Weihnachtsbaum tauchten den Raum in ein freundliches Licht. Überall standen rote Wichte und grüne, mit Strohsternen Zweige in Vasen; ein wenig überladen nach Annas Geschmack.

Finn hatte Annas Blick durch den Raum wahrgenommen. Später bemerkte er dazu schmunzelnd: „Wir Dänen lieben Weihnachten und das Drumherum. Aber alles in rot-grün. Ich finde, meine Mutter übertreibt es ein bisschen, doch so sieht es fast in jedem Wohnzimmer hierzulande aus."

Dieses Mal übernachtete Anna mit Finn in seinem Zimmer. Er hatte ein zweites Bett hineingestellt, all das war für seine Eltern selbstverständlich gewesen.

„Stell dir vor, mein Vater hat mich darauf angesprochen, ob wir die Sache mit der Verhütung geklärt haben."

Anna zuckte zusammen. „Und was hast du gesagt?"

„Na klar, da brauche er sich keine Gedanken zu machen. Damit war die Sache für ihn erledigt. – Sie müssen ja nicht wissen, dass da gar nichts passieren kann."

Anna zögerte, sprach es aber doch an: „Wie geht es dir denn damit, dass es nicht passieren kann?“

„Du meinst, dass wir nicht miteinander schlafen?“

„Ja.“

„Wir haben doch auf der Radtour schon darüber gesprochen. Ich spüre doch, dass du noch Zeit brauchst.“

„Und das ist für dich in Ordnung?“

„Ja, sonst hätte ich schon was gesagt. Wenn dir nach mehr ist, wirst du mir das schon zeigen.“

Anna schluckte. „Das finde ich toll, dass du mir da Zeit lässt, danke.“

Sie küssten sich zur guten Nacht, und jeder schlüpfte unter seine Bettdecke.

Doch Anna konnte lange Zeit nicht einschlafen. Immer wieder kreiste der Gedanke durch ihren Kopf, ob Finn wirklich ehrlich war, nicht eigentlich mehr von ihr erwartete. Jetzt waren sie doch schon längere Zeit zusammen, und selbst seine Eltern erwarteten, dass sie es täten. Ihr Mutter sicher auch, nur sprach sie das nicht an. Und sie kam sich ganz und gar nicht normal vor, mochte ihre Therapeutin noch so gute Argumente dagegen anbringen. Küssen mochte sie Finn, doch jede längere Umarmung löste Unruhe in ihr aus. Aber warum sollte sie nicht einfach mehr versuchen, was sprach dagegen?

Das Kopfkarussell machte sie wieder wach, und nur mit großer Mühe gelang es ihr, das gelbe Haus am See herbeizuträumen und einzuschlafen.

Am nächsten Morgen frühstückten sie mit Finns Mutter. Jan war spät von seiner Party heimgekommen und schlief noch, Jus arbeitete zwischen Weihnachten und Neujahr und war schon vor einer Stunde in seine Praxis gefahren. Grete dagegen hatte ihre Kanzlei in dieser Woche geschlossen und genoss die freie Zeit. An diesem Tag plante sie, eine Freundin in der Nähe besuchen.

Der Wind frischte auf, die Wellen schlugen gegen das Ufer, und die Wolken jagten über den Himmel. Doch es regnete nicht, es sollte tagsüber trocken bleiben.

Anna und Finn beschlossen, zu einem Spaziergang am Meer aufzubrechen. Inzwischen hatte sich Finn einen kleinen Renault gekauft, da er im Winter und auch bei schlechtem Wetter nicht mehr mit dem Fahrrad zur Arbeit fahren mochte.

Der schon betagte Wagen brachte sie zur Küste. Hier stürmte es noch heftiger, doch hatten sich die warm eingepackt, die Mützen tief ins Gesicht gezogen. Anna hakte sich bei Finn ein und lief dicht neben ihm. Er schien nichts dagegen zu haben.

Nach einer guten Stunde kehrten sie um und genossen es, vom Wind angeschoben zu werden.

Schneller als auf dem Hinweg erreichen sie wieder ihr Auto. Finn kannte ein Strandcafé in der Nähe. Sie kehrten ein und aßen eine warme Suppe.

„So besonders gut scheinst du dich mit Jan nicht zu verstehen", bemerkte Anna.

„Merkt man das?" Wie am Abend zuvor verdüsterte sich Finns Miene. „Eigentlich sollte es mir ja egal sein, aber seine Art geht mir auf den Wecker. Immer gut drauf, so smart, immer im Mittelpunkt. Dabei kenne ich ihn gar nicht anders. Da wir uns aber jetzt nicht mehr so oft sehen, er ja nur alle paar Monate vorbeikommt, fällt mir das wohl mehr auf."

Er machte eine Pause und aß seinen Teller leer, legte den Löffel zurück und fuhr fort: „Mich ärgert auch, wie er meine Eltern um den Finger wickelt. So kommt er z. B. nie mit dem Geld aus, er geht einfach zu viel weg, findet immer andere Ausreden. Und schon stecken sie ihm wieder etwas zu."

„Dass er bei euch häufig im Mittelpunkt steht, hast du mir schon bei unserer Radtour erzählt. War das immer schon so?" fragte Anna.

„Gute Frage." Finn dachte einen Moment nach. „Ich glaube schon. Er ist nun mal der Lebendigere von uns beiden, hat mehr Freunde und war früher auf Partys und mit Mädchen unterwegs. Anscheinend gefiel das meinen Eltern."

„Das kommt mir bekannt vor", wandte Anna ein.

„Ja, wir beiden sind da anders, das verbindet uns auch", stellte Finn fest und schaute Anna an. Er griff nach ihrer Hand und drückte sie. Anna ließ es zu, fragte aber weiter: „Hat das auch was mit seinem Medizinstudium zu tun? Das findet euer Vater sicher gut."

„Na klar. Vater stammt selbst aus einer Arztfamilie, einer der Söhne hat in die Fußstapfen des Vaters zu treten, und die Aufgabe erfüllt Jan. Ich brauchte das nicht mehr, hätte aber auch studieren sollen, am besten Jura wie Grete oder Wirtschaftswissenschaften. Das wäre was Standesgemäßes. Aber eine Lehre als Zimmermann passt nicht in die Familientradition."

„Erwartet deine Mutter das auch von dir?"

„Ich denke schon. Auch wenn sie das nicht so sagt, spüre ich schon, dass sie es lieber gesehen hätte, wenn ich zur Universität gegangen wäre. Dabei erzählt sie gerne, dass ihre Eltern sehr darauf bedacht waren, ihre beiden Töchter frei zu erziehen. Ihr Vater war Apotheker, und ihre Mutter arbeitete mit im Geschäft. Bildung wurde vor allem von der Mutter sehr großgeschrieben, da sie selbst die höhere Schule nicht besuchen durfte. Deswegen wurde erwartet, dass beide Mädchen Abitur machen und studieren würden. Das zum Thema Freiheit. So wurden meine Mutter Juristin und meine Tante Lehrerin. Du siehst, die gibt es auch in unserer Familie. – Und du weißt ja, wie Grete und Jus reagiert haben, als ich sie mit dem Lehrvertrag überraschte. Ob ich mir das auch gut überlegt hätte, war dann Gretes erste Frage."

Finn schaute Anna an und lächelte, doch Zweifel schwang in seiner Stimme mit. „Du weißt ja, im Sommer mache ich meine Abschlussprüfung, und was dann? Das beschäftigt mich die letzte Zeit immer mehr. Ich habe dir das bereits erzählt, ich kann als Geselle in der Firma bleiben, die Stelle wechseln oder Architektur studieren. Doch wenn ich mich für das Studium entscheide, erfülle ich dann nicht wieder die Erwartungen meiner Eltern, oder mache ich das, weil ich es will?"

„Hast du denn Lust, Architekt zu werden?"

„Ja, Häuser bauen wollte ich immer schon, jetzt bin ich auch daran beteiligt. Sie aber selbst entwerfen und den Bau begleiten, das würde mir noch mehr Spaß machen."

„Dann ist das doch dein Weg. Und nur, weil er deinen Eltern gefallen würde, muss er doch nicht schlecht sein", wandte Anna ein.

„Ja, du hast recht. Und du bist eine ganz Kluge." Noch einmal drückte er ihre Hand.

„Mir geht es doch ähnlich", erwiderte Anna. „Immer wieder stelle ich mir die Frage, was ich denn werden will. Auch darüber haben wir beide schon gesprochen, nach den Sommerferien, erinnerst du dich? In einem halben Jahr habe ich mein Abi und weiß es immer noch nicht. Sylvia hat es da besser, sie hat ein klares Ziel vor Augen. Manchmal denke ich, Journalistik wäre gut. Ich recherchiere und schreibe gerne. Aber würde ich da nicht den Berufswunsch meiner Mutter erfüllen? Sie wollte das doch studieren, da kam ihre Schwangerschaft dazwischen. Ein anderes Mal zieht mich das Jurastudium an. Das ist so seit dem Gespräch mit deiner Mutter. Aber auch da könnte ich versuchen, nachträglich die Besuchsrechtsentscheidung meiner Eltern zu verändern, was ja nicht geht."

„Du tätest es dann für andere Kinder."

„Ja, da hast du auch recht. Beim Psychologiestudium, das würde mich auch interessieren, geht es häufig auch erst einmal um die Bewältigung eigener Probleme, das spricht ja nicht gegen die Wahl, denn es geht doch auch darum, anderen zu helfen."

„Was ist dir denn im Moment am nächsten?"

„Ich glaube Journalistik, aber ich bin mir noch nicht sicher. Aber etwas anderes beschäftigt mich noch."

Anna machte eine Pause und schaute Finn unsicher an. Doch er sagte nichts, schaute sie aber fragend an.

„Ich denke drüber nach, ob ich mit dem Studium nicht in Dänemark beginnen könnte. Ich mag euer Land, und wir wären nicht so weit voneinander entfernt. Was hältst du davon?"

Begeistert sprang Finn hoch, zog Anna von ihrem Sitz und nahm sie in seine Arme. „Das wäre toll! Wir beide in einer Stadt, vielleicht auch in einer Wohnung, das ist eine super Idee!"

„Na, ich muss erst mal sehen, ob das überhaupt geht und ob ich mir das leisten kann", wandte Anna ein. „Aber auf der anderen Seite hätte ich Lust dazu. Ich sehe das an Lena, David ist mit in ihre WG gezogen, und es geht den beiden sehr gut damit."

Am übernächsten Tag brachen Finn und Anna auf, um Finns Großvater zu besuchen. Seit seiner Pensionierung wohnte er ganz in seinem Ferienhaus an der Nordsee. Er hatte von Finns Freundschaft zu Anna gehört und beide eingeladen, mit ihm Silvester zu feiern. „Wenn ihr überhaupt Lust habt, mit einen alten Mann Zeit zu verbringen", hatte er am Telefon zu Finn gesagt. „Es kommt auch noch Else, eine Freundin von mir, so wären wir zu viert."

Da Anna Finns Lieblingsopa aus seinen Erzählungen kannte, hatte sie zugestimmt und freute sich, ihn kennenzulernen. Wie immer schwang auch eine Portion Skepsis mit, sie fürchtete, seinen Erwartungen nicht genügen zu können.

Vor ihrer Abfahrt hatten sie sich von Finns Eltern und Jan verabschiedet. Die drei wünschten ihnen einen guten Rutsch ins neue Jahr und richteten Grüße an Niklas und Else aus.

Anna gefiel es auf dem Beifahrersitz neben Finn. Es erinnerte sie an die Fahrt nach Bayern und zurück, wenn sich Landschaft und Jahreszeit jetzt auch deutlich unterschieden. Hügelige Felder und Wiesen wechselten sich mit Mischwäldern und kleinen Ortschaften ab.

Ihr Blick richtete sich auf Finn: „Erzähl mir doch ein bisschen mehr von deinem Opa. Ich weiß nur, was er dir von seinen Eltern und seinem Onkel erzählt hat und dass du ihn besonders magst."

Finn schaute sie kurz an, wandte sich aber wieder der Straße vor ihm zu. Dabei lächelte er versonnen. „Im Ferienhaus von Niklas und Inge habe ich viele Sommerferien verbracht. Meistens mit Jan und manchmal auch mit meinen Cousins und Cousinen. Niklas spielte viel mit uns Kindern, baute Sandburgen und sang mit uns Lieder. Er ist sehr musikalisch, spielt gut Klavier, meistens Klassisches. In den Ferien hatte er oft sein Akkordeon dabei."

„Da hast du das also her, deine Liebe zur Musik."

„Da kannst du schon recht haben. – Wenn der Wind ordentlich wehte, und das tut er oft an der Nordsee, dann ließen wir zusammen Drachen steigen. Da war er auch Experte."

„Da muss es Jus als Kind doch gut gehabt haben mit so einem tollen Vater."

Finn schaute wesentlich ernster. „Das denkst du so. Nein, zu seinen Kindern muss er anders gewesen sein, viel strenger. Er verlangte gute Leistungen von ihnen, das hörte ich aus den Erzählungen von Jus heraus. Niklas arbeitete als Arzt im Kopenhagener Gesundheitsamt und kam meist ziemlich gestresst und müde nach Hause. Dennoch war es für ihn ganz klar, dass Jus als Ältester Medizin studierte und einen guten Abschluss machte."

„Und Inge, deine Oma?"

„Inge arbeitete auch im Gesundheitsamt, als Sekretärin, da lernten sich die beiden kennen. Sie bekamen drei Kinder, Jus als Ältesten, dann zwei Jahre später seine Schwester Helle, vier Jahre später Hans. Von Jus weiß ich, dass sie eine ganz Liebe war, die ihre Kinder schwer loslassen konnte. Nach dem Auszug der Kinder wurde sie depressiv und war einige Zeit in Behandlung. Es ging ihr dann wieder besser, aber Inge und Niklas hatten sich nicht mehr viel zu sagen, sie trennten sich. Während er nach seiner Pensionierung ganz an die Nordseeküste zog, blieb sie in Kopenhagen. Zu ihr hatte ich daher wenig Kontakt. In den Ferien waren wir meistens mit Niklas allein."

Die Nordseeküste kündigte sich durch die immer dichter stehenden Windräder an, deren Rotoren sich in gleichen Rhythmus drehten.

Sie näherten sich dem Meer, Anna konnte es riechen. Aus der Ferne tönte Möwengeschrei zu ihnen herüber.

Jetzt bog Finn in einem schmalen Sandweg ein. Einige flache, verstreut in der Dünenlandschaft liegende Holzhäuser passierend, machte er vor einem braun gestrichenen Bungalow Halt.

Beide stiegen aus, jetzt hörten sie auch die Wellen rauschen, und die Möwen schienen an Lautstärke zugelegt zu haben. Die Haustür war nicht verschlossen, so traten sie ein, gleich mitten in die Wohnstube. Klassische

Musik empfing sie, die Streicher und Bläser hatten gerade zu einem deutlichen Crescendo angesetzt. Hinter der Küchenzeile und dem Holztisch mit den vier Stühlen entdeckte Anna ein braunes Ledersofa mit zwei Sesseln. Aus einem erhob sich ein alter Mann, er hatte ihr Kommen anscheinend noch nicht gehört.

„Finn und Anna, das ist ja eine Überraschung, ich hatte gar nicht damit gerechnet, dass ihr so schnell da seid!" Flink, wie Anna es dem Großvater nicht zugetraut hätte, näherte er sich ihnen und nahm sie in die Arme. „Anna, schön, dich kennenzulernen! Finn hat mir schon viel von dir erzählt! Und du bist genauso hübsch, wie er dich beschrieben hat, wenn nicht sogar noch hübscher!"

Eine leichte Röte überzog Annas Gesicht.

„So, jetzt macht es euch gemütlich. Oder wollt ihr erst eure Sachen reinholen? Das kann Finn machen, dann können wir uns schon unterhalten."

Schon saß Anna dem alten Mann gegenüber auf dem Sofa. Seine Augen blitzten unter buschigen Brauen hervor. Die Stirn ging gleich in die Glatze über, die von einem graugelockten Haarkranz umrahmt wurde. Anna schätzte ihn einen Kopf kleiner als Finn. Die schmalen, zumeist heftig gestikulierenden Hände, die schlanken Arme und Beine standen im Gegensatz zu dem runden Bauch, für den die Hose anscheinend nicht ausreichte, denn der oberste Knopf stand offen.

Annas Blick bemerkend, strich er sich lächelnd über den runden Bauch.

„Ja, ja, das gute Essen, es schmeckt mir einfach." Anna gefiel der lebenslustige alte Herr. „Nenn mich Niklas, Anna, das machen hier alle."

In diesem Moment trat Finn zu ihnen. In der Hand trug er einen Beutel und überreichte seinem Großvater eine Flasche Aquavit und ein Paket Schinken.

Dieser freute sich über die Geschenke. Die drei begannen mit der Vorbereitung für das Abendessen. Finn und Anna deckten den Tisch, und Niklas entkorkte eine Flasche Rotwein. Kurz darauf öffnete sich die Tür, und eine alte Dame trat ein.

„Else, du kommst gerade rechtzeitig!" Finns Großvater umarmte sie und führte sie zu Anna und Finn. „Darf ich dir Anna vorstellen. Finn kennst du ja."

„Schön, euch zu sehen. Ich freue mich besonders, dass auch du mitgekommen bist, Anna."

Mit ihren kurzen grauen Haaren erinnerte Else Anna an ihre Großmutter, doch war sie zierlicher und modisch gekleideter als ihre Oma Helga. Ihre freundlichen blauen Augen ruhten auf Anna, sie wirkte auch um einiges ruhiger als der agile Niklas.

Neben dem mitgebrachten Schinken gab es eine geräucherte Fischplatte, Heringssalat, Gurken, Käse und Landbrot. Vor allem Niklas sprach dem Essen reichlich zu und öffnete noch eine zweite Flasche Wein. Anna lehnte ab, als er ihr nachschenken wollte, sie war von zwei Gläsern schon etwas beschwipst, und mehr sollte es nicht ein. Dabei fiel ihr auf, dass es im Hause des Großvaters von Finn ungezwungener und lebendiger zuging als im Hause seiner Eltern. Bereits nach kurzer Zeit bekam Anna mit, dass Else und Niklas mehr verband als reine Freundschaft.

„Wir sind schon seit Jahren allein, Niklas geschieden und ich verwitwet, also warum sollten wir uns nicht zusammentun?“ meinte Else lächelnd. Niklas küsste sie und meinte: „Mir konnte nichts besseres passieren, als Else zu begegnen.“

Als Finn nach einem Gutennachtkuss in das obere der beiden Stockbetten klettern wollte, hielt Anna ihn zurück. „Bleib doch noch einen Moment bei mir“, flüsterte sie.

„Bist du dir da sicher?“ gab Finn irritiert zurück. Anna nickte, und so kroch er mit unter ihre Decke. „Sonst reden wir doch auch noch zusammen über den Tag. Nur jetzt bist du da oben so weit weg. Außerdem ist es hier ganz schön hellhörig.“

Es stimmte. Auch Finn hörte leises Gemurmel und ab und zu ein Gekicher aus dem Bad neben ihnen. Zum Glück lag das Schlafzimmer seines Großvaters noch dahinter.

Anna kuschelte sich an. „Sie sind nett, die beiden. Und es ist so viel lockerer als bei euch zu Hause.“

„Ja“, Finn lächelte. „Das mit Else ist auch neu für mich. So lange kennen sich die beiden noch nicht, und Niklas hat sie uns als eine gute Freundin vorgestellt, mehr nicht.“

„Und wie findest du das? Ist ja schließlich dein Großvater.“

„Ich gönne es ihm. Lebendig war er schon immer, aber ich habe ihn noch nie so ausgelassen und glücklich erlebt.“

Die Geräusche aus dem Bad verstummten. Finn hatte während ihres Gesprächs seine Hand unter Annas Kopf geschoben, sie drehte sich zu ihm und schaute ihn an. Er küsste sie noch einmal und wollte das Bett verlassen, als Anna ihn zurückhielt. „Bleib doch noch ein bisschen.“

Finn fragte nicht weiter, so glitten ihre Hände unter die Bettdecke, und sie erforschten einander. Immer wieder schaute er sie fragend an, aber Anna hielt die Augen geschlossen und so entkleidete er sie und sich selbst. Noch einmal fragte er: „Anna, ist das in Ordnung?“ Wieder nickte sie, die Augen immer noch geschlossen und atmete schwer. Einen Moment ließ er sie los, er schien außerhalb des Bettes etwas zu suchen, dann kehrten seine Hände wieder zurück, einen Moment war er mit sich beschäftigt.

Wenig später spürte Anna, wie er in sie hineinkam. Ihr rauschte der Kopf, es schmerzte, es war auch ein gutes, neues Gefühl, das sie nicht zuordnen konnte, sie war nicht mehr wirklich bei sich.

Nach wenigen Minuten war es vorbei. Finn drückte sie an sich und fragte leise: „Ist alles in Ordnung, Anna?“ Sie sagte nichts, war noch mit dem Rauschen in den Ohren und dem leichten Schwindel im Kopf beschäftigt. Finn strich ihr über die Haare und schaute sie besorgt an. „Was ist los Anna, du bist so still. War es zu viel?“

Jetzt öffnete Anna die Augen. Sie sah den besorgten Blick Finns versuchte ihn zu beruhigen. „Ist alles in Ordnung, es geht mir gut.“

Vorsichtig küsste er sie auf ihre Augen und flüsterte: „Es war so schön für mich, unbeschreiblich. Ich danke dir. Ich hoffe, es war nicht zu viel für dich.“

Anna schüttelte den Kopf und versuchte zu lächeln, doch Finn erschien es wenig überzeugend.

Im nächsten Moment schrak Anna auf. Sie spürte eine Veränderung in ihrem Körper, es zog, als habe sie ihre Regel bekommen hätte. Sie sprang aus dem Bett und besah das Laken. Erschrocken fragte sie: „Was machen wir jetzt?“

Finn hatte ebenfalls das Bett verlassen. „Au ha“, meinte er, den riesigen Fleck betrachtend. Doch dann beruhigte er sie: „Das macht doch nichts. Morgen ziehen wir das ab und stecken es in die Waschmaschine. Wenn Niklas fragt, was er bestimmt nicht tut, sagen wir ihm, du hättest deine Tage bekommen. Und jetzt legen wir ein großes Handtuch drauf.“

„Da ist bestimmt auch was auf die Matratze gekommen“, fügte Anna ängstlich hinzu.

„Und wenn schon, das kommt doch vor. Außerdem weiß ich, dass auf allen Betten noch Auflagen liegen, die man auch waschen kann. Da geht nur wenig durch. Doch es ist besser, wenn wir jetzt schlafen.“

Beide gingen noch einmal leise ins Bad. Sie sahen einander scheu an. Auch wenn sie sich schon häufiger auf ihren Reisen beim Umziehen nackt gesehen hatten, jetzt war etwas anders. Sie kehrten mit einem großen Handtuch zurück in ihr Zimmer. Nachdem Finn es auf Annas Laken ausgebreitet hatte, verkroch sie sich unter die Decke. Finn küsste sie innig, wünschte ihr eine gute Nacht und stieg die Leiter hinauf in das obere Bett.

Nach einer Weile hörte sie Finns ruhigen Atem, auch von Ferne tönte ein leises Schnarchen zu ihr herüber. Alle im Haus schien zu schlafen, nur Anna nicht. Sie verspürte einen leichten Schmerz im Unterleib, doch der war nicht so schlimm. Das Rauschen und der Schwindel waren wiedergekehrt, das Handtuch unter ihr fühlte sich kratzig an. Anna ärgerte sich über sich selbst. Warum mussten die alten, blöden Missempfindungen wiederkommen? Nur weil sie mit Finn geschlafen hatte? Das taten doch alle, und es ging ihnen nicht so schlecht hinterher. Aber sie hätte es wissen müssen. Warum hatte sie nicht auf sich aufgepasst? Sie fühlte sich elend.

Erst gegen Morgen fiel sie in einen kurzen, unruhigen Schlaf.

Die Sonne schien zu ihrem Fenster hinein, sie Geschirr klappern und Finns Stimme neben ihrem Ohr: „Guten Morgen, wie hast du geschlafen?"

„Ganz gut", log Anna und reckte sich. Als Finn bemerkte, wie müde sie noch aussah, meinte er: „Du kannst auch noch liegen bleiben. Wir haben alle Zeit der Welt."

Doch Anna stand auf, lief schnell ins Bad und stellte sich unter die Dusche. Das Wasser tat gut, sie wurde ein wenig wacher.

Am Frühstückstisch wurde sie schon von den anderen erwartet.

„Godmorgen", begrüßte sie Niklas lächelnd.

„Godmorgen", erwiderte Anna und nahm Platz.

„Aha, jetzt lernst du schon Dänisch", stellte Else fest.

„Na, wird noch ein bisschen dauern", erwiderte Anna. Finn schenkte ihr Kaffee ein, und sie nahm sich ein Brötchen, obwohl ihr der Appetit fehlte.

Während Finn und Anna den Tisch abräumten, brachen Niklas und Else zum Einkaufen auf. Anna und Finn zogen das Laken ab, zum Glück war nichts bis zur Matratze durchgedrungen. Das Betttuch wanderte zusammen mit dem Handtuch und mehreren Geschirrtüchern in die Waschmaschine, und die Auflage bearbeiteten sie mit einer Waschmittellösung und einer Bürste. Nach kurzer Zeit war nur noch ein Schatten zu entdecken, der Fön trocknete alles wieder, und sie bezogen das Bett neu.

Niklas und Else blieben lange fort. Nachdem die Maschine durchgelaufen war, füllten Finn und Anna alles in den Trockner und stellten ihn an. Anschließend brachen sie zu einem Strandspaziergang auf.

Noch immer schien die Sonne und tauchte den Strandweg und die Heidelandschaft in ein warmes Licht. Am Meer blies ihnen der Wind heftig entgegen. Die Wellen rauschten, Möwen trippelten am Strand entlang und pickten im Sand, ihnen schien der Sturm zum Fliegen zu heftig. Anna atmete tief durch, sie fühlte sich endlich wieder klarer im Kopf. Finn nahm die Veränderung wahr, ergriff ihre Hand und gemeinsam ließen sie sich vom Wind treiben. Auf dem Rückweg hatten sie es bedeutend schwerer, gegen den Sturm anzulaufen. Einige Böen schienen sie fast anzuheben und schoben sie Richtung Wasser. Finn hielt Anna fest umschlungen und stemmte sich mit ihr dagegen. Der Sand peitschte ihnen ins Gesicht.

Erfrischt, mit geröteten Wangen traten sie wieder in die Wohnstube ein. Mit ihnen kam kalte Meeresluft in den Raum, Finn hatte Mühe, die Tür wieder zu schließen.

Else und Niklas lachten. Dann luden sie beide zu einer warmen Suppe ein.

Finns Großvater und seine Freundin hatten zudem alles für das abendliche Fondue bekommen und schon drei Soßen zubereitet

Gesättigt und müde von ihren morgendlichen Aktivitäten zogen sich Else und Niklas zu einem Mittagsschlaf zurück, der Tag würde noch lang werden.

Anna und Finn legten Laken und Handtücher zusammen und zurück in den Wäscheschrank.

Auch sie beschlossen, noch eine Pause einzulegen.

Die Tür hinter sich schließend, nahm Finn Anna in seine Arme. Sie wehrte ihn jedoch ab.

„Ich bin müde“, erklärte sie.

„Das denke ich mir. Aber ich wollte dir nur sagen, dass ich die letzte Nacht sehr schön fand. Ich hoffe, du bereust es nicht.“

Anna nickte. „Bestimmt nicht. Aber lass uns jetzt schlafen.“

Sie spürte eine innere Anspannung und versuchte zur Ruhe zu kommen. Mit Mühe kehrte sie in ihr Haus zurück.

Im Ofen knackte das Holz, wohlige Wärme breitete sich aus. Der Raum schien größer geworden zu sein; im hinteren Teil stand Sturmwind, vor sich eine Futtertraufe. Sie hörte sein gleichmäßiges Mahlen, ab und zu wandte er seinen Kopf zu ihr und schaute sie an. Auch ihre Eule war mit ihm Raum, saß über ihm auf einem Balken. Mit einer Teetasse in der Hand, eingewickelt in ihre bunt gestreifte Wolldecke, die Beine angezogen, ruhte sich Anna auf ihrem Sofa aus.

Für einen kurzen Moment hatte sie geschlafen. Draußen war bereits die Sonne untergegangen, die Dunkelheit würde bald einbrechen. Kaffee stand auf dem Tisch. Das scheint tatsächlich das Lieblingsgetränk der Dänen zu sein. Dazu gab es Gebäck.

„Das dauert ja noch bis zum Abendessen", meinte Niklas. „Die Aplestanger müsst ihr mal probieren. Einfach lecker!"

Auch wenn Anna keinen Appetit verspürte, mochte sie nicht ablehnen und nahm sich einen der Blätterteigstangen mit der saftigen Apfelfüllung. Sie schmeckten wirklich gut.

Auf dem Herd kochte bereits ein Suppenhuhn, der Geruch verteilte sich in der gesamten Wohnstube. Er löste bei Annas Übelkeit aus, doch sie versuchte, sich nichts anmerken zu lassen. Zum Glück schickte Finns Großvater die beiden hinaus zum Holz holen.

Hinter dem Haus befand sich ein Schuppen, gefüllt mit ordentlich gestapelten Scheiten.

„Niklas ist mal wieder sehr fleißig gewesen", stellte Finn anerkennend fest. Die frische Luft tat Anna gut. Im Licht der Taschenlampe, die Finn in der linken Hand hielt, füllten sie den mitgebrachten Korb. Sie ließen sich Zeit, auf dem Rückweg trug Anna die Lampe und leuchtete den Weg aus, Finn folgte ihr mit dem schweren Behältnis.

Neben dem Eisenofen stellte er ihn ab und lobte seinen Großvater für seine Arbeit im Sommer. „Finde ich toll, dass du das noch so schaffst."

„Wieso denn, so alt bin ich ja nun auch noch nicht", gab Niklas lächelnd zurück. „Und Holzhacken hält jung. Doch jetzt kommt, es wird Zeit für die Neujahrsansprache!"

Anna schaute Finn fragend an. Dieser lächelte. „Du wirst gleich sehen."

Niklas stellte den Fernseher an, kurz darauf erschien die dänische Königin im Bild und hielt eine Rede. Anna verstand leider nichts und bedauerte, ihr Vorhaben, die skandinavische Sprache zu erlernen, noch nicht umgesetzt zu haben. Bisher konnte sie nur einige Redewendungen.

„Es geht darum, was im letzten Jahr in Dänemark und in der königlichen Familie passiert ist. Das ist Tradition in unserem Land, am nytårsaftensdag, unserem Silvester, ihre Ansprache zu hören", erklärte Finn.

Gemeinsam wuschen und schnippelten sie anschließend Gemüse, füllten das bereits klein geschnittene Fleisch in Schüsseln und deckten den Tisch. Else hatte das Huhn bereits aus der Brühe gefischt, diese durchgesiebt und in den Fonduetopf gefüllt. Der zerfallene Vogel stand zum Abkühlen in der Speisekammer, sehr zur Erleichterung von Anna.

„Das Festessen ist fertig, nehmt bitte Platz“, sagte Niklas. Wieder schenkte er Wein ein, doch Anna hielt sich zurück, trank nur ein halbes Glas.

Während des Essens erzählte Niklas von seinen Renovierungsarbeiten des letzten Sommers und Herbstes, aber auch von gemeinsamen Unternehmungen mit Else. Diese steuerte noch Einzelheiten bei, dabei wechselten die beiden zärtliche Blicke. Doch Niklas wollte auch etwas von Anna und Finn wissen, fragte sie nach ihrer Radtour und dem Wanderurlaub in den Bergen. So erfuhr er auch einiges aus dem Leben Annas, stellte aber auch fest, dass Anna blasser aussah als am Tag zuvor und wesentlich ernster wirkte.

Nach knapp zwei Stunden waren alle gesättigt. „Nichts geht mehr, eigentlich schade bei dem guten Essen.“ seufzte Finns Großvater und strich sich wieder über den runden Bauch.

Doch dann war er wieder flink auf den Beinen stellte die neue Flasche Aquavit mit vier Gläsern auf den Tisch. Wieder lehnte Anna ab, doch die anderen sprachen dem Getränk fleißig zu. Else kochte Kaffee, der traditionelle Abschluss eines dänischen Essens.

Nach dem Abräumen holte Niklas ein Akkordeon hervor und stimmte ein dänisches Winterlied an. Finn und Else sangen mit, Anna hörte zu. Die Melodie kam ihr bekannt vor, so summte sie zur zweiten Strophe mit.

Nach dem zweiten Lied hielt Finns Großvater inne. „Das ist doch langweilig für Anna, sie versteht die Texte nicht. Finn, hol doch deine Gitarre, dann singen wir einige von euren Liedern.“

Finn holte das Instrument aus ihrem Zimmer, in der anderen Hand hielt er zwei Textbücher und reichte sie weiter. Anna spürte, dass ihr das Singen guttat, ihr Kopf wurde ein freier.

Kurz vor Mitternacht zogen sie sich warm an und verließen das Haus. Finn leuchtete den Weg mit der großen Taschenlampe aus. Am Strand waren schon mehrere Familien versammelt, und es trafen immer noch neue ein. Begrüßungsrufe schallten herüber. Alle steckten die mitgebrachten Raketen in den Sand und schauten abwechselnd auf das Meer und ihre Uhren.

Anna atmete tief durch, wie immer genoss sie die würzige Meeresluft. Vom dunklen Wasser sah sie nur undeutlich die etwas helleren Schaumkronen, doch sie hörte sein gleichmäßige Rauschen, daneben die Stimmen der versammelten Menschen. Kinder sprangen herum und kreischten, die Erwachsenen begannen laut zu zählen. Niklas hatte die Sektflasche bereits geöffnet, eingeschenkt und die Gläser verteilt. Um Mitternacht stießen sie an und umarmten sich. Finn küsste Anna, doch sie entzog sich schnell wieder seiner Umarmung, wünschte ihm aber ebenfalls ein frohes neues Jahr.

Die Raketen wurden entzündet und erleuchteten den Himmel, begleitet vom Jubel der beteiligten Anwohner.

Nach einer halben Stunde war alles vorbei. Die Nachbarn trafen sich auf dem Rückweg, beglückwünschten einander und tauschten Neuigkeiten aus.

Wenig später verabschiedeten sich auch Anna und Finn, beide waren müde und zogen sich zurück.

Finn bot Anna an, noch wenig unter ihre Decke zu kriechen, doch sie lehnte ab. Sie spürte seine Enttäuschung, er sagte aber nichts. Noch lange hörte, wie er sich unruhig im Bett über ihr herumdrehte. Als sie endlich vernahm, wie er ruhiger wurde und auch sein Atmen gleichmäßiger, atmete sie erleichtert auf.

Am späten Vormittag des neuen Tages trafen sich die vier zum Neujahrsfrühstück. Die frisch aufgebackenen Brötchen und der Kaffee schmeckten allen gut. Wenig später hatten Finn und Anna ihr Gepäck im Auto verstaut und verabschiedeten sich von Niklas und Else, bedankten sich ausgiebig und versprachen, bald wiederzukommen.

Zu Beginn der Fahrt schwiegen beide. Nach einer Weile fragte Finn: „Anna, was ist mit dir? Seit gestern Morgen bist du so still und abweisend."

Zögerlich antwortete sie: „Ich weiß auch nicht. Vielleicht war es doch zu viel. Dabei sind wir schon so lange zusammen. Ich verstehe mich selbst nicht."

Finn ließ jedoch nicht locker: „Was ist denn los? Geht es dir nicht gut?"

„Doch, aber vorher war mir schwindelig, und ich hatte wieder das Ohrenrauschen. Aber das ist wieder vorbei."

„Kam das, als wir miteinander geschlafen haben?"

„Ja, hinterher habe ich es gemerkt. Dabei ärgere ich mich so über mich selbst, dass ich das nicht loswerde."

„Aber der Ärger hilft dir auch nicht, ganz im Gegenteil. Ich finde es schade, dass du dich danach schlecht gefühlt hast."

„Das solltest du nicht denken. Du hast mir so viel Zeit gelassen, und ich habe es doch so gewollt. Das ist allein mein Problem."

„Wir sind aber zusammen, damit ist es unseres", widersprach Finn. Leicht berührte er Annas Arm, doch sie zuckte unmerklich zurück.

Sie schwiegen wieder, jeder mit sich beschäftigt.

Am frühen Nachmittag erreichten sie den Bahnhof von Kolding. Sie umarmten einander.

„Anna, dir eine gute Rückfahrt. Es waren schöne Tage mit dir, wollte ich noch sagen. Und ich wünsche dir, dass es dir bald wieder besser geht. Wir können in den nächsten Tagen miteinander skypen."

Müde und traurig fuhr Anna zurück.

63. Die letzten Schulmonate

In der nächsten Therapiesitzung hatte Anna viel zu erzählen, das Gespräch mit ihrer Mutter an Weihnachten, die Annäherung an Finn in Dänemark, die für sie in Wahrnehmungsstörungen und Schwindel mündeten. „Das ärgert mich am meisten, dass das wieder da ist. Ich finde, ich bin doch noch krank."

Sie berichtete auch von einem Traum aus der letzten Nacht, in dem sie entdeckte, dass Finn eine andere Freundin hatte.

„Ich habe so gelitten und war so eifersüchtig. Dabei müsste ich mich nicht wundern, wenn das wirklich passiert, denn mit mir ist es schwer auszuhalten."

„Deine Angst verstehe ich, doch sagt sie auch aus, wie sehr du ihn magst und dass du ihn nicht verlieren willst. Doch ihm scheint viel an dir zu liegen, so wie er sich verhält. Hast du eine Idee, warum das Ohrenrauschen und der Schwindel wieder aufgetaucht sind?"

„Ja, das war, nachdem wir miteinander geschlafen haben. Ich ertrage es anscheinend nicht, wenn jemand mir so nahekommt. Dabei sind wir schon so lange zusammen, und ich hatte das Gefühl, einander sehr nah."

„So kommt es mir auch vor. Es könnte ebenso was mit deiner Familie zu tun haben. Schau dir doch bitte noch einmal dein Genogramm an, ob dir dazu etwas dazu auffällt."

Anna vertiefte sich in das Bild, das Frau Grünheit vor ihr auf den Tisch gelegt hatte. Ihr Blick blieb an einem Symbol hängen.

„Die halb schlafende, halb wachende Frau mit der Maske, die passt zu dem, wie ich mich fühle. Nicht wirklich schlafen können, dann im Wachen eine Rolle spielen, damit es keiner merkt, wie mies es mir geht."

„Das Symbol hattest du dir für deine Mutter ausgesucht."

„Ja, auch sie hatte es immer wieder schwer mit dem Schlafen, da haben wir ein Thema."

Als Anna gegangen war, ergänzte Erika Grünheit ihre Notizen. Unglaublich, was in den Weihnachtsferien alles passiert war. Erst einmal der Mut der beiden Schwestern, die Mutter mit ihrer Verweigerung zu konfrontieren, den Vater in den ersten Jahren nach der Trennung zu besuchen. Diese gestand ihre eigene Angst ein, ihre Töchter an den Vater zu verlieren. Sie schien danach aber so aufgelöst, dass Anna und Lena befürchteten, sie könne wieder in eine Krise geraten. Dazu passte auch Annas Albtraum in der Nacht zum zweiten Weihnachtsfeiertag, in dem ihre Mutter ins Meer gerissen wurde und versank. Doch die Mutter hatte es erstaunlich gut verarbeitet, auch ein Zeichen ihrer eigenen Entwicklung. Dies hatte sicher mit dem neuen Freund Herrn Grote, aber auch mit Annas Therapie zu tun, die sich auf die gesamte Familie auswirkte.

Einen Moment hielt Erika Grünheit inne und dachte nach. Hatte der Ausgang dieses Gesprächs, das Mutter und Töchter einander so viel näherbrachte, mit bewirkt, dass Anna die Intimität mit Finn zu schnell erzwingen wollte? Es war schon so lange ihr Thema, sie wollte wie ihre Freundinnen Sexualität leben, sie hatte Finn so liebgewonnen, dazu kamen noch die herzliche Atmosphäre im Haus von Finns Großvater und die zwei Gläser Wein.

Erika Grünheit bedauerte es, dass sich Anna doch noch überfordert hatte, die alten Symptome erneut auftraten und sie sich wieder zurückziehen musste. Dabei wollte Anna Finn nicht verlieren, wie es der letzte Albtraum ausdrückte, in dem er sie verlassen und sie so darunter gelitten hatte. Das Symbol der halb schlafenden und halb wachenden Frau stand jetzt auch für Anna und ihre Mutter, die sich beide so wünschten, sich auf Nähe einzulassen, sich aber zugleich davor fürchteten.

Mit Beginn der Schule war Anna mit anderen Themen beschäftigt. Gemeinsam mit Sylvia hatte sie ihren Lernstoff für die Prüfungsfächer gesammelt und einen Zeitplan entworfen, um auf das schriftliche Abitur gut vorbereitet zu sein.

Finn meldete sich nach einigen Tagen, und Anna berichtete von ihren Plänen, ebenso, dass es ihr besser ginge. Auch für ihn hatte die Arbeit wieder begonnen, und er richtete Grüße von seinen Eltern und dem Großvater aus. Nach wenigen Minuten verebbte das Gespräch, und sie verabschiedeten sich. Anschließend fühlte sich Anna elend. Eigentlich wollte sie ihm erzählen, dass sie ihn vermisste, aber sie hatte es nicht über ihre Lippen gebracht.

In der folgenden Woche schneite es, und Anna gönnte sich eine Pause zum Fotografieren im Bürgerpark. Auf der Speicherkarte waren auch noch Bilder aus Dänemark, die sie noch gar nicht übertragen hatte. In Gedanken war sie wieder bei Finn, und das schmerzliche Gefühl des Verlustes breitete sich in ihr aus.

Die Traurigkeit begleitete sie die nächsten Tage, so fiel es ihr schwer, ihr Arbeitspensum einzuhalten. Frau Grünheit nahm wahr, wie kraftlos Anna in den nächsten Stunden wirkte, und sprach sie darauf an.

„Was ist los mit dir Anna, du wirkst so verändert."

„Ja", gestand Anna ein, „ich bin so müde und habe zu nichts Lust. Das mit dem Lernen fällt mir sehr schwer, und ich kann mir kaum etwas merken."

„Wie wäre es, wenn wir wieder mal eine Imagination machen?" fragte Frau Grünheit.

Anna nickte.

„Stell dir eine Landschaft vor, in der ein Wesen erscheint, das es gut mit dir meint und dir Kraft gibt. Es kann ein Tier sein, ein märchenhaftes Wesen, alles, was dir dazu einfällt."

Vor Annas innerem Auge erschien eine Steppe, eine Löwin kam auf sie zu, kräftig und geschmeidig. Sie schaute ernst, aber nicht unfreundlich. Anna ging vorsichtig auf sie zu. Jetzt hielt die Löwin an; sie wartete ab. Der Blick war jetzt freundlicher, so näherte sich Anna ihr ganz und streichelte sie. Es schien der Löwin zu gefallen, sie genoss es mit geschlossenen Augen. Ihr Fell fühlte sich rau an, unter dem Bauch deutlich weicher ... Gemeinsam liefen sie einen Weg entlang, die Löwin neben ihr, Anna legte die Hand auf ihren Rücken. Auf einer Wiese hielten sie an und legten sich nah beieinander ins Gras. Anna spürte den Atem der Raubkatze, und auch ihr Herz klopfen. Etwas von der Löwenkraft schien auf sie überzugehen, sie fühlte sich stark und ruhig. Zum Schluss versprach ihr die Löwin, jederzeit zu kommen und ihr beizustehen, wenn Anna sie rief.

„Wie fühlst du dich jetzt?"

Anna lächelte. „Die Löwin tat mir gut. Ich bin viel wacher als vorhin."

Obwohl sie ihre Nachmittage und Abende mit Lernen verbrachte, nahm sie sich die Zeit, ihre Raubkatze zu malen und brachte sie mit in die nächste Stunde.

Zusammen mit Frau Grünheit betrachtete sie ihr Bild. Selbst im Liegen sah die Löwin kräftig aus. Anna lag an sie gelehnt und wirkte dabei entspannt. Sie berichtete, dass ihr Krafttier sie die ganze Woche begleitet hatte.

Auch am Abend, wenn das Einschlafen schwierig war, bewachte ihr Haus zusammen mit Sturmwind und Eule.

„Wie wäre es, wenn du sie dir heute noch mal vorstellst und auch deine anderen Tiere dazu einlädst?“

Zuerst erschienen Sturmwind und die Eule, die Löwin näherte sich aus einer anderen Richtung. Die drei Begleiter schienen sich zu verstehen, gemeinsam begleiteten sie Anna ein Stück des Weges.

In der folgenden Woche wechselten Schnee- und Regenschauer, es war nasskalt. Doch Anna kümmerte sich wenig um das Wetter. Sie fühlte sich wieder besser. Sylvia kam an zwei Nachmittagen zum Lernen vorbei, still saßen sie auf der Couch, die Füße auf den Tisch gelegt, bis Sylvia seufzte: „Ich kann nicht mehr.“

Anna nickte. Ihr Kopf rauschte, doch anders als in der Nacht in Dänemark, denn ihr war nicht übel und schwindelig, sie konnte ihre Freundin auch gut hören. Sie fühlte sich vollgestopft mit Daten und Ereignissen. Sie deutete auf ihren Kopf: „Stimmt. Ich habe das Gefühl, da geht heute nichts mehr rein. Lass uns Schluss machen.“

Wie üblich, kochten sie noch einen Tee.

„Bei dir klappt das mit dem Lernen wunderbar“, bedankte sich Sylvia. „Neben dir fühle ich mich wohl, es ist entspannt und ruhig. Mit Max habe ich das auch schon versucht, aber da klappt das nicht. Da sind einfach zu viel Spannungen im Raum.“

Sie trank einen Schluck Tee. „Was ist eigentlich mit dir und Finn? Du erzählst gar nichts mehr von ihm. Sonst habt ihr doch dauernd geskypt.“

Anna zuckte mit den Schultern. „Das passiert in der letzten Zeit seltener. Irgendwie wissen wir nicht mehr so recht, worüber wir sprechen sollen.“

„Schade, ich dachte, bei euch ist die Beziehung so stabil. Da habe ich euch richtig beneidet. Erst schien mir das an der räumlichen Entfernung zu liegen, da kommt man nicht so viel zum Streiten wie wir. Aber es ist auch sicher schwer, die Nähe zu halten.“

„Da kannst du recht haben“, erwiderte Anna. Sie hatte keine Lust, das Gespräch über Finn fortzusetzen.

Bei ihrem nächsten Treffen im Internet teilte er Anna mit, dass er mit dem Gedanken spiele, nach seiner Gesellenprüfung auf die Walz zu gehen.

„Bei uns heißt das ganz ähnlich: po Valsen. Du weißt doch, was das ist?“

„Ich habe schon mal davon gehört, doch erklär es mir, damit ich es richtig verstehe."

„Früher haben sich viele Gesellen nach der Freisprechung auf Wanderschaft begeben. Das war sogar Voraussetzung, um Meister werden zu können. Diesen Brauch gab und gibt es in vielen Ländern, auch. Wusstest du, dass Skandinavier der schwedische Geselle ist, der nach Süden reist?"

Begeistert fuhr Finn fort: „Von Ort zu Ort zu ziehen, immer wieder zu arbeiten für freie Verköstigung und Unterkunft und einem geringen Entgelt, dabei die Welt entdecken, dazu hätte ich Lust."

Anna hatte schweigend zugehört. In Gedanken fragte sie sich, ob sie in seinen Plänen noch Platz fand. Sie schluckte. „Das finde ich eine gute Idee."

„Als ich Finn von meiner Idee erzählte, zum Studium nach Dänemark zu kommen und mit ihm in einer Stadt zu studieren und vielleicht sogar zusammenzuwohnen, war er noch ganz begeistert." berichtete Anna Frau Grünheit. „Aber da waren wir uns noch viel näher. Seine Pläne jetzt hören sich schon sehr nach Trennung an."

„Wie ist es dir ergangen, als er davon erzählte?"

„Ich wurde sehr traurig, es war wie ein Abschied."

„Von deinen Gefühlen hast du ihm nichts gesagt."

„Nein, danach war mir nicht."

„Würdest du denn noch gerne mit ihm zusammen sein, auch zusammenleben?"

Anna dachte nicht lange nach. „Ich glaube schon, ich mag ihn immer noch sehr gerne."

„Und das kannst du ihm nicht sagen?"

„Im Moment nicht. Ich habe das Gefühl, er ist schon ganz weit weg, da lasse ich das lieber. Außerdem brauche ich meine Kraft für die Abivorbereitungen."

„Wie wäre es denn, wenn deine Löwin dabei gewesen wäre?"

Anna schüttelte den Kopf. „Ich weiß schon, was Sie meinen. Dann hätte ich ihm von meinen Gefühlen erzählt. Aber wenn er denn allein weg will, mag ich ihn nicht festhalten. Ich möchte nicht, dass er es mir zuliebe macht."

Nachdenklich schloss Erika Grünheit Annas Akte. Die Begegnung mit der Löwin hatte Anna die Kraft gegeben, für ihre Prüfungen zu lernen, sie aber bisher noch nicht darin unterstützt, Finn ihre Gefühle einzugestehen. Anna blieb auf Distanz, die sie vielleicht auch brauchte, um sich auf ihr Abitur zu konzentrieren. Doch jetzt schien sich auch Finn zurückzuziehen. Würde sie es danach schaffen, sich ihm wieder anzunähern?

Zu ihrem Geburtstag, der dieses Mal in den Beginn ihrer Osterferien fiel, schickte Finn wie letztes Jahr ein Päckchen, dieses Mal mit Tee und Gebäck gefüllt. „Zur Unterstützung des Lernens", schrieb er dazu. Auch eine Muschel lag dabei. „Zur Erinnerung an den Nordseestrand".

Anna freute sich, war aber auch verwirrt. Wie stand er wirklich zu ihr?

Wie auch immer, für die Ferien hatte sie sich nichts vorgenommen außer Lernen. Noch häufiger als in der Schulzeit besuchte Sylvia Anna. Jeden zweiten Tag lernten sie zusammen. An den Abenden kam auch Yvonne vorbei, sie tranken Tee und redeten. Anna fiel auf, dass sie oft auf gemeinsame Erlebnisse in der Schule und der freien Zeit kamen, als müssten sie diese Zeit noch einmal aufleben lassen. In wenigen Monaten würden sie verschiedene Wege gehen, und es blieb unsicher, ob sie sich noch regelmäßig sehen würden. Auf jeden Fall weniger als jetzt.

An den Wochenenden war Anna viel allein, ihre Freundinnen mit ihren Freunden verabredet. Annas Mutter bemühte sich, früher nach Hause zu kommen. Weihnachten waren sie sich nähergekommen. Brigitte berichtete, dass sie mit Peter auch über ihre Familiengeschichte gesprochen habe, vor allem über ihren Vater, seine Unzufriedenheit, sein aggressives Verhalten und ihre Angst vor ihm. Aber auch über Anna und Lenas Nachforschungen, die Brigittes Einstellung zu ihrem Vater verändert hatten.

„Wie hat er reagiert?" fragte Anna.

„Seine erste Reaktion war: ‚Er hat zwar viel durchgemacht, aber das entschuldigt nicht sein Verhalten.' Dann hat er mich in den Arm genommen. Er war sehr mitfühlend. Das tat mir richtig gut. – Und er war voller Bewunderung darüber, was ihr herausbekommen habt."

64. Das Abitur

Eine Woche nach den Ferien schrieb Anna ihre Klausuren. Obwohl gut vorbereitet, war sie sehr aufgeregt und dachte nach der Verteilung der Aufgaben, es würde ihr nichts einfallen. Dann sortierte es sich in ihrem Kopf, und sie gab in Deutsch, Englisch und auch in Biologie viele eng beschriebene Blätter ab. Dennoch war sie sich nicht sicher, wie sie abgeschnitten hatte.

So erging es auch ihren Freundinnen. Jetzt hieß es auf die Ergebnisse warten und sich auf die mündliche Prüfung vorbereiten.

Als der Tag kam, hatte sich die Mutter sogar frei genommen und fuhr Anna hin. Geographie lag Anna zwar, aber sie hatte große Angst, dass ihr in Gegenwart der vielen Lehrer nichts einfallen würde. Erst stotterte sie, doch als sie die aufmunternden Blicke ihres Lehrers Dr. Löwer sah, geriet ihr Bericht in Fluss. Nach einer halben Stunde kam sie hinaus zu ihrer Mutter. „13 Punkte!“ strahlte sie.

So war die Mutter die Erste, die sie beglückwünschte. Am Abend lud Peter beide zum Essen zu seinem Italiener ein, es war fast so, als hätte seine Tochter gerade ihre Prüfung bestanden.

Wenig später erfuhr Anna auch die Ergebnisse ihrer schriftlichen Klausuren. Sie war zufrieden, vor allem auch überrascht über die sehr gute Englischnote. Und stellte auch einen Zusammenhang mit ihren Gesprächen mit Finn und seiner Familie her, in der sie sich überwiegend in der Sprache verständigt hatte. Nur in Biologie hätte sie mehr erwartet, doch letztlich errechnete sie einen Schnitt im Einserbereich, mit dem sie vieles würde studieren können. Und was sie noch erleichtert feststellte: Da die schriftlichen Arbeiten nicht sehr von den Vornoten abwichen, musste sie in keine Nachprüfung.

Damit war ihre Schulzeit beendet. Glückwünsche kamen natürlich auch von Lena und ihrer Tante Gerda, die beide stets auf dem Laufenden gehalten werden wollten.

Beim nächsten Internettreffen strahlte sie: „Anna, das hast du toll hinbekommen! – Ich habe eine Idee: wie wäre es denn, wenn du mich nach den Abifeiern in Australien besuchst? Du kannst so lange bleiben, wie du willst.“

Völlig überrascht bedankte sich Anna.

Den ganzen Tag ging ihr die Einladung nicht mehr aus dem Kopf. Noch immer wusste sie nicht, was sie studieren sollte, da fand sie immer mehr Gefallen an dem Gedanken, eine Zeit bei ihrer Tante in Australien zu verbringen.

Auch Finn freute sich, als er von ihrem bestandenen Abitur und den guten Ergebnissen erfuhr.

„Da kannst du fast alles studieren, was du möchtest.“

Anna wusste, dass er auf den Abschluss seiner Lehre warten musste. Erst Anfang Juli, also in zwei Monaten, würde er seinen Gesellenbrief in den Händen halten.

„Am liebsten würde ich dich sofort besuchen und mit dir feiern, aber ich bekomme so kurz vor den Prüfungen keinen Urlaub mehr.“

Erstaunt und erfreut nahm sie Finns spontane Annäherung wahr, fragte ihn aber stattdessen: „Wie sieht es denn mit deiner Wanderschaft hinterher aus? Hast du da schon genaue Pläne?

Finn zuckte mit den Schultern: „So genau weiß ich noch gar nicht, ob ich das wirklich will. Ich warte erst mal die Prüfungen ab.“

Anna berichtete ihm auch von der Einladung ihrer Tante. Er freute sich mit ihr, aber Anna war, als klinge seine Stimme etwas bedeckt.

Frau Grünheit lächelte, als Anna ihr davon berichtete. „Das hast du anscheinend ganz gerne so wahrgenommen.“

Etwas verlegen erwiderte Anna: „So ganz klug werde ich aus ihm nicht. Erst wollte die Idee mit der Walz, dann jetzt vielleicht doch nicht. Was will er von mir?“

„Na ja, du sagst ja auch nicht klar, was du von ihm möchtest. Weißt du es denn?“

„Ich möchte schon mit ihm zusammen sein. Auch wenn ich nicht weiß, wie das mit der körperlichen Nähe wird. Vielleicht hat sich da ja was verändert.“

In der folgenden Therapiesitzung schlug Frau Grünheit Anna noch eine Imagination vor.

„Stell dir einmal einen weiblichen Vornamen vor, vielleicht einen, den du nicht mit jemand Bestimmten verbindest.“

„Irgend einen?“

„Ja“.

„Elena fällt mir ein.“

„Dann lass doch zu Elena ein Bild aufsteigen.“

Anna sah eine schwarzhaarige, junge Frau, schlank, in einem engen Kleid, die auf einer sommerlichen Strandpromenade entlanglief. Ihre Bewegungen waren fließend, die langen Haare bewegten sich im leichten Wind. Sie schien ein Ziel zu haben. In einem Straßencafé ließ sie sich nieder und bestellte einen Cappuccino. Als Frau Grünheit Anna dazu anregte, Kontakt zu ihr aufzunehmen (im Tagtraum ist alles möglich), setzte sich Anna zu ihr. Elena schien nichts dagegen zu haben, und nach kurzer Zeit waren beide in ein Gespräch vertieft. Die junge Frau war Spanierin, 25 Jahre alt und arbeitete als selbständige Dolmetscherin. Daher sprach sie auch gut Deutsch. Sie lebte allein, hatte aber einen Freund, mit dem sie sich regelmäßig traf. Schließlich lud Elena Anna ein, mit ihr ein Strandfest zu besuchen. Eine Combo spielte südamerikanische Rhythmen, einige Spanier tanzten bereits. Elena stellte sich dazu und sie bewegte sich ganz versunken im Takt der Musik.

Anna war sehr beeindruckt von der schönen Elena. „Sie sah so toll aus, wie sie tanzte. Ihr war es auch völlig egal, was die anderen dachten."

In ihrem gemalten Bild hatte Anna dies wiedergegeben.

„Was könnte das mit dir zu tun haben?"

„Das war doch klar, dass die Frage kommen musste. Ich weiß auch nicht so recht. Meinen Sie, so würde ich gerne sein?"

„Könnte das stimmen?"

„Ich weiß nicht, eigentlich möchte ich nicht so im Mittelpunkt stehen und mich auch noch so figurbetont anziehen. Aber das Selbstbewusste gefällt mir schon."

Elena, eine besonderer Name, dachte Erika Grünheit. Ob er etwas mit der schönen griechischen Helena zu tun hatte? Sie sah sich Annas gemaltes Bild noch einmal an, das sie in der folgenden Stunde mitgebracht hatte. Elena tanzte im enganliegenden roten Kleid selbstversunken in der Mitte einer Tanzfläche, rundherum Tische mit Menschen, die sie anschauten. Einmal so im Mittelpunkt zu stehen, sich so zeigen zu können, das könnte wohl doch ein heimlicher Wunsch Annas sein. Und so weit entfernt von Elena war sie nicht mehr, denn auch äußerlich hatte sie sich verändert. Inzwischen trug sie die Haare nicht mehr nur im strengen Pferdeschwanz gebunden, häufig nur noch die Stirnhaare zurückgesteckt. Ihre Kleidung verhüllte ihren Körper nicht mehr wie früher, zweimal war sie in der Stunde schon im Rock erschienen.

Die Abiverleihung würde erst in gut einem Monat stattfinden. Anna erinnerte sich an die hektische Zeit vor drei Jahren, als Lena in dieser Zeit ununterbrochen beschäftigt war. Für sie war alles anders. An der Herstellung der Abizeitung beteiligte sie sich nicht, sie hatte sich schon immer am Rande der Schülergemeinschaft bewegt. Aus demselben Grund nahm sie auch nicht an der Abifahrt teil, auch wenn Sylvia sie dazu überreden wollte.

„Nein danke, diese Besäufnisfahrten sind nichts für mich“, wehrte sie ab.

Doch jetzt hieß es, ein Abendkleid zu besorgen, den Abiball konnte sie nicht auch noch absagen.

So zog sie mit Sylvia und Yvonne durch die Kaufhäuser. Am zweiten Nachmittag war Anna sichtlich erschöpft und genervt, so dass sie schließlich einem Kleid zustimmte, das ihren beiden Freundinnen gut gefiel. Auch wenn sie sich fremd darin vorkam. Sie musste aber auch an Elena denken und schaute sich mit anderen Augen an.

Inzwischen wusste ihre Tante Gerda, dass Anna noch keine Entscheidung über ihre Ausbildung getroffen hatte. In einem der nächsten Skypesitzungen fragte sie, welche Richtungen am ehesten infrage kämen.

„Jura, Journalistik oder Psychologie, dazwischen schwanke ich noch. Aber vielleicht wird es auch was ganz anderes.“

„Wie wäre es, wenn du dir da Zeit lässt. Du bist doch noch jung.“

„Stimmt. Ich dachte auch schon an ein freiwilliges soziales Jahr oder Work and Travel, dann würde ich nächstes Jahr beginnen.“

„Work and Travel“, wiederholte Gerda nachdenklich. „Das machen doch auch viele junge Leute in Australien. Du könntest das doch auch hier machen. Erst einmal Ferien bei mir und dann begibst du dich auf die Reise durchs ganze Land.“ Sie schien selbst begeistert von ihrer Idee.

„Danke, das ist eine tolle Idee.“

Doch Gerda fand Annas Reaktion anscheinend zu zögerlich. „So ganz überzeugt bist du nicht. Was spricht denn dagegen?“

„Eigentlich wollte ich etwas mit Finn zusammen unternehmen“, gestand Anna. Sie berichtete von ihrem Januarwunsch, mit Finn zusammen in Dänemark zu studieren, seiner Zustimmung, ihrer wachsenden Entfremdung und seiner Idee, auf die Walz zu gehen. Und jetzt sei er sich auch nicht mehr so sicher, ob er das wolle.

„Ganz schön kompliziert“, meinte Gerda. „Work and Travel ist doch so was Ähnliches wie die Walz, das könnte er auch in Australien machen. Und dann wärt ihr beide zusammen. Oder reist auch mal getrennt. So wie ihr es wollt. – Weißt du was, frag ihn doch einfach, ob er mitwill. Er ist hiermit ebenfalls herzlich eingeladen. Nur seinen Flug müsste er selber zahlen.“

Der Gedanke gefiel Anna, sie wusste nur nicht, ob auch Finn damit einverstanden wäre.

Zunächst erkundigte sie sich im Internet nach Work and Travel in Australien und war erstaunt, wie viele Foren es dazu gab, in denen junge Menschen ihre Erfahrungen mitteilten. Aber auch kommerzielle Unternehmen, die für Geld die Organisation der Reise übernahmen.

In der folgenden Woche war ihr Jahrgang auf Abifahrt, auch Sylvia und Max waren mit dabei.

Plötzlich so viel freie Zeit, Anna fühlte sich „wie Falschgeld", wie sie Yvonne erzählte.

Yvonne war ebenfalls zu Hause geblieben, die Reise erschien ihr zu kostspielig, und die Feieraktivitäten der Mitschüler stießen sie ab. Da zog sie ihre christlichen Ferienlager vor, in denen sie andere Inhalte mit den Jugendlichen ihres Alters verband.

Anscheinend verstand Yvonne Annas Empfindung und nickte. „Falschgeld ist ein guter Ausdruck. Es ist komisch, plötzlich nichts mehr zu tun zu haben und noch nicht richtig mit etwas loslegen zu können. Noch haben wir unser Zeugnis ja nicht."

Beide trafen sich an zwei Tagen und fuhren gemeinsam Rad in das Umland. Yvonne zeigte Anna alte Kirchen aus der Moorkonolisation, die ihr besonders gefielen. Ihre Zukunftspläne standen fest: Im Herbst würde sie ihr Theologiestudium beginnen.

Am Freitagabend fand sich Finn zu einem Internettreffen ein. Er sah gleich, dass Anna Farbe bekommen hatte, und sie berichtete von ihren Radtouren mit Yvonne.

Auch wenn es ihr schwerfiel, letztlich erzählte sie auch von Gerdas Idee und ihrem Angebot, genau seine Reaktion beobachtend. Dieses Mal saß ihre Löwin neben ihr, auch wenn er davon nichts mitbekam.

In Finns Mimik zeichneten sich nur Überraschung und Freude ab, Zweifel konnte sie nicht entdecken. „Das ist eine tolle Neuigkeit, Anna. Herzlichen Dank auch an deine Tante für die Einladung. Und du möchtest das auch?"

„Ja, sonst hätte ich dir das nicht vorgeschlagen. Wir können dort entscheiden, ob wir alles zusammen machen oder mal getrennt reisen wollen. Es ist auch nicht sicher, ob wir immer beide gleichzeitig Arbeit bekommen", schränkte Anna ein.

„Ich werde noch drüber nachdenken, aber ich bin mir jetzt schon ziemlich sicher, dass ich mitwill."

Bereits seit der Zeit nach den Osterferien nahm Anna ihre Therapiesitzungen nur noch vierzehntätig wahr. Zunächst hatten die Prüfungsvorbereitungen sie noch sehr in Anspruch genommen, jetzt fühlte sie sich bereits so wohl, dass Frau Grünheit und sie gemeinsam beschlossen hatten, die Frequenz weiter niedrig zu halten. Außerdem sollte ihre Behandlung vor ihrer Abreise nach Australien beendet werden, darauf hatten sie sich auch geeinigt. Einige der bewilligten Stunden würden noch übrig bleiben, die Anna später nach ihrer Rückkehr noch nehmen könnte, wenn sie dies brauchte.

Finn und Anna hatten zuvor entscheiden, kurz nach seinen letzten Prüfungen Mitte Juli zu fliegen.

Abifeier und Abiball rückten näher. Peter hatte sich angeboten, Anna und ihre Mutter zu begleiten, denn Annas Vater hatte wieder mal keine Zeit.

Mit Unbehagen sah Anna dem Ball entgegen, sie konnte nicht einmal tanzen. Viele in ihrer Klasse hatten die Tanzstunde besucht, sie aber nicht. Sylvia, die natürlich dabei gewesen war, fühlte sich nicht sicher genug, so organisierte sie einen Schnellkurs für ihre Freunde. Max' Cousine, drei Jahre älter als sie, war Mitglied in einem Tanzclub und erklärte sich bereit, mit ihnen zu üben.

Zehn Mitschüler hatten Sylvia und Max eingeladen, zum Glück nicht Bernd und seine Freundin, stellte Anna erleichtert fest. Und sie wunderte sich, dass ihr dies immer noch nicht gleichgültig war.

Sie trafen sich in einem Raum, den die Schule ihnen zur Verfügung gestellt hatte. Es kostete Anna einige Überwindung, daran teilzunehmen, doch als auch alle anderen über ihre Füße stolperten, ging es ihr schon besser. Anna übte vor allem mit Cora, einer ihrer Mitschülerinnen, da es einen deutlichen Mädchenüberschuss gab. Nach drei Einheiten bekamen sie Walzer und Foxtrott einigermaßen hin. „Das reicht für den Ball", befand Max' Cousine.

Doch erst einmal gab es das Zeugnis. Ihre Mutter begleitete sie zur Feier, das Schulorchester spielte, es wurden viele Reden gehalten, und schließlich stand Anna zusammen mit ihren Mitschülern auf dem Podium und nahm das Dokument entgegen, das ihr das Tor zu ihrer zukünftigen Ausbildung öffnen sollte.

Peter holte Anna und ihre Mutter am nächsten Abend zum Abiball ab. Erst einmal bewunderte er die beiden in ihren Abendkleidern, dann geleitete er sie zum Auto. Sylvia hatte ihnen einen Platz an ihrem Tisch organisiert, so saßen sie mit deren Mutter und ihrem Lebensgefährten zusammen. Diese schienen sich gut mit Peter und Annas Mutter zu verstehen, so dass sich Sylvia und Anna miteinander unterhielten. Peter forderte Anna mehrfach zum Tanzen auf und übersah, wenn sie ihm auf die Füße trat. Stattdessen lobte er, dass sie sich gut führen lassen würde.

Von Ferne sah sie immer mal wieder Bernd, seine Freundin im Arm. Erleichtert stellte sie fest, dass sie es ihr doch wenig ausmachte.

Jetzt waren die Feierlichkeiten vorbei, Anna musste nur noch auf Finns Prüfungen warten.

Einen Monat würde es noch dauern, so nahm sie die Einladung ihrer Großmutter gerne an, sie in Bayern zu besuchen. Dabei würde sie auch ihren Vater und dessen Familie wiedersehen.

Die Woche verging wie im Flug. Wie immer empfing sie ihre Großmutter sehr herzlich, die ihr dazu noch zum bestandenen Abitur gratulierte. Anna half ihr beim Ernten und Einfrieren, abends gingen sie im nahe gelegenen See schwimmen. Am Samstag kam ihr Vater mit Renate und den Kindern vorbei. Johann bedauerte, dass Finn nicht dabei war, Anna allein fand er langweilig.

Die Großmutter hatte draußen gedeckt, und so versammelten sich alle um den großen Tisch und tauschten die Familienneuigkeiten aus. Das Work and Traveljahr schien ihnen ein guter Gedanke, Renate und ihr Mann bedauerten, selbst nach dem Abitur dazu keine Gelegenheit gehabt zu haben.

Kurz vor dem Abflug fand die letzte Therapiestunde statt.

Es war kein leichter Abschied für Anna. Auch wenn sie sich die letzte Zeit nicht mehr so oft sahen, die Sitzungen bei Frau Grünheit waren zum festen Bestandteil ihres Lebens geworden.

Frau Grünheit hatte Annas Mappe aus ihrem Arbeitszimmer mitgebracht, und Anna breitete die Bilder auf dem Boden aus. Der Platz reichte kaum, so viel war in den letzten zweieinhalb Jahren entstanden.

Noch einmal betrachtete Anna alle Bilder und versuchte sich daran zu erinnern, zu welchen Tagträumen sie gehörten. Nicht immer gelang es ihr, und so steuerte Frau Grünheit noch einiges dazu bei.

„Welches von deinen Bildern gefällt dir jetzt spontan am besten, oder welches hat die meiste Kraft?“ fragte die Therapeutin.

„Es sind zwei“, entschied Anna und holte als Erstes ihr gemaltes Haus, das gelb in der Sonne leuchtete, davor stand Sturmwind und graste, auf dem Dachfirst hockte ihre Eule, als Zweites ihre Löwin und sie, die beide zusammen auf der Wiese lagen.

Auch das Foto ihres Genogramms würdigte sie ein letztes Mal, die Hakenkreuze waren wieder verschwunden, ihre Ente drehte gemütlich ihre Runden, und auch ihr Schäferhund lag entspannt auf dem Boden, konnte aber jederzeit aufspringend auf eine wachsame Haltung einnehmen. „Im Moment braucht er das nicht“, meinte Anna.

Selbst die halb schlafende, halb wachende Frau schien mehr zur Ruhe gekommen zu sein.

Zum Schluss der Stunde kam Anna noch einmal auf ihren Großvater Karl zurück. „In letzter Zeit muss ich öfter an ihn denken. Erst einmal an sein Schicksal als geraubtes Kind. Schade, dass wir nicht herausbekommen haben, wo er wirklich herstammt. Das hat er ja auch selbst versucht und es nicht geschafft. Wir könnten später noch einmal unsere Suche fortsetzen. Es gibt da einige Verbände von ehemaligen Lebensbornkindern, die helfen könnten.“ Anna atmete tief durch und fuhr fort: „Sein ganzes Leben war so verpfuscht. Die schreckliche Kindheit, der mangelnde Erfolg im Beruf und die unglückliche Ehe. So wurde er vom Opfer zum Täter, er trank und tyrannisierte seine ganze Familie.“

„Ja, und Alkohol enthemmt bekanntlich, so ließ er seine Aggressionen an seiner Frau und ihren Töchtern aus. Erst spät ist es deiner Großmutter gelungen, sich gegen ihn zu wehren und ihn hinauszuwerfen. Vorher benutzte sie deine Mutter als Vertraute, bei der sie sich über ihren Mann beklagen konnte.“

„Und das hat bei meiner Mutter Depressionen und Ängste ausgelöst, davon habe ich später selbst viel übernommen.“ Anna schaute Frau Grünheit an. „Ich bin so froh, dass es mir und meiner Mutter besser geht. Ohne Sie hätte ich das nicht geschafft!“

Zum Schluss ordnete Anna ihre Bilder wieder ein, und Frau Grünheit übergab ihr die Mappe. Anna würde sie mit nach Hause nehmen.

Einen großen Blumenstrauß hatte Anna im Wartezimmer gelassen. Diesen holte sie jetzt herein. Sie bedankte sich etwas linkisch, Frau Grünheit freute sich, nahm sie zum Abschied in die Arme, wünschte ihr alles Gute für ihr Australienjahr und auch für die Zeit danach.

Anna verließ schnell den Raum und die Praxis, mit einem dicken Kloß im Hals.

Erika Grünheit schaute noch eine Zeit auf die Tür, die sich so schnell hinter der jungen Frau geschlossen hatte. Auch für sie war es ein Abschied, denn sie hatte Anna zweieinhalb Jahre begleitet und sie liebgewonnen. Gleichzeitig freute sie sich über ihre Entwicklung. Anna würde jetzt ihren Weg alleine fortsetzen. Wenig später machte sich Erika Grünheit auf die Suche nach einer Vase für den schönen Blumenstrauß.

Epilog

Das riesige Flugzeug hielt am Ende der Landebahn. Es brauchte einige Zeit, bis sie die Gangway hinuntergelaufen waren, ihr Gepäck in Empfang genommen und den Ausgang erreicht hatten.

Die große Tür öffnete sich. Draußen sah Anna ihre Tante bereits aufgeregt hin- und herlaufen und nach ihnen Ausschau halten.

„Das ist Gerda", sagte Anna lächelnd zu Finn.

Nachwort

In „Annas Weg“ werden viereinhalb Jahre aus der Lebensgeschichte einer heranwachsenden jungen Frau erzählt. Im März 2005 war war sie gerade fünfzehn Jahre alt geworden und besuchte die neunte Klasse eines Bremer Gymnasiums. 2007, kurz nach ihrem siebzehnten Geburtstag, begann ihre psychotherapeutische Behandlung bei Frau Grünheit. Diese endete im Sommer 2009, zwei Monate nach ihrer bestandenen Abiturprüfung und vor ihrer gemeinsamen Reise mit ihrem Freund nach Australien.

Während dieser Zeit begab sich Anna auf die Suche nach der Herkunft ihres Großvaters Karl und erfuhr, dass er als eines der Kinder des Lebensbornprojektes seinen polnischen Eltern geraubt worden war. Ebenso hörte sie viel von der Geschichte ihrer anderen Vorfahren, die als Anhänger, Mitläufer und Kritiker des Nationalsozialismus unter Krieg und Vertreibung gelitten hatten.

Der Lebensborn sowie alle anderen geschichtlichen Ereignisse in „Annas Weg“ waren Realität. Anna selbst gibt es nicht wirklich, und auch ihre Verwandten und Freunde sind fiktive Gestalten. So hat auch ihre psychotherapeutische Behandlung nicht stattgefunden.

Doch vereinen sich in Annas Geschichte die Erfahrungen, die ich in über dreißig Jahren psychotherapeutischer Arbeit mit meinen Patentinnen und Patienten gewinnen konnte. In ihren Therapien erwies sich ihre Phantasie häufig als ein wichtiges Hilfsmittel, das den Weg zur Heilung öffnete. Wie Anna fanden sie in ihren Imaginationen Zugang zu eigenen Kraftquellen, entwickelten Selbstfürsorge, gewannen Einsicht in die Ursache der eigenen Konflikte und erprobten neue Lösungswege. Waren die Themen häufig vorgegeben, so wie die Blume, Wiese, Bach, Berg und viele andere, so gestalteten sie diese im Dialog mit mir selbst aus.

Diese Form der therapeutischen Arbeit mit Imaginationen wird auch „Katatym Imaginative Psychotherapie“ genannt. Das griechische Wort „Katathym“ soll verdeutlichen, dass die geleiteten inneren Vorstellungen „aus dem Gefühl heraus“ und nicht willentlich gesteuert werden.

Anders als in Tagträumen, die sich bei vielen jungen Menschen allein in ihnen abspielen, findet in den Imaginationen ein Dialog zwischen dem Patienten und dem Therapeuten statt, der aus der inneren Einsamkeit hinausführt und neue Entwicklungen ermöglicht.

Anna versuchte mithilfe ihres Genogramms ihre Familiengeschichte zu verstehen. Dazu wählte sie konkrete Symbole für jedes einzelne Familienmitglied und ordnete diese zu einem Gesamtbild an. Erst einmal waren es Bilder, Fotos, Figuren und andere Gegenstände. Doch indem Anna sie auswählte, sie Assoziationen, Gefühle in ihr weckten, wurden sie zu ihren eigenen Symbolen.

Mithilfe ihrer Symbolarbeit erfuhr Anna, wie sich die Folgen des NS-Regimes über viele Generationen auch auf ihr eigenes seelisches Befinden auswirkte, und begann sich mehr zuzutrauen und einen eigenen Weg einzuschlagen.

Die einzelnen Symbole fanden Eingang in ihre Imagination, sie befruchteten sich gegenseitig. So erlebte ich es auch immer wieder in den therapeutischen Behandlungen meiner Patienten, die Symbole zu vielen Themen ihres Lebens suchten und mit ihnen arbeiteten, auf diese Weise einen kreativen Zugang zum einem eigenen Heilungsprozess erhielten.

Annas träumte am Tag und in der Nacht, sie imaginierte in ihrer Therapie und malte dazu, arbeitete mit den Symbolen und fotografierte sie. So ist ihre Geschichte voller Bilder, von denen aber keines im Buch erscheint. Es bliebt Ihnen überlassen, sie sich vorzustellen, selber zu imaginieren. Ich hoffe, dass Sie auf diese Weise ein eigenes Bild von Anna und ihrer Entwicklung bekommen haben.

Danksagung

Dass „Annas Weg“ entstehen konnte, verdanke ich vielen Menschen, erst einmal:

- meinem Mann Winfried, der geduldig zuhörte und mich immer wieder ermutigte, weiterzuschreiben,
- meiner Tochter Marieke und lieben Freuden, die das Manuskript in seiner ersten Form lasen und konstruktive Kritik äußerten (Edelgard Deuschl, Heidrun Stewin-Rösch, Monika Meyer-Weselmann, Lutz Rosenberg),
- meinen Söhnen Björn und Arne, die mir bei Computerfragen hilfreich zur Seite standen,
- meinen Patienten, deren lebendige Symbolsprache mich immer wieder beeindruckt,
- der AGKB (Arbeitsgemeinschaft für Katym Imaginative Psychotherapie), bei der ich diese Form der Imagination lernte und seit einigen Jahren weitergeben kann,
- Maria-Elisabeth und Gerhard Wollschläger, bei denen wir die von ihnen entwickelte Symbolarbeit kennenlernen durften,
- und Renée Repotente, die mein Manuskript gewissenhaft und fachkundig lektorierte, auf dass „Annas Weg“ in dieser Form gedruckt werden konnte.